KB201721

G

G

존 버거 장편소설

김현우 옮김

열화당

아냐(Anya)에게,

그리고 '여성해방(Women's Liberation)'에 있는

그녀의 동료들에게

Dear Korean Reader

I was writing *G* forty or more years ago. It took me seven years to write. On the occasion of the first Korean edition of this book, I ask myself: What was it that I made? And it seems to me now that it's a book of hand-drawn maps. Maps not of mountains and valleys and estuaries, but maps of turning-points in History, and maps of the human body, feminine and masculine. The purpose of these maps is to make a little clearer the flow, detours and rapids of human desire at a given place and given time. Maybe the book is a chart of a journey (different for each reader) into what is desired and yet unknown.

John Berger
April 2008

한국의 독자들께

지금으로부터 사십여 년 전 저는 『G』를 쓰고 있었습니다. 이 소설을 쓰는 데 칠 년이 걸렸지요. 이 책의 첫번째 한국어판 발간을 맞이해, '내가 만들어냈던 그 작품은 무엇이었을까?' 자문해 봅니다. 이제 와 생각해 보면, 그것은 손으로 그린 지도들을 묶은 책처럼 보입니다. 산이나 계곡, 강어귀를 표시한 지도가 아니라, 역사의 전환점들을 그린 지도, 그리고 인간의 몸, 여성성과 남성성을 표시한 지도 말입니다. 그 지도들의 목적은 특정 시기 특정 장소에서 인간의 욕망이 흘러가고, 우회하고, 급격히 속도를 내는 과정을 조금이나마 명료하게 밝혀 주는 데 있습니다. 어쩌면 이 책은 욕망의 대상이 되지만 아직 알려지지 않은 그 무엇 속으로 떠나는 여행(독자들마다 서로 다른 것입니다)의 기록일지도 모릅니다.

2008년 4월
존 버거

I

이 책 주인공의 아버지를 사람들은 움베르토라고 불렀다. 리보르노 출신의 상인이었던 그는 설탕에 절인 과일을 팔았다. 그렇지 않아도 작은 그의 키는 큰 머리 때문에 더 작아 보였다. 소문이나 사람들의 평판을 신경쓰지 않는 여자들에게는 비정상적으로 큰 움베르토의 머리가 매력적으로 보일 수도 있었을 것이다. 그 머리는 완고함과 중압감, 그리고 욕망을 암시했다. 리보르노나 피사의 상인계급에 속한 여인들은 대부분 멍청했고, 그들 사이에서 그는 괴물로 여겨졌다. 여자들은 그를 '라 베스티아(La Bestia, '짐승'이라는 뜻의 이탈리아어—옮긴이)'라고 불렀는데, 보통은 그의 무례함이나 심술궂은 눈매, 거만함을 일컫는 말이었지만, 여자들이 그 말을 사용할 때는 그 속에서 무의식적으로 느껴지는 매력을 환기시키면서 동시에 억누르는 날것의 의미도 포함되어 있었다. 그 때문에 여자들은 남편이 있는 자리에서는 절대 그를 '라 베스티아'라고 부르지 않았다. 그 단어는 오후에 있는 여자들끼리의 대화 자리에서만 튀어나왔다.

움베르토의 아내 에스더는, 한때 자유주의자로 활동하다가 당시 리보르노에 살고 있던 한 유대인 기자의 딸이었다. 그녀는 스무 살에 움베르토와 결혼했다. 그녀의 아버지는 움베르토가 거칠고 교양이 없다는 이유로 결혼에 반대했지만, 자신의 자유주의적인 원칙 때문에 그런 의견을 직접 행동으로 옮기지는 않았다. 그녀가 스물한 살이 되었을 때 그녀의 아버지는 갑자기 세상을 떠났고, 아버지의 죽음 이후로 그녀는 자신의 건강하지 못한 몸에 대해서 의문을 가지기 시작했다. 그리고 그것을 핑계로 그녀는 평생 자신만의 권리를, 즉 항상 전면에 나서지 않을 권리, 뒤로 물러나 있을 권리를 누렸다. 움베르토는 자신이 마치 유령과 결혼한 것만 같다고 생각했고(움베르토에게 유령이란 여자와 여자들의 초현실적인 경향에 관련된 것이었다), 그녀 쪽에서는, 주변 여자들이 남편을 뭐라고 부르는지 몰랐을 때부터 이미 자신이 짐승과 결혼한 것 같다고 생각했다.

에스더는 교외의 작은 도시에서 사교생활을 주도하다시피 했다. 거의 매일 오후 누군가를 찾아가거나 누군가의 방문을 받았다. 그녀의 저녁 초대는 아무도 거절하지 않았는데, 그렇게 할 수 있었던 비결은 ―부분적으로는 그녀의 남편이 리보르노에서 가지는 영향력 때문이었겠지만― 그녀의 외모였다. 그녀는 피부가 창백했고, 갈색 머리는 항상 단정하게 뒤로 묶었으며, 천천히 움직이는 눈 밑에는 항상 어두운 그림자가 있었다. 얼굴이나 몸매는 아주 갸름했지만, 그렇다고 병자처럼 보이지는 않았다. 병자들의 몸에서는 예측 불가능한 기운이 두드러지게 마련이다. 병자들은 연민과 안타까운 마음을 불러일으킨다. 반면 에스더의 몸은 마치 인간의 살이 아닌 다른 무엇으로 만들어진 것처럼 섬세하고 깨지기 쉬운 것처럼 보였다. 그 몸은 아주 정교하게 마무리한 물건처럼 영원히 변하지 않을 것 같았다.

리보르노에 있는 친구나 지인들 사이에서 에스더의 그런 외모는 비범한 영적 기운을 나타내는 표시였다. 그들이 바라는 바를 이해하고 있는 사람이 그녀였으며, 그들보다 믿음, 아름다움, 영혼에 대한 갈망, 용서, 순수, 효, 사랑에 대해 더 잘 알고 있는 사람이 그녀였다. 대화 도중에 누군가 자신의 영적인 경험에 대해 이야기를 할 때면, 그는 항상 그녀를 돌아보며 확인을 받고 싶어했다. 그녀가 고개를 끄덕여 주거나, 그저 천천히 시선을 내리는 것만으로도 말한 사람이 자신의 이야기가 인정을 받았다는 것을, 자신이 진실을 말하고 있다는 것을 확인하기에 충분했다.

그녀와 단둘이 있게 되면 여자들은 항상 자기들 이야기만 했다. 이야기를 할 때 여인들은 최대한 자신을 숨기며 이야기했다. 마치 자신을 숨기면 숨길수록, 그녀의 동의를 얻은 후에 생기는 만족감도 커지는 것 같았다. 그들이 원하는 것은 그녀의 동의였는데, 그 동의는 그들이 말을 마치는 바로 그 순간에 얻을 수 있었다. 그녀가 관심을 가지고 들어 주고, 그에 대해 아무런 말도 하지 않았기 때문에(그녀는 절대 자기 의견을 말하지 않았다), 그들로서는 자신이 했던, 혹은 앞으로 하려는 어떤 일에 대해 그녀가 동의한 게 틀림없다고 생각했다. 여인들에게 에스더는 자신들과 같은 성(性)을 가진 고해 신부 같은 존재였다.

하지만 그 모든 일은 그녀의 남편이 없었더라면 불가능했을 것이다. 움베르토가 없었더라면, 그녀는 그저 성인처럼 보이는 대신 정말 성인으로 여겨졌을 것이고, 그것은 그녀의 사회적 지위에 치명적인 일이 되었을 것이다. 그런 상황에서도 그녀는 여전히 영적인 기운을 가질 수 있었겠지만, 지금과 같은 지위를 얻기 위해서는 다른 무엇보다도 그녀가 그들을 대변해 줄 수 있는 사람이라는 점이 중요했다. 바로 리보르노의 부르주아지들을 말이다. 그녀가 설탕에 절인 과일을 팔아서 성공한 사업가의 아내라는 사실 덕분에 그녀는 사교계에서 가치가 있었다. 뿐만 아니라 그녀의 남편은 악덕 상인인 데다가 매너가 없고, 욕심만 많은 사람이었다. 사람들은 그런 남자와함께 살다 보면 아무리 그녀라도 타락하지 않을 수 없을 거라고 생각했다. 그리고 바로 그 타락 덕분에, 이견의 여지가 없는 그 타락 덕분에 그녀의 영적인 기운은 그들에게 허락되지 않을 만큼 크고 과분한 것이 아니었다.

마찬가지로, 에스더 같은 아내를 둔 덕분에 움베르토도 극단적이기만 한 사람이 되지 않을 수 있었다. 그녀가 없었더라면 그는 그저 방탕한 난봉꾼으로밖에 여겨지지 않았을 것이다. 그녀가 있었기 때문에, 사람들은 그가 길들여진 거라고 믿을 수 있었다.

○

이 책 주인공의 어머니는 스물여섯 살의 여인으로 이름은 로라였다.로라의 어머니는 미국인이었고, 돌아가신 아버지는 영국 군대의 장군이었다.

나는 서로 만나본 적이 없었던 로라와 에스더가 나란히 있는 장면을그려 본다. 움베르토의 머릿속에서는 분명 그렇게 두 사람이 나란히서는 일이 있었을 것이다. 로라는 금발에 키가 작고, 코도 조금 낮고평퍼짐했다. 에스더 옆에 선 그녀는 땅딸막한 어린아이처럼 보이지만, 그녀가 풍기는 분위기는 전혀 어린아이 같지 않다. 에스더만큼우아해 보이지는 않지만, 그녀 역시 비싼 옷을 세련되게 입을 줄 안다. 로라는 아주 설득력이 강한 목소리로 끊임없이 이야기하고, 에스더는 그녀의 말을 듣는다. 에스더의 손이 가늘고 섬세하다면, 로라의 손은 야무지고 단단해 보였다. 상대방에게 동의하지 않을 때

14

로라는 갈색 눈을 크게 뜨고 노려보았지만, 에스더는 그저 눈을 감을 뿐이었다. 목욕을 하다 들키기라도 하면 에스더는 마치 덫에 걸린 야생동물처럼 그 자리에 '얼어붙어' 버린 채 꼼짝도 못 했을 것이다. 만약 로라에게 그런 놀랄 상황이 벌어진다면 그녀는 황급히 가슴을 가리고 몸을 움츠리며 소리를 질렀을 것이다.

두 사람은 서로를 질투하고 있었다. 로라는 움베르토를 졸라서 본 사진 속의 에스더가 자신에게는 없는 여성성을 타고난 것 같아서 질투했고, 에스더는 움베르토가 미국인 정부에게 돈을 너무 많이 쓰고 있다는 점 때문에 질투했다.

로라는 열일곱 살에 뉴욕에서 구리 광산을 가진 백만장자와 결혼했지만, 결혼 생활 이 년 만에 남편과 헤어진 후 유럽으로 건너와 파리에 있던 어머니와 함께 지냈다. 그녀와 움베르토는 삼 년 전, 제노바로 가는 여객선 안에서 만났다. 움베르토는 로라가 생각도 못 했을 만큼 집중력을 가지고 집요하게 구애를 했다. 로라가 어머니에게 쓴 편지에 따르면, 움베르토는 그녀가 마치 클레오파트라가 된 것 같은 느낌이 들게 해주었다.(두 사람이 탄 배는 마침 이집트에서 출발한 배였다) 두 사람은 배에서 내리자마자 베네치아에서 한 달을 함께 보냈다.

그녀는 어머니에게 보낸 편지에 이렇게 썼다. 그가 밤마다 악사들을 불러서 곤돌라를 함께 타요. 그건 평생 기억날 것 같아요. 자기 손이 가재처럼 생겼다고 농담도 해요. 엄마도 분명 그가 마음에 들 거예요. 그래서 아직 파리에 데려갈 수 없어요. 그는 어디에나 친구들이 많은데 여기서도 꼭 가 봐야 할 무도회가 있대요. 나한테 드레스를 하나 맞춰 주고 싶어하는데, 엄마가 믿을지 모르겠지만, 저는 가고 싫지 않다고 했어요. 대신 둘이서 무라노 섬에 다녀왔어요.

그후 삼 년 동안 두 사람은 밀라노, 니스, 제네바, 루가노, 코모 등 여러 휴양지를 함께 다녔지만, 움베르토는 절대 그녀를 리보르노 근처로는 부르지 않았다. 그와 함께 있지 않을 때 그녀는 어머니가 있는 파리의 부유한 미국인 거주지역에서 지냈는데, 자기의 이탈리아 애인이 설탕에 절인 과일을 거래하는 상인이라는 건 절대 알리지 않았다. 그녀는 성악 수업을 들었고(나중에 스승의 반대에도 불구하고 스스로 재능이 없다고 결론을 내리고는 그만두게 된다), 니체의 이론을 흥미있게 읽었다.

잠시 떨어져 있다 다시 만날 때면, 자신을 향해 다가오는 움베르토를 보며 그녀는 자신들의 관계가 말도 안 되는 것임을 새삼 확인하곤 했다. 그의 섬세하지 못한 태도와 돈 문제와 관련된 이탈리아 사람들 특유의 고집 때문에 그녀는 상처를 받았다. 뉴욕에서라면 움베르토는 그녀와 그녀의 친구들이 절대 눈여겨보지 않을 식당의 종업원 정도밖에 못 될 남자였다. 하지만 그와 함께 한 시간만 보내고 나면 그의 단점들은 생각나지 않았다. 그건 마치 그가 떠나기 전에는 절대 혼자 나올 수 없는 성에 들어가는 것 같은 기분이었다. 그 성 안에서 그녀는 정부이면서 동시에 어린아이였다. 그녀는 그 안에서 우울할 때든 들떠 있을 때든, 그가 주는 장난감을 가지고 놀았다. 창을 통해 바깥 세상을 볼 수는 있었지만, 절대로 바깥에서 성 전체를 볼 수는 없었다. 그 성이 바로 그들의 연애였다. 그를 만나지 않고 지내는 몇 달 동안, 그녀는 그를 생각할 때면 그녀를 향한 그의 열정과 그를 향한 자신의 감정이 어떤 장소인 것 같은 느낌이 들곤 했다. 그곳은 여러 번 찾아갈 수 있는 곳, 심지어 꿈속에서도 찾아간 적이 있는 곳이었지만, 영원히 머무를 수는 없는 곳이었다.

○

젊은 시절 뉴욕에 있는 올리브 오일과 이탈리아산 포도주 수입회사에서 일한 적이 있었던 움베르토는 영어를 유창하게 할 수 있었지만, 이탈리아 억양은 어쩔 수 없었다.

오! 로라, 저 웅장한 산을 좀 봐! 그리고 저 고요하고 평화로운 호수를! 하루 일과를 마친 후에 찾아오는 이 평화는 아름답지만, 내게는 당신이 더 아름다워. 미아 피콜라(mia piccola, '나의 작은'이라는 뜻의 애칭으로 쓰이는 이탈리아어―옮긴이), 그런 평화도 당신과 함께 있을 때만 느낄 수 있겠지…. 저 산을 가로질러 지나오는 나의 모습을 그려 본다오. 터널이 십오 킬로미터라고 하더군. 십오 킬로미터. 정말 과학의 힘은 놀라울 따름이지. 산을 뚫어서 십오 킬로미터의 길을 내다니 말이야. 그 터널을 빠져나오면 그 끝에, 파세레타 미아〔passeretta mia, 나의 작은 새(제비)라는 뜻의 이탈리아어―옮긴이〕, 당신이 나를 기다리고 있겠지.

(생 고다르 터널은 천팔백팔십이년에 개통되었는데, 터널 공사 도중에 팔백 명의 인부가 목숨을 잃었다.)

움베르토와 그의 정부는 몽트뢰의 기차역에서 호텔까지 마차를 타고 가는 중이다. 움베르토는 방금 도착했다. 로라는 그 어느 때보다 그가 불만스러웠다. 그는 지금 그녀를 안은 채 귀를 핥으려고 한다. 그녀는 그를 밀쳐낸다.
도대체 나를 뭘로 보는 거예요? 그녀가 말한다.
나의 로라, 나의 로라, 당신은 나의 로라야. 그가 말한다.
그가 코트 주머니에서 하늘색 리본이 달려 있는 선물을 꺼낸다. 그는 마치 쟁반에 놓인 물건을 건네듯 그녀의 손에 선물을 쥐어 주고, 그녀는 그 선물을 받는다. 그가 손을 그녀의 엉덩이로 가져가려고 하자, 그녀는 손을 내려다보며 공공장소에서는 그러지 말라는 경고의 시선을 보낸다. (두 사람은 전에도 이 문제로 말다툼을 한 적이 있었다. 그는 마차 안은 사적인 공간이라고 주장했고, 그녀는 돈을 좀더 낸다고 해서 공공장소가 사적인 공간으로 바뀌는 것은 아니라고 대답했다.) 검은 털로 뒤덮인 그의 손등은 이제 그녀에겐 익숙했다. 그의 손에는 권위가 있었다. 그는 자신이 원하는 대로 주변을 정리할 수 있는 인물이었다. 리보르노의 동업자들과 저녁을 먹을 때면, 그는 아직 실현되지 않은 원대한 계획을 자신의 손으로 그려 보였고, 사람들은 그 계획에 동참할 수 있게 된 것을 행운으로 생각했다. 도매시장에서는 그가 인정한 과일들이 품질을 보장받았고, 그가 손을 대지 않은 과일들은 그렇지 못했다. 그는 의자에 등을 기댄 채 그녀가 선물을 열어 보기를 기다린다.

검은 포장지를 열어 보니 녹색 벨벳에 진주로 장식한 줄리엣 캡(진주나 보석 따위로 장식한, 정장 혹은 결혼식 신부 의상용 모자—옮긴이)이 있다. 로라가 숨을 크게 내쉬고, 움베르토는 그것을 즐거운 놀라움의 표시로 받아들인다.

진짜 진주야. 파세레타 미아.

로라는 그날 있었던 일을 곰곰이 생각했다. 그런 모자는 열여섯이나 열일곱 살 된 여자애들한테나 주면 좋아할 것 같은 장난감이나 다름없었다. 뭘 모르는 것 같은 애인의 모습에 새삼 화가 났다. 만난 지 이 분도 지나지 않아 귀부터 핥으려고 하는 것도 마찬가지였다. 왜 그는 그녀가 뭘 좋아하고 뭘 좋아하지 않는지 모르는 걸까, 왜 시간이 지나도 그는 여전히 모르고 있는 걸까?

이런 건 못 써요. 쓰면 정말 웃길 거야. 수녀원에 딸린 학교에 다니는 아이들한테나 어울리겠네. 그녀가 말한다.

마차 안의 어둠 때문에 모자의 모양을 제대로 알아보기가 어렵지만, 세 줄로 들어간 진주장식은 마치 무릎 위에 놓인 목걸이처럼 보였다.

자기도 내가 일부러 좋아하는 척하는 건 싫지 않아요? 내가 이 모자 쓸 수 없다고 해서 실망했어요?

그럼 목걸이로 사 줄게. 그가 말한다.

그는 그녀의 그런 독립심이 강한 성격을 좋아했다. 그녀는 그를 만나기 위해 어디든 갈 수 있었고, 어디를 가든 먼저 그곳의 역사에 대해 공부를 하고 왔다. 그녀는 그에게 성이나 분수에 대해 설명해 주었고, 자신이 무엇을 원하는지 분명히 알고 있었다. 하지만 그가 껴안기만 하면 그녀는 손에 잡힌 제비처럼 얌전해졌다. 그녀를 '파세 레타 미아'라고 부르는 것도 그래서였다.

일단 방에 가서 저녁이나 푸짐하게 먹자. 왜, 그거 기억나? 당신이, 병이 꼭 생선처럼 생겼다고 했던 그 스위스산 화이트 와인도 같이 말이야. 그 다음엔 일단 좀 자고, 파세레타 미아, 내일 목걸이 사러 가지 뭐. 여기서 마음에 드는 게 없으면 며칠 후에 밀라노로 가자고.

움베르토는 잠자리에 들 때마다 자신의 정부가 놀라울 따름이었다. 지금 그가 그렇게 조바심을 내고 있는 것도, 어느 정도는 그 놀라운 경험을 다시 하게 된다는 걸 확인하고 싶은 마음 때문이었다. 평소에는 쌀쌀맞고 고집이 세며 독립심이 강한 그녀였지만, 그와 함께 침대에 누워 있을 때의 그녀는 항상 섬세하고 나긋나긋했다. 그때 그녀의 손길은 그 순간만 지나면 기억할 수 없을 만큼 가벼웠다.

그녀의 음부에는 아주 섬세하고 비단처럼 부드러운 털이 조금 나 있었고, 작은 보라색 유두는 그의 입술이 닿으면 빨갛게 변했다. 그녀가 고개를 젖히고 미소지을 때, 아랫니와 윗니 사이는 모래알이 겨우 들어갈 만큼 틈이 벌어지곤 했다. 예민하고 쉽게 달아오르는 그녀의 몸은 늘 그를 놀라게 했고, 그럴 때마다 그의 몸 안에서는 주체할 수 없는 열망이 솟아올랐다.

그냥 모자 가질게요. 나중에 우리 딸한테 주지 뭐. 그녀가 그의 팔에 손을 얹으며 말한다.
기쁨에 겨운 그가 말한다. 오, 내 사랑. 당신은 제정신이 아냐, 정말 미친 거라고. 마타.
'마타(미친)'는 그가 그녀에게 사랑을 느낄 때 주로 쓰는 말이었다.

리보르노 출신인 움베르토에게 광기는 자연스러운 것이었다. 그는 리보르노의 모든 것에서 광기를 보았다. 마치 버려진 요새처럼 말없이 서 있는 창문 없는 작업장, 페르디난도 일세의 동상에서 족쇄에 묶인 채 세상을 저주하는 듯한 네 명의 무어인, 온 도시가 감당할 수 없을 정도로 몰려드는 이런저런 물건들, 어두운 운하를 따라 늘어선 건물들 사이로 보이는 조각난 하늘, 바쁘게 오가는 사람들, 아무런 표정도 없이 텅 빈 벽, 여기저기 불안정한 공간들, 가난의 냄새와 다른 한쪽에서 넘쳐나는 물건들, 바다와 은밀히 마주하고 있는 만(灣) 등에서 그는 광기를 보았다.

리보르노에서 광기는 자연스러운 것이라고 그는 믿었지만, 그 광기는 아주 가끔씩 터져 나왔다. 그리고 그럴 때마다 그는 그가 열 살이던 천팔백사십팔년에 있었던 첫번째 폭발을 떠올렸다.
다리, 여기저기 불안정한 공간, 항구, 무어인 동상이 있는 산 미켈레 광장, 바다와 은밀히 마주하고 있는 만을 따라 늘어선 배의 갑판과 돛대까지, 그 모든 곳에 군중들이 가득 차 있었다. 거대한 건물들에 가린 군중들의 키는 왜소해 보였지만, 빽빽하게 모인 군중들은 옆으로 옆으로 끝없이 퍼져 있었다. 폭도들이었다(i teppisti)!

그런 군중은 인간에 대한 시험이다. 그런 군중은, 그 안에서는 개인의 운명이 하찮은 것이 되어 버리는 공동의 운명을 보여주는 증거이며, 공동의 운명은, 군중들이 기억하는 한, 가난과 모욕을 통해 차곡차곡 형성되어 온 것이다. 그런 군중들 틈에서는 한번의 눈맞춤만으로도 서로의 요구를 알아보기에 충분하지만 대부분 그러한 요구는 충족되지 못하고, 결국 그 불일치에서 폭력이 발생한다. 거기 그렇게 군중이 모이는 것이 불가피했던 만큼, 뒤따르는 폭력도 불가피한 것이다. 군중은 불가능한 것을 요구하기 위해, 불일치에 복수하기 위해 모였다. 군중들로서는 지난 몇 세대 동안 자신들을 희생시켜 가며 가능한 것과 불가능한 것을 구분하고 정의 내려 왔던 질서를 뒤엎어야 할 절박한 필요가 있었다. 그런 군중들 앞에서, 그들에게 속해 있지 않은 사람이 보일 수 있는 반응은 두 가지밖에 없다. 그는 거기서 인류의 약속을 보거나, 아니면 군중을 두려워할 뿐이다. 하지만 거기서 인류의 약속을 보는 것은 쉬운 일이 아니다. 그들 중의 하나가 아니기 때문이다. 그 약속은 준비된 사람의 눈에만 보이는 것이다.

움베르토는 군중이 두려웠다. 그는 그들이 미친 사람이라고 믿어 버림으로써 자신의 두려움을 정당화했다.

사람들은 군중과 함께 달렸고, 서로서로 열변을 토했다. 천팔백사십팔년의 뜨거웠던 여름, 소년 움베르토는 잘 때도 땀을 흘렸다. 그 사람들의 얼굴은 흥분으로 터질 듯했고, 땀이 눈물처럼 흘러내렸다.

움베르토는, 제정신을 가진 사람이라면 항상 스스로를 세상의 나머지 부분과 떼어내서 볼 줄 알아야 한다고 생각했다. 그래야 세상에서 무엇을 얻을 수 있고 무엇을 얻을 수 없는지를 볼 수 있을 테니까. 그의 생각에, 미친 사람들은 전부 아니면 무(無)를 요구했다. 로마 오 모르테(Roma o Morte, '로마가 아니면 죽음을' 이라는 뜻의 이 표현은 이탈리아 민족주의의 영웅 가리발디가 외쳤던 구호이다.—옮긴이)!

움베르토는 아내를 떠날 수 없다. 자식이나 (두 사람에게는 아이가 없었다) 사회생활을 통해 얻어지는 어떤 연속성이 그에게는 없었다. 그는 시간 속에 혼자 버려져 있었다. 사업을 계속하고 이익을 남기기 위해 그는 자신이 좋아하지 않거나 심지어 증오하는 사람들에게까지, 한 번만이 아니라 수천 번씩 잘 보여야 했다. 그는 자신의 생각을 십분의 일도 사람들에게 내보일 수 없었다.

오, 내 사랑. 당신은 제정신이 아냐, 정말 미친 거라고.

움베르토가 광기라고 부르는 것이 그를 두렵게 한다. 그것은 움베르토 개인에 대한 위협이라기보다는 —그를 개인적으로 두렵게 하는 것은 동료 상인, 도둑, 아내와 놀아날지도 모르는 다른 남자들이었다— 그가 특권을 누리며 살고 있는 사회구조에 대한 위협이었다.

그에게는 그 특권이 자신의 목숨보다 더 중요하다. 미국인 정부, 네 명의 하인, 분수가 있는 정원, 맞춤 재단사가 제작한 실크 셔츠, 아내가 여는 저녁 만찬 등이 없으면 살 수 없을 것 같아서가 아니다. 그 특권 안에 그 동안 살아오며 그가 지켜 온 가치나 판단들이 녹아 있기 때문이다. 그 가치는 모두 그의 믿음, 자신의 특권은 누려 마땅한 것이라는 믿음에서 비롯된 것이다.

하지만 스스로 만들어 온 그런 삶의 의미가 그를 만족시켜 주지는 않는다. '왜 자유는 항상 과거형인가, 왜 이미 모든 자유들은 쟁취되어 버렸단 말인가. 왜 이제는 쟁취해야 할 자유가 남아 있지 않단 말인가.' 그는 스스로 묻곤 한다.

움베르토는 자신의 특권을 보장해 주는 사회구조를 위협하는 것들을 광기라고 불렀고, 폭도들은 그러한 광기가 구체적으로 체현된 것이었다. 하지만 광기는, 한편으로는 자신을 가두고 있는 사회구조에서 벗어난 자유를 나타내는 것이기도 했다. 그래서 그는, 제한적인 광기는 구조를 위협하지 않는 범위 내에서 가장 큰 자유를 맛볼 수 있게 해주는 것이라고 결론지었다.

로라에게 '미쳤다'고 말할 때, 움베르토는 그녀가 자신의 삶에 약간의 자유를 가져다주기를 희망하고 있는 것이다.

움베르토, 나 아기 가졌어요. 여자아이인 것 같아. 여자아이가 태어나면, (로라가 모자 이야기를 꺼낸 것도 아기를 가졌다는 이야기를 할 때 어색함을 줄여 보려는 희망에서였다. 그녀는 자신이 임신을 했다는 사실이 기뻤다. 늘 어떤 아이가 태어날지 생각하고 있었지만, 그 사실을 알리는 것은 왠지 부끄러웠다.) 여자아이가 태어나면, 걔가 열다섯 살이 되는 생일에 이 줄리엣 캡을 줄래요. 정말 예쁠 거예요.

마차가 호텔 앞에 멈췄다. 짐꾼이 문을 열어 주었다. 아니, 다시 닫아 주세요. 움베르토는 그렇게 말하고 마부에게 천천히 호숫가로 가 달라고 한다. 마부는 어깨를 으쓱거린다. 비가 오는 데다가 날도 저물었기 때문에 호숫가에는 아무것도 볼 것이 없었다.

확실한 거야? 움베르토가 묻는다

틀림없어요.

병원에 가 봤어?

네.

이름이 뭐야, 그 의사?

그냥 파리에 있는 의사예요.

의사가 뭐래?

의사가 임신한 거 맞대요.

의사가 임신한 거 맞대?

맞대요.

의사가 그렇게 말했단 말이지?

네.

의사의 권위가 '맞대요'라는 말에 더해지고 나서야 비로소 움베르토는 그 소식을 감당할 수 있을 것 같았다. 그는 그 사실의 신비를 벗겨내야만 하고, 다룰 수 있고 협상해 볼 수 있는 무엇으로 만들어야만 한다. 그 사실을 어떻게 해 볼 수 있으려면 맨 처음 들었을 때의 막연한 흰색에 무슨 색이든 입혀야만 한다.

내가 아빠가 된단 말이지. 움베르토가 말한다.

그건 질문이 아니었지만 로라는 고개를 끄덕였다. 그녀가 보기엔 움베르토가 아빠가 된다는 건 그들 중 누구에게도 득 될 것이 없는 일이었다.

왜 편지에서 얘기하지 않았지?

직접 만나서 이야기하면 더 잘 설명할 수 있을 것 같았어요.

움베르토는 리보르노에서 사생아인 자신의 아이를 키울 때 해줄 수 있는 것과 해줄 수 없는 것이 무엇인지 재빨리 계산한다.

얼마나? 그가 손가락으로 숫자를 세는 시늉을 해 보이며 묻는다.

삼 개월이요.

이름은 조반니로 하지.

왜 조반니예요? 그녀가 묻는다.

우리 아버지 이름이 조반니였어. 애한테는 할아버지지.

여자아이면 어떻게 해요?

로라! 그가 말한다. 하지만 정말 그녀를 부르는 것인지, 아니면 여자아이일지도 모른다는 정부의 생각에 대한 놀라움의 표시인지는 분명치 않다.

그래, 당신 몸은 어때? 내 사랑? 그가 묻는다.

아침에는 기분이 좀 안 좋아요. 하지만 금방 지나가고, 오후에는 배가 고파. 근데 지금 왜 호수 주변만 맴도는 거예요? 너무 음침하잖아요. 나 케이크 먹고 싶어요. 우리 엄마 말이 여기 케이크가 아주 특별하다던데, 특히 아몬드 페이스트 케이크가.

당신도 알지만, 나도 애는 처음이라서 말이야. 그러니까 나는 거 뭐냐, 라세그나토(rassegnato, '포기한 상태의' 라는 뜻의 이탈리아어—옮긴이).

그가 그녀를 안으려 하자 그녀는 다시 몸을 뺀다.

당신은 내 아이의 엄마야. 그가 다그치듯 말한다. 그건 거의 아내나 마찬가지잖아. 할 수만 있다면 당신을 아내로 삼고 싶어.

그런 상황에서 그의 말은 영예로운 반응으로 보일 수도 있었을 것이다. 하지만 그 말은 로라를 만족시키기는커녕, 화만 돋웠다. 그 말을 듣는 순간 그녀는 자신이 리보르노에 있는 그의 아내로 탈바꿈한 것 같은 느낌이 들었다. 움베르토가 항상 '당신은 내 아이의 엄마야' 라고 말해 주고 싶었지만 그럴 기회가 없었던 아내. 그녀, 로라가 이제 한 가장의 아이를 가진 엄마가 된 것이다. 그리고 그녀가 바뀌었듯이, 리보르노에 있는 그의 아내도 바뀌었다는 사실이 두려웠다. 이제 에스더가 유혹과 자유, 가질 수 없는 것을 대변할 것이다. 지난 두 달 동안 그녀는 아이만 생각하면 평화롭고 행복했다. 하지만 남자를 위해 아이를 낳아 준다는 것, 자신의 의지와 상관없이 아이를 내줄 수밖에 없다는 것이 두려웠다. 눈물이 흐른다.

그녀는 움베르토가 자신을 안게 내버려둔다. 움베르토가 고민의 원인이었지만, 그 고민을 덜어 줄 수 있는 사람 역시 그였다. 고통의 원인을 없애 주기 때문이 아니라 —그가 아이의 아버지라는 사실 자체가 그 원인이었으므로— 잠시나마 그의 몸이 그녀를 감싸 줄 수 있기 때문에, 그렇게 안아 줌으로써, 먼지 속에서 문이 흐릿해 보이고 어두운 방안에서 편지의 글씨가 보이지 않듯이, 그녀 자신의 존재와 그 쓰디쓴 운명도 그의 존재에 가려 희미해질 수 있게 해주기 때문이다. 그의 품안에서 그녀는 생각이 잦아들고, 대신 자신의 이름이, 어릴 적 그 이름이 가졌던 의미를 그대로 담은 채, 몸 안 어딘가에서, 또한 쉽게 흥분하는 그녀의 살결 위에서 다시 떠오르는 것을 느낀다.

그녀가 손을 뻗어 그의 커다란 머리 뒤로 빗어 넘긴 갈기 같은 회색 머리칼을 만질 때, 그것은 호기심에 가득 찬 어린아이의 손길이다.

로라는 어렸을 때부터 스스로의 관찰과 어머니가 들려준 이야기 덕분에 여자의 몸에 관한 비밀을 깨달았다. 그 비밀은 다른 그 무엇보다 축복받아 마땅한 것이었지만, 그와 동시에 세상의 다른 어떤 것보다 수치스러운 것이기도 했다. 그리고 자라면서 그녀는 자신이 그러한 비밀과 관련해서 남달리 예민하다는 것도 알게 되었다. 그녀는 자신도 생리를 하게 될 거라는 생각만으로도 두려움을 느꼈다.(혹은 그렇게 믿었다) 남자가 어깨를 어떤 식으로 건드리면 자궁이 뒤집히는 것만 같은 느낌이 들기도 했다. 평범한 브래지어를 하면 젖꼭지가 쓸려서 아팠다. 그런 예민함 때문에 어색해 하고 짜증을 내는 자신의 모습이 부끄러울 때도 있었다. 하지만 언젠가는 한 남자와 그 비밀을 나눌 수 있을 거라고 믿었기 때문에, 그녀만큼이나 그 비밀에 대해 한없이 궁금해 할 남자를 만날 수 있을 거라고 믿었기 때문에 기쁘기도 했다.

○

호텔에 도착한 두 사람은 방으로 식사를 시켜서 저녁을 먹었다. 로라의 눈에는 아직 눈물이 고여 있고, 움베르토는 리보르노에서 있었던 반란 음모에 대한 이야기로 화제를 바꿔 보려고 노력한다. 식사를 마친 후 그는 재킷을 벗고 타이를 풀며 말한다.
이리 와, 녹색 눈의 내 사랑.
그녀는 머뭇거린다.
위험해요, 자기. 그냥 애들처럼 나란히 누워서 손만 잡고 있어요. 더 이상은 안 돼.

그녀는 자신이 아기를 원한다는 사실을 단 한번도 의심해 본 적이 없었다. 아기는 세상의 그 무엇과도 달리 그녀만의 소유가 될 거라고 생각했다. 재산도 넉넉하고 어디든 원하는 곳에서 살 수도 있었기 때문에, 사람들이 내고 다니는 소문 따위는 신경쓰지 않아도 되었다. 그게 아니더라도, 그녀는 개인의 의지가 관습적 도덕의 요구에 굴복해서는 안 된다고 믿었다. 분명 그녀는 열일곱 살에 가족들의 반대를 무릅쓰고 결혼했을 때나, 그로부터 이 년 후 공개석상에서 남편을 떠나겠다고 공언했을 때처럼, 자신의 반항심을 보여주는

27

것을 즐길 것이다.

그녀는 움베르토의 품안에 눕는다. 그렇게 안기는 게 좋지만 그의 열정에는 관심이 없다. 그가 가만히 누워 있기만 해주면 좋을 것 같다. 그가 자신을 소중히 생각하는 것까지는 받아줄 수 있지만, 그가 자신을 욕망하는 것은 말이 안 된다고 생각한다. 지금까지 움베르토의 접근을 절대 무시할 수 없었던 것은, 그러한 접근이 자신의 섬세한 성감을 보여줄 수 있는 기회를 주기 때문이었다. 그녀에게 그 성감은 항상 예측할 수 없는 무엇, 단단한 껍질 속에 든 아몬드처럼 섬세하고 순수한 그 무엇처럼 보였다. 그 변화가 그녀 스스로도 놀라웠다. 아기가 벌써부터 그녀에게 충만한 느낌을 주고 있었다.

자신의 아이를 가진 여인을 편안하게 해주기 위해 움베르토는 모든 불편을 감수할 준비가 되어 있다. 그는 아무 말 없이 누워 있기만 한다. 머릿속이 복잡했지만, 그 와중에 계속 다가올 일들을 생각한다. 그는 어떤 문제든 해결할 수 있다고 생각한다.

그가 그녀의 다리 사이로 손을 넣어 손가락으로 음부의 끝을 건드린다. 따뜻한 점액이 또 하나의 피부처럼 그의 손가락을 감싼다. 조금 전 그녀의 배를 만질 때는, 배꼽 아래가 살짝 부풀어 오른 듯한 느낌이 들었다.

움베르토의 몸이 그녀 안으로 들어가는 대신, 그의 아들이 그녀에게서 나올 것이다. 지금까지 자신을 만족시키기 위해 존재하는 것으로만 생각했던 그녀의 음부의 생김새가, 사실은 제삼의 인물이 세상 밖으로 잘 나올 수 있게 하기 위해 만들어진 것이었다는 생각이 그의 뇌리를 스친다. 그는 손가락을 빼기가 싫었다. 그녀는 아무 차이도 느끼지 못할 것이다. 확인을 위해 손가락을 한번 움직여 본다. 아기가 어떻게 태어나는지 처음 이야기를 들은 이후로, 그 사실이 지금처럼 놀랍게 다가왔던 적은 없었다.

세상의 일 분이 그렇게 흘러가고 있다. 있는 그대로 묘사하라.

로라의 몸 안에 내가 이야기하고 싶은 인물의 본질이 잉태되어 있다.

움베르토는 그녀의 어깨를 잡고 거칠게 끌어당기며 머리칼에 얼굴을 비빈다. 그는 지금 이 순간 자신들 앞에 놓인 험한 길을 새삼 깨닫는다. 예외는 있을 수 없다. 아이가 태어나는 과정을 자세하게는 모르지만, 그 작은 덩어리가 자라서 사람이 되고 밖으로 나오기까지 겪어야 할 거칠고 험한 과정을 생각해 보는 것만으로도 자신들 역시 다른 부부와 다르지 않다는 것을 알 수 있었다.

로라는 자신의 부드러움은 그게 마지막이라는 듯 손을 내밀어 그의 머리를 안아 준다.

가만히 누워 있어요. 아기를 생각해야죠.

그는 피사에서 큰 온실을 몇 개 운영하면서 꽃 장사를 하는 친구를 찾아갔던 어느 날 아침을 떠올린다. 햇빛을 조금이라도 더 막아 보려고 온실의 모든 창문에 녹색(바닷빛의 청록색) 안료가 엷게 발려 있었다. 안료는 창문 바깥쪽에 발려 있었는데, 마른 후에는 살짝 건드리기만 해도 쉽게 떨어져 나왔기 때문에 지나가는 사람들은 손가락으로 창문에 그림을 그릴 수도 있었다. 온실 옆을 따라 난 길을 걸으며, 움베르토는 창문에 그려진 그림들을 차례대로 살폈다. 처음에는 화살이 관통한 연인의 심장 그림이 있었고, 그 다음엔 서툰 솜씨로 그린 발가벗은 두 사람, 음부의 틈이 유난히 강조된 다리를 벌리고 누운 여인이 이어지고, 마지막으로 털이 난 여자와 남자의 성기

29

를 나란히 그린 그림이 있었다. 마지막 그림은 앞의 그림들과는 비교도 되지 않을 정도로 크게 그려져 있었다. 움베르토는 자신이 그런 그림을 그리는 모습은 상상할 수 없었다. 하지만 지금, 바로 자신과 로라가 그런 그림의 소재가 되어 버렸다.

이전에는 그녀 몸의 모든 부분이 ―두 사람의 은밀한 연애가 그랬듯이― 비밀스럽고, 단지 그들 둘에게만 속한 것처럼 느껴졌다. 이제 그 비밀은 들통나고 말았다. 제삼의 인물, 바로 그의 아들이 끼어든 것이다.

도나미아! 도나미아!(donna mia는 '내 여자'라는 뜻의 이탈리아어― 옮긴이) 그가 그녀의 귀에 대고 속삭였다.

○

잠을 잘 못 잤어. 당신이 한 말, 우리의 뉴스 때문에 ―그렇게 말해도 되겠지? 정말 신문에서 보는 소식들처럼― 밤새 가슴이 뛰어서 말이야. 로라, 나의 인생을 바꾸고 싶어. 내 인생에 당신과 우리 아들을 위한 자리를 만들고 싶어.
정말 남자아이일 거라고 확신해요?
아들일 것 같은 느낌이 들어.
나는 아들일지 딸일지 아무 느낌이 없어요. 나한텐 중요하지 않기도 해. 어느 쪽이든 나는 기쁠 것 같아요. 못생긴 딸은 나도 싫어요. 내가 아니라 그 아이를 위해서 말이야. 남자아이면 더 쉽겠죠. 외모가 별로 중요하지 않으니까.
당신이 자랑스러워. 내 아들도 자랑스럽고. 이제 아무것도 숨기고 싶지 않아.

숨기고 싶다고 숨겨지는 것도 아니에요.

뭐든 필요한 건 다 해주고 싶어.

아무것도 바라지 않아요.

로라, 잘 들어 봐. 당신이 이해를 못한 것 같은데. 지금까지 살면서, 나는 내가 원하는 건 뭐든 다 가질 수 있을 만큼 부자였어. 어렸을 때는 그렇게 큰 걸 바라지 않았지만 지금은 아주 욕심이 많지. 당신도 욕심이 나고 우리 아들한테도 마찬가지야. 돈 이야기가 아니야. 이건 돈하고는 아무 상관없는 일이거든. 정말 아무 상관없어. 돈은 생각도 안 하고 있단 말이야.

지금 나는 내 마음 속의 느낌과 나의 계획에 대해 이야기하는 거야. 내가 지금 얼마나 뿌듯한지 말해 주고 싶단 말이야.

계획이 뭔데요?

당신, 당신과 아이를 이탈리아로 데리고 와서 자주 보면서 지내는 거야.

리보르노로 오라고요? 그 말이에요?

리보르노는 불행하고 미친 도시야.

게다가 당신 부인도 있잖아요! 그래서 미친 도시라는 거 아니에요?

그 여자는 리보르노 출신이 아냐.

어쨌든 거기 살잖아요. 기다리면서.

기다린다고?

당신이 돌아오기만 기다리고 있잖아요.

파세테라 미아, 내가 유부남이라는 건 당신도 알고 있었잖아. 벌써 삼 년 전부터 알고 있던 거 아냐.

그러니까 우리가 리보르노에 가면 안 돼요. 거기 가면 나는 정부가 되고 아이는 사생아가 되는 거잖아요. 우리나라에서 그런 걸 뭐라고 부르는지 알아요? 서자라고 해요. 아이가 당신의 서자가 되는 거라고요. 그러니 리보르노에는 못 가요.

흥분하지는 마.

그 동안 왜 리보르노에 절대 못 가게 했던 거예요? 사람들이 우리 사이를 눈치챌까 봐 두려웠던 거잖아요.

당신을 기쁘게 하는 일이라면 무엇이든 하고 싶어서 그랬어. 함께 지내는 동안 어두운 생각은 조금도 안 하고 싶어서 말이야. 지금도 그래. 지금도 그러고 싶어. 하지만 이제 우리 둘만 함께 하는 게 아니잖아. 나는 지금도 우리에게 생긴 일이 믿기지 않아, 당신과 나에게 말이야. 나 움베르토에게, 그리고 당신 로라에게 생긴 일 말이야. 모든 게 달라졌잖아.

정부와 그 정부가 낳은 서자를 리보르노에 데리고 왔다고 말하면 당신 부인이 뭐라고 할 것 같아요?

그 여자는 아무 말 안 할 거야.

설마. 당신 부인이 모를 거라고 생각하는 거예요?

당연히 알게 되겠지. 그래도 아무 말 안 할 거야.

그런데도 우리가 자랑스럽다고요? 당신은 아버지가 아니야. 그냥 작은 미국인 매춘부한테 빠진 남자일 뿐이라고요.

제발 부탁인데 소리 좀 지르지 마. 그런 말도 하지 말고. 파세레타 미아, 당신 도대체 왜 이렇게 변한 거야?

다 이것 때문이에요. (그녀가 자신의 배를 가볍게 두드린다.)

그래, 녀석이 모든 걸 바꿔 놨지. 당신이 피사에 와서 살면 좋겠어. 거기 빌라를 하나 봐 놓은 게 있거든. 멋진 영국식 정원이 있고 높은 천장엔 그림도 그려져 있는 아름다운 집이야. 무슨 백작 소유라고 들은 것 같은데, 아무튼 내가 그 집 사 줄게, 로라.

그래서 우리더러 그 집에서 당신이 오기만 기다리며 지내라고요? 일주일에 몇 번 올 건데? 매주 화요일이랑 금요일?

아니면 피렌체에 와서 살아도 돼. 아르노 조금 위에 피에솔레라고 있는데 거의 천국이야.

그렇게 이탈리아에 자리를 잡은 다음엔 우린 뭘 하면 돼요? 왜 그렇게 어리석어요? 그건 감옥에 갇힌 죄수나 다름없는 생활이잖아요.

감옥이라니! 당신이 원하는 데는 어디든 갈 수 있어.

만날 사람이 누가 있어요? 이야기할 사람이 누가 있냐고요?

이탈리아어도 배울 수 있게 해줄게.

그래서 애 이름도 조반니로 하려는 거였군요!

우리 애는 이탈리아어뿐 아니라 외국어를 몇 개 했으면 좋겠어. 그럼 여행도 다닐 수 있잖아. 나는 여행을 많이 못 다녔으니까.

움베르토, 정말 진지하게 하는 말이라고 믿어지지가 않아요. 이탈리아가 어떤 나라인지는 당신이 나보다 더 잘 알 것 아녜요. 우리를 아는 사람은 아무도 없을 거고, 그럼 우리 둘은 완전히 버려진 사람으로 취급받을 거예요. 결혼도 못 한 여자와 그 여자의 사생아라니!

내 사랑, 당신 결혼했잖아.

당신이랑은 안 했잖아요.

언젠가 내가 당신과 결혼할 수 있는 날이 올 거야.

이혼하겠다는 뜻이에요?

우리나라에서 이혼은 거의 불가능해.

그럼 나랑 결혼 안 하겠다는 거잖아요.

우리 집사람 몸이 약하잖아.

알겠어요. 그러니까 당신 부인이 죽을 때까지 우리는 감옥에서 기다리면 되는 거네요. 그럼 그때 가서 당신이 아주 넓은 마음으로 우리를 모시겠다고? 감히 어떻게 그런 제안을 할 수 있어요?

사랑해.

사랑이라! 그게 뭔데요? 그건 당신이 원하는 걸 얻으려 할 때만 쓰는 단어잖아요. 남자들이 다 그렇지 뭐.

당신도 그렇게 말했잖아, 로라.

맞아요, 삼 년 전 우리가 베네치아에 갔을 때는 나도 사랑을 하고 있

33

었죠. 그때 당신은 내가 알고 있던 그 어떤 남자와도 달랐으니까. 그때는 당신이 원하는 대로 나를 바꿀 수 있었어요. 하지만 당신은 아무것도 안 했죠. 여자는, 은행에 넣어 두기만 하면 신경을 안 써도 이자를 안겨 주는 돈하고는 달라요. 여자는 사람이라고요. 내가, 당신이 어떻게든 일을 꾸며서 짧게나마 찾아 주기를 기다리며 열 달 동안 발만 동동 구르고 있기를 바랐던 거예요? 그건 사는 게 아니잖아요.

내가 다 바꿀게. 당신이 피사나 피렌체에 와서 살면, 더 자주 아무 방해 없이 볼 수 있단 말이야. 우리 애도 다른 어떤 애들보다 아버지를 자주 볼 수 있을 거야. 그리고 그 애를 내 상속자로 할게. 그렇게 우리 셋이 함께 살 수 있도록 애써 보자고.

넷이에요.

넷?

당신이 유부남이라는 건 잊어버렸어요?

그건 이미 다 설명했잖아.

당신은 자랑스럽다고 했어요. 내가? 나는 창피해요. 당신이 우리 모두를 창피하게 만들어 버렸다고요. 몇 년을, 그것도 매일같이 당신 부인이 죽기만 기다리면서 어떻게 우리 애 눈을 똑바로 쳐다볼 수 있겠어요?

자, 앉아 봐. 파세레타 미아, 그리고 내 얘기 좀 들어 봐. 내가 당신보다 나이도 많고, 죽을 날도 더 가깝잖아. 그래도 다른 사람들과 비교해 보면 우리는 운이 좋은 거야. 다른 사람들이 어떻게 사는지 모르지? 사는 게 항상 뜻대로 되는 게 아냐. 모든 걸 다 바랄 순 없는 거라고. 그러면 결국 아무것도 못 얻는단 말이야. 삶은 절대 완벽하지 않아. 그런 건 죽은 후에 선한 하느님을 만나게 될 거라고 믿는 사람들한테나 통하는 이야기지. 하지만 적어도 당신이 생각하는 것보다는 더 좋은 삶이 될 수 있도록 할게, 내가 그렇게 만들게. 우리 둘 다 어디선가 잘못 된 거야. 내가 당신보다 나이가 많으니까 더 많이 잘못 됐겠지. 하지만 당신도 아무것도 모르는 열일곱 살짜리 피단차타 (fidanzata, '새색시'라는 뜻의 이탈리아어—옮긴이)처럼 모든 걸 다시 시작할 수는 없잖아. 당신은 내가 행복해질 수 있는 마지막 기회야. 난 알아. 이런 기회는 다시 안 올 거야. 당신은 나를 구원해 줄 천사처럼 찾아온 거란 말이야. 천사는 한번밖에 안 오잖아. 당신을 행복하게 하는 일이라면 뭐든 할 수 있어.

당신이 이리로 와서 살면 안 돼요?

노력은 해 보겠지만, 그게 되겠어? 너무 멀잖아.

당신 집에서 너무 멀다고요?

회사에서 말이야.

우리보다 일이 먼저네.

일도 다 우리 아들을 위한 거야. 걔가 물려받을 거니까. 가난하게 살 순 없잖아.

부인한테 물려주려는 게 아니었어요?

집사람이 어떻게 될지는 아까 이야기했잖아.

염치도 없지.

아니, 염치없지 않아. 그냥 있는 대로 사실을 말할 뿐이야. 나는 당신이랑 내 아들을 원해. 그 둘이 없으면 내 인생은 끝장이니까. 내 인생 전체가 지금 이 단 한번의 기회에 달려 있단 말이야. 세상의 그 어떤 누구보다 당신을 사랑해. 어떤 젊은 놈이 와도 나만큼 당신을 사랑할 순 없어. 나만큼 당신에게만 충실할 수 없을 테니까. 나는 당신이 얼마나 훌륭한 여인인지 안단 말이야. 제발 믿어 줘. 피사로 와. 나에게 기회를 한번….

…나에게는 감옥이라니까요.

제대로 된 아버지가 될게. 벌써 아버지가 된 것 같은 느낌이 가득한데, 당신이 그걸 좀 알아줬으면 좋겠어. 내가 얼마나 인자하고 존경스럽고 아들을 자랑스러워하는 아버지가 될지 당신이 알아줬으면 해. 녀석에게서 당신의 모습을 보겠지. 당신의 불같은 성미와 꿈 많은 성격을 그대로 닮을 거야.

그럼 당신에게서는 뭘 물려받을 거 같아요?

리보르노에서 사람들이 나를 뭐라고 부르는지는 당신도 알잖아. 내가 얘기해 줬으니까. 다들 나를 '라 베스티아'라고 불러. 그만큼 영리하고 현실적이라는 뜻이지. 아마 녀석은 나의 그런 현실적 태도를 닮을 거야.

당신이 현실적이긴 하죠.

그래, 당신도 알게 되겠지만, 이게 우리에게는 유일한 기회야. 이런 기회는 다시없을 거라고.

무슨 뜻이에요?

당신이 어머니가 되고 내가 아버지가 되는 것 말이야. 그렇게 우리 세 사람이 행복하게 사는 거.

아이는 내가 원하는 대로 키울 거예요, 당신이 원하는 대로가 아니라. 내가 직접 가르칠 거라고요. 남자아이면 절대 거짓말은 듣지 않고 자라게 할 거고, 여자아이면 사랑스럽고 진지하고 현실적인 여인으로 키울 거예요. 내 아이가 당신이 말한 그런 어정쩡한 삶에 만족하는 일은 없을 거라고요. 그걸 위해서 앞으로 십 년 동안 내 인생은 모두 아이에게만 바칠 거예요.

내 아들인데 나한테는 아무 권리도 없다는 말이야?

없어요.

로라!

그렇게 불러 봤자 이미 늦었어요.

두 사람의 심장은 급하게 뛰었지만, 헝클어진 침대 시트, 카펫, 가구, 철제 난간이 있는 창 밖의 발코니, 은색과 라벤더빛으로 반짝이는 호수, 알프스까지, 그들의 시선에 들어온 모든 것들은 마치 아무 일도 없다는 듯 고요했다.

○

우리의 주인공이 잉태된 것은 가리발디가 죽은 지 사 년 후의 일이다.

가리발디는 영웅이었다.

가리발디는 조국의 적을 물리쳤다. 그는 조국이 원래의 모습을 찾을 수 있도록, 고유의 정체성을 찾을 수 있도록 해주었다.

가리발디는 모든 이탈리아 국민들이 닮고 싶어하는 인물이었다. 그런 의미에서 그는 국가적인 천재라고 할 수 있었다. 이탈리아에서 가리발디처럼 되고 싶어하지 않는 사람은 ―심지어 나폴리 왕국의 부르봉 군대에 속한 군인들까지 포함해서― 단 한 명도 없었다. 그들 중에는 그와 맞서 싸움으로써 그와 같은 인물이 되기를 원했던 사람들도 있었다. 그런가 하면 시칠리아의 라 파리나처럼 그를 배신함으로써 그처럼 되고 싶어했던 사람들도 있었고, 토리노의 카보우르처럼 그를 이용함으로써 그처럼 되고 싶어했던 사람들도 있었다. 그리고 어떤 사람이 가리발디처럼 될 수 없었던 이유는, 그 자신의 인간성 때문이 아니라 이탈리아의 비참한 현실 때문이었다. 그 비참함은 각자의 생각이나 사회적 지위에 따라 다르게 해석되었고, 그 고통도 다르게 다가왔다. 농민들에게 그 비참함은 자신의 땅을 벗어날 수 없다는 사실이었고, 입헌주의자들에게는 늘 실패로 돌아갔던 그들의 계획에 대한 자괴감이었다.

가리발디를 만나면 사람들은 스스로의 모습에 놀라곤 했다. 그 전까지 그들은 자신들이 누구인지 모르는 사람들이었다. 가리발디를 만나면, 그들은 마치 자신들 속에서 튀어나온 누군가를 만나는 것 같은 기분이 들었다.

그는 군장도 변변찮았고, 거의 누더기나 다름없는 옷을 걸치고 다녔다. 칼 한 자루와 권총 한 정이 전부였다. "당신으로 하여금 편안하고 안락한 삶을 버리고 길거리의 개와 다를 바 없는 이런 험한 삶을, 식량도 월급도 배급도 없는 삶을 살게 만든 것이 무엇입니까"라고 내가 물었다. 그가 대답했다. "당연히 그게 궁금하시겠죠. 이 주 전만 하더라도 나는 절망에 빠져 모든 것을 포기할 생각이었습니다. 그런 상태로 지금처럼 이런 바위에 걸터앉아 있을 때, 마침 옆을 지나던 가리발디가 이유는 모르겠지만 가던 길을 멈추더군요. 나와는 말도 한번 안 해 본 사이였습니다. 그는 나를 모르는 게 분명한데 어쨌든 발걸음을 멈췄어요. 제가 참으로 풀이 죽어 보였나 보죠. 뭐, 사실이 그렇기도 했지만, 아무튼 그가 내 어깨를 잡아 주며 말하더군요. 마치 성령의 목소리처럼 낮고 낯선 목소리, 하지만 부드러운 목소리였습니다. '용기를 내세요, 용기를! 지금 우리는 조국을 위해 싸우러 가는 겁니다' 라고 말했습니다. 그런 말을 듣고도 내가 등을 돌릴 수 있었을 것 같아요? 다음날 우리는 볼투르노 전투를 치렀습니다."

천팔백육십년 구월 칠일, 가리발디는 나폴리에 입성했다.

가리발디가 입성하셨습니다(Venù è Galubardo)!
가장 위대한 분이 오셨습니다(Venù è lu piu bel)!

수천 명의 부르봉 왕조 소속 유격대가 도시에 있는 주요 성 네 곳을 점령하고 있었다. 왕은 이미 도시를 떠난 후였다. 성의 포신은 시내 쪽을 향하고 있었다. 가리발디가 도착한다는 소문이 퍼졌다. 붉은 셔츠를 입은 혁명당원들과 함께 말을 타고 군대를 이끌며 나타나는 것이 아니라, 혼자서 기차를 타고 올 거라고 했다. 거리는 텅 비고 뜨거운 햇빛과 대포의 포신만이 빈자리를 채우고 있었다. 사람들은 소문을 믿어야 할지 말아야 할지 몰랐다. 그저 집안에서 몸을 숨기고 기다릴 뿐이었다. 오후 한시 삼십분, 가리발디가 역에 나타났다. 오십만 명의 인파가 거리와 선착장으로 쏟아져 나왔다. 사람들은 서로 밀고 달리고 소리치며 —대포가 있건 없건 중요하지 않았다— 그를 환영했다. 그들은 살아 있는 바로 그 순간을 기념하기 위해 몰려나왔다.

가리발디는 천재적인 군사전략가가 아니었다. 정치적으로도 그는 잘 속았다. 하지만 그는 모든 사람들에게 영감을 주었다. 권위나 신성한 권리를 통해서가 아니라, 그저 그들의 젊음이 가진 단순하고 순수한 열망을 드러내 보여주고, 자신의 본보기를 통해 그러한 열망이 조국의 통일과 독립이라는 현실로 나타날 수 있다고 설득함으로써 영감을 주었다. 온 나라가 그에게서 본 성스러움은 바로 당시 이탈리아의 순수함이었다.

그는 그런 역할을 맡을 수 있는 특징들을 고스란히 가지고 있었다. 튼튼한 몸과 용기, 남자다움, 어깨까지 내려오는 긴 머리(전투가 끝나면 항상 곱게 빗질을 했다), 단순한 취향과 소박한 욕망. 그는 "한 그릇의 수프를 먹을 수 있고 조국의 상황이 좋기만 하다면 애국자가 무엇을 더 바라겠는가"라고 말했다. 목전의 임무가 없을 때면 그는 섬으로 돌아와 농사를 짓고 양떼를 치며 지냈다. 자신의 이론적 원칙과 어긋났던 애국심. (그는 공화주의자였지만 국왕 비토리오 에마누엘레 이세의 권위를 인정했다.) 그의 자부심. 그의 유머 감각. 말보다 더 호소력이 있었던 그의 제스처. "만약 그가 가리발디가 되지 않았다면 아마 역사상 가장 위대한 비극배우가 되었을 겁니다." (그가 말을 하지 않았기 때문에 그와 다른 생각을 가지고 있거나 그에게 반대하는 사람들까지도 그를 지원했고, 그들 역시 그가 자신들을 지원한다고 믿었다.) 실제로 세상을 움직이는 동기들에 대한 무지. 그의 성급함.

통일을 원하던 당시 이탈리아가 이보다 더 나은 나머지 반쪽의 모습을 어떤 남자에게서 찾을 수 있었겠는가?

다른 남자였다면 —그 남자의 있는 그대로의 모습에— 한 나라의 대다수 국민들이 그렇게 완벽하게 속아넘어갈 수 있었을까?

가리발디가 온 나라에 불어넣은 열망은 다급했던 지배계급을 위험한 상황으로 몰아넣었다. 정말 가리발디가 온 국민이 닮고 싶어하는 사람이었다면, 그의 희망, 그렇게 고양된 그의 희망은 단순히 오스트리아와 부르봉 왕가를 몰아내는 것 이상이었을 것이다. 가리발디가 기존의 질서에 위협이 되었던 것은, 그가 택한 방법이 전복적이어서가 아니라 그가 열망으로 가득했기 때문이었다.

대포를 무서워하지 않고 쏟아져 나왔던 나폴리 군중들의 모임은 사흘 동안의 축제가 되었다.

칼라브리아의 농민들은 가리발디가 예수처럼 기적을 행할 수 있다고 믿었다. 붉은 셔츠 부대에 식수가 떨어졌을 때 가리발디가 커다란 바위에 대포를 쏘니 거기서 물이 콸콸 쏟아졌다고 했다.

가리발디는 리소르지멘토의 순교자 카를로 피사카네를 존경했는데 피사카네의 글은 훗날 이탈리아 사회주의 혁명가들의 사상에도 영향을 미쳤다.

"사상을 선전하는 것은 환상에 불과하다. 사상이 행동에서 나오는 것이지 행동이 사상에서 나오는 것은 아니다. 또한 사람은 교육을 받아야 자유로워지는 것이 아니라, 자유로울 때 교육을 받을 수 있는 것이다. 평범한 시민이 조국을 위해 할 수 있는 유일한 일은 물질적 혁명에 동참하는 것이다. 그러므로 음모, 구체적 행동계획, 암살 등이야말로 이탈리아 국민들이 그들의 목적을 달성하기 위해 할 수 있는 행동들이다."

하지만 가리발디는 기존의 지배계급과 맺었던 동맹 때문에 사실상 제약을 받았다. 그는 제스처로 그들을 좌절시켰고, 그의 승리라는 정치적 결과가 그것을 확인시켜 주었다. 국가적 천재는 부르주아지 국가를 위한 전제 조건들을 만들어내는 데 사용되었던 것이다.

가리발디의 사망 이후 이탈리아의 거의 모든 도시에 그의 이름을 딴 거리나 광장이 생겼다. 하루에도 수천 번씩 그의 이름이 말해지고 씌어졌지만, 그 이름은 지금 파란 하늘 아래 그 거리나 광장에서 벌어지고 있는 일과는 아무 상관이 없었다.

○

파리에서 로라는 새로 태어난 아이에게 모유를 먹이며 키웠다. 자신의 몸에서 흘러나오는 젖은 마치 신기한 거울을 만드는 수은 같았다. 그 거울에 비친 모습에서는 아이도 자기 몸의 일부였고, 그 안에서는 그녀의 신체 각 부분이 하나씩 더 있는 것처럼 보였다. 그녀 역시 아이의 일부였고, 아이가 원하는 대로 그를 완성시켜 주는 존재였다. 그녀는 거울의 양쪽 모두에 존재하는 사물 혹은 이미지였다. 그녀의 행동은 아이를 향한 것이었지만, 거울에 비친 자신을 향한 것이기도 했다. 그렇게 두 사람은 아이가 젖을 물고 있는 동안 떼어 낼 수 없는 하나의 전체가 되었다. 아이가 젖을 떼고 나면 그때부터는 그 전체의 힘이 또한 두 사람을 떼어놓고 서로 다른 사람으로 만들어 줄 것이다.

그녀는 스스로에게 말한다. 더 이상 뭘 바랄 수 있을까? 이 아이가 자란 후에도, 그저 이 아이를 바라보는 것만으로도 나는 거기서 나의 자리를 찾을 수 있을 거야.

그녀의 신경과 감수성은 자신의 요구에 대해서는 기계적으로만 반응을 보였고, 온통 여기저기, 아이의 온몸을 지나다니며 아이에게 필요한 것이 무엇인지 살피고 거기에만 반응했다. 그녀의 감정이 핏줄처럼 아이의 몸에 퍼져 있었다. 아이를 만질 때면, 그녀는 순수해진 자기 자신을 건드리는 것 같은 기분이 들었다.

아이와 함께 있을 때면 이 세상을 초월한 것 같은 기분이 들었기 때문에 그녀는 아이를 애지중지했다. 온통 아이에게만 자신을 바쳤고, 그 헌신 이외의 다른 것은 모두 거부할 정도였다. 그녀는 자신의 아이가 새로운 세상을 열어 주기를 원했고, 그 아이가 스스로의 인생을 통해 새로운 삶을 보여주기를 원했다.

2

2

로라는 아이와 함께 꿈꾸던 생활을 얻을 수 없었다. 십구세기 부유한 가정에서의 일상적인 집안일이 가지는 가공할 위력을 간과했던 것이다. 만약 그녀가 사생아인 자신의 아이와 단둘이서만 살기로 마음을 먹었더라면 ―그건 보헤미안처럼 지낸다는 것을 의미했다― 아마 성공했을 것이다. 하지만 파리에 있는 어머니의 집에서 그녀의 계획은, 유모와 하녀, 청소부, 어머니의 주치의 같은 사람들 때문에 실패로 돌아갈 수밖에 없었다. 아이와 단둘이 있을 수 있는 시간은 하루에 두세 시간이 고작이었고, 아이와 관련된 작은 일들―기저귀 빨기, 다림질, 아이 방 청소, 아이가 먹을 음식 준비 등―을 직접 할 수도 없었다. 그런 일을 할 하인들이 다 따로 있었다. 그녀가 할 수 있었던 것은, 오후에 유모와 따뜻한 물을 준비한 하인이 지켜보는 가운데 아이를 목욕시키는 것이 전부였다.

로라는 자신이 원하는 바를 사람들에게 설명할 수도 없었다. 만약 앞으로 몇 년 동안 다른 일은 모두 제쳐 두고 항상 아이 곁에만 있고 싶다고 말했다면, 아이와 똑같은 입장에서 아이가 길 때 그녀도 기고, 아이가 걸을 때 같이 걷고, 아이와 똑같은 언어를 쓰면서, 절대 아이가 알아들을 수 없는 말은 하지 않으면서 지내고 싶다고 말했다면, 사람들은 그녀를 정신병자로 취급했을 것이다. 십구세기에는 다른 모든 것과 마찬가지로 아이에게도 아이만의 자리가 있었고, 그건 함께 나눌 수 없는 것이었다.

움베르토는 자기 아들을 보여 달라고 집요하게 요구했다. 로라는 그의 편지들에 답하지 않았고, 어머니에게는 아이 아버지가 제정신이 아니라고 말했다. 이 년 후, 로라의 어머니는 재혼을 해서 미국으로 돌아갔다. 이후 런던으로 건너간 로라는 그곳에서 친한 친구를 몇 명 사귀었고, 페이비언 사회주의(Fabian Socialism, 십구세기 후반, 급진적 혁명보다는 점진적인 개혁을 통해 영국에 사회주의 국가를 세우려 했던 사상 및 운동—옮긴이)에 경도되었다. 그녀가 집을 구할 때까지 몇 달 동안, 아이는 시골에 있는 그녀의 사촌네 집에서 지내기로 했다. 로라는 이 주에 한 번씩 주말에 기차를 타고 아이를 보러 갔다. 사촌들에게는 약간의 빚이 있었는데, 로라는 어머니를 통해 그들에게 돈을 전해 주었다. 런던에서 그녀는 정치적인 일에 점점 더 적극적으로 빠져들었다. 이제 비밀은 그녀 자신의 몸 안이 아니라 사회개혁의 과정에 있었고, 그에 따라 시골에 있는 아들을 찾아가는 일도 점점 더 드물어졌다. 아이는 시골에서 무럭무럭 자라는 것처럼 보였다. 프랑스인 유모를 파리로 돌려보내고 그 자리는 영국인 가정교사가 대신했다. 사촌들(조슬린과 베아트리스 남매)은 아이가 계속 자신들과 함께 지내도 좋다고 했다. 그렇게 아이는 유년시절을 농장에서 보내게 되었다.

동물들은 서로를 존중하지 않는다. 말은 함께 있는 다른 말들을 존중하지 않는다. 서로 경쟁을 하지 않아도 되기 때문이 아니라, 그래 봤자 달라지는 것이 없기 때문이다. 결국 마구간에 돌아가면 가장

46

무겁고 게으른 녀석이라고 해서 자신의 먹이를 다른 녀석에게 양보해야 할 일은 없다. 인간이라면 양보해야 했을 것이다. 동물들의 세계에서 미덕에 대한 보상은 미덕 그 자체일 뿐이다.

피부가 가장 얇은 부분, 그렇게 얇은 피부 위에도 털은 자라고 있다. 두개골이 약간 오목하게 들어가고, 양 옆에 깊이를 알 수 없는 커다란 눈이 자리잡고 있는 그곳이 앞에서 보았을 때 얼굴의 중심에 해당하는 부분이라고 할 수 있다. 인간의 얼굴에도 그쯤에 해당하는 부분이 있다. 감각기관은 너무 집중되어 있고, 두 눈 사이는 너무 가까우며, 얼굴도 너무 날카롭다. 소의 얼굴에 비하면, 인간의 얼굴은 가까이 접근하는 것이라면 무엇이든 베어 버리는 칼날처럼 보인다.

얇은 피부 위에 난 털을 쓰다듬으면 짐승은 손길을 따라 고개를 끄덕인다. 하지만 인간의 손바닥은 너무 부드러워서, 그 접촉의 느낌을 제대로 살릴 수 없다. 주먹을 쥐고 다시 같은 곳을 문질러 본다. 이번에는 관절에 짐승의 두개골이 느껴진다. 짐승의 커다란 두 눈은 여전히 고요하고 아무런 동요도 보이지 않는다. 녀석에게는 가까이 다가오는 것이 전혀 위험할 이유가 없다.

어린 시절, 맨 처음 접촉은 그렇게 시작된다. 나이가 들어 어른이 되면 슬픔과 후회에 휩싸인 채, 소의 두 눈 사이에 이마를 가져다 대고, 그렇게 두개골과 두개골을 마주하게 된다.

'말없는 짐승들' 이란 단어는 베아트리스의 머릿속에 깊이 각인되어 있다. 그 말을 통해 스스로 겸손해진다거나 동물들이 안쓰럽게 느껴진다는 의미는 아니었다. 그녀의 머릿속에서, 짐승들이 말을 할 수 없다는 사실은 두 눈 사이의 그 오목한 자리와 관련이 있었다.

사춘기가 되기 전까지 베아트리스에게는 동물들의 뿔이 신기해 보였다. 다 자란 뿔보다는 뿔이 자라는 과정이 특히 그랬는데, 피부 아래로 뿔의 뿌리를 만질 때마다 돌덩이를 만지는 것 같은 느낌이 들었다. 청소년기에는 그 뿔이 그녀 자신에게 일어나는 변화의 본보기가 되었다. 그녀는, 뿔이 자라는 것이 단순히 동물들이 그 동안의 시간에 굴복했음을 나타내는 것은 아니라고 이해하기 시작했다. 그것은 인내와는 아무런 상관이 없는, 시간의 축적을 나타내는 것이었다. 사람들이 경험을 달고 다니듯이 가축들은 뿔을 달고 다니는 것이다.

그녀는 동물들이 없는 농장은 견딜 수 없었다.(평생 그렇게 느껴 왔다) 매일 건물 안으로 들여야 하는 양떼를 직접 관리하거나, 더 이상 젖이 나오지 않아 팔아야만 했던 소를 그리워하거나 하지는 않았지만, 어쨌든 동물 없는 농장은 버려지고 무기력한 느낌이 들었다. 그럴 때면 시간은 앙상한 나무를 스치는 바람처럼 느껴졌다. 그녀와 생명 없는 밤하늘 사이에는, 자신의 자리에서 먹고 (밤이면) 숨소리를 내고 풀을 뜯고 기다리고 새끼를 기르는 동물들이 있었다.

그녀가 어렸을 때 동물들은 아버지의 소유였다. 그 동물들은 아버지의 권력의 표시였다. 그녀와 마찬가지로 동물들은 아버지에게 구걸하지 않았고, 아버지도 그녀와 동물들을 부드럽게 대했다. 아버지는 나머지 사람들은 거칠고 사납게 다루었다.

그녀는 스물네 살이다. 얼굴이 넓적한 편인데, 마치 양쪽 귀가 계속 입을 당겨서 웃게 만드는 것 같다. 덕분에 양 입술은 항상 살짝 벌어져 있고 그 사이로 흰 이가 보인다.

가든파티라도 열리는 날에는, 그녀는 런던에서 공부하고 있는 지방
귀족의 딸처럼 어색해 보일 것이다.(사실 그녀의 아버지는 이미 죽
었고, 지금은 그녀가 오빠와 함께 집안을 돌보고 있다) 그녀는 이리
저리 돌아다니며 아버지를 놀라게 하거나, 가끔은 짜증스럽게 만들
었을 것이다. 자그마한 몸집에도 불구하고 그녀의 동작이나 제스처
는 신기할 정도로 눈에 띄었다.

이웃의 영국 상류층 사람들은 그녀를 말괄량이라고 불렀고, 그녀가
결혼을 하지 않은 것도 그런 성격 때문이라고 설명했다.

정원을 가로지를 때, 장미를 손볼 때, 요리를 살피느라 오븐을 열어
볼 때, 빨래를 정리할 때, 옷을 갈아입을 때 등 그녀의 모든 동작에서
작은 체구와는 어울리지 않는 어떤 기운이 느껴졌는데, 이는 자신의
행동에 대한 그녀의 남다른 확신 때문이었다. 그녀는 일단 어떤 일
을 하기로 마음먹고 나면, 거기에 따르는 부수적인 것들은 모두 하
찮은 것으로 여겼다. 그녀의 삶에는 세부사항이란 것이 없었다. 그
녀에게는 보이는 것이 전부였다.

베아트리스는 어떤 일에도 놀라지 않았기 때문에 그녀의 삶에는 도
덕이나 야망이란 것이 없었다. 그녀가 하는 일은 모두 자신에게 익
숙한 일뿐이었다. 그러한 자기인식은 자신에 대한 진지한 고민에서
나온 것이라기보다는, 마치 동물처럼, 자신의 욕구를 만족시키는 데
필요한 행동이나 반응에 오랫동안 익숙해져 있었기 때문에 가능한
것이었다.

그녀에 대한 나의 묘사가 마치 그녀를 바보처럼 보이게 만든 것 같다. 정말 그렇다면, 나는 그녀에게 부당한 일을 한 셈이다.

농장은 골짜기 깊숙한 곳에 자리하고 있었고, 그 뒤에는 세 방향으로 경사가 가파른 언덕이 있었다. 백 년쯤 전에 지어졌다는 집은 아주 크고 굴뚝도 많았다. 한쪽에 과실수를 심은 정원이 있고, 집 뒤쪽은 가파른 목초지였다. 축사와 착유장 등 부속 건물들은 계곡을 따라 나란히 늘어서 있었다. 농장일이 잘 되던 시절에는 그런 배치가 아주 적절하고 안전한 구성으로 여겨졌겠지만, 지금은 언덕의 그림자에 조금 짓눌려 보였다.

그녀의 아버지가 사망한 후, 집과 땅 모두가 점점 더 나빠져 갔다. 오빠는 말 이외에는 아무 관심이 없었고, 결국 남매는 땅을 팔아야만 했다. 아버지가 살아 계실 때는 소작농만 다섯 가구가 있었지만, 지금은 세 가구로 줄었고 경작지도 오백 에이커에 불과했다.

집안일은 이전 그대로 유지되고 있었다. 주방의 하녀는 식기를 닦는 일에만 꼬박 이틀을 바쳐야 했고, 겨울이면 매일 오후 주인의 침실에 불을 피워 두어야 했다. 주인이 사냥을 나갈 때면 남자 하인도 꼭 따라나섰으며, 해마다 유월에는 너도밤나무가 멋지게 자란 정원에서 사람들을 잔뜩 모아 놓고 가든파티를 열었다. 하지만 그 큰 집의 많은 일들을 제대로 해내기가 점점 더 버거워지고 있었다. 일을 미루거나 그대로 방치해 두는 경우가 점점 더 많아졌고, 조금씩 사람이 살았던 흔적이 사라지고 손길이 닿지 않으면서 집안은 천천히 비인격화해 갔다. 그로부터 이십오 년이 지난 후, 그 집은 군인들의 요양소로 쓰이게 된다.

베아트리스의 오빠 조슬린은 그녀보다 다섯 살이 많았다.

그는 몸집이 좋고 잘생겼으며, 눈은 창백할 정도로 푸른색이었다. 그의 첫인상은 어떤 상황에서든 주인처럼 행세할 것 같은 남자라는 것이지만, 그 인상은 금방 다른 인상으로 바뀌고 만다. 그는 주변의 일에 거의 아무런 자극을 받지 않는다. 나름대로 자신만의 반응을 보이는 것 같지만, 사실 그 밑에는 아주 깊은 수동적 태도가 숨어 있다. 그렇게 잘못된 첫인상은 어떻게 해서 생긴 걸까? 예상치 못했던 일이 생겼을 때도, 그는 눈을 반짝이며 온몸에서 풍겨 나오는 듯한 권위를 담아 "거 참 잘 된 일이네"라고 말한다. 그의 판단이 가지는 권위는 (그의 과거를 전혀 모르는 소년이 보기에도) 과거에 지켜야 할 가치가 있었던 모든 것들에서 비롯되는 것처럼 보인다. 그렇게 한마디 하고 나면 그는 —마치 그 과거로 다시 돌아가 버린 것처럼— 자신만의 깊고 은밀한 수동성 속으로 다시 숨어 버린다. 그를 그렇게 종잡을 수 없는 사람으로 만든 건 무엇일까?

그를 가까이에서 이해하기 위해서는 멀리서 지켜봐야만 한다. 지난 세기말 영국의 상류층은 특별한 위기를 마주해야 했다. 그들의 권력은 전혀 위협받지 않았지만, 그들이 스스로에게 부여했던 이미지가 위협을 받았던 것이다. 그들은 오랫동안 산업자본과 무역에 익숙해져 있는 사람들이었는데, 이제 세습된 토지를 가진 엘리트로서 살아가야 했다. 그러한 삶의 기반이 되는 조건들을 생각해 볼 때, 그들의 삶의 양식은 점점 더 현대사회와는 양립할 수 없는 것이 되어 갔다. 한쪽에서는 점점 더 규모가 커져 가는 현대적 자본과 산업, 그리고 제국주의가 새로운 리더십을 필요로 하고 있었고, 다른 한쪽에서 대중들은 민주주의를 요구하고 있었다. 그때 영국의 상류층이 택한 해결책은 철저히 그들의 속성에 맞는 방법이었다. 그 해결책은 활기에 넘치면서 동시에 경박했다. 자신들의 삶의 방식이 사라질 운명에 처하자, 그들은 뻔뻔스럽게도 그것을 하나의 구경거리로 신성화해 버렸다. 더 이상 현실적인 힘이 없다고 판단되자 연극으로 바꾸어 버린 것이다. 그들은 더 이상 자연의 질서를 언급하며 자신들을 정당화하려고 애쓰는 대신(가끔 나오는 주장도 순전히 말뿐이었다), 그 자체의 규칙과 관습을 가진 무대 위에서 연극을 했다. 천팔백팔십년대부터 줄곧 영국에서의 '사교생활'—사냥, 사격, 경마, 무도회, 요트 경주, 대연회 등—에는 그런 의미가 깔려 있었다.

일반 군중들은 그러한 신성화 작업을 환영했다. 극장 관객들이 대부분 그렇듯이, 그들 역시 어느 정도는 자신들이 배우를 소유하고 있는 것 같은 느낌을 가졌다. 한때 그들의 지배자였던 사람들이 이제 연인이 된 것처럼 보였다. 그렇게 사람들의 주의를 딴 곳으로 돌린 다음, 상류층—그 계급의 중심에 있던 사람들—은 이전보다 조금 더 은밀하게 새로운 권력을 휘두를 수 있는 방법을 익혔다. 마치 불사조처럼 영국의 상류층은 자신의 재 위에서 다시 날아오를 수 있었는데, 그 재는 연극의 의상으로 사용된 화려한 겉모습을 태우고 남은 것에 불과했다.

조슬린은 그러한 상류층 중에서 가난하고 주변부에 있는 인물일 뿐이었다. 그가 참가하는 사냥이나 사냥용 말 경주대회는 그리 유명한 대회들이 아니었다. 하지만 연극이 진정한 삶이며 나머지 삶은 연극과 연극 사이의 텅 빈 막간에 불과하다고 믿어야만 했던 그에게는 그런 대회에 참가하는 것이 도움이 되었다. 바로 그것이 그가 종잡을 수 없는 사람이 된 이유이며, 자신이 맡은 대사나 행동이 없는 무대 밖에서는 수동적일 수밖에 없었던 이유다. 하지만 분명히 말해두자. 그가 화려한 조명이나 관객들의 환호를 원했던 것은 아니다.(오히려 그는, 그런 것들은 천박하다고 생각했다) 단지 연극이 현실이라고 믿었던 것뿐이다.

그가 맡은 역에 필요했던 의상은 다음과 같다. 마호가니로 윗부분을 장식한 높은 장화, 박차, 허벅지 부분의 술 장식, 약간 빛이 바랜 핑크색 연미복, 흰색 목도리, 푹 눌러 쓰는 모자, 손잡이가 짧은 가죽 채찍.

십일월부터 이듬해 사월까지 그는 일 주일에 네 번씩 사냥을 나간다.

여기서 '연극'이라는 단어는, 본질적으로 자연스럽지 못하고 상징적이며 재연이나 구경거리 같았던 당시의 분위기를 더 잘 이해할 수 있게 하기 위해 사용한 메타포임을 강조해야 할 것 같다. 하지만 그 연극의 배경이나 무대 장치들은 모두 현실이다. 겨울 날씨, 사냥개, 짐승들이 잘 숨는 장소, 넘어야 할 장애물, 말을 타고 달려야 할 땅, 총에 맞아 질질 끌려오는 여우, 온종일 달리고 난 후의 피로 등, 이 모든 것은 현실이다. 불굴의 사냥꾼들이라면 으레 느끼게 마련인 상징적인 의미가 더해지면서 사냥이라는 경험은 더욱더 강렬하게 다가온다.

말을 탄다는 행위 자체가 주인, 기사만이 할 수 있는 것이다. 그것은 고귀한 신분을 나타내는 행위이다.(사회적인 의미에서뿐 아니라 윤리적인 의미에서도 그렇다) 비록 짧게나마 역사책에 기록되는 사람들. 명예는 항상 말을 탄 사람들의 몫이다.

사냥개를 잘 다루는 것은 용감함의 표시다. 그것은 능력이 있고, 말을 타고 달려가는 속도 외에는 아무것도 생각하지 않는다는 의미다.

사냥은 무언가를 소유하는 것과는 반대되는 행위이다. 그것은 무언가를 넘어서는 것이다. 광야로 돌진하는 것. 그것은 고개를 곧추 세운채 여우를 내려다보는 사냥개처럼 자유로운 사람이 된다는 것이다.

누군가를 만나는 것은 다른 사람, 그런 가치를 이해하고 그것을 지키는 데 도움이 되는 사람과 함께 말을 타는 일이다. 그리고 철조망의 발명은 그러한 가치에 반대되는 모든 것을 대변하는 것처럼 보인다. (훗날 바로 그 철조망 때문에 수백만 명의 보병들이 말을 탄 장군의 명령을 수행하다 목숨을 잃게 된다.)

이른 십이월의 어느 저녁 조슬린은 말을 탄 채 집으로 돌아오는 중이다. 말은 진흙투성이다. 그는 미끄러지듯 말에서 내린다. 처음에는 몸이 너무 굳어서 허리를 곧게 펴지도 못한 채 지팡이를 짚은 사람처럼 꾸부정한 자세로 말과 나란히 걸어간다. 말은 귀를 똑바로 세우고 있다. "조금만 더 가면 돼"라고 말의 귀에 속삭인 다음, 둘은 앞으로 나아간다. 그렇게 걸으며 그날 있었던 일을 다시 떠올린다. 자신에게 일어났던 일, 그리고 동료들의 반응. 몸은 지쳤지만 그 와중에 어떤 안락함이, 심지어 약간의 미덕까지 느껴진다. 그는 어떤 범죄 행위의 ─예를 들면 배신이나 절도 같은─ 결과가 점점 퍼져 다른 사람의 삶이나 또 다른 행동에 영향을 미치는 것처럼, 비록 자신의 능력으로는 그 인과관계를 설명하거나 그려 보일 수 없지만, 그렇게 명예로운 기마 경험도 작지만 사라지지 않는 영향을 미치는 것이라고 확신한다. 그는 하늘을 올려다본다. 별이 점점이 떠 있다. 그는 광활한 저녁 하늘을 보며 그 하늘을 뚫고 치솟을 커다란 말이 없음을 아쉬워한다.

○

소년은 계단에 선 채 침실에서 들려오는 말소리를 듣고 있다. 그 대화의 리듬이 침대에 함께 누운 연인들 사이의 대화에서만 느껴지는 것임은 나중에야 알게 될 것이다. 대화는 애정이 넘친다기보다는 그저 차분하고 사려 깊으며, 가끔씩 멈추었다가 다시 시작되곤 한다. (종종 삼촌이 먼저 잠자리에 들었는데, 그런 날이면 이모는 뜨거운 차를 들고 그의 방을 찾곤 했다. 이모는 그것을 ―웃으며― 잠자리 술이라고 불렀다.) 그들의 대화는 계단에 있는 소년으로서는 알아들을 수 없는 내용이다. 하지만 남자 목소리와 여자 목소리가 겹치는 리듬, 서로를 불러들이고 화답하며 그렇게 서로를 채워 주는 두 목소리, 쇠와 돌처럼, 혹은 나무와 가죽처럼, 서로 다르지만 그럼에도 불구하고 서로 스치고 자르고 문지르는 대화를 통해 하나로 엮이는 목소리. 그 과정은 분명히 들리는 말의 내용보다 훨씬 많은 의미를 담고 있다. 어쩌면 그 대화를 통해 이루어지는 결정들이 가진 힘 때문이었을지도 모른다. 그런 결정에 대해서 제삼자는, 엿듣는 사람은 아무런 말도 할 수 없다.

○

천팔백구십삼년 여름은 석 달 동안 가물었다. 마침내 폭풍우와 함께 큰비가 내렸을 때 그는 밖으로 나갔고, 땅에서는 가축들의 냄새가 났다.

그의 손에 말과 마구 냄새가 배어 있다. 그 냄새에는 가죽, 가죽 닦는 비누, 땀, 고창증(가축의 위가 가스로 부풀어오르는 증세―옮긴이), 털, 말의 입 냄새, 평원, 곡물, 진흙, 모포, 침, 똥, 그리고 물에 젖은 금속 냄새가 섞여 있다.

그는 냄새를 좀더 잘 맡기 위해 손을 코에 가져다 댄다. 가끔씩 그 냄새가 ―이른 아침 이후로 하루 종일 말을 타지 않아도― 저녁때까지 계속 남아 있는 날이 있다는 것을 알아차렸다.

말과 마구 냄새는 외양간 냄새와는 정반대다. 각각의 냄새는 다른 냄새와 비교할 때에만 제대로 분간이 된다. 축사 냄새는 우유와 빨랫감, 소의 옆구리 앞에서 상대적으로 작아 보이는 허리 굽힌 여인들, 물똥, 바닥에 깔린 짚, 온기, 여인들의 분홍색 손과 역시 분홍색의 소젖, 비밀이라고는 전혀 찾아볼 수 없는 분위기, 그리고 소들의 이름을 떠올리게 한다. 변덕쟁이, 예쁜이, 거드름이, 구름, 파이, 작은 눈.

말과 마구 냄새는 그로 하여금 자랑스러운 자신의 몸을 떠올리게 한다.(갑자기 몸이 뜨거워지는 것을 느낄 때와 비슷하다) 그는 말을 잘 탔고 삼촌도 그 점을 칭찬해 주었다. 삼촌은 망아지의 갈기를 잘 정리했다고, 또 남자들의 세계로 들어갈 준비를 잘하고 있다고 칭찬해 주었다.

그는 남자들의 세계에서 자주 등장하는 단어들을 알고 있지만, 사실 그 단어들은 그 남자들 중 아무도 입 밖에 내지 않았던 다른 세계의 무언가를 지칭하는 것이라고 믿고 있다. 자신의 주변에 있는 성인 남자들도 자신과 마찬가지로, 또한 그들만의 이유로 어떤 비밀을 가지고 있을 필요가 있기 때문이라고 그는 생각한다. 언젠가 그 세계에 들어가고 나면 ―얼위스 대위의 사냥개를 함께 쫓아갈 수 있게 되면― 그 비밀도 알게 될 것이다.

미스 헬렌

두 살에서 다섯 살이 될 때까지 소년에겐 세 명의 가정교사가 있었다. 미스 헬렌은 그 중 마지막 교사였다.

주방과 안뜰에서 멀리 떨어진 부속 건물에 있는 공부방에는 남자들은 없었다. 그저 한 소년이 있을 뿐이다. 높은 책상 때문에 발을 허공에 대롱대롱 매단 채 소년은 큰 소리로 책을 읽고 있다. 그녀는 안락의자에 앉아 있는데, 의자는 창 밖을 볼 수 있게 살짝 돌려져 있다.

그녀의 관심이 온통 창 밖 풍경에 가 있다고 생각될 때면 그는 그녀의 관심을 자신에게 되돌리기 위해 일부러 실수를 하곤 했다. 가끔은 의도하지 않은 실수도 있었다.
지빠귀(thrush) 여름에 새들이 울었다.
지빠귀?
네, 점박이 새.
지빠귀 여름이라고?
의자에서 몸을 일으킨 그녀는 잘록한 허리 부근에 주름이 잡힌 원피스를 바로 한 다음 그의 뒤로 다가와 책을 들여다본다.
여름 내내(through)겠지. 근데 정말 지빠귀라고 되어 있구나. 'rush'가 아니라 'rough'가 돼야 맞는 거야.
그녀가 웃는다. 소년도 웃고, 웃으며 슬쩍 머리를 뒤로 젖혀 그녀의 드레스에 기댄다.
괜찮은 실수예요. 지빠귀도 새니까.
하지만 전치사는 아니지.

다섯 살 혹은 여섯 살에 빠지는 사랑도, 비록 흔한 일은 아니지만, 쉽

살에 빠지는 사랑과 똑같다. 자신의 감정을 다르게 해석하고 사랑의 결과도 다르겠지만, 그때 느끼는 감정 자체는 동일하다.

다섯 살 소년이 사랑에 빠지려면 몇 가지 조건이 필요하다. 그 아이는 부모를 잃었거나, 적어도 부모와의 친밀한 접촉이 없어야 하며, 친밀한 부모의 역할을 대신해 줄 사람도 없어야 한다. 마찬가지로, 그 아이는 친한 친구나 형제 자매도 없어야 한다. 그러면 가능하다.

사랑을 하고 있다는 것은 지속적으로 선물을 주고받기를 기대하는, 어떤 고양된 상태다. 선물은 눈길을 던지는 것에서부터 자신의 전부를 주는 것까지 다양할 수 있다. 단, 선물은 선물이어야 한다. 그것은 요구할 수 없는 것이다. 사랑하는 사람은 권리가 없다. 상대방이 주고 싶어하는 그 무엇을 기대할 수 있는 권리밖에 없다. 대부분의 아이들에게는 온통 권리밖에 없다.(마음대로 할 수 있는 권리, 위안을 받을 수 있는 권리 등) 그래서 아이들은 사랑을 하지 않고, 그렇게 할 수도 없다. 하지만 어떤 아이가 주변 환경에 의해서, 자신이 누리던 그러한 권리가 그냥 주어지는 것이 아님을 깨닫게 되면, 행복이라는 것이 확실히 보장되거나 약속될 수 있는 무엇이 아니라 스스로의 힘으로 찾으려 애써야만 하는 것임을 불확실하게나마 인식하게 되면, 그리고 본질적으로는 혼자밖에 없다는 것을 알게 되면, 그 아이는 누군가로부터 순수하고 대가를 바라지 않는 선물을 지속적으로 받고 싶어하게 된다. 그렇게 기대하는 상태가 바로 사랑을 하고 있는 상태인 것이다. 누군가 물어 본다. 하지만 그는 무엇을 줘야만 하는 거지? 소년은, 성인 남자와 마찬가지로 자기 자신을 준다. 하지만 전부를 주는 것은 불가능하다. 소년의 사랑을 받는 이가, 그가 주는 것이나 그가 기대하는 것을 있는 그대로 알아보는 일은 불가능하거나, 적어도 있을 법하지 않은 일이다.

전치사가 뭐예요? 소년이 묻는다.

문법에서 나오는 건데, 항상 명사 앞에 오는 거야. 명사가 뭘 하는지 말해 주는 일을 하지.

하지만 ─누군가 반박한다.(그녀 역시 분명하게 말은 못하지만, 반박할 것이다)─ 다섯 살짜리 소년은 성적으로 발달이 덜 되었는데, 사랑에 빠진다는 것은 근본적으로는 성적인 문제가 아닌가.

매일 아침 소년은 그녀가 침실에서 세수하는 소리를 듣는다. 매일 아침 소년은 그녀의 방에 들어가 그녀를 놀라게 하는 상상을 한다. 무섭다거나, 뭐 다른 핑계를 만들면 그녀의 방에 들어갈 수 있지만, 그런 행동은 간청 혹은 어린아이기 때문에 부릴 수 있는 응석일 뿐이다. 소년은 그녀와 사랑에 빠져 있기 때문에 그의 자존심이 그런 행동을 허락하지 않는다.

밤에 잠자리에 혼자 누워 있을 때, 소년은 자신의 몸을 구석구석 만지며 자기를 소진시키는 그 신비한 힘의 근원이 어디인지 찾아보려 한다. (그녀와 함께 있을 때, 지금처럼 그녀가 뒤에 서 있고 그녀의 드레스에 머리를 기대고 있을 때면, 심장이 더 빨리 뛰고, 방금 뜨거운 물로 목욕을 마친 것처럼 팔다리에 힘이 빠진다.) 코와 귀, 겨드랑이, 젖꼭지, 배꼽, 항문, 발가락을 꼼꼼히 살핀다. 그리고 마침내 발기한 성기에 도달한다. 그것이 절반 정도의 해답이 된다는 것은 소년도 이미 알고 있다. 성기를 쓰다듬으면 익숙한 즐거움이 잔잔한 파도처럼 밀려온다. 파도는 점점 급해지다가 어느 정도를 넘어서면 고통으로 바뀐다. 소년은 그 즐거움을 좋은 고통이라고 부른다. 그에 필적할 정도로 강렬한 느낌은 정말 고통밖에 없었기 때문이다.

우리 노래할까요, 선생님? 소년이 묻는다.

먼젓번 선생님들과 달리, 심하게 게으른 성격의 미스 헬렌은 소년에 대해 엄격한 수업계획 같은 것을 가지고 있지 않았다. 두 사람은 그때그때 생각나는 대로 수업을 진행했다. 세 시간을 딱 부러지게 수업하는 게 아니라, 그저 오전 시간을 함께 보냈다고 하는 게 더 정확할 것이다. 소년은 그런 수업 덕분에 두 사람이 평등하다는 생각을 갖게 됐고, 미스 헬렌은 덕분에 시간을 죽일 수 있었다.

그녀가 피아노로 다가가 회전목마처럼 빙빙 돌아가는 동그란 의자에 앉는다.

제가 돌려 줄게요. 소년이 말한다. 제가 돌려 줄게요.

그녀 뒤에서 소년은 양쪽 엉덩이에 손을 대고 민다. 그녀는 다리를 들어 양발을 스커트 속으로 숨긴다. 천천히 그녀가 돌아간다.

소년의 얼굴은 원숭이처럼 생겼지만, 눈만은 아주 짙고 깊다. 웃긴 아이였다. 정말 그랬다. 항상 상대방 얼굴을 똑바로 쳐다보기 때문에 결국 이쪽에서 고개를 돌리게 만드는 아이. 소년이 무슨 생각을 하고 있는지는 나도 알 수 없다. 이틀 후면 미스 헬렌은 런던으로 가서 일 주일 정도 머무를 예정이다.

소년은 선생님의 옷이 항상 따뜻하다는 것을(소년은 그것이 그녀만의 특징이라고 생각한다) 이미 알고 있다.
그녀가 발을 내린다.
우리가 이러고 있는 걸 삼촌이 보면 뭐라고 하실까?

이쪽으론 절대 안 와요. 온다고 해도 말 타고 와서 그냥 창문 밖에서 한번 쳐다보고 말걸요.

그녀는 자신도 모르게 창 밖을 살핀다.

또 돌려 줄게요.

아니.

그 거절은 거의 짜증에 가깝다.

그럼 노래 불러 줘요. 소년이 말한다. 제가 좋아하는 노래.

무슨 노래 말이니?

헬렌 노래 있잖아요. 선생님 노래.

그녀는 웃으며 소년의 머리를 살짝 쓰다듬는다.

사람들이 들으면 내가 아는 노래가 그 노래밖에 없는 줄 알겠다.

그녀의 목소리는 여리지만, 아이들 목소리와는 확실히 다르다. 그녀가 노래할 때면, 소년은 자신과 선생님이 덩치도 같고, 썩 잘 어울리는 커플이 된 것만 같은 느낌을 받는다. 노래 가사를 듣는 것이 아니다.('헬렌이 누워 있는 그곳에 갈 수만 있다면…') 이미 너무 잘 알고 있는 가사이기 때문이기도 하지만, 한편으론 그 가사를 더 이상 믿지 않기 때문이다. 말은 그렇게 믿을 만한 것이 아니었고, 소년은 그저 자신의 노래를 부르는 그녀의 목소리를 듣는다. 마치 새의 노랫소리를 듣는 것과 비슷하다. 그녀가 노래하는 동안, 소년이 물어볼 수도 있다. 선생님, 나랑 결혼할래요? 노래하는 동안, 그녀가 대답할 수도 있다. 그래. 하지만 소년은 그 대답을 믿지 않을 것이다. 그들 두 사람을 제외한 세상의 모든 것을 고려해 볼 때, 그것은 불가능한 일이라는 것을 소년도 이미 알고 있기 때문이다.

그녀의 눈이 살짝 아래를 향했다. 곡을 외우지 못해 악보를 보고 치는 것 같았다. 약간 두툼한 그녀의 눈꺼풀은 매끈하고 동그랬으며, 쌍꺼풀은 없었다. 언젠가 잔디밭에 매달아 놓은 해먹에서 졸고 있는 그녀를 소년이 보았을 때, 그녀의 얼굴에 파리가 앉아 있었다.

그녀는 자신이 돌봐 주기로 한 소년 앞에서 '자신의' 노래를 가볍고 사랑스럽게 부르는 모습을 존 레녹스 씨가 지켜보는 광경을 상상했다. 자유주의자 진영으로 로스온와이의 유력한 시장 후보인 그가 그녀에게 다가와 속삭이는 모습을 상상했다. '목소리까지 이렇게 아름다우신 줄은 꿈에도 몰랐습니다.'

밤에 잠자리에서 자신의 성기를 빳빳하게 만드는 그 신기한 느낌 때문에 소년에겐 몇 가지 궁금증이 생겼다. 하지만 그 궁금증은, 단어와 이미지, 손동작과 몸동작이 뒤섞인 복합적인 언어로 표현되었다. 되는 대로 해석해 보자면 아마 다음과 같은 질문이 될 것이다.
왜 다른 사람들 몸은 만져볼 수 없는 걸까?
이런 즐거움에 조금 더 가까이 가려면 어떻게 해야 할까?
내 몸에 관해서 나만 알고 다른 사람들은 모르고 있는 건 뭘까?
어떻게 하면 다른 사람에게 알려 줄 수 있을까?
도대체 이 상태는 뭘까? 지금 내가 빠져 있는 이 상태, 하지만 빠져 나갈 수 없는 이 상태는 도대체 뭘까?
소년은 자신의 질문처럼 복합적인 언어로 된 대답을 선생님이 해줄 수 있을 것이라고 확신하고 있다. 공부방에서 던지는 형식적인 질문들('비는 왜 내리는 거예요?' '늑대는 뭘 먹고 살아요?' 같은 질문들)과 그에 대한 선생님의 대답은 모두 그 질문을 하기 위한 준비 단계에 불과했다.

건반 위에 놓인 그녀의 손. 창백한 피부와 가늘고 긴 손가락에, 손톱은 짧았다. 일요일이면 그녀는 흰색 장갑을 꼈고, 교회에서 돌아오는 길에 소년은 그녀의 손을 잡곤 했다. 지금 소년은 언제나처럼 넋을 잃고 선생님의 손을 바라보고 있다. 그녀의 손가락은 전혀 다른 두 가지 방식으로 건반을 두드린다. 아주 가볍게, 건드리자마자 이내 날아갈 듯 떨어지는 방식이거나, 무겁게 내리쳐서 옆 건반의 거친 면이 보일 정도로 얼마 동안 묵직하게 건반을 누르는 방식. 두번째 경우엔 건반을 뚫고 피아노 속으로 손가락을 밀어 넣으려는 것처럼 보인다. 마지막 음이 천천히 사그라진다.

이제 선생님이 피아노 치고, 내가 노래할래요.

무슨 노래 하려고?

선생님 노래 다시 불러 줄게요.

소년이 여섯 살이나 일곱 살이 넘어가면 ─적어도 사춘기가 올 때까지는─ 사랑에 빠지기가 힘들다. 아는 사람이 너무 많아지기 때문이다. 이젠 자기 자신이 아닌 세상이 더 이상 하나가 아니며, 사람들 수만큼 다른 세상이 늘어나고, 그들 모두가 자신과 다른 사람으로 그의 앞에 등장한다. 하지만 다섯 살 때는 아직 그런 일이 일어나지 않을 수 있다.

부모가 없었기 때문에, 소년은 자기가 아닌 세상을 대표하는 단 한 사람, 자신의 절반 혹은 자신의 반대점 역할을 해줄 단 한 사람을 찾고 있다. 소년이 찾은 사람이 자신과 완전히 다른 사람이라면 ─경험, 역할, 배경, 개인적 관심사, 나이, 성별 등 모든 면에서─, 만약 그 사람이 가장 넓은 의미에서 자신에게 낯선 사람이지만 또한 지속적인 친밀감을 보이는 사람이라면, 그리고 만약, 그 모든 것과 더불어 그녀가 예쁘고 결혼적령기에 있는 사람이라면, 소년은 사랑에 빠지기 쉽다.

그래도 성적 욕망이 빠져 있지 않느냐고 주장할 수 있다. 다섯 살짜리 소년의 발가벗은 몸이 그런 주장의 증거가 될 수도 있을 것이다.(이 주에 한 번씩 소년은 사랑하는 사람 앞에서 발가벗고 목욕을 한다) 하지만 소년은 신체적으로 부족한 부분을 형이상학적으로 보충하고 있다. 소년은 그녀가 —자신과 반대되는 모든 것, 따라서 그를 보완해 줄 모든 것이 됨으로써— 자신의 세상을 완성해 줄 수 있을 거라고 어렴풋이 느끼고 있다. 성인들의 성적 욕망도 그 느낌의 재구성에 불과하다. 다섯 살짜리 소년의 경우엔 그런 재구성이 필요 없는 것이, 그에겐 아직 타고난 느낌이 남아 있기 때문이다.

소년이 노래를 시작한다. 가사는 안중에도 없고 선생님의 손가락만 뚫어지게 쳐다본다. 소년은 기회를 놓치지 않고 한 걸음 다가가 그녀의 어깨에 볼을 기댄다.

머지않아 미스 헬렌 대신 새로운 가정교사가 올 것이다.

소년에겐 설명이 필요치 않았지만 딱히 설명을 해주는 사람도 없었다. 뒤집을 수 없는 사실로 다가오는 결정들을 받아들이는 일에는 이미 익숙해져 있었다. 그런 결정을 내릴 수 있는 권위를 가진 사람을 생각할 수 없었기 때문에, 그 결정에 이의를 제기해 보려는 생각도 들지 않았다.

나무껍질에 귀를 대고 나무가 내는 소리에 귀를 기울인다. 아직까지 죽은 나무의 소리를 들어 볼 엄두를 내 보지는 못한 소년이었다. 나무에 대한 소년의 구분은 분명하다. 좋아하는 나무와 싫어하는 나무.(특별한 이유는 없었다) 올라갈 수 있는 나무와 올라가기에는 조금 무서운 나무. 올라가면 전망을 볼 수 있는 나무와 볼 수 없는 나무. 조금 더 복잡한 구분도 있다. 나무는 분명 살아 있지만 동물들처럼 살아 있는 것은 아니었다. 무슨 차이가 있을까? 첫째, 나무는 접근하기가 더 쉽다. 둘째, 나무는 더 신비하다. 셋째, 나무는 옮겨 다니지 않는다. 넷째, 나무는 소년을 숨겨 줄 수 있다. 나무껍질에 무언가를 새겨 넣을 때, 소년은 나무가 고통을 느끼는 것은 아니라고 믿고 있다. 나뭇가지를 휘어 봐도 거기에선 고통스러운 소리나 냄새가 나지 않는다. 하지만 나무껍질에 몸을 갖다 대면 나무가 살아 있다는 느낌이 그대로 몸으로 전해진다. 그건 소년의 사고로는 설명할 수 없는 느낌이다. 동물을 만질 때면 그 동물의 의지가 간섭하게 된다. 소년이 항상 입을 맞추는 나무가 있다. 나중에 더 자라면 한번 올라가 보고 싶은 나무다. 소년은 늘 같은 자리에 입을 맞춘다.

○

낮 동안의 시간은, 일단 날이 밝고 나면 그 자체로는 거의 인식되지 않는다. 항상 이런저런 관심사들이 우리의 주의를 끌기 때문에, 폭풍우나 눈보라가 몰아칠 때, 아니면 부분 일식 같은 것이 일어날 때에만 비로소 우리는 하던 일을 멈추고 그 시간 자체를 인식하게 된다. 하지만 낮이 시작되거나 끝날 무렵, 동틀녘이나 해질녘, 우리 눈앞에 펼쳐진 세상과의 관계가 급격히 변화하는 그 시간 동안은, 우리가 하고 있는 일만큼 그 순간 자체에 대해서도 인식하곤 하며, 때로는 그 순간 자체에 더 많은 관심을 기울이기도 한다. 새벽녘에는 아무리 자아가 강한 사람이라고 해도 자신에 대해 잊어버리기 쉽다. 따라서 동이 트거나 날이 저물 무렵의 경험은 역사적 변화에 큰 영향을 받지 않으며, 오히려 그날 하루 동안 겪었던 일에 따라 좌우될 것이다.

가끔씩 소년은 부엌에서 농장의 일꾼들과 함께 아침을 먹을 때가 있었다. 그는 그런 특별한 아침을 최대한 즐기려 했고, 천천히, 한 주한 주 지나면서 그 시간을 늘려 갔다. 이제 부엌에서의 아침식사가 있는 날은, 소년은 자기가 원하는 시간에 일찍 일어나서 밖으로 나가 마음껏 가고 싶은 곳을 돌아다니다 가축 책임자와 함께 일곱시 삼십분에 부엌에 나타났다.

미스 헬렌이 떠나고 몇 달 후, 겨울날 아침마다 소년은 아직 세상이 어둠에 쌓여 있을 시간에 밖으로 나가 너도밤나무가 있는 곳까지 가파른 정원을 오르곤 했다.

정원에서 불 켜진 집안과 착유장을 내려다볼 때의 차가운 느낌은, 잠을 자는 동안 자신의 몸에서 뜨겁게 불타올랐던 신비스러운 느낌을 상쇄시켜 주었다. 불빛이 새어 나오는 창문을 보고 있으면 방 안의 모습이 상상이 되었다. 서랍처럼 그 창문을 당기면 방 안의 모습이 그대로 드러날 것 같았다. 그 안에는 그가 살고 있는 삶의 따뜻함과 안정 그리고 친숙함이 가득하지만, 그 순간만큼은 소년은 그 안에 있지 않았다. 그는 너도밤나무 아래의 어둠 속에 있었다. 그 어둠 속에서, 그리고 겨울날의 추위 속에서 소년의 감각은 제한적이어서, 마치 자신의 몸이 겨우 들어갈 만한 작은 오두막의 열린 틈 사이로 바깥 세상을 보는 것 같은 느낌이었다. 그럴 때면 단어와 이미지, 손동작과 몸동작이 뒤섞인 복합적인 언어로도 제시할 수 없을 것 같은 질문들이 집과 자신의 오두막 사이를 가득 채우는 것 같았다. 언덕 위의 평원에, 어둠 속에서 희미하게 분간되는 양떼들의 모습이 절대적인 어둠을 향해 난 창문에 서린 입김처럼 보인다. 양떼들은 지금 자신이 정리할 수 없는 그 질문들과 영원히 아무 상관이 없을 거라는 점을 소년도 잘 알고 있다. 자신의 발을 볼 수 있을 만큼 날이 밝으면, 그만의 작은 오두막도 사라지고, 그와 함께 누구에게도 물어볼 수 없었던 질문들도 사라졌다.

정원을 내려온 소년은 가축 책임자와 두 명의 하녀가 우유를 짜고 있는 축사의 입구에 선다. 소년은 소들 하나하나의 이름을 부르며 엉덩이를 두드려 준다.

아침에 부엌에서 마시는 차는 공부방에서 마시는 차와 다르다. 컵도 다른데, 주둥이가 어찌나 큰지 거의 대야 같다.

겨우 마실 수 있을 정도로 뜨거운 차는 매우 강렬하면서도 묽은 맛이다. 입술 위에 차로 얇은 막을 씌운 것 같다. 입술에 스며들지 않은 차는 환등기에 사용하는 운모(雲母)처럼 반짝거린다. 입안에도 차의 향이 퍼지는데, 특히 설탕 맛이 유난히 강하게 느껴진다. 그 맛은 그저 입안에만 머무르지 않는다. 단맛은 마치 에우리디케의 실처럼 혀에서부터 목구멍을 타고 내려가 위장을 지나고, 신비스럽게도 성의 중심, 성적 쾌락이 외부로 울려 퍼지기 전에 차곡차곡 쌓이는 그 작은 영역(남성의 경우 생식기관 자체와도 구분된다)까지 전해진다. 맨 처음 사랑으로 안내하는 것은 바로 그 단맛이다.

꿀은 몸에 좋지만 자칫 중독될 수도 있다. 마치 정상적인 상태에서 '벌꿀' 처럼 달콤한 여인이 기분이 좋지 않을 때는 독을 내뿜는 것과 비슷하다고 할까…. 꿀을 먹고 싶은 마음은 일종의 자연으로의 회귀를 나타내는 것이다. 그 마음은 미각으로 치환된 성적인 영역에 대한 에로틱한 이끌림이라고 할 수 있는데, 지나치게 탐닉하면 문화의 근간을 뒤흔들 수도 있다.

부엌에서는 베이컨과 일꾼들의 장화 냄새가 난다.

화덕 옆에 서 있는 조리사는 놀라움을 감추지 못한 표정으로 남자 일꾼 일곱 명과 하녀 세 명이 식사하는 모습을 지켜본다. 누군가에게 괴롭힘을 당할 때를 제외하면, 그녀는 자신이 준비한 음식을 먹는 사람들을 지켜볼 때 항상 그런 표정이다. 사람들의 게걸스러운 식욕이 놀랍지는 않았다. 그녀는 그런 모습에 더 이상 놀라지 않는다. 아마 그 놀라움은 그녀만의 개인적인 놀라움이 아닐 것이다. 그것은 자신의 눈앞에서 무언가 빠른 속도로 사라지고, 순식간에 더 이상 세상에 존재하지 않게 되는 과정을 지켜볼 때 누구나 느끼는 원초적인 놀라움이었다.

소년의 이모가 부엌으로 들어와 머리를 한번 쓰다듬어 주고는 옷장 옆의 낮은 창문 쪽으로 황급히 다가간다. 식탁에 앉아 있던 하녀들이 멍한 표정으로 그녀를 쳐다본다. 그녀가 창문 쪽으로 간 것은 오빠의 모습이 보이는지 살피기 위해서이다. 집안일이나 오빠가 내버려 둔 농장 일에 매여 있을 때가 아니면, 당장 급한 일을 마치고 나면 그녀는 곧장 안절부절못하며 오빠를 찾았다. 마치 방금 결혼한 부부처럼 그녀는 오빠를 챙겼다. 그녀는 오빠가 어른이 되면서 불구가 되고 쓸모없는 사람이 되는 과정을 지켜봤다. 지금 그녀가 아끼는 그는 이십 년 전, 아직 상처받기 전의 그였다. 그녀는 그 소년에게만은 계속 충실하게 남아 있었다.

또 한 명의 소년, 차를 마시고 있던 소년이 그녀를 지켜본다. 그녀는 창문에 거의 닿을 정도로 얼굴을 가까이 대고 있다. 소년은 이모가 삼촌을 기다리고 있다는 것을 알고 있다. 종종 이모가 그렇게 기다리는 모습을 본 적이 있었다. 자리에서 일어난 소년은 식료품 창고를 지나 밖으로 나간다. 건물에 가까이 다가간 그는 부엌 안에 있는 사람들 눈에 띄지 않게 주의하면서 이모가 서 있는 창문 바로 아래로 기어간다. 조금 흥분되기도 하고, 자신이 칠 장난을 생각하면 자꾸만 웃음이 나오려고 한다.

이모는 삼촌을 기다리고 있지, 왁! 나야!

소년은 물받이 위로 올라가 천천히 몸을 일으키고는 창문에 코를 갖다 댄다. 그의 머리가 이모의 허리 근처의 높이에 가 닿았다. 얼마 동안 그녀는 소년의 존재를 알아차리지 못한다. 그녀의 시선은 곧 오빠의 모습이 나타날 평원에 고정되어 있다. 소년은 그렇게 잠시 이모의 얼굴에서 눈을 떼지 못한다. 얼마 후 그녀가 고개를 숙이고 그가 있다는 것을 알아차린다. 초점을 바꾼 그녀의 눈이 반짝인다. 이제, 그녀는 미소짓고 소년은 웃음을 터뜨린다. 왁!

숫자

공부방에 칠판이 들어왔다. 이제 더 이상 여자들의 휴게실이나 아이들 방이 아니었다. 책장에는 교과서가 꽂혀 있다. 벽에 걸린 커다란 세계지도에 대영제국은 사냥용 외투 빛깔 같은 분홍색으로 칠해져 있다. 벽시계도 있다. 미스 헬렌과의 시간은 이미 지나가 버렸고, 소년은 그것을 되돌릴 수 없다는 것을 알고 있다. 그것은 자신에게 아버지가 없다는 사실만큼이나 분명한 것이었다. 하지만 후자의 경우가 다른 사람들의 이야기를 통해 알게 된 사실이라면, 전자는 스스로 알게 된 사실이라는 점이 달랐다.

한 번만 더 시계를 쳐다보면 오후에도 계속 산수 공부만 할 거야.

오후에는 삼촌이랑 말 타러 가기로 했어요.

선생님이 직접 삼촌에게 말씀드릴 수도 있어.

그래 봤자 아무 소용없어요.

뭐라고?

삼촌이랑 말 타러 갈 거라고요.

일어나!

가정교사도 함께 자리에서 일어나 피아노가 있는 쪽으로 천천히 걸어갔다. 그건 거의 의식적인 행동으로, 어색할 정도로 느린 걸음걸이는 소년에게 앞으로 일어날 일을 알려 주기 위한 것이었다. 가정교사가 피아노 위에 놓인 회초리를 집어 들었다.

버릇없이 굴면 무슨 벌을 받기로 했지?

양손에 회초리 한 대요, 선생님.

그는 손바닥을 위로 한 채 손을 내밀었다.

손바닥 맞는 벌에는 요령이 생겼다. 회초리를 내려친 다음 선생님은 항상 소년의 얼굴을 보며 매가 효과가 있다는 것을 확인하려 했다. 따라서 선생님이 내려치는 순간에 맞춰 표정관리를 잘할 필요가 있었다. 인상을 너무 찌푸리면, 어색한 자세로 불쌍한 표정을 지어 보이는 자신이 불쌍하다는 생각에 눈물이 났다. 인상을 덜 찌푸리면, 손바닥의 고통이 통제할 수 없을 정도로 빨리 퍼져 목이 메고 눈에 눈물이 고였다. 결국 매번 선생님이 어느 정도로 세게 때릴지를 미리 판단해야 했다. 선생님의 호흡과 외투 안쪽의 아랫배가 어떻게 움직이는지 유심히 살피면 알 수 있었다. 짐작이 정확해서 아무런 내색도 하지 않을 때는, 그래서 선생님이 자신의 표정에서 아무것도 읽어낼 수 없을 때는, 소년은 조금도 아프지 않았다.

전날의 실수를 똑같이 반복하는 경우에는(예를 들면, 'until'의 'l'이

둘이 아니라 하나라는 것을 잊어버렸을 때) 왼손에 회초리 한 대, 하루에 같은 실수를 세 번 이상 할 때는 오른손에 한 대였다. 그리고 말을 듣지 않을 때는(지금처럼) 양손에 회초리를 맞았다. 처음에는 그런 체벌의 규칙성이 소년을 놀라게 했지만, 지금은 벽시계에서 일정하게 알려 주는 시간에 비하면 그 체벌 규칙이 훨씬 더 제멋대로였다. 공부를 하는 한 시간은 견딜 수 없을 만큼 길었지만, 밖에서 노는 두 시간은 어떻게 가는 줄도 몰랐다.

삼분의 이와 칠분의 삼 중에 어느 것이 더 크지?

바셋 우드 쪽으로 난 창 밖을 응시하고 있던 소년은 질문에 함정이 있다고 생각한다.

가정교사는 자신의 새로운 일을 마음에 들어 했지만, 일자리를 잃지 않으려면 소년의 고집을 꺾어 놓아야만 한다고 생각한다.

조리사의 거실에는 할아버지가 쓰던 시계가 있다. 소년이 혼자 그 방에 있을 때면, 그 시계의 초침 소리가 마취제처럼 느껴졌다. 한없이 이어질 것 같은 시간이 그를 졸리게 했지만, 차곡차곡 시간을 채우는 초침 소리, 그렇게 꼬박꼬박 시간을 기록하는 그 소리가 부담이 되기도 했다. 좌우로 천천히 흔들리는 황동 시계추를 바라보며 숫자를 세던 소년은, 이백이나 삼백까지 따라 세다 포기한 후에도 흔들리기를 멈추지 않는 시계추를 보며 동그란 시계 유리를 깨 버리고 싶다는 생각을 한 적도 있었다.

조리사가 키우는 고양이가 무릎 위에 앉아 있는 바람에 더욱 잠이 쏟아진다. 귀를 간질여 주자 녀석이 그르릉거린다. 반쯤 혼미한 그의 정신 상태는 두 개의 의식 사이에 매달린 해먹 같다. 한쪽에는 영원히 끝날 것 같지 않은 집안의 분위기, 그 영원할 것 같은 시간에 대한 의식이(이제 일곱 살 반이 된 소년은 그 집에서 오 년째 살고 있었다) 있었고, 다른 한쪽에는 지금 무릎 위에 앉아 있는 동물들의 삶, 세상에 무관심하고 질적으로 완전히 다른 삶에 대한 의식이 있었다. 동물의 온기가 배에 전해지며 뱃속을 알 수 없는 색으로 칠하는 것만 같고, 허벅지 안쪽이 뜨거워진다.

두 남자

어스름한 해질녘 너도밤나무 너머의 숲에서 집을 향해 내려온다. 가을 저녁, 하늘은 붉고 굴뚝에선 연기가 피어오른다. 비둘기들이 잡목 숲 사이를 날아다니는 소리가 들리고, 대지에서 올라온 차가운 기운이 허리께에 느껴진다. 개를 데리고 나온 다음부터는 거리 감각이 달라졌다. 이젠 주변의 사물이나 사건에만 관심을 보이지 않는다. 그를 둘러싼 공간이 넓어졌다. 사냥개가 그의 주위를 맴돌며 뒤쪽에 있는 알 수 없는 어둠의 경계를 살피고 있다. 양떼를 몰 때와는 정반대의 움직임이다. 미지의 것이 집요하게 그를 사로잡는다. 절대 일어날 수 없는 일이란 무엇일까? 어린아이가 스스로에게 대답한다. 아무것도 없다고. 가능한 일은 무엇일까? 어른이 스스로에게 대답한다. 아무것도 없다고. 그는 아직 어린아이였고, 어린아이의 마음으로 숲을 거닐고 있다.

이십 야드쯤 앞에서 개가 짖기 시작한다. 밀렵꾼들이 밀렵을 하는 걸까? 이제 막 무언가를 배우기 시작한 그에게 밀렵꾼들은 신비의 대상이었다. 삼촌은 그들을 극악무도한 범죄자들이라고 했다. 그들은 무엇을 해도 막을 수 없는 사람들이기 때문에 자비를 보일 필요도 없는 존재라고 했다.(삼촌의 세계에서 밀렵꾼들은 움베르토에게 도시의 폭도들과 같은 존재이다) 하지만 농장의 일꾼들의 대화를 들어 보면, 그들이 주고받는 윙크나 암호 같은 웃음을 보면, 그 일꾼들의 친구들 중에도 밀렵꾼이 몇몇 있다는 것을 알 수 있었다. 일꾼들은 이런 말을 주고받았다. 지체 높은 양반들도 배를 곯으면…. 소년은 자문했다. 밀렵꾼들은 다 배가 고픈 걸까? 무엇보다도 배고픔이라는 개념, 밀렵을 하지 않으면 안 될 정도로 배가 고플 수 있다는 것이 가장 신기했다. 개들은 배가 고플 때면 머리를 흔들며 먹이를 먹는다. 해질녘의 숲을 걸으며 소년은 극도의 배고픔을 채우기 위해 머리를 흔들며 음식을 먹는 사람들이 있을지 생각해 본다. 그는 달리거나 걸음을 늦추지 않는다. 두려움은 자기 안에 있는 것임을 알고 있다. 두려움은 물이 가득 찬 주전자 같다. 절대 쏟지 말아야 한다. 일단 쏟아지고 나면 두려움은 주변의 모든 것들 위로 흘러넘칠 것이다.

짖기를 멈춘 개는 귀를 쫑긋 세운 채 앞발을 한쪽만 들어 올린 자세로 가만히 있다. 숲에서 장화를 신은 사람의 발소리가 들린다. 나뭇가지, 젖은 낙엽, 흙 밖으로 나온 뿌리가 사람의 발에 걸릴 때마다 제각각 소리를 낸다. 두 명의 남자가 나타난다. 그들은 모자가 달리고 허리춤을 끈으로 묶는 장옷을 입고 있는데, 자루 같은 그 복장은 축축하고 어두워 보인다. 소년은 그런 사람들을 한번도 본 적이 없었다. 두 남자 중 한 명은 손에 물병을 들고 있다. 꼬마야! 두 남자 중 한 명이 소리친다. 나머지 한 명은 무서워할 것 없다고 말한다.

소년은 두려움이 쏟아지지 않게 주의하며 가만히 서 있다. 두 남자는 하녀들이 자는 방의 옷장 문에 새겨진 것처럼 넓적하고 심각해 보이는 얼굴을 하고 있다. 그들은 자신들과 함께 가자고 말한다. 해치지 않을게. 물병을 든 남자가 말한다. 그들은 어린아이에게 말할 때처럼 소년에게 말했고, 그것이 안전하다는 느낌을 준다. 이름이 뭐니? 그들이 묻는다. 이름을 말해 준다. 소년은 그들과 함께 걷는다. 지금까지 그의 경험으로는 지금 이렇게 자루 같은 옷을 입은 남자들과 숲 속을 함께 걸어가는 상황에 제대로 대처할 수가 없다. 그는 이 일이 얼마나 예외적인 일인지 알 수 없다. 집에 돌아가면 삼촌이나 가정교사가 설명을 해줄까. 아니면 이 일은 그 두 사람도 설명해 줄 수 없는 일일까. 어디 가는데요? 소년이 묻는다. 물병을 든 남자가 대답한다. 너에게 보여줄 게 있단다. 날이 너무 어두워서 남자들의 얼굴을 알아볼 수가 없다.

잠깐, 여기서 기다려라. 남자들 중 한 명이 잠깐 사라졌다가 불이 꺼진 등을 들고 다시 나타난다. 마차에 다는 것처럼 생긴 등이다. 물병을 든 남자가 병에 든 액체를 등에 따른다. 파라핀 냄새가 난다. 램프에 불이 들어오고 그들은 다시 발걸음을 옮긴다. 낑낑거리던 개는 어느새 숲 속으로 난 길을 따라 사라지고 보이지 않는다. 아무도 말이 없다. 흔들리는 등에 비친 그들의 그림자가 하늘에 드리우는 것 같다.

앞장서던 남자가 걸음을 멈추고 머리 위로 등을 들어 보이며 묻는다. 뭐가 보이냐? 소년은 어둠을 응시한다. 나뭇가지 세 개가 길 위에 떨어져 있다. 많이 봐 오던 나뭇가지 같아서 소년은 두려운 생각이 든다. 소년은 그게 무엇인지 알아보았다. 말의 다리였다. 남자가 등을 조금 움직이자 나뭇가지에 박힌 못 같은 말발굽이 분명하게 보인다. 말의 다리는 꼼짝도 하지 않는다. 뭐가 보이냐? 말이 길에 누워 있어요. 한 마리뿐이야? 물병을 든 남자가 묻는다. 동료보다는 이 남자의 목소리가 항상 더 부드럽다. 모르겠어요.

가자, 뭐가 무서워서 그렇게 서 있니? 다른 남자가 그렇게 말하고 등을 높이 든 채 둔덕을 오른다. 말은 두 마리인데 모두 쓰러져 있다. 짐마차를 끄는 덩치가 큰 말이었다. 몸이 완전히 뒤틀려 있고, 마치 다리가 부러지면서 한바탕 굴렀던 것처럼 보인다. 주변은 고요하고 개가 말의 입에 코를 들이대고 냄새를 맡는 소리만 들린다. 죽은 거예요? 소년이 묻는다. 물병을 든 남자, 목소리가 더 부드러운 남자가 말한다. 잠깐 기다려. 무슨 소리야. 등을 든 남자가 다그친다. 넌 항상 바보 같은 소리만 하냐. 남자는 그렇게 말하고 소년을 돌아본다. 잘 봐, 꼬마야. 지금 내가 이 말들을 죽일 거야. 네가 보기에도 다시 일어날 수 없을 것 같지? 그래서 내가 죽여 주려는 거야.

둔덕에 올라간 남자가 등을 낮게 비춘다. 볼 수 있을 때 봐 둬. 그가 소년에게 말한다. 남자는 첫번째 말에게 다가가 머리를 내려친다. 소년은 남자가 무엇으로 말의 머리를 내려치는지 알 수 없다. 아마 들고 있던 물병이었을 것이다. 남자는 두번째 말에게도 똑같이 한다. 두 번을 내려치는 동안 등불에 비친 말의 몸은 조금도 움직이지 않았다. 남자가 몸을 일으킨다. 손에는 아무것도 들려 있지 않다. 자 이제 죽었다. 봤지? 분명히 본 거지? 소년은 남자가 거짓말을 하는 것이라고 생각한다. 네. 봤어요. 남자는 흡족한 표정으로 소년에게 다가와 어깨를 두드려 준다. 남자의 손에 파라핀 냄새가 나는 피가 묻어 있다. 자 봤지? 남자가 말한다. 네, 봤어요. 아저씨가 말 두 마리를 죽였어요. 소년이 말한다. 그는 자신이 어린아이의 마음으로 남자에게 말을 하고 있다는 것을 알고 있다. 아저씨가 아주 잘 죽였어요. 자신의 목소리가 귀에 울린다.

다시 데려다 주마. 남자가 말한다. 누가 물어 보면, 지금 본 걸 분명히 이야기해 줘야 한다. 우리가 이 등을 들고 다시 데려다 주마.

가도 돼요? 소년이 말한다.

우리가 데려다 준다니까, 꼬마야.

길은 저도 알아요. 밤이라도 알아요. 소년이 말한다.

혼자서 돌아가는 길이 아무리 무서워도 지금 앞에 선 이 남자의 역한 느낌과는 비교도 안 될 것이다. 머리가 어지러울 정도의 역한 느낌. 순간, 파라핀 냄새에 소년은 토할 것만 같다.

가도 돼요?

방금 본 거 절대 잊어버리면 안 된다.

남자들이 사라지고, 등불도 희미하게 멀어져 간다. 파라핀 냄새는 아직 남아 있지만 그건 생각뿐이다. 소년은 숲 사이로 발걸음을 옮긴다.

이제 두려움은 없다. 자신에 대한 두려움이든 알 수 없는 것에 대한 두려움이든 (둘은 다른 것이므로) 모두 사라졌다. 하지만 그것은 의지력으로, 용기를 내서 극복한 것이라기보다는 —그런 도덕적 가치에 직접 호소하는 것이 얼마나 효과가 있단 말인가?—, 또 다른, 더 강렬한 혐오감 때문에 상대적으로 작아진 것에 불과했다. 그런 혐오감이 어떤 것이라고 규정하는 것은 내 능력 밖의 일이다. 생각나는 단어들은 모두 그 감정을 지나치게 단순화하는 것들뿐이다. 말을 죽였다는 것이나, 피를 봤다는 것과는 아무 상관이 없다. 그런 감정은 어린아이든 어른이든 자주 느끼지만 보통 사람들의 경우에는 얼른 사라지게 마련이고, 또 체계적으로 무시됨으로써 다시 발생하는 일도 없다. 하지만 소년은 그 감정을 무시하지 않았고, 결국 그의 두려움보다 더 강렬한 감정으로 항상 남아 있게 된다.

숲을 나온 소년의 모습이 농장 뒤쪽 언덕에 나타난다. 경사가 너무 심해 밭으로 쓸 수 없었던 언덕에는 고사리만 무성하다. 어둠 속에서 언덕을 내려오던 소년이 고사리 다발에 발이 걸려 앞으로 고꾸라진다. 다치지는 않고, 그저 소년은 그대로 굴러서 내려온다. 멈추는 게 어렵지는 않다. 그냥 아무 나무 뿌리나 손에 잡히는 대로 잡으면 되지만, 그는 그러고 싶지 않다. 다리가 하늘을 향할 때마다 마치 언덕이 아니라 평지에 있는 것 같은 느낌이 들었고, 건물의 창문으로 새어 나오는 불빛이 먼 지평선에서 빛나는 신비로운 불빛처럼 느껴진다. 머리가 땅에서 떨어질 때마다 마치 몸이 하늘을 향해 떨어지는 것만 같다. 뒤에서 달려오던 개는 신이 나서 짖다가 땅에 코를 처박고 킁킁거린다. 한 바퀴씩 구를 때마다 하나의 문이 열리고 닫히는 것 같다. 평원이 닫히고, 하늘이 닫히고, 평원이 닫히고, 다시 하늘…, 문이 열리고 닫히는 것에 상관없이 젖은 고사리 냄새가 진동을 한다. '쾅' 닫히고, '쾅' 닫히고. 평지에 도착한다. 착유장에서 물 흐르는 소리가 들린다.

그 해 가을밤 숲 속에서의 사건 이후, 소년은 자주 언덕 위로 올라가 일부러 고사리 덤불을 굴러 내려오곤 했다.

어느 날 오후 조리사가 그 광경을 목격한다.
그러다 목 부러져요. 그녀가 말한다.
목 안 부러져.

낙마

그는 그 나뭇가지가 바로 자신을 말에서 떨어뜨리기 위해 만들어진 물건이라고 생각했다. 나뭇가지에 걸려 말에서 떨어질 거라는 확신이 드는 순간, 그와 동시에 다른 가능성도 있다는 합리적인 생각은 전혀 떠오르지 않았다.

시간은 시계 위의 숫자들이 아니라 우리가 받아들이는 가능성의 범위에 따라 측정된다. 그런 가능성들이 없을 때, 예를 들어 질주하는 말의 귀 언저리에 와 있는 나뭇가지를 발견하는 순간, 시간은 특별한 변화를 겪게 된다. 그때 시간은 상상할 수 없을 만큼 천천히 흐른다.

소년은 농장 일꾼들의 숙소에 누워서, 시간이 원래의 속도를 되찾기를 조용히 기다린다. 시간이 되돌아오면 그는 슬퍼할 것이다.

노인이 방 안을 돌아다닌다. 그 방은 침대가 있는 옥외 건물 같은 곳이다. 무성한 나뭇잎이 창문을 가리고, 창틀에는 초가 놓여 있다. 지금 그가 누워 있는 침대에는 누더기와 말들을 덮어 주던 낡은 담요가 놓여 있다. 거기서는 상한 것처럼 눅눅한 옷감 냄새가 난다.

노인이 불을 피우고 그 위에 까맣게 그을린 주전자를 얹는다. 방의 천장은 갈색으로 색이 바랬고, 여기저기 벽이 뜯어져 윗가지가 그대로 드러나 있다. 갈색 천장은 차의 색깔과 비슷하다. 노인은 몸을 움직이는 것이 버거운 듯 천천히 움직인다. 소년은 그가 삼촌이 말하던 나이든 일꾼일 거라고 생각한다. 삼촌은 그 노인이 죽을 때도 일을 하다 죽을 거라고 했다.

입술이 많이 부은 것 같다. 그는 혀끝으로 이가 빠진 자리를 조심스럽게 더듬어 본다.(바로 그 덕분에 훗날 그만의 독특한 미소를 지을 수 있게 된다) 무릎을 꿇은 노인이 불을 지피려고 숨을 내쉴 때마다 볼의 통증도 따라서 커졌다 작아지는 것 같다.

누구세요? 소년이 노인에게 묻는다.

노인이 침대로 다가와 앉는다. 갇혀 버린 시간이 끝날 때쯤엔, 아마 소년도 그 노인만큼 나이가 들어 있을 것이다.

노인이 무슨 말을 하는지 나는 알 수 없다

소년이 어떤 대답을 하는지 나는 알 수 없다.

아는 척하는 것은 곧 도식화로 이어질 것이다.

그 사이 모든 일은 아주 더디게 이루어진다. 진행은 물론 결과까지 너무 느려서 소리지르지 않겠다는 소년의 결심도 아직은 그대로다. 그대로 몇 시간이고 버틸 수 있을 것 같다.

가슴과 얼굴을 나뭇가지에 부딪쳤다. 총을 맞는 순간과 비슷하다고 할까, 부딪칠 당시의 충격이 너무 심해서 소년의 의식은 그 외에 다른 어떤 감각도 느낄 수 없었다. 그것은 의식을 잃어버리는 것과는 또 다른 상태였다. 그는 분명 의식을 잃지 않았지만, 갑자기 그의 몸이나 감각, 그 동안 쌓인 기억이 온통 뒤섞여 그가 마음껏 돌아다닐 수 있는 하나의 커다란 공간이 되어 버린 것 같았다. 그 공간 속 그가 있는 자리에서 멀리 어둠이, 바위와 개울물 너머로 보였다. 소년은 빠른 속도로 그곳을 향해 다가갔고, 말의 엉덩이에 등을 부딪치는 순간 그 안으로 들어갔다. 말의 어깻죽지 위로 발이 쳐들렸을 때는 마치 구름 속에 거꾸로 서 있는 것만 같았다. 그리고 땅에 떨어지는 순간, 눈앞에 펼쳐졌던 평원이 걷히며 홀로 하늘에 떠 있는 것 같은 기분이 들었다. 바로 그때 비로소 그는 의식을 잃었다.

다시 의식이 되돌아왔을 때 그가 침대에서 용기있게 행동할 수 있었던 것도, 처음 나뭇가지를 발견했을 때 했던, 절대 소리치지 않겠다는 결심 때문이었다. 한 시간 전, 노인이 그를 발견하기 전의 일이다. 침대에 누워서도 그는 여전히 결심하고 있다. 지금 그가 경험하고 있듯이, 결심을 유지하는 것은 용기의 문제가 아니다. 오히려 무언가에 대한 결심은 절대 끝나지 않는 과정이라고 하는 것이 더 정확할 것이다.

(고문하는 사람들이 고문 중간중간에 휴식을 주는 것도, 피해자의 몸이 스스로를 보호하기 위해 만들어내는 이러한 시간 경험의 연속성을 끊고 무력화시키기 위해서이다.)

당신이 쓰는 건 모두 도식이잖아. 당신은 가장 도식적인 작가야. 글이 아니라 수학에 나오는 정리 같단 말이야.

그래도 어떤 지점 이상 넘어가지는 않아.

어떤 지점?

다시 막이 내리는 지점.

소년 이야기나 계속하지.

누구 이야기지?

노인 말이야.

소년이 어떤 느낌이었다고?

노인에게 물어 봐.

어디 한번 봅시다. 노인이 말한다. 허드렛일이나 하는 가난한 노인. 소리도 전혀 안 지르네요.

결과에 이르기까지 마지막 장애물은 집이다. 죽음을 앞둔 사람들이 집에서 죽기를 원하는 것도 그래서이다.

소년은 죽음을 앞두고 있지 않다.

하지만 지금 그는 침대가 있는 집에서 상한 것 같은 눅눅한 옷감을 덮고 있다.

말에서 떨어지고 고통이 멈추는 순간, 그는 집을 찾았다.

소년이 앞에서 말한 자신만의 공간에서 나왔을 때, 거기 노인이 있었다.

두 사람은 동등한 입장으로 만났다. 그 마주침에는 어떤 규칙도 없다. 있는 그대로의 모습으로 이루어지는 마주침.

하지만 소년의 시간 감각이 정상으로 되돌아왔을 때, 그는 다시 어린아이가 되어 있었다.

정말 심하게 떨어지셨습니다, 도련님. 움직이지 마세요. 그냥 누워 계세요. 어르신께서 마차를 타고 데리러 오시는 중입니다.
가기 싫어요.
여기서 지내실 순 없잖아요. 그렇죠?
왜 안 돼요? 누구 건데요?
뭐가 누구 거냐는 말씀입니까?
이 침대요. 제가 누워 있는 이 침대.
그건 제 겁니다, 도련님. 제가 호크스 러프에서 도련님을 찾았어요. 그래서 이리로 모시고 와서 뉘어 드린 겁니다.
이 집은 누구 집이에요?

그는 창 밖으로 다른 일꾼들의 숙소를 내다볼 것이다. 착유장에서 일하는 하녀의 방 창문에 올라가고, 그녀의 앞치마를 둘러 보기도 할 것이다. 하인들의 장화를 신어 보면, 장화는 허벅지까지 올라올 것이다. 다른 사람 되어 보기!

움직이지 마세요. 제가 불을 피워 드리겠습니다. 몸을 따뜻하게 해야 돼요. 그렇죠?
여기 데리고 와서는 어떻게 하신 거예요?
제가 피를 닦아 드린 다음, 침대에 뉘었습니다.
제가 많이 다친 건가요?
아뇨. 시간이 지나면 저절로 괜찮아지실 겁니다.

말을 하면 아파요.
움직이지 마세요.
같이 있어 주세요.

마차 소리가 들리고 문 앞에서 삼촌의 인기척이 느껴진다. 삼촌과
함께 있으니 노인은 난장이처럼 작아 보인다. 조슬린은 침대에 누운
소년을 내려다보며 미소를 띤 채 따뜻한 말을 해준다. 조슬린에게
그 일은 자신이 돌봐 주고 있는 아이가 거쳐야 할 통과의례 같은 것
이다. 이젠 그의 삶에 막이 오른 것이다.

그는 노인과 몇 마디를 주고받은 후 그에게 이 실링을 건넨다. 소년
은 두 사람 사이에 돈이 건네지는 광경을 지켜본다. 노인은 연신 머
리를 조아리며 고맙다는 말만 한다.

삼촌이 담요를 걷어서 바닥에 던져 버리고는 소년을 안아 올린다.
가슴의 통증을 견디지 못한 소년은 비명을 지르며 의식을 잃는다.

조슬린이 소년을 달래려고 귓속말을 한다.

넌 정말 훌륭한 지도자가 될 거야.

소년을 안고 문을 나서며 그는 조용히 코웃음을 친다. 하인이 말을
손질할 때처럼 조금은 경멸적인 웃음이다.

지도자. 그래, 온갖 수난을 겪게 될 지도자 말이야.

모든 역사는 동시대의 역사다. 동시대의 역사가 상대적으로 가까운 과거의 일을 다룬다는 일반적인 의미에서가 아니라, 실제로 어떤 행위를 할 때, 바로 그 행위에 대한 의식이 동시대의 역사라는, 좀더 엄격한 의미에서의 이야기다. 따라서 역사는 살아 있는 정신의 자기인식이다. 역사가들이 연구하는 사건들이 먼 과거의 일이라고 하더라도, 그 사건들이 역사적으로 인식되기 위해서는 분명 현재의 역사가들의 정신 속에 어떤 울림이 있어야만 한다.

3

리보르노의 해안거리에 붙어 있는 산 미켈레 광장에는 페르디난도 일세의 동상이 있다. 대공이 딛고 선 발판의 네 모서리에는 발가벗은 흑인 노예 네 명의 청동상이 각각 사슬에 묶여 있다. 그런 이유로 종종 이 조각상은 〈네 명의 무어인(*I Quattro Mori*)〉으로 불리기도 한다. 발판에는 조각에 관한 안내문이 적혀 있는데, 마지막 부분은 다음과 같다.

> "…1617년 페르니난도의 사망 후(1623–1626)에 제작되었다. 피에트로 투카는 동상에 노예들의 형상을 덧붙였는데, 당시 지역 내의 감옥에 수감 중이던 죄수들을 모델로 삼았다고 한다."

그의 아버지에 대한 세 개의 대화

왜 저에게는 아버지가 없어요?
돌아가셨습니다.
돌아가셨다고요?

네.

돌아가셔서 묘지에 계시는 거예요?

착한 사람은 죽은 후에 천당에 가는 거예요.

아버지는 착한 사람이었나요?

당연하죠.

항상이요?

저희는 그분을 잘 모릅니다. 아마 도련님 삼촌이나 이모도 잘 모르
실 거예요.

하지만 엄마는….

어머니는 이탈리아에서 아버지를 만났다고 하시더군요.

아버지는 이탈리아에서 뭘 하고 있었는데요?

배와 관련된 일을 하셨다죠, 아마.

영국 분이셨나요?

아니, 이탈리아 분이었다고 알고 있습니다.

엄마는 아버지를 뭐라고 불렀어요?

자, 바보 같은 질문은 그만하고 수프나 마저 드세요.

기차에 치이신 거예요?

누가요?

아버지가 돌아가실 때요.

모르겠는데요.

엄마가 말릴 수는 없었을까요?

수프나 드세요.

저도 죽었어요! 하하! 죽었어요, 죽었어.

수프나….

○

왜 아무도 아버지 이야기를 해주지 않는 거죠? 아버지에 관해 물어볼 때마다 딴 이야기를 하시잖아요.

나도 직접 뵌 적은 없어. 네 삼촌도 마찬가지고. 그분에 대해서는 어머니께 여쭤 보렴.

그냥 모르는 척하는 거잖아요. 아버지가 어떤 사람이었는지 말해 줘요, 제발.

이탈리아 리보르노 출신의 상인이라고만 들었다.

이탈리아 사람이었어요?

그래, 이탈리아 상인.

돌아가시기 전에 엄마랑 오래 살았어요?

아니, 아주 짧았어.

정말 기차 사고로 돌아가신 거 맞아요?

그 이야기는 누구한테 들었니?

조리사 아줌마가 그렇게 이야기했어요.

나도 모르겠는데.

돌아가실 때는 나이가 많았어요?

어머니보다는 훨씬 나이가 많았지.

제가 아버지랑 닮았어요?

말했잖아, 나도 한번도 뵌 적 없다고.

그래도요. 생각에 닮은 것 같아요?

네 눈이 그렇게 짙은 건 아마 그분을 닮은 거겠지. 엄마 눈은 그렇지 않으니까.

○

이탈리아에 가고 싶니?

언제?

다음 주, 밀라노에.

밀라노랑 리보르노는 가까워?

꽤 멀지.

리보르노에 있는 아버지 무덤에 가 보고 싶어.

아버지 무덤이 있다고 누가 말해 줬지?

아무도 이야기 안 했어. 그냥, 죽은 사람들은 다 무덤에 있잖아.

엄마 말은, 왜 무덤이 리보르노에 있다고 생각하냐는 거야.

거기서 살았으니까.

아버지가 아직 살아 있다면 어떨 것 같니?

그럴 리가 없잖아.

그냥, 만약에 살아 있다면 어떻겠냐고?

엄마가 죽었다고 했잖아.

큰 실수가 있었어. 그래서 우리 모두 아버지가 죽은 줄 알았던 거야.

그때는 왜 살아 있을 수도 있다고 생각 안 했어?

큰 실수가 있었다고 했잖아.

그래서, 아버지가 살아 있다는 말이야?

응.

기차에 치여서 죽은 게 아니라?

아버지 만나 보고 싶니? 엄마랑 같이?

엄마랑? 아버지가 아직 살아 있다면, 그건 엄마가 결정할 문제인 것 같은데. 내가 나설 일이 아니잖아.

〇

파리까지 기차를 타고 가서 친구들과 이틀을 보내고 다시 밀라노로 가는 여정은, 갓난아기였을 때를 제외하면, 소년이 엄마와 함께 했던 여행 중 가장 긴 여행이다. 엄마는 소년이 알고 있는 그 어떤 사람과도 다르다. 하지만 그는 엄마에 대해서 어렸을 때부터 잘 알고 있다. 엄마는 어딘가 낯설면서 동시에 친숙했다. 엄마와 함께 있을 때면, 자신이 살았을지도 모르는 다른 삶에 참여하고 있는 듯한 느낌이 들었다. 엄마와 관련된 모든 일이 하나의 대안을 암시하고 있었다.

엄마는 그에게 말을 많이 하지만, 그건 어린아이에게 하는 말이 아니다. (사촌들에게 아이를 맡기는 그 순간부터 그녀는 자신의 아들이 어른이라고, 이미 인격이 형성된 사람이라고 생각하고 싶었다. 그러면 아들에 대한 뿌듯함이 미안함보다 더 커질 것 같았다. 이제 열한 살이 된 아이를 그녀는 한 남자로 생각한다. 도움이나 위안이 필요할 때 기댈 수 있는 남자, 여러 가지 면에서 아버지 같은 남자였다.) 그녀는 아들에게 사회주의에 대해 이야기하고, 교육의 중요성과 여성의 미래, 예술 —밀라노에 가면 두 사람은 레오나르도 다 빈치의 〈최후의 만찬〉을 함께 볼 것이다—, 버나드 쇼와 연애를 하고 있는 그녀의 친구 버사 뉴콤, 유럽의 여러 나라와 각각의 특징에 대해 이야기한다.

그는 엄마가 하는 이야기 중 몇몇은 이해할 수 없다. 그 이야기들은 모두 기차의 창문 밖으로 스치는 풍경처럼, 멀리서, 끊임없이, 거의 형체를 알아볼 수 없게 흘러간다. 지금까지 들어 본 그 어떤 목소리와도 다른 엄마의 목소리도 마찬가지인데(그녀는 여전히 쉬지 않고 이야기를 하고 있다), 그건 마치 엄마의 목소리가 아닌 것 같다. 열차의 복도를 지나 객실로 돌아왔을 때, 엄마가 여전히 그 자리에 있다는 사실이 반쯤은 놀랍기까지 했다. 그녀가 잠이 들자 그는 엄마의 팔을 지그시 눌러 본다. 그 팔이 아주 단단하다는 것을 확인할 때까지 세게 눌러 본다. 저절로 움직이는 거울 속의 상처럼, 그 단단함은 그로서는 이해할 수 없는 것이다.

엄마에게는 엄마만의 특징이 있어서 그는 꿈이나 생각 속에서도 즉각 그녀를 알아볼 수 있다. 작고 통통한 손, 그 손이 닿을 때의 놀랄 만큼 가벼운 느낌, 갈색 눈(마치 중국 도자기 인형의 눈 같았다)을 커다랗게 뜨는 모습, 커다란 가슴과 다부진 몸매(물건이 가득 찬 비단 자루 같았다), '권리'나 '이상' '치욕' 같은 단어를 말할 때 느껴지는 단호함, 그리고 향기, 베일처럼 그녀의 몸을 감싸고 있는 히아신스 향과 그 아래 (그로서는) 뭐라 이름 붙일 수 없는 좀더 오래된 냄새. 하지만 그런 특징들이 그의 머릿속에서 하나의 인물을 만들어내는 것은 아니었다. 그런 특징들은 자신의 엄마가 어쩌다 그런 특징들을 가지게 되었다는 사실을 떠올리게 해줄 뿐이었다.

이런저런 이유로, 기차의 창 밖이나 파리에서 타고 다녔던 마차의 창 밖으로 그의 시선을 끄는 여자가 눈에 띌 때 —그런 일이 아주 가끔씩 있었다— 그는 시간을 두고 그 여자를 관찰하며, 그 여자가 자신의 엄마라면 어떨까 하는 상상을 즐긴다. 함께 마차에 타서 그나 로라에게 말을 걸고 싶어하는 여자에게서는 그런 상상이 불가능하다. 그런 상상이 가능하려면 그 여자는 반드시 낯선 사람이어야 하고, 또 계속 낯선 사람으로 남아 있어야만 한다. 저기 허리가 가는 여자, 파란색 새틴 옷을 입고 자지러지듯 웃는 여자, 그 웃음소리 때문에 사람들 사이에서 눈에 띄던 여자, 그는 저 여자가 자신의 엄마라면 어땠을까 하고 생각한다. 아니면 저기 저 뚱뚱한 여자, 시장에서 물건을 너무 많이 산 데다가 기차에 제대로 올라탈 수 있을까 싶을 정도로 뚱뚱한 저 여자라면? 타조 깃털로 장식한 사륜마차에 탄 저 여자, 트임이 있는 스커트 아래로 날씬해 보이는 속바지를 입고 있는 저 여자는 또 어떨까? 그는 그런 여자들을 자기 옆에 앉은 진짜 엄마와 비교해 보거나 하지는 않는다. 진짜 엄마와 그 여자들을 비교해 보고, 누가 자기 엄마였으면 좋겠다고 판단하는 일이라면 금방 시들해졌을 것이다. 뿐만 아니라, 그렇게 비교해 본 결과가 로라에게 불리하게 나오면, 그건 자신이 불행하다는 사실만 확인해 줄 뿐이다. 창 밖으로 보이는 상상 속의 엄마들은 말하자면 로라가 채워 주지 못하는 빈자리를 채워 줄 수 있는 후보들인 셈이다. 그에게는 엄마를 가진다는 것에 대해 좀더 상상해 보는 것 자체가 게임이었는데, 그런 게임을 해 본 것도 이번이 처음이었다. 로라와 함께 있으면서, 오히려 엄마의 빈자리라는 것을 처음 느꼈던 것이다.

로라와 움베르토는 십일 년 이상 서로를 보지 못했다. 반바지 차림에 모자를 쓰고 있는 두 사람의 아들이 십일 년이란 세월이 얼마나 긴 시간인지 새삼 떠올리게 했다.

밀라노 기차역의 플랫폼에서 소년은 처음으로 아버지를 만난다. 아버지로서도 처음 보는 아들이다. 그의 눈에 한때 정부였던 여인이 이제 자기 아들의 어머니로 보이고, 엄마 입장에서도 이전의 연인은 이제 아이의 아버지로 보인다. 기차역의 높은 유리지붕 아래 플랫폼에 모인 세 사람은 가족처럼 보인다. 유복하고 사람들의 부러움을 살 만한 모습이다. 엄마와 아버지는 키스를 하지 않았는데, 대신 엄마는 아버지가 안아 볼 수 있게 슬쩍 아들의 등을 밀어 준다.(이제 아들의 키는 엄마와 비슷하다) 그렇게 한 시간 정도 세 사람은 서로에게 손써 볼 수 없는 거대한 환영처럼 —하늘 위 연에 그려진 얼굴처럼— 마주하고 있다.

로라는 움베르토의 변한 모습을 스스로에게 납득시킨다. 그 사이 그는 전형적인 자본주의자가 되어 있었다. 런던에 있는 페이비언 사회주의자 친구들은 그녀 아이의 아버지가 이런 사람이라는 사실을 믿으려 하지 않을 것이다. "그는 단지 당신을 이용했을 뿐이에요"라고 그들은 말할 것이다. "당신의 순진함과 진심을 악용한 거라고요"라고. 그는 이전보다 몸이 좀더 불었고, 더 멍청해진 것 같다. 그녀는 그의 편지에서 느껴졌던 고집과 어리석음을 그 얼굴에서 확인한다. 피부색도 더 짙어졌고 인상이 더 음탕해졌는데, 눈 밑에 살이 축 처져 있다. 그녀는 그와 아들을 비교해 본다. 이미 알고 있는 사실이었지만, 움베르토보다는 아들에게 지적이고 자연스러운 대화를 하는 편이 훨씬 더 쉽다. 움베르토는 돈 많고 뚱뚱하기만 한 나이든 어린이 같다. 그는 자제심을 잃어버렸다. 그의 눈에 눈물이 가득 고이고, 그는 살찐 주먹을 쥐었다 폈다 하며 "내 인생! 내 인생!"이라는 말만 반복한다.

움베르토는 로라가 어떻게 평범한 사람으로 변했는지 알아차리지 못한다. 그녀가 걸을 때 작은 주먹을 쥐거나, 초조할 때 습관적으로 어색한 미소를 지으며 이를 가리는 모습 등은 그의 눈에 들어오지 않는다. 그런 것들은 그가 기대하고 있던 단 하나의 변화에 비하면 하찮은 세부사항에 불과하다. 그녀는 더 이상 어린이가 아닌 자기 아들의 어머니가 되어 있었다. 그는 줄곧 아이만 쳐다본다.

호텔에는 이탈리아에서 곧 큰 혁명이 일어날 거란 소문이 무성했다.

도시 외곽의 공장지대에서는 이미 총격전이 시작됐다는 말도 있었다.

움베르토에게는, 붉은 가죽을 덧댄 가구나 겨울 정원의 나무들, 금박을 입힌 엘리베이터와 흰 옷을 입은 종업원들까지, 갑자기 그 모든 것이 허무해 보였다. 오랫동안 가지고 있던 큰 호텔에 대한 호감은 결국 그렇게 역겨운 감정으로 마무리된다. 그는 자기 아이를 집으로 데리고 가고 싶었다. 그런 호텔에서 친밀한 감정은(침대에서의 성적인 친밀감을 제외하면) 불가능하다. 호텔 직원들이 손님과 손님 사이의 메시지를 전해 준다. 그곳에서는 아들에게 자신이 가진 것을 하나도 보여줄 수 없다. 장엄한 호텔의 모습은 익명적이고 잘못된 것이었다. 한때 정부였던 여인과 자신의 아들이 셀 수 없이 많은 방들 중 하나에 숨어 있는 것만 같았다. 호텔에 들어온 사람은 누구든 스스로의 모습을 가장해야만 할 것 같은 기분이 들었다. 그래서 움베르토는, 혁명을 혐오하던 그였지만, 몇 시간 동안은 일말의 기대를 가지고 호텔 안에 퍼진 소문에 귀를 기울이기도 했다. 자신의 아들을 찾은 지금, 그는 앞으로는 모든 것이 달라질 것임을 의식하고 있었고, 급격한 변화에 대한 두려움도 그 순간만큼은 잦아든 상태였다. 그는 다른 호텔 투숙객의 눈에서 불안함을 보았고, 자신과 그들이 다르다는 것을 알아차렸다. 그들에게는 스스로의 모습을 가장할 필요가 있었지만 그는 아니다. 몇 시간 동안 그는, 그 호텔에서는 제대로 표현할 수 없는 자신의 격한 감정과 도시 북부의 외곽지역에 모인 군중들의 폭력적인 위협 사이에서 어떤 동질감을 느끼고 있었다.

한때 자신의 정부였던 여인에게 이탈리아의 정치적 상황에 대해 설명할 때, 그는 평소와 달리 대단한 열정을 가지고 이야기한다. 그는 크리스피의 노망에 대해, '신사' 루디니의 무능력에 대해, 그리고 졸리티의 천재성에 대해 이야기한다. 둘 중에 선택을 해야 돼. 졸리티냐 아니면 무정부 상태냐 둘 중에 하나야. 진보 아니면 혁명이지. 졸리티에게 힘을 실어 주기 위해 작은 혁명이 필요할 수는 있겠지. 그는 커다란 손을 로라의 얼굴 앞에 펼쳐 보이며 말한다. 희미하게 (왜냐하면 그저 기억만 날 뿐 아무런 감정도 이어지지 않았기 때문에) 그녀는 한때 움베르토가 산적 같다는 생각을 한 적이 있었음을 떠올린다. 그의 행동이나 그가 설명하는 사건들을 들으며 그를 만나러 오기를 잘했다는 느낌이 든다. 이번 방문에는 그의 몫으로 되어 있는 것들 중 일부를 요구하기 위한 목적—그녀 자신이 아니라 아들을 위해—도 있었다. '정의'라는 단어가, 그녀의 아들이 엄마만의 특징이라고 말하는 그 느낌 그대로, 그녀의 머릿속에 떠올랐다.

왜 당신네 나라 정부는 가난 문제를 해결할 계획을 내놓지 않는 거죠? 전 세계가 지금….
가난 문제라! 움베르토가 끼어든다. 그는 웃으며 '가난'이라는 단어를 큰 소리로 반복해 말한다. 우리나라에서는 말이야, 가난이 문제가 안 돼. 삶이 그냥 가난이니까. 부자가 될 수 있는 방법은 하나밖에 없지만 가난해지는 방법은 수천 가지거든.
그래서 지금 나라 꼴이 어떻게 됐는지 한번 보라고요. 로라가 매섭게 말한다.

엄마와 아버지 모두 대화 중간중간에 마치 동의를 구하듯 아들을 돌아본다. 아버지 쪽에서는 아들을 지켜 주겠다는 시선이고, 엄마 쪽에서는 자신을 지켜 달라고 요청하는 시선이다. 소년은 자기들 세 사람이 너무 늦게 만난 것 같다고 생각한다. 더 이상 어린아이가 아닌 그는, 두 사람이 각각 자신에게 주고 싶어하는 것을, 좀더 어린 시절이라면 자신도 기꺼이 받아들였을 그 무엇을 이제 받아들일 수 없다. 소년 자신만의 개인사에서는 자신이 두 부모보다 나이가 더 많았다. 소년 본인의 삶에 대해 두 사람이 거의 모르고 있다는 점 때문에 그 자리에선 부모가 오히려 어린아이가 되어 버린 것이다.

부모의 모습을 지켜보면 볼수록, 소년은 계속 같은 질문으로 되돌아온다. 엄마가 저렇게 평범한 사람이 되기 전에, 그리고 아버지가 저렇게 뚱뚱해지기 전에 엄마는 어떤 모습이었을까? 온갖 말과 몸동작으로 아버지를 거부하고 있는 그녀가 어떻게 한때는 그를 받아들일 수 있었던 걸까? 그녀가 그냥 혼자서 자신의 이전 모습을 버린 걸까? 소년은 대답을 알 수 없다.

그 사이 그의 부모는 혁명의 대안에 대해 이야기한다.

저녁이 되자 도시 위로 구름이 몰려든다. 납빛 어스름 속에 성당 건물은 거대한 포탄의 파편처럼 보인다. 도시 외곽을 따라 흐르는 운하가 검게 물든다. 도시 전체가 상자 안에 갇힌 것처럼, 도시 안의 트인 공간에는 바람 한 점 없다.

밀라노는 사나운 폭풍우로 유명했고, 지금처럼 폭풍우가 닥치기 전이면 사람들은 사물의 크기가 뒤틀리고 불안정해지는 것 같은 경험을 하곤 했다. 건물이나 도시 전체의 크기는 여전히 사람들 하나하나의 몸집을 압도할 정도로 크지만, 동시에 사람들은 도시 전체가 —물론 그 안에 살고 있는 자신을 포함해— 박물관 유리 상자 안의 도시처럼 줄어든 것 같은 느낌이 들었다. 이런 경험은, 어느 정도는 급격한 기압의 변화 때문이었다. 오늘 밤 그런 느낌이 특히 강하게 든다.

호텔 안에는 전등이 하나 둘씩 불을 밝힌다. 전구는 유황 같은 노란 색 빛을 내뿜는다. 호텔 일층의 라운지에서 오페라 극장의 기둥들이 눈에 들어온다. 기둥에 있는 전등도 불을 밝힌다. 저녁 공연이 취소되지 않은 게 분명하다.

투숙객들은 커다란 유리창 앞에 서서 바깥을 내다본다. 멀리서 군중들이 외치는 소리가 들린다. 광장은 평소와 달리 텅 비어 있다. 가죽 목도리를 두른 남자가 한쪽에 서서 벨벳 커튼을 아래위로 쓸어 내린다. 커튼의 질감이 그에게 확신을 준다.

헤드 포터가 헐레벌떡 계단을 올라와 방금 정문에 있는 포터에게 전해 들은 소식을 전한다. 그가 안락의자에 앉아 있던 노인에게 귓속말로 무언가를 말하자, 노인은 고개를 들고 큰 소리로 말한다. 신사 숙녀 여러분! 헤드 포터가 전하는 행사 진행자의 전갈입니다. 피렐리 공장의 노동자들이 경찰의 저지선을 뚫었고, 파비아에서 출발한 폭도들은 현재 도시를 향해 진군하는 중이라고 합니다. 무정부주의 지도자들이 노동자들로 하여금 도심을 공격하도록 사주하고 있습니다. 그들은 이미 여기저기에 방화를….

또 다른 노인이 옆에 선 두 아들을(둘 중 한 명은 군복을 입고 있다) 향해 큰 소리로 외친다. 기병대! 더 이상 지체하면 안 돼! 군법에 따라 기병대를 출동시켜야 해! 두 아들은 그저 어깨만 으쓱거릴 뿐이다.

잠시 후 커다란 유리창 너머로 벼락이 내리치고, 비바람이 어찌나 센지 마치 불이라도 난 것처럼 엄청난 소리가 들린다. 투숙객들은 모두 길게 늘어선 어두운 유리창 밖을 내다본다. 오페라 극장 기둥의 전등 불이 꺼졌다. 로라는 움베르토에게 방에 들어가 쉬고 싶다고 말한다.

소년은 건너편 벽에 걸린 실물 크기의 초상화를 유심히 들여다본다. 리소르지멘토의 주역들을 그린 초상화였다. 처음으로 아들과 단둘이 있게 된 움베르토는 의식적인 행동을 하고 싶어진다. 그는 뒤에서 아들을 향해 다가가 마치 성직자들이 하는 것처럼 그의 머리에 손을 얹는다. 아이는 움직이지 않는다. 그는 지금 새벽녘에 농장을 내려다보며 가졌던 대답할 수 없는 질문들을 그 어느 때보다 많이 의식하고 있다.

빗물이 박물관 유리 상자 안의 도시를 세차게 내려치는 것 같다. 호텔 뒤쪽에 있는 계단통에서 여자의 비명 소리가 들린다.

종업원이 호텔 뒤쪽으로 이어지는 복도의 놋쇠 장식이 달린 육중한 나무문으로 황급히 달려간다. 하지만 여자의 비명 소리가(천둥과 번개는 신의 분노를 나타내는 것이라고 믿고 있는 시골 출신의 주방 하녀가 지른 소리였다) 이미 사람들에게 영향을 미친 다음이었다. 그 비명을 들은 대부분의 투숙객들은 자신들이 이런 환경에서 그런 비명 소리를 듣게 되는 날을 ─두려움, 혹은 설명할 수 없는 기대를 가지고─ 몇 년째 기다리고 있었음을 깨닫는다. 그들에게 비명 소리는 하나의 신호다.

폭풍우가 내리치자 우선 밖에 모여 있던 노동자와 시위대는 흩어졌다. 사회주의 지도자 투라티가 질서와 침착함을 호소하며 얻으려 했으나 실패했던 것을, 폭풍우는 한순간에 해결해 버렸다.

다른 효과도 있었다. 폭풍우에 겁을 먹은 건 시골 출신의 주방 하녀만이 아니었다. 밀라노의 법과 질서를 책임지고 있는 사람들도 일단 시작되고 나면 어떤 수를 써도 피해 갈 수 없는 폭풍우의 성격을 새삼 떠올렸다. 벼락은 비록 하늘에서 번쩍였지만, 그들이 보기에 그 빛은 아래쪽의 광장에서 올라오는 것처럼 보였다. 멀리 보이는 산들과 도시 안의 건물 사이에서 울리는 천둥 소리와 감당할 수 없을 정도로 퍼붓는 빗줄기 속에서, 번쩍이는 벼락 속에 충돌하는 터질 듯한 전류에서, 그들은 반란을 일으킨 노동자 계급의 환영을 보았다. 그날 하루만 노동자 두 명과 경찰 한 명이 사망했다. 폭풍우가 지나고 나면 도시에는 그 환영이 실제보다 훨씬 크게 드리울 것이다. 그때는, 아주 작은 자극에도 공권력은 가장 극단적인 조치를 취할 것이다. 그제서야 혁명의 폭풍우는 잠잠해질 것이다. 그 폭풍우에 비하면 방금 지나간 자연의 폭풍우는 아무런 해도 끼치지 않는 상징에 불과하다. 다음날, 대규모 학살이 있을 것이 분명했다.

호텔 식당에서의 저녁 식사는 성대하다. 투숙객들은 모두 정장을 하고 있다. 식당 안의 남자 손님들과 웨이터들이 모두 검은색과 흰색으로 된 옷을 입고 있는 바람에, 그들은 겉모습보다는 자리나 행동에 의해서만 구분되었고, 모두들 화려한 색의 드레스를 입은 여자 손님들을 시중드는 것처럼 보인다. 분수가 돌아가고, 그 주변에 레몬 나무와 서양협죽도가 죽 둘러서 있고, 테이블 위에는 장미 장식이 있다.

움베르토는 자신의 테이블에 놓인 꽃병에서 하얀 장미를 집어 들어, 조심스럽게 꽃대를 다듬은 다음 손수건으로 감싼다. 자리에서 일어난 그는 반쯤 핀 하얀 장미를 가슴에 품은 채 진흙빛의 지저분한 얼굴을 하고 로라에게 정중하게 인사하며, 감사의 키스를 흉내내고 이탈리아식으로 천박하게 입으로 소리까지 낸다. 움베르토는 일부러 더 천박해 보이게 행동한다. 키스 흉내가 먹히지 않자, 그는 그게 자기가 하고 싶은 말이라는 듯 아예 장미를 입술 사이에 물고 다가간다.

제발, 사랑하는 로라, 내 마음을….

그거 내려놔요. 그의 연극 같은 행동과 노골적인 구애의 암시에 창피해진 그녀가 화난 목소리로 말한다. 그녀가 보기에 그 행동은 과거와 현재를 구분하지 못한 데서 비롯된 것이 틀림없었다.

움베르토는 자신과 로라 사이에 앉은 아들에게 다정하게 장미를 건넨다.

네가 엄마에게 드리렴. 그가 말한다.

소년이 장미를 엄마의 수프 스푼 옆에 놓는다.

갑자기 그녀는 안심이 된다. 자신이 보여주고 싶은 바를 움베르토가 이해했을지도 모른다는 생각이 든다. 그건 다름이 아니라, 움베르토가 자신과 무엇을 하려면 항상 아이를 통해야 한다는 점이었다. 장미를 집어든 그녀는 천천히 손가락 사이에 끼우고 만지작거리다가 자신의 눈앞에 들어 보인 후, 아들 앞에 내려놓는다.

움베르토는, 갑자기 변한 로라의 태도와 예상치 못했던 성공을 놓치지 않고 말한다. '폴로 알라 카치아토레(Pollo alla Cacciatore)' 먹을까? 내 기억이 맞다면, 로라, 당신은 항상 '폴로 알라 카치아토레'를 좋아했잖아.

그가 처음으로 꺼낸 옛날 이야기였다. 소년은 깜짝 놀란다. 로라는 그가 그런 것까지 기억하고 있다는 사실에 순간 감동을 받는다. 그 말에서 그녀는 자신이 확인하고 싶었던 것을 다시 한번 확인할 수 있었다. 그건 아주 오래 전부터 움베르토가 자기 아이의 아버지가 될 사람이었다는 사실이었다. 그녀는 자신도 모르는 사이에 움베르토를 향해 반쯤 미소를 지어 보이고, 소년은 그 미소를 알아본다. 베아트리스 이모가 조슬린 삼촌을 보며 그런 표정을 짓는 것을 본 적이 있었다. 그건, 자신은 배제될 수밖에 없었던 두 사람의 어떤 공통 경험에서 나오는 은밀한 마음을 드러내는 미소였다. 그리고 자신이 거기서 배제된 것은 단지 시간상의 문제였다기보다는 일의 성격 자체 때문이었다. 그것은, 자신은 제삼자에 불과함을 확인시켜 주는 표정이었다.

폴로 뭐라고요? 그게 무슨 뜻이에요? 소년이 묻는다.
닭고기를 버섯과 콩, 그리고 야채와 함께 와인에 넣고 만든 거야. '폴로 알라 카치아토레'.
그런데 그게 무슨 뜻이냐고요.
사냥꾼들의 방식으로 요리한 닭고기라는 뜻이지.
소년의 머릿속에서 엄마의 표정과 요리는 하나로 묶인다. '폴로 알라 카치아토레' 표정.

이탈리아의 땅은 지중해를 가르며 뻗어 있다. 여기저기서 파도는 어둠 속에서 형광빛으로 빛난다. 양쪽 해안 사이에서 굶주림에 시달리던 사람들은 남쪽에서부터 아무런 희망이 없는 폭동을 일으킨다.

시청을 습격한 군중들은 건물을 접수한 후 세금징수 장부를 없애 버린다. 잠시 후 경찰과 군인들이 도착하고, 군중들이 돌을 던지자 총격으로 응수한다. 군중들은 사망자와 부상자를 그대로 버려 둔 채 욕을 하며 물러난다. 이런 상황은, 몇 달 후면 다른 지역에서 똑같이 반복된다.

밀가루 가격에는 세금이 오십 퍼센트가 넘었고, 설탕은 삼백 퍼센트, 육류와 우유에 대해서는 이십 퍼센트였다. 소금의 경우 세금이 너무 높아서 일반 농민들은 거의 맛볼 수도 없다. 해변에 사는 사람들이 바닷물을 퍼 나르는 것도 세법에 따라 엄격히 금지되고 있다. 양동이를 들고 해변을 지나던 여인이 군인이 쏜 총에 맞았다. 그나마 밤이 가장 안전하다. 양동이의 주둥이를 따라 잠깐 바닷물이 반짝인다. 그 불법적인 물을 가지고 여인은 파스타를 만들어 먹을 계획이었다.

천팔백구십팔년 오월의 사건(I FATTI DI MAGGIO 1898)

소년은 마음먹은 대로 일찍 일어난다. 그는 부모님이 깨기 전에 조심스럽게 호텔에서 빠져나온다.

거리의 사람들은 소년이 알아들을 수 없는 말을 했기 때문에, 그의 눈에 비친 풍경이 어떤 의미를 가진 것인지 불분명하다. 일상적 모습과 예외적 모습이 신비스럽게 뒤섞여 있다. 황급히 마차에 올라타 마부를 향해 소리쳤던 남자는 무서웠던 걸까, 아니면 약속에 늦었던 걸까. 서로 팔짱을 낀 채(머리에는 수건을 두르고 있었다) 거리를 행진하던 여섯 명의 아가씨들, 그들은 매일 아침 지금처럼 그렇게 다른 사람들을 물러서게 하며 거리를 활보하는 걸까. 길가의 경계석에 앉아 큰 소리로 신문을 읽던 남자, 그곳은 전차 정류장일까. 소년을 둘러싼 남자들이 소리치기 시작한다. 그들은 서로 같은 말을 외치는 걸까, 아니면 화가 나서 소리치는 걸까. 보석가게의 주인은 가게 문을 닫고 셔터 위에 무슨 쪽지를 붙인다.

사람이 너무 많아서 마차와 전차는 아주 힘들게 나아간다. 전차 바퀴가 레일에서 미끄러지며 날카로운 소리를 낸다. 소년은 전차 바퀴가 항상 그런 소리를 내는 것인지 궁금하다.

키가 아주 작고 수염을 기른 젊은이가 소년을 보고는 의아하다는 표정을 지어 보인다. 옷을 보면 돈 많은 부르주아지 집안의 아이임이 분명하다. 군중들은 모두 파업에 나선 공장 노동자들로, 공공정원 근처에서 있을 연설을 듣기 위해 모인 사람들이다.

너 여기서 뭐 하니? 너랑은 아무 상관없는 일이야. 젊은이가 이탈리아어로 말한다.

젊은이와 키가 거의 비슷한 소년은 고개를 가로저으며 어깨를 으쓱해 보인다. 그 바람에 질문을 했던 젊은이의 의구심은 더욱더 커진다.

이렇게 염탐하는 건 너한테 도움이 안 돼. 그가 말한다.
무슨 말인지 모르겠어요. 소년이 영어로 말한다.
오호, 이탈리아 사람이 아니구나.

그들은 대화를 해 보려고 노력하지만 소년은 단 한마디도 알아들을 수 없다. 젊은이는 소년의 어깨에 팔을 걸친다. 몇 초 만에 그의 태도가 완전히 바뀌었다. 만약 소년이 자신들의 말을 알아들을 수 없다면, 그건 기만적인 말에 속아넘어가지 않을 것임을 의미하며, 따라서 지금 자신들의 행동에 대한 순수한 증인이 될 수 있다는 뜻이었다. 소년이 말이 없다는 사실은, 이제 젊은이에게는 어딘가 역설적인 면이 없지 않지만, 자신이 믿고 있는 혁명의 보편성에 견줄 만한 것으로 비쳐진다. 그는 여공들 무리에 섞여 있던 자신의 여동생을 부른다. 이리 와서 우리 풀치노(pulcino, '어린 새' '병아리' 라는 뜻의 이탈리아어―옮긴이) 좀 봐. 에코 일 노스트로 풀치노(ecco il nostro pulcino, '이리 와서 우리 병아리 좀 봐' 라는 뜻―옮긴이).

왜소해 보일 정도로 키가 작았지만, 수염을 기른 젊은이의 구릿빛 가슴은 아주 넓었고, 얼굴은 꼭 족제비 같다. 그는 면직 공장에서 기계 정비공으로 일하고 있다. 천팔백구십사년 이후로, 그는 크리스피의 공공 치안법에 걸려 두 번이나 체포되고 추방당했다.

네가 데리고 다녀. 이탈리아어를 못 하네. 그가 여동생에게 말한다.

소년은 자신을 맡은 여섯 명의 여공들 중에서 자기보다 두세 살 많아 보이는 로마 출신 소녀에게 특히 눈길이 간다. 얼굴에 얽은 자국이 있고, 입술 위에 솜털이 거뭇거뭇한 소녀. 그는 그 소녀의 팔이 부자연스러워 보일 정도로 가늘다는 것도 ―그녀는 흰색 반소매를 입고 있었기 때문에― 알아챈다. 마치 손이 달린 자루 같다. 남자들의 콧수염처럼 그녀의 입술 위에 난 솜털 때문에 오히려 소년이 쑥스러워진다.

그들에게 소년은 매혹적인 수수께끼 같은 존재다. 그들은 마치 그가 그 자리에 없는 것처럼 그에 대해 이야기할 수 있다.

눈이 참 예쁘네.
가죽 신발을 신었어.
어디서 왔을까?

그들은 소년에게 다가가 그를 만지고 그의 반응을 살필 수도 있다. 반쯤은 어린아이고 반쯤은 어른 같은 그 소년은, 그들이 어린 시절에 가졌던 낭만적 꿈과 머지않아 현실에서 선택해야만 할 성인 남자들 사이의 중간 세계에서 온 사절처럼 보인다.(그들 중 가장 나이가 많은 아가씨도 하루 수입이 십 펜스가 채 되지 않는다)

아피안차토〔affianzato, '약혼자'를 뜻하는 이탈리아어 피단차토 (fidanzato)의 로마 지방 방언—옮긴이〕라고 부르자. 로마 출신 소녀가 소리친다. 분위기에 들뜬 데다가, 못생긴 외모 덕분에 원래 수줍음이 없었던 그녀는 소년이 자기네 말을 절대 못 알아들을 거라는 사실 때문에 더 신이 났다.

베네치아 대로 주변에 모두 오만 명의 군중이 모였다. 일하는 공장에 따라 열을 맞추어 조직적으로 모인 사람들도 있고, 좀 덜 조직적인 소규모의 모임도 있다. 군중들의 숫자가 모두 얼마나 되는지는 그들도 정확히 모르지만, 어쨌든 지금 그들이 다수를 표현하고 있다는 것은 감지하고 있다. 다수가 되면, 모두 느끼고 있었지만, 혼자 있을 때는 차마 말할 수 없었던 것을 주장할 수 있다. 저 머리와 몸들을 보라. 배우지도 못하고, 제대로 먹지도 못하고, 잘 입지도 못한 사람들. 그들은 세상 최고의 것을 얻을 자격이 있다.

소년은 공공정원의 끝자락에서 수염을 기른 젊은이가 나무 앞에 선 채 사람들을 향해 연설하는 것을 본다. 젊은이는 사람들에게 가야 할 방향을 알려 주고 있다.

군중은 그들을 둘러싼 도시를 다른 시선으로 본다. 그들은 공장 가동을 멈추고, 상점 문을 닫게 했으며, 교통을 마비시키고, 거리를 점령한다. 도시를 세우고 유지시킨 이들이 바로 그들이었다. 그들은 스스로 무언가 만들 수 있음을 알아 가고 있다. 일상생활에서 그들은 주어진 상황을 조금씩 수정하는 일밖에 할 수 없었다. 하지만 지금, 거리를 점령하고 앞을 막는 것은 무엇이든 치워 버리는 그들은 그 상황에 온몸으로 맞서고 있다. 그들은 그 동안 자신들의 의지와 상관없이 습관적으로 받아들일 수밖에 없었던 모든 것을 거부하고 있다. 다시 한번, 그들은 혼자서는 던져 볼 수 없었던 질문을 함께 던지고 있다. 왜 나는 내 삶을 죽지 않을 만큼만 남겨 놓은 채 조금씩 조금씩 떼어서 팔아야 할 운명이란 말인가?

정치적 현실에 대해서는 군중 대부분이 무지하다. 정치는 그들을 계속 억압하고 가난하게 만들었던 도구다. 정치는 그들을 속이고 무력하게 만든 도구이며, 정치는 그들을 억압한 국가다. 군중들 각각의 가슴속에는 정의라는 단순한 무기를 들고 자신들을 억압해 온 정치적 병기 전체에 맞서고 싶어하는 욕망이 있다. 그들이 목표로 삼은 정의가 밀라노의 하늘과 미래를 향해 큰소리로 울려퍼진다. 하지만 정의는 또한 심판을 의미한다. 지금은 심판을 내리는 사람도 심판도 없다.

기병대가 장전을 하고 최초의 사격을 시작한다. 군중의 머리 위를 겨냥한 사격이다.

기병대는 대여섯 명씩 대오를 만들어서 전진한다. 기병대가 지나간 자리에서는 군중들의 형태가 조금씩 바뀐다. 저항하기 위해서가 아니라 —그 순간만큼은 저항은 생각할 수도 없는 일이다—, 말을 피하기 위해 몰리다 보면 상상할 수 없을 정도로 서로 밀착해야 했기 때문에, 위험한 순간이 지나고 나면 어쩔 수 없이 무리의 덩어리가 커질 수밖에 없다. 기병대 대오가 방향을 바꾼다. 군중들은 심장처럼 줄어들었다 늘어났다를 반복한다. 여기저기서 비명 소리가 들렸다 잦아들고, 그러는 사이에도 고함 소리는 그치지 않는다.

기병대 대오가 다가온다. 가장 가까이 있던 말이 몰려 있는 사람들 위로 앞발을 들고 치솟는다. 소년은 말이 무기로 쓰이는 것을 그렇게 아래에서 올려다본 적이 없었다. 삼촌과 마찬가지로 소년도 항상 말 위에만 있었다. 앞발을 치켜든 말을 아래에서 보면 그 두려움은 다른 어떤 두려움과도 다르다. 말의 몸통은 크고 무거워 보이고, 쇠로 된 말굽이 내려칠 때의 위력은 말할 것도 없다. 하지만 그런 육체적인 두려움에 다른 두려움이 섞여 있다. 말 역시 근육과 뼈, 살과 피로 된 짐승이다. 말도 거친 숨을 내쉬며 겁을 먹은 상태다. 기병의 폭력은 처음부터 뒤틀린 것이었다. 통제할 수 없는 상황에서 사람의 두려움이 말에게 옮아간 것처럼, 사람을 깔아뭉개려는 말도 깔리려는 사람과 마찬가지로 무방비 상태다.

말에 올라탄 기병은 가끔씩 아래를 흘긋거릴 뿐 전방에 시선을 고정하고 있다. 어금니를 어찌나 악다물고 있는지 침도 삼킬 수 없을 것 같다. 그의 머리는 양쪽 눈을 줄에 꿰어 군중들의 얼굴 위 이 미터 지점에 매달아 놓은 것처럼 보인다. 그 줄을 따라 명령이 전해진다. 박차 달린 군화를 신은 기병은 그의 다리를 잡으려는 군중들의 손 사이로 제멋대로 발길질을 한다. 기병은 쉴 틈 없이 박차로 말의 옆구리를 찍으며 앞으로 나아간다.

말과 기병의 모습에 얼어 버린 듯 꿈쩍도 하지 않고 서 있던 소년의 팔을 로마 출신 소녀가 급히 잡아당기는 바람에 소년은 하마터면 넘어질 뻔한다. 두 사람은 함께 달리기 시작한다. 소녀는 나머지 한 손으로 치맛자락을 쥐고 달린다. 그는 다시 한번 그녀의 팔이 부자연스러울 정도로 가늘다고 생각하지만, 그의 손을 쥔 그녀의 손은 컸다. 그녀는 어디를 향해 달려야 하는지 알고 있다. 공공정원의 나무들 사이였다.

그들은 부상자를 옮기는 사람들을 지난다. 다른 사람들도 달리고 있다. 비명 소리가 피와 함께 튀어나온다. 한 명만 그런 것이 아니다. 얼굴이 피범벅이 된 여자는 피 때문에 눈을 질끈 감고 있다. 엄청나게 뚱뚱한 남자가 여자의 등을 받친 채 반쯤 들어올린다. 군중들 사이에 빈 공간이 생기자 기병대는 남아 있는 사람들을 향해 더욱 빠른 속도로 전진한다. 대로 한가운데 홀로 선 남자가 주먹을 불끈 움켜쥔 채 군인들을 향해 욕을 하고 있다. 겁쟁이들 같으니! 그가 소리친다. 리네가티(Rinnegati, '배신자'라는 뜻의 이탈리아어—옮긴이)! 그는 잠시 물러서 대열을 가다듬으며 명령을 기다리고 있는 기병대를 향해 다가간다. 기병대 뒤에 선 장교가 멈추라고 말한다. 그는 계속 걸어간다. 총을 맞은 그가 앞으로 고꾸라진다.

회색 모래빛 나비를 제외하면 온통 인동덩굴 색이다. 잡초나 야생화가 무릎 높이까지 자라 있다. 꽃잎은 햇살에 빛이 바래 흰색으로 보이지만, 먼지 많은 땅에서 종종 보이는 작은 달팽이처럼 흙빛이 섞인 흰색은 아니다. 자수정 색의 야생 글라디올러스는 손가락 마디보다 작고 투명하다. 빨간색 양귀비는 아이들이 종종 불을 그릴 때 쓰는 색이다. 물기를 머금은 채 고개 숙인 빛바랜 양귀비는 와인 찌꺼기 색을 닮았다. 풀들 사이로 살짝 삐져나온 바위 표면은 돌고래의 옆구리처럼 매끈한 회색이다. 그 평지 주변을 죽 둘러 가며 호랑가시나무가 심겨 있다. 그런 땅에서 사람들이 죽어 가고, 마른 땅에 피가 스며든다. 사람들이 총을 맞고 전차 선로 위에 쓰러진다. 피에 젖은 자갈이 미끄럽다. 한 명이 죽고 나자 소용돌이처럼 죽음이 이어진다.

그녀는 잔디밭을 가로질러 그를 기차 화물 야적장과 레푸블리카 광장 근처의 거리로 이끌고 간다. 그녀는 그의 손을 한번도 놓치지 않는다. 그 손은 사랑을 표현하거나 지켜 주겠다는 뜻으로 잡은 것이 아니라, 좀더 빨리 뛰거나 걸으라는 의미로, 그리고 멈추어 섰을 때 그들의 눈앞에 펼쳐진 광경을 소년이 즉각적으로 이해할 수 있게 하기 위해 잡은 것이다. 가끔씩 그녀는 소년이 자신의 말을 이해할 수 없다는 것을 알면서도 이탈리아어로 소년에게 말한다. 충격, 그들이 처한 낯선 상황, 그리고 아마도 자신의 절박한 마음 때문에 소녀는 마음속으로 농담 같은 환상을 키워 간다. 곧 그녀는 언젠가 자신과 소년이 결혼하게 될 것처럼 행동한다. 그런 가정이 오히려 지금 그들의 눈앞에서 벌어지고 있는 상황보다 훨씬 더 현실적으로 느껴진다. 그녀는 직감적으로 그들이 처한 폭력적인 상황과 자신의 폭력적인 상상 사이에서 균형을 찾는다. 그 균형 덕분에 그녀는 침착함을 유지할 수 있다.

그들은 사람들이 전차를 뒤집어 바리케이드를 만드는 것을 지켜본다. 전차가 바닥에 부딪치면서 유리창이 깨진다. 남녀 할 것 없이 한데 모여 말의 고삐를 풀어 버린 마차를 전차 옆에 붙인다. 한 줄로 늘어선 철도 노동자들은 차량보관소에서 가지고 나온 곡괭이와 지렛대를 들고 있다. 도시 전체를 샅샅이 뒤져 쓸어 버리고 '폭도'들을 남김없이 잡아들이라는 명령이 떨어졌다는 소문이 돈다. 다른 한 무리의 철도 노동자들은 선로를 뜯어내는 중이다.

모든 것이 달라지려 한다.

도시의 지름만한 거대한 기요틴 칼날이 있다고 상상해 보자. 그 칼날이 떨어져 도시 내의 모든 것을 갈라 버린다. 벽, 철도 선로, 짐마차, 공장, 교회, 과일 바구니, 나무, 하늘, 보도까지. 맞서 싸우기로 마음먹은 사람들의 눈앞에 그런 칼날이 떨어진 것이나 다름없었다. 모두들 그들의 눈앞에서 그들만이 볼 수 있는 끝이 보이지 않을 만큼 깊은 틈을 보고 있다. 그 틈은, 살을 깊이 파고든 상처처럼 자명하다. 지금 어떤 일이 벌어지고 있는지에 대해서는 의심의 여지가 없지만, 처음엔 아무 고통도 느껴지지 않는다.

자신의 죽음이 머지않았다는 생각이 곧 고통이다. 바리케이드를 치고 있는 사람들은 지금 자신들의 행동이나 생각이 아마도 그들의 마지막 행동과 생각이 될 것임을 짐작한다. 방어벽을 구축하는 동안 고통이 서서히 커진다.

건물 지붕 위에 올라선 한 남자가 마닌가(街) 모퉁이에 군인이 수백 명 더 있다고 소리친다.

움베르토는 호텔 직원 네 명을 산 다음, 아들을 찾으면 백 리라를 더 주겠다고 말하고 함께 아들을 찾아 나선다. 그들은 호텔 뒤쪽 골목부터 뒤져 보지만, 이미 그쪽에는 군인도 없고 바리케이드도 없다.

결혼하면 우린 로마에서 살 거야. 거기라면 더 행복하게 살 수 있으니까. 로마 출신 소녀가 이탈리아어로 말한다.

그녀가 말할 때마다, 소년은 마치 그녀의 말을 알아들은 것 같은 표정으로 쳐다본다. 그녀가 하는 말의 의미는 그에게 중요하지 않다. 중요한 것은 자신이 지금 보고 있는 것, 그녀의 존재 자체다.

너는 나에게 흰색 스타킹과 시폰을 두른 모자를 사 주는 거야. 그녀가 계속 이탈리아어로 말한다.

바리케이드에서는 두려움도 끝나고 변화가 완료되었다. 변화는 군인들이 다가오고 있다는 지붕 위 남자의 외침으로 완성되었다. 갑자기, 아무것도 후회할 것은 없다. 그들이 친 바리케이드는 평생 동안 그들에게 가해졌던 폭력과 그들을 지켜 주던 것들 사이에 세워진 것이었다. 지금 그들을 향해 다가오는 것은 그 동안 그들이 살아온 과거의 정수이기 때문에 후회할 것은 없다. 바리케이드 이쪽은 이미 미래다.

소수의 지배층은 착취당하는 피지배층에게 끊임없이 현재만을 제공함으로써 그들의 시간 감각을 무력화시키고, 가능하면 말살시킬 필요가 있다. 국가를 유지하는 데 '투옥'이 효과를 가지는 것도 바로 그런 이유 때문이다. 바리케이드는 그런 현재를 깨 버린다.

로마 출신 소녀는 바리케이드에서 멀지 않은 건물의 입구로 소년을 이끌고 간다. 우리는 여기서 기다리자. 폭풍우가 지나가기를 기다리는 나이든 신랑과 어린 신부처럼 말이야. 소녀가 말한다.

군인들이 다가온다. 군사행동이 연기될 수도 있다는 마지막 의심도 이젠 사라졌다. 바리케이드 한쪽 끝에는 백발의 노인이 지하로 내려가는 계단 난간에 등을 기댄 채 다리 사이에 권총을 끼우고 앉아 있다. 총은 장전되어 있고, 또 한 발의 총알이 그의 주머니에 있다. 젊은 남녀는 여전히 도로를 뜯어 방어벽을 쌓고, 다른 사람들은 몽둥이를 들고 있다.

모두 말이 없다. 조금 떨어진 곳에서 망치 소리가 들리고, 좀더 가까운 곳에선 시계 소리처럼 규칙적인 (한없이 이어질 것 같은 시간이 그를 졸리게 했지만, 차곡차곡 시간을 채우는 초침 소리, 그렇게 꼬박꼬박 시간을 기록하는 그 소리가 부담이 되기도 했다.) 군인들의 발소리가 들린다. 침묵 속에서 백발의 노인이 "혁명이 아니면 죽음을(La Rivoluzione o la morte)!"이라고 외친다. 노래를 부릅시다. 저들을 저주하는 노래를 부릅시다. 저들도 우리의 노랫소리를 들을 겁니다.

노인이 노래 부를 것을 명하자 로마 출신 소녀는 건물 앞 계단이 무대라도 되는 듯 올라서서 「죄인의 노래(Canto dei Malfattori)」를 부르기 시작한다.

그녀의 노랫소리를 낭만화하지 않기는 어렵다. 처음에는 그 목소리역시 소년에게 강한 인상을 남겼던 팔처럼 가늘다고 생각했지만, 그목소리는 아주 충만하고 거칠다. 얼마 동안 거리의 그 누구도 노래에 동참하지 않았고, 덕분에 거리를 가득 채우며 모든 것의 표면과 모서리를 부드럽게 해주는 그녀의 목소리를 감상할 수 있었다.

군인들이 바리케이드를 향해 첫번째 총탄을 발사한다.

죄인의 노래

(일절) 배반당한 비속한 평민들이여, 불만을 외쳐라. / 강력한 연맹이여, 두려움에서
벗어나라. / 관리양반들이 모두에게 외쳐대는구나. / 우리 보고 분노에 떠는 성나고
무지한 죄인들이라고. / (이절) 우리는 슬프지도 광포하지도 않고, 또한 불한당도
아니요, / 단지 공격적인 무정부주의자들일 뿐. / 그저 올바른 쪽을 응시하고
잘못된 점을 찾느라 지쳐서 초췌해졌소. / 그런 우리를 죄인이라 부르며 공표를
하는구나. / (후렴) 오, 훗날 빠르게 떠오를 태양처럼 / 자유롭게 살고 싶다.
더 이상 복종하고 싶지 않다!

첫번째 사격이 상황을 단순화시키고, 그 메아리가 다른 모든 것을
잠재운다. 남은 것이라곤 손에 쥐고 있는 것뿐이다. 시위대 중 몇몇
이 군인들을 향해 돌을 던진다. 돌은 군인들이 있는 곳까지 미치지
못한다. 창의 덧문이 닫히는 소리가 들리고 장교 한 명이 창문을 향
해 권총을 발사한다. 군인들과 바리케이드 사이의 거리, 절대적인
정적만이 채우고 있는 그 공간에, 차마 군인들에게 미치지 못한 돌
멩이 일곱 개가 떨어져 있다.

바리케이드 뒤에서 여인들은 무릎을 꿇고 앉아 좀 전에 뒤집어 놓은 도로에서 돌을 주워서 남자들에게 전한다. 빨간색 끈과 금테를 두른 모자를 아직 쓰고 있는 철도원 한 명이 소리친다. 잠깐! 저들의 전열을 먼저 흐트러뜨려야 합니다. 기다리세요. 제가 신호를 보내면 모두 동시에 던지는 겁니다! 기다려요! 깡마른 얼굴을 한 그가 미소를 지어 보인다.

군인들이 다가온다. 두번째 총탄이 발사된다. 두 번의 일제사격이 이루어지는 동안 아무도 다치지 않았다. 아무도 그 사실을 믿을 수 없다. 사람들은 그들의 정의로운 목적이 방패가 되어 준다고 생각할 수밖에 없다. 지금! 스무 명의 남자가 동시에 돌을 던진다. 군인들이 물러난다. 한 여인이 비웃는다. 야, 이 얼굴에 똥칠할 놈들아(Facci di merda)!

앞치마를 두른 젊은이가 철도원에 대해 말한다. 저 사람은 군대 장교 같아. '푸오코(fuoco, '사격'이라는 뜻의 이탈리아어─옮긴이)'라는 소리에 한 발의 총소리가 들리고 철도원이 쓰러진다. 반대편이 아니라 위에 있는 창문에서 날아온 총알이었다. 총알이 그의 얼굴에 박혔다. 총알은 그의 과거에 속한 것이라고 그는 믿는다. 자신의 어린 시절보다 훨씬 더 먼 과거. 그의 얼굴에 입은 상처, 세 여인이 살피고 있는 그 상처에서 죽음이 잉태된다.

일 입방미터의 공간을 그려 보자. 그리고 당신의 머릿속에서 그 공간을 비워 보라. 거기에 남은 것은 죽음뿐이다.

군인들이 다시 전진했다가 똑같은 방법으로 물러난다. 하지만 이번에는 백 야드쯤 물러났고, 그렇게 소강상태에 접어든 것 같지만 아무도 그 고요함에 속지 않는다. 바리케이드 뒤에서는 아마 이때가 가장 두려운 순간일 것이다. 바리케이드 뒤편에 버티고 선 저지대의 방어 능력을 파악한 적들이 거기에 맞춰 공격 계획을 다시 짜는 중이다. 저지대는 죽어 버린 지휘관을 돌보며 기다릴 뿐이다. 더 좋은 화력을 지닌 더 많은 숫자의 적들을.

그녀가 이탈리아어로 그에게 속삭인다. 분명히 말하지만, 군인이 나한테 손이라도 대기만 하면 내가 칼로 등짝을 찍어 버릴 거야. 그녀는 칼로 찌를 곳을 손가락으로 가볍게 짚는다. 소년은 마치 그녀의 말을 알아듣고 죽는시늉이라도 하는 것처럼 몸에 힘을 빼고 그녀에게 의지한다. 약속할게. 그는 소녀의 어깨에 머리를 기댄다. 다리가 떨리고, 의식을 잃어버릴까 봐 두렵다. 그녀는 그에게 팔을 두른 채 건물들 사이의 틈을 지나 공터로 가서 수도꼭지에서 나오는 물을 받아 주며 마시라고 말한다. 시릴 만큼 차갑게 느껴지는 물을 들이킬 때 거리에서는 세번째 사격 소리가 들린다. 귀에 울리는 총소리와 목을 타고 내려가는 차가운 물이 그에게는 하나의 감각처럼 느껴진다. 소년은 그녀의 얼굴을 들여다본다. 얼굴 한가운데서 만나는 짙은 눈썹, 두툼한 입술과 솜털, 잔뜩 짓이겨진 지저분한 얼굴과 게을러 보이는 눈. 그는 그녀의 표정을 읽는다. 지금까지 소년은 다른 사람의 표정이 자신의 느낌을 그대로 표현하고 있는 것을 한번도 본 적이 없었다.

신의 저주가 있기를(Che Dio li maledica). 그녀가 말한다.

거리를 따라 늘어선 건물 이층에 배치된 저격수들이 바리케이드 뒤의 저지대를 겨냥하고 있다. 그들의 엄호사격을 받으며 군인들은 차근차근 앞으로 나아간다. 벌써 저지대 중 세 명이 부상을 당했다.

부상자 중 한 명에 대해 말해 보자. 그는 쇄골 오른쪽 아랫부분에 총을 맞았다. 오른쪽 팔을 움직이지 않으면, 고통이 사라지진 않지만 적어도 다른 곳으로 퍼지지는 않는다. 그러면 고통이 밖으로 퍼지며 다치지 않은 부분에 대한 생각까지 좀먹는 일은 없다. 그는 군인들만큼이나 그 고통도 미웠다. 고통은 자신의 몸 안에 들어온 군인이다. 그가 왼손으로 돌을 집어 들어 던져 보려 한다. 돌을 던지려다 보니 오른쪽 팔을 움직일 수밖에 없다. 힘없이 날아간 돌이 벽에 부딪친다.

무엇이든 써야 한다. 진실이냐 진실이 아니냐 하는 것은 중요하지 않다. 말을 하되 최대한 부드럽게 말하는 것, 그것만이 당신이 작은 도움이나마 줄 수 있는 유일한 방법이기 때문이다. 무슨 의미가 됐든, 단어로 된 바리케이드를 세우는 일. 당신의 존재를 그가 알 수 있게 말을 해야 한다. 그의 고통을 함께 느끼지 않는 당신이 있다는 것을 그가 알 수 있게 말을 해야 한다. 무슨 말이든 하라. 그의 고통은 무엇이 진실이고 무엇이 진실이 아닌지에 대한 구분보다 더 크다. 저지대의 다른 사람들이 그의 상처를 감싸듯, 당신의 목소리로 그를 감싸 주라. 그렇지. 바로 지금 여기에서. 그러면 멈출 것이다.

심판은 없다.

군인들이 이십 야드 앞까지 다가왔을 때, 두 여인이 사람이나 동물이 전차 밖으로 떨어지는 것을 막기 위해 설치해 둔 철제 난간 위로 올라간다. 완전히 노출된 위치에 올라선 그들은 군인들을 향해 소리친다. 쏴! 왜 안 쏘는 거야? 군인들 몇몇이 그들을 겨냥하지만 아무도 방아쇠를 당기지는 못한다. 두 여인은 전차의 깨진 창틀에 다리를 벌리고 꼿꼿이 서서 군인들을 향해 계속 소리친다. 이 호로새끼들아 (Figli di Putana)! 카스트라티! 카스트라티! 다시 거리로 나온 소년이 뒤에서 그들을 올려다본다. 두 여인 중 한 명의 찢어진 스타킹 사이로 뒤꿈치가 그대로 드러나 있다. 스타킹을 신지 않은 다른 여인의 발목에는 피가 맺혀 있다. 카스트라티! 카스트라티! 다른 여인들도 난간을 타고 올라가 합류한다.

장교는 바리케이드 아래쪽 거리에 있는 건물의 육층 난간에 있는 남자를 발견한다. 남자는 몸짓으로 무언가를 말하고 있다. 장교는 주변의 군인들에게 그를 쏘라고 명령한다.

난간 위의 남자는 군인들이 어깨에 총을 대고 자신을 겨누는 것을 지켜본다. 그는 생각한다. 만약 지금 내가 뛰어내리면, 땅에 닿기 전에 저들의 총에 먼저 맞을 거야. 그는 뛰어내린다.

장교에게는 전차 위에 올라가 손가락질하며 욕하는 젊은 여자들은 나중에 잡아들여도 되는 하찮은 계집들에 불과하다. 하지만 군인들 중 몇몇은, 농부나 다른 도시에서 온 노동자의 아들들은 그 여인들을 보며 어린 시절의 기억을 떠올린다. 여인들의 목소리는 그들의 분노가 아주 무겁고 열정적임을, 그런 분노에 대해서는 어떤 대답도 불가능함을 보여주고 있다. 군인들이 보기에 전차 위의 여인들은, 그들의 실제 나이와 상관없이 나이 든 사람의 권위를 가진 것으로 보인다. 그들의 분노는 심판과 따로 떼어 생각할 수 없다. 그런 분노 앞에서는 누구든 용서부터 구해야 한다.

군인들에게 전진하라는 명령이 떨어진다. 그 명령 덕분에 군인들은 잠시 잊어버릴 뻔했던 남성다움을 되찾는다. 그들은 발사 준비를 마친 총을 들고 순종하듯 앞으로 나아간다. 몇몇은 남자들을 포위하고, 다른 몇몇은 여자들을 전차에서 끌어내릴 것이다.

카스트라티! 겁쟁이들!

단어들이 점점 고함 소리로 변한다. 그것은 두려움에서 나오는 비명이 아니라 절대적인 거부를 표현하는 외침이다. 마치 죽어 버린 뱃속의 아기를 앞에 놓고 울부짖는 여인들 같다.

천팔백구십팔년 오월 육일, 밀라노에 있는 열한 살짜리 소년에 대한이 이야기를 나는 계속할 수 없다. 지금 시점에서 계속 써내려 간다면, 그것은 최후의 종말로 수렴되거나, 아니면 너무 산만해서 앞뒤가 맞지 않는 모순된 묘사가 될 것이다. 하지만 그런 수렴이나 모순은 없다. 아직 말하지 않은 것들을 그냥 묻어 둔 채 여기서 마치는 편이, 결론을 얻을 때까지 계속 설명하는 것보다 좀더 진실에 충실할수 있는 방법이다. 끝을 보려는 작가의 욕망은 진실에는 치명적인것이 된다. 결말은 모든 것을 통일시킨다. 통일성은 다른 방법으로세워져야 한다.

오월 육일 밀라노에 계엄령이 선포된 다음 오월 구일 백여 명의 노동자가 사망하고 사백오십 명이 부상을 당할 때까지, 그 나흘은 이탈리아 역사의 한 시기가 끝났음을 알리는 시간이었다. 사회주의 지도자들은 의회 내에서의 사회민주당의 역할에 대해 점점 더 강조했고, 직접적 혁명—혹은 혁명적인 방어—에 대한 시도는 폐기되었다. 그와 동시에 지배계급은 노동자와 농민들에 대해 새로운 전략으로접근했다. 정치적 조작이 투박한 억압을 대체했다. 그후 이십 년 동안 이탈리아에서 —대부분의 서유럽 국가와 마찬가지로— 혁명의유령은 사람들의 머릿속에서 완전히 잊혀지게 되었다.

○

리보르노의 정원에는 분수가 돌아간다. 움베르토의 아내가 죽은 후 분수, 야자수, 히비스커스와 꽃이 만발한 관목들은 철저히 관리되고 있다. 그녀는 삼 년 전인 천팔백구십오년에 죽었다. 그는 정원사를 둘이나 두면서 일부러 세티냐노까지 가서 희귀한 식물들을 구해 오기도 했다. 시간이 지날수록 아내에 대한 그의 생각은 그녀의 지인이나 친구들이 기억하는 그녀의 모습과 비슷해져 갔다. 이젠 그도 자신의 아내가 특별한 영적인 힘을 지닌 사람이었음을 인정한다.

가끔씩 조약돌이 물에 빠지는 것 같은 소리가 들린다. 농어가 물 위로 솟아올랐다 다시 떨어지는 소리다. 움베르토는 혼자서 그 평화로운 정원을 즐길 수가 없다. 혼자 있으면 자신이 불안해 하는 늙은이에 불과하다는 생각이 든다. 아들을 리보르노에 두고 함께 지낼 수만 있다면 로라가 어떤 요구를 하든 들어줄 작정이다.

움베르토는 자신의 아들이 당시의 현대적인 이탈리아 젊은이가 아니라 르네상스 시기에 그려진 그림 속에 등장하는 젊은이 같다고 생각한다. 그의 얼굴은 영혼을 그대로 보여주는 창이다. 움베르토는 아들이 웃을 때 보이는 앞니 사이의 틈이 좀 신경쓰였지만, 그건 금으로 때워 주면 아무 문제가 되지 않을 것이다. 그는 로라에게 아들이 자신과 함께 리보르노에서 살면 얻게 될 혜택들에 대해 말한다. 로라는 자신의 생각을 말하지 않는다. 대신 그녀는 불평하고, 넌지시 암시하고, 자신의 생각과 반대되는 말을 한다. 움베르토가 설득하려 하면 할수록, 그녀는 더욱 시큰둥한 반응을 보인다. 그는 그녀에게 간청하고 무릎을 꿇은 채 구걸하다시피 한다.

아니, 안 돼요. 그녀는 그의 팔을 잡고 일으켜 세우며 소리친다.

그는 두 사람이 함께 보냈던 시간을 떠올리게 한다.

오, 내 사랑. 당신은 제정신이 아냐, 정말 미친 거라고.

이탈리아는 어린아이가 살기에 적당한 나라가 아니에요. 그녀가 주장한다.

당신이 아이와 함께 와. 내가 집을 사 줄게. 내가…. 움베르토는 더욱 흥분해서 말한다.

아이 아빠의 그런 감상적인 성격 때문에 아이 엄마는 더더욱 자신만의 길을 가기로 마음먹는다.

전에 본 적 없는 모습을 보이는 엄마와 새로 알게 된 아버지가 자신이 어디서 누구와 살아야 할지를 놓고 논쟁을 벌이는 동안, 소년은 수도가 있는 공터로 끌려갔던 일을 계속 생각한다. 로마 출신 소녀는 쉬지 않고 자신의 얼굴에 물을 뿌려 주었다. 그녀의 표정을 생각하면 지금도 놀랍다. 다시 한번 그의 안에서 어떤 계시가 주어지는 것 같다. 그녀가 얼굴에 뿌려 주었던 물이 아무 색깔이 없었던 것처럼, 지금 그의 마음속에서 일어나고 있는 계시도 말로 표현할 수 없다.

지금 있는 곳(리보르노의 정원)이나 그때 있었던 곳(마닌가)은 중요하지 않다. 지금 그가 보고 있는 것(엄마의 동그란 얼굴과 아무렇게나 올린 머리)이나 그때 보았던 것(로마 출신 소녀의 지저분한 입술)은 어떤 특정한 순간에 속한다. 지금 그가 듣는 것(분수 소리)이나 그때 들었던 것(여인들의 비명과 욕하는 소리)은 바뀌어도 아무 상관이 없다. 정말 중요한 것은 공터에서 소녀의 표정이 확인시켜 주었던, 하지만 지금 이 순간까지 말로 옮길 수 없었던 것이다. 중요한 것은 자신이 죽지 않았다는 사실이다.

4

그렇게 시작되었다, 현상에 맞서 죽음을 향해 가는 투쟁이.

성 베로니카의 베일: 가시면류관을 쓴 그리스도의 이미지를 담은 수건.

나는 천에 새겨진 또 다른 기적 같은 이미지를 본다. 눈을 감은 채 고개를 젖히고 있는 그녀의 몸. 그 이미지는 어떤 양식에도 속하지 않는 자연적인 것이다. 머리 부분이 검게 보이고, 그녀의 피부는 너무나 창백하여 그녀가 누워 있는 린넨의 색과 거의 구별되지 않는다.

비둘기 두 마리가 숲으로 들어갔다 나오기를 반복한다. 항상 암컷이 먼저 보이고 수컷이 뒤를 따른다. 숲으로 들어갈 때면, 앞장선 암컷이 잠시 동작을 멈춘다. 녀석은 꼬리를 아래로 내리고 수직으로 몸을 세우는데, 활짝 편 날개가 브레이크 역할을 하고, 고개를 뒤로 젖혀 부리는 하늘을 향한다. 암컷 비둘기는 그렇게 꼼짝도 않고 허공에 매달린 채 떨어지지 않는다. 수컷이 그 옆으로 다가온다. 그제서야 암컷은 몸을 반대로 해서 머리를 아래로 하고 꼬리를 위로 한 채 내려가고, 그렇게 두 마리는 함께 숲으로 들어간다. 잠시 후 두 녀석은 숲의 반대쪽으로 튀어나와 허공을 한 바퀴 맴돈 다음, 똑같은 비행을 반복한다.

지금까지 내가 한 묘사는 그 자체로만 놓고 보면 정확하다. 하지만 내가 고른 것들(묘사의 대상이 되는 사실, 혹은 그 사실들을 묘사하는 단어) 때문에 글에 어떤 특정한 개념의 선택이 스며들고, 독자들은 두 마리의 비둘기에 대해 잘못된 유형의 선택을 할 수도 있다. 묘사는 왜곡을 가져오게 마련이다.

천구백이년 오월말의 어느 오후(보어 전쟁이 끝나기 몇 주 전이다), 베아트리스가 그를 유혹한다. 그 일은 묘사되지 않은 자연현상처럼 벌어진다.

○

천팔백구십팔년 오월말 로라가 아들과 함께 밀라노에서 돌아왔을 때, 이미 베아트리스는 제십칠 창기병대의 패트릭 비어스 대위와 약혼을 한 상태였다. 소년은 기숙학교로 보내졌다. 학교가 쉬는 날이면 소년은 조슬린과 단둘이 농장에 머물렀다.(베아트리스는 남아프리카로 발령 난 남편을 따라갔다)

소년이 보내진 학교는 다른 글에서 많이 소개된 그런 학교였다. 규율이 엄격하고, 제국주의적이고 종교적인 이데올로기를 가르치며, 사교생활은 권위적이고 가학적이었다. 그런 학교에서 생각하는 교육의 목적은 제국의 역군을 길러내는 것이었다.

다른 많은 소년들과 마찬가지로 소년도 학교생활에 적응했다. 외국인 같은 용모 때문에 친구들 사이에서 겉도는 감이 없지 않았지만, 그렇다고 부당하게 괴롭힘을 당하지는 않았다. 그런 것에 무관심한 그의 태도가 일종의 방어막이 되었다. 아버지가 이탈리아 사람이라고 말했기 때문에 그는 친구들 사이에서 가리발디라는 별명을 얻었다. 그는 수업이 없을 때면 대부분 음악실에서 피아노를 치며 시간을 보냈지만, 그런 음악에 대한 관심에 비해 재능은 턱없이 부족했다.

열네 살이 되자 그의 얼굴은 더 이상 어린이의 얼굴이 아니었다. 그 변화는 종종 얼굴이 거칠어지는 과정으로 여겨지는데, 그런 표현은 핵심을 놓치는 것이다. 그 변화—열네 살에서 스물네 살 사이 어느 시점에서든 일어날 수 있다—를 통해 사람들은 특정한 표정을 잃지만, 그와 동시에 다른 표정을 얻기도 한다. 피부, 뼈를 덮고 있는 얼굴의 피부는 이제 아무 말도 하지 않는다. 어린 시절엔 그런 것이 존재 자체를 표현해 준다고 할 정도로 개인의 감정을 잘 드러내 주었지만, 이제 그것은 감정을 가리는 역할을 한다. (사람들이 어른과 어린이를 대할 때 보이는 차이를 보면 알 수 있다. 어린이에게는 그 존재 자체에 반응을 하지만, 어른들의 경우에는 그 사람의 의도를 보고 반응한다.) 대신 얼굴에서 뚫린 부분—특히 눈과 입—이 훨씬 더 많은 것을 표현한다. 눈과 입은 이제 그 뒤에 숨은 것을 암시한다.

성숙해지는 과정, 그리고 훗날 나이가 드는 과정은 신체의 표면에서 자아가 서서히 물러나는 과정을 포함한다. 아주 나이가 많이 든 사람의 피부는 거의 옷이나 다름없다. 소년 옆에 선 남자—조슬린이다—의 입은 이미 아무것도 표현하지 않는다. 그는 자신의 입에서도 물러나 버렸고, 입술은 그저 바깥 포장의 튀어나온 테두리에 지나지 않는다. 그 포장에서도 몇 가지 정보를 얻을 수 있다. 시골에 사는 신사, 야외 활동이 많음, 과묵함, 무언가에 실망한 듯한 태도 등. 가끔씩 무언가에 반응을 보이는 모습은 그의 눈을 통해서만 볼 수 있다.

두 사람은 높은 산울타리 사이의 경사가 급하고 꼬불꼬불한 길을 올라가는 중이었다. 십일월말의 오후, 자루 같은 옷을 입은 남자들이 소년에게 죽어 가는 말을 보여주었을 때와 비슷했다. 그 일에 대해서 그는 지금까지 아무에게도 말하지 않았다. 그는 지금도 그 광경을 생생하게 기억하고 있고, 설명도 필요 없었다. 그 광경은 그 자체로 절대적인 이미지가 되어 버렸고, 그에겐 그것을 경험했다는 것 자체가 이미 설명이었다.

낮 동안 비가 많이 내렸다. 길 옆으로 물살이 빠른 도랑이 흐르고 있었다. 잡초가 무성하게 자라 있어서 두 사람은 물소리만 들을 뿐 직접 도랑을 볼 수는 없었다. 둘은 총을 메고 있었다.

조금 전에, 소년은 자신이 밤에 꾸었던 꿈에 대해 조슬린에게 이야기했다.

제가 마틴에 있었는데 작년 여름처럼 아주 더웠어요. 수영을 하고 있는데 커다란 새가 물위로 낮게 날아왔어요. 포악한 새는 아니었고, 그냥 가끔씩 새의 발이 머리에 스쳤거든요. 그러다 새들이 점점 더 많이 몰려와서 저는 제방으로 올라와 버렸어요.

테더 말로는, 올해는 강 하구에 오리들이 유난히 많을 것 같다고 하더구나. 조슬린이 말했다.

거기서 제 옷을 찾고 있었는데, 누가 옷을 바꿔치기한 거예요. 제 옷이 아니라 제복이었어요. 군복. 근데 저한테 딱 맞더라고요. 그러니까, 제 몸에 딱 맞춰서 나온 군복 같았어요.

어느 연대 군복이었는지 기억나니? 조슬린이 물었다.

꿈이라서 어느 연대였는지는 기억 안 나요.

기병대 장교 복장이었니?

모르겠어요.

아마 영국 경기병대 군복이었을 거다. 조슬린이 말했다. 두 사람은 좁은 산길이 시작되는 지점에 도착했다. 조슬린은 그 길로 들어서기 전에 총알이 잘 들어 있는지 확인하라는 뜻으로 소년의 총신에 손을 갖다 댔다. 소년을 돌아본 그는 조카의 외국인 같은 외모에 새삼 놀랐다. 소년은 이탈리아인처럼, 이탈리아에서 장사를 하고 있는 사람의 아들처럼 보였다. 조슬린은 다부져 보이는 입술을 거의 움직이지 않으면서 친절한 어조로 말했다. 아니, 영국 경기병대는 아닌 것 같다. 꿈속에서라도 말이야.

겉옷 주머니에 손을 넣어 보니까 거기 게가 한 마리 있는 거예요. 소년이 계속 말했다. 아주 커다란 게였는데, 그게 손가락을 물었어요. 그래서 손을 꺼내 보니까 제 손이 게가 돼 버렸지 뭐예요! 팔과 손목까지는 그대론데 손이 게로 변해 버렸더라고요.

참 말도 안 되는 꿈이구나. 왜 그 얘길 나한테 하는 거지?

그 꿈이, 제가 군대에 가면 다칠 거라는 뜻이 아닐까 해서요.

가벼운 부상이겠지, 아마.

아뇨, 심각한 부상이요.

오늘 아침에 오소리를 한 마리 봤단다. 조슬린이 말했다. 그래서 너도 데리고 와야겠다고 생각했지.

삼촌이 나가시는 소리 들었어요. 말이 물렸다고 테더에게 야단치셨잖아요.

아직 그 말에게 채워 줄 적당한 재갈을 찾지 못했구나. 조슬린이 말했다.

그럼 말이나 테더 모두 아무 소리도 못 내겠네요.

좁은 오르막길에서 소년이 물었다. 베아트리스 이모 소식은 없나요?

조슬린은 못 들은 척했다. 소년은 곁눈질로 그를 훔쳐봤다.

조슬린은 눈을 가늘게 뜬 채 점점 더 차가워지는 습기 찬 허공 속으로 얼굴을 쑤욱 내밀었다. 서서히 사라져 가는 빛 속에서 무언가를 찾아보려고 애쓰는 중일 수도 있었다. 아니면 그는 절대 돌아오지 않겠다는 결심을 품고 집을 나선 남자일 수도 있었다. 머지않아 미지의 세계, 무관심한 세계에 묻혀 버리겠다는 듯 얼굴을 앞으로 쑤욱 내미는 남자.

몇 분 후 그가 말했다. 이모 말이, 더반에서는 전쟁이 끝난 것이나 다름없다는 소문이 돈다고 하더구나. 로버츠 경은 돌아오고 있는 중이고 말이야.

그럼 얼마 있으면 이리 오시겠네요.

이모가 결혼했다는 건 잊어버렸니? 조슬린이 말했다.

두 분은 어디서 사실 예정인데요?

나도 모르겠구나.

그럼 이모 물건은 왜 그대로 방에 둔 거예요?

그 방은 아직 이모 방이니까 그렇지.

두 분이 함께 이리로 오실까요?

조슬린은 다시 못 들은 척했다. 두 사람은 길을 벗어나 잡목 숲으로 접어들었다. 길 끝에서 조슬린의 개가 기다리고 있었다. 실버라는 이름의 스프링어 스패니얼 종(種)이었다.

왜 나쁜 꿈을 꾼 건지 아니? 조슬린이 물었다. 너무 집안에서만 지내서 그런 거야. 넌 운동량이 충분치가 않아. 집안에만 있는 건 여자들의 삶이지 남자들의 삶은 아니야. 이렇게 나랑 함께 좀더 자주 밖으로 나와야 해.

실망시켜 드렸다면 죄송해요. 소년이 말했다. 마치 삼촌이 정말 실망할 일은 따로 있다는 듯, 조금 건방진 말투였다. 제 첫 연주회를 보시면 자랑스러우실 거예요.

곧 날이 저물 것 같으니까 앞으로 이십 분 정도밖에 더 못 가겠구나. 조슬린이 말했다. 숲을 벗어나면 채석장을 가로질러 가자. 너는 왼쪽, 나는 오른쪽으로 움직이는 거야. 이리 와, 실버!

개에게 말할 때 그는 다른 목소리로 말했다. 조금 더 단호하면서 동시에 더 부드러운 목소리로. 소년에게 말할 때는 좀더 크긴 하지만 머뭇거리는 듯한 목소리였다.

두 사람은 갈라져서 숲을 질러갔다. 나무와 둔덕 때문에 서로의 모습은 보이지 않았다.

헙! 헙! 조슬린은 자신이 얼마나 떨어져 있는지 알리기 위해 소리쳤다.

헙! 헙! 소년은 그들이 같은 방향으로 나아가고 있음을 알리기 위해 답했다.

새들을 놀라게 하려는 외침은 아니었다. 그 소리는 사람의 목소리라기보다는 텅 빈 나무 그릇(물에 잠긴 나무 그릇)을 나뭇가지로 두드리는 소리처럼 들린다.

숲에선 아무런 동요도 없었다. 나무 둥치는 이제 회색으로 보였다. 스패니얼은 습지의 젖은 나뭇잎 냄새가 견딜 수 없다는 듯 성의 없는 태도로 길을 찾고 있었다.

헙! 헙!

조슬린에게 그 외침은 이론적으로는 무한한 언어체계에 속한 것이었다. 나무를 두드리는 것 같은 그 두 마디의 외침이 그 어떤 문장이나 연설, 혹은 음악도 따라갈 수 없는 전통의 울림으로 온 잡목 숲을 가득 채우는 것 같았다. 그 외침과 그에 답하는 과정을 통해, 그들도 의식하지 않는 사이에, 순수한 형식의 순간을 경험하기 위해 서로 호흡을 맞춰 가며 행동하는 명예로운 남자들에 대해 이해할 수 있게 되었다.

헙! 헙!

조슬린은 이번에는 특별히 소년만을 향해 부드럽게 소리를 냈다. 그는 소년에게, 전통에 속해 있는 소년까지 포함한 그 소년에게 말을 거는 중이었다. 소년은 삼촌의 목소리에서 어떤 차이를 느꼈지만, 이전과 같은 소리로 대답했다.

헙! 헙!

조슬린이 생각하는 전통에 따르면 남자들은 자연과 아주 밀접하고 특별한 방식으로 접촉한다. 안락함에 물들지 않았지만 자연을 해쳐 가며 생계를 유지해야 할 만큼 형편이 어렵지도 않은 남자들. 그들이 자연을 접하는 방식은 강을 건너겠다는 욕심 없이 강물에 뛰어드는 수영선수의 방식과 비슷하다. 그들은 그저 흐름을 즐길 뿐이다. 그 안에 있지만 그것의 일부가 되지는 않는 것. 그들이 휩쓸리지 않을 수 있는 것은, 그들이 무조건적으로 따르는 규칙이 있기 때문이다. 그 규칙은 특정한 상황에서 특정한 대상—총, 부츠, 가방, 개, 나무, 사슴 등등—을 어떻게 다루어야 하는지 정하고 있다. 따라서 그들에게 자연의 힘은(자연 안에 있을 때든 자연에서 벗어나 있을 때든) 절대 축적되지 않는다. 강물을 막는 수문처럼 그 규칙들이 언제나 고요한 상태를 지켜 준다. 그런 남자들은 그렇게 시의적절하고 형식적인 간섭만으로도 그들이 자연에 미학적인 질서를 부여하고 있다고 생각하기 때문에 마치 신이 된 것 같은 기분을 느낀다.

헙! 헙!

실버가 도요새를 물어올 때면 이미 너무 어두워져 있을 것 같다고 조슬린은 생각했다.

전통에 따르면, 일과를 마칠 때쯤엔 피로 때문에 사냥을 멈출 수밖에 없다. 그들은 경직된 몸과 허기를 안은 채, 몸을 떨거나 땀에 흠뻑 젖은 모습으로, 가끔은 진흙투성이 상태로 집으로 돌아온다. 집에 들어온 그들은 자신들이 자연에서 만들어낸, 보이지도 않고 완성되지도 않은 걸작을 집에 있는 사람들에게 보여준다. 그들은 흙이 묻거나 찢어진 옷을 벗어 던지고, 경직된 몸, 아직 허공을 응시하는 흥분된 눈매를 보여준다. 그들이 얻은 이름, 그들이 함께 있었던 공간의 이름이 곧 그들의 작품이 된다.

헙! 헙!

소년이 답할 차례였다. 그는 이전과 마찬가지로 무덤덤하게 답했다. 소년은 삼촌의 공모에 동참할 생각이 없었다.

삼촌과 보조를 맞추어 앞으로 나아가며 자신에게 기대되는 일을 하는 동안, 그의 존재는 삼촌의 외침에 대한 답을 통해서만 존재했다. 그는 삼촌과 함께 사냥을 하는 다른 어른들처럼 할 수도 있을 것 같은 생각이 들었다. 이렇게 보이지 않는 곳에서 그는 이미 성인 남자의 세계에 들어와 있었다.

숲에서 나온 두 사람은 채석장을 가로질러 갔다. 서로를 볼 수 있게 되면서 이제 소리를 지를 필요가 없었다. 개가 너무 멀리 가 버리지 않게 하기 위해 조슬린이 다급한 목소리로 불렀다. 개를 부르는 소리 역시 앞의 외침과 같은 언어에 속했다.

이십오 야드 정도 떨어진 곳에서 산토끼 한 마리가 튀어나왔다. 조슬린이 먼저 한 발을 발사했다. 총성과 채석장에서 반사되어 오는 메아리가 회색 어스름을 뚫고 순간적으로 하나의 축을 만들어냈다. 마치 두 소리가 주변의 모든 어스름을 끌어 모으는 자기극(磁氣極)이 된 것만 같았다.

토끼는 계속 도망쳤다. 달리는 속도가 아직 흐트러지지 않았다. 토끼가 지그재그로 달리는 바람에 소년은 제대로 조준하기가 쉽지 않았다.

그는 토끼가 도망가는 것을 지켜봤다. 흐릿한 갈색 털 뭉치가 흔들리는 것을 보았고, 지그재그로 달려갈 때 움직이는 다리와 둔부의 근육도 보았다. 그는 무의식중에 방아쇠를 당겼고, 심지어 ―처음 몇 초 동안은― 자신의 몸이 뒤로 튕겨져 나가는 것도 의식하지 못했다. 그는 그저 달음박질을 하며 멀어져 가던 토끼가 쓰러지는 것을 지켜볼 뿐이었다.

풍향계처럼 뒤가 트인 그물이 보이지 않게 허공에 걸쳐 있다고 한번 상상해 보자. 토끼가 그 그물에 걸려든다. 그물의 입구는 토끼의 머리와 어깨만 겨우 들어갈 수 있는 크기이기 때문에, 그물에 걸린 토끼는 토끼굴에 들어갈 때처럼 몸을 움츠려야만 한다. 그렇게 토끼가 몸을 움츠리면 그물 아래쪽의 추가 움직이며 토끼를 잡은 그물은 곧장 아래로 떨어진다.

개가 낑낑거렸다. 이렇게 어두운 곳에서 나라면 아마 못 잡았을 거다. 조슬린이 한 손으로 소년의 팔꿈치를 잡고 다른 한 손으로 토끼의 뒷다리를 쥔 채 소년의 눈앞에 들어 보이며 말했다.

○

카스트라티가 무슨 뜻이에요? 이탈리아에 있을 때 그가 움베르토에게 물었다.

카스트라티? 카스트라티 말이냐?

움베르토는 그 질문에 놀랐지만, 한편으로는 기쁘기도 했다. 그건 자신이 아들에게 해주고 싶었던 이야기와는 정반대되는 질문이었다.

카스트라토(castrato, '거세된 소' 혹은 '거세된 남자'라는 뜻의 이탈리아어로, 카스트라티는 카스트라토의 복수형—옮긴이)는 아버지가 될 수 없지.

움베르토는 아주 장황하게 설명을 늘어놓았다. 그는 와인을 벌컥벌

컥 들이키며 아들에게도 마시라고 했다. 움베르토는 손가락으로 단호하게 내려치는 시늉을 해 보이고, 고리를 만들어 보이고, 아들의 눈앞에 흔들어 보이며 이야기했다.

소년은 흑인 하인이 숫양을 거세하는 걸 본 적이 있었다. 하인은 칼질을 빠르게 한 번 한 다음, 양의 불알 두 쪽을 입으로 빨아들였다가 바닥에 뱉었다. 하지만 소년은 그 이탈리아어 단어가 자신이 알고 있는 영어 단어와 관련이 있는 것이라고는 짐작하지 못했다.

움베르토는 짐짓 아버지처럼 말을 하며 손바닥으로 자신의 배를 두드렸다. 그는 테이블 너머로 몸을 구부려 그 커다란 얼굴을 소년의 얼굴 바로 앞에 갖다 대며 말했다. 요즘은 카스트라토라는 말이 욕이란다. 원래 뜻으로 쓰이는 게 아니라, 약한 남자, 능력도 없고 비실비실한 남자를 가리킬 때 쓰는 말이지. 퀘스투오모 에 카스트라토 (quest'uomo è castrato, '이 남자는 별 볼일 없습니다' 라는 뜻의 이탈리아어 표현—옮긴이), 그렇게 불리는 거지. 카스트라토. 소년의 얼굴에 너무 가까이 다가간 움베르토는 그 얼굴을 만져 보지 않을 수 없었다. 내 아들이야. 내 아들. 그가 말했다.

○

총기실은 작은 정방형에 높은 지붕이 있는 방이었다. 높은 벽에는 사슴뿔 한 쌍이 회색 먼지를 잔뜩 뒤집어쓴 채 걸려 있고, 커튼이 없는 어두운 창에 램프 불빛이 반사되고 있었다. 조슬린은 세 부분으로 분해된 총이 놓여 있는, 벤치처럼 생긴 테이블 앞에 서 있고, 소년은 불 꺼진 벽난로 앞에 놓인 안락의자에 푹 파묻혀 있었다.

왜 베아트리스 이모의 결혼을 반대하신 거예요? 소년은 조슬린이 아니라 어두운 창 쪽을 바라보며 물었다.

그건 지금 우리가 할 얘기가 아닌 것 같다.

소년은 복잡한 방 안을 둘러보았다. 부츠, 방수 외투, 낚싯대, 양동이, 오래된 『스포츠맨』 잡지 더미, 여우 마스크 두 개, 파이프 선반, 사다리. 세워 놓은 물건에는 모두 낡은 모자가 씌워져 있었다. 소년은 어린 시절에 보았던 그 방의 모습을 기억하고 있었다. 그때는 그방에 들어올 수 없었지만, 그는 열린 문틈으로 소매를 걷어붙인 남자들이 모여 있는 모습과 벽난로의 불빛을 볼 수 있었고, 낯선 냄새를 맡을 수 있었다. 잠시 후 소년이 다시 입을 열었다.

이모가 가고 나서 모든 게 바뀌었어요.

조슬린은 꽂을대의 마디를 이어 주는 청동 이음새를 조이고 있었다. 테이블에서 총포용 기름 냄새가 났고, 조슬린은 아버지를 떠올렸다. 그의 머릿속에서 그 냄새는 곧 화약이나 철의 냄새, 야외 활동의 냄새, 동료들을 위해 준비한 음식의 냄새로 이어졌다. 음식이 떠올랐던 건 사냥을 마치고 동료들과 함께 집으로 돌아올 때의 모습을 생각했기 때문이지만, 냄새 자체에도 연관이 없지 않았다. 총포용 기름 냄새에 섞여 있는 혹연 냄새에도 불구하고, 거기에는 아직 오븐에서 꺼내지 않아 매우 뜨거운 버터 바른 빵이나 페이스트리 냄새와 비슷한 무언가가 있었다. 그건 라일락 냄새와 정반대되는 냄새였다. 불을 피우지 않아 서늘한 방에서, 조슬린은 몸을 떨며 말했다. 이모를 막을 수가 없었다.

이모부에게 완전히 빠져 버려서요? 소년이 물었다.

그 친구는 개처럼 온갖 아양을 떨었지.

이모부와 함께 있으면 이모는 행복할까요?

그런 친구와 살면 절대 행복할 수 없다. 조슬린은 낭만적인 첼로 연주자처럼 꽂을대를 총신에 밀어 넣으며 말했다. 매번 그를 즐겁게 하는 행동이었다. 그는 푸른빛으로 광이 나는 총신 안쪽을 따라 부지런히 손을 움직였다. 다시 한번 자신도 모르는 사이에 말이 흘러나왔다. 이모는 눈이 아주 높은 사람이란다. 원래 그런 사람이야.

이모부도 잘 생겼잖아요. 삼촌을 좀더 자극해 보려는 듯 소년이 물었다.
천박한 사람이지. 조슬린이 대답했다. 그의 손이 떨리기 시작했다.
이모부와 담판을 지으신 거예요?
아니, 그럴 수 없었다.
삼촌이 보시기엔 천박한 사람이라고요?
조슬린은 총신을 내려놓고 양손으로 테이블을 짚은 채 꼼짝도 하지 않았다.
그 이야긴 그만 하는 게 좋겠구나. 그가 말했다.
소년의 나이 때문이 아니었다. 조슬린은 그 이야기라면 누구에게도 하고 싶지 않았다.

하지만 소년은 어떻게든 조슬린에게서 이야기를 더 듣기로 마음먹었다. 그건 개인적인 적대감 때문이 아니라, 자신의 알 권리―그리고 알아들을 수 있는 능력―를, 그리고 주제에 상관없이 이야기할 수 있는 권리를 주장하기 위해서였다. 소년은 이제 자신의 삶에서 익숙한 것은 하나도 남지 않았다고 느끼고 있었다. 따라서 그에겐 질문할 권리만이 남은 셈이었다.

양쪽 집안이 모두 진정으로 행복해 하는 그런 결혼은 없을 것 같은 데요. 소년이 말했다.

그런 결혼이 가능한 시절도 있었지.

늘 한쪽이 희생해야 하는 것 같아요. 보통은 돈이 없는 쪽이요.

예상치 못했던 조카의 생각과 말에 놀란 조슬린은 여전히 안락의자에 몸을 묻고 앉아 있는 소년을 돌아보았다. 소년의 얼굴에 그림자가 져 표정이 보이지 않았다. 그의 말에서 건방진 태도는 조금도 느껴지지 않았다. 두 사람의 눈이 마주치자 소년이 말했다.

우리 아빠와 엄마가 결혼할 때도 반대하셨죠?

그건 이모와는 사정이 달랐지.

두 사람이 정식으로 결혼하지 않았기 때문에요?

그 이야긴 또 어디서 들었니?

학교에서 찰스 헤이라는 친구가 그랬어요.

조슬린은 고개를 돌려 창밖을 내다봤다. 그러고 보니 그때까지 소년의 성장 과정은 대충 얼버무린 결정과 아이 엄마의 갑작스런 변덕이 만들어낸 타협에 불과하다는 생각이 들었다.

소년은 계속 말을 이었다. 엄마와 아빠를 보면 절대 결혼한 사람처럼 안 보이잖아요. 서로를 남편과 아내로 대하지 않고, 공통점도 하나도 없잖아요. 저만 빼면.

부모님에 대해서 그렇게 말하면 안 되지.

차라리 거짓말을 하라고요?

학교에서 그런 이야기를 들은 건 참 유감이구나.

아이들이 우리 엄마가 가리발디와 사귀었을 거라고, 저 보고도 가리발디라고 불러요.

저런!

그럼 저는 그냥 웃어요.

웃는다고?

그럼 제가 엄마 편이라도 들어야 되는 건가요?

조슬린은, 자신은 소년에게 사실을 말해 주고 싶었고, 그것 때문에 로라와 싸우기도 했다는 말을 하고 싶었다. 하지만 그 모든 일들이 자신의 기억 속에서만 존재하는 일들이었기 때문에, 무슨 이야기를 해도 소년은 이해할 수 없을 것 같은 생각이 들었다.

그는 다시 테이블 쪽으로 몸을 돌리고 개머리판을 닦았다.

비어스 대위가 왜 천박해요? 소년은 정중하게, 아주 부드러운 목소리로 물었다.

그 인간은 아일랜드 출신 허풍쟁이에 손도 거칠고, 소란스럽고, 짐수레나 끄는 말 같은 대위에 불과해!

여동생 남편에 대해서 그렇게 말하면 안 되죠.

소년은 그렇게 말하며 웃었고, 조슬린도 따라 웃었다. 그들을 둘러싸고 있던 형식적인 분위기가 깨지면서 둘은 웃음을 터뜨렸다. 그렇게 형식이 무너지자 두 사람은 잠시 동등한 관계가 되었다. 소년은 의자에서 일어나 테이블로 다가갔고, 삼촌이 의자에 몸을 파묻었다. 그는 가볍게 떨고 있었다.

개머리판을 집어든 소년은 공이가 그대로 있는 것을 발견했다. 개머리판 앞쪽을 테이블에 대고 방아쇠를 당겼다. 공이가 테이블에 떨어지는 소리가 침묵을 깼다. 총의 스프링을 약하게 하지 않기 위해 오랫동안 그런 식으로 공이를 빼내면서 테이블 위에는 수천 개도 넘는 자국이 생겼다.

조슬린은 의자에 몸을 묻은 채 벽난로의 격자를 바라보며 입을 열었다. 그는 아주 부드럽게, 거의 혼잣말을 하듯 말했다.

그는 이모가 있어야 할 자리에서 이모를 빼 갔어. 이모가 어떤 사람인지는 내가 알지. 도자기 인형처럼 섬세한 사람이야. 저기 허리에 꽃무늬가 들어간 저 인형처럼 말이다. 이모는 보호를 받으면서, 자유롭게 살아야 해.

의자의 등받이 때문에 소년은 삼촌을 볼 수 없었다. 의자 너머로 벽난로 장식이 보였고, 그 위에 먼지가 묻은 봉투 더미와 실 뭉치, 가죽끈, 그리고 도자기로 만든 양치기 여자 인형이 있었다. 팔 인치 정도 되는 크기의 인형이었다.

그는 이모가 있어야 할 자리에서 이모를 빼 갔어. 이모는 이 집의 일부인데 말이야. 이모도 그걸 알고 있었지. 도무지 비밀이란 게 없는 사람이었단다. 이 땅과 이 집의 정신적 지주 같은 사람이었지. 이모는 내가 이곳에 사는 이유였다.

소년은 도자기 인형을 응시했다. 거의 흰색에 가까운 분홍색 인형은 램프 불빛을 받아 빛나고 있었다.

이미 내 삶의 절반 정도를 살았다는 사실이 기쁘게 느껴지더구나. 그동안은 나쁘지 않았지만 지금부터는 모든 것이 더 나빠질 거야. 사람들은 점점 더 무식해지고, 손은 거칠어지고, 항상 다른 사람에 대해 이렇다 저렇다 말을 하지. 여기에 예배당과 상점을 열 계획이다. 이제 농장은 지긋지긋해. 사람들은 이제 기다리는 법을 잊어버렸지. 더 이상 기다릴 만한 가치가 있는 일이 없으니까 말이다. 나부터도 기다리는 법을 모르겠더구나. 그녀를 기다리고 있었는데 말이다.

조슬린은 말을 멈추었다.

가서 옷 갈아입어야겠다. 여기는 춥구나. 잠시 후 그가 말했다.

소년은 도자기로 만든 양치기 여자 인형을 바라보며 벽난로 앞으로 다가갔다.

○

천구백이년 오월 이일의 그 일은 어떻게 벌어진 걸까? 베아트리스는 자신의 방에 있었다. 아직 오후밖에 되지 않았는데 머리를 풀어헤친 채 잠옷과 숄 차림이었다는 것부터 이상하지 않은가?

전날, 정원을 돌아다니던 그녀는 북서쪽 모퉁이에 라일락 가지가 삐져나와 있는 것을 발견하고는 몇 송이 꺾어서 집안에 갖다 놓으면 좋겠다고 생각했다. 꽃이 있는 곳에 가려면 젖은 땅과 썩어 가는 싹양배추 더미를 지나야 했다. 그녀는 신발과 스타킹을 벗고 맨발로 다가갔다. 발목까지 진흙에 빠졌다. 하지만 정작 나무가 있는 곳에 이르렀을 때, 나뭇가지는 그녀가 닿기에 너무 높았다. 나무 옆 벽에 역시 썩어 가는 검은색 사다리가 세워져 있었다.(그녀가 아프리카에 가고 없는 동안 집안과 농장은 엉망이 되어 버렸다) 사다리의 아래쪽 세 단을 살펴보니 튼튼한 것 같았다. 그녀는 사다리를 라일락 나무 아래에 세우고 그 위로 올라갔다. 그녀와 벽 사이에서 날아다니던 말벌이 그녀의 발바닥을 물었다. 그녀는 짧게 외마디 비명을 지르기는 했지만(어린아이 혹은 갈매기가 지르는 소리처럼 들렸다) 개의치 않고 라일락을 꺾어서 맨발로 집에 돌아와 발을 씻었다. 저녁이 되자 발이 부어 올랐고, 그녀는 잠을 제대로 잘 수 없었다.

다음날 아침, 그녀는 그날 하루를 침대에 누워 있기로 마음먹었다. 결혼 전이었다면, 농장을 떠나기 전이었다면 절대 그런 결정을 내리지 않았을 것임을 그녀는 알고 있었다. 조슬린은 그녀가 집안과 착유장을 잘 돌봐 주기를 기대하고, 레스터서에서 열린 경마 대회에 가고 없었다. 오후에는 측량기사가 찾아와 이런저런 서류를 준비해야 한다고 했다. 사람들은 모두 이미 붓기가 빠지기 시작한 발은 전혀 문제가 아닐 거라고 생각했다. 결혼 전이었다면 그녀는 사람들의 기대에 따라 행동했을 것이다. 이젠 그럴 수 없었다.

그녀는 사람들에게 해야 할 일을 알려 준 다음 목욕을 했다. 그녀는 물기를 닦지도 않은 채 욕실에 있는 커다란 거울에 비친 자신의 모습을 쳐다봤다.

남자들의 시선으로 자신의 몸을 보려 했던 것은 아니었다. 거울에 비친 자신의 몸을 보면서 성적인 생각을 하지는 않았다. 그녀가 보고 있는 것은 껍질 같은 옷들을 벗겨내고 남은 고갱이 같은 자신의 몸이었다. 그 고갱이를 욕실 공간이 감싸고 있었다. 하지만 고갱이와 공간 사이에 무언가 바뀌었다. 그녀가 돌아온 후 집안이나 농장 전체가 달라진 것처럼 보이는 것도 그 때문이었다. 그녀는 양손을 가슴에 갖다 대고 엉덩이를 지나 허벅지 안쪽까지 천천히 쓸어 내렸다. 그녀의 살결이 달라졌거나, 아니면 자신의 몸을 쓰다듬는 그녀의 손길이 달라졌다.

전에는, 마치 자신의 몸이 그녀에게 꼭 맞는 동굴이라도 되는 것처럼 그 안에서 살았다. 동굴 주위의 바위나 흙은 세상의 나머지 부분에 불과했다. 바깥쪽 면이 세상과 이어져 있는 그런 장갑을 끼고 지내는 것과 비슷하다고 할까.

이제 그녀의 몸은 그녀가 사는 동굴이 아니었다. 몸은 채워졌고, 주변의 모든 것, 그녀 자신이 아닌 그 어떤 것도 고정되어 있지 않았다. 이제 그녀에게 주어지는 것들은 그녀의 겉만 맴돌 뿐 몸 안으로 들어올 수 없었다.

그녀는 잠옷과 숄을 입고 침대로 돌아왔다. 베개에 등을 기댈 때 칠면조 울음소리 같은 새된 소리가 저도 모르게 나왔다. 벽에 걸린 아버지의 초상화가 눈에 들어오자 그녀는 얼어붙은 듯 동작을 멈추었다. 예민한 여자라면 자신이 미쳐 가고 있다고 생각했을 수도 있다. 베개에 등을 기댄 그녀는 천천히 고개를 좌우로 돌려 방 안을 둘러봤지만, 이내 현기증을 느끼고는 침대에서 내려와 바닥을 짚으며 무릎을 꿇었다. 카펫이 깔린 바닥은 평평하고 움직임이 없었다. 그렇게 트이고 평평한 공간에서 그녀는 자신이 행복하다는 것을 확인했다.

탈의실로 간 그녀는 은으로 된 인어장식이 있는 머리빗을 손에 든 채 지난 육 개월 동안 계속 자신에게 던졌던 질문을 다시 떠올렸다. 왜 상실감이 조금도 들지 않는 거지? 질문 자체가 내포하는 전제들이 정확한지부터 확인하는 것이 곧 그 질문에 답하는 것이었다. 대답은 항상 만족스러웠다. 대답은 '상실감이 안 드니까' 였다.

패트릭 비어스 대위는 천구백일년 구월 십칠일, 케이프 콜로니의 그레이트 카루 북부 산악지역에서 전사했다. 그곳에 진을 치고 있던 영국군이 스뮈츠 장군이 이끄는 보어군 특공대의 습격을 받았다. 보급품과 무기가 부족했던 특공대는 결사적으로 달려들었다. 바위산에서 벌어진 혼란스러운 전투에서 비어스 대위의 머리가 절반쯤 날아가 버렸다. 그를 쏜 보어군이 근거리 사격임에도 불구하고 모제르 총탄(일반적으로는 더 큰 목표를 겨냥할 때 사용하는 탄이었다)을 사용한 것이다. 그에게는 다른 총탄이 없었다. 영국군이 항복을 선언한 후, 자신의 총을 맞고 머리가 떨어져 나간 영국군 장교의 시체를 본 보어군 병사는 그 총탄을 사용할 수밖에 없던 상황을 안타까워했다. 하지만 그는 산탄총으로 죽이나 리다이트 폭탄으로 죽이나 다를 것은 없다고 자신을 설득했다.

베아트리스에게 남편의 죽음을 알려 준 대령은 이렇게 말했다. 우리 군인들은 우리가 잃은 것이야말로 진정 우리가 얻은 것이라고 생각합니다. 우리가 가장 명예롭게 기억하는 사람은 바로 위대한 목적을 위해 싸우다 전사한 사람들입니다.

그녀는, 남편이 자신의 죽음을 받아들여야만 했을 때 느꼈을 충격을 생각하고 마음이 아팠다. 그는 돌이킬 수 없는 실망감을 느끼며 죽어 갔을 것이다. 하지만 그들의 결혼생활이 끝났다는 사실은 그녀에게 상실이 아니라 소득으로 다가왔다. 그녀는 아프리카를 떠날 수 있게 되었다. 그를 떠날 수 있었고, 그의 동료 장교들을 떠날 수 있게 된 것이다.

나는 베아트리스와 조슬린의 근친상간이 얼마나 오랫동안 지속되었는지 알 수 없다.

나는 베아트리스가 좀더 단순한 삶을 위해 비어스 대위와 결혼한 것이 틀림없다는 것은 안다.

조슬린이 여동생에게 행사할 수 있었던 권력은, 어린 시절 오빠가 가졌던 권력이 어른이 된 후에도 계속 이어진 것이라고 할 수 있다. 그는 동생을 지켜 주고 보호하려 했다. 동생보다 세상을 더 잘 알고 있다는 이유로 그는 도덕적인 중재자 역을 맡았다. 오빠의 말에 순종하고 다른 사람들의 판단을 무시하는 것이 그녀에게는 미덕이었다. 하지만 사춘기가 지나자 조슬린이 동생에 대해 가지는 권력은 그녀의 협조를 통해서만 가능했다. 뿐만 아니라 그 협조는 둘 사이의 관계를 제외하면, 오빠가 성인으로서 가져야 할 다른 능력들에는 별 도움이 되지 않았다. 결국 그의 지배적 권력은 동생이 원했기 때문에 가질 수 있는 것이었다. 두 사람 사이의 친밀한 분위기는 그렇게 이상한 방식으로 둘 사이를 맴돌았는데….

그 닫힌 구조 안으로 비어스 대위가 들어왔다. 확신에 차 있고, 덩치가 크고, 부리부리하고, 직설적으로 말하는 남자. 군복을 입은 남자들만이 보여줄 수 있는 단순함과 명쾌함을 지닌 남자. 그가 그녀에게 구애했다. 그는 그녀 앞에서 무릎을 꿇고 기꺼이 그녀의 종이 되겠다고 했다. 그는, 그의 말에 따르면, 그녀의 존재 자체를 우러러 받들었다.

그는 협조나 순응을 요구하지 않는 것처럼 보였다. 그저 결혼식에서 자신의 손을 잡아 달라고만 했다. 그런 관습적인 은유에서 보이는 단순함이 오히려 설득적이었다. 그녀의 손을 잡고, 그는 그녀에게 세상을 보여줄 것 같았다.

그녀는 청혼을 받아들였다.

두 사람은 성 캐서린 교회에서 결혼식을 올렸다.

두 사람은 아프리카로 떠났다.

지구 전체의 육지 면적은 오천이백오십만 평방마일 정도인데, 그 중 사분의 일 정도, 약 천이백만 평방마일이 대영제국의 점령지다. 그 중 절반이 훨씬 넘는 지역이 온대기후 안에 자리잡고 있고, 백인들이 정착하기에도 적합하다. … 제국의 영토는 남반구와 북반구에 거의 절반씩 나뉘어 있다. 오스트랄라시아와 남아프리카를 합친 남반구의 영토는 오백삼십만팔천오백육 평방마일이고, 영국 본토와 캐나다, 인도 독립 전의 토후국까지 합친 북반구의 영토는 오백이십칠만천삼백칠십오 평방마일이다. 계절의 변화도 정반대여서, 제국의 절반이 여름을 즐기는 동안 나머지 절반 지역은 겨울인 셈이다.

더반에 도착한 후 몇 주 만에 베아트리스는 환영에 시달리기 시작했다. 그녀는 모든 것이 기울어져 있다고, 자신을 둘러싼 모든 것이 점점 더 기울어 가는 경사면 위에 놓여 있다고 믿었다. 경사면이 더 기울어지면 모든 것이 아래로 미끄러지고, 결국 바닥으로 떨어질 것이다. 경사면은 아프리카 대륙 전체에 펼쳐져 있었고, 그 바닥은 인도양에 닿아 있었다.

천팔백구십구년 이월의 어느 오후, 그녀는 인력거를 타서는 안 된다는 비어스 대위의 경고에도 불구하고 피터마리츠버그에서 인력거를 탔다. 그는 이유를 말해 주지 않았지만, 짐작하기는 어렵지 않았다.

인력거를 끄는 줄루족 소년의 머리에 꽂힌 지저분한 염색 타조 깃털에서 그을린 털 냄새가 났다. 소년의 기다란 다리에는 여기저기 흰색 얼룩이 묻어 있었다. 전날 밤 천둥에 씻겨 나간 하늘은 사나운 느낌이 들 만큼 푸르렀다. 소년이 달리는 속도에 맞춰 흔들리는 인력거 지붕의 해진 타조 깃발이 손에 잡힐 듯한 하늘에 그림을 그리는 것만 같았다.

그녀가 탄 인력거가 행군 중인 영국군을 지나쳤다. 파란 하늘 아래, 급조한 통나무집 같은 건물들을 향해 곧장 뻗은 길을 걸어가는 보병 소대는, 이삼십 명의 남자들을 담은 채 무기력하게 떨고 있는 상자처럼 보였다.

이곳 더반에서 영국군의 활동은 멈출 줄을 몰랐다. 매순간 해야 할 일이 있었다. 인력거가 말을 탄 장교들 옆을 지나칠 때 장교들은 그녀 쪽을 돌아보지 않은 채 가볍게 목례만 했다. 그들에게 그녀는 동료 장교의 아내들 중 한 명에 불과했다. 그녀는 비어스 대위의 동료 장교들 중 레이디스미스에서 전사해 버렸으면 하는 사람들이 누구누구인지 생각했다. 만약 누군가 죽어야만 한다면 말이다.

그녀는 흰색으로 칠한 인력거꾼의 다리를 쳐다봤다. 한쪽 다리가 펴지면 다른 쪽 다리를 굽히며 쉬지 않고 움직였다. 마차에 앉아서 말의 뒷다리가 움직이는 방식을 보는 것과 아주 달랐는데, 그 차이 때문에 그녀는 혼란스러웠다. 하지만 그건 그저 느낌일 뿐 어떤 부정적인 결론으로 이어지지는 않았다. 그녀가 이곳에서 대부분의 시간을 함께 보내는 다른 장교 부인들과 다른 점이 있다면, 그녀는 자신만의 의견을 가지고 있다는 점이었다. 그녀는 점점 더 대화가 싫어졌다. 그 대신, 어떤 결론으로 이어지지 않는다는 바로 그 이유로 자신의 감정을 믿었다.

인력거는, 조금 좁지만 역시 직선으로 뻗은 길로 접어들었다. 방갈로 뒤쪽의 공터를 지나는 길이었다. 나무들이 여기저기 그늘을 드리우고, 가장자리를 따라 무리지어 걸어가는 흑인 여자들이 보였다. 여인들의 옷차림을 볼 때 마을에서 도시까지 줄곧 걸어온 것 같았다. (비록 아주 짧은 기간이었지만, 원주민 여인들이 도시에서 일하는 부족 남자들을 만나러 나오는 것이 허용될 때가 있었다.) 그들은 머리 위에 짐을 잔뜩 지고 있었다. 인력거가 속도를 늦추었다. 여인들 중 한 명이 줄루어로 소리쳤지만 베아트리스는 무슨 말인지 알아들을 수 없었다. 다른 여인이 무슨 시늉을 해 보이며 웃었다. 여인들 중 아무도 베아트리스를 쳐다보지 않았다. 두 명은 가슴이 처진 나이든 여인이었고, 나머지 한 명은 아이를 안고 있었다.

좁은 길이 끝나고 나타난 대로가 그녀의 목적지인 식물원 입구였다. 그녀는 인력거에서 내려 여인들이 가지고 다니는 조롱박에 뭐가 들어 있냐고 물었다. 소년은 그녀를 내려다보며 —그녀의 키가 훨씬 작았다— 카피르(수수의 일종—옮긴이) 맥주라고 말해 주었다. 바로 그때 처음으로 모든 것이 기울어져 보였다. 그녀는 식물원의 난간에 기대야만 했다. 그 난간에 의지해, 난간을 똑바로 마주보며 머리를 두 난간 사이에 기댔다. 인력거꾼이 놀란 얼굴로 그녀를 쳐다봤다. 잠시 후 경찰관 한 명이 다가와 그를 위협했다.

두번째는 더반의 항만장이 연 저녁 만찬 자리에서였다. 그녀의 눈에는 식사가 차려진 테이블이 기울어져 있는 것처럼 보였다. 그녀는 은촛대가 넘어지지 않게 손으로 잡으려 했고, 그 와중에(주변 사람들이 보기에는 전혀 이해할 수 없는 행동으로 보였다) 앞에 놓인 와인 잔을 넘어뜨리고 말았다.

그날 밤, 술기운 때문에 좀 흐트러지고 공격적으로 변한 비어스 대위가 애정이 담긴 주의를 줬다. 일을 못하는 노예는 벌을 받아야지, 안 그래, 나의 작은 새? 당신을 다시 가둬 둘 수밖에 없겠군. 당신이 빠져나오려고 할 테니까 단단히 묶어 둬야겠어. 말해 봐요, 베아트리스. 당신의 정절을 보여 봐.

환영을 보는 일이 잦아질수록, 모든 것이 기울어져 있는 것 같다는 느낌은 점점 더 확신으로 굳어 갔다. 어느 순간 그녀는 더 이상 느낌이 아니라 정말 현실이 그렇다고 생각하게 되었다.

그녀는 자신과 자신을 둘러싼 모든 것들이 다른 방식으로도 보일 수 있음을 알게 되었고, 그건 뭐라 분명히 정의할 수는 없지만, 그녀 스스로는 절대 볼 수 없는 방식이었다. 바로 지금 그녀가 그렇게 보이고 있다. 입안이 바싹 타들어 갔고, 코르셋이 더욱 힘껏 몸을 조였다. 모든 것이 기울어져 있다. 그녀의 눈에 다시 모든 것이 일상적으로 보인다. 조금도 기울어지지 않았다. 하지만 그녀는 모든 것이 기울어져 있었던 때가 분명히 있었음을 확신했다.

그런 환영이 지나간 다음에도, 아프리카 대륙 자체가 기울어져 있다는 생각은 떨쳐낼 수 없었다. 오히려 일상생활의 나머지 경험이 그러한 생각을 확인해 주었고, 그렇게 환영은 점점 더 신빙성을 얻었다.

시간이 지나면서 환영과 함께 뒤따르던 불안함은 서서히 잦아들었다. 그녀는 환영에 대해 누구와도 상의하지 않았다. 그 비정상적인 느낌이 더 이상 걱정되지도 않았다. 그녀는 그것을 받아들였다. 그녀는 그것이 피터마리츠버그, 더반, 그리고 케이프타운으로 차례차례 옮겨 다니면서 생긴 자연스러운 결과라고 받아들였다. 자기가 미쳐 가고 있는 것은 아닌지 하는 의심도 더 이상 하지 않았다. 대신 그녀는 탈출의 기회만 엿보고 있었다.

베아트리스의 불안은, 부분적으로는 군복을 벗은 남편의 모습이 어쩐지 알아 버렸기 때문에 생긴 것이었다. 군복을 벗은 그가 그녀에게 요구한 것은, 그녀를 묶어 놓고 부드럽게 학대하는 것을 허락해 달라는 것이었다. 단지 그녀를 묶어 두는 것만으로도, 남편이 성적인 절정을 맛보기에는 충분했다. 그녀는 그의 폭력보다 스스로의 수치심과 실망감 때문에 고통스러웠다. 물론 나탈과 케이프 콜로니의 낯선 기후 역시 그녀의 불안한 정신 상태에 나쁜 영향을 미쳤을 것이다. 하지만 그것만이 전부는 아니었다.

아막소사의 위대한 환영(幻影)

천팔백사십칠년 십이월 이십삼일, 케이프 콜로니의 영국 총독 해리 스미스 경이 아막소사족의 족장들을 동쪽 국경선으로 불러 모았다. 그는 족장들의 영토―남아프리카에서 가장 기름진 땅이었다―가 분할된 후 왕실령으로 편입될 것이며, 이후 브리티시 카프라리아로 불리게 될 거라고 했다. 그로부터 얼마 후 가이카족의 족장 산딜라가 강력하게 저항했다. 해리 스미스 경은 족장들을 다시 불렀다. 산딜라는 그 자리에 나타나지 않았다. 해리 경은 그의 족장 지위를 박탈하고, 대신 브라운리라는 영국인 관리를 임명해 가이카족을 통치하게 했다. 자신들이 상황을 완전히 장악하지 못했음을 확신한 두 영국인은 산딜라를 체포할 것을 명령했다. 천팔백오십년 십이월 이십사일, 산딜라를 체포하기 위한 군대가 출동했고 가이카족은 봉기했다. 국경선 근처에 살던 백인 정착민들은 크리스마스 파티를 즐기던 중에 습격을 받았다. 그것이 제사차 카피르 전쟁의 시작이었고, 이어 육 년에 걸쳐 아막소사족의 독립전쟁이 이어졌다.

천팔백오십삼년까지 영국군은 압도적인 군사력의 우위를 바탕으로 (본국의 식민지청은 이 전쟁을 위해 거의 백만 파운드의 돈을 썼다) 원주민들에게 패배를 안겼다. 천팔백오십육년이 되자 영국인들이 '아막소사의 위대한 환영'이라고 부르는 일이 벌어졌다. '환영'이란 독립을 원하던 아막소사의 종족들이 궁극적으로 빠져든 상태였던 것이다.

농크와세라는 소녀가 물을 길러 도랑에 갔다가 풍채가 당당한 낯선 남자들을 보았다고 아버지에게 전했다. 확인을 위해 도랑에 나간 소녀의 아버지에게, 그 남자들은 자신들이 백인들을 바다로 몰아내는 일을 돕기 위해 온 죽은 자들의 혼령이라고 했다. 소녀의 아버지에게서 그 말을 전해 들은 아막소사 족장 사릴리는 부족민들에게 혼령이 시키는 대로 하라고 명령했다. 혼령들은 사람들로 하여금 기르고 있던 가축들을 모두 죽이고, 수확한 곡물도 모두 태워 버리라고 했다. 가축들은 야위었고, 기름진 땅을 백인들에게 빼앗겼기 때문에 수확량도 변변치 못했다. 가축을 남김없이 죽이고, 곡물도 다 태워 버리고 나면 살찌고 보기 좋은 가축이 땅에서 솟아나고, 잘 익은 곡물들이 가득한 농지도 나타날 거라고 했다. 그러면 부족을 괴롭히던 온갖 고난과 질병이 사라지고, 모든 사람들이 젊음을 되찾아 아름답게 되고, 바로 그날 백인들도 자취를 감출 거라고 했다.

사람들은 혼령이 시키는 대로 했다. 가축은 그들의 문화에서 없어서는 안 되는 것이었다. 마을에서는 가축을 몇 마리나 가지고 있느냐 하는 것이 부의 척도였다. 딸이 시집을 갈 때, 그녀의 아버지가 부자일 경우에 암소 한 마리를 딸려 보냈는데, 그 소를 우불룽구―'좋은 일을 하는 소'―라고 불렀다. 이 소는 절대 죽지 않게 잘 돌봐야 했고, 딸에게 아이가 태어날 때마다 그 소의 꼬리털을 목에 매 주어야 했다. 그럼에도 불구하고 사람들은 혼령의 말을 따랐다. 그들은 가축과 성스러운 소를 죽였고, 곡물들을 모두 태워 버렸다.

그들은 새로 나타날 살찐 가축들을 위해 축사를 지었다. 그들은 이제 물처럼 흔하게 마시게 될 우유를 담을 가죽 부대를 만들었다. 그들은 인내를 가지고 복수할 날을 기다렸다.

드디어 약속한 예언의 날이 되었다. 수십만 부족민의 희망을 담은 해가 떴다가 졌다. 밤이 될 때까지 아무 일도 일어나지 않았다.

약 오만 명의 사람들이 굶어 죽었고, 수천 명은 마을을 버리고 일자리를 찾아 케이프 콜로니로 갔다. 남은 사람들은 자산을 가지지 못한 노동자가 할 수 있는 일을 했다.(얼마 후 이들 대부분은 북부에 있는 다이아몬드나 금 광산에서 임금 노예로 일하게 된다) 사람들이 빠져나간 아막소사의 기름진 땅에는 유럽에서 건너온 농민들이 정착했고, 번성했다.

○

저 사람은 누구예요? 소년이 물었다.
대공이지. 페르디난도 일세, 리보르노의 아버지란다. 이 도시를 세

149

운 사람인데 피렌체 출신이지. 움베르토가 말했다.

저건 뭘로 만든 거예요?

무슨 뜻이지?

돌로 만든 거예요? 소년이 물었다.

아니, 청동이라는 아주 비싼 금속으로 만든 거란다.

왜 사람들을 사슬로 묶어 놨어요?

저들은 노예니까. 아프리카에서 온 노예 말이다.

힘이 세 보이는데요.

힘이 세야만 하지. 저 사람들은… 그걸 뭐라고 하지? 움베르토는 노를 젓는 시늉을 해 보였다.

노 젓는 거요?

그래. 바로 그거.

왜 이 사람들을 동상으로 만들었어요?

왜냐하면 그들은 숭고하니까(ma perché son magifici).

○

베아트리스는 은으로 된 인어장식이 있는 머리빗을 내려놓고 창 쪽으로 걸음을 옮기다 라일락이 꽂힌 꽃병 앞에 멈췄다.

소년이 방에 들어왔을 때 그녀가 말했다. 이렇게 향이 많이 나는 라일락은 처음인 것 같아. 그녀는 목장 일꾼 중 한 명이 아직도 몸이 안좋은지 물었다. 소년이 방에서 나간 후 그녀는 생각했다. 내가 저 아이보다 나이가 두 배도 더 되는구나.

베아트리스를 위한 시

쉬지 않고 이슬을 맞아 내 몸은 작아지고
가늠할 수 있는 것은 지도 위의 땅들
내가 내는 소리는 다른 곳에서 들리고
나는 내 가슴속 말없는 침묵 속에 갇혀 있네
나의 머리를 땋아 문장을 만들고
절대 놓아주지 않으리
내가 원하는 곳을 걸어가리
겨우 손목만 들어갈 정도의 소매
깨져라
깨져라 내 가슴속의 놀라운 침묵이여

보어인

"이십세기는 역사상의 모든 시대가 한데 뒤섞여 끓는 커다란
가마솥이다." ─옥타비오 파스

남아프리카의 아프리카 문명은 보어인들에 의해 파괴되었다. 보어
인들의 남아프리카 식민지 개척은 훗날 영국인들에게 큰 이득이 되
었다. 영국인들은 이따금 보어인들의 식민지 정책을 지원했지만, 식
민지 지배자와 피지배자의 관계는 본질적으로 보어인들이 만들어냈
다고 할 수 있다. 하지만 보어인들은 본인들부터, 지리적으로나 역
사적으로 도망자였다. 그들은 스스로 패배의 낙인을 단 채 다른 적
들을 무찔러 나갔다. 십팔세기, 처음으로 하이 벨트에 모여든 보어
인들은 케이프타운의 네덜란드 동인도회사를 피해 달아난 사람들이

었고, 그런 일이 있고 난 직후부터 그들은 역사적으로 억압을 받아왔다. 그들은 농장을 거부했다. 그들은 유목민처럼 지내며 소떼를 몰거나 사냥을 했다.

보어인들이 나탈, 트란스발, 오렌지 자유주 등으로 이동했던 천팔백삼십오년의 대이주는, 십구세기 유럽의 사회적 활동 영역—생산, 정치, 도덕을 모두 포함하는—에서 요구했던 의무와 규율로부터 벗어나려는 움직임이었다. 다른 식민지 지배자들과 달리, 보어인들은 '암흑의 대륙'에 '문명'을 전해 주려 하지 않았다. 보어인들은 그들 자신부터 그 '문명'에서 벗어나고 싶어했다.

그들의 생산력은, 그들이 땅을 빼앗고 곡물을 불태우고 물건을 약탈했던 반투족의 생산력보다 앞서지 않았다. 단지 우수한 화기와 빠른 말, 그리고 운송수단 덕에 전략적 우위를 점할 수 있었을 뿐이다. 그들에게는 일단 빼앗은 땅을 개발할 수 있는 능력이 없었다. 심지어 그들 때문에 갈 곳을 잃어버린 원주민의 노동력을 활용할 줄도 몰랐다. 그들은 자신들이 얻은 권력과 재물을 신이 내려주신 신성한 것이라고 생각했지만, 막상 그것들을 이용해 해낸 것은 아무것도 없었다. 그들은 무능력했고, 그들이 무찌른 사람들 틈에서 외롭게 지내고 있었다.

유럽이 식민지화하고 노예로 만들고 약탈한 세상의 나머지 지역에서 원주민들은 대량학살을 당하거나 파멸했고(오스트레일리아와 북미), 다른 곳으로 떠났으며(노예가 되었던 서아프리카 원주민들), 식민지 정책을 정당화해 주었던 도덕적 종교적 사회적 체제 안에서 적응하며 살아야 했다.(라틴아메리카의 카톨릭주의, 인도의 제국주의적 통치에 스며들어 간 영국의 왕정과 카스트 제도) 하지만 남아프리카의 보어인들은 그런 자족적인 '도덕적' 헤게모니를 세우지 못했다. 그들은 승리와 패배 어느 쪽에도 적응하지 못했다. 그들이 가난뱅이로 만들어 버린 사람들과 조약을 맺은 것도 아니고, 스스로 얻은 것을 활용할 줄도 몰랐기 때문에 정착할 수도 없었다. 결과적으로 보어인들 사이에는 다른 식민지 지배층에서 보이는 위선이나 자만심, 부정부패가 덜했다. 하지만 그들에게 아프리카인이라는 개개인의 존재는 항상 그들을 위협하는 흑인들의 복수를 떠올리게 했다. 그리고 정착도 불가능하고 그들을 정당화해 줄 수 있는 체제도 없는 상황에서 스스로의 위치는 개인적인 감정을 통해서만 확인할 수 있을 뿐이었다. 보어인들은 밤낮으로 그들의 지배력이 두려움보다 더 크다고 스스로 확인해야만 했다. 그들은 두려움을 잊기 위해 증오를 키웠다.

정치란, 베아트리스가 보기에는 남자들에게만 열려 있는 길일 뿐, 그 이상도 이하도 아니었다.(그녀가 보기에 로라가 그렇게 정치에 헌신하는 것은 마음이 메말랐음을 보여주는 증거였다) 그녀는 그리스 신화에 나오는 이야기와 인물들에 흥미가 있었지만, 역사에는 관심이 없었다. 그녀는 아막소사족의 운명에 대해서는 아무것도 몰랐다. 머스그레이브 로드나 더반, 로열 호텔 등에서 사람들이 '보어인들의 배신'이나 '보어인의 잔혹 행위'에 대해 이야기할 때에도, 그녀는 사람들이 그저 오디션에 나온 가수들처럼 모두 제각각의 동작이나 감정을 섞어 가며 경쟁적으로 한마디씩 하고 싶어하는 것 같다는 인상을 받았다. 그 경쟁은 말상대가 끊이지 않는 한 절대 끝나지 않을 것 같았다. 화제는 제국, 카피르족의 성격, 영국군의 수준, 선교사들의 역할 등 다양했다. 그녀는 그런 자리에서 나오는 억측들을 조금도 의심하지 않았다. 하지만 억측이든 경쟁이든 지루하기는 마찬가지였다. 그녀는 상대방의 말을 듣는 척하면서 그 사람의 손가락을 유심히 살피거나 창 밖을 내다보거나, 삼십 분 후엔 뭘 하고 있을까 혼자 생각해 보는 습관이 생겼다. 그렇게, 아무것도 하지 않고 아무 생각도 없이 보낼 때가 잦아지면서 그녀는 불안해졌고, 아프리카 대륙의 가능성이 그녀의 생각을 사로잡았다.

기존의 일반적 사고나 판단의 보호를 받을 수 없는 그녀였기 때문에, 자신의 생각이 아무런 목적도 없이 흘러가게 내버려 두었기 때문에, 그리고 다른 국가를 억압하는 통치자나 군대가 항상 가지고 있어야 하는 것, 즉 끝없는 의무감이 그녀에게는 없었기 때문에, 그녀는 형식적인 사교모임의 틈에서 증오의 폭력성을, 복수를 기다리는 폭력성을 느낄 수 있었다.

피터마리츠버그에서 그녀는 충직한 (자신의 여왕에게 충성을 다한다는 의미였다) 네덜란드인이 카피르족 하인을 때리는 장면을 목격했다. 하인을 때리는 그 남자의 목에서 웃음소리 같은 소리가 났다. 남자는 입을 벌린 채 이 사이로 혀를 내밀고 있었다. 매를 맞는 하인의 몸이 완전히 사라지기 전에는 멈추지 않을 맹렬한 기세였지만, 아무리 세게 때린다고 해도 그 몸이 완전히 사라지게 할 수는 없었다. 그런 생각 때문에 그는 웃음소리 같은 소리를 질렀다. 그의 표정은 일부러 옷에 똥을 싸 버리는 어린아이의 표정 같았다. 하인은, 아무 말 없이 웅크린 채 매를 맞고 있었다.

그녀는 가끔씩 아프리카인이 달리는 모습에서 그 인종 전체의 반항을 볼 때가 있었다.

그런 그녀의 감정은 스스로에게도 설명할 수 없었다. 억압이 무의식으로 넘어가는 심리학적 과정은 역사에서도 일어난다. 너무나 순식간에 일어나기 때문에 잘 정리가 되지 않는 경험들이 있다. 자신이 물려받은 세계관이, 새로운 상황이나 그 세계관으로는 예측할 수 없었던 극단적 경험에서 비롯된 감정 또는 직관을 설명해 줄 수 없을 때 그런 일이 벌어진다. '미스터리'라는 것은 항상 이데올로기의 체계 안에서, 혹은 그 주변에서 일어난다. 그리고 시간이 지나면 미스터리들이 그 체계를 파괴하고 새로운 세계관의 토대를 마련해 준다. 예를 들면, 중세의 마녀사냥도 이런 관점에서 볼 수 있다.

잠깐만 생각해 보면, 우리의 경험이라는 것도 제대로 정리되지 않는다는 것을 알 수 있다. 그런 정리를 할 수 있으려면 인간의 총체적인 상황에 대한 더 깊은 이해가 필요하다. 어떤 면에서는 우리 자신보다 우리의 후손들이 우리를 더 잘 이해할 수도 있다. 하지만 그들이 이해한 우리의 모습은, 우리에게는 생소한 어떤 언어로 표현될 것이다. 후손들은 정리되지 않은 우리의 경험을 우리가 알아볼 수 없는 것으로 바꾸어 버린다. 마치 지금 우리가 베아트리스의 경험을 다루듯이 말이다.

그녀는 자신과 자신을 둘러싼 모든 것들이 다른 방식으로도 보일 수 있음을 알게 되었고, 그건 뭐라 분명히 정의할 수는 없지만, 그녀 스스로는 절대 볼 수 없는 방식이었다. 바로 지금 그녀가 그렇게 보이고 있다. 입안이 바싹 타들어 갔고, 코르셋이 더욱 힘껏 몸을 조였다. 모든 것이 기울어져 있다. 그녀의 눈에 다시 모든 것이 일상적으로 보인다. 조금도 기울어지지 않았다. 하지만 그녀는 모든 것이 기울어져 있었던 때가 분명히 있었음을 확신했다.

○

그녀는 침대 옆 바닥 깔개에 다리를 꼬고 앉아 벌에 쏘인 발바닥을 살폈다. 반 페니짜리 동전만한 분홍빛 자국이 아직 남아 있었지만, 부기는 완전히 빠진 것 같았다. 손바닥 위에 올려놓은 발이 마치 문 쪽을 향해 고개를 돌리고 있는 개의 머리처럼 보였다. 그녀는 갑자기 단추를 풀고 잠옷을 벗은 다음 허리를 굽혀 발을 목 옆에 갖다 댔다. 발바닥에 차가운 머리칼의 감촉이 전해졌다. 그 상태에서 그녀는 허리를 최대한 곧게 뻗으려고 애썼다. 잠시 후 그녀는 머리를 숙이고 발을 원래 자리로 돌려 놓은 다음 다리를 꼬고 앉았다. 그녀는 웃었다.

농장의 정문 앞에 말 한 마리와 마구가 보인다. 검은 옷에 중산모를 쓴 남자도 한 명 있다. 남자는 뚱뚱하고 뭐라 설명할 수는 없지만 조금 우스꽝스러워 보인다. 말은 검은색이고 마구도 가장자리의 흰 선만 제외하면 역시 검은색이다. 베아트리스의 방 창 밖으로 말과 마구, 그리고 꼿꼿하고 단정한 차림이 왠지 우스꽝스러워 보이는 한 남자의 모습이 보인다.

창문과 기둥 네 개짜리 침대 사이에 놓인 테이블에는 흰 라일락이 꽂힌 꽃병이 놓여 있다. 내가 확실하게 재구성해 볼 수 있는 것은 그 라일락 향기뿐이다.

그녀는 서른여섯 살이다. 보통은 머리를 땋아 올리는 그녀였지만, 지금은 머리를 어깨까지 풀어헤치고 있다. 무늬 있는 잠옷 차림의 그녀. 잠옷의 무늬는 그녀의 어깨까지 닿아 있다. 그녀는 맨발로 서 있다.

소년이 들어와 마구를 들고 있는 남자에게 줄 서류가 제대로 된 것 같다고 전해 준다.

소년은 열다섯 살이다. 베아트리스보다 키가 크고, 머리색은 더 짙으며, 코도 크다. 하지만 섬세한 손은 그녀의 손보다 많이 크지 않다. 머리에서 어깨로 이어지는 선에서 그의 아버지의 풍모―일종의 저돌적인 확신―가 느껴진다.

베아트리스는 소년을 향해 팔을 내밀며 양손을 활짝 펼쳐 보인다.

문을 닫고 들어온 그가 그녀에게 다가가 손을 잡는다.

그녀는 손으로 창밖을 보라는 시늉을 지어 보인다. 검은 옷을 입은 남자가 막 자리를 뜰 무렵, 두 사람은 함께 웃음을 터뜨린다.

함께 웃던 두 사람이 마주잡은 손을 뒤로 젖히자, 둘은 자연스럽게 창가에서 물러나 침대 쪽으로 향한다.

침대 모서리에 함께 앉은 두 사람은 웃음을 멈춘다.

두 사람은 머리가 침대에 닿을 때까지 천천히 누웠다. 그렇게 움직이는 동안 그녀는 그보다 조금씩 먼저 움직인다.

두 사람 모두 목구멍에서 단내가 나기 시작한다.(달콤한 포도를 먹었을 때와는 다른 단내다) 단내 자체는 그리 자극적이지 않지만, 그 경험은 자극적이다. 날카로운 고통에 비견될 만큼 자극적인 경험. 하지만 고통을 느낄 때는 고통을 느끼기 전의 상태로 얼른 되돌아가

기만을 기대하는 반면, 지금 두 사람이 바라는 것은 이전에 경험해 보지 못한 무엇이다.

그가 방에 들어온 바로 그 순간부터 이어진 일련의 행동들이 마치 단 하나의 행위처럼 단번에 이루어졌다.

베아트리스가 그의 뒷목에 손을 대고 가까이 당긴다.

잠옷 아래 베아트리스의 속살은 그가 상상했던 것보다 훨씬 더 부드 럽다. 지금까지 그는 부드러움이란 아주 작고 밀도가 높은 것(복숭 아처럼)이나 형체가 없고 묽은 것(우유처럼)들만 가지는 성질이라고 생각했다. 하지만 그녀의 부드러움은 속이 꽉 차고 커 보이는 몸이 가진 부드러움이다. 그의 몸에 비하면 크다고 할 수 없지만, 지금 그 가 생각하고 있는 것들에 비하면 큰 몸이다. 그렇게 그녀의 몸이 크 게 느껴지는 것은 부분적으로는 가까이에서 집중해서 보았기 때문 이지만, 그것보다는 촉각이 시각을 넘어섰기 때문이라고 할 수 있 다. 지금 그녀는 자신의 한정된 몸에 갇혀 있지 않다. 그녀의 살결은 한없이 펼쳐져 있다.

그는 머리를 숙여 그녀의 가슴에 키스하고 젖꼭지를 문다. 지금 자 신이 하고 있는 일에 대한 자의식이 이제 자신의 유년기는 끝났음을 확인해 준다. 그러한 인식은 지금 입으로 느끼는 감촉이나 맛과 따 로 떼어서 생각할 수 없다. 작고, 살아 있으며, 둥근 젖가슴에 속해 있으면서도 거기에서 떨어져 있는 것 같은 젖꼭지의 감촉, 그것은 마치 줄기에 붙어 있으면서도 줄기는 아닌 꽃자루와 같았다. 그리고 그 맛은 작은 젖꼭지의 질감이나 살결, 그리고 따뜻함과 관련이 있을 뿐, 다른 어떤 말로도 설명하기 어려울 것 같다. 간혹 식물의 줄기에서 나오는 하얀 진액의 맛과 비슷한 것 같기도 하다. 그는 앞으로 자신이 원할 때면 그 감각과 맛을 느낄 수 있게 되었다는 것을 알았다. 그녀의 가슴은 그의 독립을 제안하고 있다. 그는 그 가슴 사이에 얼굴을 묻는다.

자신과 다른 그녀의 몸이 마치 거울처럼 느껴진다. 그녀를 보고 생각할수록, 그렇게 온통 그녀에게만 관심을 집중하고 있는 동안에도, 스스로에 대한 그의 자의식이 점점 커져 간다.

그가 베아트리스 이모라고 부르던 여인이다. 그녀는 집안일을 돌보고 하인들에게 할 일을 알려 주었다. 오빠와 팔짱을 끼고 정원을 가로질러 가던 그녀였다. 그가 어렸을 때는 그녀가 교회에 데려다 주었고, 수업시간에 뭘 배웠는지 물어 보곤 했다. 아프리카의 주요 강 이름을 말해 볼래? 이런 질문들.

어린 시절, 그녀가 그를 놀라게 하는 일이 종종 있었다. 한번은 그녀가 풀밭 한쪽에 웅크리고 앉아 있는 모습을 본 적이 있다. 나중에 그는 그녀가 오줌을 누고 있었던 것이 아닌지 궁금했다. 한밤중에 그녀가 너무 크게 웃는 바람에 잠에서 깨어 혹시 그녀가 비명을 지르는 게 아닐까 하고 생각한 적도 있었다. 어느 날 오후 부엌에 들어가 보니 그녀가 타일이 깔린 부엌 바닥에 소를 그리고 있었다. 마치 어린 시절 그가 그렸을 것 같은 유치한 그림이었다. 그런 일이 있을 때마다 그가 놀랐던 것은, 그녀가 혼자 있을 때, 혹은 주변에 아무도 없다고 생각할 때는 다른 사람이 된다는 것을 알았기 때문이었다.

오늘 아침 그녀가 침실에 와 달라고 그에게 부탁할 때도 그녀는 다른 사람처럼 보였다. 하지만 그는 그것이 우연히 발견한 모습이 아니라 그녀 쪽에서 일부러 보여주는 모습임을 알아차렸다. 그녀는 머리를 어깨까지 풀어헤치고 있었다. 그때까지 본 적도 상상해 본 적도 없는 모습이었다. 그녀의 얼굴은 평소보다 더 작아 보였고, 그의 얼굴보다 훨씬 더 작아 보였다. 그녀의 머리 윗부분은 평평해 보였고, 그 평평한 머리 위에서 흘러내린 머리칼은 윤기가 넘쳤다. 그녀의 눈은 무거워 보일 정도로 심각했다. 그리고 카펫 옆에 가지런히 놓여 있던 슬리퍼. 그녀는 맨발이었다. 목소리도 평소와 달랐고, 말을 아주 천천히 했다.

이렇게 향이 많이 나는 라일락은 처음인 것 같아. 그녀가 말했다.

오늘 아침 그는 놀라지 않았다. 그는 그 변화를 받아들였다. 그럼에도 불구하고 오늘 아침까지 그는 그녀를 자신이 어린 시절을 보낸 이 집의 안주인이라고만 생각하고 있었다.

그에게 그녀는 항상 한 조각 한 조각씩, 그때그때 보이는 모습들이 한데 모여서 만들어진 신비로운 인물이다. 그녀의 부드러움—그 부드러움이 미치는 영역이 아니라—은 그가 기억하는 것보다 훨씬 더 친숙하다. 땀이 배어 나올 정도로 따뜻해진 그녀의 살결은 바로 미스 헬렌의 옷에서 느꼈던 따뜻함의 원천이다. 지금 그녀의 몸처럼 자신과는 떨어져 독립적으로 존재하는 것에 대한 인식은 어린 시절 나무에 입을 맞출 때부터 익숙한 것이다. 새하얀 살결도 속치마나 스커트의 흐트러진 틈 사이로 봐 오던 것이다. 그때마다 그는 그녀의 벌거벗은 모습을 상상해 보곤 했다. 그녀의 향기는 이른 아침 평원의 향기, 바다에서 수마일 떨어져 있지만 그럼에도 불구하고 생선 냄새를 전해 주던 평원의 향기이다. 그녀의 가슴은, 오래 전부터 당연한 것으로 알고 있었지만, 그렇게 두 개가 떨어져 있다는 것은 놀랍다. 벽에 걸려 있던 그림을 통해 그는 그녀에게 페니스와 고환이 없다는 것도 알고 있었다. (짙은 음모가 삼각형 모양으로 덮여 있어서 페니스가 없는 모습은 그가 짐작했던 것보다 더 단순하고 자연스러워 보인다.) 그 부분들을 모두 합친 신비로운 모습은 역겹고 불편한 것이 아니라 욕망의 대상이 된다. 그는 그녀를 위해, 스스로를 지키고 싶은 본능을 —숲 속에서 자루 같은 옷을 입은 두 남자와 죽은 말을 보고 나서 도망갔던 것은, 그런 본능에 따른 행동이었다— 무시한다. 벌거벗은 채 신비로운 힘에 이끌려 그녀와 하나가 되는 것은, 그런 그의 미덕에 대한 보상이다.

친숙한 신비감과 자신이 베아트리스 이모라고 불렀던 여인이 같은 인물 안에서 만난다. 그 만남은 신비감과 이모 둘 다를 파괴해 버린다. 둘 중 어느 하나도 다시는 존재하지 않을 것이다.

그는 자신을 바라보는 미지의 여인의 눈을 들여다본다. 그녀는 그를 보고 있지만, 마치 그가 다른 곳에 있다는 듯 먼 곳에 초점을 맞추고 있다.

그는 미지의 여인의 목소리를 듣는다. 달콤하고, 달콤하고, 가장 달콤한 곳. 그곳에 함께 가는 거야.

그는 주저 없이 자신의 손을 음모 속으로 넣은 다음 손가락을 벌려 음모를 가른다. 그의 손에 느껴지는 감각은 설명할 수는 없지만, 익숙하다.

그녀가 다리를 벌린다. 그는 손가락을 그녀의 몸 안으로 밀어 넣는다. 따뜻한 점액이 마치 아홉번째 피부라도 되는 듯 그의 손가락을 감싼다. 그가 손가락을 움직이자 점액이 퍼진다. 그 퍼짐은 무언가 트이는 듯한 순간까지 계속되고, 그 트임의 순간, 그의 손가락 끝에 약간 시원한 느낌이 전해진다. 그러고 나면 따뜻하고 촉촉한 피부가 다시 자리를 잡는다.

그녀는 그의 페니스를 막 들이켜려는 물병이라도 되는 것처럼 양손으로 쥔다.

그녀가 몸을 옆으로 기울여 그의 밑으로 들어간다.

그녀의 성기는 발가락에서부터 시작된다. 가슴도 성기 안에 있고 눈도 마찬가지다. 성기가 그녀 전체를 감싼다.

그녀의 성기가 그마저 감싼다.

그 안락함.

전에는 상상할 수 없던 일이었다. 마치 모든 생명의 탄생이 그런 것처럼.

○

십이월 어느 아침 여덟시. 사람들은 이미 출근을 했거나 하고 있는 중이다. 아직 날이 완전히 밝지는 않았고, 어둠은 안개처럼 희미하게 남아 있다. 나는 방금 세탁소에서 나오는 길이다. 세탁소에서는 보랏빛 형광 조명 때문에 세탁물에 남아 있을지도 모르는 얼룩이 제대로 보이지 않는다. 그건 집에 돌아와 세탁물을 다시 꺼냈을 때만 제대로 보일 것이다. 보랏빛 형광 조명 아래 카운터에 앉은 여자아이는 얼굴이 하얗고, 녹색 눈에 그늘이 졌으며, 입술은 거의 흰색에 가까운 보라색을 띠고 있었다. 오데사 거리에서 마주치는 사람들은 뻣뻣한 몸을 급히 움직이거나, 추위에 맞서 잔뜩 움츠리고 있다. 두 시간 전까지만 해도 대부분 침대 안에 축 늘어져 있던 사람들이라고는 상상할 수 없다. 사람들이 입은 옷은 ―아주 개인적인, 혹은 낭만적인 취향에 따라 고른 것이라고 하더라도― 마치 그들 모두를 징발해 버린 공공기관에서 제공한 유니폼처럼 보인다. 개인적인 욕망이나 취향 혹은 희망은 번거로운 것이 되어 버렸다. 나는 정류장에서 버스를 기다린다. 모퉁이를 돌아오는 파리 시내버스의 빨간색 깃발이 마치 방금 꺼낸 불덩이처럼 보인다. 지금 이 순간 나는 섹스에 관해 시를 쓰는 것이 과연 얼마나 의미있는 일일지 생각해 본다.

섹슈얼리티는 원래 정확하다. 혹은 다른 말로, 그 목적이 정확하다. 신체의 오감 중 어디에든 정확하지 않은 것이 감지되면, 일단 성욕은 자극을 받는다. 성욕은 아주 집중력이 높고 예리하다. 가슴이 그러한 밀도를 보여주는 본보기라고 할 수 있을 것이다. 정의내릴 수 없는 어떤 부드러움으로 솟아올라 후광 같은 짙은 색의 원이 만들어지고, 그 안에서 젖꼭지라는 정확한 정점이 만들어진다.

확정되지 않고 유동적인 세상이라면 성욕은 정확함과 확실성에 대한 갈망으로 더욱 강해진다. 그녀 옆에 누우면 나의 삶이 정리될 것 같은 마음.

정적이고 위계적인 세상이라면 성욕은 다른 확실성에 대한 갈망으로 더욱 강해진다. 그녀와 함께 있으면 내가 자유로워질 것 같은 마음.

모든 세대는 섹슈얼리티에 적대적이다.

그녀를 욕망의 대상으로 만들어 주는 모든 면모가 뜻밖의 가능성을 암시한다. 여기, 여기, 여기, 여기, 여기, 여기.
그것이 지금 섹스에 대해 써 볼 수 있는 유일한 시다. 여기, 여기, 여기, 여기.

왜 성적인 경험에 관한 글은 다른 어떤 경험에 관한 글보다 글쓰기 자체의 일반적 한계를 드러낼 수밖에 없는 걸까?

성과 관련해서는 '맨 처음 느낌'을 끊임없이 다시 만들어낼 수 있을 것 같은 생각이 든다. 성적 흥분을 느낄 때마다 그 느낌이 맨 처음 느낌이라고 생각하게 만드는 어떤 요소가 있다.

이 '맨 처음 느낌'이란 어떤 걸까? 보통, 첫 경험은 이후의 경험들과 어떻게 다른가?

계절 과일인 블랙베리를 예로 들어 보자. 해마다 맨 처음 먹는 블랙베리에는, 태어나서 맨 처음 먹어 본 블랙베리를 떠올리게 하는 어떤 요소가 있다. 맨 처음에는 한 줌의 블랙베리가 블랙베리 전체를 대변한다. 하지만 나중에 먹는 한 줌의 블랙베리는 한 줌의 잘 익은, 설익은, 너무 익은, 단, 신 블랙베리일 뿐이다. 경험이 쌓이면서 차이를 알게 되는 것이다. 하지만 그런 양적인 변화만 있는 것은 아니다. 특정한 것과 일반적인 것 사이의 관계에서 질적인 변화도 발견된다. 한 줌 손안에 쥔 것이 가지고 있던 상징적인 전체성이 사라지는 것이다. 첫 경험은 막강한 상징의 힘에 의해 보호를 받게 되고, 그 힘이 마법 같은 일을 가능하게 해준다.

첫 경험과 나중에 반복되는 경험들 사이의 차이는 바로 전자가 전체를 대표한다는 것이다. 두번째, 세번째, 네번째, 다섯번째, 여섯번째, 일곱번째, 그 이후에 무한하게 이어지는 경험은 절대 그런 대표성을 가질 수 없다. 첫 경험은 최초의 의미를 발견하는 것이고, 그 의미는 훗날의 경험으로는 절대 표현할 수 없다.

인간의 성욕이 그렇게 강한 것은, 성적인 충동이 매우 자연스러운 것이기 때문이라고 설명할 수 있을 것이다. 하지만 성욕의 위력은 그것에 따르는 맹목적인 태도를 보면 알 수 있다. 성욕에는 극단적인 맹목성이 함께 한다. 그 맹목적인 태도는 자신이 원하는 대상이 지금 주변에 있는 것 중에서 가장 좋은 것이라는 확신으로 드러난다. 발기는 그런 총체적인 이상화의 시작을 알리는 신호다.

그 특정한 순간, 성욕은 그 무엇으로도 막을 수 없다. 성욕은 죽음에 대한 위협까지도 못 본 척한다. 보이는 것은 온통 성욕의 대상뿐, 그 외의 다른 것을 욕망하는 것은 불가능하다.

그러한 총체적 욕망은 아무리 짧아도 오르가슴의 순간까지 이어진다. 격정이 욕망을 증가시키고 확장시키면 더 오래 지속될 수도 있다. 하지만, 아무리 짧은 순간만 느낀다 하더라도 그 경험을 그저 육체적 신경적인 반응으로만 치부해서는 안 된다. 그 순간 상상력(기억, 언어, 꿈) 또한 작동한다. 자신의 품안에 있는 타자, 만질 수 있고 세상 그 누구와도 다른 그 사람은 ―적어도 그 짧은 순간에는― 나의 욕망을 독점하게 되고, 그렇게 그녀 혹은 그는, 아무런 수식이나 구분도 필요 없이, 삶 자체가 된다. 그 순간 '경험=나+삶'이라는 등식이 성립한다.

그것을 어떻게 글로 쓸 수 있을까. 위의 등식은 삼인칭 시점으로, 서사 형식으로는 표현할 수 없다. 삼인칭 시점이나 서사 형식은 작가와 독자 사이에 맺은 암묵적 계약 관계 안에서만 유효할 뿐인데, 그것은 작가나 독자가 제삼자를 본인보다 더 잘 이해할 수 있음을 전제로 하고 있다. 하지만 바로 그 전제가 위의 등식에서 양쪽 항 자체를 무효로 만들어 버린다.

섹스의 순간을 묘사하는 글에서, 글로 쓴 명사는 그것이 지칭하는 대상을 가리키지만, 그 대상들이 만들어내는 경험의 의미는 거부한다. 음부, 씹, 음모, 구멍, 보지, 자지, 좆, 육봉, 성기 같은 단어―뿐만 아니라 성적 쾌락이 전달되는 모든 신체 부위를 나타내는 단어―는 성행위 자체를 묘사할 때는 철저하게 낯선 단어가 돼 버린다. 마치 그런 단어가 들어 있는 문장에서 유독 그 단어만 강조되는 것 같다. 그 단어들이 낯설어지는 이유는 독자나 작가에게 익숙하지 않은 단어이기 때문이 아니라, 그것이 바로 삼인칭의 단어이기 때문이다.

똑같은 단어가 남의 말을 전하는 문장―그게 욕이든 아니면 묘사든―에서 쓰이면 이제 다른 성격을 띠게 되고 강조점도 사라지는데, 왜냐하면 그때는 그 말이 지칭하는 것이 행위 자체가 아니라 화자의 말이 되기 때문이다. 성행위를 묘사하는 동사(하다, 성교하다, 빨다, 키스하다 등)가 명사보다 덜 낯설다는 사실은 의미심장하다. '맨 처음 느낌'은 행위 자체보다는 주체와 대상 사이의 관계와 관련이 있다. 성적 경험의 절정에서 대상은 —그것이 욕망의 독점적 대상이기 때문에— 보편적인 것으로 변모한다. 모든 것이 그 대상 안에 포함되고, 따라서 그것은 이름 없는 것이 된다.

여기 두 그림을 보자

이런 그림이 명사보다 덜 왜곡시킨다. 이 그림들을 통해 내가 말한 성적 경험에서의 최초의 느낌을 좀더 쉽게 전할 수 있다. 이유가 뭘까? 시지각이 말보다는 촉각에 그나마 가깝기 때문일지도 모른다. 하지만 나는 그것이 제대로 된 설명일까 하는 의심을 지울 수 없다. 로마 시대나 르네상스기의 잘 그린 음화(淫畵)라면 좀더 실제에 가까운 시각적 재현이라고 할 수 있겠지만, 우리의 목적과 관련해서 보면, 그런 잘 그린 그림은 혼란만 가중시킬 뿐이다.

그렇다면 이 투박한 그림이 좀더 도식적이고 개략적이기 때문일까? 그런 대답도 여전히 의심스럽다. 의학에서 사용되는 그림이 좀더 도식적이지만, 그런 그림 역시 혼란만 가중시킨다. 위의 그림이 단어나 정교한 그림보다 더 투명한 것은, 문화적인 짐을 지고 있지 않기 때문이다. 반대로 한번 생각해 보자.

첫번째 그림 위에 '큰'이라고 적어 보자. 이미 이 그림은 이전의 그림이 아니며 주어진 짐이 늘어났다. 이제 이 그림은 작가가 독자에게 전하고 싶어하는 어떤 메시지가 되었다. '큰' 앞에 '그의'를 붙여 보면 의미는 또 달라진다.

두번째 그림 위에 '한 여자를 생각한 후 그녀의 이름을 적으시오'라는 문구를 적어 보자. 단어의 수가 늘어나기는 했지만, 그림은 변하지 않는다. 위의 문구는 그림을 수식하거나 문법적으로 구속하지 않는다. 따라서 그림은 상대적으로 보는 사람의 상상에 열려 있게 된다. 자 이제 간섭을 해 보자. 그림 위에 한 여인의 이름, 예를 들어 '베아트리스'라고 적어 보자. 이제야 비로소 그림에 문화적인 짐이 주어지고, 그림은 혼란스러워진다. '베아트리스'라는 이름이 그림을 어떤 범주 안으로 밀어 넣는다. 이제 그림이 표현하는 것은 베아트리스의 일부가 되는데, 베아트리스는 유럽 역사라는 문화의 일부이기 때문이다. 결국 우리에게 남는 것은 성기를 그린 투박한 그림뿐이다. 하지만 성적 경험은 그 자체로 총체성을 확인해 준다.

두 그림 위에 각각 '나'라고 적어 보자.

나는 지금 침대에 나란히 누운 연인들에 대해 쓰고 있다.

그녀의 눈이 다시 그에게 초점을 맞췄다. 그에게는 그 시선이 집이나 문처럼 구체적이고 영원한 무엇이었다. 그는 다시 그곳으로 들어갈 길을 찾을 것이다.

그 시선은 사 년 전 로마 출신 소녀가 알려 준 것이었다. 그 시선 뒤에는, 그 순간만큼은 무엇을 표현하든 —생각이나 말 없이, 그저 통제할 수 없는 그 눈빛만으로도— 바로 이해될 거라는 총체적인 확신이 있다. 그 순간만큼은 존재는 알려지기 위해 존재한다. 따라서 그 순간만큼은 개인적인 것과 개인적이지 않은 것 사이의 구분도 사라진다.

그 시선의 의미에 대해 털끝만큼이라도 오해하는 일이 없도록 하자. 그 시선은 애원과 감사의 마음을 동시에 똑같이 담고 있다. 그렇다고 베아트리스가 방금 지나간 일에 대해 감사하면서, 다가올 것을 애원하고 있다는 의미는 아니다.

'멈추지 마, 아가, 멈추지 마' 라는 말을 그녀는 막 했거나 곧 하게 될 것이다. 하지만 그 말을 할 때는 다른 시선이었거나, 다른 시선일 것이다.

이런 해석은 결국, 그녀의 시선이 온전히 감사의 마음만 담은 시선으로 바뀔 것임을 암시한다. 남성을 베푸는 사람으로, 주인으로 상정하는 해석. 잘못된 해석이다.

애원과 감사의 마음을 똑같이 담고 있는 베아트리스의 시선은 두 감정의 공존에 따른 결과라고도 할 수 없다. 감정은 하나뿐이다. 그녀가 통제할 수 없는 눈빛을 통해 전하려는 것은 하나뿐이다. 그녀에겐 그 단 하나의 감정을 제외하곤 아무것도 존재하지 않는다. 그녀는 자신이 애원하는 것에 대해 감사하고 있으며, 이미 감사를 표했던 것을 애원하고 있다.

그녀의 시선을 따라 우리는 그녀의 존재가 처해 있는 상태 안으로 들어간다. 거기서는, 욕망이 곧 만족이며, 혹은, 어쩌면, 욕망이나 만족이 서로 적대적인 것이 아니기 때문에 그런 구분 자체가 아예 존재하지 않을지도 모른다. 거기서는 모든 경험이 자유의 경험이 된다. 거기에서 자유는 스스로가 아닌 모든 것을 배제한다.

그녀의 시선은 그가 얻고 있는 자유의 표현이다. 하지만 우리는, 우리가 속한 제삼자들의 세계 안에 그 자유의 자리를 마련해 주려면, 그것을 애원과 감사의 마음을 동시에 담고 있는 시선이라고 불러야만 한다.

잠시 후, 그녀가 그의 등을 쓰다듬으며 속삭인다. 있잖아… 있잖아….

이제 세계는 우리가 숨죽이며 지내던 그곳이 아니다. 우리 안에는 대수술을 할 수 있는 예리함과 날카로움이 있다. 우리 안에, 용기만 있다면 세계를 있는 그대로 가를 칼날이 있다. 우리의 일부인 척하는 세계, 무기력한 표현에 따르면 우리가 속해 있다고 하는 바로 그 세계를. 지금 내게 말해 봐. 지금, 내게, 내게 말해 봐.

그녀는 손을 내밀어 그의 고환을 부드럽게 쓰다듬는다.

길고 단단한 꽃봉오리에서 기다란 꽃잎 하나가 늘어진다. 꽃잎의 끝이 갈라지며 반대편으로 꽃이 입을 벌린다. 잠시 후, 완전히 벌어진 꽃잎들이 천천히 프로펠러처럼 둥글게 자리를 잡는다. 사십오 도에서 구십 도가 될 때까지 여덟 시간 정도 걸린다. 둥글게 자리를 잡은 꽃잎은 이제 뒤로 젖혀지고, 대신 작고 동그란 꽃받침이 튀어나온다.

그렇게 한 송이의 앵초가 피어난다. 또한 그렇게, 훨씬 빠른 속도로, 그의 성기에 감각이 되살아나고 귀두를 덮고 있던 피부가 뒤로 당겨진다.

시간은 그 순간을 또 한번 기록한다.

나는 한 여인과 함께 숲을 거닐고 있었다. 여인은 나보다 키가 작고 금발이다. 우리는 행복했지만, 특별히 서로에게 매혹돼 있는 것은 아니었다.

죽은 동물의 시체를 발견했다. 머리가 몸에서 반쯤 떨어져 나간 시체였다. 동물은 여우나 당나귀 혹은 사슴이었던 것 같다. 시체의 머리는 가면이나 장갑처럼 홀쭉했다. 그런 광경이 불편했을 것 같지만 그렇지 않았다. 오히려 그 광경이 우리의 기운을 북돋워 주었다. 시체의 입은 마치 웃고 있는 것처럼 보였고, 눈은 평화로웠다. 너덜더덜한 목덜미도 해진 소매처럼 보였다. 보통 크기의 몸통을 가진 동물의 잘린 머리, 미소짓는 듯한 그 머리는 동물의 죽음을 의미하는 것이 아니었다. 그것은 하나의 순수한 표지, 우리의 기운을 북돋워 주기 위해 거기에 놓인 표지였다.

우리는 숲을 지나 평원으로 나왔다. 하늘은 어두운 보랏빛이었지만 평원은 창백한 금빛으로 빛나고 있었다. 평원의 아름다움, 하늘보다 훨씬 가볍게 은은한 빛을 내고 있는 그 아름다움 앞에서 나는 행복했다.(그녀도 같은 느낌이었을 것이다) 우리가 서 있는 곳 옆으로 목조 건물들이 두 줄로 늘어서 있었다. 축사 같기도 했지만, 건물들은 이어져 있지 않고 작은 러시아풍 가옥처럼 따로 떨어져 있었다. 건물 주변에 흰색 장옷을 입은 사람들이 가축을 사고 파는 중이었다.(부유한 가축상은 아니었고 그저 유목을 하며 가축을 치는 사람들이었다) 흰 소(들소였을까?)의 무리가 우리를 향해 돌진했다. 소떼의 발길질에 황금빛 먼지가 어두운 하늘로 피어올랐다. 순간 그녀는 겁을 먹었지만 나는 아니었다. 아마 숲에서 본 표지 때문이었을 것이다. 나는 그녀를 꼭 안아 주었다. 그 순간 밀려드는 즐거움은 주변 상황과 떼어내서 생각할 수 없었다. 가만히 있어. 그녀에게 말했다. 죽은 듯이 가만히 있으면 녀석들이 피해 갈 거야. 소떼는 천둥 같은 울림을 일으키며 우리를 지나갔다. 우리를 둘러싸고, 서로 몸을 부딪치고, 황금빛 먼지를 일으키며 소떼는 지나갔다. 소떼의 털끝 하나도 우리를 스치지 않았다.

○

그들은 아무렇게나 나란히 누워 있다. 열린 창문으로 들어오는 공기가 몸을 식히고, 덕분에 두 사람은 자신들의 몸이 얼마나 축축한지 알게 된다. 두 사람의 아랫배에 땀이 가득 배어 있다.

멈추면 안 돼. 그녀가 말한다. 그것은 불평이 아니다. 그녀는 그의 손가락 두 개를 쥔다. 이미 시간이 원래의 속도를 되찾았음을 알고 있다. 그녀는 공간과 거리, 시간이 아무런 의미도 가지지 않는 경계 너머에서 돌아왔다. 그 경계는 따뜻하고 촉촉하고 떨림이 있었다. 모든 것이 움직이고, 움직이지 않는 것은 그것이 쥐라기의 거대한 산맥이 아닌 이상 아무런 가치가 없는 경계. 모든 것이 움직이고, 주변의 모든 것이 소리로만 존재하는 것 같은 그런 경계.

멈추면 안 돼.

두 사람은 등을 대고 반듯이 누워 있다. 그는 자신의 몸이 옆으로 한없이 퍼지는 것처럼 느낀다. 침대, 바닥, 집을 받치고 있는 대지의 평평함을 온몸으로 의식할 수 있다. 서 있는 것은 무엇이든 어색하고 불완전해 보인다. 그가 막 웃음을 터뜨리려는 순간, 침대 반대편 벽에 걸린 그녀 아버지의 초상화가 눈에 들어온다. 솜씨 없는 동네 화가가 그린 서툰 초상화여서, 그림 속의 남자는 모델을 닮은 것 같기도 하고, 그저 동네 술집에서 쉽게 만날 수 있는 불그레한 얼굴의 평범한 시골 남자처럼 보이기도 한다. 얼굴은 마치 핑크색으로 염색을 한 것 같고, 창백한 눈빛은 한 곳을 응시하고 있다. 그는 손을 들어 초상화 속의 그녀 아버지에게 인사한다.

그를 위한 시

비단처럼 눈부신
그녀의 몸엔 경계가 없네
그 중심은 세상의 입이 되고

물기를 머금은 목은
(오, 십구세기 시에 등장하는 지빠귀여)
　　보호받지 못한 존재의 통로
　　　　막다른 길

그곳에 이르기 위해
　　대지를 환하게
　　　　비추기 위해

3

5

꿈에서 시작하다

꿈이 이상한 것은 꿈에서 벌어지는 일 때문이 아니라 꿈꾸는 사람의 느낌 때문이다. 꿈에서는 새로운 차원의 감각이 열린다. 모든 꿈에는, 심지어 나쁜 꿈이라고 해도, 깨어 있을 때는 좀처럼 경험할 수 없는 어떤 즉각적인 확신이 있다. 여기서 확신이란 말은 모든 의문에 대해 답할 수 있다는 의미다. 나의 꿈에서 우리는 도시를 가로질렀다. 그 도시는 런던이었을 수도 있지만, 아무튼 익숙한 도시였다. 그 안에서는 모든 것이 흥미롭고, 그 안에서는 모든 것이 놀라우면서 동시에 친밀한 느낌을 주는 도시. 처음에는 버스를 타고 다녔는데, 나는 이층버스의 위층에 타고 있었다.(지붕 없는 이층버스였다) 버스가 출발했을 때는 어스름이 내리기 시작한 저녁 무렵이었다. 바깥 공기가 차가웠던 것이 기억난다. 지붕 없는 이층 버스의 좌석 사이로 불어오는 바람이 차가웠던 반면, 내가 입고 있던 옷은 따뜻했다. 버스는 수많은 사람들과 가로등, 극장, 지하철역 등이 늘어선 거리를 지났다. 긴 여정이었고, 우리는 도시 반대편에서 중요한 약속이 있었다. 하지만 그렇게 한 시간 정도 버스를 타고 돌아다닌 후에, 버스가 제대로 가고 있기는 하지만, 목적지에 도착하려면 우리가 생각했던 것보다 시간이 훨씬 더 걸릴 것임을 알게 되었다. 우리는 다음 정류장에서 내리기로 마음먹었다. 사람들로 붐비는 그곳에서라면 택시를 쉽게 잡을 수 있을 것 같았다. 우리는 남은 거리는 택시를 타고 갈 생각이었다. 그렇다고 처음 결정을 후회하지는 않았다. 버스를 타기로 했던 것은 잘한 일이었다. 하지만 내리기로 마음을 먹자마자 버스는 큰길에서 벗어나 이면도로를 따라 쉬지 않고 달렸다. 버스가 창고, 다리 아래, 높은 벽을 지나는 동안은 풍경을 볼 수 없었다. 도시의 외곽지역 역시 익숙하고 친밀하고, 보고 있으면 즐거웠다. 나는 왠지 강어귀, 어쩌면 바다 가까이에 와 있는 것 같은 느낌이 들었다. 그쯤 되자 버스가 엉뚱한 길로 접어들었음이 분명해졌다. 그것도 그냥 잘못된 길이 아니라, 그 동안 사람이 다니지 않고 버려져 있던 길이었다. 그렇지, 꿈을 꾸는 동안은 몰랐지만, 지금 생각해 보니 분명 그런 느낌이었던 것 같다. 그렇게 버려진 길을 달리는 버스에 타고 있으면서도 나는 제대로 가고 있다는 느낌이 들었고, 마침 길 옆으로 늘어선 높은 담이 갑자기 사라지고 눈앞에 바다가 펼쳐졌을 때 확신은 더욱 강해졌다. 부두를 따라 배들이 정박해 있고, 그 옆으로 선명한 녹색 빛이 비치고, 흰 바다새가 날고 있었다. 백조처럼 우아한 날갯짓이 아니었다. 다리를 쭉 펴는 대신 바짝 올려붙이고, 목도 길게 빼지 않고 구부린 채로 날았는데, 서투르게 움직이는 커다랗고 무거워 보이는 흰 날개에 녹색 조명이 비치고 있었다. 한번도 본 적이 없는 종류의 새였다. 하지만 그 새의 모습만으로도 그때까지 있었던 일과 당시 벌어지고 있던 일, 그리고 앞으로 일어날 일을 정당화하고 설명해 주기에는 충분했다. 버스는 멈추지 않았다. 우리는 의자에 등을 기대고 앉아 얼굴에 불어 오는 차가운 밤공기를 맞았다.

그때 갑자기, 아주 천천히 달리던 버스가 기차로 바뀌었다. 우리가 직접 운전해야 하는 기차. 기술적으로 복잡한 것은 없었다. 우리는 기관차에 타고 있었고, 기차는 선로 위를 달렸다. 그때까지 버스가 달려온 길과 같은 길이었다. 내가 계속 '우리'라고 말하는 것은 꿈 속에서 나 혼자가 아니었기 때문이지만, 나와 함께 있던 사람이 다른 특정한 사람은 아니었다. 말하자면 나는 일인칭 복수형이었다. 우리는 단 하나의 선로를 따라 버스보다 조금 빨리 달리는 기차의 맨 앞칸에 타고 있었다. 높은 돌벽(아니면 벽돌이었을까? 검은색 벽 돌?) 사이의 움푹 꺼진 선로를 달리고 있었지만, 왠지 아주 고도가 높은 곳일 것 같은 느낌이 들었다.

저 앞으로 선로가 휘어 있었다. 나는 직접 운전을 하지는 않고, 양옆 의 높은 벽을 보며 앞길을 예측해 보았다. 양쪽 벽이 만나는 지점을 보니 다음 모퉁이를 돌고 나면 벽이 사라지고 환한 빛을 받을 수 있 을 것 같았다. 더 이상 밤이 아니었다. 벽을 보며 그런 생각을 했을 때 커다란 만족감을 느꼈다.(탁 트인 곳이 앞에 펼쳐질 거라는 기대, 다음 모퉁이를 돌면 환한 빛이 우리를 기다리고 있을 거라는 기대 때문에 즐거웠을 것이다) 기차가 속도를 냈다. 모퉁이를 돌자, 내가 예측했던 대로 벽이 사라졌다. 우리는 아주 높이 있었다. 아주 높이, 모든 풍경이 우리 아래에 펼쳐져 있었다. 항만, 그 앞에 펼쳐진 바다, 목가적인 풍경이었다. 파란 바다와 언덕, 부드럽게 펼쳐진 해안, 숲. 그 모든 것이 우리 아래 펼쳐져 있었다. 하지만 그와 동시에, 우리가 모퉁이를 돌자마자 선로는 급격한 경사로 곤두박질쳤다. 마치 산악 철도의 선로 같았다. 뿐만 아니라 선로는 몇 백 피트 앞에 있는 바다 로 곧장 이어져 있었다.

바로 그 순간이 내가 앞에서 말한 즉각적인 확신의 순간들 중 하나 였다. 바다를 향해 이어진 선로, 그것만으로 그때까지의 여정은 물론, 그 길이 왜 그렇게 버려져 있었는지 설명이 된다. 선로 아래로 펼쳐진 풍경은 잊을 수 없을 만큼 아름다웠고, 조명을 받으며 날아다니던 흰 바다새보다는 그 경관 자체가 전체 여정에 설득력을 더해 주는 것 같았다. 육지든 바다든 모두 우리 아래 펼쳐져 있었다. 기차를 멈출 방법은 없었다. 우리가 탄 기차는 오르막의 정점에서 잠시 멈추었다가 곧장 위험한 속도로 곤두박질쳤다. 모퉁이를 돌 때부터 짐작했던 상황이지만, 나의 즐거움은 조금도 줄어들지 않았다. 피할 수 없는 종말을 향해 돌진한다는 것을 알고 있었지만, 비극적이거나 안타깝지도 않았다. 나는 나와 함께 한 나머지 우리를 향해 소리쳤다. 기차가 물에 빠지면 곧장 헤엄쳐 나와야 돼! 기차는 물속 깊이 사라졌다. 나는 물에 빠지지 않았지만 우리 중 몇몇(나의 일인칭 복수형에 포함되어 있던)은 그만 빠지고 말았다.

○

"오늘날 거의 모든 부분에서 진보라고 하는 것은 과거
에는 모두 터무니없는 것들이었다."—루이지 바르치니,
『코리에레 델라 세라(*Corriere della Sera*)』, 1910.

오늘은 천구백십년 구월에 있었던 일에 대해 적어 보고 싶다.

밀라노의 항공 클럽에서는 비행기를 타고 알프스 산맥을 넘는 최초의 비행사에게 삼천 파운드를 주겠다고 내걸었다. 항공계에서 이미 유명한 인물이었던 스물네 살의 페루 출신 비행사 차베스는 스위스의 생플롱 고개 아래 자리잡은 브리그에서 며칠째 날씨가 좋아지기만을 기다리고 있었다. 그의 경쟁자 몇 명도 함께 기다렸다.

대부분의 비행사들은 그런 시도를 하기에는 이미 계절이 너무 지나버렸다고 생각했다. 그들은 유월이나 칠월이 가장 적당했을 거라고 했다. 지난 닷새 동안 여러 비행사들이 시험비행을 통해 수천 미터 상공까지 올라가 봤지만, 이내 천으로 만든 임시 격납고가 있는 시베리아 평원으로 되돌아왔다. 모두들 변덕스러운 기류를 탓했는데, 중심 봉우리에 다가갈 때마다 그 기류 때문에 기체가 심하게 흔들렸다고 말했다. 미국인 비행사 웨이만은 예외였다. 코안경을 쓴 그는, 모든 조건은 익숙해지기 나름이라고 했다.

몇 주 전, 차베스는 최고 고도 기록을 갱신했다. 알프스 산맥을 넘는 데는 그 정도 높이까지 올라갈 필요가 없었다. 하지만 험준한 산맥은 어떤 절대적인 경계처럼 우뚝 솟아 있었고, 브리그의 건물들은 모두 그 경계 앞에 납죽 엎드려 있는 것처럼 보였다. 그 산맥 너머에는 아무것도 없을 것 같은 생각이 들었다. 반대편에 이탈리아와 도모도솔라가 있다는 것은 그저 믿음에 불과한 것 같았다. 생플롱 대로를 따라 이동하는 차량이나 역사적 사실 ―한니발과 나폴레옹이 각각 군대를 이끌고 알프스 산맥을 넘은 지점이 바로 이 근처였다― 때문에 그 너머에도 사람들이 살고 있다는 것을 알고는 있었지만, 자신의 오감에만 의존해야 하는 개인에게는 도무지 실감이 나지 않았다.

천구백십년 구월 이십삼일, 이탈리아의 유명한 언론인 루이지 바르치니가 『코리에레 델라 세라』지에 기고한 기사를 인용해 보자. "오늘 오전 열시경 생플롱에서 보내온 소식은 전혀 긍정적이지 못하다. 북쪽 지역의 날씨는 차분하지만 계곡에는 바람이 불고 있고, 계곡 안쪽 마을의 집들은 눈사태를 맞은 바위처럼 여기저기 눈에 덮여 있다. 반면 몽세라와 이탈리아 쪽 날씨는 더할 나위 없이 좋다."

"차베스는 우울한 목소리로 기자에게 이렇게 말했다. '정말 가고 싶습니다. 이탈리아 쪽에서는 이보다 더 좋은 날씨를 절대 찾을 수 없을 거라고 생각합니다.'"

"그는 쿨름에서 기상관측을 하고 있는 친구 크리스티앙에게 계속 전화를 했다."

"갑자기 차베스가 이렇게 말했다. '직접 가서 봐야겠습니다. 자동차가 필요해요.' 우리는 젊은 미국인이 가지고 있던 스포츠카를 빌려 타고 산으로 향했다. 엔진 소리에 귀가 먹을 것만 같았고, 모퉁이를 돌 때마다 차 밖으로 튕겨나가지 않기 위해 좌석을 꼭 붙잡고 있어야 했다."

"삼천 미터쯤 되는 봉우리로부터 아주 강한 동풍이 불어 왔고, 그 위로 구름까지 몰려오고 있었지만, 아래쪽의 날씨는 완벽했다. 나무들은 한 점 흔들림 없이 서 있었고, 관광객들이 숲 속에서 피운 모닥불 연기가 천천히 하늘로 피어올랐다. 해발 천삼백 미터 지점부터는 모든 것이 눈에 파묻혀 온통 흰색이었지만, 추위는 견딜 만했다."

"차베스는 주변을 둘러보며 대기를 살폈다. 턱을 계속 움직이는 것으로 보아 이를 갈고 있는 것 같았는데, 그 외에 긴장감이나 불안한 기색은 보이지 않았다. 면도도 하지 않은 상태였다. 영광의 날이 될지도 모르는 그날, 아침 일찍 일어나 급히 나오느라 새벽에 작은 일까지 챙기는 것을 잊어버린 모양이다."

"말을 거의 하지 않고 있던 그가 시간을 물었다. '가야겠네요.' 그가 소리쳤다. 몇 분 후 그가 결심한 듯 덧붙였다. '산맥을 통과하지 못

하면 생플롱 산장에 착륙하겠습니다. 그 정도 높이까지는 확실히 갈
수 있을 것 같으니까요.'"

"크리스티앙이 자동차에 올라타 조종사와 몇 마디 나누었다. 진지한
이야기였다.
'바람은 어때?' 차베스가 물었다.
'아직 좀 불어.' 크리스티앙이 대답했다.
'통과할 가능성은?'
'힘들어.'
'바람 속도가 얼마나 되지?'
'현재 십오인데, 점점 더 세지고 있어.'
크룸바흐 계곡에선 얼음처럼 차가운 바람에 소나무가 흔들리고 풀
들이 모두 누워 버린 상태였다.
'그 정도면 꽤 센걸!' 차베스가 말했다. '소나무가 흔들릴 정도니 바
람이 불긴 부나 보네….'"

"계곡에서 차 한 대가 나왔다. 기상상태를 알아보기 위해 먼저 나섰
던 다른 비행사 폴랑이었다. 우리가 차를 멈추자, 폴랑은 몽세라 쪽
으로는 날씨가 아주 잠잠하다고 말해 주었다. 두 비행사는 예상되는
기류에 대해 진지하게 이야기를 주고받았다."

"바람은 눈 덮인 플레치호른 쪽에서 불어오고 있었다."

"'바람이 바뀔 것 같지는 않네.' 폴랑이 말했다. '기류도 소용돌이
치겠지. 그 안에 갇히는 날엔….' 그는 화려한 손동작으로 마무리를
대신했다."

"차베스와 폴랑은 후브시호른 쪽으로 몇 백 미터 정도 올라간 다음 그곳에서 몇 분 동안 주의깊게 날씨를 살폈다. 그쪽은 바람이 좀 덜한 것 같았다. 내려오는 길에서 차베스는 의심에 휩싸였다."

"'내일까지 기다려 보자.' 크리스티앙이 말했다.
'지금 갈 거야.' 차베스가 갑자기 말했다. '얼른 브리그로 가자고.'"

제대로 된 복장을 갖춰야 했다. 자신만의 원칙 외에 따라야 할 규칙은 없었지만, 그는 처음 하는 동작처럼 보이지 않게 하기 위해 매번 스스로 꼼꼼히 확인했다. 스스로 통제할 수 없는 자신의 운과 밀라노에 도착했을 때 받게 될 열렬한 환호를 제외하면 최초의 것은 아무것도 없어야 했다. 그는 먼저 두꺼운 한지로 만든 몸에 꽉 끼는 옷을 입었다. 중국의 위대한 서예가들은 그 한지에 글씨를 쓰곤 했다고 한다. 자신의 다리를 보니 용기가 생겼다. 비행사가 되기 전에 그는 달리기 챔피언이었다. 경주가 시작되기 전에도 지금처럼 다리에 힘이 빠진 것 같은 느낌이 들 때가 많았지만, 그건 힘이 빠진 게 아니라 시작을 기다리고 있는 것이었다. 그는 충동적으로 격납고 안의 기술자에게 연필을 빌려서 양쪽 다리에 '승리하라, 차베스!' 라고 적었다. 그런 다음 종이옷 위에 천으로 특별히 제작한 방수 작업복과 스웨터를 입고, 마지막으로 사냥용 가죽 재킷을 걸쳤다.

모든 사항을 점검하고 추위에 대비해 파이프까지 천으로 감싼 다음, 차베스는 이륙을 준비했다. 그는 눈앞에 펼쳐진 산들을 응시했다. 파란 하늘 위로 솟은 산은 지난 몇 주 동안 봤던 것보다 훨씬 가까이 다가와 있는 듯했다. 그는 평원 양옆으로 늘어선 구경꾼들을 돌아보며, 어떤 일이 있어도 시베리아에는 돌아오지 않겠다고 마음먹었다.

저기 목사님은 계시니까, 이제 무덤 파 줄 사람만 찾으면 되겠네. 그가 기술자들 중 한 명에게 말했다.

그가 친구들에게 손을 흔들어 보였다. 조종석에 안정적으로 자리를 잡자 귀가 먹을 것 같은 친숙한 엔진 소리가 들렸다. 이제 육십 야드 정도 달린 후에 하늘로 솟아오를 것이다.

구경꾼들은 비행기가 아주 쉽게 안정된 고도까지 올라가는 것을 지켜본다. 엔진 소리도 규칙적이다. 그들은 비행기가 우아한 곡선을 그리며 하늘을 가르는 것을 우러러보면서, 각자 나름대로 새를 떠올린다. 하지만 차베스의 머리가 중심 봉우리 너머로 사라지자, 비행기를 더 이상 볼 수 없다. 이제 비행기는 완전히 시야에서 사라졌다.

추락한 거야. 누군가 소리친다.
소나무가 있는 산허리로 간 거야.
그럴 리가 없어. 그 보다는 높았다고.
그건 모르는 거지.
저기! 저기! 다시 나왔어.
어디?
저기 숲 중간쯤에.
구경꾼들 눈에 다시 비행기가 들어왔다. 하지만 이제 더 이상 하늘을 나는 새처럼 보이지 않는다. 회색빛 소나무 숲 위로, 다시 회색 바위들 위로 지나는 비행기는 나방처럼 보인다. 더 이상 날지 못하고 회색빛 창문을 향해 서서히 떨어지는 한 마리 나방.

차베스는 이미 비행기를 동쪽으로 한참이나 보내 버린 바람과 맞서 싸우며, 그와 동시에 비현실적인 느낌에도 맞서 싸우고 있다. 이런 비행은 처음이었다. 더 높이 올라가려 할수록 비행기는 자꾸 아래로 만 향했다. 산이 점점 높아지는 것만 같았다.

이번엔 시험비행이 아니라는 것이 분명해지자 기자들은 유럽 각지의 대도시로 전화를 하기 시작했다. 밀라노의 대성당 지붕 위에 흰색 깃발이 올려졌다. 브리그를 출발한 비행기가 알프스 산맥을 넘어 밀라노를 향해 오고 있음을 나타내는 표시였다. 그가 산맥을 넘자마자 흰색 깃발 대신 빨간색 깃발이 올라올 것이다. 성당 주위의 광장에 사람들이 모이기 시작했다. 빨간색 깃발이 올라올 때까지, 그들은 수다를 떨며 가끔씩 하늘을 올려다보았다. 모인 사람들의 생각이나 모임의 형태를 볼 때, 그 군중들은 천팔백구십팔년 같은 광장에 몰려들었던 군중들과는 아주 달랐다.

브리그의 빅토리아 호텔에는 신문기자와 비행광, 그리고 참가자의 친구들로 가득하다. 그들 중에는 이 소설의 주인공도 있다. 지금부터는 그를 편의상 G라고 부르기로 한다. 이제 스물세 살이 된 G는 코안경을 쓴 미국인 비행사 찰스 웨이만의 친구이다.

몇 달 전, 그는 세계 최초의 야간비행 중 하나로 기록될 비행에 웨이만의 승객으로 함께 했다. 웨이만은 그의 침착함과 비행 감각에 깊은 인상을 받았다. 예상치 못한 구름이 몰려와 달을 가렸고, 갑자기 아무것도 보이지 않게 되면서 그들은 이름 없는 산등성이에 임시로 착륙해야만 했다. 기자들을 만난 자리에서 웨이만은 다시는 해 보고 싶지 않은 비행이었다고, 만일 혼자였으면 상황이 더 끔찍했을 거라고 말했다.

웨이만은 비행에 열성적인 자신의 젊은 친구가 왜 지금까지 비행기 조종법을 배우지 않았는지 이해할 수 없었다. 내가 가르쳐 줄게. 웨이만이 말했다. 두 사람은 포와 뉴욕에서 비행교육에 필요한 준비사항들을 챙겼다.

G는 열다섯 살 때의 모습 그대로였다. 베아트리스라면 아마 즉시 그를 알아봤을 것이다. 피부색이 조금 더 옅어지고, 얼굴에 살이 빠진 덕분에 코가 훨씬 더 커 보였다. 웃을 때면 이 사이의 틈 때문에 조금 짓궂어 보였다.

자네가 돈이 없다면 이야기가 다르겠지만 말이야. 웨이만이 느린 미국인 억양으로 말했다. 비행을 배우려면 돈이 들거든. 하지만 자네는 돈은 꽤 있어 보이는구만.

다른 데도 관심이 많아서요.
어떤 일에 관심이 있나? 무슨 일을 하지?

그는 웨이만을 향해 웃어 보였다. 웨이만은 눈앞에 진실을 보여줘도 그것을 알아차리지 못할 종류의 사람임을 알고 있었기 때문이었다. 그냥 여행이요. 그가 말했다.

코안경 때문에 미국인의 파란 눈이 더 고지식해 보였다. 그래서 비행을 할 수 있다는 거 아닌가. 그가 말했다. 자네는 마음가짐과 결단력을 갖추고 있어. 꼭 필요한 두 가지지. 웨이만은 손가락 두 개를 펴 보이며 말했다.

성격이 급해서요. 저 혼자서는 한 달도 못 갈 겁니다.

반사 신경도 빨라야 해. 웨이만이 말했다. 작고 재빨라 보이는 몸집의 그는 나비넥타이를 매고 있었다.

다른 데 정신이 팔릴 거예요.

이를테면? 웨이만이 눈을 크게 뜨며 물었다.

오늘 아침 식당에 있던 웨이트리스요.

그 여자 예뻤지. 웨이만이 눈을 깜빡이며 동의했다.

그 여자 생각뿐이에요.

하지만 우리는 오늘 도착하지 않았나?

그 여자, 시청에서 일하는 남자랑 약혼했다고 하네. 크리스마스쯤 결혼할 거라고 사람들이 그러던데요.

농담이지? 웨이만이 말했다. 젊은 친구가 자기를 놀리는 게 아닌지 의심하는 투였다.

아뇨. G가 말했다.

웨이만은 인내심 많은 교장 선생님처럼 이야기했다. 우리는 역사를 만드는 중일세. 역사의 새 장을 여는 최초의 선구자들이란 말이야. 어쩌면 미친 사람들인지도 모르지. 하지만 어떻게 지금 우리—우리 같은 선각자들—가 하는 일을, 아직 말도 못 붙여 본 작은 스위스인 웨이트리스에게 하루 만에 사랑에 빠져 버린 일과 비교할 수 있단 말인가? 어떻게 그 두 가지를 나란히 놓을 수가 있지? 자네가 어린앤 가? 진심으로 하는 말은 아니겠지? 도무지 믿을 수가 없구만. 그가 친구의 팔을 붙잡으며 말했다. 자네 걱정이 뭔지 말해 보게.

그 여자가 점심 먹기 전에 제 쪽지를 볼 수 있을까요?

웨이만은 웃음을 터뜨렸다. 이 못생겼지만 강렬한 인상의 젊은이가 (그와 함께 겪었던 일 때문에 그를 좋아했다) 자신에 대해 솔직하게 이야기하지 않는 상황에서는, 차라리 아무 말도 안 하는 게 낫겠다는 생각이 들었다. 그건, 대화를 그만두자는 뜻의 웃음이었다. 저녁에 포커 하러 올 텐가? 그가 물었다.

다음날, 웨이만은 다른 친구에게 이렇게 말했다. 비밀이 많은 친구더라고. 앞으로 뭘 할 건지는 나도 모르겠네. 돈이나 모험에 관심이 있는지 알 수가 없었어. 우리처럼 둘 다에 관심이 있을 수도 있겠지. 내 생각은 그래.

차베스가 무슨 일이 있어도 기수를 돌리지 않겠다는 결심으로 이륙했다는 소식이 점심때쯤 빅토리아 호텔에 도착했다. 비행기가 남쪽으로 방향을 틀어 산맥을 넘어가기 전 론 골짜기를 지날 때를 맞춰, 사람들은 모두 테라스로 몰려갔다. 모두들 환호성을 지르며 손을 흔들었다.

일 주일 동안 난무했던 소문이나 실망감 때문에, 사람들은 알프스를 비행기로 넘는 일은 올해는 불가능하다고 생각하고 있던 터였다. 이번 시도도 실망스러운 결과를 낳을 것이라는 생각은 왜 못하는 것일까. 살티나 협곡을 넘던 차베스가 너무 센 기류를 만나서 기수를 돌릴 수밖에 없을 거란 생각은 왜 못하는 것일까. 아마도 이것이 마지막 기회이기 때문일 것이다. 내일이면 떠나야 하는 그들은, 마지막 남은 희망을 꼭 붙잡고 있는 것이다. 어쩌면 그들이 차베스를 직접 보았기 때문일 수도 있다. 지난 일 주일 동안 그를 지켜본 사람들은 그의 표정에서 무언가를 읽었을 수도 있다. 그의 운명이 아니라 그의 성격과 관련된 이야기다.

차베스도 테라스에 나온 사람들을 보았지만 손을 흔들어 보이지는 않았다. 그는 미신을 믿었다. 그는 자신의 도착을 환영하는 사람들 앞에서 비로소 손을 흔들어 보일 것이다.

하늘을 나는 기계가 산 너머로 사라지는 것을 구경하기 위해 지난 일 주일 동안 많은 농부들이 브리그로 몰려들었다. 이젠 호텔 직원들, 웨이터와 여종업원들, 요리사, 주방 일꾼, 정원사와 그의 아내까지 손님들만큼이나 들떠 있었다. 여러 가지 감정이 뒤섞인 흥분감이었다. 호기심, 예측할 수 없는 결과에 대한 불안감, 하늘을 나는 남자와 그렇게 가까이 있다는 사실에서 오는 대리 성취감, 하지만 가장 깊은 감정은 역사적인 사건으로 기록될 일을 직접 목격하고 거기에 동참했다는 데서 오는 만족감이었다. 이것은 아주 원초적인 만족감으로, 자신의 삶이 조상이나 후손들의 삶과 연결될 때의 느낌이었다. 역사의 위대한 축이 개인의 삶에 꽂은 작은 막대기와 정확히 교차하는 순간.

식당을 나선 G는 다른 사람들처럼 테라스로 나가는 대신, 커다란 목조 건물이 있는 호텔 뒷마당으로 달려갔다. 일층은 헛간처럼 트여 있었는데, 한가운데 돌로 만든 물받이와 우물이 있어서 호텔에서 나온 세탁물들을 세탁하는 장소였다. 그 건물 이층이 호텔 여종업원들이 있는 방이었다. 그녀는 나무계단에 서서 하늘을 올려다보고 있었다. 그는 그녀의 이름—레오니!—을 부르며 내려오라고 손짓했다. 그녀의 팔을 잡아 주며 서둘러야 한다고, 자신의 방 발코니에서 가장 잘 보일 거라고 말했다.

그녀는 그의 제안을 거절할 수도 있었다. 그의 계획 중 가장 취약한 순간이었다. 그녀는 두 가지 일이 동시에 진행되고 있음을 잘 알고 있었다. 머리 위로 비행기가 새처럼 날아가고 있었고, 자신에게 쪽지를 건넸던 남자, 지난 닷새 동안 농담과 나지막한 속삭임, 사랑 고백과 과분한 찬사를 퍼부었던 남자가 지금 자신을 방으로 데려가려고 한다. 뿐만 아니라, 남자는 자신이 매일 오후에 두 시간씩 휴식 시간을 가진다는 것도 알고 있다. 지금 일어나고 있는 두 가지 일이 모두 일상적인 일이 아니라는 사실이 남자의 제안까지 예외적인 것으로 만들어 주었기 때문에, 그녀는 남자를 따라나섰다. 시끄러운 엔진 소리, 흥분한 사람들의 환호성, 그리고 모든 사람들이 자신에게 등을 돌린 채 하늘만 바라보고 있다는 사실이, 그녀가 평범한 일상적 자아를 벗어날 수 있게 해주었다. 남자는 그녀를 안내하듯 문 앞에 서 있었다. 마치 그의 보호 아래 그녀가 자신의 일상적 자아를 벗어 버리는 것 같았다. 그녀는 계단에 서서 키득키득 웃었다.

그의 방에 들어선 그녀는 말이 없었다. 그는 거실을 가로질러 걸어가 발코니로 연결된 프랑스식 창문을 활짝 열었다. 아래쪽 테라스엔 사람들이 가득했다. 비행기는 약간 기울어진 채 방향을 트는 중이었고, 방 안에 있는 두 사람은 단추보다 작은 차베스의 머리와 어깨를 볼 수 있었다.

레오니는 테라스에 모인 사람들이 고개를 들어 자신을 알아볼까 봐 창문에 가까이 다가갈 수 없었다. 산을 넘어가는 비행기를 보기 위해 이 방에 온 것임을 강조하려는 듯, 창문에서 멀찍이 떨어져 방 한 가운데에 서 있을 뿐이었다. (방에서 뛰쳐나올 수도 있었지만, 그녀는 그 정도로 경솔하지는 않았다. 그 역시 그때까지는 아무것도 요구하지 않았다. 그의 요구가 어떤 것일지는 그녀도 조금은 알고 있었다. 그녀는 경솔하지 않았지만, 그렇다고 순진한 것도 아니었다. 그녀의 예외적인 자아, 점점 더 멀어져 가는 비행기의 엔진 소리를 조용하게 감싸는 하늘처럼, 자신의 삶이 아닌 다른 삶에 둘러싸인 그녀의 예외적 자아를 향한 그의 요구에는 뭔가 남다른 점이 있었다.)

곧 그는 창문을 닫고 몸을 돌려 그녀를 마주했다. 그때까지는 성공적이었다. 꼼짝 않고 서서 불안한 눈으로 그를 바라보고 있는 이 여자, 레오니의 모습은, 그의 머릿속에서 가장 인상적인 그녀의 모습으로 남을 것이다. 마디가 굵은 손가락, 뭉툭한 코, 웨이트리스 모자 아래로 삐죽 내려온 한 가닥의 머리칼, 화장기 없는 시골 처녀의 피부색, 왼쪽 볼에 손톱만한 크기의 유난히 창백한 흉터, 동그란 어깨와 동그란 가슴, 짙은 나무색 같은 갈색 눈. 웨이만이 "그 여자 예뻤지"라고 말하게 한 특징이 무엇인지 그로서는 알 수가 없었다. 그렇게 특출한 면은 없는 여자였다.

그녀를 안았다. 그녀는 그대로 서서 그의 가슴에 볼을 기댄 채, 기다렸다. 그의 말에 귀를 기울였다. 내 마음. 나의 행복. 갈색 눈의 어린 양. 알프스의 여왕, 레오니.(하지만 제삼자에게 전해질 때면 이미 그 정확한 의미와 격렬한 느낌은 사라지고 말 것이다) 그의 말에 귀 기울이고 그의 뜻에 따르기로 한 레오니였지만, 그렇다고 수동적이지는 않았다. 그녀는 자신에게 일어난 일의 정확한 의미를 열심히 찾아보려 하고 있었다.

일 주일 전만 하더라도 그를 만나기는커녕, 그런 남자를 상상할 수도 없었다. 그는 부자였고, 비행기를 조종하는 사람의 친구였다. 직접 비행기를 타 본 적도 있는 남자였다. 이 나라 저 나라를 여행했고, 독일어 발음이 낯설었다. 그의 얼굴은 소설 속에 나오는 남자의 얼굴 같았다. 그런 사실들이 의미하는 바가 두려웠던 그녀는 그 사실 자체를 깊이 생각하지 않으려 했다. 그저 지금까지 그녀에게 말을 걸었던 그 어떤 남자와도 다르다는 점을 확인해 주는 증거일 뿐이었다. 하지만, 그게 전부였다면 이 다름에 그리 커다란 의미를 부여하지 않았을 것이다. 그녀는 삶에서 큰 것을 기대하지 않았다. 세상에는 브리그의 시민들이나 발레의 농민들과는 다른 사람들이 아주 많고, 그런 사람들은 그녀와 아무 상관이 없다는 것도 잘 알고 있었다. 하지만 그는 —바로 이 점이 그가 그토록 큰 인상을 준 이유인데— 그녀, 레오니에게 자신을 내보였다. 일 주일 동안 그는 오직 그녀만을 찾아 헤맸고, 그녀에게 선물과 칭찬을 주었고, 그녀에게 말을 걸었고, 그녀가 특별한 사람이라는 생각이 들게 했다. 스스로를 속이지 않는 사람들이 그렇듯이, 레오니도 진지한 것과 진지하지 않은 것을 구분할 수 있었다. 그가 하는 말이 정말인지 아닌지 알 수 없었음에도 불구하고, 그가 거짓말을 하는 것은 아님을 알 수 있었다. 또한 대부분의 여성들이 그렇듯이, 거짓말을 해대며 구걸하거나 상대방을 압도하려는 남자와, 어떤 여성 앞에서 어쩔 수 없이 자신의 모습을 있는 그대로 내보이는 남자를 구분할 줄도 알았다. 그녀가 "이 사람은 나를 위한 사람이야"라고 말했을 때, 그 말은 바로 그런 의미였다.

제우스는 사랑에 빠진 여성에게 접근할 때, 황소나 사티로스, 독수리, 백조 등으로 변신했다. 단순히 상대 여성을 놀라게 하려는 의도는 아니었다. 낯선 모습으로 그녀 앞에 나타나기 위해서였다. 당신을 욕망하는 낯선 사람, 당신만의 고유한 특징들을 고스란히 담고 있는 그 모습 그대로의 당신을 욕망하고 있다고 확신을 주는 그 낯선 사람은, 당신이 될 수도 있었을 그 모든 모습들로부터의 메시지를 지금 현실 속의 당신에게 전해 준다. 그 메시지를 접하고 싶은 초조한 마음은, 삶을 향한 의지 자체만큼이나 강력하다. 자신의 참모습을 알고 싶은 욕망은 호기심보다 더 크다. 하지만 그 상대방은 반드시 낯선 사람이어야만 한다. 그를 더 알아 갈수록, 또한 그가 당신을 더 알아 갈수록, 그가 보여주는 당신도 모르고 있던 당신의 가능태가 더 줄어들기 때문이다. 그는 반드시 낯선 사람이어야만 한다. 하지만 그와 동시에 그는 신기하게도 친밀한 느낌을 주는 사람이어야 한다. 그렇지 않다면, 그는 당신도 모르고 있던 당신 자신의 모습을 보여주는 대신, 그저 당신에게 알려지지 않은 사람들, 혹은 당신을 모르고 있는 사람들을 대변할 뿐이다. 친밀하지만 낯선 사람. 그 말이 가지는 역설, 그 꿈에서부터 에로틱한 신이 태어난다. 모든 여인들은 상상 속에서 그 신을 몰래 키우거나 굶겨 죽인다.

"무슨 일을 하지?"라는 웨이만의 질문에 G가 "그냥 여행이요"라고 대답했을 때, 그것은 형식적이거나 질문을 피해 가려는 대답이 아니었다. 계속 낯선 사람으로 남으려면 쉬지 않고 여행해야 한다.

얼마 동안 그녀는 팔을 축 늘어뜨린 채 가만히 있었다. 창 밖으로 산 위의 하늘이 보였다. 구월의 파란 하늘, 접시 색깔만큼 익숙한 색이었다. 비행기 엔진 소리가 아직 희미하게 들렸다.

죽은 넙치가 떨어질 때처럼 비행기가 오십 미터 정도 떨어졌다. 차베스는 기수를 돌리고 싶었지만, 스스로에게 했던 다짐 때문에 그럴 수는 없었다. 그 말을 할 때는, 자신이 탄 비행기가 죽은 물고기처럼 추락하는 일은 상상하지도 못했다.

앞으로는 그 어떤 이야기도 유일무이한 이야기처럼 들리지 않을 것이다.

성장 과정이, 그리고 집이나 학교, 교회에서 받은 교육이 모두 지금 그녀가 처한 이 상황을 위한 준비였다고 할 수 있다. 그 모든 것에 따르면, 그녀는 지금 자신의 삶을 망치려는 이 남자를 거부해야만 한다. 자신의 명예를 지켜야만 하는 것이다. 사랑하는 에두아르트를 위해 자신과 자신의 여성성을 보호해야 한다. 이 년째 그녀에게 구애하고 있는 에두아르트. 그의 양봉장이 있는 강가의 집에서 그와 함께 살게 될 것이고, 그와 함께 낳은 아이는 그녀가 다녔던 브리그의 학교를 다니게 될 것이다. 지금 그녀는 도덕적인 범죄를 저지를 위험에 빠져 있다. 이 사악한 유혹을 거부해야만 한다. 레오니는 그렇게 해야 한다고 배웠다. 집에 있는 어머니와, 어머니가 바라는 자신의 모습을 생각해야 했다. 어머니의 딸인 그녀, 신의 품안에 있는 그녀, 사랑하는 에두아르트의 '미래'인 그녀, 두 달 후면 신부가 될 그녀, 앞으로 태어나게 될 아이들의 엄마인 그녀, 어린 여동생의 언니인 그녀, 딸이자 독실한 신자이고, 한 남자의 '미래'이고, 신부이고, 어머니이고, 언니인 그녀는 자신의 명예를 지켜야 했다. 하지만 자기 자신으로서의 그녀는? 나, 레오니, 나 자신의 명예를 지키기 위해서는 어떻게 해야만 하지? '어떻게 해야 할지 모르겠어.' 이런 일은 미처 준비하지 못했다. 평소의 그녀라면 그에게 키스할 수 없다. 하지만 그는 지금 그녀의 삶 안으로 들어온 것이 아니다. 이 남자는 그녀의 삶 바깥에 있다. '우리 둘뿐인걸. 다른 사람은 아무도 없잖아.' 자신의 삶 바깥에 있는 남자의 품에 안기는 일은 앞으로도 절대 없을 것임을 그녀는 알고 있다. '이건 꿈 같은 거야.' 그와의 일은 그녀의 삶의 일부가 되지 않을 것이다. 물론 다른 사람들은 그렇게 생각하지 않을 것이고, 그래서 그 결과가 남은 평생 동안 따라다닐지도 모른다. 그와의 일은 그녀의 삶에서 잃어버린 자신의 모습이 될 것이다. '내 약점이 나보다 더 힘이 세.'

그가 손을 내려 그녀의 양쪽 엉덩이를 바쳤다. 그리고 천천히, 하지만 단호하게 그녀를 들어 올렸다. 그녀의 발이 바닥에서 떨어졌다. 그가 다시 내려놓았지만, 완전히 내려놓지는 않았다.

그의 손길이 닿는 곳마다 그녀의 무게가 얼마쯤 떨어져 나가는 것 같은 느낌이 들었다. 그는 그녀와 중력 사이에 자신의 손을 두고 있었다. 고개를 들어 그의 눈을 들여다봤다. 완전히 그녀에게만 집중하고 있는 눈. 그가 웃을 때 이 사이의 틈이 그의 눈만큼이나 짙어 보였다. 창문으로 햇빛이 비치고 있다는 것을 알고 있었지만, 마치 등 뒤에 검은색 커튼이 쳐 있는 것만 같았다. 그의 눈이나 이 사이의 틈만큼이나 검은 커튼, 그 검은 커튼이 천천히 그들을 감싸, 어느새 둥근 텐트처럼 그들을 가려 줄 것만 같았다. 그녀는 그가 자신의 몸을 구석구석 건드릴 때마다 몸무게가 달라지는 것을 느꼈다. 허공에 떠 있는 듯한 느낌이 들었고, 그가 들어 올릴 때마다 조금씩 그녀의 무게가 떨어져 나가는 것만 같았다. 이제 그녀도 팔을 들어 그를 안았다.

중력에 맞서 손으로 그녀의 몸을 받치며 구석구석 만지는 그의 행동에는 ㅡ그녀는 그 부분 하나하나의 무게를 의식하고 있었다ㅡ 다른 효과도 있었다. 그렇게 자신의 무게가 하나씩 떨어져 나갈 때마다 그녀는 그를 향해 조금씩 다가가려는 충동을 느꼈다. 그건 지속적인 충동이라기보다는 툭툭 끊어져서 일어나는 충동이었다.(남자가 가슴을 만질 때 드는 느낌과 비슷하지만, 그보다 더 깊고 혼란스러웠다)

그녀가 그의 이름을 부르기 시작했다.

그녀의 경험을 속속들이 묘사해 보려는 시도는 어리석은 일일 수밖에 없다. 이젠 그 경험이 그녀의 삶의 중심이 되었다. 지금까지 그녀가 겪었던 모든 일들은, 호수를 둘러싼 육지처럼 지금의 이 경험 주변으로 밀려나고 말았다. 지금까지 그녀가 겪었던 모든 일들이 모래처럼 으스러져 지금의 이 경험 언저리에 쌓이고, 조금씩 그 수면 아래로 밀려 내려가 이내 보이지 않는 신비한 호수 바닥에 가라앉고 말 것이다. 그녀의 경험을 표현하려면, 그녀만의 언어를 통해 우리자신의 삶의 주변을 재구성해 보는 수밖에 없는데, 그런 일은 불가능하다. 모든 문학을 통틀어 가져온다고 하더라도, 여전히 그녀의 경험을 묘사할 수는 없다. 그 경험 속으로 들어가 볼 수 있는 유일한 방법은, 간단히 말해, 그녀를 사랑하는 것뿐이다. 그렇다면, 불가능하다는 것을 알면서도 왜 나는 그녀의 경험을 속속들이 묘사해 보려는 걸까? 그녀를 사랑하기 때문이다. 당신을 사랑합니다, 레오니. 아름다운 당신, 부드러운 당신, 아픔과 즐거움을 느낄 줄 아는 당신. 손안에 꼭 쥘 수 있을 만큼 작은 당신. 내 머리 위의 하늘 같은 당신. G도 그렇게 말했다.

그는 그녀를 침대에 앉히고 나서 문으로 갔다. 침대에 앉은 그녀는 그를 향해 양팔을 내밀었다.

아뇨. 그가 말했다. 술 취한 농부처럼 할 순 없잖아.

갑작스러운 그의 냉정한 말도 그녀에게 상처를 주거나 그녀를 놀라게 하지 않았다. 그녀는 그저 그의 다음 행동을 기다릴 뿐이었다.

그가 옷을 벗으라고 말했다. 그녀는 망설였다. 벗기 싫어서가 아니라, 그가 지켜보는 앞에서 어떻게 옷을 벗어야 할지 몰라서였다. 그가 먼저 옷을 벗기 시작했다. 그녀는 소매의 단추를 풀기는 했지만, 다음은 어떻게 해야 할지 몰랐다. 그는 방 반대편에 서 있었다. 발가벗은 채로. 가끔씩 그녀 자신이 청소를 했던 방, 그곳에서 그가 발가벗고 서 있었다. 지난 일을 떠올리며, 지금 그가 치고 있는 커튼을 직접 세탁했던 일을 떠올리며 그녀가 고개를 숙였다.

레오니, 고개를 들어요. 그가 당신을 보고 있잖아. 당신을 바라보는 그의 모습을 보세요. 지금 있는 그대로의 당신의 모습이 보여지고 있잖아. 당신이 태어났을 때, 아직 그 오무라진 입을 열고 소리내어 울어 보기도 전에, 당신은 이미 당신 자신으로 보여진 것이 아니라, 남자아이가 아닌 어떤 아이로 보여졌죠. 당신이 눈을 뜨기도 전에, 사람들의 눈은 당신의 성기로 ─아직 핏덩어리인 몸뚱아리에 난 작은 틈─ 쏠렸지요. 당신은 여자아이였고, 사람들은 레오니라고 불렀어요. 보세요, 당신을 감싸고 있는 그의 눈길. 지금까지 수없이 바라봤던 거울처럼 당신을 알아봐 주는 그잖아요. 지금 그가 발가벗은 채 서서 당신을 보고 있습니다. 당신이 몸을 숙여 한쪽 팔로 슬립을 벗고 있는 동안에도, 그는 소리내며 떨어지는 당신의 두 가슴을 보고 있어요.

당신의 이미지가 또 한 겹의 피부처럼 그의 몸을 감싸고 있습니다. 당신의 모습만이 온통 그의 성기를 둘러싸고 있어요.

이런 당신의 모습은 한번도 본 적이 없었죠.

당신을 보면서 그는 당신을 알아봅니다. 그 알아봄은 물리칠 수가 없죠. 그런 알아봄은 대상을 태워 버립니다. 그렇게 타오르는 불길 속에서 지금까지 본 적이 없었던 것도 이내 친숙하게 느껴질 만큼

환하게 피어나죠.

그는 지금처럼 발가벗은 당신의 모습을 본 적이 없었습니다.

누군가 내 글에 대해 은유와 비유가 너무 많다고 한다. 그 자체로 제시되는 것은 하나도 없고, 항상 다른 것과 비교해서만 드러난다는 이야기다. 사실이긴 한데, 왜 그래야만 하는 걸까? 내가 인식하거나 상상하는 것들은 그 독창적 특징 때문에 나를 혼란에 빠트린다. 그것이 다른 사물들과 공통으로 소유하는 특질들—나무의 경우에는 나뭇잎이나 가지 혹은 둥치 같은 것일 테고, 사람인 경우에는 팔다리나 눈, 머리칼 같은 것이 될 것이다—은 내게는 피상적인 것처럼 보인다. 나는 각각의 사건이 가지는 독창성에 깊은 충격을 받는다. 거기서부터 작가로서 내가 겪는 어려움이 생긴다. 어떻게 그런 독창성을 전달할 수 있을까? 확실한 방법은 그 독창성을 차근차근 전개하고 발전시켜 가는 것이다. 예를 들어 레오니가 자신에게 충실하지 않았다는 사실을 에두아르트가 알게 되었을 때 무슨 일이 벌어지는지를 이야기함으로써 독자들을 설득하는 것이다. 그때, 사건의 독창성은 원인과 결과를 통해 설명된다. 하지만 나는 시간의 흐름에 대해서는 거의 아는 바가 없다. 내가 인식하는 사물들 사이의 관계는—가끔은 거기에 인과관계나 역사적 관련성이 포함되기도 한다—내 머릿속에서 복잡한 동시적 패턴으로 기록된다. 다른 작가들이 차례차례 이어진 장(章)을 보는 곳에서 나는 평원을 보는 셈이다. 따라서 나로서는 사건들의 위치를 정하고 정의를 내리기 위해 다른 방법을 사용할 수밖에 없다. 시간 속에서 인과관계에 따라서가 아니라 공간 속에서 포괄적으로 좌표를 찾는 방법. 나는 기하학자의 정신으로 글을 쓴다. 내가 공간적으로 좌표를 세우는 방법 중 하나가 바로 한 면모를 다른 면모와 연결시키는 것이다. 바로 은유를 통해. 사물들이 내가 이름 붙인 대로 된다는 것을 믿는, 이름의 감옥에 갇힌 죄수가 되고 싶지는 않다. 침대에 누운 G와 레오니도 그런 죄수들이 아니다.

차베스는 쿨름 고개를 넘는 길에서 자신을 향해 손을 흔들어 보이는 사람들을 보았다. 사람들 틈에 크리스티앙과 루이지 바르치니의 모습도 보였다. 몇 시간 후, 『코리에레 델라 세라』지에 실린 기사에서는 그 순간을 다음과 같이 묘사하고 있다.

"벅차 오르는 감정 때문에 그 자리에서 꼼짝도 할 수 없었다. 우리는 움직이지 않았다. 모두 넋이 나간 듯 보였고, 영혼이 충만한 눈빛으로 가슴이 급하게 뛰는 것을 느꼈다. 하늘 위에 펼쳐진 아름다운 광경에 홀린 것만 같았다. 앞으로 몇 천 년이 지나더라도 그 순간의 기억은 지워지지 않을 것이다."

"잠시 후 우리는 다시 차에 올랐다. 크리스티앙도 함께였고, 두 명의 스위스 경관도 동행했다. 크리스티앙을 돌아봤다. 우리 둘 다 눈시울이 붉었다. 스위스 경관들 역시 눈물을 글썽이며 독일어로 '세상에, 세상에' 라고 중얼거렸다. 비행기는 크룸바흐 계곡으로 접어들려는 중이었다. 두 시간 전만 하더라도 강풍이 불고 벼락이 내리치던 곳이었다. 현재 산장 근처의 평원 위를 날고 있는 비행기는 천천히 고도를 낮추고 있었다."

" '착륙하려는 거야.' 우리는 소리쳤다. '저기! 지금 착륙하려는 거야.' "

"차베스는 망설이고 있었던 것이 분명하다. 어쩌면 착륙을 고려했을지도 모른다. 하지만 잠시 후 그는 생각했던 것만큼 바람이 심하지 않다고 생각했는지 다시…"

당시의 비행사들은 눈에 보이는 것들을 통해 자신의 위치를 파악했다. 아래를 내려다보며 착륙을 고려하거나 도움을 얻을 수도 있었기 때문에 땅을 보면 확신이 생기곤 했다. 일 년 전, 블레리오가 도버 해협을 건널 때도 프랑스 해군의 구축함이 길잡이 역할을 했다. 잠깐, 약 십 분 정도 그가 배를 놓치고 망망대해 위에서 홀로 떠 있는 시간이 있었는데, 나중에 그는 한없이 길게 느껴졌던 그 시간 동안 무시무시할 정도로 외로웠다고 말했다. 한 무리의 사람들의 시야에서 벗어나 철저히 혼자서 다른 사람들이 있는 곳으로 건너가 보겠다는 결심을 한 사람은 차베스가 정말 최초였다.

그를 둘러싼 차가운 공기는 작은 방의 네 벽처럼 그를 감싼다. 냉기는 벽을 뚫고 들어온다. 한쪽 벽이 쉴 새 없이 그를 밀어붙이는 것만 같다. 얼굴과 몸의 오른쪽이 얼음처럼 차갑다. 바람으로 된 벽. 바람의 세기를 (이십 분 전에) 잘못 계산했던 것이다. 그 실수는 단순히 계산을 잘못한 것이 아니라 어쩌면 자신의 죄일지도 모른다는 생각이 든다. 이번 비행이 마치 자신의 일생을 설명해 줄 원죄가 된 것만 같다. 바람으로 된 벽 너머는 온통 바위와 눈뿐이다.

왼쪽으로 레오니 산이 보인다. 햇빛을 받아 하얗게 빛나는 눈은 산의 존재를 확인시켜 주면서 동시에 산을 일종의 비현실적인 무엇으로 만들어 버리는 것 같다.

그 새하얀 눈 위엔 어떤 오점도 남겨선 안 될 것 같다.

그는 바람의 벽을 뚫어 보려고 노력한다. 오른쪽으로 방향을 돌릴 때마다 역풍을 맞은 비행기의 엔진은 더욱 요란한 소리를 내고, 비행기는 그렇게 하늘 위에 멈춘 것처럼 보인다. 아직 몽세라를 넘기 위해 필요한 고도까지 올라가지 못한 그였지만, 막상 고도를 높이기가 두렵다. 더 높이 올라가면 지금보다 훨씬 더 센 바람이, 그것도 사방에서 불어 닥칠 것이다. 비행기가 떨어지는 것도 위험하지만, 바람에 휩쓸려 위로 올라가는 것은 더욱 위험한 일이다. 그때 그의 다리에, 엔진 위에 놓인 그의 다리에 통증이 느껴진다. 아래쪽 날개에 구멍이 뚫리면서 그곳으로 불어오는 바람 때문에 위쪽 날개의 천이 제멋대로 뒤틀린다.

레오니 산의 어깨 높이쯤에 솟은 봉우리들이 반원형 극장의 허물어진 관람석처럼 무대 한가운데 있는 그의 비행기를 둘러싸고 있다.

그는 폴랑의 마지막 경고를 떠올린다. 고도를 유지해야 돼! 고도를! 다 부질없는 소리가 돼 버렸다.

당장 해결해야 할 어려운 일은, 무대를 가로질러 원형극장 같은 봉우리들을 넘는 일일 것이다. 바람이 그를 점점 더 반원 안으로, 막막한 객석 안으로 몰아넣고 있다. 능선 사이의 틈(글라트호른 봉 서쪽)으로 나갈 수 있다고 하더라도, 다음엔 더 큰 난관이 기다리고 있을 터였다. 이미 동쪽으로 너무 치우쳐 있었고, 몽세라를 넘으려면 삼사백 미터는 더 올라가야 할 것 같다고 그는 생각한다. 그를 자꾸만 짓누르며 동쪽으로 몰아붙이고 있는 바람 때문에 머지않아 곤도 협곡에 부딪혀 비행기와 함께 산산조각 날 것만 같다.

방향을 돌려 바람 속으로 들어갈지, 아니면 크게 회전하며 고도를 높여야 할지 결정해야만 한다. 나는, 그가 적어도 그 순간만큼은, 크게 회전하는 것에 두려움을 느꼈을 거라고 믿는다. 일단 막막한 협곡과 능선으로 된 극장을 회전하기 시작하면, 절대 그 원에서 벗어나지 못한 채 엔진이 멈추고, 그는 죽음을 맞이하게 될 것이다. 그는 차라리 협곡을 통과하는 방법을 택할 것이다.

그는 더 이상 바위산과 침묵을 구분할 수 없다. 이미 그의 몸은 추위 때문에 아무 감각이 없다. 바위산에 맞서 그의 의식이 느낄 수 있는 것은 바람과 발 밑에서 돌아가는 엔진 소리뿐이다. 그는 과녁을 향해 날아가는 화살처럼 글라트호른을 향해 돌진한다.

그는 알파벳 'A' 자 모양의 틀에 매달아 놓은 커다란 노새 가죽 같은 바위산의 표면을 스칠 듯 지나친다. 그와 그의 비행기를 향해 매섭게 불어오는 바람이 'A' 자의 양쪽 다리 사이로 자꾸만 밀어붙이는 것 같다. 노새 가죽 같은 바위산에 비친 비행기 그림자는 비틀거리듯 흔들리다가 가끔씩 그를 향해 정면으로 달려든다. 아래에는 삐죽삐죽한 바위투성이고, 올려다보아도 여전히 더 높은 봉우리들뿐이다. 사방을 둘러싼 바위산에 울리며 증폭된 엔진 소리도 그림자의 움직임을 따라 커졌다 작아졌다 하기를 반복하고, 그의 그림자는 다시 엔진 소리와 여기저기 떨어지는 낙석 때문에 불안하게 떨린다.

이런 상황에서 의식적인 판단을 논하는 것은 아무 의미가 없다.
이런 상황에서 나는 계산을 해 가며 글을 쓸 수가 없다.

차베스는 입은 물론 식도와 위장, 창자까지 모두 단단한 바위로 된 어떤 짐승의 아가리로 들어갈 것만 같은 인상을 받는다. 먹잇감을 조각조각 흩뿌리듯 먹어 치우는 동물, 산 채로 잡은 다음 서서히 먹어 치우는 동물.

이런 상황에서 문제는 용기가 있느냐 없느냐 하는 것이 아니다. 이런 상황에서 인간은 계속 살고 싶어하는 부류와 그렇지 않은 부류로 나뉠 뿐이며, 그 차이는 그들이 내지르는 비명을 들어 보면 알 수 있다. 어떤 이들은 비명을 지르며 삶에 대한 의지를 확인하고, 다른 이들은 비명을 지르며 죽어 간다. 차베스는 위로 올라갔다. 짐승의 아가리에서 벗어나야 한다는 일념 이외에 그 어떤 위험이나 다른 것에 대한 생각은 떠오르지 않았다. 위로.

그는 곧 도 협곡에 이르렀다.

○

전화로 브리그의 이륙 소식을 전해들은 도모도솔라의 사람들은 그를 기다리고 있다. 공장에서는 작업을 멈추었고, 노동자들도 모두 하늘만 쳐다보고 있다. 노인들은 낮잠을 미루고, 젊은이들은 차베스가 잠시 착륙해 연료를 보충한 다음 밀라노를 향해 다시 이륙하기로 되어 있는 평원으로 몰려가는 중이다. 가파른 경사를 이루며 소나무 숲과 그 위의 바위산으로 이어진 녹색의 평화로운 오솔라 계곡이 내려다보이는 발코니마다 사람들이 몰려나와 눈을 가늘게 뜬 채 알프스 봉우리 위의 하늘만 쳐다보고 있다. 바람 한 점 없다.

무슨 일이 생긴 거야! 지금쯤 보여야 되잖아.
돌아갔을지도 몰라.
그래도 생플롱은 넘었다고 하잖아.
어떻게 알아?

204

로베르토가 그렇게 말했어.

로베르토는 어떻게 알았는데?

시장 서기관인 루치니 씨가 이십 분 전에 가리발디에 와서 차베스가 산장을 지났다고 말했대.

신께 감사해야지.

오늘 아침부터 무슨 일이 있을 줄 알았어. 어제 꿈에 차베스가 나왔거든.

그건 자네가 차베스한테 푹 빠져 있어서 그래.

이 두 눈으로 한번만이라도 직접 볼 수 있으면 좋으련만.

그럼 그의 이름을 불러 줘야지. 제오! 제오! 이렇게 말이야.

도모도솔라에서 수천 명이 비행기를 발견한다. 소나무 숲 위로 나타난 비행기는 아주 작아 보였고, 생각했던 것보다 낮게 날고 있다. 고함을 지르던 구경꾼들은 비행기의 엔진 소리를 들어 보려고 서로를 돌아보며 조용히 하라고 말한다. 비행기의 움직임이 천천히, 하지만 분명하게 눈에 들어온다. 비행기는 도모도솔라를 향해 천천히 고도를 낮추며 다가온다.

차베스의 친구이자 자동차 경주 선수인 듀레이가 하늘에서도 볼 수 있도록 비행기가 착륙할 풀밭에 흰색 천으로 십자 표시를 한다. 천을 까는 것을 도와주기 위해 수십 명의 아이들이 몰려든다.

비행기는 일정한 속도로 고도를 낮춘다. 그 광경이 어찌나 엄숙해 보이는지, 구경꾼들의 감정은 점점 더 격앙된다.

그는 비행기로 알프스를 넘은 최초의 사람이야. 과거에는 불가능하다고 여겼던 일을 그가 해내 버렸어. 지금 우리가 목격하고 있는 것은 기념비적인 사건이지만, 생각했던 것보다 간단하네. 그는 새들과 달리 직선으로, 별로 힘들이지 않고 하늘을 날고 있어. 그렇게 알프스를 넘어 버린 거야. 위대한 업적이란 우리가 믿는 것보다 훨씬 덜 어려운 것일지도 몰라. 이런 복잡한 감정들이 이어지며 (그 느낌들은 모두 제각각이었다) 점점 더 감정이 격앙된다. 우리라고 원하는 것을 이루지 못할 이유가 없잖아?

자동차를 타고 비행기가 착륙할 평원으로 가고 있는 시장은 위대한 비행사를 마중하기 위해 예복까지 차려입었다. 그는 뒷좌석에 앉은 수행원에게 차베스가 알프스를 정복한 것을 기념해 그의 이름을 딴 거리를 만들자고 말한다.

밀라노로 가는 급행열차는 십사시 십팔분에 도모도솔라 역을 떠났다. 객차 창문 밖으로 블레리오 비행기를 발견한 한 젊은이가 비상벨을 울린다. 기차가 급히 멈춘다. 선로에 내려선 젊은이는 기차를 따라 달리며 다른 승객들에게도 보라고 소리친다. 이제 비행기는 나무보다 조금 높이 날고 있고, 차베스의 모습도 뚜렷하게 보인다. 기관차 옆에 멈춰 선 젊은이는 차베스가 자신을 보고 답해 주기를 기대하며 하늘을 향해 양손을 흔든다. 그렇게만 된다면, 그는 영웅에게 맨 처음 인사한 사람이 될 것이다. 하지만 차베스는 답하지 않는다. 비행광이었던 젊은이와 그의 친구들은 그후 몇 년 동안, 차베스가 인사에 답하지 않은 이유를 궁금해 할 것이다.

레오니는 노래를 부르는 가수처럼 목을 젖히고 있다. 눈을 치뜨고 있는지, 그에게는 눈동자 대신 흰자밖에 보이지 않는다. 입이 벌어져 있고 목도 부은 것 같다. 목에서 아주 천천히 무슨 말이 흘러나오지만 그로서는 알아들을 수가 없다.

흐느끼는 여자, 죽은 듯이 누워 있는 여자, 주먹으로 침대를 치는 여자, 웅크리고 누운 여자, 입술 사이로 혀를 내미는 여자, 주먹을 쥐고 결심한 듯 이를 꽉 깨무는 여자, 팔을 흔드는 여자, 불가사리처럼 팔을 쫙 펼치는 여자. 그와 함께 절정을 느끼며 모든 것이 동시에 한곳으로 집중되는 그 순간, 같은 모습을 보이는 여자는 없다.

그는 절정을 느낄 때마다 그것이 이전의 다른 절정들과 동시에 일어나는 것만 같은 느낌을 받는다. 두 절정 사이에 있었던 일, 혹은 앞으로 있게 될 일, 그 모든 사건이나 행동, 한 여자와 다른 여자를 구분시켜 줄 원인과 결과들은 시간을 벗어난 듯한 그 절정의 순간을 감싸는 원이 되고, 모든 것은 그 원 안에 들어 있다. 그 모든 차이에도 불구하고 그 모든 것들이 거기 함께 있다. 그도 거기에 합류한다.

성적 욕망은, 그것이 아무리 우연한 자극에 의해 생긴 것이라고 하더라도, 또한 얼마나 오래 지속되느냐에 상관없이, 주관적으로는 단 두 순간, 바로 우리의 시작과 종말에만 집착한다. 분석해 보자면, 성적 욕망에는 일단 우리가 태어나는 순간의 경험까지 끌고 가는 폭력적인 향수가 포함돼 있다. 또한 미지의 것에 대한 지울 수 없는 열망, 극한까지 가 보려는, 삶의 궁극적인 지점 ―삶의 궁극은 그 부정을 통해서만 찾을 수 있다―, 죽음에 이르려는 열망도 있다. 절정의 순간에는 이 두 순간, 즉 우리의 시작과 종말이 하나로 합쳐지는 것처럼 보인다. 그때 둘 사이에 놓인 것들, 즉 우리의 삶 전체도 순간적인 것이 될 뿐이다. 이 책의 주인공을 나 자신에게는 그렇게 설명한다.

그는 레오니의 손을 잡은 채 눈을 감고 누워 있다. 그녀는 그의 얼굴에서 더 이상 비밀스런 약속을 읽을 수 없다. 그녀는 그가 약속한 것과 그 비밀이 그들 둘만의 것임을 알고 있었다. 한 손으로 그의 얼굴을 만졌다. 손가락 끝으로 그의 얼굴 곡선을 따라 눈두덩과 코, 입가—손가락이 스치자 조금 움찔했다—를 지나 볼까지 쓰다듬었다. 그렇게 그의 얼굴을 만짐으로써 지금 자신이 느끼는 친밀감을 좀더 자연스럽게 하고, 아직 남아 있는 신비감을 물리칠 수 있었다. 그녀는 자신의 손가락 끝이 닿는 부분에 친밀감을 심는 기분으로 그를 만졌고, 그렇게 함으로써 그 친밀감에 압도당하지 않을 수 있었다. 손바닥으로 그의 코를 덮어 주고 싶었다. 그녀는 손을 자기 코에 대고 냄새를 맡아 보고는 다시 그의 이마에 올려놓았다. 그녀는 그렇게, 마치 손에서 빛이라도 나는 듯한 느낌을 가진 채 툭툭 떠오르는 말들을 뱉으며 순간을 즐긴다.(마치 그녀의 눈에 들어오는 모든 대상 뒤에 눈처럼 하얀빛이 후광이 되어 빛나고 있는 것 같았다) 그녀는 그가 입을 열거나 움직일 때까지 놀이를 계속할 것이다. 하지만 계단에서 소리를 지르는 남자가 그녀의 놀이를 방해했다. 잠시 후엔 그들이 있는 방 바로 아래의 테라스에서 여인이 소리를 질렀고, 여기저기서 사람들의 고함 소리가 이어졌다.

레오니가 다른 사회계층에 속했다면 다르게 반응했을 것이다. 다른 계층에 속했더라면, 호텔에서 그렇게 크게 소리를 지르며 다른 사람을 방해해도 되는지부터 따지고 들었을 수도 있다. 하지만 언제나 그랬듯이, 고함 소리는 그녀에겐 경고였다. 어린 시절부터 누군가 목소리를 높이면 그의 눈에 띄지 않게 주의하거나 부당한 학대를 받을 준비를 해야 한다고 배운 그녀였다. 그녀는 사람들이 자기를 찾느라고 목소리를 높인다는 생각에 두려움을 느꼈다.

그녀는 그의 얼굴에서 손을 거두었다. 그가 눈을 떴다.

사람들이 저를 찾고 있어요. 저를 찾으러 이리로 오고 있다고요. 그녀가 속삭였다. 여긴 아무도 안 와요. 그가 다시 눈을 감으며 말했다. 그때 누군가 문을 두드렸다.

무슨 일입니까? 그가 말했다.
문밖에서 남자가 말했다. 차베스가 추락했습니다.
어디서요?
도모도솔라에서 착륙하다가요.
알프스를 무사히 넘고 나서 추락했단 말입니까?
마지막에요. 네. 착륙하기 불과 몇 미터 전이었다고 합니다. 다시 고도를 높일 생각도 없이 시속 몇 백 킬로미터 속도로 그대로 땅으로 돌진했다고 하네요.
죽었나요?
아니요. 양쪽 다리가 부러지기는 했지만 그것 말고 심각한 부상은 없답니다. 지금 병원에 있습니다.
다행이네요. 알려 주서서 고맙습니다.
내려오실 건가요, 선생님?
이따가 뵙죠.
말을 마친 그는 레오니를 돌아보며 덧붙였다. 거 봐요. 당신을 찾고 있는 게 아니잖아요. 그는 웃음을 터뜨렸다.
어떻게 웃음이 나와요? 친구가 그렇게 심한 고통을 겪었다는데.
지금 우리 모습이 웃기잖아요.
제가 겁먹었다고 놀리는 거예요?
아니, 그가 알프스를 넘는 동안 우리는 이 방 안에 있었다는 사실 때문에.
그 사람은 죽을 뻔했다고요.
나도 당신도 언젠가 죽게 돼요. 당신의 아름다운 눈과 새하얀 이도 사라질 거라고요. 낭비할 시간이 없어요.

정말 그 사람에 대해 아무 감정도 안 들어요?

시간 없다니까요.

무슨 말인지 하나도 모르겠어요.

같은 기회는 절대 두 번 오지 않습니다.

방금 그가 추락했다고 하잖아요.

그럼 가서 그의 약혼녀를 위로해 줘야겠군요.

당신 도대체 어떻게 된 사람이에요? 그녀는 화가 났지만, 그가 큰소리로 대답하면 온 호텔 사람들이 들을까 봐 낮은 목소리로 속삭이듯 말했다. 그녀는 그가 악마임에 틀림없다고 믿었다. 그녀가 갑자기 등을 돌리고 베개에 얼굴을 묻었다. 왜 하필 저예요? 그녀가 물었다.

당신은 당신이니까요. 그게 이유입니다.

왜 많은 사람들 중에 하필 저냐고요? 다른 여자도 많잖아요.

당신도 다른 여자들과 마찬가지로 특별합니다.

제가…. 고개를 들어 그를 바라본 그녀는 말을 멈추고 생각을 바꾸었다. 가 봐야 해요. 그녀가 말했다. 사람들이 찾고 있을 거예요. 보내 줘요.

그러세요. 그가 말했다.

정말 다친 친구 걱정은 안 돼요?

그 친구를 걱정하는 것처럼 말하지만 사실은 그게 아니죠?

정말 무슨 말인지 모르겠어요.

친구 이야기를 하면서 사실은 자기 이야기를 하는 거죠.

아니에요. 그 사람이 출발하는 걸 봤을 때….

그때, 이미 내가 당신을 찾으러 왔죠.

그는 그녀의 어깨에 손을 얹었다. 그녀는 몸을 돌려 그를 쳐다보는 자세로 누웠다. 그의 얼굴에서, 그가 그녀를 찾아온 후 일어난 일들을 고스란히 볼 수 있었다. 그의 얼굴이 달라져 있었지만, 악마의 얼굴은 아니었다.

그녀는 그가 떠날 때 자신을 데리고 가지 않을 것을 알고 있었다. 부탁해도 소용없을 것이다. 내일 떠날지 하루 더 있다 다음날 떠날지물어 볼 필요도 없었다. 그 정도는 포터에게 물어 봐도 알 수 있었다. 어쩌면 브리그에 다시 올 거냐고 물어 볼 수는 있겠지만, 이미 그 답도 알 것 같았다. 차베스는 알프스를 넘었고, 이젠 어느 비행사도 이곳에 오지 않을 것이고, 그는 돌아오지 않을 것이다. 지금까지 지내면서 알아 온 세상의 모든 것들이 그의 삶과 그녀의 삶을 갈라놓고있었다.

내일도 볼 수 있을까요?
네, 내가 당신을 찾을게요.

그녀는 그가 거짓말을 하고 있다는 것을 알아차렸다. 지금 상황이전혀 예상치 못한 것이라고 해서, 그런 일이 또 생길 수도 있다는 것을 의미하지는 않는다. 좀더 예민하고 신분도 높은 여자였다면 이런만남이 다시 생기지 않을 거라는 점을 받아들이기 힘들었을 것이고, 거짓말을 원했던 여자라면 그의 말을 그대로 믿었을 수도 있다. 하지만 레오니에게는 현실을 받아들이는 것이 어렵지 않았다. 그녀에겐 항상 선택의 폭이 그리 크지 않았고, 그녀에겐 대부분의 삶의 조건들이 바꿀 수 없는 것들이었다. 그래서 그녀의 삶에선 평범하지않은 것에 대한 생각이 늘 중심을 차지하고 있었다. 그녀는 미신을믿었다.

그녀가 몸을 떨었다. 그는 시트를 당겨 그녀를 덮어 주었다. 그녀는한쪽 엉덩이를 살짝 들고 있는 것만 제외하면 반듯한 자세로 누워 있었다. 옆으로 누웠을 때 몸이 생각지도 않게 아름다운 여성들이 있다. 주로 엉덩이가 큰 여자들이 그런 편이다. 그때 여자들의 몸은 자연스럽게 풍경처럼 펼쳐진다. 그리고 풍경이 한없이 이어지듯, 여행자의 시선이 닿는 곳까지 이어지는 수평선처럼, 손끝에 전해지는 여인들의 몸도 그 실제 크기와 상관없이, 아무런 경계도 없이 무한하게 이어질 것 같다. 그가 손을 뻗었다. 창백한 피부 위에 삼각형으로 자리잡은 음모가 그것이 숨기고 있는 신비로움을 암시하고 있었다.

그녀는 씻으러 가기 전에, 아직 그들이 특별한 상태에 있을 때 그렇게 침대에 누운 상태에서 함께 떠나자고 하면 따라가겠노라고 그에게 말해 주고 싶었다. 그렇게 말하는 게 자신의 감정을 보여주는 방법일 것 같았다. 자신에 대한 그의 생각이 다 맞다는 말을, 그는 다른 누구보다 자신을 잘 알고 있다는 말을 전하고 싶었다. 그러니까 ― 아마 앞으로 다시 볼 일은 없을 것 같으니까― 자신이 그를 사랑한다는 것을 알아줬으면 한다고, 마치 자신이 직접 낳은 아이처럼 사랑한다는 것을 알아줬으면 한다고 말해 주고 싶었다. 하지만 함께 떠나고 싶다고 말을 하면, 그는 거짓말을 하고 그녀의 뜻을 오해하게 될 것이다. 자신의 마음을 전할 수 있는 다른 방법을 찾아야 한다. 만약 말하지 않으면 에두아르트가 둘 중 하나를 죽여 버릴 것만 같은 생각이 들었다. 어떻게든 말을 해야 나중에 둘 다 다치는 일이 없을 것 같았다.

한 시간 반 전만 해도 그의 앞에서 부끄러워하며 옷도 못 벗었던 그녀가 갑자기 시트를 밀쳐 내고는, 침대 위에 무릎을 꿇고 앉아 그의 머리를 자신의 배에 대고 꼭 껴안았다. 고개를 젖힌 그녀의 눈에 천장 한가운데 달린 촛대의 진주 모양을 한 파란 유리장식이 들어왔다. 그녀는 그의 이름만 불러 댔고, 눈물이 얼굴을 타고 흘러내렸다.

○

그날 저녁 G는 웨이만을 만났다. 평소에는 그렇게 침착하던 웨이만은 유난히 흥분한 상태였다. 오후에 차베스가 추락했다는 소식을 들은 후, 웨이만은 자신의 비행기를 타고 생플롱을 넘어 보려고 시도했다. 밀라노에 도착한 사람에게 주기로 되어 있던 상금은 아직 그대로였다. 하지만 바람이 너무 심해 그는 비행기를 돌려 임시 격납고가 있는 평원으로 돌아와야만 했다.

몇 시에 이륙하셨죠?
세시 사십삼분. 제오보다 두 시간 정도 늦게 출발했지.
바람이 더 셌나요?
지상에선 별 차이 없었어. 그런데 천 미터 정도 올라가니까, 그러니까 나폴레옹 다리를 지나고 나니까 본격적으로 불더란 말이지. 항상 거기가 문제였지. 같은 지점이었어. 바람이 갑자기 들이닥쳐서 비행기를 옆으로 쏠리게 만들거든. 꼭 급행열차가 압력 때문에 쏠릴 때와 비슷한 것 같아. 제오가 지날 때도 상황이 다르지 않았을 텐데, 그런 위험부담을 감수했다는 게 믿어지지가 않네. 그런데 그는 그렇게 했단 말이야.
그래도 성공한 걸 보면, 위험이 덜했던 게 아닐까요? 그는 사실 그렇게 겁낼 게 없다는 걸 증명해 보였잖아요.
증명하고 나서 병원에 실려 갔지.
어쨌든 산은 넘었잖아요.
자네가 그 바람을 직접 맞아 봤으면 그렇게 말 못 할 거야. 비행기 구석구석까지 바람이 파고드는 걸 느낄 수 있다니까.

차베스가 무사히 산을 넘고 착륙까지 안전하게 한 다음 엔진이 고장을 일으켰다면 어떻게 생각하시겠어요? 그래도 선생님이 비행기를 돌렸을까요? 아무 일 없이 산을 넘었다면요. 그래도 돌렸을까요?

그럼. 나는 내 비행기 상태와 날씨만 생각하지 다른 건 신경 안 써. 일단 비행기를 타면 냉정해야 하는 거야, 친구. 뭘 할 수 있고, 뭘 할 수 없는지 확실히 알아야 하는 거라고. 조금이라도 의심이 들 때는 하면 안 되는 거야. 제오는 영웅이 되고 싶었던 건데, 그게 하늘에선 치명적일 수가 있거든.

그래도 사람들이 불가능하다고 생각했던 일을 해냈잖아요. 그건 대단한 업적 아닌가요?

그 용기는 나도 존경해. 하지만 위험한 선례를 남긴 거야.

그래서 상금이 걸려 있잖아요. 위험이 없었다면….

아니, 아니야. 비행에 따르게 마련인 자연의 위협을 말하는 게 아닐세. 무모함을 자극하는 것이나 불필요한 위험을 안고 가는 것이 위험하다는 거야. 결국 비행도 다른 일이랑 똑같거든. 적을 존중하는 게 성공의 비밀이라고 할 수 있지. 계속 나아가고 싶다면 바람을 그렇게 무시하면 안 되는 거란 말이야. 나는 겁쟁이는 아니지만, 바보도 아니라네.

차베스는 바보라는 말로 들리네요.

그는 영웅이지. 하지만 지금쯤은 그도 스스로 어리석었다고 생각하지 않을까? 앞으로 다리를 영원히 쓸 수 없게 될지도 모른다고 하더군.

비행기를 돌릴 수밖에 없어서 기분이 안 좋으시군요.

나랑 같이 가세. 내일 도모도솔라로 가서 그를 만나볼 생각이야. 피아트를 한 대 빌려 놨거든. 자네 아직도 그 여종업원에게서 답장이 오기를 기다리고 있나? 거 이름이 뭐였지?

레오니라고 하더군요.

저기 저 산 이름이랑 똑같다고? 레오니?

철자는 다르겠죠.

둘 다 못 믿겠어. 웨이만이 농담처럼 던졌다.

도모도솔라에 갈게요.

6

오늘 아침 면도를 하다 마드리드에 살고 있는, 십오 년 동안이나 만나지 못했던 친구 생각이 났다. 거울에 비친 내 모습을 보면서, 나는 그렇게 오랜 시간이 흐른 후에 만약 길거리에서 우연히 그 친구를 만나면 금방 서로를 알아볼 수 있을지 궁금했다. 마드리드에서 그 친구를 만나는 상상을 하고, 그 친구는 어떤 감정일지 상상해 봤다. 내가 아주 각별하게 생각하는 친구지만 일 년에 한두 번씩만 소식을 듣고 지내는데, 그때마다 내 머릿속에서 그 친구가 차지하는 위치는 달라진다. 면도를 마친 나는 우편함에서 그 친구가 보낸 열 장짜리 편지를 발견했다.

그런 '우연의 일치'가 드문 것은 아니며, 모든 사람들은 어느 정도 거기에 익숙해져 있기도 하다. 그런 일이 있을 때마다 우리는 일상적인 시간 인식이 얼마나 부정확하고 작위적인지 알게 된다. 달력이나 시계는 적절하지 못한 발명품이다. 우리의 정신구조로는 시간의 본질을 포착할 수 없는 것이 보통이지만, 그래도 뭔가 신비로운 점이 있다는 것은 알고 있다. 어둠 속에서 어떤 물체를 마주쳤을 때처럼, 우리는 손끝으로 그 표면을 더듬어 볼 수는 있지만 그것이 무엇인지는 정확히 알 수 없다.

내가 상상력을 발휘해 이 소설을 써 보기로 마음먹은 것도, 이 소설이 그렇게 만져 볼 수 있을 뿐 정확히 알 수는 없는 시간의 특징에 대해 암시하는 바가 있기 때문이다. 나는 어둠 속에서 이 글을 쓰고 있다.

여성이 처한 상황

당시까지 여성의 사회적 존재감은 남성의 그것과는 질적으로 달랐다. 남성의 존재감은 그가 행사할 수 있는 권력의 크기에 따라 좌우되었다. 만약 그의 권력이 미치는 범위가 넓고 믿을 만한 경우라면 그의 존재감도 아주 강했고, 범위가 작고 신뢰가 가지 않는 경우에는 존재감도 거의 없었다. 그 권력이란 도덕적인 것일 수도 있고 물리적 기질적 경제적 사회적 성적인 것일 수도 있지만, 그 모든 권력의 대상은 항상 그 남성의 외부에 존재하는 것이었다. 한 남자의 존재감은 그가 당신에게, 혹은 당신을 위해 무엇을 할 수 있는지를 보여주는 것이었다.

그와는 대조적으로, 여성의 존재감은 그녀가 스스로를 대하는 태도로 표현되었으며, 그 태도가 그녀에게 무엇은 해도 되고, 무엇은 하면 안 되는지를 결정했다. 존재감이 전혀 없는 여성은 한 명도 없었다. 한 여성의 존재감은 그녀의 몸동작이나 목소리, 의견, 표정, 옷, 주변 환경, 취향 등에서 드러났는데, 사실 그녀의 모든 행동이 그녀의 존재감을 드러내 주었다.

여성으로 태어난다는 것은 자신에게 할당된 한정된 공간에 갇혀 지내는 것을, 남성들의 관리하에 놓이는 것을 의미했다. 여성들의 존재감은 그렇게 한정된 독방에서, 남자들의 감독을 받으며 지내야 하는 상황에서 재주껏 발휘해야 하는 재능 같은 것이었다. 그녀는 자신만의 독방을 자신의 존재감으로 채워 갔다. 그건 스스로의 만족감보다는 다른 이들을 자신의 독방으로 불러들이려는 희망에 따른 행동이었다.

여성의 존재감은 그녀 자신을 둘로 나누고 에너지를 분산시킨 결과였다. 어떤 여성이든 항상 —정말 혼자 있을 때를 제외하고— 스스로에 대해 가지고 있는 이미지를 달고 다녀야 했다. 방을 가로질러 걸을 때든, 아니면 돌아가신 아버지를 애도하며 눈물을 흘릴 때든, 여성은 걸음을 옮기고 눈물을 흘리는 자신의 모습에 대한 자의식을 피할 수 없었다. 아주 어린 시절부터 여성은 쉬지 않고 자신을 관찰해야 한다고 배우고 설득당했다. 그 결과 여성은 자신 안에 관찰하는 이와 관찰당하는 이를, 자신의 정체성을 구성하는 별개의 두 구성요소로 지니고 다녀야 했다.

여성이 자신의 모든 모습과 행동을 관찰해야만 했던 것은, 자신이 다른 이들에게 비치는 모습, 궁극적으로 남성들에게 비치는 모습이 그녀의 자아실현에 아주 중요했기 때문이다. '자신의 본래 모습'에 대한 여성의 자각은, 다른 사람에게 '그녀 본래의 모습'으로 받아들여지고 있다는 것에 대한 자각으로 대체되었다. 다른 사람의 경험에서 중심을 차지하고 있을 때에만 그녀 자신의 삶과 경험도 비로소 그녀에게 의미를 가졌다. 살아가기 위해 여성은 다른 사람의 삶 속으로 들어가야만 했다.

남성들은 여성을 대하기 전에 먼저 관찰부터 한다. 따라서 어떤 여성이 어떤 남성에게 어떻게 보이는가 하는 것이 그녀가 어떤 대우를 받게 될지를 결정한다. 그 과정에서 약간이라도 영향력을 행사하려면 여성은 그 과정을 받아들이고, 그것을 내면화해야 한다. 여성 안에 있는 관찰하는 이가 관찰당하는 이를 어떻게 대하는지 먼저 보여줌으로써, 다른 이들도 그렇게 대할 수 있게 하는 것이다. 그렇게 스스로를 다루는 자신의 모습이 바로 여성의 존재감이다. 그녀의 행동은 아주 작은 것까지 모두, 직접적인 목적이 무엇이든 상관없이, 그녀를 어떻게 대해야 할지에 대한 암시가 된다.

어떤 여성이 잔을 바닥에 던져 버린다면, 그것은 그녀가 자신의 분노의 감정을 어떻게 처리하는지에 대한 예시이면서, 동시에 그녀가 다른 사람들로부터 어떤 대우를 받고 싶어하는지를 보여주는 행동이다. 만약 같은 행동을 남성이 했다면, 그것은 그의 분노의 표현일 뿐이다. 만약 어떤 여성이 맛있는 빵을 만들었다면, 그것은 그녀가 자신 안의 요리사를 어떻게 대하는지를, 따라서 요리하는 여자로서의 그녀가 다른 사람들에게 어떤 대우를 받아야 하는지를 보여주는 예시가 된다. 맛있는 빵 그 자체를 위해 빵을 굽는 일은 남자들에게만 가능하다.

늘 다른 것을 가정해야 하는 여성의 세계, 그녀의 존재감이 미치는 영역이 이러하기 때문에 그 안에서 일어나는 행동은 절대 그 자체일 수만은 없다. 여성의 모든 행동에는 어떤 모호함이 있게 마련이고, 그것은 관찰하는 이와 관찰당하는 이로 분열된 여성의 자아가 가진 모호함과 일치한다. 소위 여성의 이중성이라는 것은 남성의 획일적 지배에 따른 결과물일 뿐이다.

여성의 존재감은 그녀가 어떤 대우를 받고 싶어하는지 ―그녀 자신이 스스로를 대하는 방식을 다른 사람들이 따라 주기를 얼마나 바라는

지— 보여주는 예시가 된다. 그녀가 그 예시를 제시하는 일을 멈출 수 없는 까닭은, 그것이 바로 그녀의 존재감이 가지는 기능이기 때문이다. 하지만, 사회적 관습이나 특정한 상황이 그녀로 하여금 스스로 보여준 예에 반하는 행동을 할 것을 요구할 때, 사람들은 그 여성이 요염하다고 말한다. 사회적 관습은, 방금 남성이 한 말을 거부하는 모습을 보여야 한다고 여성에게 강요한다. 그녀는 겉으로는 화내는 모습을 보이면서, 동시에 손가락으로 목걸이를 만지작거리며 자꾸 눈을 내려 자신의 가슴을 부드러운 시선으로 잠깐 바라본다.

자기 방에 혼자 있을 때, 정말 혼자라는 것이 확실할 때면 여성은 거울 속의 자신을 보며 혀를 내밀지도 모른다. 때론 그런 자신의 모습에 웃음이 나고, 때론, 눈물이 나기도 한다.

여성의 존재감을 느낄 때 남성은 사랑에 빠진다. 남성의 자아 중 순종적인 부분이 여성이 스스로에게 보이는 높은 관심에 취하게 되고, 그는 그녀가 똑같이 높은 관심을 자신에게도 보여주기를 꿈꾼다. 그는 자신의 몸이, 그녀의 영역 안에서 그녀의 몸을 대체하는 상황을 상상한다. 바로 이것이 보상을 바라지 않는 사랑에 대한 낭만시의 끊임없는 주제였다. 남성의 자아 중 지배적인 부분이 소유하기를 꿈꾸는 것은 그녀의 몸이 아니라 —그것은 그저 욕정의 대상일 뿐이다— 그녀의 존재감이 가지는 변화무쌍한 신비감이다.

사랑에 빠진 여성의 존재감은 대단한 표현력을 얻게 된다. 그녀의 시선, 그녀가 달리는 모습, 그녀의 말이나 연인을 맞이하기 위해 돌아서는 모습 하나하나가 그대로 독창적인 시가 될 수 있다. 그런 모습은 단지 그녀를 사랑하는 남자에게뿐만 아니라 무관심한 제삼자에게도 분명하게 보인다. 왜냐고? 적어도 그 순간만큼은 그녀 안의 관찰하는 이와 관찰당하는 이가 하나가 되기 때문인데, 이 흔치 않은 결합은 그녀가 오직 하나만을 생각하고 있기 때문에 가능하다. 그 순간에는 관찰하는 이도 관찰을 멈춘다. 그녀는 스스로에 대한 자신의 태도를 버리고, 연인이 그녀를 대하는 태도도 버려 주기를 바란다. 그녀가 보여주는 예시가 마침내 무시된다. 오직 그런 순간에만 여성은 총체성을 느낄 수 있다.

사랑에 빠진 상태는 —보상을 바라지 않는 사랑이라는 불행한 경우를 제외하면— 보통 짧은 시간 동안만 지속된다. 그 상태는 십구세기 낭만주의에서 강조하는 것보다 훨씬 짧게 지속된다. 인류 역사의 매시기마다 성적 욕망은 다양하게 드러났다. 하지만 사랑에 빠진 상태에 대한 설명은 특정 시기의 특정한 문화와 사회적 관계에 따라 항상 변모하게 된다.

십구세기 유럽의 중산계급에게, 사랑에 빠진 상태의 특징은 세상에 대해 극단적인 불확실성을 느끼게 된다는 것이었다. 다른 상태에서는 세상이 분명했다. 사랑에 빠진 상태는 진보의 약속에서 벗어나 있는 상태였고, 그 특징적인 불확실성은 사랑에 빠진 사람이 그 혹은 그녀 자신이 자유롭다고 여기는 데 따른 결과였다. 사랑에 빠진 사람의 소망을 표현하는 것은 그 어느 것도 당연하게 받아들여지지 않았으며, 사랑에 빠진 사람의 그 어떤 결정도 다음 결정을 예측할 수 있게 해주지 않았다. 모든 동작은 하나하나 새로운 의미로 받아들여져야 했고, 모든 일은 직접 일어나기 전에는 의심스러운 것으로 남아 있었다. 의심이 그 자체로 에로틱한 자극이 되었는데, 그때 연인은 사랑을 받는 사람의 무한한 자유에 따라 선택할 수 있는 대상이 되었다. 적어도 사랑을 하고 있는 두 사람에게는 그렇게 보였다. 현실에서 그러한 자유를 다른 누군가에게 준다는 것, 다른 누군가가 그토록 자유롭다고 인정하는 것은, 사랑받는 사람을 이상화하고 유일무이한 대상으로 만드는 일반적 과정의 일부였다.

사랑에 빠진 사람은 기꺼이 다른 누군가의 무한한 자유의 대상이 되려 하고, 그와 동시에, 지금까지 한계가 주어져 있던 자신의 자유 또한 적어도 다른 누군가의 사랑의 말 안에서만큼은 마침내 확인을 받았다고 믿는다. 그래서 사랑하는 이는, 결혼은 자신을 자유롭게 하는 것이라는 확신을 얻게 된다. 하지만 여성이 이 점을 확신하게 되는 바로 그 순간(정식 약혼보다 훨씬 이전일 수 있다), 그녀는 더 이상 한 가지만 생각할 수 없으며, 총체적일 수 없다. 그녀는 장차 약혼자, 아내, 그리고 X의 아이를 낳은 어머니가 된 자신의 모습을 관찰해야만 한다.

여성에게 사랑에 빠진 상태는 주인을 옮기는 사이에 잠깐 주어지는 정치적 공백 기간이었다. 신랑이 아버지의 자리를 대신하고, 나중에는, 어쩌면, 정부가 남편의 자리를 대신하게 된다.

그녀 안의 관찰하는 이는 재빨리 새로운 주인과 스스로를 동일시한다. 관찰하는 그녀는 그의 시선으로 스스로를 관찰하게 된다. 그녀는 '모리스는 아내(즉 나)가 이런 일을 했다면 뭐라고 말할까?'라고 자문할 것이다. 그녀는 거울을 보면서 '자, 봐! 모리스의 아내가 어떻게 생겼는지 보라고'라고 말할 것이다. 그녀 안의 관찰하는 이는 새로운 주인의 대리인이 된다.(여느 소유자와 대리인의 관계와 마찬가지로, 이 관계에서도 속임수와 평계가 있게 마련이다)

그녀 안의 관찰당하는 이는 소유자의 피조물과 대리인의 피조물이 되고, 그 둘은 그런 그녀를 자랑스러워한다. 관찰당하는 그녀는 사회적인 의미에서 그들의 꼭두각시 인형이자 성적인 대상이 된다. 관찰하는 이는 인형으로 하여금 저녁 식사 자리에서 착한 아내처럼 말하게 만들고, 적절하다고 생각될 때면 소유자가 즐길 수 있게 관찰당하는 이를 침대에 누인다. 여성이 임신을 하고 아이를 낳을 때 관찰하는 이와 관찰당하는 이가 다시 한번 결합할 거라고 생각하는 사람도 있을 것이다. 어쩌면 그런 일이 가끔 생길지도 모른다. 하지만 출산은 대부분의 여성들이 굴복하게 마련인 미신과 두려움에 둘러싸인 과정이기 때문에, 그때 여성들은 마치 그것이 자신의 이중성에 대한 벌이라도 되는 듯 비명을 지르고, 혼란을 느끼고, 종종 의식을 잃어버리기도 한다. 그 고통에서 벗어나 가슴에 아기를 안을 때쯤이면 그들은 어느새 남편의 아이를 낳은 인자한 어머니의 대리인이 되어 버린 자신의 모습을 발견하게 된다.

나는 몇 페이지에 걸쳐 적은 이 내용들이 이제 시작하려는 이야기, 특히 카미유의 '홀로 있는 상태(즉 자신이 만들어낸 대리인에 의해 관찰당하지 않는 상태)'를 주장하는 G를 이해하는 데 도움이 될 수 있기를 바란다.

○

칼 마르크스는 다락방으로 쫓겨났다
—졸리티, 1911.

G가 이탈리아에 온 것은 천구백팔년 아버지의 사망 이후 처음이었다. 리보르노의 변호사가 유산 문제는 정리해 주었다. 그는 공장 세 곳과 화물선 두 척, 그리고 시내 중심부에 있는 집 열다섯 채를 물려

받았다.

마조레 호수의 저녁 안개 때문에 모든 것은 무대 배경처럼 흐릿하게 보인다. 호수의 섬들도 마치 그림처럼 느껴진다. 스트레사 뒤편의 언덕에는 부자들의 대저택이 즐비한데, 대부분 십구세기에 지어진 집들이다. 대저택의 창과 문 주위에는 포도 넝쿨과 오렌지, 새들의 그림이 그려져 있다. 웨이만과 G는 르네상스 시대의 망루를 본떠 지은, 가장 큰 축에 속하는 저택에서 열린 저녁 식사에 초대받았다.

차베스는 왜 그대로 추락했을까?

수백 명의 목격자가 있었지만 실제로 무슨 일이 있었는지에 대해서는 이야기가 분분했고, 설명도 가지각색이었다. 저녁 식사 자리에서 몇 가지 그럴듯한 해석들이 나왔다.

차베스는 비행기를 제대로 통제하고 있었고, 완벽한 착륙을 할 참이었다. 하지만 불행하게도, 힘든 비행을 견뎌야 했던 비행기의 날개 중 하나가 갑자기 불어온 바람을 견디지 못하고 착륙하기 몇 초 전에 그만 접히고 말았다. 그 때문에 비행기가 앞으로 기울었고, 바퀴가 아니라 엔진부터 땅에 닿게 되었다.

이런 해석을 적극적으로 옹호한 사람은 모리스 엔캥이다. 푸조사(社)에서 엔지니어로 일하고 있는 그는 반공식적으로 푸조사를 대표해 이번 비행을 참관 중이었고, 따라서 사람들은 그의 말을 무시할수 없었다. 그는 이야기 도중에 갑자기 말을 끊고 음식을 먹곤 했는데, 그런 식으로 사람들이 계속해서 자신의 말에 귀를 기울이게 만들었다. 또한 단호한 손짓을 섞어 가며 말을 했는데, 그 손은 마치 자신의 말은 내보내면서 동시에 다른 사람의 말은 끼어들지 못하게 하는 나무 문 같았다.

처음부터 절대 완벽한 착륙이 될 수 없었다. 차베스가 속도를 착각한 것이다. 그는 시속 육십 킬로미터가 아니라 구십 킬로미터로 착륙하려 했다. 그리고 추락하게 된 것도 한쪽 날개가 아니라 양쪽 날개 모두 접혀 버렸기 때문이다. 마치 나비가 내려앉을 때처럼 양쪽 날개가 모두 접혀 버린 것이다.

이것은 이탈리아인 집주인의 의견이다. 밀라노에 있는 피렐리 고무 공장의 중역인 그는 밀라노 항공 클럽의 유력한 후원자였고, 영국의 노스클리프 경처럼 항공 산업의 미래가 군사적으로나 상업적으로 대단히 밝다고 생각하는 사람이었다. 그는 자신의 추측이 가장 그럴듯하다는 것을 표현하기 위해 가끔씩 과장된 목소리로 이야기했다. 그의 저택이 자리잡은 위치, 그림이 그려진 천장, 망루를 본떠 지은 건물의 야외 식탁에서 중국식 등을 켜 놓고 먹는 저녁 식사, 아래 정원에서 살고 있는 홍학들, 새로 문을 연 공장 등, 그 모든 것이 그의 설명을 가장 그럴듯한 것으로 만들어 주고 있다고 그는 느꼈다. 그는 노조를 권장하고 노동자들에게 인센티브를 줘야 한다고 믿는 사람이었다. 자신만큼 성공하지 못했고 노동자들에게 호전적인 동료 사업가들에게는, 위대한 졸리티가 수상으로 재임했을 당시에 했던 다음과 같은 말을 자주 인용하곤 했다.

"대중계급의 신분상승을 위한 운동이 점점 더 거세지고 있다. 이는 모든 문명국가에서 동시에 일어나고 있으며, 또한 모든 인간의 평등이라는 원칙에 근거하고 있으므로 도저히 물리칠 수 없는 운동이다.

대중계급이 그들 몫의 정치적 경제적인 영향력을 가지려는 것을 막을 수 있다고 착각하는 사람이 없기를 바란다. 그들의 출현이 새로운 보수적 힘, 즉 새로운 번영과 영광의 요소가 될지, 아니면 국가 전체를 파멸로 이끌 혼란이 될지는 우리에게 달려 있으며, 우리 입헌 정당이 대중계급과 어떤 관계를 가지느냐에 달려 있다."

그는, "군법에 따라 기병대를 출동시켜야 돼!"라고 소리치던 그의 삼촌의 방식은 최후에나 고려해 볼 것이다. 하지만 설사 그래야만 하는 상황이 되더라도 그는 밀라노 호텔에서 소리를 지르기보다는 재빨리 전화기를 집어들 것이다.

차라리 호수에 떨어지는 게 더 안전하지 않았겠냐고 그의 아내가 묻는다.

산맥을 넘는 동안 추위 때문에 조종사의 손이 얼어 버려서 아무 감각이 없어졌기 때문에 비행기를 제대로 통제할 수 없었던 것이다.

이것은 밀라노 오페라 극장의 후견인인 R 백작부인의 의견이다.

백작부인은 손가락 끝을 모은 채 손을 들었다. 막 피어나는 꽃송이를 표현한 무용수의 동작 같기도 하고, 항아리에서 뭔가를 끄집어내려는 어린아이의 동작 같기도 하다. '얼어 버려서'라는 말을 할 때, 그녀는 차베스의 손이 얼마나 차가웠을지 암시하려는 듯, 손가락을 모두 펼쳐서 쭉 내밀었다가 다시 주먹을 쥐어 보이고는 다른 손으로 감싸 쥐었다.

정말 똑똑한 여자야! 한 남자가 옆에 앉은 여인에게 속삭인다. 백발이 돼 버리긴 했지만, 정말 좋은 머리야. 크리스마스까지는 지노를 잃은 충격에서 벗어날 수 있을 테고, 그럼 머리도 오 년 전처럼 다시 까맣게 될 거예요. 젊은 여인이 대답한다.

왜 아무도 차베스 본인에게는 물어 보지 않는 거예요? 그 말을 한 사람은 서른 살 정도 돼 보이는 여자였다. 갑자기 터진 웃음을 완전히 멈추지 못했는지, 그녀는 조금 귀에 거슬리는 목소리로 말했다. 그리고 비행기 조종은 대부분 발로 하는 거 아닌가요?

저 여자 이름이 뭐죠?
엔캥 부인. 자네도 소개받았잖아.
아뇨, 앞에 오는 이름이 뭐냐고요.
처녀 때 성은 나도 몰라.
성이 아니라 이름이요.
아, 내가 못 알아들었군. 미안하네, 이름은 카미유야.
제오는 곤도 협곡을 지난 다음부터는 아무것도 기억나지 않는다고 하네요.
불쌍한 제오!

고대 에트루리아풍의 금팔찌를 한 집주인의 부인이 팔을 들어 웨이만을 가리키며 그를 대화에 끌어들이려 한다. 웨이만 선생님(웨이만은 엔캥의 친구였고, 그래서 초대를 받을 수 있었다), 비행사이시고 또 오늘 저녁의 주빈이기도 하신 선생님의 생각이 듣고 싶은데요.

웨이만은 미소를 지어 보이기는 했지만 대답은 영어로 아주 짧게 했다. 비행기는 그렇게 믿을 만한 물건이 못 됩니다. 날개가 뭘로 만들어졌는지 아시죠? 그냥 천이랑 나무일 뿐입니다.

차베스는 일종의 도취감에서 헤어 나오지 못했다. 그는 자신이 성공했으며, 최악의 순간은 지났다고 믿었다. 결국 마지막에 가서 방심했던 것이다.

벨기에 기업인 해리 슈웨이의 해석이다.

방금 전에 카미유 엔캥을 보고 미소지으며 농담을 주고받던 여인이 "그건 좀 설득력이 없는 것 같은데요, 해리"라고 말한다. 말투를 보아 그의 정부인 듯하다.

저 여자 이름은 뭐죠?
마틸드. 마틸드 르 디레종.

친애하는 마틸드, 그건 당신의 상상력이 부족해서 그런 겁니다. 인류 역사상 최초로 알프스를 넘은 스물네 살의 청년은 아마 자신이 불사신이라고 생각했을 거예요. 온 세상이 자기 발 밑에 있다고 믿었을 거란 말이지.(벨기에 신사는 조금 웃어 보였다) 내 말을 믿어요. 성공을 이룬 순간이 사실 가장 위험한 순간입니다.

그가 불사신이 된 건 사실이잖아요. 엔캥 부인이 말한다. 이제 아이들이 학교에서 그에 대해 배우게 되겠죠.

화려한 의상만 아니라면 사람들은 아마 그녀를 학교 선생님으로 착각했을 것이다. 그녀의 외모나 분위기에서는 비록 한계가 있기는 하겠지만 독립적인 정신을 암시하는 어떤 모난 점이 느껴진다.

그건 앞으로 그가 어떤 또 다른 업적을 남기느냐에 달렸지. 그녀의 남편이 말한다.('업적' 이란 단어를 고른 엔캥 씨의 선택에는, 질투에서 비롯된 무의식적인 겸손함이 들어 있다) 이번 일은 정말 대단해. 나도 그걸 부정할 생각은 없지만, 앞으로 그보다 더 굉장한 일들이 많을 거잖아. 제 말이 틀리지 않죠? 그는 집주인을 쳐다보며 동의를 구하려는 듯 덧붙인다.

앞으로 십 년쯤 지나면 대서양을 건너는 사람도 나오겠죠. 집주인이 말한다.
지구를 일주하는 사람도 있을 거예요. 집주인의 부인이 기운 없는 목소리로 말한다.
달까지 날아가는 사람도 나올까요? 엔캥 부인이 묻는다.
엔캥 씨는 아이의 응석을 받아줄 때처럼 아내를 향해 웃으며 자랑스럽게 말한다. 제 아내가 좀 극단적입니다. 몽상가죠. 카미유는 그렇습니다.

G만큼이나 나도 그녀에게 관심이 있다. 그녀를 지금 보이는 모습 그대로 묘사해 보도록 하자. 그녀는 말랐다. 그녀의 뼈는 피부에 비해 너무 커 보이는데, 마치 자라 버린 몸에 맞지 않는 옛날 옷을 입은 어린이를 보고 있는 것 같은 느낌을 준다. 몸동작은 아주 조심스러운데, 자신의 몸집에 어울리지 않는 너무 작은 동작이라 혹시 과장된 행동을 하는 것처럼 보이지 않을까 주의를 기울이는 모습이다. 얼굴이 달아오른 것처럼 붉고, 양쪽 눈은 가는 털까지 모두 비춰 주는 맑은 물처럼 부드럽고 투명하다.

그녀는 G가 자신을 보고 있다는 것을 알아차린다. 대부분의 남자들은 알 수 없는 여인에게 이끌려 그녀를 응시할 때, 이미 그녀를 유혹하고 옷을 벗기는 과정까지 상상한다. 이미 특정한 자세로 특정한 표정을 짓는 그녀의 모습을 떠올리는 것이다. 남자들은 그때부터 벌써 꿈꾸기 시작한다. 따라서 여자가 그의 눈길을 알아차리고 노려볼 때면 남자들은 다음의 두 가지 중 한 가지 반응을 보인다. 어떤 남자들은 그녀의 시선에 개의치 않고 계속 그녀를 응시하는데, 이는 그녀의 실체도 그 남자들의 꿈을 방해하지는 않기 때문이다. 그렇지 않은 경우에 여자는 남자의 눈에 스치는 순간적인 망설임에서 부끄러움을 읽어낼 수 있는데, 그 망설임에 대해 그녀가 어떻게 반응하느냐에 따라 남자는 더욱 적극적으로 될 수도 있고, 소극적으로 될 수도 있다.

G는 부끄러움이나 무례함을 보이지 않은 채 계속 그녀를 응시한다. 그의 상상 속에서 그는 아직 그녀에게 손가락 하나 대지 않았다. 그의 목적은 자신의 모습을 있는 그대로 드러내는 것이다. 나머지는 그냥 따라올 것이다. 마치 그 자신이 발가벗고 그녀 앞에 서 있는 모습을 상상하는 것 같다. 그녀도 그 점을 알고 있다. 그녀는 자신을 바라보고 있는 이 남자가 아무것도 숨길 필요가 없다는 것을, 속임수를 쓰거나 위장할 필요가 없다는 것을 확신하고 있음을 알아차린다. 이런 무모함에는 어떤 반응을 보여야 하는 걸까? 이번에는 남자를 부추길지 아니면 물리칠지 하는 것이 문제가 아니다. 만약 눈을 내리깔거나 시선을 돌려 버리면 그녀가 그의 무모한 행동을 인정했음을 의미하게 될 터이다. 시선을 돌리는 것은 자신을 있는 그대로 드러내는 그를 받아들이는 행동이 될 것이다.(물론 그녀는 자신을 지키기는 하겠지만, 어쨌든 그의 무모한 행동을 기억하게 될 것이다) 그의 시선을 피하지 않고, 마치 아무것도 알아차리지 못했다는 듯이 그를 노려보는 것이 좀더 신중한 반응일 것이다. 그녀는 그렇게 한다. 하지만 서로를 바라보는 시간이 길어질수록, 그녀는 지금 그가 아무 거리낌 없이 그녀에게만 자신을 내보이고 있다는 것을 점점 더 많이 의식한다. 다른 사람들에게 둘러싸여 있지만, 그리고 몇 미터

떨어져 있는 그의 이름도 아직 모르지만, 그렇게 서로를 바라보는 것만으로도 두 사람은 최초의 은밀한 만남을 가지고 있는 셈이다.

오늘 아침 당신이 말해 준 그 말라르메의 놀라운 시구가 뭐였지? 엔캥 씨가 아내에게 묻는다.

춤추는 여인은 춤을 추고 있는 여인이 아니다. 왜냐하면 그녀는 결코 여인이 아니며, 춤을 추지도 않기 때문이다. 그녀는 천천히 또박또박 말한다.

벨기에 신사는 부드럽게 와인 잔을 흔든다.

아름답네요. 사실이기도 하고요. 백작부인이 말한다. 위대한 예술가는 더 이상 남성이나 여성이 아니겠죠. 위대한 예술가는 신이에요.

제 생각에 말라르메는 언어를 파괴하려고 했던 것 같습니다. 엔캥 씨가 말한다. 그는 단어가 가진 의미를 부정하고 싶었던 거죠. 제가 보기에 그런 시도는 아주 지루한 복수였던 것 같습니다.

복수라고요? 무슨 말씀인지 잘 모르겠는데요. 집주인은 그렇게 말하고 나서 호수에 비친 야자수 그림자를 바라보며, 발전기를 설치해 집과 정원에 조명을 좀 주는 게 좋겠다는 생각을 한다.

일반 대중에 대한 복수죠. 유명해지고 싶었던 자신을 알아주지 않았던 대중들이요.

아름다워요. 무희는 무희가 아니고, 가수도 가수가 아니라는 생각. 정말 맞는 말이잖아요. 가끔 저도 제 자신이 누군지 궁금할 때가 있거든요. 백작부인이 다시 말한다.

브뤼셀에 있는 제 지인들 중에는 그런 생각에 동의하지 않을 사람들도 한둘 있을 것 같은데요. 그 사람들은, 그러니까 말하자면, 춤추는 여인들을 직접 접해 본 적이 있거든요. 벨기에 신사의 그 말에 웃음을 터뜨리는 사람은 마틸드뿐이다. 벨기에 신사는 그녀를 향해 고개를 숙이며 형식적인 감사의 뜻을 전한다. (그는 권력을 행사한다. 그는 자신의 행동이나 말을 조금이라도 의심스럽게 만드는 것이 있으면 그 큰 엉덩이로 깔아뭉개 버린다.)

말라르메의 천재성을 인정하지 않으시는군요, 모리스. 집주인이 말한다. 그는 멋진 정원이 있는 자신의 집에서 시에 대해 이야기하고 싶어한다.

말라르메가 천재였을 수도 있고 아니었을 수도 있습니다. 제가 그런 걸 판단할 위치에 있지는 않겠죠. 하지만 그는 애매한 표현을 즐겼고, 저는 분명한 것을 좋아합니다. 기술자인 저에게는 거의 신념이라고 할 수 있죠. 헷갈려 하는 기계란 불가능하니까요.

말라르메는 천재였어요. 그는 영원히 기억될 겁니다. 시대를 너무 앞서 갔죠. 엔캥 부인이 말했다.

만약 우리가 천 년쯤 살 수 있다면, 모든 사람들이 어느 시점에선가 천재 소리를 들을 수 있겠죠. G가 말한다. 단순히 나이가 아주 많아서 그렇게 된다는 게 아니라, 우리의 재능이나 기질 중 어떤 것이, 그 자체로는 아무리 미미한 것이라 하더라도, 그렇게 오랫동안 살다 보면 어느 한 시점에서는 사람들이 천재의 표시로 여기는 것과 일치하게 될 테니까요.

선생님은 천재를 믿지 않으시는군요! 백작부인이 놀라며 말한다.

네, 그저 사람들이 만들어낸 거라고 생각합니다.

손님들 중 몇몇은 달빛을 받아 빛나는 정원을 구경하기 위해 테이블을 떠나 난간으로 간다. 그는 모서리 부분이 닳은 새하얀 조각상의 곡선을 본다. 조각상이 놓인 위치를 볼 때, 직선으로 놓인 보행로와 돌계단, 다각형의 분수와 함께 그 조각상도 정원의 기하학적 구조의 일부를 차지하는 것 같다. 호수를 가로지르며 늘어선 섬에서 깜빡이는 불빛을 제외하면 모든 것은 과거처럼 고요하다.

그런 역사적 침묵은 지속될 수 없다.

돌아선 G가 엔캉 씨에게 말을 건다. 저는 말라르메에 대해서는 거의 모릅니다. 시는 잘 읽지 않는 편이지만, 부인께서 친절하게 인용해 주신 말라르메의 그 구절이 정말 그렇게 애매하기만 한 걸까요? 말로 표현할 수 없지만 그럼에도 불구하고 정말 실감나는 경험들이 있겠지요. 엔캉 선생님, 예를 들어 선생님은 아내 목소리의 음색과 장단을 말로 설명하실 수 있으신지요? 그래도 어디서든 저처럼 부인의 음성을 분간할 수는 있겠죠, 그렇지 않습니까?

엔캉 부인은 자신을 콕 집어 언급한 이 낯선 젊은이에 대해 남편이 어떤 반응을 보일지 지켜본다.

여기 모인 사람들은 차베스의 알 수 없는 추락에 대해 이야기했습니다. G가 계속 말한다. 수백 명이 그 광경을 목격했지만, 아무도 자신이 본 것을 묘사할 수는 없죠. 왜일까요? 전혀 예상치 못했던 일이었기 때문입니다. 예상치 못했던 일은 종종 묘사할 수도 없으니까요.

그는 카미유를 돌아본다. 그는 앞으로 그녀를 카모마일로 불러야겠다고 마음먹는다.

말라르메는 춤을 추는 여인이 다른 것으로 변할 수 있다는 말을 하고 있는 겁니다. G가 말한다. 이전에 그녀를 지칭하던 단어는 더 이상 정확하지 않다는 것이지요. 어쩌면 다른 이름으로 불러야 할지도 모른다는 말입니다.

엔캉 씨는 젊은이와 자신의 아내 사이에 서 있다. 그는 나이에 비해 날씬한 편이지만 허벅지는 꽤 두껍다. 여자는 여자일 뿐이죠. 그가 바로 들어가는 출입문을 잡으며 말한다. 춤을 추든, 옷을 갈아입든,

손님들을 즐겁게 하든, 아이들을 돌보거나 우리를 행복하게 해주든 상관없이 말입니다. 그 점에 대해서는 우리 남자들이 감사해야겠죠.

우리 숙녀 분들께서 호수에서 올라오는 밤공기 때문에 추우시겠네요. 안으로 들어갑시다. 집주인이 말한다.

그들은 인력(引力)과 자성(磁性)에 대해 이야기한다. 둘 다 주어진 두 물체 사이에 작용하는 힘을 암시하는 개념이다. 하지만 이 두 개념으로는 물체들이 그 자체로 갑자기 변모하는 것처럼 보이는 이유에 대해서 설명할 수 없다. 그때 두 물체는 더 이상 주어진 물체가 아니다. 주어져 있다는 사실 자체가 그들을 변화시킨다.

그녀를 아주 다르게 보게 된다는 뜻이 아니다. 그녀라는 틀을 통해 다른 세상을 보게 된다는 의미다. 그녀의 코 생김새는 많이 달라지지 않는다. 외형만 놓고 보면 그녀는 그대로다. 하지만 변하지 않은 그녀의 외형 안에 있는 모든 것이 다르게 감지된다. 그녀는 하나의 섬이 된다. 해안선은 지도에 표시된 것과 일치하지만, 이제 당신이 그 섬에서, 그 섬의 환경에 둘러싸인 채 살아가게 되는 것과 같다. 그녀의 해안선에서 들려오는 바다 소리 ―당신이 지성적인 판단에만 의존하는 사람이 아니라면―, 오직 그것만이 당신으로 하여금 죽음에 맞설 수 있게 해준다.

멍든 자리에 와 닿는 모래는 차가운 비단처럼 느껴진다. 상처에 닿으면 불타는 듯 뜨겁고, 모래알 하나하나가 모두 그만큼의 고통을 더해 준다.

하지만 추상적인 비유를 통해 나는 나만이 지각하는 그녀의 모습으로부터 거리를 둔다.

손톱을 물어뜯은 흔적이 있는 그녀의 손가락 하나하나도, 나를 바라보는 그녀의 눈만큼이나 많은 말을 하고 있다. 나의 시선은 손가락 끝에서 시작해 두 마디를 지나 손가락과 손바닥이 이어진 곳까지 따라간다. 그녀의 손은 신기할 정도로 가늘고 힘이 없어 보인다. 대상으로서 그녀의 손은 마치 버려진 것처럼 보인다. 나는 그 손이 다르게 받아들여지는 상황을 상상하고, 미리 그려 본다. 그 손이 나를 쓰다듬어 줄 수도 있다. 그 손이 나의 등을 두드릴 수도 있다. 마치 젖꼭지가 다섯 개 달린 가슴이라도 되는 듯 내가 그 손을 빨아 볼 수도 있다. 하지만 그 어느 모습도 내게는 중요하지 않다. 우연히 그녀의 손이 나의 관심에 걸려들었을 뿐이다. 다른 부위라고 해도 마찬가지였을 것이다. 팔꿈치는 어떨까. 뼈가 살점 밖으로 툭 튀어나올 것만 같은 그녀의 팔꿈치는 유난히 하얗고 창백해 보인다. 그 팔꿈치가 어떤 다른 모습을 보여줄 수 있을까. 전혀 중요하지 않다. 나는 그녀의 손을 지각하는 방식으로 그 팔꿈치를 지각한다. 나는 팔꿈치에서도 손에서 보았던 것과 똑같은 약속을 보고, 그 팔꿈치는 역시 손과 똑같은 방식으로 약속을 실현한다. 나의 시선이 그녀의 부분부분을 꼼꼼하게 살피지만, 동시에 그 시선은 믿을 수 없을 만큼 빨리 움직인다. 각각의 부분에서 드러나는 새로운 증거들, 거기에서 보이는 그녀의 새로운 모습들이 전체로서의 그녀에 대한 나의 지각을 구성하고, 그 전체가 마치 심장처럼, 내 몸 속의 심장처럼 움직이고 박동하게 만든다.

그녀의 약속이란 무엇일까? 혹은, 미래에 그녀가 보여줄 사랑은 무엇일까? 아직 사랑이 실현된 것은 아니다. 내가 그녀와 사랑을 나누게 된다면, 그것은 이미 우리 두 사람 사이에서 벌어진 일을 완성하고, 그것에 마침표를 찍게 될 것이다. 무언가를 묘사하고 거기에 이름을 붙여 준다는 것은, 그것을 당신 자신으로부터 분리시킨다는 의미다. 어느 정도는, 성교라는 행위도 이미 일어난 일에, 그 일을 표현할 수 있는 유일한 언어를 통해 이름을 붙여 주는 것과 비슷하다.(섹스와 사랑을 분리하는 것은 아무 일도 일어나지 않았을 때에만 가능하다) 육체적인 사랑은 모두 앞서 가거나 회고적이다. 그것이 또한 모든 육체적인 사랑 행위가 가지는 각각의 고유한 중요성이다.

나의 시선이 거의 그녀에게 닿을 듯하지만, 그건 손이 닿는 방식과 똑같지는 않다. 내가 그녀에게 닿으면, 그녀의 살결, 그녀 몸의 표면에 손이 닿는 감각과 모순되는 어떤 감각이 전해진다. 내가 만지고 있는 그것이 또한 나를 감싸 안는 것 같은 느낌이 들곤 한다. 그 외피(작은 구멍이 있는, 그녀만의 독특한 부드러움과 따뜻함, 향기를 지닌 그 살결)가, 경험의 다른 차원에서는, 그 외피가 동시에 내피가 된다. 상징적인 차원에서의 이야기가 아니라, 감각 자체를 말하는 것이다. 그녀 바깥에서 그녀를 만지는 일이 내가 그녀 안에 있음을 깨우쳐 준다.

나는 그녀의 손가락이 마치 내가 사는 곳인 양, 마치 내가 손가락이라는 형식을 채우는 내용이라도 되는 양 쳐다본다. 나와 그녀의 결사(結社). 부조리다. 하지만 부조리란 무엇인가? 그것은 서로 다른 두 사고 체계 사이의 순간적인 불일치일 뿐이다. 나는 그녀의 손가락에 대해, 즉 다른 사람의 살과 뼈에 대해 이야기하면서 동시에 나의 상상에 대해 이야기한다. 하지만 나의 상상력은 나 자신의 몸과 분리할 수 없고, 그녀의 몸과도 분리할 수 없다.

그녀를 비추는 빛, 그녀를 가두는 조명은 도시와 태양을 가두는 빛이다. 그녀의 몸이 있다는 사실만이 온 세상의 사건이 되고, 그녀가 움직이는 공간은 우주가 된다. 내가 그녀 이외의 것을 전혀 신경 쓰지 않기 때문이 아니라, 그녀를 구성하는 것 모두를 위해 그녀가 아닌 것 모두를 버릴 준비가 되어 있기 때문이다.

그녀가 발을 딛는 모습, 그녀의 등, 조금 거슬리는 듯한 그녀의 목소리(그가 어디서든 알아들을 수 있다고 했던 바로 그 목소리), 내가 그녀에게서 보는 그 모든 특징들이 기적처럼 중요한 의미를 가진 것으로 보인다. 그녀가 줄 수 있는 것에는 끝이 없다. 그것은 무한하다. 내가 잘못 보는 게 아니다. 내 머릿속엔 오직 그녀에 대한 욕망뿐이다. 그녀와 관련된 모든 것들이 가진 가치, 그녀의 아주 작은 몸짓이 가진 의미, 그녀를 다른 모든 여인들과 다르게 만들어 주는 힘, 이 모든 것은 내가 그녀를 위해 바칠 수 있는 것이 무엇이냐에 따라, 우리 둘 사이에서 정해진다. 그것이 곧 세상이 되고, 그녀는 온 세상만큼의 가치를 가지게 된다. 그녀는, 적어도 그녀와 나 사이에서는, 그녀 바깥의 모든 것을 자신 안에 담고, 그 모든 것에는 나도 포함된다. 그녀는 나를 안고 닫힌다. 하지만 나는 자유로울 것이다, 내가 그곳에 들어가기로 선택했으므로. 나는 그녀를 위해 기꺼이 버릴 준비가 되어 있는 이 바깥 세상과 이곳에서의 삶을 선택하지 않을 것이다.

사랑해요, 카모마일. 당신을 얼마나 사랑하는지(Je t'aime, Camomille, comment je t'aime)! 그는 분명 그렇게 말하게 될 것이다.

손님들은 어둡고 무거워 보이는 가구들이 있는 거실로 갔다. 램프 불빛이 비치는 부분만 동그랗게 밝았는데, 왠지 정치인들이 테이블에 앉아 조약에 서명을 하는 장면이 어울릴 것 같은 분위기였다. 방의 배치를 볼 때, 아마도 밀라노의 정·재계 유명 인사들이 모여서 자신들의 계획을 방해받지 않고 처리하는 장소로 주로 쓰이는 모양이었다. 방은 안락하면서도 산만하지 않았다. 의회 건물에 있는 장관 전용의 개인 접견실 같은 남자들의 방이었다. 정원에서 놀고 있던 홍학에 비견할 만한 것은 그 방에서(지금 맨팔을 드러낸 여성만 제외하면) 전혀 찾아볼 수 없었다. 손님들이 졸리티의 초상화 아래 두꺼운 이중문을 지나 엄숙하지만 편안함이 느껴지는 이 방에 들어설 때, 그는 엔캥 부인이 마틸드 르 디레종과 대화를 나누는 것을 지켜봤다. 두 여인의 관계에서 그를 자극하는 무언가가 느껴졌다. 두 사람 사이에는 노골적인 공모의 분위기, 종종 두 자매가 어른이 되고 부모님이 돌아가신 후까지 간직하기도 하는 그런 공모의 분위기가 있었다.

복도에서 엔캥 부인은 태양 모양의 커다란 거울 앞을 지났다. 거울을 보던 그녀는 어깨 위에 걸친 소매 없는 외투와 이마 위로 내린 앞머리가 그에게 어떻게 보일지 상상했다. 그녀는 그의 시선을 통해 즐거워하는 자신의 모습을 발견했다.

방에 들어온 그녀는 그와 자신의 남편을 비교해 보았다. 둘은 상대가 되지 않았다. 엔캥 씨가 더 강하고 더 권위적이었다. 그는 아버지 같았다. 두 아이와 함께 집에 있을 때는 그녀도 종종 남편을 '아빠'라고 칭하곤 했다. 그는 세상을 이해하고 있는 사람이었다. 자신의 아내를 그렇게 조심스럽게 대하는 것—심지어 그런 면까지도—도 그가 세상을 얼마나 잘 이해하고 있는지를 보여주는 예라고 할 수 있다. 한편 불어 실력이 형편없는 이 낯선 남자는 시를 읽지도 않으면서 말라르메를 설명할 수 있었다. 사실 그녀가 말라르메의 시를 그토록 좋아하는 것은, 그의 시는 설명할 수 없기 때문이었다. 낯선 남자는 경솔하고 부주의했다. 하지만 두 사람이 그렇게 비교 대상이 되지 않았기 때문에 그녀는 그에게 미소를 지어 보일 수 있었다. 조심스럽게, 자신만의 방식으로 거리를 두며, 그리고 자신의 유치한 행동이 어떤 결과를 가져오든 자신을 구해 줄 남편에게 의지하며, 그녀는 그날 저녁만큼은 기꺼이 이 미국 비행사의 친구와 장난을 쳐 보고 싶었다. 그녀는 아무 관계도 없는 그들 둘 사이에 어떤 관계가 있다고 가정하고 행동해 보고 싶었다.

그녀는 그에게 차베스에 대해 물었다. 그는 직접 만난 적은 한두 번밖에 없지만, 당시 차베스는 예민한 상태였고, 어쩌면 절박한 심정이었던 것 같기도 했다고 대답했다. 그의 대답은 엔캥 부인뿐 아니라 엔캥 씨를 향한 것이기도 했다. 그는 마치 그녀가 좀 전에 했던 비교와 그 결과까지 모두 알고 있는 듯한 태도를 보였다. 그녀를 자기편으로 끌어들이는 데 성공한 그는, 이제 자신과 그녀가 둘 다 그녀의 남편, 즉 소유주에게 함께 집중하고 있다는 사실이 만족스러웠다.

그들이 앉아 있는 곳 근처의 낮은 테이블 위에는 은색 회전대에 올려놓은 유리로 만든 커다란 장밋빛 백조상이 있었다. 예술작품이나 장난감이라기보다는, 그저 부를 상징하는 장식물에 불과했다. 엔캥 부인은 그를 똑바로 쳐다보며, 손을 백조의 목에 갖다 댄 채 말라르메의 유명한 시구를 중얼거렸다.

지난날의 백조는 회상한다, 모습은 장려하나
희망도 없이 스스로를 해방하는 제 신세를…
Un cygne d'autrefois se souvient que c'est lui
Magnifique mais qui sans espoir se délivre…

유리백조의 강렬한 장밋빛에 비친 그녀의 손이 반투명한 우윳빛으로 보였다.

그것뿐인가? 엔캥 씨가 계속 하라는 투로 아내에게 물었다. 그는 아내가 미국 비행사의 친구에게 관심을 보인다는 것도 알고, 본인은 말라르메를 싫어하기도 했지만, 자신은 그런 것에 개의치 않음을 보여주고 싶었다.

전체 시는 이렇게 돼요. 이해하려고 하지는 말고, 그냥 소리에만 집중해 주세요. 그녀가 말했다.

사 행짜리 연과 그 다음 연까지 읽는 동안 그녀의 목소리는 향수를 담은 목소리에서 일종의 갈망을 담은 목소리로 바뀌었다. 시는 놓쳐버린 기회에 관한 작품이었지만, 지금 그녀는 그 시를 크게 읽으면서 자신에게 주어진 기회를 잡으려 하고 있다. 그 시구를 암송하면서 그녀는 자신의 목소리가 자신에게서 벗어나 존재하는 모든 것을, 남편의 보호 안에 있지만 그가 관여할 수 없는 것들을 표현해 주기를 바랐다. 그녀는 한 그루의 나무와 같았다. 남편의 정원에서 자라지만 그 나뭇잎은 지나가는 바람에 흔들리는 그런 나무.

그녀가 말하는 동안 엔캥 씨는 의자에 등을 기대고 앉아 화환 무늬가 그려진 천장을 보며 미소지었다. 아내는 그런 영적인 면 때문에 말이 없고, 남편인 자신에게까지 지나치게 얌전을 떨기는 하지만, 그 덕분에 좋은 어머니가 될 수 있는 거라고 생각하며 그는 뿌듯함을 느꼈다. 두툼한 허벅지와 뱃살 때문에 옷이 당겨져 주름이 잡혔다. 그는 아내에게 열정은 없지만, 한편으로는 그렇기 때문에 항상 순수한 것이라고 결론지었다.

G는 그녀에게서 시선을 돌렸다.

정말 시인처럼 암송하시는군요. 집주인은 그렇게 말하고 나서 시의 마지막 두 행이 좀더 시적으로 들리도록 이탈리아어로 번역해서 다시 한번 읊었다.

백작부인은 얼른 주변 사람들과 다시 수다를 떨었다.

G는 몸을 숙여 유리로 된 백조를 힘껏 밀어 붙이며 은색 회전대를 돌렸다. 그러자 유리는 백조가 아니라 주둥이가 긴 로제 와인 병처럼 보였다.

백조가 술이 취했네요. 그가 말했다.

G는 엔캥 씨를 돌아보며 말을 이었다. 제가 완전히 이해하지는 못하지만 그럼에도 불구하고 굳게 믿고 있는 것들이 있는데요. 선생님, 어쩌면 선생님께서 설명해 주실 수 있을지도 모르겠습니다.

말씀해 보세요. 최선을 다해 보겠습니다.
장터에 직접 가 보신 적은 많지 않으시죠?
무역 전시회 말입니까?
아니요. 그냥 길거리 장터요. 간이 사격장이나 이동식 극장, 유랑극단이나 회전목마 같은 놀이기구가 있는 그런 곳 말입니다.
멀리서 본 적은 있습니다만.
저는 그런 장터에 아예 붙어 살거든요. 정말 멋지더라고요.
그게 왜 그렇게 멋지게 보였을까요? 엔캥 부인이 끼어들었다.
어른들을 위한 놀이로 가득하니까요. 사실 어른들이 놀이를 즐기는 모습을 볼 수 있는 곳은 거의 없거든요.

단순한 사람들이죠. 엔캥 씨가 말했다. 그런 장터에 자주 들락거리는 사람들은 수준이 낮은 사람들입니다.

맞습니다, 엔캥 선생님. 한번만 가 보시고도 그걸 이해하셨군요. 이제 제 질문은 이겁니다. 회전목마 같은 것을 타고 허공을 돌다 보면요, 선생님, 일시적으로나마 뇌에 어떤 영향을 주지 않을까요? 순전히 생리적인 이유로 말입니다.

어지럽기는 하겠죠….

단순히 어지러움을 느끼는 정도가 아니라, 사람의 성격 자체가 일시적으로 바뀔 수도 있지 않을까요?

선생이 생각하고 있는 걸 말씀해 보세요. 엔캥 씨가 말했다.

그런 장터에는 좀 특별한 회전목마도 있습니다. 회전목마와 그네를 합쳐 놓은 것 같은 건데, 의자가 쇠줄에 매달려 있고 그게 돌기 시작하면….

원심력이 작용해서 사람들이 밖으로 밀려나겠죠. 선생이 말씀하신 그 물건도 본 적이 있습니다. '프티트 셰즈(les petites chaises, 불어로 '작은 의자'라는 뜻—옮긴이)'라고 하죠. 엔캥 씨가 말했다.

맞습니다. 그런 상태에서 —어느 정도는— 어느 방향으로 얼마나 흔들릴지는 타고 있는 사람이 조절할 수 있죠. 몸을 얼마나 젖히는지, 다리는 얼마나 들고 어깨는 어떻게 움직이는지, 양쪽 팔을 의자에 얼마나 붙이는지에 따라 달라집니다. 여자아이들이 보통 그네를 탈 때와 크게 다르지 않죠.

무슨 말인지 알겠어요. 엔캥 부인이 말했다.

회전목마가 돌자마자 사람들은 앞이나 뒤에 앉은 사람들에게 최대한 가까이 다가가 손을 잡고 함께 움직이려고 애를 쓰죠. 손을 잡은 채 상대방의 쇠줄과 함께 한 쌍으로 흔들리는 놀이를 하는 겁니다.

사실 굉장히 어려운 일이거든요. 겨우 손가락 끝만 닿고 말 때가 많죠.

원래 그 정도 간격을 두고 좌석을 배치한 겁니다. 서로 닿지 않게 말입니다. 그렇게 하지 않으면 위험하니까요. 엔캥 씨가 말했다.

바로 그겁니다. 하지만 일단 회전목마에 오른 사람은 누구나 다른 사람이 되어 버립니다. 회전목마가 돌고 허공에 떠오르는 순간, 얼굴 표정이 달라지죠. 지상에서 벗어난 그들은 고개를 뒤로 젖힌 채 하늘을 향해 두 발을 뻗습니다. 제 생각엔 그들의 귀에는 회전목마의 음악도 들리지 않을 것 같아요. 모두들 앞에 있는 쇠줄을 잡으려고 하죠. 회전목마가 속도를 내고 그들이 더 자유로워지면서, 그렇게 올라갔다 내려갔다, 서로 붙었다 떨어졌다 하는 동안, 그들은 즐거운 비명을 지릅니다. 서로를 붙잡는 데 성공한 쌍은 나머지 사람들보다 더 멀리 그리고 더 높게 납니다. 저는 그런 광경을 꽤 자주 봤는데, 단 한 명도 예외 없이 모두 그런 변화를 보이더군요. 수줍음을 타던 사람이 용감해지고, 겁쟁이는 우아한 모습을 보이죠. 하지만 회전목마가 멈추면 모두들 원래 자신의 모습으로 되돌아옵니다. 발이 땅에 닿자마자, 다시 의심 많고 폐쇄적이고 한 발 물러선 그 표정으로 되돌아오더라고요. 사람들이 회전목마에서 내려 걸어 나오는 모습을 보면, 바로 그들이 얼마 전까지 허공에서 자유를 만끽하던 사람들이었다는 걸 믿을 수가 없습니다.

엔캥 부인은 조금 전에 G가 했던 것처럼 백조상을 돌려 보았다.

제가 선생님께 여쭤 보고 싶은 것은 이것입니다. 엔캥 선생님. 사람들의 그런 변화가 원심력 때문에 생긴 중력의 변화로 설명될 수 있을까요? 그런 일이 가능할까요?

그것보다는, 그런 장터에 가는 사람들의 낮은 지적 능력 때문이 아닐까요? 대부분은 어린아이보다 조금 나은 정신 상태를 가진 사람들이니까요.

우리 같은 사람들에게는 그런 일이 벌어지지 않을 거라고 생각하십니까?

그런 일은 없을 것 같은데요.

하늘을 나는 것은 항상 인간의 꿈이었잖아요. 그게 그렇게 유치한 생각일까요? 엔캥 부인이 물었다.

여보, 당신은 모든 일을 당연한 것으로 생각하는 게 문제야. 장터의 회전목마 같은 놀이기구는 비행과 아무 상관이 없는 거란 말이야. 웨이만 선생님께 한번 물어 봐.

대화의 주제가 바뀌었다. 누군가 졸리티의 초상화에 대한 말을 꺼냈고, 집주인은 웃으며 아마 화가가 졸리티와 정치적 견해를 달리하는 사람이었던 것 같다고 했다. 졸리티의 정적들이 그를 뭐라고 불렀는지 아십니까? '볼로냐 소시지'라고 했답니다. 반은 똥창이고 반은 돼지라서요.

선생님은 졸리티를 존경하고 계신 줄 알았는데요. 벨기에 신사가 말했다.

볼로냐에선 애완동물에게 돼지라는 이름을 붙여 주기도 해요. 마틸드 르 디레종이 말했다.

네, 저는 그분을 존경합니다. 주인이 말했다. 현대 이탈리아를 세우신 분이죠. 여기, 그러니까 바로 이 방에 오신 적도 몇 번 있습니다. 그때 저기 있는 자기 초상화에 대해서 이런저런 이야기를 하셨는데, 그림을 그린 화가가 볼로냐 출신이라고 하시더군요! 그런 면 때문에 위대한 분이라는 겁니다. 개인의 사적인 감정이란 것이 얼마나 하찮은 것인지 알고 계셨던 거죠. 중요한 건 조직입니다. 조직력과 설득력이죠.

다시 대화는 정치 이야기로 넘어갔고, 독일의 정치 상황, 특히 베를린에서 끊이지 않는 시위에 대한 이야기로 이어졌다. 엔캥 씨는 유럽의 어느 한 나라에서 혁명이 일어나면 주변 국가로 빠르게 퍼져 나갈 것 같아 두렵다고 했다. 엔캥 씨는 항상 대단한 확신과 갑작스러운 두려움 사이를 오가는 사람이었다.

집주인은 확신에 찬 듯 고개를 가로저었다. 유럽에선 아무 혁명도 일어나지 않을 겁니다. 위험한 순간은 지났어요. 이유는 간단합니다. 노동계급의 지도자는 권력을 원하지 않거든요. 그들은 그저 상황이 개선되기를 바랄 뿐입니다. 그 사람들도 거래하는 법을 익힌 거죠. 이제 그들도 정말 원하는 것보다 조금 더 많은 것을 요구하는 척합니다. 가끔씩 사회주의라는 단어도 입에 올리고 그러는데, 그 말이 나오면 협상을 잠시 중단하자는 뜻이라고 보면 됩니다. 물론 다시 협상할 의지도 있다는 거죠. 사람들을 제대로 가르치기만 하면, 그리고 현대 과학의 이점들을 적절히 활용하고 전제군주제 대신 공화정에 의존한다면, 현재의 사회질서를 폭력적으로 뒤엎을 이유가 전혀 없습니다.

자리에서 일어난 주인이 엔캥 씨에게 다가와 그의 어깨에 양손을 올렸다. 선생은 현 상황에 대해 회의적이시군요. 저랑 같이 갑시다. 제가 최근에 로마에서 찍은 투라티(Filippo Turati, 이탈리아 사회당의 출범에 결정적인 역할을 한 사회주의 지도자—옮긴이)와 사회주의 대표단의 사진을 보여드리죠. 아주 재미있는 사진입니다. 그걸 보시면 안심이 되실 겁니다.

엔캥 씨가 자리에서 일어났다. 엔캥 부인이 무슨 말을 하려고 했지만 이내 누군가 끼어들었다.

당신은 정말 아름다우십니다. 당신 눈은 모든 말을 하고 있고, 당신의 목소리는 뜸부기 울음소리 같아요.
그녀는 웃음을 터뜨렸다. 뜸부기요? 칭찬인가요?
사랑합니다. 정말 사랑합니다. 내일 꼭 좀 만났으면 합니다.

천구백십년 한 해 동안, 오십만 명이 넘는 이탈리아인들이 일자리를 찾기 위해 혹은 굶주림에서 벗어나기 위해 외국으로 떠났다. 그 점에서는 결코 예외가 없었다.

호감의 본질

카미유에 대해 글을 쓰는 나는 그녀에게 충분히 가까이 다가갈 수 없다.

연필과 종이 사이에서
나를 끌어당기는 이는 누구입니까?

언젠가 나는 이 호감의 정체를 알게 되겠지만
판단을 내리는 그녀는
지금 기대에 차 자신을 드러내는
그녀와는 이미 다른 여인일 것입니다.

나는 지금의 나 그대로입니다.

당신이 보는 그 모습이 바로 나의 모습입니다.

○

브리그와 마찬가지로 도모도솔라에도 기자들과 비행광들로 북적거
렸다. 도모도솔라는 자갈을 깐 좁은 도로밖에 없는 작은 마을이었
고, 건물 지붕은 곤도 협곡의 바위색을 닮은 검붉고 불규칙적인 모
양의 돌기와로 덮여 있었다. 하늘에서 보면 지붕 밖으로 삐져나온
처마가 좁은 거리를 가렸기 때문에, 전체 마을은 여기저기 흩어진
이판암 조각들처럼, 혹은 산사태가 지나간 자리처럼 보였다.

시장은 메르카토 광장에 커다란 칠판을 갖다 놓으라는 지시를 내렸
다. 그 위에 차베스의 비행 소식을 다룬 최신 기사들이 흰색 분필로
적혀 있었다.

일요일 아침, 광장에는 장이 열리고 거리마다 사람들이 넘쳐났다.
밤새 갑자기 날씨가 추워지는 바람에, 전날 저녁 이십 킬로미터 떨
어진 마조레 호수 옆 저택에서 야외 테이블에 앉아 식사를 했다는
것이 믿어지지 않았다. 병원을 향해 천천히 발걸음을 옮기던 그는,
저 앞에서 걸어오는 카미유를 발견하고도 전혀 놀라지 않았다.

247

그녀는 옅은 라일락빛이 도는 회색 치마를 입고 있었는데, 그 디자인이나 색깔 덕분에 지난밤 드레스를 입었을 때보다 더 활기차 보였다. 그녀의 발걸음은 가볍고 당당했다. 머리에는 꽃장식이 달린 창이 좁은 모자를 앞으로 조금 기울여 쓰고 있었고, 모자 아래로 갈색 머리칼을 말아 올렸다. 그는 이른 아침에 이런 시골 마을로 외출하면서 그렇게 우아하게 꾸미고 나온 그녀를 보며, 그녀가 지난밤 거의 잠을 자지 않았거나 뒤척였음을 알아차렸다.

머리칼에서 느껴지는 온기는 날씨에 상관없이 사람마다 다르다. 항상 차갑게 느껴지는 머리칼이 있는가 하면, 아무리 날씨가 추워도 그 자체로 열을 내뿜는 것 같은 머리칼도 있다. 이렇게 차가운 날씨에도, 불과 몇 미터 떨어져 있는 자신의 존재를 전혀 의식하지 않고 있는 카미유의 머리칼은 대단히 따뜻할 것임을 그는 알 수 있었다.

그녀는 장갑과 모피 제품을 파는 상점 앞에서 걸음을 멈추고 가게 안을 들여다보았다. 그가 뒤에서 그녀의 팔을 거칠게 잡았다. 그녀는 작게 소리치며 주먹을 쥔 채 돌아보았다. 하지만 자신의 팔을 움켜쥔 사람이 낯선 사람이 아니라 그라는 것을 알았을 때, 그녀는 얼굴에 스치는 안도의 빛을 숨길 수 없었다. 그녀는 계속 인상을 찌푸리고 있었지만 입가를 따라 엷은 미소가 떠올랐다.

그는 남편의 안부를 묻고, 오후에 날씨가 괜찮으면 산타 마리아 마조레까지 가는 자동차 여행에 그를 초대하고 싶다고 했다. 카미유 본인은 물론 슈웨이 씨와 르 디레종 부인도 함께 와 달라고 했다.

그녀는 밤새 그의 갑작스러운 사랑 고백에 대해 생각했다. 왜 그에게 등을 돌리지 않았을까? 왜 따지고 들지 않았을까? 그녀는 너무 놀랐기 때문이라고 스스로에게 말했다. 하지만 이미 그런 암시를 받지 않았던가. 결국 그가 자신의 관심을 노골적으로 드러내게끔 그녀가 의식적으로 자극한 것이나 다름없었다. 하지만 그녀가 전혀 예상할 수 없었던 것, 그리고 지금까지 정확히 파악할 수 없는 것은, 그가 자신의 관심을 드러낸 방식이었다. 그렇게 갑자기, 그건 분명 의식적인 행동이었을 텐데, 그는 마치 온 방에 그와 그녀 둘밖에 없다는 듯이 말했다. 그는 마치 하늘에서 떨어지거나 땅에서 솟아난 사람이라도 되는 듯, 그들 둘을 둘러싼 다른 사람들을 거치지 않고 곧장 그녀 옆으로 다가온 것만 같았다. 그녀가 따지고 들지 않았던 것은 따질 사람이 없는 것처럼 보였기 때문이었다. 아무도 그를 보지 못하는 것 같았다. 그녀가 소동을 피운다고 해도, 그건 이미 지나가 버린 일에 대한 뒤늦은 수습이 될 것이었다. 전날 밤 어느 순간, 그가 침실 창문 옆에 서 있는 것만 같은 확신이 들었을 때도 그녀는 똑같은 이유로 소리를 지르지 않았다.

그녀는 파리에서 오는 기차 안에서 장갑을 잃어버렸다고 말했다. 그는 함께 상점에 들어가도 되겠냐고 물었다. 그녀는 망설였다. 그는 마을에 다른 상점이 없으니 함께 들어가 통역을 해주겠다고 했다.

아침이 되니 그녀에게도 전날 저녁에 있었던 일이 다르게 보였다. 이미 벌어진 일은 (신비스럽기는 했지만) 어쩔 수 없겠지만, 그래도 평소 그녀의 삶이 가진 질서와 일상성 때문에 심각한 결과로 이어지지는 않았다. 그녀는 남편과 함께 도모도솔라에 머물고 있고, 사오 일 후에는 아이들이 있는 파리로 돌아갈 것이다. 이 남자(지금 가게에 함께 들어와 긴 흰색 장갑이 있으면 좋겠다는 그녀의 말을 듣고 있는 남자)는 저녁 파티에서 한 순간을 이용했을 뿐이고, 그런 일은 다시 일어나지 않을 것이다. 사고는 일어나기도 전에 끝나고 말았다.

상점의 여주인은 차베스의 영웅적 행위에 대해 길게 이야기했다. 그는 그 이야기도 카미유에게 통역해 주었다. 제오 차베스는 산을 넘었잖아요. 정복자 말예요. 지금 병원에서 힘들다고 하는데, 계산대에 있는 저 여자는 기꺼이 밤을 새며 그를 간호하고, 그의 말이라면 노예처럼 따를 거라고 하네요. 마치 제오의 엄마라도 되는 것처럼 말하는데, 대단히 아쉽지만 본인은 아들이 없답니다. 딸 하나는 밀라노에서 일하고 있고, 다른 하나는 상점에서 자기를 돕고 있다고 하네요.

카미유가 껴 보고 싶었던 장갑은 아주 얇은 흰색 가죽으로 만든 꽉 끼는 장갑이었다. 차베스가 자신이 살고 있는 마을에서 건강을 회복하고 있다는 사실이 자랑스럽기만 한 여주인은 장갑을 꺼내서 계산대 너머의 카미유에게 건네 주기 전에 입으로 바람을 불어 부풀렸다. 여인은 그래도 손이 들어가지 않으면 활석(滑石) 가루를 좀 뿌려 주겠다고 했다.

기억이 하나의 경험을 다른 경험과 연결지을 때, 그 두 경험 사이의 연관성은 다양할 수 있다. 대조에 의한 연결이 있을 수 있고, 유사성 때문에 연결될 수도 있으며, 감각적 은유나 논리적 인과관계 등 다양한 이유로 연관성은 생길 수 있다. 때론 두 경험이 각각 서로에 대해 새로운 해석을 덧붙여 주는 경우도 있는데, 그런 경우 연관은 다양한 형태로 복잡하게 드러난다. 그때 하나의 경험이 다른 경험에 대해 내리는 해석은, 비록 아주 정교한 해석이라고 해도, 음악의 화음처럼 말로는 설명하기 어렵다. 이탈리아인 상점 주인이 장갑에 입김을 불어넣는 모습을 보고 있자니, 그의 마지막 가정교사였던 미스 헬렌의 옷에서 느꼈던 알 수 없는 따뜻함에 대한 기억이 떠오르면서, 그 기억에 새로운 해석을 내려 주었다. 마찬가지로 그 기억 역시 지금의 경험에 어떤 해석을 내려 주었지만, 그런 해석들을 글로 표현할 수는 없다.

이탈리아인 여주인은 두번째 장갑도 부풀린 다음 카미유에게 넘겨주었다. 그녀가 입김을 불어넣자 장갑은 손 모양이 되었고, 그 모습이 갑자기 카미유를 두렵게 만들었다. 장갑은 마치 뼈가 없어 축 늘어진 손 혹은 의지가 없는 손처럼, 희뿌연 배를 드러낸 채 허공에 떠있는 죽은 생선처럼 보였다. 그런 건 그녀가 원했던 손이 아니었다. 그것은 스스로 주먹을 쥘 수 없는 손, 애무를 할 때도 아무런 쓸모가 없는, 애무는 할 수 없고 속임수를 쓸 때나 적절할 손이었다. 순간 그녀는 지금 그가 자신에게 주려고 하는 것이 무엇인지 알았다. 그는 그녀가 되고 싶어하는 어떤 모습이 될 수 있는 가능성을 주고 있었다. 그는 매일 아침과 오후를 말라르메의 시처럼 직접 살아 보자고 그녀에게 권하고 있었다. 하지만 그녀는 그 제안을 알아본 자신의 모습을 무시하면서 그런 생각까지 머릿속에서 지워 버렸다. 그녀는 안전한 상태로 남기 위해서는 비현실적인 것을 멀리해야 한다고 스스로에게 말했다.

장갑은 그녀의 손에 꼭 맞았다. 작고 마른 그녀의 손가락 관절을 가로지르는 가죽이 너무 꽉 끼어 마치 물에 젖은 것처럼 빛났다.
한 손으로 다른 손을 잡아 보세요. 그가 말했다.
그녀는 그가 시키는 대로 했다.
보세요. 오른손으로 왼손을 잡으셨죠.
그게 이상한가요? 그녀가 물었다.
아니요. 당신은 자부심이 강한 사람이라는 뜻이죠. 자기 운명을 직접 헤쳐 나가는 분이시군요.
그녀는 웃음을 터뜨렸다. 그가 자기를 제대로 알아보았음을 다시 한번 확인했다. 네, 만족하며 지내고 있어요.

노예로 지내면서도 만족할 수 있죠. 만족감은 그런 것과는 아무 상관이 없으니까요. 근데 왜 '만족'이라는 말을 하신 거죠?

그녀는 대답하지 않는 것이 최선이라고 생각했다. 그래도 놀라는 일은 자주 있어요. 오늘 거리에서처럼요.

놀랐다고요? 처음에는 명예를 지키려는 여장부같이 화난 것처럼 보이더니, 저라는 걸 알아보시고 나서는 확신에 찬 표정으로 환영해주시더군요.

카미유는 화가 난 듯 장갑을 벗어서 계산대에 내려놓고는 문을 향해 돌아섰다. 그는 상점 주인에게 가격이 얼마냐고 물었다.

필요 없어요. 카미유가 말했다.

저분께서 계산하셨어요. 상점 주인이 장갑을 곱게 접어서 자주색 종이로 싸며 말했다. 카미유는 문 앞에 가만히 서 있었다. 뒤에서 그가 양손으로 그녀의 팔꿈치를 잡았다.

(그 팔꿈치가 어떤 다른 모습을 보여줄 수 있을까? 전혀 중요하지 않다. 나는 그녀의 손을 지각하는 방식으로 그 팔꿈치를 지각한다. 나는 팔꿈치에서도 손에서 보았던 것과 똑같은 약속을 보고, 그 팔꿈치는 역시 손과 똑같은 방식으로 약속을 실현한다. 그녀의 팔꿈치가 그의 손안에 있다.)

절 믿으세요. 그가 말했다. 당신이 오른손으로 왼손을 잡는다는 건 아무도 모를 겁니다. 그런 걸로 당신의 품위가 깎이는 일은 없을 거예요.

그 장갑 필요 없어요. 그녀가 말했다.

이 장갑도 마찬가집니다. 그가 말했다. 제가 없었으면 그냥 사셨을 거잖아요. 단지 오늘 아침 우아한 모습을 보여주신 것에 대해 제가 소박한 감사의 마음으로 드리는 겁니다, 엔캥 부인.

갑자기 그가 격식을 갖춰 말하는 바람에 그녀는 혼란스러웠다. 일부

러 어색하게 말하는 건지 아니면 불어가 미숙해서 그러는 건지 알
수 없었다. 하지만 어느 경우든, 그녀가 화를 낸 것이 신중하지 못한
행동이었음을 보여주는 어투였다.

말싸움하기에는 너무 이른 시간이네요. 그는 그녀에게 장갑을 건네
며 고개 숙여 인사했다.

그녀는 장갑을 받았다.

사랑합니다, 카미유. 그가 상점 문을 열어 주며 말했다.

○

병원은 도심 한가운데에 있었다. 노란색의 사각형 건물은 십구세기
초반의 전형적인 정원 딸린 저택처럼 보였다. 대문 옆에는 동백나무
가 줄지어 있고 현관 옆의 탁자에는 방명록이 펼쳐진 채 놓여 있었
다. 부상당한 비행사를 방해하고 싶지 않은 방문객들은 그 방명록에
쾌유를 비는 인사말이나 감사의 말을 적었다. 하지만 어떤 사람들은
그 방명록을 불길한 것으로 여기기도 했는데, 사실 지중해 근방의
몇몇 지역에서는 사람이 죽었을 때 현관 옆에 방명록을 놓아 두는
관습이 있었다. 이웃 사람들이나 지인들이 그 방명록에 고인을 추모
하는 뜻으로 이름을 남기는 것이다.

웨이만은 층계 앞에서 그를 기다리고 있었다.

곤도 협곡을 지난 다음부터는 아무것도 기억나지 않는다고 하는군.
웨이만이 속삭였다.

보시기엔 어때요?

아주 불안해 하고 산만해.

의사들은 뭐래요?

부상이 심각하지는 않다더군. 뇌진탕은 아니고. 완쾌될 수 있을 거
래.

253

그것 말고는?

그것 말고 뭐?

그것 말고 뭐 있을 것 같은데요.

너무 예민해져 있어. 웨이만이 말했다.

두 사람이 들어갔을 때 방에는 이미 대여섯 명의 손님들이 있었는데, 크리스티앙과 차베스의 절친한 친구 뒤레이도 보였다. 침대 맞은편 벽에는 전 세계에서 쇄도한 전보들이 온 벽을 가득 채울 만큼 붙어 있었다.

병상에 누운 환자에게 그 벽은 자신이 이룬 업적에 대한 세상 사람들의 반응을 보여주는 투명한 창처럼 느껴질 거라고 생각할 수도 있다. 하지만 사실은 그렇지 않다. 벽은 그저 의미 없는 사각형 쪽지들이 어지럽게 붙어 있는 벽일 뿐이다. 그 중 몇 개는 문이 열릴 때마다 가볍게 흔들렸다. 차베스의 체온은 정상보다 약간 높을 뿐, 정신은 멀쩡했다. 그의 상상은, 그가 "지금 갈 거야"라고 말한 후에 일어난 일들을 이젠 되돌릴 수 없다는 사실 주변에서만 맴돌았다. 그가 머리를 돌리거나 시선을 옮길 때마다 그 불가역성이 바위산처럼 그의 앞에 버티고 있었다. 아무리 높이 올라가도, 서쪽으로 비행기를 몰아 대는 거센 바람을 아무리 씩씩하게 뚫고 지나가도, 바위산은 여전히 거기, 그의 눈앞에, 부풀어 오른 입술 위에 버티고 있었다. 아무리 다르게 생각해 보려 해도 사건들의 위치는 절대 바뀌지 않았다. 그렇게 혼자만의 상상을 반복하는 동안, 병실 안의 모습이나 말소리는 벽에 붙어 있는 보이지도 않는 전보처럼 멀게만 느껴졌다.

사람들이 그를 발견했을 때 그는 비행기 잔해 사이에 묻혀 땅에 얼굴을 처박고 있었다. 그는 의식을 잃지 않았다.

G는 차베스와 악수하며 축하의 말을 전했다. 그는 신비감을 지닌 남

자를 만나는 일에는 익숙하지 않았다. 신비감이란, 적어도 그에게는, 전적으로 여성들에게만 해당되는 특징이었다. 남자들에게 질문할 때면 그는 대답이 제한되어 있는 질문들만 던졌다. 마치 시간을 물을 때─시계를 보면 누구나 알 수 있는 그런 질문─와 비슷했다. 그는 의심에 가득 찬 차베스의 짙은 눈과, 멍이 들지 않았을 때에도 어색할 정도로 두툼하게 굴곡이 져 있던 입술, 그리고 손등을 유심히 살폈다. 그는 예상치 않게 도모도솔라의 정원 딸린 병원에 누워 있을 수밖에 없게 된 젊은이의 자그마한 몸집을 살폈다. 그 몸도 그의 다리를 싸고 있는 보기 흉한 석고 덩어리만큼이나 어색하고 두꺼운 껍데기에 불과한 것처럼 보였다. 여자의 가슴에 손을 얹었을 때와 같은 신비한 느낌이 들었다. 손에 잡히는 대상 아래에 도저히 손으로 잡을 수 없을 것 같고 보이지도 않는 거대한 무엇이 도사리고 있었다. 의사가 그의 다리에서 석고를 떼어내고 그의 살을 가르고 그 속에 든 조직들을 다 꺼내서 보여주어도, 그 신비감은 사라지지 않을 것이다. 그 신비감은 지금 차베스가 자신만의 경험을 겪은 후 만들어낸 세계, 그가 살아 있는 한 앞으로도 계속 벗어나지 않을 그 세계(그와 악수를 하는 동안은 나의 손도 그 세계로 들어간다)의 거대함에서 오는 것이었다.

오늘 아침에 장갑을 파는 상점에 갔는데, 가게 점원이 자네가 무슨 성인이라도 되는 것처럼 이야기하더라고. 영웅적인 용기를 가진 성인처럼 말이야.

나도 알아. 차베스가 대답했다. 사람들은 나를 그렇게 생각하겠지. 그 사람들이 맞을 수도 있고 틀릴 수도 있어. 뭐, 어느 쪽인지는 앞으로도 절대 알 수 없겠지. 그 사이에 나는 죽어갈 테니까.

O

날씨가 좋아졌다. 그는 엔캥 씨에게 자동차를 운전해 보라고 했다. 늦은 오후, 그들은 호수가 내려다보이는 숲을 지나고 있다. 엔캥 부인은 차를 멈추고 숲을 좀 걷고 싶어했다.

숲 속에서 햇빛은 거의 수평으로 비쳤다. 덕분에 숲 속으로 들어가는 어귀의 나무 사이로 빛이 들어와 공간이 더욱 입체적으로 느껴졌다. 그늘에 가려진 나무들은 온통 검은색으로 보였고, 햇빛을 받은 나무 둥치는 회색빛이 도는 갈색이었다. 똑같은 햇빛이 진주 장식으로 반짝이는 두 여인의 검은색 실크 드레스 위에도 떨어졌다. 여인들이 발걸음을 옮길 때마다 단추 달린 부츠가 소나무 잎과 썩은 옥수수, 이끼나 꽃잎 위로 가볍지만 깊게 박혔다. 모든 사물의 표면이 유난히 선명하게 드러났지만, 숲 속에서는 모든 것이 자신의 고유한 성질을 잃어버리고 있었다.

카미유에게 그는 격식과 예의를 갖추어 대했는데, 오히려 그 점이 지금 두 사람을 이어 주는 공모의 깊이와 심각성을 강조하는 듯했다. 그는 지금 엔캥 씨와 해리 슈웨이에게만 관심을 보이고 있다. 그는 슈웨이에게 콩고의 천연자원에 대해 이야기해 달라고 했다. 그는 관심을 가지고 슈웨이의 말에 귀를 기울였고, 가끔씩 질문을 덧붙이거나 동의의 표시를 해 보였다. 하지만 그런 겉모습에도 불구하고 그는 슈웨이의 말을 거의 듣지 않고 있었다. 복합적인 언어—그 안에서 단어는 그저 여러 표현 수단 중 하나일 뿐인 그런 언어. 어린 시절 그가 스스로에게 질문할 때 사용했던 언어와 본질적으로 다르지 않지만, 이젠 그때보다 훨씬 넓은 대상을 지칭할 수 있다—를 통해 그는 자신의 양옆에 선 두 남자에게 이렇게 말하고 있다.

두 분은 저 두 여인을 어떻게 고르셨습니까? 다른 여인들을 고를 때와 다르지 않은 이유로 저들을 선택하셨겠죠. 두 분 같은 지위에 계신 남자들은 최고를 가져야만 하니까요. 하지만 최고라고 해서 절대적인 것은 아닙니다. 선생님들 같은 지위의 남자들은, 두 분과 같은 지위의 남자에게 최고로 어울리는 것을 가져야만 했겠죠. 그 점을 고려하지 않고 여자를 선택하면 그 지위까지 흐트러져 버릴 테고, 지위가 흐트러지면 두 분이 ─따라서 그녀들도─ 불행해질 수 있으니까요. 가진 돈에 맞춰 옷감을 먼저 마련한 다음, 그 옷감에 맞는 사람을 고르는 거죠. 하지만 그런 지위와는 별개로 두 분은 성기를 가진 남자들이기도 하지요.

길 왼쪽에는 급한 경사가 있어서 멀리 있는 나무의 뿌리가 가까이 있는 나무의 가지와 비슷한 높이에 있었다. 멀리 있는 나무들 사이로 이끼가 낀 바위가 여기저기 삐죽 솟아 있었다. 땅이 비교적 평평한 오른쪽으로 고개를 돌리면 그 아래로 운모처럼 빛나는 호수의 수면이 보였다.

두 분의 성기는 많이 이상화되었겠지요. 두 분의 성기도 가능한 한 최고의 것을 원합니다. 그땐 지위고 뭐고 중요치 않겠지요. 어떻게 그 둘을 동시에 만족시키고 계십니까?

숲은 산처럼 절대적이지 않다. 숲은 바다와 마찬가지로, 자신 안에서 일어나는 모든 일을 말없이 견딘다.

그 둘을 동시에 만족시킬 수는 없겠지요. 하지만 두 분은 그러한 불화에서 비롯되는 최악의 결과로부터 스스로를 지켜낼 수 있거나, 지켜내기 위해 노력할 수 있습니다. 두 분은 성년이 되는 바로 그 순간 그것을 이루어냅니다. 당신들의 동료, 당신들의 친구, 당신들의 성직자, 당신들의 교수, 당신들의 소설가, 당신들의 재단사, 당신들의 배우, 당신들의 법률가, 당신들의 질서정연한 군대, 당신들의 공무원이 당신들을 도와주겠지요. 그리고 물론 당신들의 여자들도 도와주겠지요.

엔캥 씨는 지금 친구가 주는 정보가 푸조사에도 이득이 될지 생각해 본다. 자동차에 필요한 것이라면 무엇이든 푸조사의 관심사였다. 그는 직접 콩고에 한번 가 보고 싶어졌다. 알제리에 가 본 적은 있지만 그가 보기에 그곳은 아프리카라고 할 수 없을 것 같았다. 아프리카는 정글과 함께 시작된다. 그는 막대기를 주워 길 옆에 난 나무들을 가볍게 두드리며 걷는다.

두 분은 제삼의 가치를 찾아야만 했습니다. 순수한 야망이 아니라 여러분의 사회적 야망을 거스르지 않는, 그러면서 이상화한 여러분의 성기도 만족시킬 수 있는 제삼의 관심사. 그 제삼의 가치가 바로 재물이었습니다. 제삼의 가치는 바로 소유에 대한 관심이었습니다. 거리감이 느껴지는 재정적인 관심이 아니라 당신들의 몸을 흥분케 하는 열정적인 관심, 무언가를 만질 때의 그 강렬한 느낌이 들게 하는 재물에 대한 관심이었지요. 그래서 당신들은 당신들의 아이들에게 자기 물건이 아닌 것을 건드리면 안 된다고 가르쳤습니다. 꽃이나 동물은 물론, 모르는 사람의 손도 잡으면 안 된다고 가르쳤지요. 손을 대는 것은 소유권을 주장하는 것입니다. 성교도 소유하는 행위지요. 당신들은 사용료를 내거나 아예 사 버리는 방식으로 대상을 소유합니다.

두 여인은 남자들의 뒤를 따라 걷고 있다. 해리 슈웨이는, 현재는 상아가 사치품으로 인기를 끌고 있지만 자동차 산업이 발달할수록 고무가 없어서는 안 될 자원이 될 것이며, 따라서 콩고의 미래는 고무에 달려 있다고 설명한다. 오솔길을 따라 걷는 그들 일행을 제외하면 숲은 아주 고요하다. 가끔씩 높은 가지 위에서 새들이 짧게 지저귀다 멈춘다.

두 분의 집에 대해서 사람들이 뭐라고 하지 않나요? 저는 오래 전부터 알고 있었습니다. 두 분이 살고 계신 저택이나 아파트가 있는 부자 동네의 대로를 거닐 때 —유럽의 여느 도시에서와 마찬가지로— 당신네들은 참 여유있게 걸으시더군요.

숲에 있는 나무는 전나무나 낙엽송이 대부분이다. 이끼는 전나무에 더 많이 붙어 있다. 죽어 버린 가지가 빛바랜 녹색 거적때기 같은 잎을 매단 채 말린 해초처럼 늘어져 있고, 다른 가지에는 이끼 덩어리가 낡은 은색 단추처럼 붙어 있다.

새로 칠한 창틀이나 덧문의 색은 주변의 벽 색깔과 거의 다르지 않습니다. 그 집들의 벽은 햇빛을 잘 받아들이지만, 마치 풀을 먹인 식탁용 냅킨처럼 여기저기서 점점이 반짝일 뿐이지요. 커튼이 내려진 창문을 올려다봅니다. 조금도 흔들리지 않는 커튼은 마치 돌을 새겨 만든 부조처럼 보입니다. 발코니에는 식물 문양을 흉내낸 정교한 금속세공과 다른 도시나 다른 시대를 암시하는 장식물도 보입니다. 당신들은 청동으로 만든 초인종과 동판이 붙어 있는 광택있는 나무문을 지나 들어가고, 멀리서 군중들이 내는 알 수 없는 소음을 제외하면 거리는 고요합니다. 너무 많은 군중들이 너무 멀리 떨어져 있기 때문에 그들 하나하나가 내는 거친 숨소리, 그들 하나하나가 숨을 들이마시고 내쉬는 소리는 한데 모여, 끊이지 않고 들리는 하나의 흐릿한 숨소리가 되어 미풍처럼 전해집니다. 이 거리의 침묵이 완전한 침묵이 되지 않게 하는 소리들이 있겠지요. 하인이 대문을 닫는 소리, 육중한 가구와 두툼한 카펫 위에서 강아지가 재롱을 부리는 소리, 은은한 녹색 안감이 붙은 식기통에 나이프와 포크가 떨어지는 소리. 모든 것이 평화롭고 잘 정돈되어 있겠지요. 그런데 갑자기 당신들은 집안의 모든 사람들이, 비록 그들이 가만히 서 있기는 하지만, 실오라기 하나도 걸치지 않은 알몸이라는 것을 알고 놀랍니다! 더욱 놀라운 것은 그들의 태도이지요. 그들은 조금도 부끄러워하지 않으며 지나가는 사람들에게 발가벗은 모습을 그대로 드러내고 있습니다.

그들이 앞으로 나아갈수록 나무의 모양이나 색이 조금씩 달라진다. 그런 색과 모양 때문에 자칫 두 나무 사이에 사슴이 있는 것 같은 착각이 들 수도 있을 것 같다.

저기 좀 봐요! 마틸드가 속삭인다.

마틸드가 그렇게 생각한 것은 동물들이 주변 환경을 이용해 위장하는 것과 정반대의 과정이었다. 사슴이 숲에 살고 있다는 것을 알고 있던 마틸드는 주변 환경만 보고 당연히 사슴을 본 거라고 믿어 버린 것이다.

마틸드가 자신을 향해 미소짓는 것을 보고 그는 카미유가 그녀에게 모두 이야기했다는 것을 알 수 있었다. 마틸드에게서는 여자들이 친한 친구의 새 연인이나 구혼자에게만 보여줄 수 있는 개방적이고 가식 없는 태도가 느껴졌다.

정말 사슴인 줄 알았어요. 마틸드가 말한다.

길이 끝나고 공터가 나타난다. 길게 자란 잔디는 잎사귀 하나하나마다 햇빛을 받아 제각각 생생하고 또렷하게 보인다. 이른 가을의 정적과 평화로움이 가득한 그곳, 모든 것이 진행을 멈추고 그 어떤 결과도 한없이 미루어질 것처럼 보이는 곳이다. 엔캥 씨는 해리 슈웨이의 말에는 신경도 쓰지 않은 채 허리를 굽혀 야생 샤프란을 한 송이 꺾어 아내에게 건넨다. 아내에게 처음으로 구애했던 때를 생각한다.

당신은 이 여인을 선택한 후 당신만의 소유로 만들었습니다. 어느 때든 당신의 선택에 대한 확신은 그녀가 얼마나 독점적으로 당신에게 속해 있는가에 따라 달라졌겠지요. 결국 그녀가 온전히 당신에게만 속하게 되었을 때, 당신은 비로소 "내가 그녀를 선택한 거야"라고 말할 수 있었습니다.

카미유는 장갑을 낀 손으로 그 꽃을 받아 든다. 그리고 마틸드가 친구의 블라우스에 핀으로 꽃을 고정시켜 준다.

당신은 스스로를 위해 선택한 것이 좋은 것이라고 믿어야 할 필요가 있었습니다. 하지만 당신의 일부—간사한 어떤 부분, 다른 사람의 말에 귀 기울이고, 어린 시절부터 삶은 스스로 이롭게 하는 자들을 이롭게 한다는 것을 알고 있던 그 일부—는 여전히 의심을 떨쳐 버리지 못했습니다. 그녀와 결혼함으로써 다른 사람과 결혼할 수 있는 기회를 놓치게 되니까요. 사실 지금도 정부를 선택할 수는 있겠지만, 결국 정부에게도 똑같은 의심이 적용되겠지요. 그래서 의심이 많은 당신의 일부가 묻습니다. "아내를 선택한 나의 결정이 옳았다고 계속 생각할 수 있을 만큼 내 아내는 훌륭한가? 다른 사람이 아니라 바로 그녀를 원했던 나의 마음을 정당화시킬 수 있을 만큼 그녀의 매력이 대단한 것인가?

카미유는 마틸드의 농담에 웃음을 터뜨린다. 엔캥 씨는 물살을 가르듯 길게 자란 풀밭을 헤쳐 나간다. 해리 슈웨이는 이 년 전에 있었던 콩고의 공식적인 분할이 무역에 어떻게 도움이 되는지를 설명하고 있다.

그 질문에 대한 대답이 '아니' 로 나온다면, 당신은 그녀를 더 이상 존재하지 않는 사람처럼 대하겠지요.

저렇게 큰 나비는 처음 봤어. 엔캥 씨는 그렇게 소리치고는 나비를 잡으러 달려간다.

세상의 거의 모든 여자들을 놓쳐 버린 당신을 달래기 위해, 그녀는 이상화되어야만 했습니다. 그녀는 이상화를 위한 자질들을 선택하는 당신의 작업에 동참했습니다. 당신은 카미유의 순수함, 섬세함, 모성애, 영적인 분위기 등을 선택했고, 그녀는 당신을 위해 그런 점들을 더욱 드러내 보여주었겠지요. 그녀는 그러한 자질과 모순되는 자신의 모습을 억압했고, 그렇게 당신의 신화가 되었습니다. 전적으로 당신만이 소유하는 신화가 되었습니다.

슈웨이는 이십 년 전 레오폴드 국왕(당시 벨기에의 국왕—옮긴이)과 그가 개인적으로 조직한 콩고자유정부의 식민지 통치방식은 충분히 효과적이었으며, 똑같은 방식을 쓰고도 훨씬 비효율적으로 식민지를 통치했던 다른 유럽 국가들이 레오폴드 국왕 치하에서 벌어진 강제노동과 폭압적인 통치를 비난한 것은 위선적이었다고 열변을 토한다. 그는, 그럼에도 불구하고 왕들이 훌륭한 사업가가 될 수 없는 것은 그들이 투자보다 수익을 먼저 생각하기 때문이라고 덧붙인다.

슈웨이 씨, 당신은 마틸드의 다른 면모를 이상화했습니다. 카미유와는 성격도 다른 데다가, 그녀는 당신의 아내가 아니라 정부이니까요. 당신도 말했듯이, 그녀의 목은 세상에서 가장 아름답습니다. 그리고 당신은, 그녀 역시 쾌락을 좇는 여자들이 으레 그렇듯이 게으르다고 믿고 있겠지요. 하지만 당신도 자랑스러워하듯이, 그녀는 모든 남자들을 녹여 버릴 정도로 매혹적입니다. 이 마지막 면모를 이상화하는 것이 독특한 만족감을 주었겠지요. 물론 두번째 가정, 즉 그녀가 당신을 속이지 않을 거라는 조금 불확실한 가정까지 유효할 때에만 그렇다는 이야기입니다.

당신들이 카미유를 떠날 것을 고려하고, 마틸드가, 결국은, 너무 사치스럽고 변덕도 심하다고 생각하는 것은, 그들의 모습에 만족하지 못해서가 아니라 그들이 더 이상 그들이 아닌 무엇에 대한 보상이 되어 줄 수 없기 때문입니다.

나는 당신들을 증오합니다. 당신들이 권력을 가지게 된 것은 당신들의 부 때문이 아니라, 대부분의 사람들이 당신들에게 복종하기 때문입니다. 그들이 알게 되는 모든 것들이 당신들을 부러워하게끔 만들고, 그 부러움은 복종으로 이어집니다. 그들은 당신들처럼 되고 싶어합니다. 그래서 그들은 똑같은 규칙에 따라 살고, 결국 복종을 자신들의 미덕이라고 생각하게 됩니다.

하지만 당신들이 가진 권력은 하찮은 것에 불과합니다. 당신들은 거리의 사람들로 하여금 자신들을 지켜보는 누군가가 있다고 믿게 만들기 위해 창가에 세워 놓은 죽은 사람의 시선으로 밖을 내다봅니다. 얼굴에 있는 기관 중 가장 솔직하고 외부로 열려 있는 귀는, 당신들에게는 이제는 퇴화해 버린, 이전 시대로부터 물려받은 쓸모 없는 부속품일 뿐입니다. 당신들 가슴의 젖꼭지와 비슷하지요. 당신들의 삶은 어디에 있습니까? 손가락 끝에? 심장에? 꿈의 맨 밑바닥에? 양쪽 어깨 사이에?

당신들은 살결과 옷 사이의 그 어두운 틈 안에서 살고 있습니다. 자신만의 그 사이 공간에서 살고 있는 당신들의 열망은 뾰루지 같은 것입니다.

종달새 소리가 들리는데 보이지는 않네요. 카미유가 말한다.

당신들은 나를 위협할 수 없습니다. 당신들의 존재 자체가 내겐 나 자신의 죽음을 떠올리게 합니다.

나는 당신들이 지배하는 세상에서 영원히 살고 싶지 않습니다. 그런 세상에서의 삶이라면 짧게 끝내야지요. 여러분의 동료가 되느니 차라리 죽음을 택하겠습니다. 심지어 죽음마저도 당신들을 데려가고 싶지 않겠지요. 당신들은 아마 오래 살 겁니다.

엔캥 씨가 풀밭 가장자리에 서 있는 일행을 향해 다가온다. 그는 양손을 조심스럽게 앞으로 모으고 있다. 나비를 한 마리 잡은 모양이다.

놔 줘요. 카미유가 말한다. 어린애들보다 더 나빠요.

리노에게는 그렇게 말 안 하겠지. 엔캥 씨가 대답한다.

리노가 누굽니까? 슈웨이가 묻는다.

엔캥 씨는 머리 위로 손을 올려 손바닥을 펼친다. 나비는 없다. 그는 웃음을 터뜨린다.

웃을 때 당신들은, 어쩌면 당신들이 될 수도 있었을 다른 모습을 미친 듯이(숨을 헐떡여 가며) 비웃습니다. 어떤 농담 때문에 그런 모습이 순간 떠올랐겠지요.

당신들 중 누군가가 사라지면, 재빨리 다른 누군가가 그 자리를 대체합니다. 그리고 자리 자체도 점점 늘어나고 있습니다. 세상의 모든 것이 부족해져도, 당신들은 절대 부족해지지 않을 겁니다.

풀밭을 지나자 넓은 평원과 알프스 산맥의 남쪽 끝자락이 내려다보이는 확 트인 곳이 나타난다. 그들은 말을 멈춘다. 그 침묵과 드넓은 호수, 홀로 우뚝 솟은 눈 덮인 봉우리와 길게 늘어진 듯한 가을날의 오후가 한데 뒤섞여, 평소에는 상상할 수 없었던 것을 상상할 수 있게 하는 특별한 렌즈가 된 것만 같다. 그 렌즈 덕분에 그들은 그들의 삶을 둘러싸고 있는 공간을 잠시나마 볼 수 있다.

내가 왜 당신들을 두려워해야 합니까? 당신들은 미래에 대해 이야기하고 그것을 믿습니다. 당신들은 젊음을 가져 보지 못한 스스로를 위로하기 위해 미래를 사용합니다. 나는 그렇지 않습니다. 나는 제오 차베스처럼, 당신들의 그 어리석고 단조로운 연속성이 미치지 않는 곳에 있을 생각입니다. 나는 죽을 겁니다. 그런데 내가 왜 당신들을 두려워해야 합니까?

지금은 그런 생각이 두렵습니다. 당신들의 불멸성. 당신들이 강요하는, 죽을 때까지 변하는 것은 아무것도 없을 거라는 그 생각 말입니다.

차가 있는 곳까지 돌아오는 동안 그는 다시 친근한 모습으로 두 남자와 함께 걷는다. 숲은 이제 더 어둡고 더 차갑다. 나무향도 더 진해졌다. 나무 그늘을 지나는 동안 나무의 일체성이 새삼 느껴진다. 낙엽송의 잔가지에는 양쪽으로 작은 돌기들이 줄을 맞춰 돋아 있다. 가지가 작을수록 그 돌기는 바늘처럼 가늘고, 잔가지가 자리를 잡고 튼튼해지면 그 돌기에서 다른 잔가지가 뻗어 나온다. 굵은 가지들도 마찬가지로 하나의 둥치에서 뻗어 나온 것들이다. 숲은, 그렇게 한 땀 한 땀씩 벌어진 가지들이 끝없이 반복되어 만들어낸 결과다.

카미유가 자동차 뒷좌석에 오를 수 있게 도와주면서 그는 쪽지를 건넨다. 그녀는 나중에 그것을 읽어 볼 것이다. 거기에는 이렇게 적혀 있다. 나의 뜸부기, 나의 작은 새, 내가 진정 열망하는 당신께 은밀히 전할 말이 있습니다. 내일 오후에 만나 주세요. 내일 오후 스트레사 역 밖에서 차를 대 놓고 기다리겠습니다.

같은 날 저녁 엔캥 씨가 그 쪽지를 발견했다. 카미유는 자신이 항상 옆에 두는 말라르메의 시집에 쪽지를 끼워 두었다. 그때 책상 위에 놓인 기름 램프에서 연기가 나기 시작했고, 그녀는 남편을 불러 어떻게 좀 해 보라고 했다.(파리에 있는 그들의 집에는 이미 전기가 들어왔다) 엔캥 씨가 실수로 시집을 건드렸고, 덕분에 쪽지가 방바닥에 떨어지고 말았다. 그는 하던 일을 멈추고 책과 쪽지를 집어 들었다. 꼬깃꼬깃 접은 쪽지가 그의 관심을 끈 것이다. 그는 카미유가 이제 직접 시를 쓰는 모양이라고 생각했다. 그가 쪽지를 펼쳤다. 쪽지에는 서명이 있었다. 그는 쪽지를 원래 있던 자리에 끼워 넣은 다음, 카미유의 이마에 입을 맞추고 아무 일도 없었다는 듯 방을 나왔다.

아무것도 모르는 카미유는 하녀에게 목욕물을 준비하라고 시켰다. 이미 그 쪽지를 무시하기로 결정한 그녀였지만, 그래도 끊임없이 스스로에게 물어 보며 대답을 찾고 싶었다. 나의 어떤 점이 그를 그렇게 무모하고 집요하게 만든 걸까?

십오 분쯤 지나고 나서야 엔캥 씨는 그 일이 얼마나 큰일인지 파악하고는, 방금 아내의 부정을 발견하기라도 한 것처럼 노크도 없이 그녀가 있는 방으로 들어갔다. 방문이 벽에 부딪히며 소리가 났다. 카미유는 머리를 풀고 가운으로 갈아입고 있었다. 엔캥 씨는 목소리를 높이지 않았다. 그는 이를 악 다문 채 말했다.

카미유, 당신 미쳤지. 어디 설명이나 좀 해 봐.

그녀는 놀란 표정으로 남편을 올려다봤다.

그 책을 펼쳐 봐. 그 안에 뭐가 있는지는 당신도 알고 있겠지? 쪽지말이야. 몰래 만나자는 내용의 그 쪽지. 누가 쓴 거였더라?

그런 걸 몰래 볼 권리는 없어요. 그건 우리 둘 모두에게 모욕이에요.

누가 쓴 거냐고?

당신이 말해 봐요. 그리고 그 남자가 얼마나 많은 쪽지를 보냈는지도 말해 보세요. 왜 그렇게 어리석어요, 모리스?

누가 쓴 거냐니까?

그는 그녀 앞에 똑바로 섰다. 주먹을 쥐고 고개를 조금 숙인 채, 어떻게 하면 좋을지 결정하기 위해 방을 나서기 전에 자신이 입을 맞추었던 그녀의 이마를 내려다봤다. 의자에 앉아 있는 그녀는 그에게서 벗어나려는 듯 몸을 뒤로 빼거나, 아니면 눈앞에 있는 그의 시곗줄을 가만히 응시할 수 있을 뿐이었다. 그녀는 시곗줄을 응시했다.

부끄러울 일은 하나도 없어요. 그녀가 대답했다. 답장은 보내지 않을 생각이었으니까. 어리석은 짓이잖아요. 그를 자극할 만한 일을 한 적도 없어요. 제 말 믿어 주세요.

누가 쓴 거야?

다른 말은 없어요, 모리스? 무슨 일이 있었는지는 왜 안 물어 보나요? 제 일이잖아요. 왜 들어 보지도 않고 멋대로 결론을 내려요?

누가 쓴 거야?

세상에, 당신 도대체 왜 그래요?

당신 입으로 그놈 이름을 말하는 걸 들어야겠어.

아쉽지만 당신이 바라는 대로는 못 하겠네요.

그렇겠지. 당신도 당신 목소리에서 모두 탄로날 거라는 걸 알고 있으니까. 당신의 감정을 숨길 수 없겠지. 뭐, 그런 것도 감정이라고 할 수 있다면 말이야. 당신 목소리에서 그 감정을 숨길 수가 없을 거야. 자, 어서 그놈 이름을 말해.

싫어요. 말도 안 되는 소리 마세요.

싫단 말이지. 당연히 싫겠지. 그놈이 당신과 함께 있는 걸 봤어. 내가 눈이 멀었지. 당신을 믿었기 때문에 눈이 멀었던 거야. 이젠 다 보이는군. 당신, 그놈을 처음 볼 때부터 추파를 던졌지. 그놈 옆으로 가서 훔쳐보고, 뭐라고 중얼대면서….

제정신이 아니군요. 저한테 그런 말 할 자격 없어요. 전 아무 짓도 안 했다고요.

아무 짓도 안 했다고! 이틀밖에 시간이 없었으니까 뭘 해 볼 수 없었단 뜻이겠지. 말은 제대로 해야지. 무슨 짓을 하고 싶기는 했지? 창녀처럼 그놈 관심을 끌려고 했던 거야.

그녀는 양손으로 그를 밀어내려 하다가, 고개를 숙이고 울기 시작했다.

우린 내일 오후에 파리로 갈 거야. 그가 말했다. 이본에게 짐 싸라고 해. 그는 문 앞으로 성큼성큼 걸어가다 걸음을 멈추고 그녀를 돌아봤다. 당신이 전혀 수치심을 느끼지 않는다는 게 더 역겨워. 그가 말했다. 그 천박함이란! 이틀 만에, 다들 사정을 속속들이 알고 있는 이런 작은 마을에서, 그것도 내가 두 눈 멀쩡히 뜨고 있는데 말이야.

속속들이! 그녀가 울면서도 화가 나는지 소리쳤다.

내일 아침에 직접 그놈에게 경고해야겠어. 그가 말했다. 다시 한번 당신과 함께 있는 모습이 내 눈에 띄면 쏴 버릴 거라고 말이야. 그러고 나서 온 프랑스 법원을 내 편으로 만들면 돼. 눈에 띄기만 하면….

차라리 결투를 신청하는 게 더 명예롭지 않아요?

당신이 무슨 대단한 사교계 여인이라도 되는 줄 아나 본데, 분명히 말하지만 당신은 기술도 매력도 없어. 그리고 이십세기에 어울리지 않는 구세대 사람일 뿐이야.

제발 그 사람에게 말하지 말아요.

그 사람!

가운이 겹치는 부분으로 봉긋하게 솟아오른 그녀의 가슴이 보였다.

그냥 파리로 돌아가요. 그게 당신이 원하는 거라면 그렇게 해요. 대신 그 사람에게는 말하지 말아요.

오, 사랑스런 카미유, 당신은 내가 그놈한테서 무슨 이야기라도 들을까 봐 무서운 거지?

마음대로 해요.

그는 열쇠를 빼 들고 밖으로 나갔다. 열쇠를 챙긴 것은 아내가 방문을 잠가 버릴지도 모르기 때문이었다. 전에도 싸운 후에 종종 그랬던 적이 있었다. 오늘 저녁에 ―그는 분명 짐작하고 있었다― 그는 아내를 마치 창녀처럼 다루며 섹스하고 싶은 마음이 들 수도 있었다.

○

카미유는 잠을 잘 이룰 수 없었다. 그녀는 여섯시에 잠이 깼다. 남편 방에 가 보았지만 그는 없었다. 아마 다른 데서 잔 모양이었다. 그녀는 창문 가리개를 열었다. 하늘은 구름 한 점 없이 파랬다. 아직 하루의 리듬이 제자리를 잡지 못했다. 시간도, 행인이 몇 명밖에 보이지 않는 거리처럼 길게 늘어진 것 같았다. 길게만 느껴지는 하루와 파란 하늘의 깊이에 그녀는 갑자기 전율했다. 창 밖으로 기차역이 보였다.

그녀는, 이본을 시켜 마틸드에게 소식을 알릴 수 있을 때까지 자신의 마음이 가라앉기를 기다렸다. 도움이 필요하니 최대한 빨리 와달라는 이야기를 전할 생각이었다.

기다리는 동안 그녀는 커피를 가져오라고 시켰다.

창 아래로 고양이 한 마리가 빠른 속도로 지나가는 게 보였다. 고양이들은 원하는 것이 있을 때 그렇게 곧장 달려간다. 고양이도 부엌에서 시골 소녀가 커피를 가는 소리를 듣는다. 소녀는 두 무릎 사이에 커피 그라인더를 놓고 돌리고 있다. 고양이에겐 그 소리가 곧 크림이 생긴다는 것을 뜻한다. 커피를 다 갈고 나면 소녀가 식료품실로 가서 커다란 크림 병을 꺼낼 것이다. 소녀는 커다란 병에서 작은 은주전자로 크림을 옮겨 담을 것이고, 그때 고양이가 발 밑에 와 몸을 비비면, 이가 빠진 흰색 접시를 꺼내 크림을 조금 부은 다음 고양이가 먹을 수 있게 문 옆에 둘 것이다.

카미유는 몇 번이나 옷장을 들여다보며 오늘 무슨 옷을 입을지 고민

했다. 그들 부부는 파리로 가는 기차를 탈 것이다. 그녀는 아이들이 있는 집으로 갈 것이고, 그러는 동안 마치 그녀 자신이 나쁜 짓을 한 어린아이가 된 것 같은 대우를 받을 것이다. 새틴 줄무늬가 있는 면으로 된 짙은 색 여행용 정장이라면 딱 맞을 것이다. 하지만 그녀는 옅은 라일락빛이 도는 회색 치마를 입었다. 그녀는 끌려갈 테지만, 반항의 뜻을 숨기지 않을 작정이었다.

마틸드를 부른 것은 그녀의 조언이 아니라 도움이 필요해서였다. 마틸드는 자신과 다른 기준을 가지고 있고 취향이 훨씬 고급스러운 사람이라고 카미유는 생각하고 있었다. 마틸드는 그녀들의 결혼이 일종의 계약이라는 것을 이해하고 있었고, 그랬기 때문에 그 결혼을 지켜 나갈 수 있었다. 그녀가 예순네 살이나 된 르 디레종 씨와 결혼했을 때, 그녀는 그의 남은 인생을 그럴듯하게 만들어 주는 대가로 그가 죽은 후에 받게 될 유산을 생각했다. 그리고 오 년 동안 그녀는 늙고 병든 남편을 어린아이처럼 응석받이로 만들었다. 카미유는 그런 거래를 할 수 없을 것 같았다. 그녀는 삶이란 그보다 더 깔끔해야 한다고 생각했다. 정의란 본질적으로는 물질적인 것이 아니라 영적인 것이라고 믿었다. 그녀는 맨 나중에 고용돼 한 시간만 일한 일꾼도 처음부터 더위에 맞서 가며 무거운 짐을 날라야 했던 다른 일꾼들과 똑같은 품삯을 받았다는 포도밭 일꾼들의 우화를 좋아했다.

그녀가 마틸드의 도움을 필요로 했던 건 정의롭지 못한 일을 바로잡기 위해서였다. 만약 남편이 그의 협박대로 정말 그 사람을 찾아가 말을 했다면(남편이 방에 없는 것을 보니 정말 그를 찾아간 것 같았다) 그녀는 마틸드와 함께 아침에 시내로 나가 그를 만나 보고 싶었다. 그를 보고 싶은 생각은 조금도 없었지만, 그에게 확신을 주고 싶었다. 자신을 향한 그의 마음이 아무리 부적절하고 무례하고 잘못된 것이라고 해도, 그녀는 그 마음을 전혀 천박한 것으로 여기지 않았다고 확인해 주고 싶었다.

아마 마틸드는 그런 자신의 계획이 무모하고 유치하다고 생각할 것이다. 그럼에도 불구하고 마틸드라면 그 부탁을 들어 줄 것임을 카미유는 알고 있었다. 우정 때문이기도 하겠지만, 아마도 지루함을 견디지 못해서라는 것이 더 큰 이유일 것이다.

이런 지긋지긋한 작은 마을에서 도대체 우리가 뭘 기다리고 있는 거지? 마틸드는 어제 아침에 이렇게 말했다. 내 생각엔 영웅이 죽기만을 기다리고 있는 것 같아.

○

기차가 도모도솔라 역에 들어오자 엔캥 씨는 마차 문을 열고 플랫폼으로 달려갈 준비를 했다. 아직 시간이 좀 남아 있음을 알고 있었던 그는 서두를 필요가 없었지만, 그렇게 활기차게 움직일수록 자신의 결정이 옳았다는 확신이 더 커졌다. 노동자 몇 명이 같은 기차에서 내렸지만, 그들은 출구로 나가는 대신 철로를 가로질러 작업장으로 갔다. 역 밖에는 손님을 기다리는 마차도 없었고, 보이는 사람이라곤 대로 건너편에 멀리 서 있는 한 명뿐이었다.

그는 손을 오른쪽 주머니에 갖다 대며 지난밤 먼 길을 가서 구해 온 자동 권총이 제대로 있는지 다시 한번 확인했다. 그 단단함이, 그의 활기찬 행동과 마찬가지로, 또한 확신을 주는 역할을 했다. 마치 지인들이 "모리스는 차분하고 단호하게 일을 처리했어"라고 말해 주는 것 같았다.

호텔을 지날 때 그는 자신의 방 창문을 올려다보며 카미유가 차라리 결투를 하라고 비아냥거렸던 일을 떠올렸다. 전통적으로 결투나 처형이 이루어졌던 시간이었다. 한숨도 잘 수 없었던 그는 이른 아침, 대부분의 사람들에게 아직 하루가 시작되기 전인 그런 시간에는 종종 자신의 운명에 대한 갑작스런 지각을 얻기도 한다고 스스로에게 말했다.

그는 불규칙한 모양의 광장과 상점들이 있는 아케이드를 따라 시내 중심가를 걸었다. 밤에 비가 올 것을 대비해 차베스의 근황을 적어 놓은 칠판도 아케이드 안으로 옮겨져 있었는데, 그 한쪽 모퉁이에 이렇게 적혀 있었다. "차베스의 심장이 불안정하고 불규칙적으로 뛰면서 사람들의 걱정이 끊이지 않고 있다…."

아케이드 안 상점의 창에는 나무로 된 서터가 내려져 있었다. 모두 녹색으로 칠을 했지만, 칠한 시기가 달라 제각각 독특한 빛깔을 냈다. 서터 위로 가게의 간판이 붙어 있었는데, 똑같은 이름에 파는 물건만 다른 가게들도 몇몇 보였다. 가게가 문을 열고 창 앞에 전시된 물건들이 보이면, 외진 곳에 있는 작은 마을의 보잘것없는 상점들임이 분명히 드러날 것이다. 하지만 이렇게 서터로 덮여 있을 때는 다르게 보였다. 보기 드문 물건들이 가득한 상점일 거라고 상상하는 사람들도 있을 것이다. 엔캥 씨는 아케이드 주변을 몇 번이나 맴돌았다.

그는 다가올 대면을 카미유도 봤으면 했다. 그러면 그녀도 그 젊은 이의 진짜 모습을, 잡범 같은 정신 상태를 지닌 냉소적인 난봉꾼에 불과한 그 모습을 보게 될 것이고, 자신의 남편이 자신을 지켜 주기 위해 어떤 일까지 할 수 있는지도 보게 될 것이다.

그는 더 이상 카미유를 탓하지 않았다. 엔캥 씨 본인의 말에 따르면, 어젯밤 그는 그녀에게서 모든 여인이 자신 안에 숨기고 있다가 스스로를 통제하기를 거부할 때 겉으로 드러내는 창녀 같은 모습을 보았다. 그는 말라르메의 시에 심취한 아내의 모습에 담겨 있던 경고를 무시했다. 그 시는 한계도 없고 경계도 없는 상태에 대한 그녀의 취향을 자극했고, 거기에 불을 지폈다. 하지만 결국 그는 그녀에게는 잘못이 없다고 확신했다. 그녀는 순수했다. 그녀의 약점은 여성이 원래 가지고 있는 약점에 불과했다.

그 약점으로부터 그녀를 지켜 주기 위해, 추파를 던지는 젊은 놈의 사악한 행위에 종지부를 찍기 위해, 그는 아내를 지키고 싶어하는 모든 남편들을 대신해 행동하고 있었다. 카미유보다 더 영악하고 자신들의 이익을 더 챙길 줄 아는 여자들도 똑같은 약점 때문에, 바로 그릇된 첫인상에 굴복당하는 그 약점 때문에 고통을 받는다. 여자들은 남자를 알게 되는 바로 그 순간부터 남자들을 가지고 놀 수도 있지만, 때로는 낯선 사람을 쫓아가는 열한 살짜리 어린애처럼 첫인상에 쉽게 넘어가기도 한다. 여자들도 계산할 줄 알고, 정교한 전략을 짜거나 전술적인 계획을 세울 줄 알고, 인내심을 가지고 일관되게 일을 추진할 줄 알고, 무자비하거나 너그러울 수 있지만, 그 첫인상 때문에 어김없이 실수를 저지른다. 여자들은 자신들 앞에 있는 것이 무엇인지 보지 못한다. 바로 그 이유 때문에 난봉꾼들은 여자를 다루는 경우에 거창한 속임수를 쓰지 않아도 되는 것이다.

엔캥 씨는 자신이 하려는 일이 다른 사람들의 약점과 열등함 때문에 짊어지게 된 책무라고 믿었다. 그는 자신의 권리를 지켜야 한다든가, 지금 자신이 처해 있는 외로움에서 벗어나기 위해 노력해야 한다고는 추호도 생각하지 않았다. 그는 셔터가 내려진 상점들이 있는 아케이드를 떠났다.

엔캥 씨는 침실 문지방에 섰다. 내가 이렇게 나타났다고 해서 놀라지는 않았겠지? 그는 그렇게 말하고 문을 닫았다. 우리 남자들은 네가 생각하는 정도로 바보가 아니거든. 그가 계속 말했다. 너 같은 종류의 인간을 어떻게 다루어야 하는지 알고 있지.

그의 침실은 작고 바닥은 마루로 되어 있었다. 침대 위에는 담요 대신 흰색 이불보로 싼 깃털 이불이 있었다. 두툼한 베개는 깃털이 아닌 곡물을 채워 넣은 것이었다. 생플롱의 우편마차 마부들이 이용하는 호텔이었다. G는 아직 침대에서 나오지는 않고 한쪽 팔꿈치를 짚은 채 상체만 일으켰다.

문을 닫자마자 엔캥 씨는 권총을 꺼내 침대 위에 있는 남자를 겨누며 말했다. 지금 당장 그만두지 않으면 내가 죽여 버리겠어.
침대 위에 있는 남자는 권총을 응시했다.(권총을 보는 것만으로도 그는 어린 시절 총기실에서 나던 냄새를 떠올렸을까?) 그에게는 엔캥 씨의 계속되는 말소리가 마치 옆방에서 들리는 소리처럼 들려 왔다.

만약 내 아내랑 함께 있는 모습이 한번만 더 눈에 띄면, 이곳에서든 다른 곳에서든 맹세코 그 자리에서 널 쏴 버릴 테다.

엔캥 씨는 자신이 쥐고 있는 총이 무엇을 겨냥하고 있는지 완벽히 알고 있었다. 그것은 혼란에 빠져 버린 자신의 삶이 아니었다. 더 나아가 그는 쪽지를 발견한 그 순간부터, 그 쪽지가 침대에 누워 있는 이 남자를 죽일 수 있는 명목적인 판결을 확실하게 내려 주었다고

275

여기고 있었다. 그의 삶이 위협에 처한 적은 거의 없었는데, 바로 지금 그는 훗날 심각한 위협으로 기억될 어떤 일에 종지부를 찍으려 하고 있는 것이다. 하지만 이 쓸데없는 자극, 즉 죽이겠다는 위협은 종종 의도했던 것보다 큰 결과를 가져오기도 한다. 일단 죽음 이야기가 나오면, 죽음을 앞둔 사람이 예상치 못한 선택을 해 버리기도 한다. 어찌됐든, 엔캉 씨는 몸을 떨고 있었다.

두려운 것은 아니었다. 오히려 그는 바로 그 순간 자신의 삶을 정당화하고 있음을 느꼈다. 마치 삶의 의미에 대해 타협하거나 거부하는 대신 죽음을 선택할 준비를 하고 있는 것만 같았다. 중요한 것은 죽음을 선택하는 것이었다. 그 죽음이 자신을 위한 것인지 다른 사람을 위한 것인지는 ―손에 쥔 총은 여전히 침대 위의 남자를 겨누고 있다― 중요하지 않았다. 이제 카미유가 이 광경을 보든 안 보든 중요하지 않았다. 명백한 적을 협박하고 그 적의 삶을 앗아 가는 일은 자신의 삶을 더욱 풍성하게 만들어 줄 것이다. 그는 자신의 새로운 힘을 발견하고 흥분했다.

만일 그녀를 만나는 낌새가 조금이라도 있을 때에는 네가 자는 동안 개처럼 쏴 죽일 테다.

G는 웃음을 터뜨렸다. 가면이 벗겨진 후 드러난 진실이 우스울 정도로 익숙했다. 엔캉 씨, 눈에 띄게 떨고 있는 그의 모습, 알 수 없는 즐거움을 담고 있는 것 같은 그의 말, 그리고 그의 손에 들린 권총이 바로 그 진실이었다.

뿐만 아니라 내 동료나 지인의 아내에게 접근하는 걸 보게 되어도, 그 모임에서 떠날 때 너를 쏴 죽일 테다.

G는 종종 "왜 웃어요, 자기?"라는 말을 듣곤 했다.

음모와 희망, 계산의 날들이 지나가고, 의심과 심사숙고의 날들이 지나가고, 대담함과 무모함, 훨씬 더 무모했던 시도들이 지나간 다음 드러난 진실은 무엇이란 말인가. 그의 바지는 의자에 걸쳐 있고, 외투는 한쪽에 아무렇게나 벗어 놓았고, 침대보도 반쯤 벗겨져 있었다. 삼각형 모양으로 난 음모가 그대로 노출돼 있고, 그 가운데, 의과대학 일학년들이 모든 인간이 공통으로 가지고 있는 것이라고 배우는 신체 부위도 있다. 그 어느 것에 대해서도 오해할 만한 소지는 없었고, 그렇게 모호함이라고는 조금도 존재하지 않는 상황의 진부함이 진정 우스웠다. 가면을 쓰고 있는 시간이 길어질수록 그 익숙함이 숨어 있는 시간도 길어지고, 그것이 드러났을 때에는 그만큼 더 우습게 느껴진다. 그것은, 가면을 쓰고 있는 기간이 길어질수록, 정작 드러남에 직면한 두 사람이 항상 알고 있다고 생각했던 것의 새로운 모습에 더 많이 놀라기 때문이다.

아내의 순진함을 이용하려 했던 거지. 지금까지 그런 식으로 얼마나 많은 불행한 여자를 이용해 먹었는지 모르지만 이번엔 어림없어. 오, 신이시여. 저의 행동이 너무 늦은 것이 아니기를 바랍니다.

베아트리스가 웃으며 침대에 머리를 대고 누울 때, 그녀는 검은 옷을 입고 마구를 든 남자의 우스꽝스러운 모습 때문에 웃은 것이 아니었다. 그녀는 벌에게 쏘이고 난 후에 얻은 자유로운 상태에서 벌어질지도 모른다고 짐작했던 어떤 일이, 그 순간 그녀의 침대 위에서, 바로 아버지의 초상화 아래에서 분명히 벌어지고야 말 것임을 확인하고 웃음을 터뜨렸다.

조용히 해. 웃음을 멈추지 않으면 가슴에 총알이 박힐 줄 알아.

마침내 예상치 못했던 상황에 직면하게 된 그는 계속 웃었다. 그것은 부분적으로는 안도의 웃음이었는데, 그 모든 이성적인 추론에도 불구하고 이번에는 상대가 예외적인 인물일지도 모른다는 두려움이 있었기 때문이었다. 또한 부분적으로 그는 성기가 발기하는 것처럼 어김없이 찾아오는 진부함에 웃음이 났다.

엔캥 씨는 G의 웃음이 독방에 갇힌 정신병자의 웃음과 비슷하다고 생각했다. 침대에 누워 비실비실 웃음을 흘리는 그 젊은이가 미친놈일지도 모른다는 생각이 그를 혼란스럽게 하고 의욕을 떨어뜨렸다. 왜냐하면 그는, 비록 미친놈들 중에도 강제로 격리시키고 때론 제거해야 할 놈들이 있기는 하지만, 광기는 그 자체로 이미 패배의 증거라고 믿었기 때문이다. 그건, 자신의 명백한 적이 무조건 없애 버려야 할 정도로 심각한 위협은 아니라는 의미였다.

미쳤군. 그가 말했다. 미친놈이든 아니든 두 번 경고는 안 해.

뒷걸음치며 밖으로 나온 엔캥 씨는 흥분의 시간을 조금이라도 늘여 보려 했다.(G의 미친 웃음소리 때문에 흥분이 많이 가라앉아 버린 상태였다) 자신의 아내를 유혹한 남자를 총으로 겨눌 때의 그 흥분을.

○

엔캥 부인과 마틸드 르 디레종은 밀짚모자를 쓴 마부가 모는, 지붕에 구멍이 숭숭 뚫린 낡은 마차를 타고 칼바리오 거리를 따라 산 퀴리코 교회로 향해 가는 중이다. 도모도솔라 중심가에서 마차로 십분 정도 걸리는, 남쪽에 위치한 교회였다.

두 사람은 메르카토 광장에서 G를 만날 수 있었다. 그는 얼른 두 사람에게 인사한 후 카미유를 보며 말했다. 당신 남편이 권총을 들고 와서는 한번만 더 당신과 이야기를 하면 쏴 죽이겠다고 협박하고 갔습니다. 하지만 저는 당신과 이야기를 해야만 하겠습니다. 두 분이 함께 산 퀴리코 교회로 와 주세요. 여기서는 이야기할 수 없습니다. 가능한 한 빨리 와 주세요. 그는 두 사람이 대답할 여유도 주지 않고 아케이드 속으로 사라졌다.

자기 친구 정말 멋지네요. 마틸드가 말한다.
사실일까요?
모리스가 협박했다는 말은 사실인 것 같네요.
남편은 총이 없어요.
모든 남자들에겐 총을 가진 친구가 있게 마련이죠.
모리스가 저 사람을 죽일 수 있을 거라고 생각해요?
당신을 위해서라면 남자들은 무슨 짓이든 할 거예요! 마틸드는 웃으며 말한다.
농담하지 마세요.
자기는 이런 상황에서 진지할 수 있어요?

남편이 그를 총으로 위협했다는 말을 들었을 때 카미유는 결혼식 날을 떠올렸다. 남편의 부당한 행동에 대한 분노, 그런 남편에 대한 수치심, 남편이 자신의 반대와 간청을 무시했다는 사실에서 오는 자괴감, 그 모든 것이 자신이 그의 아내임을 아프게 확인해 주었다. 혹은 좀더 정확하게 말하자면, 자신이 스스로의 선택에 따라 그의 아내가 되었다는 사실을 확인해 주었다. 오늘 아침까지만 해도 엔캥 부인이라는 위치는 그녀에게 너무나 자연스러웠다. 그녀의 결혼은 어린 시절부터 처녀 때까지 이어져 온 어떤 연속성의 연장이었다. 그녀와 남편 사이에 오해도 있었고 의견이 맞지 않을 때도 있었지만, 지금까지 그녀의 삶이 이처럼 통제할 수 없는 지경에 빠진 것 같은 느낌이 들었던 적은, 그리고 눈앞에서 벌어지고 있는 일이 이처럼 부자연스럽게 느껴졌던 적은 없었다. 결혼식 날, 모리스와 함께 모든 하객들 앞에서 성찬을 받기 위해 나란히 무릎을 꿇고 앉았을 때 전해지던 그의 따뜻한 온기가 생각났다. 수줍은 듯 무릎을 꿇고 앉은 그때의 모리스에게서 그녀는 진정한 인간성을 보았다고 믿었다. 하지만 지금 그녀의 머릿속엔 권총을 든 채 무감각하고 공허한 표정으로 황급히 달려가는 남편의 얼굴이 떠올랐다.

갑자기, 그녀에게 그녀가 타고난 본래 모습을 되찾아 준 어떤 생각, 그녀가 아무런 희망도 없는 상태가 아니며, 그 동안 아무것도 모른 채 남편에게 끌려 다녔음을 확인시켜 주는 그런 생각이 떠오르자 그녀의 분노는 놀라움으로 바뀌었다. 그 생각이란 '총을 쏘겠다는 협박에도 불구하고 그가 여전히 나와 이야기하고 싶어하는 것은, 그가 나를 있는 그대로 봐 줄 수 있기 때문' 이라는 것이었다.

아니, 진지하지 않아요. 카미유가 말한다.
가서 두 사람에게 자기를 위해서 결투해 보라고 해요.
모리스에게 그렇게 이야기했어요. 그건 현대적인 방법이 아니라고 하던걸요.
이 일이 현대적인 것과 무슨 상관이 있는지 모르겠네. 남자들은 한 가지 점에서는 절대 안 바뀌어요.
여자는 바뀐다고 생각해요? 카미유가 묻는다.

자기가 지금 바뀌고 있잖아요. 다른 사람이 되고 있다고요. 이틀 전과는 완전히 딴 사람이구먼. 지금 자기 모습을 보면….

지금 제 모습이 어떤데요?

두 남자의 사랑을 동시에 받고 있는 여자잖아요!

마틸드, 부탁인데 하나만 약속해 줘요. 어떤 일이 있어도 제가 그 남자와 단둘이 있게 내버려 두면 안 돼요.

당신들이 그걸 원해도?

지금 진지하게 말하는 거예요. 약속해 주지 않으면 전 그 사람 만나러 못 가요.

해리는 질투심이 없어서 다행이네. 질투심이 없지는 않은데, 누굴 쏘거나 협박할 정도는 아닌 것 같아요. 나중에 둘만 있을 때 한바탕 하기는 하겠지만, 뭐 그런 건 또 내가 금방 해결할 수 있지.

그 사람의 목숨이 달린 일이에요. 카미유가 말한다. 제발, 약속해 줘요.

해리는 어떤 일이 닥치면 자살할 수는 있을망정, 다른 사람을 쏘는 일은 절대 없을 거예요. '저 남자'는 어떨 것 같아요? 마틸드는 턱으로 G가 사라진 방향을 가리키며 묻는다. 저 남자는 질투심을 느끼면 무슨 짓을 할 것 같아?

저 때문에 질투를 느낀다면요? 카미유가 묻는다.

네. 마틸드가 웃으며 말한다.

그녀는 생각했다. 총을 쏘겠다는 협박을 받고도 그는 여전히 자신과 이야기하기를 원했다. 그녀의 눈앞에 달라진 그의 모습이 떠올랐다. 그러한 변화는 회고적이기도 했다. 그녀가 보았지만 기억할 수 없었던 모습들이 드디어 빛을 발하기 시작했고, 수백 개의 세부사항들이 모여 한 남자를 그녀 앞에 드러내 주었다. 지금까지 그녀가 보았던 그의 모습을 모두 모아 놓은 것 같은 그 남자. 자석에 빨려 드는 쇳조각처럼 그 모습들이 그에게 더해졌고, 그건 곧 그의 특징들이 되었다. 그의 머리가 다가왔다. 그녀는 곰곰이 생각했다. 보통 남자들의 머리보다 큰 그의 머리는 말을 할 때면 앞으로 툭 튀어나왔다. 굵은 곱슬머리가 목 뒤로 흘러내리고, 옆머리는 귀를 살짝 덮었다. 무슨 말을 하는 듯한 그의 손은 조금 작았고, 핏줄이 눈에 띄게 튀어나와 있었다. 이가 빠져 버린 빈자리는 말을 할 때면 훨씬 더 커 보였다. 그의 눈빛은 집요했다. 손과 마찬가지로 발도 작았는데, 가볍고 조심스러운 발걸음이 커다란 머리나 어깨와는 대조적이었다. 그녀는 자신의 아이가 일어나 앉거나 말을 하기 전부터 그 아이의 성격에 대해 알게 되는 어머니들처럼, 그의 신체적 특징들이 그의 본성에 대해 잘 말해 준다는 것을 알게 되었다.

그 사람은 저를 죽인 다음 자살할 거예요. 카미유가 웃으며 말한다.
어디 산대요? 파리에 살면 좋겠는데.
몰라요. 반은 영국인이고 반은 이탈리아인이라고 했어요.
그것만으로도 많은 게 설명되겠네.
제발 약속해 줘요. 카미유가 말한다.
이는 어쩌다 그렇게 됐는지 이야기해 주던가요?
마틸드, 제 말 좀 들어 봐요. 사람 목숨이 달린 문제란 말예요.
그런 표정을 가진 사람은 그 남자 말고 딱 한 명 본 적이 있어요.
누구요? 카미유가 묻는다.
남편 친구인데, 저한테 푹 빠진 미국인이었어요.
화가 난 카미유의 눈에 눈물이 고인다. 마틸드는 목소리를 낮춰 속삭인다. 카미유, 염려 말아요. 하지만 당신은 이런 일에 미숙하니까. 사실 제일 위험한 건 모리스인데, 그는 내게 맡겨요.
카미유는 먼지 낀 마차의 등받이에 머리를 기대며 하얀 장갑을 낀 손으로 마틸드의 팔을 잡는다.
아, 왜 이리 더울까! 마틸드가 말한다. 날씨 때문에 열정이 생기지 않을 때도 있는데, 아무튼 날씨는 여자들에겐 최고의 친구라니까.

우리 너무 빨리 가는 것 같아요. 그 사람을 기다려야 하는 상황은 싫어요. 마틸드, 좀 천천히 가자고 해주세요.

카미유는 머리끝을 만지며 자신의 손을 가만히 내려다본다. 그녀가 보기에도 그 손은 손목이나 팔과 마찬가지로 작고 섬세해 보인다. 그녀는 흰색 레이스처럼 아주 활기차고 화려한 모습으로 나타나고 싶어한다. (그녀는 언젠가 몽펠리에 정원에서 그네를 타는 소녀를 그린 그림을 본 적이 있었다. 소녀가 입은 속치마의 가장자리에 흰색 레이스 장식이 있었다.) 몇 분 후면 나무도 훨씬 적고 거리도 방처럼 답답한 파리로 강제로 돌아가야만 하는 그녀는, 길게 자란 풀들로 온통 녹색인 이 동떨어진 풍경 속에 그런 모습으로 나타나고 싶은 것이다.

마차가 교회 앞에 멈춘다. 산타 마리아 마조레에 갈 때 타고 갔던 피아트 자동차가 플라타너스 그늘 아래 서 있다. 사람은 보이지 않는다. 카미유와 마틸드는 마부에게 좀 기다려 달라고 말한다. 마부가 고개를 끄덕이고는 길 옆 잔디밭에 자리를 잡고 앉는다. 피아트의 황동 전조등 한쪽이 햇빛을 받아 눈부시게 빛난다. 카미유는 고개를 숙이고 양산 끝이 땅을 향하도록 한 다음 펼친다. 마틸드는 끝이 위로 향하도록 양산을 받쳐 든다. 두 사람은 나란히 교회를 돌아 걸어간다.

그는 교회 북쪽 마당에 있는 돌로 만든 벤치에 앉아 있다. 카미유의 손에 입을 맞춘 다음 재빨리 마틸드의 팔을 잡으며 그가 말한다. 당신은 이분의 친구시죠. 그녀가 다 이야기했을 테니 우리 두 사람에게 생긴 일을 설명 드릴 필요는 없을 것 같습니다. 그는 마틸드를 이끌고 교회 묘지의 앞길로 데리고 간다. 카미유도 두 사람을 따라갈 것처럼 움직인다. 그가 돌아서서 말한다. 아니, 여기서 기다려 주세요. 제가 있던 자리에 잠깐만 앉아 계세요.

아주 조용하다. 교회 문은 잠겼고, 길에는 아무도 보이지 않는다. 겨우 도시 외곽을 벗어났을 뿐이라는 게 믿기지 않는다. 카미유에겐 그 정적이 비정상적으로 느껴진다. 그녀는 일상적인 아침이라면 길에 마차도 지나가고, 아이들이 근처에서 뛰놀고, 사제는 교회 안에서 기도를 드리고, 농부들이 밭에서 일하고 있어야 한다고 믿었다. 그 침묵 속에서 그녀는 자신의 가슴이 뛰는 소리와 그의 말소리를 듣는다. 그가 무슨 말을 하는지 알아들을 수는 없다.

그는 마틸드에게 자신과 그녀가 분명 다시 만날 일이 있을 것이며, 지금 자신의 계획에 동의해 주면 평생 큰 빚을 진 마음으로 살겠다고 말하고 있다. 그는 카미유를 사랑한다고, 하지만 그녀와 단둘이 있어 본 적이 없으며 이젠 편지를 쓸 수도 없다고 말한다. 그는 마틸드에게 마차를 타고 로스미니 수도원에 가서 기다려 달라고 한다. 어딘지는 마부가 알고 있을 것이고, 자신과 카미유도 삼십 분 후에 자동차를 타고 그리로 가겠다고 한다. 미칠 듯이 사랑하는 여인에게 자신의 감정을 설명할 수 있는 시간이 필요하다고 말한다. 그는 마틸드를 설득할 필요는 없다는 듯, 혹은 마틸드를 설득하려는 노력이 부질없다는 듯 가벼운 투로 말한다.

마틸드에게 부탁하는 동안 그는 카미유가 보이는 곳에 있으려고 주의를 기울인다. 무슨 음모라도 꾸미는 듯 그녀의 귀에 가까이 대고 말하며 한두 번쯤 그녀를 웃게 만들고, 그녀의 팔을 계속 붙잡으면서 어떻게든 둘의 대화가 친밀해 보이도록 노력한다.

그의 가벼운 말투가 마틸드를 자극한다. 덕분에 그의 말이 진심인지 아닌지를 굳이 판단해야 할 필요가 없어져 버렸다. 만약 그가 한 말이 너무 그럴듯하게 들렸다면, 그녀는 카미유의 친구로서 그것이 거짓말일 거라고 생각할 수밖에 없었을 것이다. 반대로 그의 말이 명백한 거짓으로 들렸다면 그에게 있는 그대로 말할 수밖에 없었을 것이다. 지금 상황에서 그의 말이 사실일까 아닐까 하는 의심 자체가 들지 않는 것은, 그는 마틸드가 이미 진실을 알고 있다고 전제하는 듯한 말투로 말했기 때문이다. 그녀는 무엇이 진실인지 모른다. 그리고 자신이 진실을 모른다는 사실 때문에 갑자기 그녀의 마음속에서 호기심이 발동한다. 직접 진실을 알아낼 수 없다면, 카미유가 그것을 알아내서 자신에게 이야기해 줘야 할 것이다. 그렇게 대단한 진실은 아닐 거라고 마틸드는 생각한다. 정말 대단한 진실이라면 마틸드 본인도 당연히 알고 있을 거라고 그가 그렇게 쉽게 단정할 수 없었을 것이다. 그녀가 그를 보자마자 믿어 버린 것은, 그쪽에서 그를 믿어야 할 이유를 전혀 주지 않았기 때문이다. 마틸드가 믿지 않는 사람은 모리스다. 그녀는 자신이 친구의 사정에 무심하지 않다는 것을 스스로 확인해 보이기 위해, 남편인 해리를 시켜 ―그는 모리스에게 사업과 관련해 압력을 행사할 수 있는 위치에 있는 사람이다― 모리스가 좀더 합리적으로 행동할 수 있게 압력을 넣는 것이 가능할지 생각해 본다. 그녀는 카미유만 괜찮다고 하면 마차를 타고 수도원에 가서 기다리겠다고 말한다.

카미유는 묘비 옆에서 앞뒤로 오가며 그들을 지켜봤다. 오래되어 여기저기 닳은 묘비는 반쯤 베어먹은 비스킷 모양을 하고 있었다. 눈앞의 비정상적인 상황 때문에 그녀는 화가 나고 초조했다. 마틸드는 저쪽에서 그와 농담을 하고 있는 마당에, 그녀는 왜 여기 앉아서 모든 위험을 감수해야만 하는지, 그녀는 스스로에게 물었다. 그녀는 직접 그에게 말해야겠다고 마음먹었다.

몇 분 후 마부가 자리에서 일어나 무릎에 묻은 흙을 턴다. 마틸드가 마차에 올라타 카미유에게 손을 흔들어 보인다. 너무 오래 걸리면 안 돼요. 내가 할 수 있는 일에도 한계가 있으니까. 그녀가 소리친다. 뒤쪽 굴대에 의지해 비스듬히 서 있던 마차가 인적 없는 길을 다시 나설 때, 카미유는 생각한다. 마틸드는 내가 파리로 돌아가면 이 남자의 정부가 될 거라고 믿고 있겠지. 날 두고 가도 좋다고 동의를 했으니까.

아무런 자존심이나 미안한 마음도 없는, 아무것도 요구하지 않고 아무것도 약속하지 않는 어떤 시선이 여성의 눈에(아주 가끔이긴 하지만 남성의 눈에도) 떠오를 때가 있다. 눈을 통해 드러나는 그 표정은 다른 표정의 방해를 받을지는 몰라도, 다른 표정으로 이어지지는 않는다. 그 표정은 상대방을 고려하지 않는다. 아이들이 그런 시선을 가질 수 없는 이유는 그들이 스스로에 대해 너무 무지하기 때문이며, 남자들이 그런 시선을 가지기 어려운 것은 그들이 주변을 너무 살피기 때문이다. 그리고 동물들이 그런 시선을 가질 수 없는 이유는 그들에겐 시간의 흐름에 대한 인식이 없기 때문이다. 그런 시선을 본 낭만파 시인들은 그 시선을 통해 여인의 영혼으로 곧장 들어갈 수 있는 길을 찾았다고 생각했다. 그런 생각은 그 시선이 투명하다고 여기기 때문에 가능한데, 하지만 실제로 그 시선은 세상에서 가장 불투명하다고 할 수 있다. 그 시선은 스스로를 그대로 드러내는 시선, 다른 어떤 시선과도 다른 시선이다. 그 시선에 비유할 만한 것이라면 꽃의 색깔을 들 수 있다. 자신이 보라색임을 드러내는 헬리오트로프. 그 시선은 대화나 소통을 할 수 없게 만들기 때문에 다른 사람과 함께 있을 때면 금세 사라져 버린다. 그것은 사회적 부재를 나타내는 시선이다.

그의 욕망, 그의 유일한 목표는 여인과 단둘이 있는 것일 뿐, 그 이상은 아니었다. 단, 우연에 의해서가 아니라 두 사람의 의지에 따라 단둘이 있는 상황이어야만 했다. 다른 사람들이 다 떠나 버린 후 방에 둘만 남겨지는 상황으로는 부족했다. 그것은 반드시 선택에 의한 것이어야 했다. 만남의 목적 자체가 단둘이 있기 위해서인 그런 상황. 그 다음에 벌어지는 일은 사전에 세웠던 계획을 실행에 옮기는 것이 아니라 단둘이 있게 된 상황의 결과였다.

다른 사람들과 뒤섞여 있을 때 그는 여성들을 제대로 파악할 수 없었다. 그건 그가 여성들에게 집중할 수 없기 때문이 아니라, 여성들이 주변 사람들의 압력이나 기대에 따라 끊임없이 스스로를 변모시키기 때문이었다.

그는 카미유와 단둘이 교회 북쪽의 그늘을 함께 걸었다. 그녀의 팔을 잡았다. 옷 속의 따뜻함이 손가락 끝에 느껴졌다. 어떤 숙명적인 느낌이 엄습했다. 그 느낌이 그를 놀라게 하지는 않았다. 그는 그런 느낌이 닥칠 것을 알고 있었지만, 자신의 의지로 그 느낌을 불러올 수는 없었다. 그는, 카미유는, 아주 작은 세부나 흔적까지도, 그녀 자신이 아닌 그 어떤 것도 될 수 없다는 절대적인 느낌을 받았다. 시간적으로 그녀를 앞서 있던 모든 것, 그리고 공간적으로 그녀와 떨어져 있던 모든 것이 그녀를 통해 드러나고 있음을 느꼈다. 이 세상에 그녀를 위한 공간은 오직 그녀의 몸밖에 없었다. 그녀의 본성, 입과 부드러운 대조를 이루는 그녀의 눈, 그녀의 작은 가슴, 갈퀴처럼 깡마른 그녀의 손과 물어뜯은 흔적이 있는 손톱, 뻣뻣한 다리로 걷는 그녀의 걸음걸이, 유난히 따뜻한 그녀의 머릿결, 쉰 듯한 목소리, 그

녀가 좋아하는 말라르메의 시, 작지만 균형이 잡힌 그녀의 몸매, 그
녀의 창백함, 그 모든 의미들이 모여 그에게 절대적인 느낌으로 다
가왔고, 그의 성적인 욕망에 불을 당겼다.

할 말이 있어요. 그녀가 말했다.

당신의 목소리는…. 그가 말을 끊었다. 뜸부기뿐 아니라 매미 소리
와도 비슷하네요. 매미와 관련된 전설을 알고 계세요? 살아 있을 때
원하던 시를 쓰지 못한 시인들이 죽으면, 그 영혼이 매미가 되어 쉬
지 않고 소리를 낸다고 하죠.

할 말이 있어요. 그녀가 다시 말했다. 저는 남편을 아주 사랑해요. 남
편은 제 삶의 중심이고 저는 그이의 아이들 엄마예요. 남편이 당신
을 협박한 건 잘못된 일이지만, 그래도 남편이 그런 행동을 할 정도
로 제가 뭘 어쩌지는 않았어요. 절대로요. 그저 당신이 써 준 그 어리
석은 쪽지를 남편이 발견하는 바람에….

어리석다고요? 지금 이렇게 만나서, 그것도 단둘이 이야기를 하고
있잖아요. 제가 원한 건 그것뿐이었습니다. 그게 뭐가 어리석다는
거죠?

당신이 쓴 표현이 어리석었어요. 아니, 쪽지를 보낸 것 자체가 어리
석은 일이었어요.

어떤 표현이요?

카미유는 하늘을 가린 사이프러스 나무를 올려다봤다. 어디를 봐도

비정상적인 정적만 가득했다. 기억 안 나요. 그녀가 쉰 듯한 목소리로 낮게 속삭였다. 그렇게 말하고 나니 갑자기 말라르메의 시가 떠올랐다.

　…그대는 거짓말을 하는구나,
　내 입술의 벌거벗은 꽃이여.
　…vous mentez, â fleur nue
　De mes lèvres.

'나의 뜸부기, 내가 진정 열망하는 당신' 이라고 했죠.

그게 어리석었어요.

하지만 사실인걸요.

비석에 새긴 글씨는 대부분 제대로 읽을 수 없을 정도로 훼손돼 있었다. 곡선이 있는 글자('U' 나 'G')가 직선만으로 된 글씨('N' 이나 'T')보다 더 많이 지워졌다.

그게 정말이라면 당신은 빨리 떠나야 해요. 제발 가세요.

아침 햇살의 열기 때문에 손과 눈이 닿지 않는 거리에 있는 것은 모두 아주 멀리 있는 것처럼 느껴졌다.

당신 남편이 저를 협박한 건 잘못된 게 아닙니다. 그가 말했다. 그로서는 질투를 느끼는 게 당연하죠.

질투를 느낄 이유가 없어요. 저는 그의 아내이고 그를 사랑하니까요. 그리고 당신의 감정에 대해서도 저는 아무 책임이 없어요. 그냥 당신이 착각하신 거예요. 저에 대해서 착각을 하셨다고요. 당신이 천박하다고는 생각하지 않아요. 당신이 느끼는 감정도 고귀한 거라고 믿어요. 그래서 드리는 말씀인데, 남편이 당신으로부터 저를 지키기 위해 애쓰는 걸 바라지 않아요. 보호할 필요가 없으니까요. 당신은 정말 그렇게 짧은 시간에 여자의 마음을 얻을 수 있다고 생각

하세요? 이 주나 두 달이면 모를까, 이틀은 말도 안 돼요! 당신이 착
각하신 거예요. 당신은 인생이 전에 말씀하셨던 그 회전목마 같은
거라고 생각하겠지만, 그렇지 않아요. 지금 이렇게 우리가 이야기하
는 것도 공연히 위험하기만 한 일이에요. 아무 도움도 안 된다고요.
빨리 제 친구가 있는 마차로 데려다 주세요. 남편과 저는 오후에 파
리로 떠나야 해요.

카미유는 힘들게 말했다. 그런 말을 하는 게 그녀에겐 더 이상 쉽지
않았다. 하지만 그녀는 진지하게 말했다. 자신의 거절만이 그 상황에
종지부를 찍고, 남편의 부당하고 품위 없는 협박을 만회할 수 있는
유일한 방법이라고 생각했다. 그녀가 무엇을 거절했는가 하는 것은
아직 중요하지 않았다. 하지만 그녀는 운명을 믿었다. 지금까지 그녀
의 인생에서 자신이 자기 운명의 주인이라고 믿게 할 만한 일은 하나
도 없었다. 그리고 오늘 내린 결정 때문에 자신의 미래를 둘러싼 안
개가 걷히고 완전히 예측 가능한 것이 될 거라고 생각하지도 않았다.
그녀로서는 자신의 거절이 꼭 필요한 일이라고 여겼기 때문에, 훗날
이 진심 어린 거절의 순간을 뿌듯하게 되돌아볼 수 있기를 바랄 뿐이
었다. 하지만 그 거절의 순간 이후에 벌어질 일이, 예상했던 일이든
예상하지 못했던 일이든, 어떻게 될지는 그녀도 단정할 수 없었다.
아마 그 일은 그녀의 통제를 벗어난 것일 테고, 그녀 역시 그 점을 조
심스럽게, 기대와 불안감이 뒤섞인 심정으로 인식하고 있었다.

그럼 파리에서 제가 당신을 찾아가겠습니다. 그가 말했다.
남편이 정말 당신을 죽일 거예요.
당신이 배신만 안 하면 돼요.
배신이라뇨!
쪽지를 계속 가지고 있었던 건 어리석은 행동이었습니다. 파리에서

는 더 영리하게 행동하셔야 합니다.

파리에서 당신을 만나지 않을 거예요.

적이 없다면 우리의 능력이 얼마나 되는지도 알 수 없는 겁니다. 그가 말했다.

당신은 제 능력에 대해서 알지도 못하고, 앞으로도 알 수 없을 거예요. 그건 아무도 몰라요. 제발 친구에게 데려다 주세요.

저는 당신이 존재한다는 것도 모른 채 평생 당신을 꿈꿔 온 것 같습니다. 당신이 다음에 무슨 말을 할지도 알 것 같아요. '착각하신 거예요' 라고 말하겠죠.

착각하신 거예요. 그녀가 말했다. 말을 멈출 수도 없었고, 웃음을 참을 수도 없었다.

그게 당신입니다. 카모마일.

차 옆에서 그는, 자신이 엔진에 시동을 거는 동안 운전석에서 어떻게 해야 하는지 그녀에게 설명했다. 그녀는 그가 자신에게 어떤 일을 시키는 것이 기분 좋았다. 그녀에게도 능력이 있다는 것을 보여줄 기회이자 그녀의 거절이 무능력을 숨기기 위한 것이 아니었음을 보여줄 수 있는 기회였기 때문이다.

보닛 너머로 크랭크축을 돌리느라 잔뜩 힘이 들어간 채 좌우로 흔들리는 그의 머리와 어깨가 보였다. 그의 팔은 가늘었고, 이마에는 땀이 흘렀다. 몇 번의 실패를 거듭한 후에 비로소 엔진이 돌아가기 시작했다. 자동차 전체가 흔들렸고, 핸들을 잡고 있는 그녀의 장갑 낀 손도 엔진의 회전에 맞춰 떨렸다. 그가 뭐라고 소리쳤지만 그녀는 알아들을 수 없었다. 그녀는 지금 자신이 차에서 내리면, 그건 떨리는 차에서 도로 위의 먼지와 교회의 벽을 둘러싼 절대적인 고요함 속으로 뛰어드는 일이 될 것 같다고 생각했다. 그녀는 뛰어내렸다.

291

자동차 반대편에서 그는 그녀가 조수석에 앉을 수 있도록 손을 잡아 주었다. 그녀가 자리에 앉자 그는 그녀의 팔을 들어 자동차 문에 걸친 다음, 장갑과 소매 사이에 입을 맞췄다. 그녀는 고개 숙인 그의 머리를 가만히 쳐다봤다. 어느새 그녀의 다른 손이 그의 머리를 쓰다듬고 있었다. 그는 그 손길을 모른 척했다.

비에초 계곡을 지나는 작은 길로 갈 겁니다. 그가 말했다. 삼사 킬로미터 정도만 돌아가는 거예요.

만약 그대가 말없이 그대 입술로
우리가 사랑하기를 원한다면
—말라르메

도덕성에는 신비감이 없다. 그래서 도덕적 사실 대신 도덕적 판단이 있을 뿐이다. 도덕적 판단은 지속성과 예측 가능성을 필요로 한다. 새로운, 진정 놀라운 사실에는 도덕성이 따를 수 없다. 그것은 무시되거나 억압될 수 있을 뿐이다. 하지만 일단 그 사실의 존재를 알고 나면, 그것의 설명할 수 없는 특징 때문에 그 즉시는 아무런 도덕적 판단도 개입할 수 없다.

그녀는 자동차로 자신을 데려다 주고 있는 이 남자가, 그가 그녀의 질서정연했던 삶 속에 만들어낸 대혼란에 대해서는 조금도 신경 쓰지 않고 있음을 알고 있다. 그 무관심 때문에 그녀는 그를 적이라고 생각하고 싶다. 그는 남편으로부터 그를 보호해 주려는 그녀의 노력과 그를 거절하기 위해 그녀가 보였던 노력에 대해 무관심하고, 그녀가 그 동안 만족하며 지냈던 행복감에 대해서도 무관심하다. 그를 적으로 여길 만한 이유가 되는 것이라면 그녀는 무엇이든 반기고, 그렇게 하나씩 이유를 찾을 때마다 그녀는 스스로의 삶에 대해 비판적으로 되어 가는 자신의 모습을 발견한다.

지붕이 없는 차여서 시원한 바람이 스친다. 카미유에게는 얼굴과 목, 팔에 스치는 시원한 바람과, 그들이 지나치는 나무의 가지 끝에서 쉴 새 없이 흔들리는 은빛 나뭇잎 사이에 어떠한 상관관계가 있는 것처럼 보인다. 나무들 사이로 녹색 언덕이 펼쳐져 있다. 풍경의 아주 작은 부분까지 단둘이 있기로 한 두 사람의 공모를 위한 배경이 되어 주는 것 같다.

그녀는 그의 무관심을 남편과 아이, 그리고 가족에 대한 자신의 사랑과 대비시킨다. 그들이 그녀의 이름을 부르는 것을 듣는다. 그들이 부르는 그녀의 이름과 그들이 그녀에게서 기대하는 것 사이에는 아무런 구분이 없다. '카미유' 가 그녀의 삶이다.

카모마일. 그가 그녀를 부른다. 학교에 다닐 때 친구 중에 이런 장난을 치는 아이들이 있었다. 그저 한 음절 차이일 뿐이다.
저의 어떤 점이 그렇게 좋으세요? 그녀가 묻는다.
당신의 꿈, 당신의 팔꿈치, 당신의 확신 속에 숨어 있는 의심, 당신의 유난히 따뜻한 머릿결, 당신이 원하지만 두려워하는 모든 것, 자그마한 당신의….
저는 제 자신에 대해서 아무것도 두렵지 않아요. 당신은 저에 대해서 아무것도 몰라요.
아무것도 모른다고? 나는 지금까지 당신에 대해 쓴 모든 것을 알고 있는데.
이건 누구의 말일까?

제가 어떻게 되든 상관하지 않잖아요. 그녀가 따지듯 말한다.

그럼 어디가 좋으냐고는 왜 물어 보셨죠?

당신의 눈에 비친 제 모습이 어떤 걸까 궁금했어요. 당신을 착각으로 이끈 게 무엇인지.

저를 이끈 건 아무것도 없습니다. 지금까지 제 인생이 그저 당신을 향하고 있었을 뿐이에요.

당신이나 그나 모두 미치광이예요.

누구요?

모리스나 당신이나 모두 미쳤다고요.

하지만 당신과 저는 미치지 않았어요.

파리에서 그가 당신을 죽일 거예요.

다리를 건넌 그는 도랑으로 이어지는 것처럼 보이는 길에 차를 세운다.

팔 일 후에 파리로 갈게요. 그가 말한다.

그녀는 다시 잔디와 먼지가 있는 정적 속으로 뛰어내린다. 뻣뻣한 다리로 땅에 내려선 그녀는 그를 향해 돌아보며 인상을 찌푸린다. 그리고 잠시 후, 그녀는 아카시아 나무가 우거진 길 옆으로 몇 발짝 뛰어간다. 올바른 행실에 대해 배웠던 모든 것, 여성으로서 제이의 본성이 되어 버렸던 몸가짐들이 그녀에게서 떨어져 나간다. 그녀는 말 안 듣는 아이처럼, 혹은 슬픔에 빠진 어른처럼 움직인다.

만약에. 그녀가 쉰 듯한 목소리로 외친다. 만약 여기가. 그녀가 양팔을 활짝 펼친다. 여기가 일 주일 후의 파리라면요, 만약 그럴 수 있다면!

그녀가 나무 사이로 비틀거리며 달려간다.

그는 그녀를 뒤쫓기 시작한다. 그가 달려오는 소리를 들은 그녀가 그를 향해 돌아선다. 바로 옆에 나무 울타리가 있고, 그 위로 넝쿨이 아무렇게 자라고 있다.

오지 마세요. 그녀가 소리치며 울타리 너머의 나무들을 향해 황급히 달려간다.

그가 보이지 않는 곳에 이르자 그녀는 달리기를 멈춘다. 서두르지 않고 주변을 살펴 가며 그녀는 옷을 벗기 시작한다. 나무 위로, 마치 녹색 털로 뒤덮인 주먹처럼 수풀이 우거진 언덕 너머로, 눈 덮인 산 정상이 비현실적인 모습으로 솟아 있다. 그녀는 고개를 숙여 코르셋의 단추를 푼다.

제가 당신께 드리는 것은 제 자신이 아닙니다. 제 자신의 자아가 아닙니다. 아니, 제가 당신이라면, 믿어 주세요. 지금 이 순간만큼은 그런 상상이 손바닥 뒤집듯 쉽게 되네요. 제가 당신이라면, 당신 자신이라면. 저의 부분부분을 차근차근 살펴보면 다른 사람과 다를 것이 없겠죠. 부분만으론 아무것도 판단할 수 없으니까요. 젖꼭지만 보고 가슴을 판단하고, 이마만 보고 눈빛을 판단하고, 귀만 믿고 어느 길로 가야 할지 알 수 있는 사람은 아무도 없을 거예요. 제가 당신을 향해 걸어갈 나무 사이의 유일한 그 길. 부분만 보면 저는 도랑 옆의 작은 방 같은 조그만 공간에서, 당신이 볼 수 없는 이곳에서 당신을 기다리며 옷을 벗고 있는 한 여인에 불과합니다. 불과 몇 분 전 당신을 거절했던 여인, 그리고 오늘 저녁이면 아이들이 있는 파리로 돌아갈 여인, 남편의 사랑을 받는 아내가 아닌 다른 모습으로는 자신을 상상할 수 없는 여인, 지금까지 단 한번도 지금과 같은 모습이었던 적이 없었던 여인입니다. 하지만 그 부분들을 다 모은다고 해서 제가 되는 것은 아니에요. 당신의 소중한 삶을 고스란히 담고 있는 당신 자신을 바라보듯 저를 전체로 봐 주세요. 제 목덜미에 있는 솜털만큼 많은 방식으로 당신은 저에게 다가오겠죠. 제가 당신께 드리는 것은 제 자신이 아닙니다. 제가 당신께 드리는 것은 우리 둘의 만남입니다. 당신이 제게 주는 것은 그 만남을 줄 수 있는 기회입니다. 제가 드릴게요. 제가 드릴게요.

그녀가 큰소리로 말한다. 저 여기서 기다리고 있어요.
불안정한 그녀의 목소리에도 그는 놀라지 않는다.(마치 탈의실의 열린 문틈으로 다급하게 말하는 것처럼 들린다) 그런 상황에서 하는 말은 불안정하게 들릴 수밖에 없다.

그녀는 풀밭 위에 앉아 있다. 그녀의 머리가 어깨 위로 흘러내리고, 속옷은 느슨하게 흐트러져 있다. 그녀의 회색 치마와 재킷이 다른 옷가지와 함께 옆에 단정하게 개켜져 있다.

카미유가 선택한 장소가 파우누스와 님프가 등장하는 르네상스 시대의 회화를 떠올리게 하는 곳이었기 때문에, 우리는 그녀의 몸도 티치아노의 작품에 등장하는 여신의 몸과 비슷할 거라고 생각하기 쉽다. 하지만 그건 사실과 전혀 다르다. 그녀의 팔은 가늘고, 매끈하지 못한 목은 긴장을 해서 뻣뻣하며, 허벅지 안쪽에 살이 없어서 양발을 붙이고 서도 양쪽 허벅지가 거의 닿지 않는다.

그는 그녀가 기다리고 있을 거라 기대했지만, 그럼에도 불구하고 그녀를 발견하고 놀란다. 놀라움과 정확하게 맞아떨어진 기대의 그런 흔치 않은 조합은 성욕을 느끼는 순간에만 가능하며, 이러한 조합은 그 순간을 일상적인 시간의 흐름에서 벗어나게 하는 또 다른 요소가 된다. 우리는 아직 세상에 나오기 전 어느 순간, 우리에게 알려지지 않은 어떤 단계에서 그런 삶의 총체성을 인식했을지도 모른다. 그녀에게 손을 내밀기 전부터, 그는 자신의 손길에 닿을 것이 무엇인지 알고 있다. 그녀에게 손을 대 보면 지금 그녀가 얼마나 외로운지 알게 될 것이다. 옷을 벗는 것은 지금까지 그녀의 삶을 만들어 준 사람들의 관심사를 벗겨내는 행위였다. 그녀는 옷을 벗으며 그가 증오하는 남자들을 떨쳐냈다. 실오라기 하나 걸치지 않은 그녀의 몸이 그녀의 외로움에 대한 증거다. 그리고 그 외로움이 ―오직 그 외로움만이― 그가 그녀에게서 알아보고 그토록 열망했던 것이다. 그는 그녀를 남편과 함께 쓰는 침대로부터 꺼내 주었고, 화려한 가구들로 가득한 저택, 마치 돌로 만든 부조처럼 무거운 커튼이 내려진 창문들이 가득한 거리, 너무 많이 읽어 버린 말라르메의 시집, 남편이 맞춰 준 그녀의 옷, 불공평하게도 남편과 아내를 동등한 모습으로 비춰 주던 거울 등, 그 모든 것에서 꺼내 주었다. 그는 그녀가 속해 있던 곳으로부터 점점 더 멀어져 홀로 남을 때까지 그녀를 이끌었다. 그렇게 그녀의 외로움과 그의 외로움만 남은 곳에서 두 사람은 새로 시작한다. 안디아모(andiamo, '출발' 이라는 뜻의 이탈리아어―옮긴이).

상상했던 것보다 훨씬 더 강렬한 눈빛으로 자신을 바라보는 그를 보면서, 그녀는 마치 숲의 요정이 된 것만 같은 느낌이 든다. 인간이 아닌 동물처럼 주변을 경계하고, 민첩하고, 예민하고, 재빠르고, 부드러운 혀를 가진, 부끄러움을 모르는 존재. 그녀는 그와 숲의 요정이 짝을 이루어 함께 있는 모습을 보고, 그 광경이 그녀를 부드러운 느낌으로 가득 채워 준다. 요정이 그의 셔츠를 벗긴다. 그녀는 머리를 땅으로 향한 채 네 발로 엎드린 자세로 그를 기다리는 요정의 모습을 기대한다. 그는 숫양처럼 그녀에게 올라탈 것이다. 그녀는 네 발로 기어서 그에게 다가가 그의 눈에 키스한다.
카모마일.

부드러운 느낌이 넘쳐흘러 카미유는 이제 아무것도 거리를 두고 볼 수 없다. 순간 숲의 요정에 대한 생각도 지워진다. 그렇게 짓이겨진 풀냄새와 주변의 정적 속에서 숲의 요정도 잊혀지고, 두 번 다시 떠오르지 않는다. 그의 허벅지 위에 엎드린 카미유는 그의 성기 아래를 타고 움직이는 자기 혀끝의 움직임에만 집중한다.

그는 그녀의 아래에 있다가, 위로 올라갔다가, 나란히 눕는다. 그는 그녀에게 아무것도 주장할 수 없다. 그는 아무것도 아닌 존재가 되어 버렸다. 그는 마치 넝쿨로 뒤덮인 울타리처럼, 그녀가 자꾸만 머리를 부딪치는 담장처럼, 거기 그렇게 있을 뿐이다. 그는 거기, 그녀의 외부에, 그녀의 의식 속으로 들어갈 수 없는 다른 모든 것들과 함께 있을 뿐이다. 그녀는 그를 사랑한다고 생각하지 않는다. 그가 그녀에게 주는 확신은 오직 한 가지뿐이다. 지금까지 만났던 그 어떤 남자와 달리, 그는 그녀―오직 그녀―에 대한 그의 열망이 절대적이라는 확신을, 그녀의 존재 자체가 그런 열망을 불러일으켰다는 확신을 주었다. 지금까지 알고 있던 남자들은 모두 이미 그들 안에 자리 잡고 있던 욕망을 채워 줄 대상으로 그녀를 선택한 남자들이었다. 다른 여자가 아니라 그녀가 선택된 것은, 그들이 선택할 수 있는 여자들 가운데 그녀가 그나마 그들의 욕망에 가장 가까운 여자였기 때문이다. 하지만 그는 아무것도 부족할 것이 없어 보인다. 그는 그녀의 얼굴 앞에서 바람을 맞으며 움찔거리는 그의 성기가 지금의 크기와 색깔과 따뜻함을 가지게 된 것은, 전적으로 그가 그녀에게서 알아본 것 때문이라는 확신을 그녀에게 주었다. 그가 그녀 안으로 들어오면, 끝이 동그랗고 매끈하고 잔뜩 흥분한 채 꿈틀거리는 그의 몸의 일부가 그녀의 골반이 허락하는 범위 내에서 최대한 깊이 그녀의 중심을 향해 다가오면, 그는 그 욕망의 근원으로 되돌아갈 거라고 그녀는 믿는다. 동그란 귀두 끝으로 한 방울 새어 나온 첫번째 정액 덕분에 더욱 부드러워진 그의 성기에서, 그녀는 다른 사람의 몸으로 옮겨진 자신의 피부를 느낀다.

멈추지 마세요. 그녀가 낮은 목소리로 천천히 속삭인다. 내 사랑, 내 사랑.

그들은 풀밭 위에서 섹스를 한다. 섹스를 하는 동안 두 사람은 그들이 누워 있는 것이 아니라 함께 일어나 걷고 있는 것이라고 믿는다. 절정에 가까워질 무렵 두 사람은 길게 자란 풀밭을 달리기 시작한다. 그는 한 발 더 나아가 다른 사람들이 쫓아오는 것만 같은 환상에 빠진다.

모두 거기에 있다. 원초적이고 아직 가능태로만 존재하는 그 의미를 말로 끄집어낼 수 있을까. 모두 그들만의 시간 속에, 그리고 같은 시간 속에 함께 있다. 단맛이 올라오는 목이 나의 목인지 여러분의 목인지는 전혀 나의 관심사가 아니다. 바로 여기, 지금, 최고의 언어가 그 궁극적인 의미를 얻게 내버려 두자. 무엇이 누구의 것인지는 전혀 중요하지 않다. 모든 부분이 하나가 된다. 거기에 있는 모든 것이 함께 있다. 그 모든 차이에도 불구하고 모든 것이 함께 있다. 그도 거기에 동참한다. 아무것도 필요하지 않다. 거기에서는 욕망이 곧 만족이며 혹은, 어쩌면, 욕망이나 만족이 적대적이지 않기 때문에 그런 구분 자체가 아예 존재하지 않을지도 모른다. 거기에서는 모든 경험이 자유의 경험이 된다. 거기에서 자유는 스스로가 아닌 모든 것을 배제한다.

그와 카미유는 단둘이 포도밭 옆의 경사지에서 헝클어진 모습으로 나란히 누워 있다. 도랑 건너편의 비탈길을 지나가던 한 농부가 죽은 듯이 누워 있는 두 사람을 발견했다. 그는 조각상처럼 흰 팔과 양말이 신겨진 발을 보았다. 농부는 다음 상황이 궁금해 몸을 숨기고 지켜보았다.

우리가 누구와 함께 걸었던 걸까요?
나는 다른 사람의 다리를 원하는 무릎입니다.
내가 했던 말 중 가장 부드러운 말이 당신 엉덩이에 담겨 있어요.
당신의 뒤꿈치는 제 손가락에 있어요.
내 엉덩이는 당신의 손바닥에.
나는 당신의 입 안에 숨어 있어요. 당신은 혀끝으로 나를 찾겠죠. 하지만 당신은 아무것도 찾을 수 없어요.
부풀어 오른 당신의 목. 내 발은 지금 뱃속에 있어요. 야윈 당신의 다리, 내 머리가 당신 몸 안으로 들어가요. 나는 당신의 성기예요.
당신은 장밋빛으로 변한 성기의 속살, 그 어두운 꽃잎에 떨어지는 밝은 빛입니다.
굳게 잠긴 당신의 꽃 위로 혈관이 솟아오르네요.

○

도모도솔라에서 총격 사건이 발생하면 보통은 이탈리아의 지방 신문에만 실렸지만, 마을에는 차베스의 회복 혹은 사망 소식을 전하기 위해 전 유럽에서 몰려온 기자들이 가득했기 때문에 이번 사건은 다양한 신문에 많이 실렸다. 부르주아 계급의 명망있는 인사들에게 영향을 미칠 만한 사건을 다룰 때의 유서 깊은 전통에 따라, 스위스 신문들은 사건에 관련된 사람들의 실명을 거론하지 않았다.

"도모도솔라라는 작은 마을에서 어제 개인적 원한에 따른 극적인 광경이 벌어졌다. 자동차 업계에서 일하는 프랑스인 사업가 H씨는 제오 차베스의 알프스 횡단이라는 기념비적인 비행과 관련있는 이 작은 마을에 머물고 있었다. 오후 세시 삼십분경, H씨는 인파로 붐비는 메르카토 광장에서 비행광으로 알려진 영국 젊은이 G에게 세 발의 자동 권총을 발사했다. G는 막 과일가게에서 걸어 나와 광장 주변의 아케이드로 들어가려던 참이었다. 그는 어깨를 다쳤지만 중태는 아니라고 한다. 환자는 비행 영웅이 치료를 받고 있는 바로 그 병원으로 곧장 이송되었다.
총격 사건 이후 H씨는 아무런 저항 없이 경찰에 투항했고, 자신이 잘못한 것은 총을 너무 멀리서 쏜 것밖에 없다고 말했다. 그는 이미 그 영국인에게 자신의 아내 H 부인을 부끄럽게 하고 그녀에게 집적대는 것을 그만두지 않으면 총으로 쏴 버리겠다고 경고한 바 있다고 말했다. 그는 '나의 행동은 명예를 지키기 위한 것이었다. 모든 사실이 밝혀지고 나면 격식있는 사람들은 모두 나에게 공감할 것이라고 확신한다'고 말했다. 총을 맞은 영국인은 이탈리아어를 유창하게 구사할 수 있음에도 불구하고, 기자들의 질문에 아무 대답도 하지 않았다."

○

도모도솔라의 오래된 —더 큰 새 병원이 바로 옆에 지어지고 있었다— 병원 벽에는 차베스의 영웅적 행위를 기념하고, 사망 당시 그가 입원해 있던 병실 번호를 알려 주는 기념패가 붙어 있다. 차베스는 천구백십년 구월 이십칠일에 사망했다.

죽음을 앞둔 그의 마지막 상태를 묘사한 글들을 보면 차베스는 자신이 했던 비행의 환영에 시달렸다고 한다. 그는 자기 주변에서 지속되는 삶과 자신을 분리시키고 있는 것이 무엇인지 이해할 수 없었다. 그는 확신에 찬 젊음의 열정으로, 그 삶 속으로 다시 들어가고 싶었다. 그의 업적 때문에, 그후에 이어진 사고와 떼어놓고 생각해 보면, 일상적인 삶은 더욱 경멸적으로 보였다.
'지금 갈 거야. 얼른 브리그로 가자고.' 그는 자신의 다리에 '승리하라, 차베스'라고 적었던 것을 기억했다. 어디서 잘못됐던 걸까? 기술적인 면에서 실수가 있었는지, 아니면 정신적인 문제였는지 이제 그는 분간할 수 없었다. 그는 곤도 협곡을 향해 돌진하며 자신이 뭐라고 소리를 질렀는지 떠올리려 했다. 생각나지 않았다. 또한 그는 곤도 협곡을 빠져나오기 전에는 아무것도 생각나지 않을 것 같아 두려웠다. 그는 여전히 그 협곡에 머물러 있었다.

G가 머물고 있는 병실을 알려 주는 기념패 같은 것은 병원 벽에 없었다. 그는 상처에서 총알을 빼내는 수술을 받은 후, 차베스가 입원해 있는 병실에서 불과 창문 세 개밖에 떨어져 있지 않은 병실에 자리를 잡았다. 나폴리 출신으로 보이는 중년의 간호사가 그의 얼굴과 목을 씻겨 주었다.

총격이 있은 후 처음 맞이하는 비교적 조용한 순간이었다. 그가 누운 병상에서 병원의 정원이 내려다보였다. 조금도 움직이지 않는 버드나무 잎사귀가 석양을 배경으로 또렷하게 보였다. 극적인 순간이란 참 짧다는 생각이 들었다. 질서는 순식간에 다시 자리를 잡는다. 그는 아버지가 리보르노에 가지고 있던 저택의 정원과 물고기들이 놀던 연못을 떠올렸다. 그리고 그 정원에서 죽지 않고 살아 있다는 것 자체가 중요하다는 것을 발견했을 때의 흥분을 기억했다. 그가 신음 소리를 냈다.

죄송합니다. 아프세요?

아닙니다. 아니에요. 그냥 혼자 생각을 좀 했어요. 그는 잠시 말을 멈췄다가 훨씬 밝아진 목소리로 말했다. 저기요, 솔직히 말씀해 주세요. 경험도 많으실 것 같고, 또 이것저것 까다롭게 따지지 않는 분 같아서 여쭤 보는 겁니다. 그러니까, 간호사님이 보시기에도 제가 악마처럼 보이나요?

쉿! 그런 생각은 함부로 하는 게 아니에요.

제 질문에 대답은 안 하시네요.

그녀는 젊은이의 얼굴을 쳐다봤다. 미소를 띤 젊은이의 짙은 눈이 자신을 똑바로 쳐다보고 있었다. 그녀는 어떤 흥분한 남편이 이 젊은이를 총으로 쏴 죽이려 했다는 이야기를 떠올렸다. 그녀가 말했다. 제가 보기에는 악마처럼 보이지 않네요.

(나중에 아는 사람들에게 이 이야기를 전할 때, 그녀는 환자를 진정시키는 것이 간호사의 의무이기 때문에 그렇게 대답했다고 거짓말을 했다.)

그 남자는 제가 악마라고 하더군요. 하지만 악마를 총으로 쏴서 없앤다는 건 말도 안 되잖아요. 악마를 없앨 수 있는 유일한 방법이 뭔지 아세요? 그가 원하는 걸 주기만 하면 됩니다. 간호사님은 그렇게 하실 수 있겠어요?

303

수건으로 그의 얼굴을 닦아 주던 간호사가 손으로 그의 입을 막으려 했다.

대답해 보세요. 악마에게 그가 원하는 것을 줄 수 있겠어요? 그도 물러서지 않았다. 그게 유일한 방법이라면요. 그가 당신의 영혼을 원한다면 줄 수 있을까요?

농담이라도 그런 신성모독을 범하면 안 돼요. 그런 말을 입에 올리면 안 된다고요.

이런! 그가 탄식했다.

(나중에 그녀는 그 상황에서 자신이 웃음을 참을 수 없었던 게 너무 놀라웠다고 고백했다.)

파리에서 한걸음에 달려와 자신의 침대맡을 지키고 있는 약혼녀의 얼굴도, 차베스에겐 곤도 협곡의 깊이만큼 멀리 떨어져 있는 것처럼 느껴졌다. 그녀를 만져 보기 위해 팔을 뻗은 그는 마치 자신의 팔이 곤도 협곡의 경사면이 된 것 같은 느낌을 받았다. 약혼녀의 입 주위를 맴도는 손가락도 자신의 몸의 일부가 아닌 것 같다.

그의 불안한 정신 상태는, 자신의 모든 삶이 설명할 수 없는 이유로 완전히 뒤집혀 버렸다는 믿음 때문이었다. 그의 용기, 그리고 그가 심각한 부상 없이 살아 남았다는 사실에 대해서는 신과 자연 그리고 인간 세계가 모두 의견 일치를 보이고 있었다. 그렇지 않을 이유가 없지 않은가. 그는 성공할 수 있는 자신의 권리를 입증해 보였고, 그로서는 그렇게 한 발 앞서 행동할 수밖에 없었다. 그가 과소평가했던 바람, 산봉우리, 기대와 달리 얼음처럼 차가웠던 바람, 입 속으로, 혈관 속으로 파고들던 흙먼지까지, 심지어 자신의 몸도 그의 업적에 동의하지 않는 것처럼 보였다. 왜일까?

밤이면 그는 잠꼬대를 했다. 나는 카톨릭 신자입니다. 나는 카톨릭 신자입니다.

잠에서 깬 G는 도모도솔라에서 돌아오는 자동차 안에서 카미유가 했던 말을 한마디 한마디 되새겼다.

제가 편지를 쓸게요. 어디로 부치면 돼요?

아니요. 쓰지 마세요. 제가 파리에 가자마자 어떻게든 알려드릴게요.

제가 얼마나 다재다능한지 알고 나면 놀랄 거예요. 당신 정말 놀랄 거예요. 저도 교활하게 행동할 수 있어요. 저도 변호사들만큼 교활해질 수 있다고요. 제가 빵가게 주인처럼 하고 있는 모습이 상상이나 돼요? 빵가게 주인으로 변장하고 당신 앞에 나타날 수도 있어요. 아니면 할머니도 될 수 있다고요.(그녀는 조금 웃었다) 당신은 겁을 먹겠죠. 제가 변장을 벗으면 그제야 당신은 당신의 뜸부기를 알아보겠죠. 모리스가 저를 죽이려고 마음만 먹으면 절 죽이겠지만, 저는 두렵지 않아요. 하지만 그는 저보다는 당신을 죽이려고 할 거예요. 그러니까 변장은 당신이 해야 해요. 누구로 변장하는 게 어울릴까? 스페인 사람이 좋겠어요. 스페인 수사! 그럼 아무도 당신인 줄 모를 거고, 나도 믿을 수 없겠지만, 그래도 저는 이제 당신이 어떤 모습으로 변장하든 알아볼 수 있어요. 어디서든 당신을 알아볼 테고, 그러면 당신을 보는 저의 눈빛을 읽은 모리스도 알아차리겠죠. 당신이 죽을 거라는 사실을 알게 되면 기분이 어떨 것 같아요? 그걸 알게 된 제 기분은 어떨까요? 하지만 이제 당신을 말리지 않을 거예요. 이젠 그렇게 못 해요. 이전이라면 말렸겠죠. 당신을 구하기 위해 노력했을 거예요. 당신을 거절했겠죠. 어쩌면 제가 무서워했던 건 제 자신일 수도 있어요. 이젠 알겠네요. 저는 당신을 반길 거예요. 그게 당신이 원하는 것이니까. 그때 당신은 죽음의 위협 앞에서도 그 어떤 여인보다 저를 원했어요. 앞으로는, 당신과 함께 죽을 수도 있어요. 행복하게.

다음날, 차베스는 의미를 알 수 없는 마지막 말을 남기고 떠났다. 아니야, 아니야, 나는 죽지 않아… 죽지 않아.

○

웨이만은 인상을 잔뜩 찌푸린 채 병실로 들어왔다. G에게 인사를 하고 나서 창가로 간 그는 정원에서 재미있는 일이라도 벌어지는 듯 계속 창 밖만 내다봤다.
내일 장례식이 열릴 예정이네. 웨이만이 말했다.
사람들이 복도에서 하는 이야기 다 들었어요. 여기는 벽이 두껍지 않더라고요. 어제 오후 세시에 죽었다면서요?
온 마을이 그를 애도하고 있어. 웨이만이 말했다.
엔캥이 조준만 잘 했으면 장례식을 두 번 치를 뻔했네요.
무슨 말이 그래?
선생님이 아니라 제가 죽었을 텐데 뭘 그러세요. 왜 그렇게 심각하신 거예요?
심각한 상황이니까. 자네의 그, 그 ─웨이만은 적당한 단어를 생각하며, 보이지 않는 무슨 일이 벌어지는 것 같은 창 밖만 계속 내다보고 있다─ 연애질은 아주 적절치 못한 처신이었어. 온 마을이 차베스를 애도하고 있고 공장도 문을 닫았네.
베르디의 오페라 같네요. 이탈리아 사람들은 죽음들을 사랑하는 것

306

같아요. 죽음이 아니라 죽음들이요. 무슨 말인지 아시겠죠?

그냥 그의 죽음을 슬퍼하는 거야.

선생님은 그가 바보라고 하셨잖아요.

그건 그가 죽어 가고 있다는 걸 알기 전이지.

뭐가 달라지죠? 그는 부드러운 목소리로 물었고, 웨이만도 긴장을 조금 풀고는 창가를 벗어나 그의 침대로 다가왔다.

그는 죽어서 하늘나라로 간 거라네. 웨이만은 종종 그랬듯이 성직자 같은 목소리로 말했다. 우리 살아 있는 사람들이 잃어버린 비행사의 낙원이라고 부르는 그 하늘 말이야.

저도 내일 여기서 나가 장례식에 참석할게요. 엔캥 부부는 떠났나요?

자네가 연루된 그 사건은 우리 모두에게 상당한 수치라는 걸 말해 주고 싶네. 자네가 일으킨 그 소동이 항공계에 오명을 남겼어. 항공계 전체가 협잡꾼으로 매도되고 있단 말이야.

사실이잖아요.

내 말이 무슨 뜻인지 자네도 알잖아.

말해 주세요. 그 사람들은 파리로 돌아갔나요?

엔캥 부인은 쓰러졌네. 자네에게는 기쁜 소식인지 모르겠지만.

남편은요?

병원으로 자네를 찾아오지 못하게 하려고 감금 중이지. 두 번은 놓치지 않겠다고 벼르고 있어.

오게 내버려 두세요. 저도 다시 한번 보고 싶은걸요.

웨이만은 갑자기 화가 났다. 길쭉한 그의 얼굴이 붉어지고, 눈이 튀어나올 듯 매섭게 침대 위의 동료를 내려다보았다.

그래, 그 양반이 찾아오게 내버려 둘 걸 그랬네. 도대체 뭐 하는 짓이야? 이게 무슨 장난이냐고? 내 말 잘 들어. 지금 마을에는 사람들로 가득해. 내일이면 더 많은 사람들이 몰려오겠지. 제오의 위대한 업적, 그의 영웅적인 용기에 경의를 표하기 위해 전 세계에서 사람들이 몰려올 거란 말이야. 사랑하는 영웅에게 마지막 인사를 전하기 위해 산에서 여기까지 걸어온 사람들도 있다는 거 알고 있나? 자네가 그 사람들 얼굴을 한번 봐야 하는데. 그러면 겸손함에 대해서 조금이라도 배우는 게 있겠지. 고통과 희생으로 점철된 인생을 살았던 사람들이 자신의 아이들에게만이라도 희망을 전해 주고 싶은 마음이 어떤 건지 자네도 알아야 한단 말이야. 위대한 업적이라는 것이 무엇인지도 알아야 해. 그런 사람들 중에는, 마치 순례자들처럼 온 마을을 가득 채운 그 진지한 사람들 중에는 어린이들도 있단 말이야!

그는 문을 박차고 나갔다.

○

군중들 때문에 시내가 장터처럼 북적였다. 검은 옷을 입은 사람들이 벽에 치일 정도로 좁은 골목을 가득 메웠다. 마치 자석에 이끌리듯 한쪽으로 몰려가는 사람들의 흐름을 거스르는 행동은, 아이들이 집 밖으로 나와 행렬에 휩쓸려 가지 않게 막고 있는 여인들의 몸짓뿐이었다. 일층 창문과 발코니에는 급하게 만든 티가 나는 검은색 주름진 상장(喪章)과 검은색 리본을 묶은 삼색기가 걸려 있었다. 날씨는 맑았고, 행렬이 지나다니지 않는 거리는 버려진 듯 한산했다. 상점과 사무실도 모두 문을 닫았다. 종탑에선 종소리가 은은하게 울려 퍼졌다. 종소리는 꼬리에 꼬리를 물고 끊이지 않으며 정적을 채웠고, 쓸쓸한 그 종소리 덕분에 하늘이나 산이 보이지 않는 아케이드에서도 사람들은 외로운 감정을 느낄 수 있었다. 지방에서 추모객을 싣고 온 마차가 사람들을 내려놓은 메르카토 광장 근처에는 말과 가죽 냄새가 진동을 했다. 사람들이 차베스의 관을 따르는 행렬에 합류하면서, 말과 마차는 그대로 광장에 버려져 있었다.

금장이 달린 모자를 쓰고 긴 코트까지 챙겨 입은 역장은 대기실의 유리문에 다시 한번 자신의 모습을 비춰 보았다. 그 순간 문제되는 것은 그의 허영심이 아니라 직업정신이었다. 그는 무대에 올라가기 전 거울을 보는 배우와 같은 기분이었을 것이다. 대기실에서는 유럽 전역에서 온 기자들이 고국으로 걸 전화를 예약하느라 정신이 없었다.

병원 밖에서 마을의 공식 악단이 장송곡을 연주하기 시작했다. 행렬이 시작되자 사람들이 술렁이며 어수선해졌다. 영구차를 끄는 네 마리 말 앞에서 흰색 베일을 쓴 여자아이들이 자갈길과 흙먼지 위로 월하향을 뿌리며 행렬을 이끌었다. 남자아이들은 부지런히 앞뒤를 살피며 거리 모퉁이에 이를 때마다 먼저 가 앞길을 열었고, 여자아이들에게 열심히 꽃을 갖다 날랐다. 시장은 장례식 비용을 시 의회에서 담당하겠다고 발표했다. 행렬이 멈춰 섰을 때 앞에 선 여자아이들 중 한 명이 옆에 선 친구를 보며 수줍은 듯 웃었다. 하지만 다시 행렬이 출발하면 아이들은 물살이 빠른 개울에 그물을 던지는 어부처럼 허리를 굽히고 꽃을 뿌렸다. 아이들은 아주 진지한 표정으로 집중하면서 꽃을 뿌렸고, 그 중에는 아랫입술을 깨물고 있는 아이도 있었다.

영구차 바로 뒤에는 영웅의 할머니와 형, 약혼녀, 그리고 가족과 친한 친구들이 따랐다. 차베스의 약혼녀는 마치 이단자 남편을 처형장으로 호송하는 마차를 따르는 아내처럼 고개를 꼿꼿이 들고 걸었다. 그녀는 그 상황 자체를, 그를 죽음으로 몰고 간 힘 자체를 거부하는 것처럼 보였다. 젊고 부유한 은행가라는 제오의 형은 고개를 숙인

채, 아직 사람들의 발길에 짓밟히지 않은 꽃만 쳐다보며 걸었고, 그
의 할머니는 지팡이에 의지해 걸음을 옮기고 있었다. 가끔씩 그녀의
지팡이에 꽃잎이 짓이겨졌다.

가족들 뒤로 외교관, 의원, 차베스의 동료 비행사, 시장, 기자, 항공
엔진 제작사의 대표, 지역 유지들이 따랐고, 그들 뒤로 약간의 간격
을 두고 수천 명의 인파가 몰려 있었다. 대부분은 차베스가 산등성
이를 돌아 처음 모습을 드러냈을 때, 그리고 듀레이가 흰색 십자가
로 표시해 놓은 곳에 착륙할 때 승리감에 도취된 그의 모습을 본 사
람들이었다. 그렇게 쉽게 쟁취된 승리의 광경 앞에서, 불가능하다고
여겨지던 것이 순식간에 가능해진 그 순간에 직면한 그들은 어떤 뿌
듯함을 느꼈다. 그들이 직접 읽은, 혹은 다른 사람에게 전해 들은 신
문 기사에는 "어제의 유토피아가 현실이 되었다"고 적혀 있었다. 그
들 중 몇몇은 "이젠 우리가 원하는 것도 얻지 못할 이유가 없지 않은
가"라고 자문했다. 그런 물음을 자주 던졌던 몇몇은 "부자들의 세상
을 뒤엎고, 사유재산을 모두 몰수해야 해"라는 일상적인 대답을 다
시 한번 확인하기도 했다. 또 다른 사람들은 이탈리아가 통일돼야
한다고, 트리에스테를 돌려 받고 식민지를 더 많이 개척해야 하며,
그때서야 비로소 모든 이탈리아인들이 자신들의 운명을 성취할 수
있다고 주장하기도 했다. 질문을 던진 사람들 모두에게 대답은 이론
적인 것에 불과했고, 질문은 여전히 남아 있었다.

이제 차베스의 예상치 못한 죽음 때문에, 질문에 대한 답도 정해졌
다. 대답은 늘 들어 오던 것과 다르지 않았다. 무언가를 이루는 것은
결코 쉬운 일이 아니었다. 모험적인 행위에는 대가가 따르기 마련이
었다. 진정한 영웅은 모두 죽은 사람들이었다. 욕망의 대상이 평범
하지 않은 것이라면, 그것은 죽음 너머에 있는 것이었다. 결국 선택

은, 있는 그대로의 삶을 받아들일 것인가 아니면 영웅적인 죽음을 택할 것인가였다.

대성당 앞에서 애도사가 시작되었다. 군중은 무슨 말이든 인정하고 동의할 것 같은 분위기로 경청했다. 젊은이들은 비슷한 선택의 상황에서 상상으로나마 다시 한번 영웅적인 죽음을 선택했다. 그보다 나이든 사람들은 마치 자식들을 볼 때처럼 부드럽고 따뜻한 시선으로 그들의 지나온 삶을 돌아보며, 그 과거 속에서, 때론 약삭빠르게 한발 물러나는 것이 주어진 삶에서 최상의 것을 뽑아낼 수 있음을 보여주는 증거를 찾아보려 했다. 결국 지나고 보면, 살아 있는 것이 죽은 것보다는 나았다. 죽어 버린 영웅의 순진했던 용기가, 바로 그 순진함 때문에 그들에게 깊은 감명을 준 것은 사실이다. 또한 그들은, 그 영웅이 몸소 보여준 교훈이 그들로 하여금 순진함을 벗어 던지게 해주기는 했지만, 그 교훈이 그들이 바라던 이상은 아님을 잘 알고 있었다. 군중 속에 섞인 젊은이들은 요절해 버린 영웅을 기렸고, 그보다 나이든 사람들은 살아 남은 대가를 다시 한번 생각했다.

페루 대사의 애도사: 내가 당신과 같은 나라의 사람이라는 것이 자랑스럽습니다. 오, 차베스, 나는 당신의 죽음 앞에 조국의 경의를 표하기 위해 여기 왔습니다. 당신을 사랑했던 사람들은 눈물 속에서 헤어나지 못할 것입니다. 하지만 강한 국가는 불평하거나 흐느끼지 않습니다. 강한 국가는 당신처럼 이상을 위해 기꺼이 자신의 삶을 희생한 조국의 아들을 찬양하고 그 영광을 기릴 뿐입니다….

대성당의 계단과 영구차를 반원 모양으로 둘러싼 군중들 사이에서 동요가 일었다. 열 명 남짓한 사람들이 저지선을 뚫고 계단 위로 올라갔다. 산악 안내인처럼 차려입은 그들은 두 명이 한 조가 되어 들 것처럼 보이는 물건을 들고 있었는데, 들것에는 에델바이스, 아르니카, 물망초, 진달래 같은 야생화 무늬가 어지럽게 수놓여 있었다. 들것을 교회 문 옆에 내려놓은 다음, 그들 중 한 명이 내려와 소리쳤다. 해발 사천 미터의 산에 오르면 그 하늘에서 당신을 볼 것입니다. 말을 마친 그는 자기 뺨을 몇 번이나 때렸다.

페루 대사의 애도사: 당신은 아주 어린 시절부터 활력이 넘치는 사람이었습니다. 당신의 죽음은 우리에게 영광스러운 교훈을 남겨 주었습니다. 당신은 강했고 위대했습니다. 만년설 위, 그 장엄한 봉우리 사이를 허술한 기계를 타고 가로지른 당신은 인간의 진정한 용기와 천재성의 상징이 되었습니다.

시장은 죽은 비행사의 이름을 따 광장을 개명하겠다고 발표했다.

성당에서는 차베스의 가족과 유명한 외국 손님들을 위한 간략한 미사가 이어졌다. 사람들은 자리에 앉지도 않은 채 예배당 앞에서 불빛을 받아 희미하게 빛나는 황금으로 만든 물건만 응시했다. 교회의 돌벽에서 차가운 기운이 전해졌다. 바로 이곳이, 꽃이 흩뿌려진 거리가 아니라 바로 이곳이, 독실한 신자들이 삶을 향한 맹목적인 의지를 억누르는 자리였다.

수사 신부의 애도사: 알프스를 정복하고 그 위에서 자유를 만끽했던 대담하고 용감한 젊은이 차베스. 우리는 그 자랑스럽고 용맹스런 젊은이가 하늘 위로 솟아올라, 독수리보다 더 매섭게 우리가 살고 있는 골짜기를 지나는 모습을 지켜보았습니다. 승리에 대한 기대감으로 우리를 전율케 했던 차베스, 그 차베스는 이제 더 이상 우리 곁에 없습니다.

성당에 모인 미사 참배객들 틈에서 G는 슈웨이와 마틸드 르 디레종 근처에 서 있었다. 하지만 그의 생각은 파리에 있는 엔캥 부부 주변을 맴돌았다. 그곳에서 카미유는 그의 정부가 되기 위해 기다리고 있었다. 그는 엔캥 씨가 다시 한번 자신을 쏠 수 있을지 궁금했다. 엔캥 씨는 아내가 바람을 피우는 것을 막지도 못했고, 그에게 복수하지도 못했다. 일단 첫번째 고비를 넘기고 나면 다음 고비들은 별 차이가 없었다. 카미유의 결심을 고려해 볼 때, 엔캥 씨는 자신에게 직접적인 불편함을 끼치지만 않는다면, 그리고 아내가 까탈스러운 취향을 조금 누그러뜨리고 남편인 그의 사생활에 간섭하지 않으면 그도 아내의 일을 참고 견딜 수 있다는 것을 깨닫기만 한다면, 아내의 연애를 인정해 줄 것이다. 그런 남편이 고마울 카미유는 남편과 연인을, 서로 다른 방식으로, 동시에 사랑하는 자신을 발견하게 될 것이다. 그녀는 종종 있을 엔캥 씨의 남편으로서의 요구에 순순히 따를 테지만, 마음속으로는 자신의 진정한 모습을 가질 수 있는 사람은 연인뿐임을 늘 생각할 것이다. 그녀는 연인을 위해 자신을 남편에게 내줄 것이다.

참배객들이 차베스를 위한 초에 불을 붙였다. 불꽃들은 그 자체로 어떤 기류를 만들어내는 것 같았다. 한 무리의 촛불이 불안하게 한쪽으로 쏠리면, 다른 무리는 마치 방어를 하려는 듯 안쪽으로 기울었고, 그 움직임은 다시 다른 무리의 촛불을 더 맹렬히 타오르게 하고, 또 다른 무리는 높이를 낮추고 심지 주변만 맴돌며 공기를 찾는 듯 불안하게 잦아들었다.

남편을 위해 그녀는 연인에게 신중함과 정확성 그리고 어느 정도의 재정적인 준비를 해 둘 것을 요구할 것이다. 더 이상 말라르메의 시를 읽지는 않을 것이다. 말라르메의 시는 그녀가 외로움—마치 그가 외로웠던 것처럼—에 이르렀던 그 순간, 최초이자 다시 있지도 않을 그 순간을 너무나 생생하게 떠올리게 할 것이다. 어쩌면 시간이 흐른 후에 다른 시인, 좀더 엄숙한 시인에게 빠지게 될 수는 있을 것이다. 그렇게 시간이 흐르고, 모두들 나름대로 적응할 것이다. 지루함 때문이든 아니면 일시적 감정 때문이든, 카미유가 연인에 대한 배려 없이 온전히 자신을 남편에게 내줄지도 모르고, 그러고 나면 그녀는 자신의 진정한 모습은 남편에게 속해 있다고 다시 생각할지도 모른다. 하지만 그런 감정을 느끼는 바로 그 순간, 그녀는 연인에게 달려가 다시 그녀를 가져 달라고, 자신은 다른 누구도 아닌 그 연인에게만 속하고 싶다고 간청할 것이다. 일단 자신이 연인의 소유임을 확신하고 나면, 그녀는 기회를 기다릴 것이다. 그건 몇 달이 걸릴 수도 있고, 그 사이에 그녀는 자신의 아이와 친구들에게만 집중할 것이다. 그녀는 그 시간 동안 다시 한번 남편에게 자신을 내주며 연인에 대한 자신의 집착을 시험해 볼 기회를 기다릴 것이다. 그렇게 그녀는 두 사람 사이를 오갈 것이고, 그 흔들림에서 설명할 수 없는 어떤 흥분을 맛볼 것이다. 처음에는 남편인 엔캥 씨보다 연인에게 다시 속하고 싶은 열망이 훨씬 더 강할 것이다. 하지만 서서히, 평화로운 날이 지속되다 보면, 그녀는 자신이 그 둘 모두에게 속한 사람이며, 오히려 남편이나 연인보다는 점점 더 자라고 있는 아이들에게 속한 사람임을 느끼게 될 것이다. 그녀는 연인에게 열정보다는 지혜를 요구하게 될 것이다. 십 년쯤 지나면, 만약 운이 좋다면, 그녀는 그때쯤엔 푸조사의 중역이 되어 있을 엔캥 씨와 연인 사이를 정기적으로 오가며 지낼 수 있을 것이고, 누군가와 이야기할 때나 어떤 기억이 떠오를 때에만 자신이 그 둘에게 속한 사람임을 확인할 것이다. 나이가 들어 노년이 된 그녀는 거울을 보며 조심성 없고 외롭고 아무에게도 속하지 않은 자신의 모습을 발견하게 될 테지만, 그때가 되면 그녀는 이제 죽음을 생각할 것이다. 죽음 앞에선 누구나 혼자일 수밖에 없다.

수사 신부의 애도사: 이제 하늘나라로 올라간 그는, 인류 문명이라는 긴 정복의 역사에서 가장 극적인 승리를 이루기 위해 지상으로 내려온 사람이었습니다. 선구자인 그는 인류의 진보를 앞당겼습니다. 그의 영광스러운 업적이 우리에게 열어 준 미래를 생각해 보십시오. 국가간의 경계도 사라지고, 문명의 혜택은 전 세계 구석구석까지 퍼져 나갈 것입니다.

마틸드 르 디레종이 몇 자리 떨어져 서 있는 그를 발견했다. 그는 검은색 삼각건으로 팔을 가리고 있었다. 카미유가 파리로 떠나기 전, 마틸드는 그녀와 짧게나마 이야기를 나눌 수 있었다. 두 사람은 그가 돈 후안 같은 바람둥이가 틀림없다고, 아마 그 동안 여자를 수백 명은 유혹해 본 사람일 거라고 결론지었다. 그래도 상관없어요. 카미유는 그렇게 말했다. 그걸 알았다고 해도 아무 상관없어요.

마틸드 르 디레종은 두 가지가 궁금했다. 카미유를 그렇게 빨리 넘어오게 만든 그만의 비결은 무얼까? 두번째 의문점은 자신과 관련된 것이었다. 여자를 수백 명이나 유혹해 본 그가 자신에게는 접근하지 않았다는 건 무슨 의미일까? 그 두 가지 의문점이 예배당 의자의 끝에 달린 빨간 장식 술처럼 꼬이기 시작했다. 그녀는 손가락으로 장식 술을 계속 만지작거렸다.

그녀는 누가 보면 멍청해 보인다고 할 만한 표정을 짓고 있었다. 눈앞에서 벌어지고 있는 상황 너머의 것을 생각하는 데 둔한 사람, 자아를 잃어버리고 환상이나 깊은 감정으로 빠져들고 싶은 마음도, 그럴 재능도 없는 사람의 표정이었다. 그녀의 표정은 항상 "지금 이 일은 나에게 벌어지고 있는 일이야. 나에게, 나에게"라고 말하고 있다.

흔들리는 빨간 장식 술이 G의 눈에 들어왔다. 그는 재빨리 다음 계획을 세웠다. 파리로 가면 엔캥 씨를 만나서 카미유는 절대 만나지 않겠다고 확신을 준 다음, 곧장 마틸드 르 디레종과 공공연히 연애를 시작할 것이다. 그렇게 함으로써, 그렇게 총격 사건 자체를 웃음거리로 만들어 버림으로써 그는 엔캥 씨에게 복수할 것이다. 그렇게 함으로써 엔캥 씨로 하여금 자신의 아내 쪽에서 먼저 G에게 꼬리를 친 것이 아닐까 하는 의심이 들게 하면, 그건 아내에겐 그런 재주가 없을 거라고 생각했던 엔캥 씨에겐 불행한 일이 될 것이다. 또한 그렇게 함으로써, 열정도 조절할 수 있다고, 연인은 두번째 남편과는 다를 것이라고 생각하는 카미유의 행복한 환상도 깨 줄 것이다. 그는 마틸드와의 연애를 가능한 한 짧게 끝내고 그들 무리에서 완전히 모습을 감출 것이다. 그는 슈웨이 씨와 마틸드 르 디레종 사이에 순전히 계약적인 관계 이상의 것은 없다는 점이 아쉬웠다. 하지만 그는 아무리 슈웨이 씨라고 하더라도 자신이 돈으로 산 여인에 대해 약간의 자존심은 가지고 있을 거라 생각했다. 아마 그는 그것도 밝혀낼 것이다.

…그는 추락했지만, 위대한 업적을 이룬 후 영웅처럼 추락했습니다. 모두들 불가능하고 미친 짓이라고 했던 업적을 그는 이루어냈습니다. 그에게 명예와 영광이 함께 하기를 기원합니다!

대성당에서 나온 추모객들은 눈부신 햇살 때문에 인상을 쓰며 고개를 숙였다. 사람들은 모두 마치 자신들은 알 수 없는 어떤 비밀 모임에 동참하고 나온 것 같은 분위기를 풍겼다. 장례미사가 정리되는 모습까지 엄숙했기 때문에, 성당 밖에 있던 사람들이 보기에는 그런 분위기가 훨씬 더 심하게 느껴졌을 것이다. 남자아이들은 흰 옷을 입은 여자아이들에게 꽃을 더 많이 건넸다. 여자아이들 중 몇몇은 이제 웃고 있었다. 악단이 이어질 장례식 행렬을 준비했고, 사람들은 천천히 역을 향해 발길을 돌렸다.

어떤 교사가 포르마차에서 온 산악 안내인이 자신의 뺨을 때린 이유를 설명했다. 그에 따르면 차베스의 영혼이 산 위에 살고 있기 때문에, 산을 오르는 사람들이 그 높은 곳에서 바람이나 햇빛을 맞는 것처럼 두 뺨으로 그의 영혼을 느낄 수 있다고 말했다.

기차는 조용히 기다리고 있었다. 차베스 때문에 특별 열차가 준비된 것은 이번이 두번째였다. 영구차에서 기차까지 관을 옮길 사람들은 모두 비행사였고, 그 중에는 폴랑도 끼어 있었다. 관이 지나갈 때 역장이 경례를 했다. 기자들은 이미 전화를 붙잡고 있었다. 흰색 베일을 두른 여자아이들이 플랫폼에 줄을 맞춰 섰다. 갑자기 기관차에서 찢어질 듯한 경적이 길게 울렸다.

그는 다시 카미유를 생각했다. 파리에서 만나게 될 카미유가 아니라 살해 협박에도 불구하고 파리로 와 달라고 요청하던 카미유. 그는 이제 그 협박을 진짜로 믿지는 않지만, 적어도 그 순간, 그녀의 남편이 그렇게 가까운 지점에서 그를 맞추지 못했던 그 순간까지는 믿었다. 그녀는 그 요청이 마치 정중한 초대라도 되는 것처럼 말했다. 그리고 그렇게 초대할 때의 그녀에게서는, 마치 지금까지 그 어떤 여자도 그에게 말을 걸지 않았던 것처럼, 시빌(sibyl, 그리스 전설에 나오는 예언자—옮긴이)과 같은 확고한 권위와 거리감, 그리고 놀랄 만한 친숙함이 느껴졌다.

그의 마지막 길을 축복하기 위해 역장과 기관사가 준비한 경적은 그 날 아침에 들었던 그 어떤 소리와도 달랐다. 아무런 울림이나 메아리도, 아무런 의미도 없는 소리. 그것은 영혼이 없는 비명, 휘어진 톱에서 나오는 소리 같았다. 경적은 사람들이 예상했던 것보다 훨씬 오래 울려 퍼졌고, 덕분에 사람들은 제발 그 소리가 좀 그쳤으면 좋겠다는 생각 외에 다른 생각을 할 수가 없었다. 그만! 그만!

차베스의 할머니가 지팡이로 플랫폼을 두드렸다. 그것이 기관사의 부적절한 행동에 대한 짜증 때문인지, 아니면 주체할 수 없는 슬픔 때문인지 분간하기는 어려웠다.

4

7

누샤는 G가 다른 남자들과는 다르다고 생각했다. 혼자 있는 그녀를 향해 그는 매춘부를 대하듯 다가오지 않았다. 그는 자신이 이탈리아 사람이라고 예의 바르게 말했다.(이탈리아에서 참 멀리도 왔다고 그녀는 생각했다) 옷도 잘 차려 입었으면서, 아무렇게나 돌로 된 발판 위에 함께 앉자고 했다. 그는 그들이 앉은 돌 발판이 이천 년도 더 된 것이라고 했다. 발판이 있는 계단에 오르는 것을 도와줄 때를 제외하고는 그는 그녀에게 손도 대지 않았다.(그녀는 앉자마자 소리를 지를 준비를 했지만 그럴 필요가 없었다) 저는 매일 이 시간에 여기 오는데, 당신은 무슨 일로 오셨죠? 그가 물었다. 오빠와 함께 왔다고 대답하려 할 때, 그녀는 문득 그가 경찰의 끄나풀일지도 모른다는 생각이 들었다. 저는 교회 묘지가 싫어서 여기에 옵니다. 그 말이 그녀에게는 조금 신비롭게 들렸다. 하지만 그는 날씨와 트리에스테와 전쟁에 대한 평범한 이야기를 이어 갔다.

얼마 후 그는 그녀에게 어디에서 왔는지 물었다. 질문에 다른 뜻은 없는 것 같아서 그녀는 카르스트 출신이라고 말해 주었다. 그럼, 슬로베니아어로 무슨 말이든 한번 해 보세요. 그가 말했다. 그녀는 슬로베니아어로 "오늘은 날씨가 좋습니다"라고 말했다. 그는 좀더 길게 말해 보라고 부탁했다. 그녀는 "이탈리아 사람들은 대부분 우리나라 말을 싫어합니다"라고 약간 반항조로 크게 말했다. 그가 말을 알아듣는지 궁금했지만, 그는 계속 웃기만 했다. 계속 해주세요. 그가 부탁했다. 이야기를 해주서도 좋고 뭐든 생각나는 대로 말해 보세요. 그녀는 슬로베니아어를 알아들을 수 있냐고 물었다. 그는 그녀를 똑바로 쳐다보며 웃어 보였다. 분명히 말씀드립니다만, 단 한마디도 모릅니다. 비밀이 샐 걱정은 안 하서도 돼요. 그녀는 아무 말도 생각나지 않았다. 가만히 기다리던 그는, 그녀의 침묵에 놀란 듯 잠시 후 눈썹을 치켜올리며 그녀를 쳐다봤다. 그녀가 슬로베니아어로 말했다. 저기 잔디밭에 고양이 보이세요?

그녀는 말을 멈추고 블라우스 위로 자신의 어깨에 손을 갖다 댔다. 그녀는 팔이나 손이 모두 컸다. 걸을 때나 앉아 있을 때, 그녀의 어깨와 목의 자세는 몸 전체가 약간 뒤로 기울어진 것 같은 인상을 주었다. 다른 시기 다른 곳에서 태어났더라면 그런 자세에서 약간은 왕족 같은 분위기를 풍겼을 것이다.

저는 여기가 별로 마음에 안 들어요. 절대 혼자서는 오지 않았을 거예요. 그녀가 갑자기 말을 멈췄다. 본의 아니게 자기가 오빠와 함께 왔다는 사실을 흘렸다는 걸 깨달은 그녀는 흠칫 놀랐지만, 금세 자신이 슬로베니아어로 말하고 있다는 것을 기억했다. 우리 삼촌네 땅에 이런 돌조각이 있었다면 불편해서 치워 버렸을 거예요. 사람들 말이 꽤 값이 많이 나가는 거라고 하던데, 정말 그렇게 값나가는 거라면 이렇게 풀밭 위에 그냥 내버려 둘 까닭이 없잖아요? 정말 값진 거라면, 빈으로 가져갔겠죠. 저기 아치 옆에 자두나무가 몇 그루 있는 거 보이시죠? 그녀가 말을 이었다. 사람들 말로는, 전쟁이 계속되면 이 도시 사람들은 굶주리게 될 거라고 했어요. 모든 걸 빈으로 가져갈 거라고요.

참 아름답게 말씀하시네요. 그가 말했다. 우리나라 말인걸요. 그녀
는 그 말은 이탈리아어로 했다. 그는 그녀가 어디에서 일하는지 물
었다. 공장이요. 뭘 만드시는데요? 그냥 방직공장이에요. 그녀가 대
답했다. 거기서 일하신 지는 오래됐나요? 석 달 됐는데, 생선 냄새가
너무 심해요. 생선 냄새가 왜 나죠? 황마를 부드럽게 하기 위해 생선
기름을 쓰거든요. 그 다음에 물과 섞는 거예요.

대화를 나누는 동안 그녀의 머릿속에 여러 가지 의심들이 떠올랐다.
그가 오스트리아 경찰의 끄나풀일지도 모른다는 생각, 그가 미친 사
람일지도 모른다는 —그 정원을 보고 있으면 그녀는 광기가 떠올랐
다— 생각, 그가 그녀를 자기 집 하녀로 쓰고 싶어하는 것일지도 모
른다는 생각(그런 일자리는 절대로 받아들이지 않을 것이다), 어쩌
면 오빠가 기다리고 있던 외국인 '친구'가 바로 이 사람일지도 모른
다는 생각이 차례대로 스쳐 지나갔다.

그의 오빠 보얀은 라피다리오 박물관의 높게 자란 덤불 뒤 어딘가에
숨어 있었다. 오빠는 이곳에 돌아온 후 매주 일요일마다 이 정원을
찾았고, 가끔 그녀도 함께 왔다. 오빠는 이 정원에서 친구들을 만났
는데, 보통 박물관의 정원은 한산한 편이었고 일요일에는 입장료도
없기 때문이었다. 사람들은 그곳을 횔덜린의 정원이라고 불렀다. 보
얀은, 횔덜린이 그리스를 사랑했고 그리스의 애국자들에 대한 서사
시를 썼던 독일 시인이라고 설명해 주었다. 세르비아인들과 마찬가
지로 투르크족에 맞서 싸웠던 위대한 영웅에 대해서 글을 썼지만,
횔덜린은 너무 오래 사는 바람에 말년에 미쳐 버렸다고 했다. 풀밭
에 묻혀 있는 부서진 돌 발판과, 팔이 없이 몸통만 덩그러니 남은 채

벽에 기대고 있는 새하얀 아기 조각상이 미쳐 버린 독일 시인 이야기에 설득력을 더해 주었다.

조국의 독립이 사람들의 주된 관심사가 되었거나 혹은 되어 가고 있을 때, 미개발 국가나 식민지 지배를 받은 국가에서는 한 가족 내에서, 심지어 같은 세대에 속한 가족 구성원들 사이에서도 지식이나 교양에서 커다란 차이를 보일 수 있다. 하지만 그런 차이가 반드시 장벽으로 작용하지는 않는다. 제국의 손아귀에서 교육을 받은 사람은(왜냐하면 다른 방식으로는 교육 자체가 주어지지 않았으므로) 자기 민족의 역사와 문화가 얼마나 끈질기게 거부당하고 있는지를 알게 되고, 자신의 가정에서 억압받은 전통적 가치의 흔적을 찾아내 그것을 소중히 여기게 된다. 동시에 다른 가족 구성원은 그에게서 그때까지 그저 두려움과 맹목적인 증오의 대상이었던 외국의 억압자에 맞설 수 있는 지도자의 모습을 볼 수도 있다. 배운 자와 무지한 자가 같은 이상을 공유하게 되는 것이다. 둘 사이의 차이가 바로 그들이 함께 겪고 있는 부당함과 그들이 가진 이상의 정당함에 대한 증거가 된다. 그때 이상은 염원과 떼어낼 수 없는 무엇이 된다.

누샤는 열두 살 때 자신보다 두 살 많은 오빠에게 글 읽는 것을 배웠다. 당시 그녀는 작은 마을에 살고 있었고, 아버지는 농부였다.

카르스트에는 단단한 석회석 산이 높게 솟아 있고 대부분의 땅은 경작이 불가능했다. 그대로 땅 위에 드러나 있는 광물들이 하늘까지 치솟은 풍경. 바위에는 구멍이 많았고, 여기저기 동굴도 많았다. 그녀는 오빠가 자기가 알고 있는 동굴들의 위치를 모두 표시한 지도를 그려 주었던 것이 기억났다. 그는 동굴 하나하나에 카예탄, 에드바르드, 루디, 토마즈 등, 친구들의 이름을 붙여 주었다. 카르스트의 바위틈이나 작은 도랑, 바위 사이의 구멍은 기하학이나 인간의 도움 없이 아무렇게나 세워진 도시의 잔해를 떠올리게 했다. 석회암 구릉이 낮아지는 해변에 근대 도시 트리에스테가 자리잡고 있었다. 도시는 대부분 천팔백사십년대에, 독일어를 사용하는 '칠천만 제국'의 남쪽을 대표하는 항구를 세우겠다는 빈의 재정장관 브루크 남작의 꿈을 실현하기 위해 건설되었다. 가파른 경사를 이루며 길게 자란 관목 숲 사이에 숨어 있는 골짜기에서, 농부들은 포도를 비롯한 각종 작물을 경작하며 힘들게 살고 있었다.

누샤의 아버지는 소 세 마리를 가지고 있었고, 트리에스테의 시장에 과일과 꽃을 내다 팔며 생활했다. 시골 학교 교장 선생님의 도움 덕택에 보얀은 도시에 있는 고등소학교에 진학할 수 있었다. 누샤가 열여섯 살 때 어머니가 돌아가셨다. 이후 아버지는 늘 절망에 빠져 지냈고, 누샤는 어머니의 자리를 대신할 수 없었다. 그녀는 늘 시무룩하게 지냈지만 아버지는 누샤가 말이 너무 많다고 꾸중했다. (그녀의 오빠는 실제 생활과 관련이 없는 말이라도 일단 많이 하라고 했지만, 적어도 그 점에서, 그녀가 책에서 읽은 것과 달리, 마을의 다른 사람들은 아무도 동의하지 않는 것 같았다.) 이듬해인 천구백십삼년 아버지도 돌아가셨다. 그녀는 트리에스테로 나와 이탈리아인 가정의 하녀로 일했다.

천구백이십년 트리에스테가 이탈리아에 병합되자, 파시스트 지배층은 공공장소에서 슬로베니아어를 쓰는 것을 금지했다. 누군가 이탈리아인 의사에게 물었다. 이탈리아어를 모르는 농부들은 자신의 증세를 어떻게 설명하란 말입니까? 이탈리아인 의사가 대답했다. 젖소가 수의사에게 자기 증세를 설명하는 것 봤습니까?

누샤는 이탈리아어를 익힌 후 하녀 일을 그만두고 공장에 취직했다. 류블랴나에 있는 상업학교에 진학한 보얀은 낮에는 식당 웨이터로 일하고 밤에는 공부를 했다. 학위를 받은 후에 그는 빈의 비철금속 수입회사에서 일했다. 류블랴나의 상업학교 시절부터 그는 젊은 보스니아인 모임(Young Bosnians, 이십세기초 보스니아와 헤르체고비나를 중심으로 활동했던 혁명 조직—옮긴이)과 관련이 있는 학생들의 비밀결사 조직에 관여했다.

두 달 전인 천구백십오년 삼월, 그는 자신이 일하던 회사의 트리에스테 지점으로 발령이 나 고향 근처로 돌아왔다.

여동생이 눈에 띌 정도로 옷을 잘 차려입은 낯선 남자와 함께 왕좌 같은 돌 발판에 앉아 있는 모습이 보얀을 놀라게 했다. 거기 누가 있을 거라고는 생각도 못한 그였다. 그는 여동생이 과실수가 길게 늘어선 정원을 혼자 걷고 있는 모습을 상상하고 있었다. 뿐만 아니라, 같이 있는 남자는 얼핏 보기에도 인상이 좋지 않았다. 오스트리아 사람임이 분명해 보였다.(보얀은 두 사람과 멀리 떨어져 있어서 남자의 이탈리아어를 들을 수가 없었다) 남자는 돈이 많아 보였고, 교활하고 대단히 세속적인 인상이었다. 조각이 새겨진 높이 솟은 돌 발판 위에, 무화과나무를 배경으로 나란히 앉은 두 사람은 빈의 싸구려 잡지의 소설에 등장하는 삽화 속 인물들처럼 보였다. 두 사람의 신분 차이가, 남녀의 만남이라는 사실과 함께, 도무지 순진한 해석을 할 수 없게 만들었다. 남자가 입고 있는 옷이 티 한 점 없이 깔끔하고 우아하다는 것 자체가 그의 타락한 내면을 보여주었다면, 여동생이 입고 있는 치마와 블라우스 그리고 머리에 두른 스카프는, 그녀의 의지와 상관없이, 그녀가 접근하기 쉬운 대상임을 나타내 주는 표식처럼 보였다. 보얀은 여동생도 그런 남자와 이야기를 나눌 수 있다고 생각해 보려 했지만, 그녀를 바라보는 남자의 복잡한 시선은 도저히 무시할 수가 없었다. 여동생이 남자의 그런 시선을 자극한다는 점이 그를 화나게 했다. 문득 자신이 없는 동안 동생이 어떻게 살았는지 궁금해졌다. 동생은 몸집이 너무 컸다. 동생의 옷은 눈에 띌 정도로 몸에 꽉 끼었는데, 그것 자체가 정숙하지 못하다는 신호였다. 동생은 왜 그렇게 몸집이 커진 걸까? 왜 다른 여자들이라면 성장을 멈출 나이에도 동생은 계속 자라고 있는 걸까? 그는 그것도 의지의 문제일 거라는 의심을 떨쳐낼 수가 없었다. 젊은 보스니아인 모임의 회칙에 따라 그는 성적인 관계를 멀리하기로 맹세한 상태였고, 그것이 의지력을 기르는 데 아주 중요한 역할을 한다는 것을 잘 알고 있었다. 하지만 여동생은 순수함을 지키려는 의지가 충분히 강해 보이지 않았다. 자신이 글 읽기를 가르쳐 줄 때의 그 순수했던 동생의 모습이 그에겐 하나의 이상으로 굳어져 있었다. 아직 변하지 않고 그대로 남아 있는 어린 동생에 대한 기억에서 비롯된 따뜻한 마음과 자신의 분노 사이에서 혼란을 느낀 그는, 혐오스럽고 천박하고 아무런 영혼도 없는 광경을 연출하고 있는 두 사람을 향해 달려갔다. 그는 아직 갈 길이 먼 전령처럼 재빨리 달려갔다. 돌계단 앞에 이른 그는 곧장 계단을 오르지 않고 그대로 멈춰 선 다음, 마치 군인처럼 곧은 자세로 남자를 향해 이탈리아어로 정중하게 말했다. 선생님, 저의 실례를 용서하시기 바랍니다. 하지만 저와 동생은 이미 약속에 늦었습니다. 그는 이번에는 동생을 향해 슬로베니아어로 말했다. 누샤, 빨리 내려와.

그녀는 자리에서 일어나 오빠를 따라갔다.

젊은 보스니아인 모임은 이탈리아에 독립된 공화정을 세우기 위해 천팔백삼십일년 마치니가 세운 청년 이탈리아당을 본떠 만든 조직으로, 합스부르크 왕가의 지배로부터 남부 슬라브(현 유고슬라비아)를 독립시키는 것을 목적으로 하고 있었다. 조직은 보스니아와 헤르체고비나에서 세력이 가장 강했고 ―천구백팔년 두 지역이 오스트리아-헝가리 제국에서 분리된 이후 특히 그랬다―, 달마티아와 크로아티아, 슬로베니아에도 하부 조직을 두고 있었다. 그들은 테러 조직이었고, 그들의 정치적 무기는 암살이었다.

외국인 독재자나 그 대리인을 암살하는 것은 두 가지 목적에 부합하는 행동이었다. 먼저 그것은 정의가 살아 있음을 확인시켜 주었다. 그것은 질서와 진보의 이름으로 행해지는 범죄라 하더라도 영원히 복수를 피할 수는 없음을 보여주는 행동이었다. 탄압, 착취, 억압, 그릇된 신념, 협박, 정치적 무관심 등이 그러한 범죄에 해당하지만, 무엇보다도 사람들로 하여금 그들의 정체성을 부정하게 만드는 것이 가장 나쁜 범죄였다. 압제자의 기준에 따라 스스로를 재단하고, 그 결과 스스로 열등하고 무기력하고 뭔가 부족하다고 느끼게 만드는 것. 정의가 살아 있다면 그런 범죄에 시달려 온 과거의 수많은 희생자들의 명예를 반드시 되찾아 주어야만 했다. 뿐만 아니라 암살은 살아 있는 사람들을 각성케 하고, 그들로 하여금 제국의 권력이 절대적인 것이 아님을 깨닫게 해주었다. 죽음이, 정의를 구현하고 거기에 무관심하지 않음을 보여준 그 죽음이, 권력에 질문을 던지게 했다. 암살을 통해 보여준 전례를 민중들이 따를 수 있다면, 그들은 외국인 압제자에 맞서 봉기하고, 그들을 몰아낼 수 있을 것이다. 그런 목적을 위해서라면 독재자를 길거리에서 암살하는 것도 더 이상 불가능한 일이 아니었다.

마치니는 이렇게 적었다. "자연법칙의 사도가 되어 인간이 만들어낸 것에 복수하는 것보다 더 신성한 의무는 이 세상에 없다."

천구백십사년 유월 이일. 합스부르크 왕가의 후계자였던 프란츠 페르디난트가 아내와 함께 무개차를 타고 사라예보로 가는 길에 열아홉 살의 젊은 보스니아인 조직원 가브릴로 프린치프가 쏜 총에 맞아 사망했다.

다른 여섯 명의 조직원들도 군중들 틈에서 대공의 암살을 계획하고 있었다. 이런저런 이유로 다섯 명의 조직원은 실패를 했지만, 여섯 번째 조직원인 네델리코 카브리노비치는 폭탄을 던지는 데까지 성공했다. 그가 던진 폭탄은 왕실 자동차의 뒤쪽에서 터졌고, 군중 가운데 몇 명이 부상을 당했지만 정작 대공 본인은 조금도 다치지 않았다. 그 자리에서 자살을 결심한 카브리노비치는 독약을 마신 후 강물로 뛰어들었다. 하지만 독이 너무 약했다. 강에서 억지로 끄집어 올려진 그에게 수사관이 정체가 뭐냐고 물었다. "나는 세르비아의 영웅이다"라고 그는 대답했다.

거사가 있던 날 아침 카브리노비치는 사진관에 가서 학창 시절 친구와 함께 기념사진을 찍었다. 그는 사진을 여섯 장 뽑아 달라고 했다. 사진은 한 시간 정도 후에 나올 예정이었다. 그는 친구에게 사진이 나오면 그날 오후에 자신이 알려 준 주소로 부쳐 달라고 부탁했다. 재판—모두 스물다섯 명이 기소되었다—에서 판사가 왜 그날 사진을 찍었는지 물었다. 카브리노비치는 "후손들에게 그날의 내 모습을 찍은 사진을 물려주고 싶었다"라고 말했다.

사진들 중 한 장은 트리에스테에 살고 있는 부진 루니치라는 인물에게 보내졌다. 카브리노비치는 트리에스테에 있는 인쇄소에서 천구백십삼년 시월까지 일했는데, 트리에스테를 떠날 때 다음과 같은 말을 남겼다. "제 소식은 들으실 수 있을 거예요. 빨간 줄무늬 바지를 입고 깃털 장식이 있는 투구를 쓴 사람들이 사라예보에 도착할 때 어떤 일이 벌어질지 두고 보세요."

트리에스테로 돌아온 직후 보얀은 지갑 안에 있던 카브리노비치의 사진을 꺼내 누샤에게 보여주며 누군지 알겠냐고 물었다. 그녀는 고개를 가로저었다. 그는 동생에게 그의 이름을 알려 주었다. 지금 이 사람이 죽어 가고 있단다. 보얀이 말했다. 사슬에 묶인 채 차고 습한 곳에서 굶주림으로 죽어 가고 있지. 그가 있는 감옥은 환경이 너무 안 좋아서 교도관들도 병이 든다고 하는구나. 그를 묶은 사슬 무게만 해도 몇 킬로그램이 되고, 밤이면 감옥 바닥이 얼음처럼 차가워진다고 하더라. 가브릴로도 그 감옥에 갇혀 있지만, 죄수들은 모두 독방에서 지내니까 두 사람이 서로 만날 수는 없겠지. 네델리코는 차라리 죽기를 바란다는구나. 우리 모두 죽기를 바라지. 왜 그들이 그를 처형하지 않고 있는지 아니? 왜냐하면 제국의 근엄한 왕족들은 죄수들이 불안 속에서 천천히 죽기를 바라기 때문이지.

누샤는 짙은 정장에 옷깃을 빳빳하게 세운 복장 차림을 한 사진 속의 두 젊은이를 보았다. 두 사람은 마치 형제처럼 비슷한 옷을 입고 있었다. 사진 속 왼쪽 남자가 네델리코였다. 그는 검은 머리와 검은 눈썹에 검은 콧수염까지 기르고 있었다. 옆에 선 그의 친구가 네델리코의 어깨에 손을 얹고 있었다.

사진을 찍을 당시 그는 자신이 세 시간 후면 죽을 거라는 걸 알고 있었단다. 보얀이 말했다. 사실, 독약을 포함해서 모든 계획이 엉성했던 거야.

종종 누샤는 오빠의 말을 잘 이해할 수가 없었다. 그는 너무 빨리 너무 많은 말을 했다.

카브리노비치의 표정은 무겁지만 차분해 보였다. 결심한 듯 단호한 얼굴을 하고 있는 것은 그의 친구였다. 카브리노비치로서는 더 이상 결심할 것이 없었다.(아니면 적어도 사진을 찍는 그 순간만큼은 그렇게 믿었을 것이다. 그 순간 그는 자신의 온 생애를 드러내고 싶었을 것이다) 그는 스스로의 운명을 결정했고, 만약, 한두 시간 후에 망설이게 되더라도 그때는 이미 흑백사진이 나와서 그의 마음을 다 잡아 주었을 것이다.

나는 나를 둘러싼 이 하잘것없는 먼지 같은 삶이 싫다. 누구든 이 먼지 같은 세상에 종지부를 찍어야 할 것이다. 하지만 나는 내가 스스로에게 부여한 것, 새로운 세기의 하늘에 울려 퍼질 독립된 나의 삶을 낚아채려는 자가 있다면 단호히 맞서 싸울 것이다.

누샤는 그 사진이 무덤의 비석에 넣어 두는 사진과 비슷하다고 생각했다. 그녀가 살던 마을의 공동묘지에선 그런 사진을 볼 수 없었지만, 트리에스테의 성 안나 묘지에는 사진을 넣어 둔 비석이 많았다. 차이점이 있다면 비석의 사진들은 비바람을 맞아 더 낡았다는 것뿐이었다. 그 사진을 보며 누샤는, 자신이 오빠나 오빠의 친구가 부탁하는 일이라면 무엇이든 하게 될 것임을 알았다. 왜냐하면 그들이 영웅이기 때문이었으며, 또한 그녀의 커다란 몸속에도 피와 함께 어떤 변하지 않는 것, 그들이 모두 사랑하는 무엇, 그것을 위해서라면 죽어도 좋은 그 무엇이 넘쳐흐르고 있기 때문이었다.

프린치프와 그의 공모자들은 되돌릴 수 없는 그 행동을 통해 사람들에게 명백한 현실, 즉 합스부르크 지배하에 놓인 남부 슬라브의 비참한 모습을 알리고 싶었다. 하지만 그들의 행동은, 강대국 사이의 외교라는 급변하는 비현실적 관계에 따라 해석되었다. 오스트리아는 아무런 증거도 없이 세르비아 정부가 암살계획에 관여했다고 주장했다. 러시아, 독일, 프랑스, 영국도 각국 자국의 이해관계에 따라 입장을 달리했다. 그 나라의 정치가들이 내뱉는 단어와 그들이 전쟁이나 자국의 이해관계를 위해 내리는 명령들은 더 이상 현실과는 아무런 관련이 없었다. 그들 중 아무도, 머지않아 전쟁이 닥칠 거라는 단순한 사실을 예측하지 못했다. 그나마 가장 현실적이었던 독일의 사령관 몰트케만이 아무것도 예측할 수 없다고 말했을 뿐이었다.

야포(野砲) 사격 소리를 들어 본 적 있니? 보얀이 물었다.
나는 여기서만 살았는걸.
고막이 터지는 기분일 거야.
오빠, 무슨 말이야?
야포 사격 소리를 들으면 우선은 '그 정도면 온 세상을 다 깨우고도 남겠다'라는 생각이 들지. 하지만 그건 잘못된 생각이야. 야포 소리는 국가 전체가 자면서 코를 고는 소리거든. 그 와중에 몇몇 시인과 혁명가들만 잠을 못 이뤄 괴로워하는 거야. 지금 세상에서 벌어지고 있는 일은 말이야, 누샤, 지금까지 유례가 없던 일이야.
오빠는 어쩔 거야? 누샤가 불안한 목소리로 물었다.
곧 떠나야지. 비철금속 회사에 다녀도 징병을 피할 순 없을 거야. 나는 파리로 갈 거야.
파리!
거기 블라디미르 가치노비치가 있는데, 그를 만나야 돼. 실수를 바로잡아야지. 거기서 전쟁 이후를 준비할 거야.
프랑스에 가면 체포될 텐데.

이탈리아 여권만 있으면 괜찮아. 수백 명의 이탈리아인들이 불법으로 국경을 넘고 있어. 징병을 피하려고 말이야. 나도 그 사람들과 함께 갈 거야. 하지만 이탈리아 여권만 있으면 그 사람들보다 더 멀리도 갈 수 있어.

라피다리오 박물관은 트리에스테의 만(灣) 전체를 내려다보는 산 주스토 언덕 위의 성 근처에 있다. 언덕 위로부터 몇 갈래의 길이 남동쪽으로 뻗어 있다. 누샤는 보폭을 넓게 하며, 몸을 약간 뒤로 젖힌 채 돌길을 터벅터벅 걸어 내려온다. 그녀의 치마가 무거운 깃발처럼 펄럭이고, 팔이 가볍게 흔들린다. "큰길로 가면 도시 출신의 여자들처럼 걸어야지"라고 그녀는 혼잣말을 한다.

그녀는 오빠가 멀리 내다보고 있는 거라고 믿었다. 그는 그녀가 볼 수 없는 것까지 볼 수 있다. 그와 그의 친구들이 오늘 말하는 것을, 세상의 나머지 사람들은 내일이 되어서야 말할 수 있을 것이다. 오빠와 친구들은, 모든 사람들이 오늘은 맹목적으로 따르지만, 내일이면 그 모두의 분노를 불러일으킬 사악함을 경멸한다. 또한 그녀는, 오빠는 부당한 일은 절대 할 수 없는 사람이라고 믿고 있다. 그는 정의를 위해서라면 목숨도 내놓을 사람이다.

그녀는 튀긴 반죽 냄새와 사람들 떠드는 소리가 새어 나오는 식당 앞을 지난다. 식당 한쪽 구석에 이탈리아인들이 둥그렇게 모여 앉아 있고, 테이블 위에는 음식 접시와 반쯤 빈 포도주 병, 냅킨 뭉치, 뜯다 만 빵 덩어리가 어지럽게 놓여 있다. 점심 모임이 그렇게 늦은 오후까지 이어졌지만 아직 아무도 떠나고 싶지 않은 듯했다. 누샤는 생각한다. 지금 내가 들어가서 노래를 부르면 사람들은 조용히 내 노래를 듣고, 잠시 후 나에게 돈을 주겠지. 다들 배부르게 잘 먹었고 오늘은 일요일이기도 하니까. 하지만 반드시 이탈리아 노래여야 할 거야. 그녀는 정말 들어가 볼 마음을 먹는다. 그녀가 결심하기도 전에, 이탈리아인들 중 한 명이 그녀에게 들어오라는 신호를 보낸다. 그녀는 서둘러 발걸음을 옮긴다.

누샤는 오빠와 친구들이 책을 많이 읽어서 판단력과 정의감을 가지게 된 것인지, 아니면 그들의 판단력 덕분에 그 책들을 찾아 읽게 된 것인지 궁금했다. 그녀는 그들의 끈기가 부러웠다. 한번은 쉬지도 않고 몇 시간 동안 책을 읽는 모습을 본 적도 있다. 그들은 방 안에 있던 다른 물건에는 조금도 관심을 보이지 않았다. 마치 바닥을 뚫고 올라온 나무라도 되는 듯 그들을 피해 다녀야 했는데, 그때 마침 그들 중 한 명의 인내심이 다한 모양이었다. 책을 읽다 어떤 깨달음을 얻은 것이 분명했다. 책을 집어던져 버린 그는 자리에서 일어나 소리쳤다. 지금 당장 행동해야 돼. 벌써 시간이 너무 지났단 말이야! 가끔은 다른 사람이 일어날 때도 있었다. 흥분한 그들은 눈빛으로 서로에게 질문을 던졌고, 그럴 때면, 잠시 후 말없이 외투와 모자를 챙겨 들고 밖으로 나가곤 했다. 한번은 그들이 테이블에 놓고 간 책을 본 적이 있었는데, 독일어로 된 책이라 그녀는 읽을 수 없었다.

거리 끝에서 방향을 바꾸자 한쪽으로 증권거래소 근처의 시내 중심부 건물들이 마치 다리에서 내려다보는 것처럼 한눈에 들어온다. 대부분은 담뱃갑 같은 세피아색 건물이다. 모든 건물의 입구와 창문에는 코린트식 기둥이나 장식 틀, 박공 장식이 있다. 독일어권의 칠천만 제국은 그리스 고전 양식의 유산을 지키고 싶어했고, 그 권위를 항구에 있는 모든 건물의 전면에 새겨 놓았다.

누샤는 머릿속으로 자신이 좋아하는 노래들 중 한 곡을 부르기 시작한다. 식당의 이탈리아인들 앞에서는 부를 수 없는 노래였다. 끊임없이 산을 넘어 다니지만, 언젠가는 고향 마을에 있는 어머니에게 돌아갈 거라고 다짐하는 젊은이에 관한 노래. 그녀도 모르게 노랫소리가 목을 타고 올라와, 어느새 그녀는 큰소리로 노래를 부르고 있다. 그녀의 걸음걸이가 바뀐다. 이제 그녀는 천천히 걷는다. 한 손은 주먹을 쥐고, 다른 한 손은 손바닥을 펼치고 있다. 손바닥을 편 손으로는 허공을 가르고, 주먹 쥔 손은 박자에 맞춰 천천히 흔든다. 이 노래를 부를 때면 항상 그렇듯이, 그녀는 바위틈 사이로 흐르는 도랑을 상상한다. 치마 끝에서 흔들리는 수백 개의 장식용 핀처럼 요동치며 계곡을 따라 흐르는 은빛 물살, 그 맑은 물을 그녀는 종종 그려본다. 황마(黃麻)밭을 지나고 미끌미끌한 녹은 눈 사이로 스며드는 물. 그녀는 천천히 언덕길을 내려가는 노부부를 지나친다. 할머니는 할아버지의 팔을 잡고 있고, 할아버지는 손을 뻗으면 벽에 닿을 정도의 일정한 거리를 유지하며 천천히 움직인다. 그들의 걸음걸이는 소식(小食)과 관련이 있었다. 어린 시절에 누샤는 그런 노인들을 한 번도 본 적이 없었다. 그녀가 자란 마을에서 노인들은 집에만 틀어박혀 있거나 아니면 건장하게 활동을 하며 지냈다. 노인들은 집에서 찾아오는 사람을 기다리거나 아니면 그들 스스로 활기차게 누군가를 찾아다니며 지냈다. 누샤의 노랫소리를 들은 할머니가 슬로베니아어로 말한다. 잘하네, 예쁜 아가씨. 일요일이 좋지? 그치?

누샤는 보안에게 야단맞은 일을 떠올린다. 박물관 정원을 나서자마자 그는 동생을 나무랐다. 그는 누샤가 자존심도 없이 행동했다고 했다. 스스로 희생자가 될 때까지 가만히 있는 것도 경멸할 만한 짓이라고 했다. 마치 그 이탈리아 남자가 동생을 매춘부로 만들려 했다는 듯한 투였다. 그 사람들이 우리를 뭐라고 부르는지 알아? 그가 물었다. 스치아비라고 하잖아. 그래, 안 그래? 그렇게 부르면서 좋아하고 자기들끼리 낄낄거리잖아.〔이탈리아어로 스키아비(Schiavi)는 슬라브인을, 스치아비(Sc'iavi)는 노예를 뜻한다〕 그런 남자와 나란히 앉는 그 순간, 노예가 되겠다고 스스로 말하는 것과 다름없는 거야. 그가 말했다. 언젠가 여름에 내가 집에 갔을 때, 함께 프레세렌(France Preseren, 십구세기 슬로베니아의 대표적인 낭만주의 시인—옮긴이)의 시를 읽었던 일 기억나? 너는 그 시처럼 살고 싶다고 했잖아. 너의 영혼은 바뀌지 않았겠지만, 지금 너는 도시에 살고 있어. 아무 영혼도 없는 도시, 머리는 독일식이고 뱃속은 이탈리아식인 이런 도시에서, 네가 원했던 그런 삶을 살 수 있으려면 무슨 일을 하든 먼저 한번 의심해 봐야 하는 거란 말이야. 그게 현대인이 가치있게 살 수 있는 유일한 방법이야. 이젠 여자도 남자와 동등한 존재가 되었으니까 여자도 예외가 아니겠지. 이런 공공장소에서 너에게 접근하는 이탈리아인과 함께 앉아 웃는 모습을 보이는 건 프레세렌의 시가 그리고 있는 삶과는 너무 동떨어진 거란 말이야.

나중에 그가 흥분을 가라앉힌 다음, 성 주위의 잔디밭에 앉아 있는 친구들과 거리를 두고 둘만 따로 앉았을 때, 그는 동생에게 결혼에 대해 생각해 본 적이 있냐고 물었다. 그녀는 고개를 가로저었다. 그는 동생의 그런 반응을 반기는 것 같았다. 그들이 앉은 자리에서 트리에스테의 경계가 되는 세 개의 구릉이 눈에 들어왔다. 세 구릉을 바다가 하나로 묶어 주고 있는 형상이었다. 아주 부드러운 미풍이 불었다. 나뭇잎들이 마치 바닥에 떨어진 동전처럼 불안하게 흔들렸지만, 나뭇가지까지 흔들리게 할 정도의 바람은 아니었다. 누샤는 그런 것까지 알아보지는 못했지만, 오빠가 화를 내는 바람에 덩달아 달아올랐던 볼에 스치는 바람은 느낄 수 있었다. 머지않아 말이야. 그가 말했다. 이런 시대착오적인(그녀는 이 단어가 무슨 뜻인지 몰랐다) 상황을 벗어날 수 있는 날이 올 거야. 우리는 자유롭게 될 거고, 그러고 나면 결혼도 하고 아이도 가질 수 있을 거야. 그 아이들은 조국의 자유로운 아들딸이 되겠지. 하지만 지금 아이를 낳는다면, 그 아이들은 세계의 압제자들을 위해 일하는 군인과 노예밖에 안 될 거야.

대로는 한산하다. 거의 모든 거리에서 버려진 듯한 분위기가 느껴진다. 전쟁이 발발한 후 도시 내의 상거래는 끔찍할 정도로 줄어들었고, 실업자들이 쏟아졌다. 항구도 겨우 명맥만 유지할 정도의 화물량만 취급했다. 누샤는 드레스가 전시된 상점 앞에서 발걸음을 멈춘다. 스카프로 가린 그녀의 머리는 짙은 벌꿀 색깔의 금발이다. 그녀는 상점에 전시된 하얀 드레스 위에 자신의 머리를 그려 본다. 드레스는 중국제 원단으로 만든 것이다.

오빠가 말한 적당한 때가 되어 결혼을 하고 아이를 낳을 수 있게 되면, 그녀와 친구들도 저런 드레스를 입을 수 있을까? 오빠에게 그런 질문을 하는 상상만으로도 그녀는 부끄러움을 느낀다. 오빠는 하찮은 질문이라고 핀잔을 줄 것이 분명하다. 그녀는 인상을 찌푸린다. 상점 진열장에 비친 희미한 자신의 모습을 본다. 그녀의 튼튼한 어깨와 커다란 엉덩이. 그녀의 얼굴 아래 부분은 가슴처럼 부드럽고 큼지막하지만, 이마는 넓고 단단해 보인다. 그녀는 두 발로 땅을 디딘 채 다부진 자세로 서 있다. 그녀는 자신의 눈을 볼 수는 없지만, 자신이 하찮게 보이지는 않는다는 것을 알고 있다. 갑자기 박물관 정원에서 그녀의 행동에 대해 오빠가 야단을 친 것은 부당했다는 생각이 든다. 오빠는 그녀 자신이 무슨 생각을 하고 있는지 전혀 모르고 있다고, 그녀는 진열장에 비친 자신의 모습을 보며 말한다. 바로 그 순간 새로운 생각이 그녀의 뇌리를 스치고 지나간다. 그녀는 오빠가 야단을 쳤던 바로 그 행동을 통해, 자신을 증명해 보일 수 있을 것 같았다.

대로를 벗어난 그녀는 뒷골목을 여러 개 지나 자신이 살고 있는 인두스트리아 거리로 향한다. 제발, 제발 매일 오후 횔덜린의 정원에 온다는 낯선 이탈리아인의 말이 사실이었으면 좋겠다고, 그녀는 발걸음을 옮기며 속으로 기도한다.

○

박물관 정원에서 나온 G는 누샤와는 반대 방향으로 갔다. 그는 북서쪽으로, 그녀는 남동쪽으로 각자 향했다.

그것은 지리학적으로 매우 상징적인 움직임이었다. 트리에스테는 근대 유럽의 종착점으로 여겨지고 있었다. 트리에스테의 남동쪽으로 발칸 반도와 근동, 아시아가 차례대로 이어져 있는데, 서유럽인들의 생각에 따르면 그 지역은 무지와 잔혹함, 야만과 기아가 지배하는 곳이었다. 트리에스테는 유럽의 의식, 명예, 그리고 생산력이 당연한 것으로 여겨지는 마지막 도시—혹은 여행자가 움직이는 방향에 따라서는 맨 처음 도시—였고, 그 점에 대해서는 트리에스테의 오스트리아인과 이탈리아인들이 모두 동의를 했다. 도시 안에서도 그런 차이는 확연히 드러났다. 바다에 면한 도시의 북서쪽 지역은 베네치아의 근대적 항구에 비견할 만했다. 반면 동쪽 지역은 슬라브인과 이슬람교도, 터키인, 페르시아인, 아랍인들의 주거지였는데, 그 지역에 살고 있는 남자아이들은 모두 칼을 가지고 다닌다고 사람들은 믿고 있었다. 심지어 나무와 풀, 길가의 흙까지 다르게 보였는데, 실제로도 동쪽 지역의 주거환경이 더 나빴기 때문에 차이가 있었을 것이다. 동쪽 지역은 도로 사정이 좋지 않았고, 길가에 아무렇게나 말을 묶어 두었으며, 부서진 담장이나 버려진 땅이 많았다. 그곳에서 천구백십사년까지 해마다 여름이면, 갈리시아와 세르비아,

마케도니아에서 넘어온 이민자들이 미국이나 남미로 가는 배를 기다리며 나무 아래 풀밭에서 부랑자처럼 잠을 잤다.

G는 가끔씩 트리에스테에서 몇 달씩 지내곤 했다.

이제 그는 눈에 띌 정도로 나이 들어 보이는 얼굴을 하고 있었다. 시간이 지나면서 성숙과 노화의 과정을 겪으며 사람은 서서히, 하지만 끊임없이 몸의 표면에서 물러나게 된다. 사람들은 그를 서른 살보다는 마흔 살에 가까운 나이로 보았다. 눈도 이전보다 더 짙고 날카로워졌다.〔'마노(瑪瑙) 같은 눈'이라고 바르샤바의 한 여인은 적었다〕하지만 얼굴선과 입 가장자리에는 지친 기색이 역력했다. 무언가에 흥미를 느껴 눈이 반짝일 때, 얼굴의 나머지 부분에는 남아 있는 기력을 모으려는 기운이 느껴졌다. 그는 오 년 전보다 살이 더 쪘고, 점점 더 아버지를 닮아 갔다. 저절로 그렇게 된 건지, 의식적으로 그렇게 하려고 해서 된 건지 알 수가 없는 것이, 트리에스테에 올 때마다 그는 설탕에 절인 과일을 파는 리보르노 출신의 부유한 상인 행세를 했기 때문이었다. 그는 카르니올라에서 재배되는 과일을 통조림으로 만드는 공장을 세우는 것이 어떨지 가능성을 알아보고 있다고 말하고 다녔다. 그곳에서 그는 아버지의 적자(嫡子)처럼 행동했다.

천구백십사년 팔월 그는 런던에 있었다. 처음에는 전쟁이 발발했다는 소식이 반가웠다. 영국에서는 전쟁 첫날부터 수만 명의 젊은이가 조국을 떠나 프랑스에 가서 싸우겠다고 자원할 것이 분명했다. 그들은 크리스마스 전에 전쟁이 끝날 것이라고 확신하고 있었다. 영국 측의 가장 큰 걱정거리는 그들이 본격적으로 싸워 보기도 전에 전쟁이 끝나 버리면 —당연히 연합군의 승리로— 어쩌나 하는 것이었다. 일단 상황이 그렇게 돌아가면 수많은 여성들이 약혼자나 남편 혹은 형제들 없이 남겨질 테고, 그들 중 수천 명이 몇 주 후엔 미망인이 될 터였다. G는 그런 여자들 중 몇 명을 골랐을 것이다. 남자들은 패트릭 비어스 대위가 그랬던 것처럼 전쟁에 나갔을 것이고, 그는 베아트리스 같은 여자들을 더 많이 찾을 수 있었을 것이다.

베아트리스에 대한 기억의 본질을 묘사하려면, 용어해설집이 따로 있는 책 한 권이 필요할 것이다. (그것은 '그의' 꿈에 대한 책일 것이다. 나나 여러분의 꿈이 아닌.) 그는 농장을 떠난 후 베아트리스를 다시 만나 보려는 노력은 조금도 하지 않았다. 천구백십사년 칠월, 오 년 만에 영국으로 돌아왔을 때에도 베아트리스가 어떻게 살고 있는지 알아볼 생각은 하지 않았다. 하지만 그녀에 대한 기억은 지울 수 없었다. 다른 여자들을 그녀와 하나하나 비교해 보지는 않았다. 하지만 그녀가 처음이었기 때문에, 그의 기억 속에서 그녀는 이후에 만난 여자들을 모두 합한 것과 비슷한 만큼의 자리를 차지하고 있었다. 이후에 만난 여자들의 수가 많아질수록 그녀의 가치도 커졌고, 좀더 정확히 말하자면, 그녀와 있었던 성적 접촉이 가진 가치가 그의 기억 속에서 점점 커져 갔다.

순식간에 전쟁에 대한 그의 태도가 바뀌었다. 그는 그때까지 자신에게 넘어온 여인과 넘어오지 않은 여인을 구분해 본 적이 없었다. 자신의 계획에 넘어올 가능성이 있다는 점에서 모든 여인들은 똑같았다. 하지만 전시의 런던에서 그는 보통의 여성들과는 공통성을 조금도 보이지 않는 것 같은 여인들을 만났다. 그 여인들은 그때까지 그가 알고 있던 여자들과는 완전히 다르게 행동했다. 그 여인들은 다른 남자들의 소유물이 아니었다. 그들은 어떤 이상에 속해 있었고, 그 이상이 만들어낸 여자들이었다. 이전에도 광신도 같은 여자들을 만나본 적이 있는 그였지만, 그들의 믿음이나 이상은 몸속에 있는 심장 같은 것이었다. 그들은 그 믿음과 이상에 의지해 살았고, 그것은, 아무리 엄격하고 절대적이라고 하더라도, 그들의 핏속에서 맥박처럼 뛰고 있었다. 그들의 광적인 믿음은 그들 안에 있었다. 하지만 전쟁 중인 런던의 여인들에게 이상은 그들 밖에 있는 무엇이었다. 그들은 증오라는 이상에 사로잡혀 있었지만, 증오가 가지는 열정에 대해서는 전혀 몰랐다. 그들은 자신들이 무엇을 증오하고 있는지도 모르고 있었다.

G는, 오직 남편에 대한 기억만을 사랑할 수 있다고 확신하는 미망인들을 종종 본 적이 있다. 남편이 있는 아내와 달리, 미망인들은 아직 그들에게 남아 있는 시간을 대수롭지 않게 생각하는 경향이 있다. 일정한 나이가 된 아내는 시간의 압박이라는 덫에 걸린 자신의 모습을 발견하게 된다. 지나온 날을 보아도 남편과 함께 보낸 시간이 있고, 앞으로도, 지금부터 죽을 날까지, 남편과 함께 할 그녀의 인생이 있다. 그렇게 매일매일 그녀의 삶은 아무 무늬 없는 단조로운 벽돌처럼 되어 가는 것이다. 그런 덫에 걸린 아내들은 자신의 삶에서 매시간, 매일, 그리고 매년 차곡차곡 쌓여 가는 남편의 존재가 엄연한 사실이 아님을 증명하기 위해 불륜을 고려한다.

그와 대조적으로, 미망인들은 엄연한 사실까지 받아들인다. 그녀는 남편의 부재가 확정적임을 알아차리고 과거로 돌아간다. 그녀는 시간이 반복된다는 듯한 태도로 살아간다. 만약 그녀가 미래를 생각한다면, 그건 아무 일도 일어나지 않는 미래이다. 그녀가 재혼을 하지 않기로 하고, 성적인 의미에서 여성이기를 그만두기로 결정한다면, 그것은 남편에 대한 영원하고 어리석은 정절의 표현이라기보다는, 그녀의 삶에서 중요한 일은 다시 일어나지 않을 거라는 확신의 표현이다. 그녀는 자신의 삶이 남편의 부재라는 사건만으로 가득 차게 될 것이라고 믿는다. 그녀가 과거의 기억과 함께 살아가는 한 그 사건은 끊임없이 재생될 것이다. 그녀는 자신의 삶을 시간을 초월한 것으로 만들려고 노력한다. 시간이 흐르는 것도 그녀에겐 사소한 일일 뿐이다. 그녀의 남편은 영원 속으로 들어가 버렸다.(신앙이 없는 여자라도 이렇게 생각한다는 것이 정확한 설명일 것이다)

남자가 자신을 안아 준다 해도, 그녀는 그것이 어떤 사건으로 이어지지 않을 거라는 확신을 가지고 있다. 그녀는 그런 행동도 어린이가 아버지의 무릎을 베는 것처럼 아무 의미가 없는 행동이라고 믿는다. 그녀는 자신의 공허한 삶에서는, 자신이 겪은 깊은 슬픔의 증거로 받아들인 그 공허함 안에서는, 남자의 애무와 그에 대한 그녀의 반응도 아무런 의미가 없는 것이라고 확신한다. 사실, 바로 그것이 그녀의 슬픔을 보여주는 증거다.

아내들은 자신에게 남은 시간을 너무나 소중히 생각하기 때문에, 그 시간들을 새로운 경험으로 채우고 싶어 안달한다.

미망인들은 자신에게 남은 시간을 너무나 경멸하기 때문에, 진정한 경험이라면 절대 그 속에 들어올 수 없음을 확신한다.

양쪽 다 속고 있다.

런던에서 G는 차원이 다른 확신을 가지고 있는 미망인들을 만났다.

크리스티나 펜턴 부인

남편은 육 주 전에 프랑스에서 전사했어요. 허버트 거프 장군이 이끄는 부대에서 복무했는데, 장군이 직접 남편이 전사할 때의 상황을 편지로 알려 주었죠. 부하들을 이끌고 진격하던 중 독일군의 기관총에 맞아서 그만….

깊은 애도를 표하는 바입니다.

전쟁이 선포된 그날부터 나가야 한다고 난리였죠. 남편은 마지막 편지에서 독일군 새끼들이 파리 근처에 죽치고 있는 걸 보는 게 너무 싫다고 했어요. 그 무엇도 그를 말릴 순 없었을 거예요. 그는 조금도 망설이지 않았습니다.

망설임은 항상 위험하죠.

남자들은 우리 여자들에게, 우리가 존경하는 것만 보기를 기대하죠.

부인은, 다른 사람이 아닌 부인 자신은 뭘 존경하시나요?

다른 여자들과 다를 것 없어요. 우리는 국왕과 조국을 위해 기꺼이 죽을 수 있는 사람들을 존경합니다. 저는 남편을 존경해요. 그렇게 말하지 않을 이유가 없잖아요. 그는, 제가 사랑하는 남자가 죽었으면 하는 방식으로 죽었어요. 저는 남편이 그렇게 죽을 거라고는 생각도 하지 않았어요. 이런 일(그녀는 자신이 두르고 있던 검은색 실크 숄을 살짝 들었다 다시 내려놓는다)이 저에게 생길 거라곤 생각지도 못했죠. 하지만 지금처럼 격앙된 세월을 살게 될 거라고도 역시 생각하지 못했어요.

잔 다르크처럼 살고 싶으신 건가요?

지도자는 우리에게 어울리지 않아요. 우리의 임무는 모범을 보이는 것이겠지요. 당신은 순수한 영국인은 아니죠? 그렇죠?

어떤 모범이요?

당신에게 독일인의 피가 흐르는 건 아니라고 믿어요. 그건 아닌 것 같네요. 굳이 말하자면, 아마 조상 중에 페르시아 쪽 분들이 계신 것 같기도 하고, 아주 멀리까지 올라가면 말예요. 어머니 쪽이든 아버지 쪽이든 그랬을 것 같아요.

페르시아인들은 세계에서 가장 빠른 기마대를 보유하고 있죠.
정말 페르시아 혈통인가 보네요. 육군이 아니라면 항공대 소속이겠군요.
어떻게 아시죠?
비행기 조종할 줄 알죠?
네, 압니다.
그럴 줄 알았어요. 당신은 비행사의 얼굴을 하고 있어요. 하늘에서 독일군을 내려다본 적 있으세요?
캥거루처럼 보이죠.
왜 그렇게 말하죠?
당신을 놀라게 하려고요.
저는 독일군을 증오해요. 아마 내년 봄이면 베를린은 우리 손아귀에 들어올 거예요.

군복 색깔 때문에 하늘에서 보면 캥거루처럼 보여요.

애국 페넬로페 단체에 와서 사람들을 만나 보실래요? 거절 못 하실 거예요. 그건 경건한 의무 같은 거니까요. 만약 당신이 전투기를 타고 싸우다 전사하면 우리가 당신을 위해 기념예배를 드릴 거예요. 내일 저녁에 차를 보낼 테니까 오셔서 우리가 어떤 모범을 보이고 있는지 직접 확인해 보세요.

단체에선 무슨 일을 하시죠?

남편이나 남자 형제가 가장 큰 희생을 치른 미망인 혹은 자매들이 만든 모임이라서 애국 페넬로페 단체라고 불러요. 그 모임과 별도로 자식을 잃은 어머니들의 모임도 만들 계획이에요. 처음에 어머니들을 모임에 포함시키지 않은 건 나이 차이 때문이었죠. 우리—페넬로페 단체—는 젊은, 그러니까 비교적 젊은 여자들의 모임이거든요. 아들을 잃은 어머니의 상실감이 우리의 상실감에 비해 작다고는 생각지 않지만, 그래도 좀 다르잖아요. 어머니들과 함께 모일 때도 있지만, 두 조직은 별개로 유지할 생각이에요. 젊은 미망인들이 사람들에게 현실을 더 감동적으로 전해 줄 수 있기 때문에, 공식행사 같은 데서 우리는 꽤 중요한 역할을 한다고 할 수 있어요. 처음엔 프랑스에서 남편을 잃은 미망인 두세 명이 함께 모여 이야기를 하면서 시작됐죠. 저희 남편이 전사하기 직전의 일이었어요. 처음 모임을 만든 미망인 중 한 명이 존스 중령의 아내였는데, 『더 스피어』에 실린 그 남편 분의 영웅적인 행동과 사진은 보셨죠? 그 남다른 용기 덕분에 빅토리아 훈장도 받으셨잖아요. 결국 우리 미망인들은, 혼자 지내는 대신 비슷한 고통으로 괴로워하는 다른 여자들을 만나 이야기를 나누면, 처음에 받았던 충격을 견딜 수 있는 용기를 가질 수 있다는 것을 알게 되었죠. 가족의 구성원들은 —이건 나중에야 알게 된 거지만— 지나치게 개인적인 문제로 접근하기 때문에 오히려 상황을 더 악화시키더군요. 자신에게 아주 친밀한 누군가가 외국에서 죽었다는 것을 알고 나면, 그 남자가 왜 그렇게 기꺼이 죽음을 마주하려 했는지, 왜 그가 그렇게 명철한 의식과 높은 기대를 안고 적을 쳐부수려고 나갔는지 그 이유를 기억해야만 하겠죠. 그는 우리가 더 나은 세상을 위해 싸우는 것임을 알고 있었습니다. (그녀의 말이 점점 연설조로 변해 갔다.) 그는 우리가 야만적인 독일인들로부터 작은 벨기에를 지켜내야 한다는 것을 알고 있었습니다. 벨기에에서 독일군은 여인들의 가슴을 도려내고 어린아이들의 팔을 잘랐다고 하더군요. 그는 우리가 자유와 제국을 위해, 아이들에게 안전하고 여성들이 마음놓고 살 수 있는 세상을, 약한 자가 강한 자를 두려워하지 않아도 되는 세상을 위해 싸운다는 것을 알고 있었습니다. 그것을 기억한다면 우리가 해야 할 일이 무엇인지는 명확하겠지요. 그들이 시작한 싸움을 지속하기 위해 우리가 할 수 있는 것은 무엇이든 해야 합니다. 그가 목숨을 바쳐 가며 지키려 했던 가치가 승리할 때까지 계속 해야지요. 우리는 위대한 진보를 만들어 가는 중입니다. 지금 우리는 스무 명밖에 되지 않지만, 전국의 모든 도시에서 비슷한 모임을 만들 계획을 가지고 있습니다. 물론 우리끼리만 이야기하지는 않을 거예요. 우리는 그런 대화를 일치된 애도라고 부른답니다. 이제 영웅적 행동을 실천에 옮겨야겠죠. 우리는 거리로 나갈 것이고, 우리 중에 말을 잘하는 사람은 대중들 앞에서 연설을 할 거예요. 젊은이들이 지원병으로 나갈 수 있도록 독려하고, 여성들이 군수공장에서 일하도록 독려하고, 간호사들과도 이야기를 나눌 겁니다. 군인들이 훈련받고 있는 부대를 방문해서 —그곳에는 모임 전체가 아니라 두 명씩 조를 짜서 갈 거예요— 군대에 자원해 준 젊은이들에게 감사의 뜻을 전할 거예요. 그건 뜻깊은 만남이 되겠죠. 정말로요. 연단에 올라서면 나란히 줄을 맞춰 앉은 군인들이 보이겠죠. 다 자란 젊은이들이지만 마치 어린이들처럼 우리의 이야기에 귀를 기울일 거예요. 언제든 프랑스로 보내질 젊은이들, 그들 중 많은 이들은 고국으로 돌아오지 못하겠죠. 그들 앞에서 이야기하면, 그 젊은이들 중 누군가는 가장 사랑하는 사람을 전쟁에서 잃은 젊은 미망인이 전하는 감사와 결심의 말을 기억하고, 전장에서 부상당하거나 지쳤을 때 그 말을 떠올리기도 하겠죠. 우리 영국인은 종종 수줍음을 너무 많이 타서 자신의 감정을 말로 표현하지 못할 때가 있습니다. 그러면 가슴속에서 타오르는 열정을 다른 사람들은 알 수가 없겠죠. 누군가는 그 젊은이들에게 그들이 하려는 일이 멋지고 고귀한 일이라고 이야기해 주어야 합니다. 당신이 그들의 환호성을 직접 들어 보셔야 해요.

페넬로페가 남편을 기다리면서 짠 게 뭔지 아세요?
장식용 천 같은 것 아니었나요?
정답은 아닙니다.
그녀의 이름을 따서 모임 이름을 정한 건, 그녀가 남편이 전쟁에 나가 있는 동안에도 신의를 지켰기 때문이에요. (그녀는 무릎 위에 가지런히 모은 자신의 손을 내려다본다.) 우리는 모든 전장의 상황에 대해 속속들이 알려고 노력합니다. 그래야 제대로 일할 수 있으니까요. 그런 이유로 여러 연사들을 초청해서 강연을 듣고 있어요. 당신은 그냥 와서 듣기만 하면 돼요. 오실 거죠?
일단 오후에 미리 만나죠.
몇 시에요? 아직 항공대 소속 장교는 만난 적이 없었거든요. 항공전에 대해서는 거의 아무것도 모르고 있어요. 내일 꼭 군복 입고 오셔야 돼요. (그녀는 잠깐 말을 멈춘다.) 근데 페넬로페가 짜던 게 뭐였죠?
내일 세 시쯤엔 어디 계실 건가요?
집에요.
수의(壽衣)였습니다.

이해할 수가 없네요. 내일 오실 거죠?

그는 런던을 떠나고 싶어졌다. 사실 어느 도시에 있든 시간이 지나면 떠나고 싶어 조바심이 나는 그였다. 하지만 이번 런던에서의 그의 조바심이 이전과 다른 것은, 약간의 짜증도 섞여 있었다는 점이다. 어디로 가고 싶은지는 문제가 아니었다. 그는 런던이 불편했기 때문에 떠나고 싶었다. 지금 그가 처한 곤경이 이전의 것과 다른 점이 또 하나 있다면, 그건 전쟁 때문에 그가 갈 수 있는 유럽의 도시들이 제한돼 있었다는 점이다.

그의 불편함이 부분적으로는 당시 진행 중이던 거대한 역사적 변화를, 사회적인 차원에서나 개인적인 차원에서 유럽인의 삶과 죽음을 완전히 바꾸어 버려 심지어 그 자신도 스스로를 알아보지 못하게 할 그 변화를 감지한 결과였을까? 나로서는 알 수가 없다. 그는 역사나 정치에는 아무 관심이 없었다. 앞부분에서 마치 미래가 그의 삶에 전조를 드리우고 있는 것처럼 읽힐 수 있는 다음과 같은 구절이 있었지만, 그건 개인적인 차원에서의 이야기는 아니었다.
"당신들 중 누군가가 사라지면, 재빨리 다른 누군가가 그 자리를 대체합니다. 그리고 자리 자체도 점점 늘어나고 있습니다. 세상의 모든 것이 부족해져도, 당신들은 절대 부족해지지 않을 겁니다. 내가 왜 당신들을 두려워해야 합니까? 당신들은 미래에 대해 이야기하고 그것을 믿습니다. 나는 그렇지 않습니다."

십이월초, G는 런던을 떠나 트리에스테로 갔다. 그가 적군의 점령지로 알려진 그곳으로 가게 된 이유는 다음과 같다. 학교 친구들 중 그가 그때까지 연락을 취하고 있던 친구는 외무부에서 일하고 있는 앤

서니 윌모트-스미스 한 명뿐이었다. 윌모트-스미스 역시 비행광이었기 때문에 두 사람은 지난 오 년 동안 여러 비행 관련 행사에서 마주쳤다. 그 와중에 G는 무심결에 자신이 영국에 갇힌 것 같아 답답하다는 한탄을 했고, 그때가 전쟁 중이었음을 고려하면 그런 비애국적인 태도가 윌모트-스미스에게는 충격적으로 느껴졌을 것이다. G가 가리발디라는 별명으로 불리던 학창 시절부터 알고 지냈던 윌모트-스미스는, 친구가 혈통의 반은 외국계일 거라고 늘 생각하고 있었으므로, 만약 상황이 달랐다면 그렇게까지 충격을 받지는 않았을지도 모른다.

그 대화가 있고 며칠 후 윌모트-스미스가 G에게 전화를 걸어 이탈리아어를 얼마나 할 줄 아느냐고 물었다. 이탈리아 사람처럼 할 수 있다고 G는 말했다. 그날 저녁 두 사람은 다시 만났다. 윌모트-스미스는 자신이 외무부의 이탈리아 담당 부서에서 일하고 있는데, 그 자리는 개인적인 차원에서 옛 친구에게 한 가지 제안을 할 수 있을 정도는 된다고 했다. 그는 G에게 아버지의 성을 딴 이탈리아 여권을 만들어 줄 테니, 그 여권을 가지고 어디든 가고 싶은 데로 여행을 다녀도 좋다고 했다. 그 대신, 먼저 트리에스테로 가서 그곳에 있는 다른 이탈리아인들을 만나 그들이 전하는 메시지를 받아 와야 한다는 조건이었다. 그는 크게 위험한 일은 아니라고 몇 번이나 G에게 확신을 주었고, 설사 위험이 닥치더라도 그건 블레리오를 타고 한 바퀴 회전할 때보다도 훨씬 덜할 거라고 했다. 윌모트-스미스의 예상과 달리 G는 더 물어 보지도 않고 그 자리에서 제안을 수락했다.

나중에 윌모트-스미스는 G가 해주기로 한 작은 일이 이탈리아와 대영제국 양쪽 모두에게 큰 도움이 될 것임을 애써 알려 주려 했다. 그의 설명은 이러했다. 트리에스테에 있는 이탈리아인들 사이에서는 오스트리아-헝가리인들의 억압에 대한 불만이 점점 더 커지고 있고, 사실 그 어느 때보다 억압이 심하다고 했다. 한편 합스부르크 제국 황제 쪽에서는 아드리아 해변을 따라 분포하고 있는 이탈리아어 사용 지역에 대해 이탈리아 측이 권리를 가질 수 있게 하는 협약을 지금 이탈리아 정부와 논의 중이고, 그건 곧 이탈리아도 그들과 동맹이 된다는 의미였다. 윌모트-스미스는 그런 상황에서 트리에스테에 대한 영국의 전략이 무엇인지도 이야기했다. (영국은 이탈리아 민족주의자들을 자극해 오스트리아가 그들을 야만적으로 진압하게 만들려 했는데, 그런 야만적 진압이 있으면 이탈리아 민중들이 압도적으로 전쟁을 지지하게 될 것이라 기대하고 있었다.) G는 윌모트-스미스의 설명을 자르며, 가서 누구를 만나면 되는지만 이야기해 달라고 했다. "거창한 목적 같은 건 믿지 않아"라고 그는 덧붙였다.

오스트리아 국경을 지난 기차가 깊은 계곡과 터널을 몇 번이나 지난 후에야 비로소 트리에스테의 만이 그의 눈앞에 펼쳐졌다. 자신이 적의 영토 안에 있다는 생각은 들지 않았다. 때는 겨울이었고, 도시는 꽁꽁 얼어붙은 채 버려진 것처럼 보였다. 기차 안은 거의 난방이 되지 않았고, 바다에는 배가 한 척도 보이지 않았다. 그는 기차 창 밖으로, 가지런히 늘어섰다가 해안을 둘러싼 반원을 따라서는 아무렇게 흐트러져 있는 거리와 건물들을 내다보았다. 그는 어떤 절제된 흥분과 긴장감을 느꼈는데, 그 느낌 자체 때문인지 아니면 그것과 연관된 어떤 일 때문인지는 모르겠지만 어쨌든 기분이 좋았다. 그건 마치 남편 혹은 남자 주인이 없는 집에 들어갈 때의 기분과 비슷했다. 예상했던 그 부재는 그의 존재와는 칼날과 손잡이처럼 딱 맞아떨어진다. 집안에 들어서면 자리를 굳게 지키고 있는(한 치의 어긋남도 없다) 가구와 집기, 커튼과 선반, 탁자 위에 놓인 물건, 문, 카펫, 침대, 책, 벽에 걸린 초상화 등, 그 모든 소품들이 관중처럼 줄을 맞춘 채, 기다리고 있던 여인을 향해 다가가는 그를 맞아준다.

누샤를 처음 만났던 날, 박물관에서 나온 G는 보르사 광장에 있는 증권거래소 쪽으로 천천히 걸었다. 모퉁이에 이른 그는 혹시 자신을 미행하는 사람이 없는지 살폈다. 그렇게 한산한 거리에서는 들키지 않고 누군가의 뒤를 쫓기란 쉽지 않을 거라고 그는 생각했다. 그는 오스트리아 은행가 볼프강 폰 하르트만이 헝가리 출신의 아내와 살고 있는 저택을 지나쳤다. 폰 하르트만은 그와 함께 설탕에 절인 과일 통조림 공장에 대해 논의했던 사람들 중 한 명이었다. 그는 발걸음을 돌려 다시 저택을 지나, 왔던 길을 되돌아갔다. 그 집의 창문과 길게 늘어진 문직(紋織) 커튼 뒤에 놓인 집안 물건들은, 아직 날짜와 시간이 확실치는 않지만 언젠가는 들어올 그를 맞이할 준비를 마쳤다. 폰 하르트만의 아내 마리카의 얼굴을 머릿속에 그려 보려면, 그는 그저 그 남다른 눈과 입만 떠올리면 되었다.

폰테로소 광장 바로 앞에 있는 카페에서 두 남자가 G를 애타게 기다리고 있었다.

항상 늦단 말이야. 둘 중 나이가 어린 라파엘레가 투덜거렸다.

언제 오는지 두고 보자고. 도나토 박사로 통하는 오십대 후반의 남자가 말했다.

G가 카페에 들어서자 두 남자는 뒷방으로 이어지는 반쯤 열린 문 뒤로 몸을 숨겼다.

왔군. 도나토 박사가 속삭였다.

왜 이렇게 늦게 왔는지 당장 따져야죠. 라파엘레가 말했다.

자네는 너무 조급해, 젊은 친구. 도나토 박사가 말했다. 그는 커튼의 끝자락을 쥔 채 문에 달린 유리창 너머로 G를 엿봤다. 지금껏 일하면서 기억할 만한 순간들이 몇 번 있었는데 말이야. 자네, 당사자가 눈치 채지 못한 상태에서 누군가를 지켜보고 있으면 그 사람에 대해서 얼마나 많은 걸 알게 되는지 모르지? 몸짓의 언어라는 게 있단 말이야. 스파이가 커피를 마시는 모습은 다른 사람들과는 달라. 완전히 다르다고. 절대 미신이 아냐. 다 그럴 만한 이유가 있거든. 예를 들어 그 사람은 자신이 마시는 커피에 독이 들어 있을지도 모른다고 의심할 수밖에 없어. 왜냐하면 그런 음모에 항상 익숙해 있는 사람이니까. 커피 잔을 들 때부터 그런 생각을 하고 있는 티가 나게 마련이지.

그녀의 코는 그 어떤 관습으로도 정의할 수 없었다. 비대칭적이고 제멋대로인 그 코는 거의 형체가 없는 것 같았다. 만약 그 코만 주형을 뜬 다음, 그녀 얼굴의 다른 부분과 따로 떼내어 살펴보면 마치 식물의 뿌리처럼 보일 것이다. 코의 굴곡이 아주 작기는 했지만, 빛을 향해 뻗어 가는 식물의 줄기보다는 물을 찾아 땅속으로 파고들어 가는 뿌리를 더 닮았다. 얼굴의 중심을 차지하고 있는 그 코가 어떤 뒤집힌 순서를 암시했는데, 말하자면 입술이 입안의 일부이고, 콧구멍은 이미 기도 안에 있는 것 같았다. 자리에 앉아 있을 때도 이미 그녀는 달리고 있는 것처럼 보였다.

저것 봐! 창가 자리로 가서 앉잖아. 아마 거리를 살필 거야. 지금 커튼을 내리는군. 햇빛 때문에 눈이 부셔서 그러는 척하는 거야. 교활한 녀석이네. 의심의 여지가 없어. 때를 기다리는 여우처럼 교활한 녀석이야. 저기! 여종업원을 부르는 걸 한번 봐. 살짝 머리만 까딱거리잖아. 그런데도 여종업원은 가는 거야. 호기심 많은 여종업원은 비밀을 알고 싶을 테니까. 자네라면, 예를 들어 자네라면 말이야, 절대 저런 식으로 여종업원을 부르지 않을 거야. 도나토 박사는 커튼을 내리고 젊은이의 팔을 쥐었다. 자네가 뭘 하든 말이야, 거기에는 어떤 위엄과 확신이 느껴지거든. 그건 왜 그럴까? 자네가 뭐든 분명한 걸 좋아하기 때문이야.

라파엘레는 깡마른 얼굴에 하얗게 센 턱수염을 뾰족하게 기른 동료를 믿을 수 없다는 눈으로 바라보았다.

자네는 아무것도 숨길 것이 없기 때문이지. 도나토 박사가 덧붙였다.

도나토 박사는 변호사였다. 그의 눈에는 총기가 가득했고, 약간 높은 톤으로 또박또박 말하는 그의 목소리에서도 영리함이 느껴졌다. 그는 무엇이든 설명하는 것을 좋아했고, 자신의 무신론과 공화주의에 대한 신념을 자랑스러워했다. 무엇보다 그를 즐겁게 하는 일은 다른 이의 열정을 설명하는 것이었다. 극단적인 것들이 그를 흥분시켰는데, 왜냐하면 그것들을 설명하다 보면 긍정적인 것이든 부정적인 것이든 자신의 이성적 능력을 최대한 보여줄 수 있었기 때문이다. 그는 지난 이십 년 동안 이탈리아 민족통일당의 트리에스테 지부에서 비밀위원회의 회원으로 활동했다. 사람들은 그 유명한 그란데 광장 이탈리아 국기 계양 사건을 계획한 사람도 그일 거라고 생각했다.

천구백삼년 구월 이십일 그란데 광장의 시계가 정확히 열두시를 가리켰을 때, 커다란 이탈리아 국기가 시청 깃대 위에서 펄럭이는 사건이 발생했다. 경찰은 국기를 내리기 위해 건물 안의 계단을 뛰어 올라 갔지만, 깃대가 있는 탑으로 올라가는 출입구는 잠긴 채 빗장까지 내려져 있었다. 파란 하늘에 펄럭이는 국기를 보기 위해 도시 곳곳의 이탈리아인들이 광장으로 몰려들었다. 사람들은 '이 도시가 이탈리아 치하에 있을 때는 매일 저렇게 깃발이 펄럭였지'라고 생각 했다. 구월 이십일을 거사일로 정한 것은, 바로 그날이 로마가 이탈리아의 수도로 공표된 날이었기 때문이다. 심지어 정박 중인 배에서도 깃발을 볼 수 있었다.

사람들이 그 사건에서 어떤 역할을 했냐고 물을 때면, 도나토 박사는 좁은 어깨를 으쓱거리며 암호를 말하는 것처럼, 사실만을 강조하고 싶다는 투로 이렇게 대답했다. 우리 이탈리아인들은 유럽에서 가장 음악적 재능이 뛰어난 민족입니다. 그리고 두번째로 뛰어난 자질이 있다면 아마 독창성이겠죠.

도나토 박사가 다시 커튼을 들추었다. 뭘 봤나 보군. 그가 말했다.

뭘 봐요?

누군가를 발견한 것 같아.

누군지 보여요? 라파엘레가 물었다.

아니, 하지만 저 친구가 뭔가 확인한 것 같아. 만족스런 표정을 하고 있어. 아직 저 친구의 목적이 뭔지 모르니까 누굴 본 건지, 둘 사이에 어떤 신호가 오갔는지는 알 수 없지. 저 친구는 정말 자기 말처럼 과일 통조림에 관심이 있는 걸까? 저 친구는 과연 누구지? 우리가 알기로는….

라파엘레는 더는 못 참겠다는 표정을 숨기지 않은 채 도나토 박사의 말을 가로챘다. 가서 직접 만나 봅시다. 그는 카페를 가로질러 창가 자리로 다가갔다. 덩치가 큰 라파엘레는 어린 시절부터 칭찬과 사랑을 듬뿍 받으며 자란 티가 났다.(정반대의 느낌이 들 수도 있을 몸집이었다) 카페를 가로질러 가는 그를 사람들이 쳐다봤다. 카페 안의 손님들은 모두 이탈리아인이었고, 라파엘레는 『일 피콜로』에 기고하는 열렬한 애국주의적인 글 때문에 그들 사이에서 꽤 유명했다. 그는 오스트리아 당국의 검열도 교묘하게 피하고 있었다. 카페를 가로지르는 그는 흰 수염을 기른 자신의 동료뿐 아니라 동포들 전체를 이끄는 것처럼 걸었다.

자리에 앉은 세 남자는 탁자 위로 머리를 모았다. 라파엘레는 G에게 로마에서 새로운 소식을 가지고 온 게 있냐고 물었다. 그는 다른 사람들이 듣지 못하도록 작은 목소리로 말했지만, 턱을 내민 채 조금 험악한 인상을 지어 보였다.

아뇨, 거기에는 가지 않았습니다.

그럼 성모님께 바칠 선물은?

지금쯤 도착했을 겁니다.

다른 사람에게 맡겼단 말입니까?

네.

누구에게요?

G는 음모를 꾸미는 듯한 과장된 목소리로 속삭였다. 성모님을 위해 일하시는 분들이라면, 이름은 가능한 한 모르시는 게 좋습니다. 그게 비밀결사조직의 제일 원칙이죠.

이 주 전에는 로마에 갈 거라고 하지 않았습니까? 라파엘레가 의자를 뒤로 밀치며 소리쳤다. 옆 자리에 앉은 손님들이 고개를 들고 쳐다봤다.

생각이 바뀌었습니다.

생각을 바꾸는 사람은 배신자입니다!

라파엘레가 몸을 움직이며 소리를 냈다. 그는 무엇보다도 은밀함을 벗어던지고 싶었다. 그는 숫자가 중요하다고 생각했다. 그의 임무는, 그의 생각에 따르면, 스스로 사례를 보여줌으로써 트리에스테에 있는 수천 명의 이탈리아인들이 위대한 목적에 동참할 수 있게 하는 것이었다. 위협에 굴하지 않는 사례를.

성모님으로부터 말씀이 있을 때까지 기다리십시오. G가 말했다. 여전히 속삭이는 목소리였다. 그러면 그분이 우리의 선물을 제대로 받았는지 알 수 있을 겁니다.

당신은 배신자에 겁쟁이야. 어쩌면 냉혈한이라고 할 수 있지. 지금 우리 가족의 미래가 위태로운 판에, 당신은 겁에 질린 채 이곳에서 과일 통조림 이야기나 하고 있잖아. ―라파엘은 갑자기 목소리를 낮추었다. 자신은 G와 달리 정말 목소리를 낮춰야 할 때에만 낮춘다는 것을 강조하고 싶었다― '그것도 적들과 함께 말이야.' 혹시 그들과 다른 이야기도 하는 거 아냐? 이를테면 성모님 이야기 같은 것도?

도나토 박사가 끼어들었다. 카로, ―그는 라파엘레를 이렇게 불렀다― 서로를 비난하지는 말자고. 이분은 우리편이지 적이 아니잖아. 벌써 몇 번이나 우리를 도와주었고 말이야. 로마에 다녀올 계획까지 세웠지만 불가능하다는 것을 알고 대신 사촌을 ―사촌이라고 해도 되겠죠?― 보냈잖아. 성급한 결론을 내리지는 말자고. 내 생각을 말하자면 나는, ―그는 손바닥으로 탁자를 짚은 채 G를 돌아보았다― 나는 당신을 믿고, 또 믿어야만 한다고 생각합니다. 당신도 우리처럼 꿈을 믿고, 역시 우리처럼 그 꿈이 현실이 되기를 바라겠죠. 문제는 뭐냐 하면, 뭐 시간이 지나면 저절로 밝혀지겠지만, 우리가 같은 꿈을 꾸고 있는가 하는 점입니다. 그의 목소리가 잦아들고, 그는 마치 잠든 척할 때처럼 가볍게 숨을 내쉬었다. 코안경 너머로 눈꺼풀이 무겁게 내려앉았다.

틀렸습니다. G가 말했다. 저는 꿈 같은 거 안 꿉니다.

누구에게든 꿈은 있는 겁니다.

어떤 사람은 다른 사람들보다 훨씬 적게 꾸죠.

위대하고 강력한 조국을 다시 세우는 것은 사천만 이탈리아인들이 함께 꾸는 꿈입니다. 라파엘레가 말했다. 그는 손가락을 치켜들어 보였다. 통일된 이탈리아를 상징하는 몸짓이었다.

G는 도나토 박사를 보며 속으로 말했다. 트리에스테가 이탈리아에 편입되고 나면 젊은 여자 열두 명이 당신 발 밑에 엎드린 채 당신의 이야기를 듣겠지. 당신이 그 중 한 명을 골라 가슴을 만지면 그녀가 '아빠! 아빠!' 하며 교성을 지를 거야. 그게 당신의 꿈이겠지.

혹시 따님이 있습니까, 도나토 박사님?

아뇨, 안타깝지만 없습니다. 그건 왜 물으시죠?

그냥, 비슷한 이름의 여자를 아는 것 같아서요. 그뿐입니다.

라파엘레가 양손으로 탁자를 부여잡았다. 그는 이제 터놓고 이야기 해야 할 때라고 믿었다. 도나토는 더 이상 의심스러운 짓을 하면 목숨이 위태로울 거라고 G에게 경고를 해야 마땅했다. 라파엘레는 복잡한 것을 믿지 않았다. 그는 복잡한 것을 생각할 때마다 지난 한 세기 동안 조국 이탈리아의 정치를 악의 구렁텅이로 몰아넣었던 음모와 협잡을 떠올렸다. 그에게 음모란 건물의 복도나 로비 같은 곳을 의미했고, 그곳과 반대되는 지점에 전장과 해양제국이 있었다. 조국 이탈리아가 다시 해양제국이 되어 로마의 덕을 전 세계에 퍼뜨릴 것이다. 그는 가리발디의 고귀한 애국적 순수함을 되찾아야 한다고 주장했다. 도나토는 가리발디보다 늦게 등장한, 기교를 너무 많이 부렸던 구시대 인물 카보우르와 비슷했다. 카보우르의 기민함을 존경하기는 했지만, 적어도 이번에는 첫번째와 달리, 카보우르보다는 가리발디 장군식으로 처리해야 한다고 생각했다. 한번은, 트리에스테의 체육관에서 벽에 걸린 칼을 집어 들고 도나토의 머리와 어깨를 향해 내려친 적이 있었다. 도나토 역시 본인이 카보우르와 비슷한 점이 많다고 생각하기를 좋아했다. 라파엘레의 칼이 머리 옆에서 어지럽게 오가는 동안, 그는 가리발디의 유치함에 맞서야 했던 카보우르의 인내심을 생각하며 차분함을 유지했다.

경고하는데, 당신 설명으론 부족합니다. 라파엘레가 말했다. 성모님께 다녀오기로 해 놓고 실패했잖아. 그럼에도 불구하고 이곳에 남아 있는 이유가 뭡니까?

마음의 문제 때문입니다.

왜 우리에게 말하지 않았습니까.

당신도 아는 여자입니다. G가 말했다.

라파엘레는 의자에 등을 기댄 채 생각이 많다는 듯한 표정을 지어 보였다. 누군지 물어 봐도 되겠습니까? 그는 아무렇지도 않은 듯 가볍게 물었다.

아무나 길 가는 사람을 붙잡고 물어 보십시오. G가 웃으며 말했다.

라파엘레는 도나토 박사도 따라 웃는 게 마음에 안 들었다.

다른 식으로 우리를 도와주실 순 없을까요? 도나토 박사가 물었다. 이탈리아에서 꽤 중요한 사업 협상을 하러 오신 분이니까, 영향력있는 오스트리아인과 접촉할 수 있을 거라 믿습니다. 그들 중에 총독이나 추기경의 신망을 얻고 있는 사람도 한두 명 있겠죠. 지난주에 어떤 젊은이가 —이름이 마르코라고 하더군요— 국경을 넘다 체포되는 일이 있었습니다. 당신이 영향력을 미칠 수 있는 한도 내에서 오스트리아인들을 설득해 그 젊은이가 최대한 너그러운 선처를 받을 수 있게 해주실 수 있겠습니까? 물론 그 친구가 풀려날 수만 있다면 우리로서는 더 바랄 게 없겠습니다.

지금 같은 시국에 말입니까? 양국이 곧 전쟁을 치를 판인데요?

아니, 더 들어 보세요. 이건 예외적인 경우입니다. 그 젊은이는 심각한 결핵을 앓고 있어요. 베네치아에 있는 아버지도 곧 돌아가실 것 같고요. 건강 문제 때문에 군에서도 면제를 받은 친구입니다. 정치범은 고사하고 아예 전과 자체가 없는 친구란 말입니다. 아버지의 임종을 지켜보겠다고 국경을 넘다가 붙잡힌 것뿐입니다.

왠지 거짓말처럼 들리는데요.

그래서 예외적인 경우라는 것 아닙니까. 여기 증거도 다 가지고 왔습니다. 변호사인 도나토 박사가 검은 봉투를 내밀었다. 인권 문제 차원에서 사면을 요청하는 게 현실적이겠지요. 어디서나 정치인들은 마찬가지겠지만, 특히 오스트리아 정치인들은 명분에 약합니다. 여성이라면 더욱 좋겠죠. 아주 조금만 힘써 주시면 됩니다. 물론 공공연하게 말씀하시지는 말고, 사교적인 모임에서, 그러니까 저녁 만찬 자리 같은 데서 제대로 된 사람을 골라 적당한 때에 귓속말로 이야기해 주시면 될 겁니다.

당신이 믿을 수 있는 사람인지 아직 확신할 수 없습니다. 라파엘레가 끼어들었다. 그리고 지금 같은 시국엔 실수가 용납되지 않는다는 것도 잘 아시겠죠. 그러니까 당신이 믿을 만한 사람이라는 걸 우리에게 증명해 보이려면 이 일을 빨리 처리해 주시고, 그게 아니라면…. 그는 천천히 주먹으로 손바닥을 치며 덧붙였다. 우리가 지켜볼 겁니다.

이보다 더 그럴듯한 이유가 어디 있겠습니까? 도나토 박사는 라파엘레의 말에는 신경도 쓰지 않은 채 계속 말했다. 결핵을 앓고 있는 젊은이가 있습니다. 물론 법적으로는 그의 체포가 정당한 것이지만, 감정적인 차원에서 넓게 보면 말입니다. 그저 효심 때문에 아버지의 임종을 보기 위해 애쓴 죄밖에 없잖아요. 그 정도만 이야기해도 경찰관 눈에 눈물이 글썽글썽할 겁니다. 게다가 사면 이야기를 꺼내면 총독도 좋아하지 않을까요? 이런 시국이라면, 총독으로서도 이탈리아인들의 그다지 중요하지 않은 요구에 살짝 져 주는 척하는 게 싫지만은 않을 겁니다. 같은 날 함께 체포된 사람들도 있었는데, 그들중 몇몇은 성모님을 뵈러 가는 길이었죠. 법원은 그들을 본보기로 보여줄 수도 있겠지만, 오스트리아 쪽에서 보면 마르코에게 자비를 베푸는 게 오히려 더 지능적인 술책일 수도 있습니다.

술책이라니! 라파엘레가 말했다.

왜 그토록 그를 구하려 하죠? G가 물었다.

도나토는 '이제 내 속마음을 있는 그대로 보여주겠네'라고 말하는 것처럼 가슴에 손을 대고 말했다. 저는 변호삽니다. 고객을 위한 일이라면 뭐든 하죠. 하지만 당신, 당신에겐 아무것도 강요할 수 없습니다. 그래도 마르코가 가벼운 형을 받거나 혹시 사면이라도 받을 수 있다면 우리는 정말 기쁠 겁니다. 그게 전부입니다. 이번 사건과 관련된 서류를 드리죠.

세 남자는 함께 카페를 나왔다. 도나토 박사가 G의 팔을 잡으며 말했다. 우리 친구 라파엘레가 어젯밤에 와인을 너무 마셨나 봅니다. 분명히 말씀드리지만, 마르코 일과 관련해 우리를 도와주시면 정말 감사하겠습니다. 그는 목소리를 낮춰 이렇게 덧붙였다. 스스로는 부정하고 있지만, 당신도 꿈꾸고 있습니다.

첫번째 모퉁이에서 그들은 헤어졌다.

왜 저 친구 농담에 같이 웃어 주신 거예요? 라파엘레가 따졌다. 그리고 마르코 이야기는 왜 그렇게 다 까발리셨어요?

카로, 자네는 나를 좀더 믿어야 해. 저 친구는 마르코가 누군지 전혀 모르고 있어. 그래, 저 친구가 마르코를 구하기 위해 뭘 해줄 것 같지는 않지만, 뭐든 시도는 해 봐야 하지 않겠나. 저 친구가 오스트리아를 위해 일하는 게 맞고, 또 오스트리아 쪽에서 마르코의 존재를 모르고 있다면 —아마 모르고 있을 가능성이 많지— 그렇다면 말이야, 저들은 리보르노 출신의 저 친구가 우리에게 작은 선물을 줄 수 있게 마르코를 풀어 줄 거야. 그들은 그 선물 때문에 그가 우리의 신뢰를 얻을 수 있을 거라고 생각할 테고, 그러면 그의 활용 가치도 높아지는 거지. 우리도 이런 일 하루 이틀 하는 게 아니잖아, 안 그래? 저 친구가 마르코를 석방시켜 주면, 오스트리아를 위해 일한다는 확실한 증거가 되는 거지. 그렇게 되면 우린 두 마리 토끼를 잡는 거야. 무엇보다 시급한 마르코의 석방, 그리고 리보르노에서 온 저 친구를 조심해야 한다는 경고를 받는 셈이지. 반대로 오스트리아 쪽에서 마르코가 누군지 알고 있다면 말이야 —정말 그렇다면 마르코에겐 더 이상 희망이 없다고 봐야지―, 그때는 마르코의 석방을 위해 노력하는 그가 우리를 위해 일하는 사람이라는 걸 오스트리아 측에서 알게 될 거야. 일단 그들이 그런 의심을 가지기 시작하면, 트리에스테에서 그를 다시 볼 일은 그리 많지 않겠지. 그래도 그가 마지막으로 우리에게 도움을, 그게 뭔지도 모르는 상태에서, 줄 수 있는 가능성이 조금은 있겠지. 우리로선 잃을 게 없지 않나? 그는 손을 들어 햇빛을 가렸다.

G는 침대 위에 누워 있다. 창에는 레이스 달린 흰색 커튼이 쳐져 있다. 나뭇잎 모양의 무늬 부분이 바탕보다 조금 더 하얗다. 커튼 사이로 길 건너편의 건물이 보인다. 밝은 저녁 햇살을 받아 그 건물의 고전적 장식과 벽토마저 편안해 보인다. 벽은 담뱃갑 같은 세피아색이다. 방금 머리를 감은 듯 파란 수건을 터번처럼 두른 여인이 느슨한 가운을 입은 채 건너편 집의 창가에 나타난다. 그녀는 거리의 사람들을 내려다본다. 사람들이 저녁 산책을 하는 시간, 명문가의 젊은 남자들이 전통에 따라 무리를 지어서, 역시 떼 지어 걸어가는 비슷한 집안의 젊은 여성들을 지켜보며 그 뒤를 따라 걷고 있었다.

길 끝에서 넓은 운하는 바다로 이어지고, 그곳 부두 옆에 있는 그란데 광장 근처에는 정기여객선이 정박해 있곤 했다. 전쟁 전에는 하루도 쉬지 않고, 시청만한 크기의 배들이 광장의 한쪽을 막고 있었다. 운하 공사는 절대 완성된 적이 없었던, 언제나 진행 중인 사업이었다. 운하의 입구는 크고 번듯했지만, 부두에서 이백 미터 떨어진 지점에서 공사는 멈춰 있었다. 운하를 건설하려고 시작한 공사가 선창에 그치고 만 것이다. 방금 머리를 감은 여자는 족히 삼십 초는 될 만큼 길게 하품을 했다. 아마 아래에 있는 상점 주인들 중 한 명의 아내일 거라고 G는 생각했다. 그녀는 자신을 지켜보는 시선을 전혀 의식하지 못하고 있었다. 그녀에게, 레이스 달린 커튼에 가린 그의 방은 한밤중처럼 어두운 공간일 뿐이었다. 방으로 돌아가려던 그녀는 잠시 머뭇거리더니, 창틀에 기대며 다시 한번 길게 하품을 했다. 정박 중이던 배에서 경적이 울렸다. 그 소리가 마치 한없이 길게 울부짖는 바다표범 소리처럼 들렸다. 커튼에 새겨진 나뭇잎 무늬는 아칸서스 잎이었다.

소문에 따르면, 볼프강 폰 하르트만의 아내 마리카가 최근에 이탈리아인 애인을 사귀었는데, 그 남자는 트리에스테에서 쫓겨났다고 했다. 남자는 지휘자였고, 그가 지휘한 음악회에서 연주된 곡들의 첫 글자만 떼어 읽으면 반(反)오스트리아적인 구호가 된다는 것이 밝혀진 후 한바탕 소동이 있었던 모양이다. 연주회의 관객은 대부분 이탈리아인들이었는데 메시지를 즉시 알아차린 그들은 지휘자에게 기립박수를 보냈고, 연주회 막바지에 '베르디! 베르디!' 를 연호했다. 그건 이탈리아 민족통일주의자들 사이에서 쓰이던 암호로, 비토리오 엠마누엘레 레 디탈리아(Vittorio Emmanuele Re d'Italia, '이탈리아의 왕 비토리오 에마누엘레' 라는 뜻으로 '베르디' 는 이 문장에서 각 단어의 첫 글자를 딴 것이다—옮긴이)라는 의미였다. 그 연주회 이후 지휘자는 음악원에서 지위를 박탈당한 것은 물론, 트리에스테를 떠나야만 했다.

침대에 누운 G는, 아내 마리카가 있는 자리에서 폰 하르트만에게 마르코의 사면을 부탁하는 자신의 모습을 그려 보며 미소지었다.

8

이탈리아가 곧 오스트리아에 선전포고를 할 것이란 소문이 도시에 떠돌았다. 이제 이탈리아로서도 더 이상 중립을 지키기가 힘들었다. 그 동안의 국제 정세 때문도 아니었고, 이탈리아 정부도 공식적으론 아무 말이 없었지만, 이탈리아 내의 대도시에서는 전쟁을 해야 한다는 여론이 하늘을 찌를 듯했다. 대중들이 전쟁을 원하고 있었다.

트리에스테에 있는 이탈리아 민족통일주의자들은 영광의 순간을 준비하고 있었다. 몰래 국경을 넘어 군대에 지원하는 것을 고려했지만 실제로는 짐을 싸서 고리치아로 떠나는 일을 차일피일 미루고 있었던 이탈리아 청년들은, 지금 떠나지 않으면 영원히 갈 수 없다는 것을 깨달았다. 이른 저녁 그들은 함께 모여 마지막 산책을 했다. 그들 중 가장 호감이 안 가게 생긴 청년이라도 지금은 전혀 모르는 여자에게 다가가 그녀를 울릴 수 있었다. 그저 "내일부터 나를 못 보게 되더라도 절대 나를 잊으면 안 돼요"라고 말하기만 하면 되는 일이었다. 잘생긴 청년들도 비슷한 방식으로 자신들의 출발을 알렸다. 그들은 마치 대표주자라도 되는 듯 머리 위에 이탈리아 국기를 두르고 걸었다. 무리 지어 걷던 여자들은 그를 지켜보며 서로 손을 잡은 채 눈물을 참았고, 그 자리에서 쓰러지지 않으려고 애썼다. 나이 든 사람들은 칙칙한 구시가를 가벼운 발걸음으로 걸으며 빛나는 트리에스테의 미래를, 평생 그들이 투쟁했던 것이 해가 바뀌기 전에 이루어지는 광경을 머릿속으로 그려 보았다.

노동자와 사무원, 작은 상점 주인 같은 다른 이탈리아인들은 불안한 마음으로 소문에 귀기울이며 신문을 꼼꼼히 읽었다. 그들은 두려운 것이 많았다. 전쟁이 일어날 경우 벌어질지도 모르는 오스트리아인들의 복수, 시가전, 이탈리아 치하에 들어갔을 때 트리에스테에 닥칠 경제적 불황 등.(오스트리아가 이탈리아군을 물리칠 거라고 생각하는 사람은 아무도 없었다) 하지만 그런 이탈리아인들에겐 두려움을 표현하는 것 자체가 수치스럽게 느껴졌다. 그들에게 모국어는, 그 말을 쓰는 이를 성스럽게 만들어 주는 무엇이었다.

목요일자 신문에 모든 사람들이 기다리던 사건이 실렸다. 제노바에서 가리발디의 출정을 기념하는 동상 제막식이 열린 것이다. 국왕도 직접 참석하기로 되어 있었지만, 마지막 순간 참석하지 못해 미안하다며 동상 제막식에 축복을 내린다는 전보로 대신했다고 했다.

제막식의 주요 연사는 자칭 이탈리아 민족주의 시인이라는 가브리엘레 단눈치오였다. 그는 늙은 여우처럼 ―보이지 않는 말에 올라탄, 카리스마가 아주 강해서 사냥개를 타고 사냥을 다닐 수도 있을 것 같은 그런 여우처럼― 생겼다.(그는 한때 차베스를 위한 시를 써 볼 생각도 했었다고 한다) 청중들은 그의 연설에 미친 듯이 열광했다. 깡마른 그의 얼굴이 그의 말에 깊이를 보증해 주는 것 같았다.

"가진 사람들은, 그만큼 많은 것을 줄 수 있기 때문에 축복받은 사람들입니다. 모든 부질없는 사랑을 경멸하는 사람들은, 여전히 순결한 몸으로 처음이자 마지막 사랑을 맞이할 것이기 때문에 축복받은 사람들입니다. 어제까지 이번 일을(즉 선전포고를 뜻했다. 직접 전쟁을 언급하는 일은 검열 때문에 불가능했다) 반대했던 사람들은, 그것이 필연적인 일임을 말없이 깨닫고 나면 가장 먼저 나설 것이기 때문에 축복받은 사람들입니다. 젊고 행복하고 영광에 목말라 있는 사람들은 넘치는 행복을 맛볼 것이며, 자비로운 사람들은 자신들이 흘릴 순수한 피와 상처 덕분에 축복받을 것입니다. 승리의 개선을 하는 이들은 로마의 새로운 얼굴을 보며 축복받을 것입니다….".

이탈리아 국민들의 의지가 이탈리아를 전쟁으로 몰아 가고 있는 것처럼 보였다. 하지만 사실은 좀 달랐다. 사월 이십육일, 국왕과 수상은 이탈리아가 한 달 안에 삼국협상 측에 서서 전쟁에 참여한다는 비밀문서에 서명했다. 당시 국회는 임시휴정 상태였지만, 공식적인 선전포고를 위해서는 다시 소집할 필요가 있었다. 다수당은 전쟁에 개입하는 것을 반대할 태세였고, 사회당을 비롯한 좌파와 대다수 노조, 그리고 바티칸도 마찬가지였다. 한 달 안에, 특히 대도시에서, 이런 식으로 국민들이 들고일어나 반대파―국회 안의 반대자든 아니든―를 잠재워야 했다. 그것이 비밀 조인식 자리에 있었던 왕과 두 장관이 간섭주의 경향의 정치인과 단눈치오 같은 선동가에게 부여한 임무였다.

같은 시기, 영국과 프랑스, 러시아는 이탈리아와의 비밀 협정문에 들어갈 문구를 놓고 협상을 벌이고 있었고, 독일과 오스트리아는 이탈리아가 계속 중립을 지킬 수 있게 하기 위해 반대급부로 무엇을 주어야 할지 생각하고 있었다. 국왕에게 제시한 양측의 조건에서 가장 큰 차이점은, 바로 트리에스테의 미래에 관한 것이었다. 동맹국 측에서는 트리에스테가 자유도시가 되어야 한다고 했고, 삼국협상

측은 이탈리아의 영토가 되도록 보장해 주겠다고 했다.

그 주가 끝나 갈 무렵, 독일 황제 측의 협상 대표였던 뷜로가 갑자기 수행원들을 데리고 로마를 떠나 독일로 철수했다. 여권을 가지고 있었던 이탈리아인들은 예정보다 앞서 트리에스테를 떠났고, 이탈리아에 들어와 있던 독일인들도 급히 귀국했다. 그렇게 긴장이 고조되는 순간에도 G는 그저 자기 일에만 신경 쓰고 있었다. 도시를 떠날 생각은 하지 않았다. 빈에 가 있는 볼프강 폰 하르트만과 그의 아내는 다음 주말이 돼서야 돌아올 예정이었다. 하루하루 지날수록 국경을 지나다 체포된 이탈리아 젊은이를 풀어 달라고 오스트리아인에게 부탁하는 일은 어려워져 갔다. G는 폰 하르트만과 그의 아내가 돌아올 때까지 그 누구에게도 그 이야기를 꺼내지 않을 생각이었다. 그들이 돌아오면, 자신만의 이유를 들어 가며 그 말도 안 되고 불가능해 보이는 부탁을 할 생각이었다.

○

오월 구일은 전 유럽에 햇살이 가득했다. 볼프강 폰 하르트만은 일찍 일어나는 습관이 있었고, 예외를 인정하지 않는 성격 때문에 일요일에도 어김없이 일찍 일어났다. 일곱시, 그는 이미 옷을 모두 입고 있었다.

2.5마일에 불과한 서부전선에서 벌써 사천 명의 사망자가 발생했다. 새벽 다섯시, 영국 포병대가 독일 측 진지에 폭격을 시작했고, 다섯시 이십분경에는 남쪽에서 커다란 불길이 솟으며 순간적으로 화염과 먼지 구름이 피어올랐다. 거의 손상되지 않은 독일군의 방어벽이 또렷하게 보였다. 십 분 후, 세 보병 사단이 방어벽을 넘어 중립지대

를 향해 열을 맞춰 진군했다. 독일군 연대 일지에는 당시 상황이 이렇게 묘사돼 있다. "지금까지 전쟁에서, 지금 맞서고 있는 카키색 군복을 입은 군인들의 벽만큼 완벽한 목표는 없었다. 영국인과 인도인으로 구성된 군대였다. 명령은 하나밖에 없었다. 총신이 터질 때까지 사격하라! 독일군의 자동 소총이 불을 뿜었다. 몇몇 병사들이 참호 속으로 돌아오려 했지만, 뒤따라 방어벽을 오르는 제이, 제삼의 진격대 때문에 불가능했다."

볼프강 폰 하르트만의 아내도 같은 방에서 잠을 잤다. 그녀는 부담이 많은 남편의 일이나 그의 공무를 생각할 때 방을 따로 쓰는 게 좋겠다고 몇 번이나 이야기했지만 소용없었다. "아무 때나 제 방에 오실 수 있어요"라고 말하며 그녀는 행복해 보이려고 애쓰는 미소를 지어 보였지만 남편의 대답은 "안 돼"였다. "그럴 거라면 당신과 결혼하지 않았을 거야. 그냥 정부로 삼고 말았을 거라고."

소수의 영국군 병사들이 다가왔다. 그들은 더 이상 자신이 누군지 몰랐다. 그런 상태에선 어머니가 이름을 불러도 알아듣지 못했을 것이다. 독일군 쪽의 전선 조금 앞에 그들이 차지하려는 도랑이 보였다. 정작 도랑에 이르렀을 때, 주변은 철조망투성이었다. 흥분을 가라앉히지 못한 몇몇 병사들은 철조망 위로 몸을 던졌고, 나머지 병사들은 차례대로 총을 맞고 쓰러졌다. 이차 진격 명령은 사십오 분간의 폭격이 있은 후 일곱시에 내려졌다. 이번에는 독일군의 방어벽 앞에 있는 철조망에 집중 사격이 이루어졌다. 부상을 입고 중립지역에 쓰러져 있던 영국인과 인도인 병사들은 주변의 구덩이로 몸을 숨겼고, 일부는 총검으로 미친 듯이 땅을 팠다. 그들은 자기편 지원군이 쏜 포탄에 맞아 죽어 나갔다.

폰 하르트만은 자고 있는 마리카를 보려고 고개를 돌렸다. 이제 아내는 머리를 풀지 않고 잔다. 그는 잠든 아내의 얼굴을 있는 그대로 볼 수 있다는 것이 뿌듯했다. 그녀는 욕심에 가득 차 보였다. 하지만 그녀의 욕심이 큰 것은 아니었다. 그건 소박한 욕심이었다. 그 사실이 그를 기쁘게 했다. 바로 그 점이, 그녀와 함께 살았던 팔 년 동안 그가 얼마나 많은 것을 그녀에게 주었는지 보여주는 증거였다. (그녀는 몰락한 마자르족 지주의 딸이었는데, 스물일곱 살 때 볼프강과 결혼했다.) 좀더 쉽게 만족하는 여자였다면 지금쯤 그의 부와 권력을 당연한 것으로 여기게 되었을 것이다. 그의 첫번째 아내가 그랬다. 첫번째 아내는 마치 매일 아침 떠오르는 태양처럼 그를 전적으로 믿었다. 마리카는 그렇게 고분고분하지 않았고, 항상 한 발 더 나아가 거절당할 부탁을 하곤 했다. 볼프강은 몸을 숙여 살짝 벌어진 입술 사이로 보이는 그녀의 이에 손가락을 갖다 댔다. 손과 입만 보면 울음을 참기 위해 손가락을 입에 문 아이의 모습처럼 보였다.

전선 가까운 곳에선 기관소총 사격에서 살아 남은 몇몇 생존자들이 독일군의 포격을 피해 자대 쪽으로 돌아오고 있었다. 한편 영국군 참호에서는, 전우의 시체와 부상병 사이에서 흐느적거리는 병사들 사이에, 독일군이 영국군의 군복을 입고 공격해 오고 있다는 소문이 돌았다. 병사들은 자신들에게 다가오는 생존자들을 향해 기관소총을 발사했다.

로마의 기차역에서는 수백 명의 젊은이들이 토리노에서 오는 기차를 기다리고 있었다. 그들은 고개를 내밀고 이른 아침 햇살에 은제 포크처럼 빛나는 선로를 내다보았다. 졸리티가 타고 있는 기차였다. 일 년 전 총리 자리에서 물러난 그는, 정부가 아직 전쟁에 참가할 결정을 내리지 못하고 있다고 판단하고(그는 비밀 협약에 대해 전혀 모르고 있었다), 중립주의를 주장하는 세력을 지원하기 위해 로마로 오고 있는 중이었다. 사 년 전, 직접 리비아의 독립전쟁을 계획하고 승리로 이끌었던 그였지만, 유럽 지역 내의 전쟁에서는 그것을 통해 무엇을 얻든 그에 따르는 희생을 정당화할 수 없을 거라고 두려워하고 있었다. 그곳에 있던 젊은이들은 어제 조간신문에서 그가 로마로 오는 이유에 대해 읽었다. 기차가 들어오자 그들은 휘파람을 불고 소리를 질렀다. 졸리티는 물러가라! 졸리티는 물러가라! 전쟁이여 영원하라! 그들은 기차가 멈추기도 전에 올라타려 했다. 십이 년 동안 이탈리아를 통치했던 졸리티는 기차 문 앞에서 그들에게 무슨 말을 하려 했지만, 젊은이들은 그를 그냥 내버려두지 않았다. 트리에스테는 이탈리아 땅! 오스트리아는 물러가라! 전쟁! 전쟁! 이제 나이가 든 졸리티는 차마 말문을 열 수가 없었다. 아직 잠에서 깬 지 한 시간도 안 된 그였다. 그는 커피를 한 잔 더 마시고 싶었다. 수행원 중 한 명이 반대편으로 내려서 시위대를 피하는 게 낫겠다고 했지만, 그는 거절했다. 그는 소리를 지르는 젊은이들에게서 눈을 뗄 수 없었다. 이 친구들은 이번엔 리비아가 아니라는 걸 모르고 있어. 리비아가 아니야. 그가 말했다.

하루 종일, 볼프강 폰 하르트만이 무슨 생각을 하든 어김없이 아내 생각이 끼어들었다. 그는 최근에 있었던 갈리시아와 러시아 접경에서의 독일의 승리가 과연 의미있는 것인지 자문해 보았다. 결론은 아니었다. 그는 아내를 생각했다. 그날 아침 침대에서 본 아내가 아니었다. 그는 그날 저녁 G를 만나기로 한 아내의 모습을 생각했다. 그는, 이탈리아에서 전쟁이 나면 교황청을 스페인으로 옮겨 달라고 교황을 설득해 보겠다는 황제와 왕실대사의 계획이 성공할 가능성이 있을지 생각해 보았다. 가능성은 희박해 보였다. 석 달 전 G가 처음 집에 왔을 때부터 아내가 그에게 관심을 보이고 있다는 것을 알아차렸다. 그날 이후 G는 정기적으로 집을 찾아왔고, 그때마다 아내는 솔직한 감정을 숨기지 않았다. 그는 나흘 전에 있었던 루시타니아호 침몰 사건(천구백십오년 오월 칠일 영국의 호화 여객선 루시타니아호가 독일 잠수함에 의해 격침된 사건—옮긴이)이 어떤 영향을 미칠지 궁금했다. 그는 독일인들이 실수한 것은 아닌지 두려웠다. 독일은 그들의 우보트(U-boat, 일차대전 중 독일이 상선공격용으로 사용한 잠수함—옮긴이) 외에는 아무것도 이해하지 못하고 있었다. 독일의 위협을 과장하는 삼국협정 쪽의 가식적인 태도도 더 이상은 참을 수 없었다. 루시타니아호는 무기를 싣고 이동 중이었고, 영국은 계속 여객선을 이용해 군수품을 나른다면 어떤 결과가 나든 영국의 책임이라는 경고를 독일로부터 이미 여러 번 받은 상태였다. 그럼에도 불구하고 이번 격침 사건은 나쁜 전례를 남기고 말았다. 그 사건 때문에 전장이 확대되었고, 결국 법과 안전, 상거래—적성국 사이의 상거래까지도 포함해서—가 보장되는 지역은 줄어들 수밖에 없었다. G에게 이런저런 것을 물어 본 결과, 그는 작년의 지휘자와 달리 머지않아 트리에스테를 떠나서 영원히 돌아오지 않을 사람처럼 보였다.

그날 낮, 누샤는 G를 만날 수 있을까 하는 희망을 가지고 횔덜린의 정원을 찾았다. 정원에는 아무도 없었다.

폰 하르트만은 대부분의 사람들이 순간적인 질문에 대해 절대적인 답을 찾느라 쓸데없이 힘을 소모한다고 생각했다. 어떤 질문이든 그 문제가 얼마나 지속되느냐를 먼저 따져 봐야 한다는 것이 그의 주장이었다. 그가 자주 드는 예가 죽음에 대한 질문이다. 실제로, 죽음을 경험하는 시간이 얼마나 된단 말인가?

참호에 모인 영국군 병사들은 장교의 진격 호각 소리를 듣고도 쏟아지는 독일군의 포탄 사이에서 꼼짝할 수 없었다. 포탄 소리에 묻혀 잘 들리지도 않는 장교의 호각 소리는 정신 나간 앵무새의 울음처럼 요란했다. 그들을 직접 겨냥해 날아오는 포탄 앞에서, 병사들은 그 자리에 얼어붙은 듯 가만히 서서 눈을 감는 것 외에는 아무것도 할 수 없었다. 엎드릴 만한 자리도 없었다. 너무 많은 사람들이 한데 모여 있어서, 손을 들어 얼굴을 가릴 수도 없을 정도로 복잡했다. 부상을 당해도 쓰러질 수 없을 지경이었다. 유산탄이 한 병사의 몸을 가르고 날아가 두번째, 세번째 희생자의 몸에 박혔다. 그런 상황에서, 한시 십오분에서 두시 사이에, 대열을 정비하기 위해 파 놓은 참호 안에서만 이천 명의 병사들이 죽거나 부상당했다.

폰 하르트만은, 아내의 모험심이나 방종은 그녀와 그가 함께 지냈던 삶에 비추어 평가되어야만 한다고 생각했다. 그는 아내에게 무한대의 자유를 허용했고, 덕분에 그녀는 너무 나이가 들어 다른 남자를 찾을 수 없을 때까지 얼마든지 남편의 묵인하에 연애를 할 수 있었다. 그런 그의 전략에는 단순히 결혼생활을 유지하는 것 이상의 좀더 정교한 목적이 있었다. 마리카가 떠난다고 해도, 재혼 상대는 부족하지 않을 것이다. 나이가 들어 외로우면 어쩌나 하는 두려움도 없었다. (그는 벽난로 위의 거울을 쳐다보았다. 그는 부자였고, 조금 땅딸막하기는 했지만 대머리는 아니었다.) 그가 확립하고 또 유지하고 싶어하는 것은 아내의 욕망에 대한 자신의 통제력이었다. 그는 영원을 믿지 않는 것과 마찬가지로, 채울 수 없는 욕망이라는 것도 믿지 않았다. 아내의 욕망은 끊임없이 자극을 받지만 절대로 완전히 만족되지는 않아야 했다. 그런 식으로 아내의 욕망은 완전히 채워질 수 없는 상태로 유지되었고, 그의 통제를 벗어날 수 없게 되었다. 결혼생활에서 그를 가장 즐겁게 하는 일은, 그녀가 도박에서 돈을 잃거나 다른 남자를 만났던 일을 숨기려고 할 때 두 사람이 하는 연극놀이였다. 그녀의 연기는 형편없었다. 아무 때나 무서운 표정을 지으며 의심스럽다는 눈길로 노려보기만 하면 아내는 자기는 잘못이 없다는 주장을 접고 이내 말 없이, 하지만 열정적으로, 제발 계속하게 해 달라는 눈빛을 보냈다. 그가 동의하면 ─그가 표정을 조금만 바꾸면 그것이 동의한다는 뜻이었다.(그 연기에서 두 사람은 말은 한마디도 하지 않았다)─ 아내는 연기를 계속했고, 그 연기를 통해 자신의 행적을 숨기려 했다. 그가 굳은 표정을 지어 보이며 동의하지 않을 때는, 그녀는 그대로 방을 나갔다. 복수하겠다고 다짐을 하지만 행동으로 옮긴 적은 한번도 없었다. 자신의 연기가 들통났을 때 짓는 마리카의 간청하는 눈빛을 보고 있으면, 볼프강은 자신이 그녀를 사랑하고 있음을 확인할 수 있었다. 어떻게 보면 그건 아주 단순한 눈빛, 어린 시절 종종 동물들의 눈에서 상상할 수 있는 간청하는 눈빛이었다. 하지만 다른 한편으로 보면, 그것은 그가 아주 작은 부분까지 계획했던 복잡하고 독특한 결혼생활의 산물이었다. 상대가 마리카가 아니었다면 그런 결혼생활은 절대 불가능했을 것이다.

오후 네시, 최전선을 따라 늘어선 양측 군인들은 귀를 울리는 소리에 따라 다시 한번 중립지대에서 엉켰다. 미친 듯한 그 소리는 ─그건 더 이상 음악도 이성도 아니었다─ 정신 나간 앵무새처럼 울어대는 장교의 호각 소리였다. 쓰러진 병사들은 나란히 쓰러져 있지 않고, 한 무리가 되어 모여 있었다. 죽음을 앞둔 마지막 순간에, 기어서라도 주변의 동료들이 있는 곳으로 가려 했기 때문이다. 여기저기 사상자들의 더미가 쌓여 갔다.

볼프강 폰 하르트만이 마리카의 부정에 대해 신경 쓰지 않았던 것은, 성적 행동(즉 부정을 보여주는 행동) 역시 죽음과 마찬가지로 어처구니없을 만큼 짧은 시간 동안만 유지되는 것이기 때문이었다. 물론 죽음은 단 한번만 경험할 수 있는 것이라는 큰 차이가 있기는 했다. 하지만 아내의 애정행각이 너무 지나치다는 생각이 들 때, 그것을 인정하거나 거부하는 사람은 아내 본인이 아니라 볼프강이었다. 그녀의 연인이 그녀에게 간청하고, 그 다음엔 그녀가 그에게 간청했다. 볼프강은 마리카의 도박 습관도 애정행각과 같은 것으로 취급했다. 그녀는 자신의 도박벽이 주체할 수 없는 것이라고 생각했고, 그는 경제적으로 일정 정도 이상은 절대 넘어서는 안 된다는 것을 분명히 했다. 아내가 계좌에서 돈을 인출할 때마다 그에게 보고되었다.(크레디탄슈탈트 은행의 간부라서 얻을 수 있는 최소한의 특권이었다) 연애든 도박이든, 그의 통제 원칙은 동일했다. 그의 아내는 시간이 지날수록 더 많은 자유를 누릴 것이다. 하지만 늘어나는 비율은 물론, 맨 처음 누리는 자유와 마지막에 누리는 자유의 양(이것은 추정치다)까지 아주 정확하게 계산되어 있기 때문에, 그의 아내는 시간이 지날수록 더 많은 자유를 누릴 수 있을 거라고 기대하지만 결과적으로 그녀의 요구는 철저히 그가 허용하는 범위 내에 머물러 있을 수밖에 없고, 그녀 입장에서 보면 남편이 제공할 수 있는 범위가 거의 무한하게 느껴질 것이다.

새벽부터 시작된 오베르 협곡 전투에서 만천 명의 병사와 오백여 명의 장교들이 목숨을 잃었다. 그 자리에서 즉사한 사람은 거의 없었다. 대부분의 사망자들은 고통 속에서 죽어 갔다. 그 두려움과 통증이 적지 않았겠지만, 어쨌든 그 고통 덕분에 그들이 쓰러지기 직전까지 따를 수밖에 없었던 명령에 담겨 있던 헛된 희망의 짐은 덜 수 있었다.

저녁 식사 후 응접실에서 볼프강 폰 하르트만은 다른 방문객들을 맞이할 때와 마찬가지로 공손하게 G를 맞아 주었다. 응접실은 넓었고, 한쪽에 그리스풍 사원 모양의 타일로 만든 벽난로가 있었다. 벽에는 그림과 묵직해 보이는 거울이 걸려 있었고, 거울 앞에 촛대가 놓여 있었다. 초에는 유리갓이 씌워져 있었는데, 크기는 젖병만했고 테두리 부분이 톱니 모양이었다. 빛을 반사하며 물고기 비늘처럼 반짝이는 유리갓 때문에 응접실 안의 촛불은 차베스의 장례식 날 도모도솔라 성당에서 보았던 촛불들과 달리 흔들리지 않았다. 방은 전체적으로 어두웠지만, 거울과 유리갓 때문에 수천 개의 촛불을 켜 놓은 것 같은 분위기가 느껴졌다.

마리카는 G가 도착하고 오 분 정도 지난 후 응접실로 왔다. 그녀는 동물처럼 걸었다. 어떤 특정한 동물이 아니라 여러 동물을 한데 합쳐 놓은 것처럼 걸었기 때문에 묘사가 쉽지 않다. 그녀는 유니콘 같은 합성 동물을 닮았지만, 그렇다고 신화적인 분위기를 풍기지는 않았다. 그녀가 벽걸이 그림 속의 풀밭에 들어가 있는 모습은 상상할 수 없다. 그녀의 다리는 뼈대 자체가 크고 아주 길었다. 가끔 나는 그녀의 다리가 어깨에서부터 시작된 것만 같은 인상을 받았는데, 마치 네 발 달린 동물의 다리처럼, 관절이 세 개인 다리처럼 보였다. 그녀는 걸을 때 머리를 조금도 움직이지 않았다. 목이 아주 굵고 단단한 그녀는 수사슴처럼 머리를 꼿꼿이 들고 다녔다. 사슴 털처럼 붉은 머리 위에는 보이지 않는 뿔이 있을 것만 같았다. 하지만 그녀가 움직이는 모습은 불안했다. 마치 불안정한 바닥이 그녀의 키와 덩치를 감당하지 못하는 것처럼 그녀는 뒤뚱거리며 움직였고, 그런 점에서는 낙타와 비슷했다.

저희가 돌아오자마자 바로 다음날 이렇게 찾아 주시니, 영광스럽네요. 그녀가 말했다.

돌아오는 여정이 길고 피곤하셨을 줄 압니다.

여긴 아무것도 없어요. 신이 버린 이 도시에 뭐가 있겠어요. 그래도 선생님이 계시지만, 이제 뵐 수 있는 날도 얼마 안 남은 것 같네요.

출발을 늦췄습니다.

아직 충분히 뵌 것도 아닌데.

계속 출발을 늦추시면 저희가 어쩔 수 없이 선생을 억류하는 일이 생길 수도 있습니다. 폰 하르트만이 말했다. 미소를 보이지도 않았지만, 그렇다고 특별히 악의를 담고 있지도 않았다. 그런 일은 일어나지 않아야겠죠.

대수롭지 않은 투로 말하는 경고를 들은 G는 도나토 박사의 경고를 떠올렸다. "문제는 뭐냐 하면, 우리가 같은 꿈을 꾸고 있는 것인가 하는 점입니다."

마치 '억류'라는 말을 일상적으로 써 온 사람처럼 말하네요. 마리카가 말했다.

독일어로는 '인테르니에렌(internieren)'이라고 합니다. '인테르나트(internat)'라는 단어를 생각해 보면 무슨 뜻인지는 아시겠죠? 그는 G가 영국에서 공부했다는 사실을 알고 있었다. '인테르나트'는 기숙학교라는 뜻이죠. 그러니 우리가 선생을 억류한다고 해도 그런 상황이 아주 낯설지만은 않겠죠?

'인테르나트'에 다닐 때 친구들이 붙여 준 제 별명이 뭔지 아십니까?
가리발디였습니다. G가 말했다.

영국인들이 그 사람을 전설적 인물로 생각하는 건 정말 이해가 안
됩니다. 가리발디가 런던을 방문했을 때는 자국의 여왕이 주최하는
모임보다 사람들이 더 많이 모였다고 하더군요. 아마 영국인들의 마
음 깊은 곳에 선구자에 대한 사랑이 있기 때문이겠죠. 벌판에 불을
피워 놓은 채 별을 보며 잠이 드는 선구자 말입니다. 그건, 영국인들
은 자신들이 살고 있는 도시의 끔찍한 무질서를 혐오한다는 의미가
아닐까요? 그 정반대 지점에 우리가 있습니다. 합스부르크 제국의
가치는 우리의 도시를 지탱해 주는 이성과 질서에 바탕을 두고 있습
니다. 우리의 도시를 한번 보세요! 빈, 프라하, 부다페스트. 뭐 마실
것 좀 드릴까요?

감옥에 가게 되면 제가 매일 면회 갈게요! 마리카가 다짐하듯 말했
다. 아직 자리에 앉지 않고 뒤뚱거리며 돌아다니던 그녀는, 그 말을
할 때는 감옥 문을 열고 들어가는 시늉을 했다. 일부러 그런 연기를
하는 것은 아니었다. 그녀에게 극장은 지루한 곳이었다. 그녀가 감
옥에 간 G를 면회하는 '시늉'을 한 것은, 그녀에게는 행동에 대한 생
각과 행동 자체가 다른 것이 아니기 때문이었다. 그녀의 경우에, 어
떤 생각을 표현하는 말은 곧장 메시지가 되어 그녀의 팔다리에 전달
되었다.

우리 도시들은 야만의 바다에 둘러싸인 섬 같은 곳입니다.

378

제가 탈옥할 수 있게 도와드릴게요. 마리카가 말했다. 제 옷을 입고 나오는 게 제일 간단한 방법일 텐데.

그건 좋은 방법이 아닌 것 같은데. 폰 하르트만이 말했다. 정말 그런 일이 생기면 나라고 해도 당신을 구해 줄 수 없어.

물론, 선생님이 제 옷을 강제로 벗긴 걸로 해야죠.

왜 소리를 질러 간수들을 부르지 않았냐고 물으면 뭐라고 대답할 거야?

우리 아버지가 어떤 사람인지 잊어버렸어요?

출신성분 때문에 배반을 할 수 없는 사람이란 뜻인가?

바로 그거예요. 그리고 저도 가리발디를 존경해요! 말을 정말 잘 타잖아요. 그리고 저도 애국자란 말이에요.

그녀는 화가 난 것이 아니었다. 한마디씩 할 때마다 그녀는 조금씩 더 미소를 지어 보였다. 결국 웃음을 터뜨린 그녀는 남편의 팔을 쓰다듬으며 자리에 앉았다.

저는 선생의 나라 국민들이 우리에게 선전포고를 하는 어리석은 짓을 할까 두렵습니다. 폰 하르트만이 말했다.

저는 정치인은 아닙니다.

정치인이라고 해도 저희 남편에겐 말씀 안 하시겠죠. 마리카가 말했다.

정치인은 아니지만, 그래도 부탁드릴 일이 한 가지 있어서 이렇게 왔습니다. 괜찮으시다면, 두 분이 함께 계신 자리에서 말씀을 드리고 싶은데요.

G는, 폰 하르트만은 자신의 청원을 일언지하에 거절하겠지만 그의 아내는 받아 줄 것임을 의심하지 않았다. 마르코 사건 덕분에, 비록 짧은 시간 동안이나마 자신이 욕망하는 여인이 그와 공통의 관심사를 가지게 될 것이고, 그녀로서는 남편의 뜻을 거슬러 가며 자신과 함께 공모를 할 수밖에 없을 것이다.

오스트리아 은행가 폰 하르트만은 인내심을 가지고 주의 깊게 듣고 있다는 인상을 주려고 노력했다. 그는 의자에 등을 기대고 앉아, 가끔씩 눈을 내리깔고 고개를 가로저었다. 작고 빠른 그의 눈은, 자신의 머릿속에 든 생각을 제외하고는 그 어디에도 진정한 관심을 두지 않았다.

G는 자신도 믿을 수 없는 사건에 대해 선처를 부탁하고 있었지만, 폰 하르트만에게는 그 아무리 절박하고 감동적인 청원이라고 해도 먹히지 않았을 것이다. 똑같은 이유로 그에게는 협박도 아무 소용이 없었다. 청원과 협박이 그 대상자의 머릿속에서 작동하는 방식은, 소문이 군중들 사이에서 퍼져 나가는 방식과 그리 다르지 않다. 청원이든 협박이든 속삭임을 통해 퍼져 나가는데, 그것이 전달될 때마다 전달자에 의해 강조점이 달라진다. 결국 하나의 소문이 여러 개의 소문을 낳을 수도 있지만, 그 서로 다른 소문들은 같은 종류의 충격이나 희망을

공유하게 된다. 그런데 군중이 어디 있단 말인가? 결정이 내려지기까지, 머릿속에서 청원과 협박을 속삭여 퍼뜨리는 사람은 누구인가? 군중은 다름이 아니라 한 개인 안에 있는 여러 자아들이다. 그 여러 자아들이 권력을 쥐고 있는 어떤 자아, 행동을 결정하는 자아에게 자꾸만 말을 거는 것이다. 그것들은 과거의 기대에서 태어난 자아들로, 스스로 권력을 잡지는 못했지만 그렇다고 완전히 사라지지도 않은, 여전히 한 개인의 성격 안에 버티고 있는 자아들이다.

폰 하르트만은 자신 안에서 그런 가능태로서의 자아들을 완전히 제거해 버린 사람이었다. 그의 과거에서 아직까지 남아 있는 것이라고는 현재 자신의 옛날 모습뿐이었다. 그는 마치 우표에 새겨진 인물 같은 사람이었다.

물론 그도 거친 신체적 협박에는 반응을 보일 것이다. 그건 반사신경의 문제였다. 목숨의 위협을 받은 그가 한순간에 무너져 어린아이처럼 울먹일 수도 있다. 하지만 그러면, 그런 상황에서도 신기할 정도로 무감각한 태도를 보일 가능성이 많다. 그의 죽음 이후에 찾아올 침묵도 그의 개인적 삶에서 느낄 수 있는 침묵의 연장에 불과할 것이다. 폰 하르트만은 제거할 수는 있지만 도전할 수는 없는 인물이었고, 바로 그런 점 때문에 이상적인 통치자라고 할 수 있다.

마리카의 머릿속에서는 국경을 넘다 체포되었다는 젊은이가 가리발디, 그리고 G와 복잡하게 뒤섞이기 시작했다. G가 감옥에 갇히면 그녀가 탈출을 도와주겠다고 좀 전에 말하지 않았던가. 그녀는 즉시 그 젊은이가 풀려나야만 한다고 판단했다. 뿐만 아니라, 자신이 직접 총독에게 부탁해 봐야겠다고 결심했다. 마리카에게는 정당화가 필요 없었기 때문에 그렇게 단숨에 결정할 수 있었다. 그녀의 의지라는 나침반이 북쪽을 가리키고 있다면, 바로 출발하면 될 일이었다. 그녀는 왜 사람들이 나침반의 위치를 조정하고 다른 책을 더 읽으려 하는지 이해할 수 없었다. 하지만 그녀도 생각을 할 줄 아는 여자였다. 다만 대부분의 여자들과 다른 점이 있다면, 그녀의 생각은 온통 과거를 향해 있었고 이야기와 전설의 형태를 띠고 있었다는 점이었다. 자신이 직접 등장하는 이야기도 있고, 흥미롭지만 자신이 등장하지는 않는 이야기도 있었다. 마리카에게 이야기와 전설은 현실에서 아무 의미가 없다는 것이 판명난 후에도 여전히 남아 있는 무엇이었다. 이야기는 파도에 떠밀려 해안에 이른 주인 없는 배이거나, 더 이상 끼고 다니지 않고 곱게 보석함에 모셔 놓은 반지 같은 것이었다. 종종 부재만이 남는 경우도 있었다. 말을 타다 사고가 나서 한쪽 팔을 잃어버린 친구의 경우가 그랬다. 그 친구는 자신의 연인이 다른 사람과 숲 속에서 애정행각을 벌이는 것을 발견하고 황급히 그 자리를 피하던 중에 사고를 당하고 말았다. 팔이 잘려 나가기 전에는 아직 반지를 끼고 있었고, 배가 항해 중일 때에는 삶 자체가 너무 급박해서 되돌아볼 여유가 없었다.

마리카, 당신을 얼마나 사랑하는지! 당신의 미소는 그 어떤 최후의 판결보다 완벽합니다. 당신이 옷을 벗으면 당신에게 남는 것은 순수한 의지뿐이겠지요. 우리는 서로의 몸을 지워 줄 겁니다. 다른 사람들은 모두 수다쟁이와 호색한들뿐입니다. 마리카! G는 언제 이 말을 하게 될까?

G가 말을 마치자마자 마리카가 소리쳤다. 할 일은 한 가지밖에 없네요. 그 사람을 풀어 줘야 해요.

그녀의 남편이 고개를 끄덕였다. 관습과 달리 그는 종종 거절하는 말을 하기 전에도 고개를 끄덕이는 경우가 있었다. 말씀을 참 잘하시네요. 보시다시피 제 아내의 마음을 얻으셨습니다. 하지만 저는 지금과 같은 상황에서는 어떤 식으로든 그 젊은 친구의 일에 개입하는 것이 불가능하다고 생각합니다. 불가능할 뿐 아니라 위험하기도 하죠. 정말 선생의 말씀처럼 그 친구가 아무 잘못이 없다고 칩시다. 그럼 그 친구만 놓고 보면 전혀 위험할 것이 없겠죠. 하지만 지금 같은 시기에 그런 관용을 베푸는 것이 도시 전체에 어떤 영향을 미칠까요? 더 많은 사람들이 국경을 넘으려고 시도할 겁니다. 국경을 넘으려는 사람들의 숫자가 두 배가 될지도 모릅니다. 그렇게 되면 어떤 일이 벌어질까요? 멈추거나 대답하지 않는 사람들은 총살하라는 명령이 우리 측 국경수비대에 떨어지겠죠. 선생의 친구에게 특별대우를 해줌으로써 다른 젊은이들을 여럿 죽이는 결과가 초래될 수도 있습니다. 그게 끝이 아닙니다. 국경에서 그런 일이 벌어지면 그 정치·외교적 파장은 재앙에 가까울 겁니다. 곧바로 전쟁으로 이어질지도 모릅니다. 제 아내는 정치를 몰라요. 정치에서 그 자체로 받아들여지는 것은 아무것도 없습니다. 아버지가 죽어 가고 있다는 선생님의 젊은 친구는 불법적으로 국경을 넘으려다 체포되었고, 아마 가혹한 징역형을 받게 되겠죠. 하지만 그 친구에게 부적절하고 예외적인 사면을 내리고 나면 전쟁이 터질 거고, 그러면 수만 명의 아버지와 아들들이 목숨을 잃게 되는 겁니다.

건너편 방에서 전화벨이 울렸다. 자리에서 일어난 은행가 폰 하르트만은 아내에게 다가가 팔걸이에 올리고 있는 그녀의 손을 가만히 잡았다.

그래서 당신이 원하는 대로 그 친구를 풀어줄 수는 없는 거야. 그가 설명했다.

그녀는 난처한 표정을 짓지는 않았다. 그녀는 계속 자기 말을 하기보다는 조용히 두 남자의 말에 귀를 기울였다. 마치 열심히 길을 달리다 모퉁이를 돌았더니 물살이 빠른 넓은 강에 맞닥뜨리게 된 사람 혹은 짐승의 처지와 비슷했다고 할까. 화를 내거나 불안해 해 봤자 소용없는 일이었다. 그녀의 표정은 차분하고 고요했다. 그녀는 물살을 살피며 어느 쪽으로 달리는 게 좋을지 생각했다. 그녀는, 자신이 남편이 허용한 범위 안에서 살고 있다는 것을 알고 있었고, 이제 와서 다른 식으로 살기에는 너무 늦어 버렸다는 것도 잘 알고 있었다. 그건 이성적으로 생각해서 알게 된 것이 아니었고, 평원의 넓이나 바다에서 얼마나 떨어져 있는지를 직접 보지 않고도 느낌으로 알 수 있는 것처럼, 감각으로 알게 된 사실이었다. 볼프강이 아니었더라면 그녀는 집시가 되었을 것이다. 그녀는 집시를 경멸했다. 뿐만 아니라 그녀는 세상의 이야기들, 후대에 남을 이야기들은 남편 같은 사람의 손에서 이루어진다는 것도 느낌으로 알고 있었다.

하인이 문 앞에 와서 빈에서 전화가 왔다고 했다. 폰 하르트만은 두 사람에게 양해를 구하고 자리를 떴다.

저 춤추고 싶어요. 자리에서 일어난 마리카가 흐느적거리듯 천천히 원을 그리며 상감 세공을 한 바닥을 지나 G가 앉아 있는 곳으로 다가왔다. 진짜 정체가 뭐예요? 그녀가 물었다. 우리에게 거짓말했다는 거 알아요. (그녀는 어색하고 부정확한 이탈리아어로 말했다.) 정체가 뭐예요?

돈 후안입니다.

자기가 돈 후안인 줄 아는 남자를 여럿 만나 봤는데, 진짜는 한 명도 없었어요.

그 이름이 너무 남용되고 있기는 하죠.

그런데 왜 본인이 돈 후안이라고 하세요?

제가 그랬나요?

하긴, 먼저 물어 본 건 저니까. 저는 당신 믿어요.

그녀는 뒤로 물러나며 나긋나긋한 목소리로 말했다. 당신이 가자고
한 베로나 여행은 언제 갈까요?

사랑합니다.

흔들리지 않고 가만히 타고 있는 촛불 때문에 그녀의 야윈 얼굴이
유난히 강조돼 보였다.

만약 여기가 오스트리아에 있는 집이었다면 말을 타고 숲으로 갔을
거예요. 바로 지금, 남편이 다른 방에 가 있는 동안 둘이서 나갔을 거
예요.

이쪽으로 얼굴을 좀 돌려 보세요.

그는 손바닥으로 그녀의 입과 코를 가렸다. 따뜻한 손에 잡힌 코가
마치 부드러운 편도선처럼 느껴졌다. 그녀의 눈은 웃고 있었다. 그
는 그녀의 숨결로 촉촉해진 손을 옮겨 딱딱한 광대뼈와 붉은 귀를

만졌다. 아주 깊이 말려들어 간 귀였다.

저는 달라요. 그녀가 속삭였다.

문 앞에서 걸음을 멈춘 폰 하르트만은 벽난로 앞의 두 사람을 잠시 바라보다 조용히 들어왔다. G나 마리카로서는 그가 얼마나 오래 그곳에 서 있었는지 알 수 없었다.

로마에서 전쟁을 하기로 결정한 것 같습니다. 시간 문제라네요. 폰 하르트만은 그렇게 전하고 나서, G의 어깨를 짚으며 덧붙였다. 결국 우리냐 아니면 '인테르나트'냐, 결정을 하셔야겠습니다.

시간은 있습니다. G가 말했다. 전쟁이 다가오는 걸 알기 위해 반드시 정치가가 되어야 할 필요는 없죠. 눈사태와 다를 것이 없습니다. 저는 아직 전쟁이 시작됐다는 소식을 듣지 못했습니다.

전쟁이 터질 거라면 너무 늦기 전에 베로나 여행부터 가요. 마리카가 말했다. 내일 당장 떠나요.

당신은 가끔씩 어린아이처럼 사람을 놀라게 한단 말이야. 폰 하르트만이 말했다. 베로나는 잘 알지도 못하잖아. 왜 거기 가고 싶다는 거지?

여행 가고 싶어요.

그곳엔 말도 없고 극장도 없어.

저는 이 도시가 싫어요. 그녀는 궁전 모양의 흰색 타일 장식과 천장까지 책이 가지런히 꽂힌 책장이 있는 구석으로 갔다. 여기서는 다들 보험밖에 관심이 없잖아요. 이번 주 안에 전쟁이 터질 거라면 즉시 떠나야 한다고요.

이런 시국에 여행을 떠난다는 건 생각할 수 없어. 그녀의 남편은 자리에 앉아 G를 향해 미소를 지어 보이며 말했다. 전쟁은 확실히 일어날 테지만, 적어도 앞으로 이 주 정도는 더 있어야 할 것 같습니다.

전화로 들은 소식이에요? 그녀가 소리쳤다. 거의 이십 미터나 떨어진 방 반대편에 있었기 때문에 소리를 질러야 했다.

아니, 전화 내용을 듣고 내가 추측해 본 거야.

그녀는 책장에 기대어 세워져 있던 사다리를 타고 맨 끝단까지 올라갔다. 그녀의 머리칼이 거의 천장에 닿으려 했고, 그녀의 얼굴은 어둠 속에 묻혀 버렸다. 불빛에 반짝이는 주름진 치마는, 그 각도에서 보면 허리가 없이 바로 어깨까지 올라간 것처럼 보였다. 그녀가 소리쳤다. 우리 내기해요! 저는 일 주일 안에 전쟁이 터진다는 쪽에 천 크라운을 걸게요.

그건 불가능하다니까. 폰 하르트만이 말했다.

그럼 좋아요. 그녀가 다시 소리쳤다. 천 크라운을 거는 거예요. 아니, 더 좋은 내기가 있어요. 제가 이기면 그 이탈리아 젊은이를 풀어줘요. 제가 직접 총독님께 말씀드릴게요. 제가 지면, 그러니까 다음 일요일까지 전쟁이 터지지 않으면 제가 천 크라운을 드릴게요.

그 이탈리아 젊은이가 바로 당신 애인인가 보군! 폰 하르트만이 말했다.

그녀는 책장 맨 위에 꽂힌 책을 보려는 듯 등을 돌린 채 독일어로 단호하게 말했다. 결국 당신도 다른 독일인들과 다를 게 없군요.

폰 하르트만은 듣기 좋은 이탈리아어로 대답했다. 화를 낼 필요는 없어. 나는 그 누구보다 당신 감정을 존중해. 그 지휘자가 외국으로 떠난 후부터, 나는 그가 다시 돌아온 게 아닌가 하는 의심이 강하게 들거든. 그가 외국으로 떠난 후부터, 그에 대한 당신의 감정이 수그러들고 무관심해졌지만 말이야.

다음에 벌어진 일은, 너무 순식간에 일어나서 방 안에 있던 세 사람은 각각 짧은 인상만 기억할 뿐 그 이상은 말하지 못했다. 하지만 그들 각각의 인상이 서로를 확인해 주기는 했다. 마리카가 사다리에서 뛰어내렸다. 그녀는 물론 아래에 있던 두 남자도 그녀가 떨어질 것은 상상도 못 했다. 분명 그녀가 스스로 뛰어내린 것이었다. 어쩌면 그녀는 아래에 있던 커다란 가죽 안락의자로 내려오려고 했던 것인지도 모른다. 어쨌든, 의자가 부서지며 그녀는 바닥에 곤두박질쳤다. 아주 짧은 순간이었지만, 그리고 그 이후의 일은 정확히 기억할 수 없었지만, 그녀가 허공에 떠 있던 그 순간만큼은 그 무엇도 침범할 수 없는 느낌을 주었다.

다음날 아침, G는 폰테로소 광장 근처의 카페에서 도나토 박사와 라파엘레를 만나기로 되어 있었다.(두 사람 중 한 명과 단둘이 만난 적은 한번도 없었다) 그들은 마르코에 대해 물어 볼 것이다. 만약 마르코가 일 주일 안에 풀려날 거라고 말하면, 두 사람은 그가 오스트리아의 정보원이라고 의심할 것이다. 만약 마르코를 위해 아무것도 해 줄 수 없게 되었다고 말하면, 그들은 그를 트리에스테에서 몰아내려 할 것이다. 그는 마르코가 오월 이십일 전까지 풀려날 수 있다고 믿 을 만한 합리적인 이유가 있다고 말할 것이다. 그들은 그건 너무 늦 다고, 그때쯤이면 이미 두 나라는 전쟁 중일 거라고 말할 것이다. 그 들은 G에게 서둘러야 한다고 독촉할 것이고, 그는 그들의 계획이 터 무니없이 비현실적이라고 말할 것이다. 그는 이탈리아 사업가가 어 떻게 오스트리아-헝가리 제국의 법에 대해 이래라저래라 말할 수 있 겠냐고 되물을 것이다. 비현실적이라는 말에 기분이 상한 라파엘레 는 자칫하면 G가 오스트리아의 정보원이라는 사실을 이미 알고 있 다고, 만약 그게 아니라면 어떻게 이십일까지 마르코가 풀려나게 할 수 있느냐고 소리를 지를지도 모르지만, 도나토 박사가 그를 말릴 것이다. 라파엘레가 소리지르게 내버려 두는 것은 중요하지 않은 문 제를 말할 때뿐이다. 도나토 박사는 해안까지 걷자고 제안할 것이 다. 그들은 버려진 운하를 따라 부두까지 걸을 것이다. 도나토 박사 는 걸으면서 이야기를, 아마 볼테르에 대한 이야기를 할 것이다. 그 란데 광장 한쪽에 면한 부두에서 그들은 선창을 따라 천천히 움직이 는 화물기차를 볼 것이다. 저 기차를 보세요. 도나토 박사가 말할 것 이다. 기관차의 바퀴는 그것을 바라보는 세 남자보다 훨씬 클 것이 다. 기관차가 지나가고, 육중한 기관차 바퀴에 비하면 왠지 헐거워 보이는 바퀴를 단 짐칸들이 지나갈 것이다. 짐칸들을 이어 주는 묵 직한 연결고리 사이로 잠깐씩 바다의 모습도 스칠 것이다. 말을 멈 춘 도나토 박사가 갑자기 양손으로 G의 팔을 잡는 동시에, 라파엘레 는 G의 뒤에서 팔을 두른 채 그를 끌고 가 천천히 지나가는 짐칸 앞 몇 인치 지점까지 그의 얼굴을 갖다 댈 것이다. G는 뒤로 물러나려 고 안간힘을 쓸 것이다. 도나토 박사가 G의 뒤꿈치를 선로 가까이 밀어붙일 것이다. 오른발 그리고 왼발. 짧지만 한없이 길게 느껴질 시간이 지나고, 그들은 G를 놓아줄 것이다. 라파엘레가 말할 것이다. 하마터면 넘어질 뻔했잖아. 트리에스테 같은 도시에서는 조심하는 게 좋을 거야. 사고가 많이 일어나거든. 변호사인 도나토 박사가 말할 것이다. 당신도 알겠지만 우리는 시간이 얼마 없습니다.

마리카가 떨어진 게 아니라 뛰어오른 거라고 생각해 보자. 바닥은 물론 방 안에 있던 모든 것이 동시에 올라갔지만 속도가 아주 조금씩 달랐다고, 그래서 그녀보다 바닥이 더 빨리 솟아올랐다고 생각해 보자. 그렇게 보였다. 그녀는 천장을 향해 뛰어올랐다. 절대 아래로 떨어지는 것처럼은 보이지 않았다. 차라리, 흰색과 보라색의 수령초가 허공에 매달려 있는 것처럼 보였다. 드레스가 약간 벌어지면서 흰색 스타킹과 무릎이 드러났다. 그녀는 입을 벌렸지만 아무 소리도 나오지 않았다. 어쩌면 너무 순식간에 벌어진 일이라서 어떤 저항의 소리도 낼 수 없었던 것인지 모른다. 그럼에도 불구하고 그 침묵 덕분에 그 순간은 더욱 침범할 수 없는 것처럼 느껴졌다. 그렇게 수령초처럼 허공에 떠 있었지만, 그 순간에도 그녀는 그녀였다. 그녀는 그날 아침 볼프강의 시선을 받으며 침대에 누워 있던 여인이었고, 그 모든 육체적 특징으로 G의 욕망을 불러일으킨 여인이었다. 허공에 뜬 그녀의 실재성이 그 어떤 이념보다 멀게 느껴졌다. 잠시 후 그녀는 바닥에 엉덩방아를 찧었다.

두 남자 중 아무도 즉시 움직일 수 없었다. 그녀는 웃음처럼 들리는 소리를 냈다. 그녀의 남편은 자신이 생각했던 것보다 훨씬 빨리 다가갔다. 신체에 가해지는 폭력은 항상 그를 혼란스럽게 만든다. 그가 다가갔을 때쯤 그녀는 자리에서 일어나 드레스를 털었다.

무슨 짓을 한 거야? 그가 물었다. 만약 그가 '왜 그런 짓을 한 거야?

라고 물었더라면 그녀는 그를 이용할 수 있었을 것이다.

거리를 잘못 쟀나 봐요. 다치진 않았어요. 그나저나 내기는 하는 거죠?

브랜디 한 잔 해. 폰 하르트만이 말했다.

G는 걸음을 옮기는 그녀가 절뚝거리는 시늉을 하고 있음을 즉시 알아차렸다.

부인께서 발을 다치셨군요. 제가 부축해 드리겠습니다. 폰 하르트만이 대답하기도 전에, G는 보란 듯이 미소를 지으며 그녀를 부축했다. 폰 하르트만 부인은 아무런 저항도 없이, 어느새 연인이 된 남자의 가슴에 얼굴을 기댔다.

세 사람은 그렇게 긴 방을 가로질렀다.

브랜디가 도착하자 폰 하르트만은 부드럽지만 분명한 어조로, 소파에 다리를 얹고 누워 있는 아내를 쳐다보며 말했다.

두 사람이 부부처럼 보인다는 뜻은 아니고, 그러니까 당신들 둘이말이야, 그렇게 나란히 있으니 잘 어울리는군. 내가 이런 말을 하는 이유를 오해는 하지 않았으면 좋겠어.

그는 커다란 술잔을 성배처럼 양손으로 쥔 채 안락의자에 기댔다.

『안나 카레리나』 기억나? 나는 카레닌이 성공한 정치인이라고 생각하지 않아. 물론 톨스토이는 독자들이 그렇게 믿어 주기를 바랐겠지만 말이야. 깔끔한 공적 생활과 엉망이 되어 버린 사생활을 그렇게 대조시킬 필요는 없지. 카레닌은 제대로 된 행정가라면 반드시 지녀야 할 일관성이나 명확함을 가지지 못했단 뜻이야. 뭐 잘못된 결혼을 할 수는 있지. 하지만 그는 결혼 후에도 그 여자를 잘못 다뤘던 거야. 왜 그는 아내의 부정이 돌이킬 수 없을 만큼 진행되기 전에 현실을 직시하지 못했을까? 왜냐하면 그 일을 너무 심각하게 받아들였기 때문이야. 정말 그녀가 배신을 했다면, 그건 그에겐 세상의 종말을 뜻하는 것이었고, 그로서는 그런 인정을 차일피일 미룰 수밖에 없었겠지. 결국, 더 이상 현실을 피할 수 없게 되었을 때 그가 어떻게 했지? 생각 나, 마리카? 그 경주에서 돌아오면서 안나가 했던 말?

그는 눈높이까지 브랜디 잔을 들어 올리고는 술잔 안의 액체를 가만히 응시했다.

생각 나? 카레닌은 생각을 정리하기 위해 떠나고, 결국 둘은 이전과 다름없이 살아야만 한다고 결론을 내리잖아. 세상의 종말이라는 것도 막상 닥쳐 보니 속삭임보다 더 부드러웠던 거야. 아무도 그 소식을 듣거나 보면 안 되겠지. 그래서 두 사람은 말도 못 하고 밤낮으로 괴로워하잖아. 카레닌이 비극을 만든 거야. 그가 자초한 일이라고. 비극이 될 필요도 없었고, 어쩌면 그런 일은 일어나지 않았을지도 몰라. 안나는 결국 그를 떠날 수밖에 없었지. 그게 곧 자신의 파멸이 될 거라는 걸 알면서도 말이야. 만약 그렇게 떠나지 않았다면, 그녀도 카레닌만큼 엉망이 돼 버렸을 거야. 하지만, 나는 카레닌이 아냐. 당신이 그걸 이해해 줬으면 해.

그는 술잔을 탁자에 내려놓고, 자신의 이니셜이 수놓인 손수건으로 입을 한번 닦은 후 이번에는 G를 향해 말했다.

그런 현실주의를 나의 사생활과 공적 생활에 적용해 봤습니다. 당신이 내 아내를 유혹하려 한 적이 분명 몇 번 있었고, 또 아내가 당신의 정부가 되고 싶어한다는 것도 분명해 보입니다. 평범한 상황이었다면, 제가 이런 말을 하는 일도 없이 그렇게 진행되었겠지요. 하지만 지금은 상황이 평범하지 않습니다. 우리 모두 시간이 없지요. 그래서 제가 이 얘기를 꺼내는 겁니다. 두 사람 모두에게, 내가 적극적으로 협조하겠다는 말을 해주고 싶었습니다.

그는 말을 멈추고 두 사람을 번갈아 보며 고개를 끄덕였다.

오월 이십일에 말이야, 정확히 당신이 내기를 건 날보다 나흘 후에, 뭐 나로서는 내기를 받아들일 생각이 전혀 없지만, 아무튼 오월 이십일 목요일에 시립문화회관에서 자선무도회가 열릴 거야. 적십자사를 지원하는 무도회인데, 그 단체라면 지원해 줄 이유가 충분하지. 당신과(그는 술잔으로 아내를 가리켰다) 나는 거기 참석해야 돼. 물론 당신 발이 그때까지 다 나아야 하겠지만 말이야. 지금 생각난 건데, 적십자사를 위해 표를 두 장 더 사 주고 싶어졌어. 한 장에 이백오십 그라운 하는 표를 말이야. 선생께서도(그는 술잔으로 G를 가리켰다) 와 주셨으면 합니다. 아마 예의상, 선생과 어울릴 만한 파트너도 함께 오는 게 좋겠죠. 그 무도회에서, 뭐 본인이 원한다면, 제 아내와 몇 번이고 춤을 추셔도 좋습니다. 그날 저녁에 저는 기차를 타고 빈으로 갈 겁니다. 아마 토요일에 돌아올 것 같은데, 다시 한번 말하지만 제가 자리를 비우는 스물네 시간 동안 속임수를 쓰거나 하지는 않을 거라는 건 믿어도 좋습니다. (G는 "우리는 당신을 믿을 수 있고, 또 믿을 수밖에 없습니다"라는 도나토 박사의 말을 다시 한번 떠올렸다.) 그리고 "인테르나트"에 대해서는, 아마 그 생각이 떠오르지 않을 테지요, 그런 일은 없을 거라 생각합니다. 양국의 적대감이 폭발하는 시점에 대해 제가 만약 내기를 건다면, 물론 그런 내기를 하고 싶은 마음은 추호도 없지만, 아마도 이달 이십오일경이 아닐까 합니다. 제 추측이 맞을 겁니다. 그러니까 선생은 억류될 위험이 생기기 전에 리보르노로 돌아갈 수 있습니다.

폰 하르트만은 이전에는 단 한번도 그런 제안을 하지 않았다. 하지만 마리카는 놀라지 않았다. 새로운 전설이 시작됐다. 그녀는, 아내에게 연인을 가지라고 공식적으로 제안하는 남자와 결혼한 것이다. 그녀는, 남편이 이번 일은 빨리 끝날 걸로 가정하고 있다는 점을 놓치지 않았다. 전쟁이 나면 그녀와 연인은 헤어질 수밖에 없다고 예상하는 것이다. 하지만 그녀의 남편은 뼛속까지 독일인이었고, 모든 것은 결국 시작할 때와 같은 모습으로 끝난다고 생각하는 사람이었다. 하지만 결과는 절대 확실하지 않았다. 전쟁이 터지기 전에 그녀는 연인과 함께 베로나로 갈 것이고, 전쟁이 끝날 때까지 남편에게 돌아오지 않을 수도 있었다. 아니면 일 주일 안에 세 사람 모두 죽을지도 몰랐다. 그녀는 한 시간 전에 자신의 입에 손을 갖다 댄 남자와 함께라면 죽음도 받아들일 수 있을 것 같았다. 남편과는 행복하게 죽을 수 없었다. 그건 눕지도 못하고 앉은 채로 죽는 것과 비슷할 것 같았다.

마리카는, 그가 정말 돈 후안이라면 결국 그녀를 버리게 될 것이라는 점도 분명히 알고 있었다. 그녀는 그저 시작을 원할 뿐이었다.

볼프강은 두 사람을 보며 미소지었다. 마리카는 그 미소를 보며 한편으론 고마움을 느끼면서 다른 한편으론 승리감을 맛보았다. 남편이 도와준 것이 고마웠고, 아무도 일이 어떻게 끝날지 모르는 것이라고 생각했기 때문에 승리감을 맛보았다. 그녀는 다리를 내려놓았다. 계속 발목이 부은 척할 필요가 있었다. 그녀는 천천히 춤을 추며자신이 떨어졌던 자리로 다가갔다. 보셨죠? 벌써 발목이 좀 좋아진것 같아요. 그녀가 웃으며 소리쳤다. 우리 무도회 가요.

G는 주머니에서 봉투를 하나 꺼냈다. 초대해 주서서 감사합니다. 무도회에 가도록 하겠습니다. 여기 제가 말씀드린 사건을 자세히 적었습니다. 이번 일을 다시 한번 생각해 봐 주시기 바랍니다. 이제 전쟁이 터질 것이 확실해졌으니, 그를 풀어 주는 일도 그리 위험하지 않겠죠.

몇 분 후 G는 자리에서 일어나 떠날 채비를 했다. 목요일까지 어떻게 기다려요? 마리카는 그렇게 말하며, 방금 자신에게 허락된 자유를 즐기려는 듯 볼프강이 보는 데서 G가 키스할 수 있게 볼을 내밀었다.

G는 그녀의 손을 들어 올려 형식적으로 입을 맞춘 다음 인사를 하며말했다. 그럼 시립문화회관에서 뵙겠습니다.

이제야 나는 G의 어린 시절에 있었던 사건과 그 예언적 성격에 대해이해할 수 있을 것 같다. 그 이야기를 쓸 당시에는 사실 의문에 둘러싸여 있었다.

볼 수 있을 때 봐 둬. 그가 소년에게 말한다. 남자는 첫번째 말에게다가가 머리를 내려친다. 소년은 남자가 무엇으로 말의 머리를 내려치는지 알 수 없다. 아마 들고 있던 물병이었을 것이다. 남자는 두번째 말에게도 똑같이 한다. 두 번을 내려치는 동안 등불에 비친 말의 몸은 조금도 움직이지 않았다. 남자가 몸을 일으킨다. 손에는 아무 것도 들려 있지 않다. 자 이제 죽었다. 봤지? 분명히 본 거지? 소년은 남자가 거짓말을 하는 것이라고 생각한다. 네. 봤어요. 남자는 흡족한 표정으로 소년에게 다가와 어깨를 두드려 준다. 남자의 손에 파라핀 냄새가 나는 피가 묻어 있다. 자 봤지? 남자가 말한다. 네, 봤어요. 아저씨가 말 두 마리를 죽였어요. 소년이 말한다. 그는 자신이 어린아이의 마음으로 남자에게 말을 하고 있다는 것을 알고 있다. 아저씨가 아주 잘 죽였어요. 자신의 목소리가 귀에 울린다.

혼자서 돌아가는 길이 아무리 무서워도 지금 앞에 선 이 남자의 역한 느낌과는 비교도 안 될 것이다. 머리가 어지러울 정도의 역한 느낌. 순간, 파라핀 냄새에 소년은 토할 것만 같다.

가도 돼요?

방금 본 거 절대 잊어버리면 안 된다.

남자들이 사라지고, 등불도 희미하게 멀어져 간다. 파라핀 냄새는 아직 남아 있지만 그건 생각뿐이다. 소년은 숲 사이로 발걸음을 옮긴다.

이제 두려움은 없다. 자신에 대한 두려움이든 알 수 없는 것에 대한 두려움이든 (둘은 다른 것이므로) 모두 사라졌다. 하지만 그것은 의지력으로, 용기를 내서 극복한 것이라기보다는 —그런 도덕적 가치에 직접 호소하는 것이 얼마나 효과가 있단 말인가?—, 또 다른, 더 강렬한 혐오감 때문에 상대적으로 작아진 것에 불과했다. 그런 혐오감이 어떤 것이라고 규정하는 것은 내 능력 밖의 일이다. 생각나는 단어들은 모두 그 감정을 지나치게 단순화하는 것들뿐이다. 말을 죽였다는 것이나, 피를 봤다는 것과는 아무 상관이 없다. 그런 감정은 어린아이든 어른이든 자주 느끼지만 보통 사람들의 경우에는 얼른 사라지게 마련이고, 또 체계적으로 무시됨으로써 다시 발생하는 일도 없다. 하지만 소년은 그 감정을 무시하지 않았고, 결국 그의 두려움보다 더 강렬한 감정으로 항상 남아 있게 된다.

G는 폰 하르트만 씨 저택의 난간이 있는 계단을 내려와 커다란 원형 현관에 이르렀다. 옆으로는 하인들이 사는 구역으로 이어지는 문이 있었다. 거기, 죽은 듯이 차가운 어둠 속에서 G는 파라핀 냄새를 맡았다. 거실 입구에 있는 등불들 중 하나에서 기름이 쏟아진 것이 분명했다.

9

다음날 아침, G는 카페에서 라파엘레와 도나토 박사를 만나고, 화물 기차 앞에서 협박까지 받은 다음, 라피다리오 박물관 정원으로 가 자두나무 아래 돌 발판에서 햇빛을 쐬며 앉아 있었다.

왜 그는 트리에스테를 떠나지 않았을까? 아직은 마음만 먹으면 리보르노나 런던으로 돌아갈 수 있었다. 심지어 뉴욕으로 가는 배도 곧장 탈 수 있었다. 루시타니아호의 침몰 사건 이후 많은 승객들이 예약을 취소하고 있었다. 단순히 그의 고집 때문이었을까? 그는 고집이 센 사람은 아니었다. 고집은 방어적인 것, 고정된 요새 주변에서 느낄 수 있는 어떤 것이었다. 그에게 고정된 것은 거의 없었다. 그럼 그가 자살을 결심한 것일까? 오 년 전, 그는 기꺼이 죽음의 위협을 받아들였다. 만약 둘 다 죽여 버리겠다는 남편의 위협이 계속되었더라면 G도 자신을 계속 사랑했을 거라는 카미유의 느낌은 정확한 것이었다. 하지만 죽음에 대한 도전은 그것을 찾아 나서는 것과는 달랐다. 나는 G가 차베스처럼 죽음을 찾아 나선 것은 아니라고 굳게 믿는다. 그저 조금 부주의했을 수는 있다. 그렇다면, 그를 계속 트리에스테에 묶어 둔 것은 무엇일까? 시립문화회관에서의 자선무도회. 그 목요일 밤이 되어야 비로소 G는 폰 하르트만에게 복수를 할 수 있었다. 그날 이후의 일은 그에게 보이지 않았다. 우리가 그날 이후의 일을 계산하거나 예측할 수 있다면, 그것이 바로 그와 우리의 차이점이다. 하지만 그게 전부는 아니다. G가 자선무도회에서 하려는 일은, 유년시절 이후, 그러니까 그가 베아트리스의 가슴에 키스하고 그녀의 젖꼭지를 입에 넣었던 그 순간 이후 보여주었던 모든 행동들에 반하는 것이었기 때문에, 그로서도 그 숙명적인 느낌을 감지했음에 분명하다. 물론 트리에스테에 감도는 운명적인 분위기도 모를 리 없었겠지만, 그건 자신의 삶을 둘러싼 숙명적인 느낌에 비하면 부수적인 것이었고, 따라서 직접적으로는 그에게 아무런 영향도 미치지 못했다.

누샤는 정원에 들어오자마자 그를 알아보았다. 이번에는 돈을 내고 들어와야 했다. 그녀의 손에는 아직 입장권이 들려 있었다. 입장권이 있으면 전시실에 있는 좀더 완벽한 고전 조각품들도 볼 수 있었다. 하지만 그녀의 눈에는 자두나무 아래 부서진 돌 발판에 앉아 있는 남자밖에 들어오지 않았다.

어제는, 하마터면 그를 다시 만날 수 있다는 희망을 버릴 뻔했던 그녀였다. 그가 일요일을 제외한 다른 요일에만 나오는 것일지도 모른다는 생각으로 스스로를 위로해 보기도 했지만, 지난번에 이곳에서 그를 만난 것도 일요일이었다. 하지만 다시 생각해 보면, 오빠와 함께 왔던 그 수많은 일요일에는 그를 한번도 만나지 못했던 것 또한 사실이었다. 그가 "매일 오후에 나옵니다"라고 했을 때, 그는 거짓말을 했거나 일요일을 제외한 평일 오후를 말한 것이었다. 거짓말이 아니었다면 일요일에 그를 만난 것은 예외 중의 예외였던 셈이다. 그녀가 그렇게 모순적인 표현을 써 가며 생각을 정리한 것은 아니지만, 어쨌든 그런 생각 끝에 자신도 예상치 못했던 놀랄 만한 계획까지 세웠다. 다음날, 월요일에 공장을 가지 않기로 한 것이다. 공장에는 몸이 아프다고 해 놓고, 횔덜린의 정원에 나와 그가 평일에 나오는지 확인해 볼 생각이었다. 그러기 위해서는 입장권을 사야 한다는 것도 알고 있었고, 어쩌면 일자리를 잃을지도 모른다는 생각도 했다. 하지만 지난주부터 사람들이 이탈리아와의 전쟁 이야기를 하기 시작했고, 그녀의 오빠는 지금 트리에스테를 떠나지 않으면 영영 떠날 수 없을 것이다.

그녀는 G를 향해 걸어갔다. 그는 등을 보인 채 앉아 있었다. 그가 그녀 쪽을 보고 있었다면 그녀는 겸연쩍었을 것이다. 하지만 그렇게 등을 보이고 있는 상황이라면 마치 길거리에 떨어진 짐짝을 향해 다가가듯 그에게 다가갈 수 있었다.

그는 결심한 듯한 표정으로 자신을 향해 다가오는 여인을 보고 놀란다. 나무 아래에 앉으면 안 된다는 말을 전해 줄 공원 관리인의 아내일 거라고 짐작했다. 그녀가 가까이 다가오자 그제서야 그녀를 알아본 그가 자리에서 일어난다.

슬로베니아 아가씨, 전에 내게 비밀 이야기를 해줬죠? 그가 반갑게 인사한다.

정말 오후에 여기 나오시는군요.

종종 나옵니다. 네.

일요일엔 안 나오시고요.

어제는 못 왔어요. 어제 나오셨어요?

전 선생님을 만나러 왔었어요.

제 기억이 맞다면, 지난번에는 당신 오빠가 방해했던 것 같은데요. 뭐, 그냥 오빠라고 둘러댄 건지도 모르지만.

부탁드릴 게 있어요.

부탁을 하는 그녀의 투박한 방식이 ―어찌나 퉁명스럽게 말하는지 거의 명령처럼 들렸다― G를 자극하고, 그는 자신이 필요로 하던 것까지 해결된 듯한 기분이 든다. 말씀하세요.

이탈리아인이라고 하셨죠?

G는 고개를 끄덕이며 자기 옆의 빈자리를 내준다.

그냥 잔디밭에 앉을게요. 그녀가 말한다. 외국에서 오셨다면 여권을 가지고 계시겠네요. 그 여권을 제게 주실 수 있을까요? 지난 일 주일 동안 그 말을 할 기회조차 주어지지 않을 수 있다는 두려움을 느꼈던 그녀지만, 정작 마지막 말은 아주 가볍게 나왔다.

여권 보신 적 없죠? 뭐 볼 것도 없어요. 그리고 안에는 항상 사진이 있죠.

그는 재미있다는 듯이 미소를 지어 보이며 주머니에 든 위조된 이탈리아 여권을 꺼내 그녀에게 건넨다. 그녀는 여권을 펼쳐 사진이 있는 면을 들여다본다. 사진 속의 그는 자신의 얼굴빛처럼 하얀 셔츠에 검은색 재킷을 입고 있고, 역시 검은색 타이를 매고 있다. 그녀는 대공의 암살이 있던 날 아침에 찍은 카브리노비치의 사진을 떠올린다. 얼굴은 달랐지만 회색과 검은색, 흰색으로 채워진 작은 직사각형이 비슷하고, 비바람을 맞아 낡았다는 점만 제외하면 묘비에 들어 있던 사진과도 닮은 듯하다.

보여 달라는 게 아니라, 제게 주실 수 있냐고요.

그걸 가져가시면, 우리는 남은 평생 동안 여기서만 지내야 합니다. 여권이 없으면 저도 떠날 수가 없으니까요.

아주 급한 일이에요.

그녀의 손 옆에 나비 한 마리가 앉는다. 나비의 날갯짓, 그 고요함, 바짝 세운 대칭되는 날개, 잠시 후 다시 떨리는 듯 움직이는 그 날갯짓은 누샤와 G의 시간과는 멀리 떨어진 시간단위에 속해 있는 것처럼 보인다. 그 시간단위를 그 두 사람에게 적용한다면 둘은 조각상처럼 보일 것이다.

여권이 왜 필요하시죠?

말씀드릴 수 없어요.

왜 저한테 부탁하시는 거죠?

제가 말을 걸 수 있는 유일한 이탈리아 사람이니까요.

트리에스테에는 이탈리아 사람들이 가득한데요.

여권을 가진 이탈리아 사람은 없어요.

여권은 드리겠지만, 대신 조건이 하나 있습니다. 시립문화회관에서 열릴 무도회에 저와 함께 가 주세요.

오빠 말이 맞았어. 그녀가 슬로베니아어로 혼잣말을 하며 찡그린 얼굴로 무뚝뚝하게 근처의 과실수를 쳐다본다. 마치 가난하게 살던 고향 마을로 돌아가는 것만 같은 기분이다. 그녀는 세상의 무심함을 가만히 응시한다. 오빠는 그가 그녀를 매춘부처럼 대할 거라고 했다. 지금 이 이탈리아인이 시립문화회관에서 열릴 무도회에 함께 가자는 이야기가 바로 그런 의미였다.

여권을 부탁드립니다: 그녀는 여전히 나무를 바라보며 무뚝뚝하게 말한다. 선생님 부탁은 뭐죠?

무도회에서 악단이 마지막 왈츠를 연주할 때 제 여권을 드리겠습니다. 두려워할 건 하나도 없어요. 다른 부탁은 없습니다. 약속하죠.

시립문화회관 무도회요?

그것뿐입니다.

저는 입장하지 못할 거예요.

당신에게 필요한 건 제가 다 사 드리겠습니다. 드레스, 숄, 핸드백,

신발, 장갑, 목걸이, 모두 사 드릴게요. 당신이 제 손님이 되는 겁니다.

지금 선생님이 뭘 부탁하고 계신지 모르시는군요. 그녀는 혼란스러운 듯했지만 더 이상 무뚝뚝하지는 않다. 저는 쫓겨날 거예요. 사람들은 당신이 거리의 여자를 돈 주고 사서 무도회에 데려왔다고 할 테고요.

어쩌면 우리 둘 다 지금 뭘 부탁하고 있는지 모르고 있겠죠. G가 말한다. 하지만 제 부탁을 들어주시면 저도 당신의 부탁을 들어드리겠습니다.

무도회가 언제죠?

다음주 목요일입니다.

그럼 너무 늦어요. 지금 여권 주세요.

부츠를 신은 그녀의 발 근처에서 나비 한 마리가 원을 그리며 다른 나비를 쫓고 있다. 공기 중에는 싱싱한 풀냄새가 난다. 짙은 푸른색 중간중간에 흰색과 보라색 꽃이 간간이 보인다. 그가 자신을 매춘부처럼 대한다고 믿었던 사실, 그리고 그것이 그녀의 착각이었다는 사실 때문에 그녀는 대담해진다. 그녀는 그의 팔을 잡으며 칭얼거리듯 그의 얼굴을 올려다본다. 지금 주세요.

지금 줘 버리면 당신은 무도회에 안 오겠죠. 당신도 바보는 아니니까.

어차피 저는 못 가요. 일해야 되니까.

오늘 여기는 어떻게 오셨어요?

말했잖아요. 선생님께 부탁하러 왔다고.

일당도 드릴게요.

지금 저한테 여권을 주시고, 무도회는 다른 사람과 가세요. 왜 꼭 저여야 하는 거죠? 멋진 여자들을 얼마든지 찾을 수 있잖아요?

제가 아는 바로는, 다음주 목요일까지는 절대 전쟁이 안 일어납니다.

선생님이 추는 그런 춤은 추지도 못하는걸요.

그런 춤 필요 없습니다.

그럼 왜 저와 함께 가고 싶어하시는 거죠?

그는 거기서 그녀를 칭찬하는 말을 하면 그녀가 다시 의심을 가지게 될 것임을 알고 있다. 금요일 아침에 시립문화회관 계단 앞에서, 저에게 무도회 입장권을 주세요. 그럼 저는 이걸 드릴게요. 그는 여권이 든 주머니를 가볍게 두드린다.

좋아요, 갈게요. 그녀는 부드럽지만 무뚝뚝하게 대답한다.

인적이 드문 정원. 제멋대로 자란 나무와 넝쿨이 지저분하게 얽혀 있는 담장, 길게 자란 풀에 묻혀 버린 석조 파편, 그리고 잠자리와 고양이까지, 지금 그녀에겐 그 모든 것이 어느 때보다 정상이 아닌 것처럼 보인다. 지금 그녀는 그곳을 떠나려 하지만, 그 안에서 그녀가 했던 말은 그 정원 밖에 있을 그녀의 삶 모든 부분에 영향을 미칠 것이다.

G는 그녀의 손등에 가볍게 입을 맞춘다. 내일 아침 열한시에 여기서 봅시다. 그때까지 드레스 만들어 줄 사람을 알아봐 놓을게요.

그녀는 그가 유령이 아닌지 궁금해 한다. 그렇다고 하더라도 방금 자신이 동의한 일보다는 덜 이상할 것이다. 남은 며칠 동안 그의 여권을 훔쳐내는 일이 지금 그녀에겐 가장 현실적인 것이라 생각한다.

사람들이 이곳을 뭐라고 부르는지 아세요? 그녀가 묻는다.

라피다리오 박물관 정원이죠. 마음에 드는 이름입니다. 그가 말한다.

나는, 이렇게 써 놓은 이상, 절대 이 정원을 잊을 수가 없다.

○

볼프강은 아내에게, 순전히 호기심 때문에 감옥에 있는 마르코라는 청년에 대해 알아보았다고 했다. G가 했던 이야기는 모두 꾸며낸 것이라고 그는 말했다. 청년은 위조된 서류를 가지고 있었고, 베네치아에서 아버지가 죽어 가고 있다는 것도 거짓말이었다. '마르코' 는,

전쟁을 충동질하고 있는 정당이 조직한 집회에서 트리에스테 대표로 연설하기 위해 이탈리아로 가던 중에 잡혔다. 빈에 있는 중앙정부에는 이미 그의 활동을 기록한 파일이 따로 있었는데, 거기에 따르면 그는 이탈리아 민족통일주의자들 중에서도 극단주의에 속해 있으면서, 대중연설가로 명성이 자자한 인물이었다. 마리카는 G도 그런 사실을 알고 있었을 거라고 생각하는지 남편에게 물었다. 볼프강은 그에 대한 자신의 의견을 말하지는 않았지만, 두 사람의 연애를 지원해 주기로 한 생각에는 변함이 없다고 했다. 그런 궁금증 때문에 마리카는 더욱더 초조해졌다. 그녀는 먼저 돈 후안이라는 남자에게 자신을 내준 다음, 그가 자신에게서 원했던 것이 무엇이었는지 밝혀낼 생각이었다.

○

G는 트리에스테 최고의 의상실을 찾아냈다. 주인은 파리 출신의 나이 든 부인이었다. 그는 그 주인과 함께 누샤가 어떤 드레스를 입으면 좋을지 상의했다. 그는 반드시 여왕이나 여제처럼 보여야 한다고 말했다. 의상실 주인은 누샤가 젊기 때문에 그렇게 근엄한 모습을 보일 필요는 없을 것 같다고 지적했다. 그는, 그녀는 뭘 입든 젊어 보일 거라고 말하면서, 거기에 당당한 모습까지 갖추어야 한다고 했다. 반드시 시바의 여왕처럼 보여야 한다고, 그는 말했다.

누샤는 치수를 재기 위해 처음 의상실을 찾았을 때 군대에 징집된 병사처럼 굴었다. 아무 말 없이 뚱한 표정으로, 먼 곳에 있는 자신의 삶에 대한 생각에 잠긴 채 가만히 서 있을 뿐이었다. 마을의 다른 여자들이 지금 자신이 겪고 있는 일을 겪었다면, 그녀는 분명 그들을 향해 웃으며 신랄한 말을 속삭여 주었을 것이다. 겁을 먹은 것은 아

407

니었지만, 그녀는 그 낯선 세계에 전적으로 홀로 있었다. 거울에 비친 자신의 모습을 보았을 때, 어머니나 공장의 동료 여공들 눈에 그런 고급 의상실 안에 있는 자신의 모습이 어떻게 비칠지를 생각하니 얼굴이 붉어졌다. 얼굴은 물론 목까지 여기저기 진홍색으로 달아오른 것은, 스스로의 모습이 부끄러워서가 아니라 어머니나 동료 여공들이 자신에 대해 하는 이야기가 들리는 듯했기 때문이었다. 자신이 결혼하는 모습, 어머니가 된 모습, 언젠가 죽음을 맞이하는 모습 등은 이미 상상해 본 적이 있었다. 하지만, 주변 사람들의 이야기에서 자신이 홀로 중심 화제가 되는 상황은 단 한번도 생각해 본 적이 없는 그녀였다. 자신에게 그럴 만한 이유가 있다는 것은 물론 알고 있었다. 그녀가 하고 있는 일, 그녀가 받고 있는 대접은 그 자체로 정당할 뿐 아니라, 더 위대한 정의를 위한 일이기도 했다. 하지만 그렇게 홀로 주인공이 되는 것은 왠지 범죄자가 되는 것 같은 기분이 들게 했다. 자신에게 벌어진 일은 누구에게도 말할 수 없을 것이다. 그녀가 세운 외로운 계획 때문에 그녀는 죄인이 된 것 같았다. 줄자를 든 이탈리아 여인이 그녀의 등 치수를 부르고, 또 다른 여인이 벨벳으로 장식된 노트에 그것을 받아적는 동안, 그녀는 정말 아무런 가식 없이, 보헤미아의 감옥에 갇혀 있는 프린치프와 카브리노비치를 생각하려고 노력했다.

G는 짧게나마 매일 그녀를 만났다. 우선 박물관 정원에서 만난 다음, G가 미리 점찍어 둔 상점으로 가서 그녀에게 필요한 물건들을 하나둘씩 샀다. 병기창 부근에 있는 자신의 집으로 돌아가는 누샤의 손에는 매일 짐 꾸러미가 들려 있었다. 방에 들어서서 문을 닫자마자 그녀는 꾸러미를 풀어 내용물을 찬장 겸 옷장으로 쓰고 있는 선반 밑에 숨겼다. 그녀는 무도회가 끝나면 그 물건들을 모두 내다 팔기로 결심하고 있었다. 그래서 둘째 날, 무도회에서 신을 신발 안에

지폐가 들어 있는 것을 발견했을 때도 그녀는 화가 나지 않았다. 그건 어떤 남자가 자신에게 준 돈이 아니라, 그 특별한 한 주가 지난 후 다시 공장으로 돌아가거나 다른 일자리를 찾아봐야만 할 상황에서 자신이 이루고자 하는 일의 일부라고 생각했다. 그의 여권을 훔칠 기회는 아직 없었다.

상점—보석상, 장갑 가게, 신발 가게, 장신구 가게—에서 그들을 맞이한 점원들은 이탈리아 신사가 슬로베니아 출신의 시골 소녀(나중에 그들은 그녀가 마차를 끄는 말 같았다고 했다)를 데리고 나타난 것을 보고 놀라움을 금치 못했고, 그 평범하지 않은 손님들에게 모든 것을 차근차근 설명해 주었다. 그 중 한두 명은 끝까지 의아하다는 표정을 감추지 못했다. 도대체 이 커플은 어떤 사이일까? 둘은 서로를 아주 정중하게 대했고, 대단히 형식적이었다. 꼭 말을 해야 할 상황이 아니면 서로 말도 없었다. 서로를 바라보는 시선에 특별히 적의가 있어 보이지는 않았지만, 그렇다고 애정이 넘치는 것도 아니었다. 서로를 속이고 있는 것처럼 보이지도 않았다. 매춘을 하는 관계에서 볼 수 있는 어떤 가식적인 모습도 보이지 않았다. 그녀는 매춘부가 아니었다. 그렇다고 아내나 정부도 아니었다. 둘 사이에는 아무런 친밀감도 없었다. 그렇다면 왜, 그토록 정성스럽고 요란하게, 그는 그녀에게 선물들을 사 주었던 걸까? 그리고 그녀는 왜 고맙다는 뜻을 조금도 보이지 않았던 걸까? 고맙지 않았다면, 왜 반대로 실망스럽다는 뜻도 보이지 않았을까? 가끔씩 그녀가 당혹해 할 때는 있었다. 하지만 대부분 그녀는 조금 느릿느릿하지만 자연스럽고 기품있게 필요한 과정을 말없이 받아들였다. 의아함을 느낀 상점 주인들이 내린 결론은 둘 중 하나였다. 그녀가 단순하고 멍청해서 이탈리아인이 무슨 수를 써서 그녀를 이용하고 있거나, 아니면 그가 제정신이 아니어서 하녀인 그녀가 그를 골탕먹이고 있는 것이었다.

○

누샤는 오빠를 만나면 어쩌나 하는 생각에, 기대가 되면서도 한편으로는 두렵기도 했다. 그녀는 오빠의 최근 계획이 무엇인지 알고 싶었고, 오빠를 만나면 여권을 구해 줄 수 있다는 암시를 줄 수 있을 거라고 생각했다. 그와 동시에 한편으로는, 오빠가 자신이 공장에 나가지 않고 있다는 소식을 듣고 도대체 무슨 짓을 하고 다니는지 말하라고 추궁하지 않을까 두렵기도 했다.

오빠는 첫번째 주 금요일 저녁에 그녀의 방을 찾아왔다. 그녀의 두려움은 기우에 불과했다. 정치적 상황과 곧 닥칠 전쟁에 정신이 팔린 오빠는 그녀에 대해서는 아무것도 묻지 않았고, 그저 계속 공장에 잘 다니고 있는 걸로 생각하고 있었다.

이제 먹는 걸 줄여야 할 거야. 그가 동생에게 무뚝뚝하게 말했다. 살이 좀 빠져도 큰일은 없겠지.

원래 여름에는 많이 안 먹어. 그녀가 말했다.

제국은 전쟁에서 질 거야. 그건 확실해. 이 상태론 살아 남을 수가 없지. 제국이 무너지고 쪼개지면, 모든 도시에서 식량과 물자가 부족해질 거야.

프랑스에는 언제 가?

아직 필요한 걸 다 못 구했어. 조직 전체가 망명을 가야 하니까.

다음주까지는 여기 있을 거지?

확실히 몰라. 하지만 가게 되면 너한테는 꼭 인사하러 올게. 약속해.

일 주일만 기다리면 내가 오빠를 도와줄 수 있을 거야. 오빠가 더 안전해질 수 있어.

무슨 말이야?

기다려 보면 알아.

그는 한숨을 쉬며 작은 창문 밖으로 언덕 아래의 부두에서 화물선이 짐을 내리고 있는 것을 지켜보았다. 인부들의 모습이 압정처럼 작아 보였고, 선창을 따라 화물마차를 끄는 말들도 딱정벌레만해 보였다.

그녀는 오빠에게 더 말해 주고 싶었다. 그러니까 자신의 계획이 아니라 자신의 좋은 뜻에 관해서 이야기하고 싶었다. 먼젓번 일요일에 박물관 정원에서 날 야단쳤던 일 생각나?

그 기분 나쁜 카사노바와 함께 있는 걸 내가 발견했잖아. 그럼, 생각나지. 너도 알겠지만, 바로 그게 지금 우리가 다른 무엇보다 두려워하는 거야. 이탈리아인들이 도시를 장악하고 나면 폭정의 주인만 바뀌는 것뿐이니까. 두번째 폭정은 첫번째 폭정보다 더 나쁠 거야. 왜냐하면 그렇게 바뀌는 과정에서 우리는 자유로워질 수 있는 기회를 놓쳐 버릴 테니까. 이탈리아인들은 더 나쁠 거야. 심지어 오스트리아인들보다 더.

그때 오빠 말을 듣고 내가 눈을 뜬 것 같아. 그녀가 말했다.

그는 계속 창 밖을 내다보았다. 짐을 내리는 인부들의 작은 모습이 그의 비관적인 생각을 더욱더 키워 주었다. 마치니가 꿈꾸던 이탈리아나 가리발디를 생각해 보면, 지금 이탈리아의 모습은 정말….

파리에서 친구들을 만날 수 있을 거야. 그녀는 오빠에게 확신을 줄 수 있는 다른 말을 생각할 수 없었다.

그래. 가치노비치를 만날 거야. "내 인생은, 아주 멀리 있지만 피할 수 없는 불빛을 찾아 안개를 헤치며 날아가는 백조 같다." 가치노비치가 그렇게 적었더라고.

누샤는 뒤에서 오빠를 껴안으며 그의 등에 얼굴을 갖다 댔다. 그렇게 둘은 함께 작은 창문 밖을 내다보았다. 두 사람은 승강구를 열어젖힌 배를 내려다보았다. 천천히, 딱 한번, 그가 자신의 볼을 그녀의 얼굴에 문질렀다. 평소에는 절대 그런 부드러운 행동을 하지 않는 그였지만, 그 순간만큼은 어린 시절 자신과 동생이 얼마나 친밀했는지에 대한 생각밖에 없었다. 두 사람 모두, 저 멀리 안개 속에서 희미하게 빛나는 빛이 서로의 삶에 얼마나 큰 영향을 미쳤는지 잘 알고 있었다. 하지만 그들 모두에게 그 빛은 정확한 상징이나 희망은 아니었다. 이에 대해 둘은 함께 이야기할 수 없었다. 하지만 지금 그 빛에서 얼마나 멀리 떨어져 있는지를 알려면, 두 사람은 그가 처음 그녀에게 글 읽기를 가르쳐 주던 그때로부터 계산해 보는 수밖에 없었다.

○

두번째 주 화요일, 드레스를 최종적으로 확인했다. 사흘 후면 누샤는 자신이 받기로 한 것을 받게 될 것이다. 그녀는 여전히 여권 생각밖에 없었다. 그녀는 거울 앞에서 눈부신 드레스를 입은 자신의 모습을 가만히 쳐다봤다.

치마는 인도풍의 검은색 실크였는데, 작약 무늬가 여덟 갠가 아홉 개 들어 있었고, 은녹색의 장미꽃잎과 이름을 알 수 없는 자두 같은 열매가 달린 나뭇가지 서너 개도 보였다. 장미꽃잎의 크기는 그녀의 손바닥만했다. 윗옷은 모슬린이었는데, 그녀의 피부색과 그리 다르지 않았고 짧고 품이 넉넉한 소매는 진주로 장식돼 있었다. 그녀는 자신의 어깨와 가슴을 가만히 쳐다봤다. 안개처럼 흐릿한 모슬린 옷감 속에 동그랗고 단단하게 자리잡은 자신의 몸을 보며 그녀는 생각했다. 저 사람이 나를 위해 골라 준 옷이 이거라면, 무도회에서도 안전할 거야. 이런 옷을 입고 있으면 절대 나를 만질 수 없을 테니까. 그러자 곧 다른 생각이 떠올랐다. 금요일 아침엔 이 옷을 그대로 입은 채 오빠의 하숙방으로 가서 오빠를 깨운 다음, 이 사람에게서 받은 돈을 건네 줘야지. 오빠가 떠날 수 있게 여권도 전해 줄 거야. 잠시 후 또 다른 생각이 떠올랐다. 이렇게 입고 다니면 너무 눈에 띌 거야. 그래, 오빠를 만나러 가기 전에 옷을 갈아입어야지.

그녀는 오빠가 떠난 후 공장으로 돌아갈 일에 대해서는 생각하지 않으려고 애썼다. 공장의 섬유 연화기 앞에서 일할 때는 고래 기름과 물을 부어 가며 쉬지 않고 황마를 만져야 했다. 기계 위의 롤러가 연화제에 젖은 황마를 펴기 위해 고정된 아래쪽 롤러를 향해 내려올 때마다 그녀의 얼굴에도 연화제가 튀었다. 타르 칠을 한 방수천을

413

두르고 일하는 동료들도 있었다. 그녀도 한번 걸쳐 보았지만 너무 불편해서 몸을 움직일 수가 없었다. 젖은 천을 안아 손수레에 옮겨 담을 때면 블라우스까지 축축해졌다. 처음에는 평생 고래 기름 냄새를 달고 지낼 것만 같았다. 그녀는 다른 일을 찾을 수만 있다면 황마 공장에는 절대 돌아가고 싶지 않았다.

의상실 주인이 아주 짙은 빨간색 벨트를 그녀의 몸에 맞춰 보았다. 나이 든 여인의 손이 무심결에 젊은 여인의 가슴을 건드렸다. 누샤는 드레스의 커다란 꽃잎 무늬에 손바닥을 갖다 댔다. 치마가 엉덩이에 꽉 끼었다. 가끔, 연화기에 섬유 뭉치를 넣는 동안 그녀가 들고 있는 섬유 뭉치가 롤러에 걸려 날카로운 섬유 다발에 손톱이나 손가락이 다칠 때가 있었다. 지금 있는 공장장은 손에 바르라며 우유 같은 로션을 사 주었다. 그는 매일 누샤에게 손이 좀더 부드러워졌는지 보자며 손을 내밀어 보라고 했다.

벨트를 손본 의상실 주인은 다음으로 치마 옆단을 살폈다. 이쯤에서 갈라지는 게 좋겠네. 그녀가 엉겅퀴 같은 핀 쿠션을 손목에 달고 있는 조수에게 말했다. 누샤는 허벅지 바깥쪽을 스치는 손길을 느낄 수 있었다. 뒤에선 또 다른 조수가 등 부분의 조임새를 살펴보고 있었다. 보이지 않는 ―고개도 돌리지 말고 가만히 있어야 한다고 했다― 그 가벼운 손길들 때문에 마치 최면에 걸린 것만 같은 기분이 들었다.

어린 시절, 그녀는 몸이 아플 때면 마치 백조가 수면 위에 앉는 것처럼 자신의 배 위에 내려앉은 것 같은 상상을 하곤 했다. 그 백조가 물갈퀴 달린 발로 자신의 허벅지 바깥쪽을 스쳐 지나가는 듯한 느낌이 들었다. 배 위에 자리를 잡은 백조가 기다란 목을 구부려 ―마치 물속에서 먹이를 찾을 때처럼― 자신의 부리로 부드럽고 사랑스럽게 그녀에게 먹을 것을 주는 상상을 했다. 신기하게도 백조가 주는 먹이는 비린내나 상한 냄새가 나지 않았다. 황마 냄새와는 전혀 다른 냄새였다. 백조는 체리보다 조금 큰 케이크 조각을 먹여 주었고, 맛도 체리 맛이었다.

의상실 주인은 한 걸음 떨어져 자신의 작품을 감상했다. 너무 멋지네. 그녀가 허스키한 목소리로 혼자 감탄했다. 두 명의 조수는 바닥에 무릎을 꿇고 치마 끝자락을 다듬었다.

좀 걸어 볼래요? 주인이 말했다.

누샤는 어둠 속을 걷는 것처럼 천천히 거울 쪽으로 걸음을 옮겼다. 바닥에 무릎을 꿇고 있던 여인 중 한 명이 춤을 출 때처럼 치마 끝을 살짝 들어 보라고 했다. 누샤는 그게 무슨 말인지 몰랐다. 그녀가 모르겠다는 표정을 지어 보일 때마다 도와주었던 G는 수선실 바깥에서 그녀가 완성된 옷을 입고 나오기만을 기다리고 있었다. 거울 앞에 섰을 때, 그녀는 연어 살처럼 은은한 모슬린 의상을 입은 자신의 단단하고 빛나는 몸에 다시 한번 놀라움을 금치 못했다. 그리고 다시 한번, 그녀는 금요일 아침 오빠를 깨우러 갔을 때 그가 자신의 이런 모습을 볼 수 없을 거라는 사실에 실망했다. 그녀가 말했다. 춤출 때 치마를 어떻게 드는지 알려 주세요.

○

천구백십오년 오월 이십일 밤 열시부터, 트리에스테 사교계의 명사들은 마차나 자동차를 타고 하나둘씩, 파란색과 금색 제복을 입은 안내원들이 대기하고 있는 시립문화회관에 도착했다. 그날의 무도

415

회가 전쟁 전의 여느 무도회와 비슷할 거라고 기대하는 사람은 아무도 없었다. 오는 길에 선창에서 불을 밝힌 채 정박해 있던 정기여객선을 볼 수 없어서 이상했다고 사람들은 말했다. 어둠에 묻힌 바다에는 배가 한 척도 보이지 않았다. 그럼에도 불구하고 무도회에 그렇게 많이들 참석한 것은, 어쩌면 앞으로 몇 년 동안 이런 무도회는 다시없을지도 모른다는 생각 때문이었을 것이다.

참석자들 중에는 오스트리아인과 이탈리아인이 절반씩 섞여 있었다. 트리에스테의 거의 모든 공식행사에서는 오스트리아인들이 더 많았지만, 이번 자선 무도회는 오스트리아-헝가리 제국의 적십자사를 위한 특별 행사라서 조금 달랐다. 이런 무도회에 모습을 드러내는 것은 위대한 조국과 왕실에 대한 충성심을 보여주는 것이었고, 또한 그 위대한 조국이 패배를 ―그리고 그에 따라 다급한 문제가 될 의약품에 대한 수요를― 극복할 수 있다는 단호한 결심을 스스로 확인하는 계기가 되기도 했다. 무도회에 참석한 중장년의 오스트리아인들 중에는 마주르카를 추는 것이 애국시민의 의무라고 생각하는 사람들도 있었다.

무도회에 참석한 이탈리아인들은 대부분 안정된 무역회사나 선박회사 사람들이었다. 오스트리아인들만큼 이상에 빠져 있지는 않았지만, 그들 역시 제국이 살아 남기를 바라고 있었고, 그래서 제국의 충성스러운 지지자들 사이에서 자신들의 사업을 계속해 나갈 수 있기를 바라고 있었다. 트리에스테에서 활동 중인 이탈리아 민족통일주의자들은 주로 전문직이나 지식인들을 중심으로 움직였다. 트리에스테에서 사업이나 무역을 하는 이탈리아인들은, 빈의 도움이 없이는 트리에스테도 무역항으로서 아무런 가치가 없다는 것을 알고 있을 만큼 영리했다. 베네치아의 경쟁자들이 민족통일주의자들을 지원하는 것도 바로 그런 이유 때문이었다. 무도회에 참석한 이탈리아인들은 초조했다. 잠시 한숨을 돌리기 위해 창 밖을 내다볼 때면, 그들의 눈에는 바다 너머에서 대포가 불을 뿜는 모습이 보이는 것만 같았다.

볼프강 폰 하르트만과 그의 아내는 마차를 타고 회관에 도착했다. 마리카는 라일락색과 옅은 녹색이 섞인 드레스를 입고, 사슴 빛깔의 머리는 단정하게 뒤로 빗어 넘긴 모습이었다. 그녀는 입을 가볍게 벌리고 호흡을 가다듬었다. 하루 종일, 특히 저녁 무렵에 접어들면서 그녀에겐 시간이 너무 천천히 흘러가는 것 같았다. 그녀는 자신의 인내심을 시험하며 목욕을 하고 미용사를 시켜 머리를 두 번이나 새로 만졌다. 거실을 지날 때 지난번에 G에게 했던 자신의 말이 떠올랐다. 만약 여기가 오스트리아에 있는 집이었다면 바로 지금, 남편이 다른 방에 가 있는 동안 둘이서 나갔을 거예요. 현관 앞에서 숲속으로 난 길을 바라보며 그녀는 한숨을 쉬었다. 무도회를 기다리는 열흘 동안 그녀는 늙어 버린 것 같았다. 더 젊었더라면 아마 기다릴수 없었을 것이다. 마차가 극장 계단 앞의 작은 광장에 이르렀을 때 볼프강은 아내의 손을 잡으며 너무 아름답다고 말해 주었다. 그녀는 아무 말 없이 고개만 끄덕였다. 그녀의 머리가 바닷물에 젖은 것처럼 반짝였다. 명심해. 나는 카레닌이 아냐. 즐겁게 보내라고. 그가 말했다. 부드러운 그녀의 머릿결을 보며 그는 결국 아내는 자신의 통제하에 있음을 다시 한번 확인했다.

그들이 타고 온 마차가 왔던 길로 돌아갔다. 계단에서 누군가 독일어로, 앞으로 자동차가 상업이나 전쟁에서 중요한 역할을 하게 될거라는 점에 대해서는 의심의 여지가 없지만, 무도회에 타고 오기에 적당한 교통수단은 아니라고 말하는 것이 들렸다. 마리카는 고개를 들어 하늘을 봤다. 은하수가 보였다. 첫번째 무도회장에서 왈츠가 울려 퍼지고 있었다.

아는 사람을 만나고, 악수하고, 미소짓고, 칭찬을 들으면서, 마리카는 사람들 틈에서 G가 왔는지를 살폈다. 나이가 들었지만 여전히 정력적이고 항상 한쪽 눈을 감고 있는 쉬드반 철도의 트리에스테 지점 감독관이 마주르카를 추지 않겠냐고 청했다. 그녀는 자신의 마주르카 상대는 이미 정해져 있음을 알리기 위해 무도회 입장권을 핸드백에 집어넣어 버렸다. 하지만 핸드백을 닫기 전에 갑자기, G가 도착했을 때 이 감독관과 첫번째 마주르카를 추고 있는 것도 괜찮을 것 같은 생각이 들었다. 그는 그녀에게 감사의 뜻을 전했다. 그녀는 펼쳐 든 부채 너머로 이층 무도회장으로 이어지는 붉은색 카펫이 깔린 계단을 바라보았다.

이어진 몇 시간 동안 무도회 참석자들은 앞으로 며칠간 혹은 몇 달간 일어날 일에 대해서는 잊고 싶어했다. 하지만 그들이 주고받은 이야기는 어쩔 수 없이, 자신들이 살고 있는 도시가 며칠 안에 전쟁에 빠져들 것이라는 인정하기 싫은 현실을 떠올리게 했다. 음악이 그들의 기분을 풀어 주었다. 음악은 매우 친숙하면서 동시에 시간을 떠나 있는 것 같은 기분이 들게 했다. 짧은 휴식이 끝나고 새로운 음악이 연주될 때마다 그들은 다시금 확신을 얻었고, 그렇게 확신을 얻은 후에는 마치 맨 처음 무도회에 참석했을 때와 똑같은 세상에서 춤추며 지내고 있는 듯한 인상을 받았다.

하지만 버려진 선창에서 자신의 귀와 되새길 기억밖에 가지고 있지 않은 외로운 사람에게는, 멀리서 전해 오는 춤곡은 다르게 들렸다. 그것은 시간을 벗어나 있지도 않았고, 익숙하지도 않았다.

파랗고 빨간 군복을 입은 오케스트라 단원들은 동부전선에서 활동하다 트리에스테에서 이탈리아와의 전쟁이 머지않았다는 소식이 전해진 후 이곳으로 보내진 사람들이었다. 연주단원들은 이전과 달리, 자신들이 연주하고 있는 왈츠의 시간을 더 이상 믿지 않았다. 그들의 연주는 ―현재의 시간을 채우는 것이 아니라― 씁쓸한 마음으로 과거를 떠올려 보기 위한 것이었다. 빈의 춤곡은 무엇이든 향수를 자극했다. 하지만 마음대로 회상하고 되돌아가고 싶은 마음이 들게 만드는 그런 아련한 과거에 대한 향수가 아니었다. 그것은 그들이 칠 개월간 겪어야 했던 일, 잊어버리고 싶은 그 광경에 대한 후회 섞인 기억을 떠올리게 했다. 연주단원들은 그런 것을 깨닫지 못한 채, 그런 것을 생각하지 않은 채, 남의 글을 베끼는 작가처럼 과장되게 음악을 연주했다.

G는 춤이 끝날 무렵 누샤와 함께 회관에 들어섰다. 무도회장을 나서는 사람들 때문에 둘은 나란히 붙어 서야 했다. 그와 키가 비슷한 그녀는 거기에 있는 다른 어떤 여자와도 달랐다. 그녀를 본 사람이라면 누구나 그 점을 알아볼 수 있었을 것이다.

누샤의 팔을 잡고 G는 폰 하르트만과 그의 아내가 있는 쪽으로 다가갔다. 무도회장 안은 조용했고, 두 사람이 지나갈 때 의자에 앉아 있던 사람들은 노골적으로 등을 돌렸다. 그는 먼저 누샤에게 폰 하르트만 씨와 폰 하르트만 부인을 소개했는데, 그런 행동은 무도회 예절을 정면으로 거스르는 것이었다. 그런 다음 그는 우렁찬 목소리로 오스트리아 은행가인 폰 하르트만에게 무도회에 초대해 줘서 고맙다고 말하고, 음악이 다시 시작될 때쯤 자신의 파트너와 함께 자리를 떴다. 두 사람이 춤추는 모습을 지켜보는 하르트만의 얼굴은 예의 그 무표정한 가면을 쓰고 있는 듯 미동도 없었다. 말을 할 때의 목소리도 차분하게 안정돼 있었다. 그가 화가 났다는 것을 암시하는 유일한 표시는 그가 사용한 단어뿐이었다. 그는 G가 뻔뻔하게 무도회에 데리고 온 그 여자만큼 의미있는 표현을 생각해 보려고 애를 썼다. 접시닦이를 데려왔군. 그가 말했다. 그의 아내는 말없이 미소 지었다. 그녀는 G가 어떤 사람인지 알고 있었고, 그 당돌함이 더욱더 그녀를 흥분시켰다.

누샤의 드레스는 활짝 피어나기를 기다리며 오므리고 있는 붓꽃 같았다. 스스로의 색깔을 자신 안에 숨기고 있는, 뒤집힌 채 꽃잎 끝이 바닥을 향하고 있는 붓꽃. 하지만 그 드레스 때문에 그녀가 무도회장의 다른 여인들과 달라 보였던 것은 아니다. 그녀의 드레스는 사람들로 하여금 그들 스스로를 돌아보게 만들 뿐이었다. 만일 그녀가 일상복을 입고 왔더라면, 그들은 그런 비교가 무의미하다고 생각했을 것이다. 사람들은 무도회에 오자마자 G와 누샤에 대해 수군거리기 시작했다.

어떤 이탈리아인이 슬로베니아 여자를 데리고 왔어. 시골에서 온 슬라브 여잔데, 진주 장식을 한 모슬린과 인도산 실크로 만든 옷을 입고 왔더군. 왈츠를 출 때는 꼭 술 취한 곰 같았어. 그냥 파트너 몸에 딱 붙어서 성큼성큼 걸음을 옮기면서 말이야.

파란색 군복을 입은 젊은 장교 한 명이 옆에 있는 백발의 노신사에게, 겁도 없이 제국의 적십자사를 모욕한 침입자를 자신이 처리하겠다고 말했다. 빈 출신의 백발 신사는 솔페리노 전투에서 군대를 이끌었던 장군이었다. 만약 독일어를 쓰는 친구라면 자네 말대로 해야겠지. 그가 말했다. 하지만 사람들 말이 저 친구는 보잘것없는 이탈리아인이라고 하더군. 그렇다면 나로서는 자네를 말릴 수밖에 없네.

왈츠는 감정의 리본이 올라갔다 내려오는 일이 반복되며 만들어내는 원이라고 할 수 있다. 음악이 그 리본의 매듭을 풀었다가, 다시 묶어 준다.

대부분의 상황에서 트리에스테 상류사회는 지금 누샤 같은 상황에 처한 사람의 기를 꺾는 데 능숙했기 때문에, 당사자로서는 침착함을 유지하기가 어려웠다. 그녀는 가슴이 급하게 뛰고 장갑 안의 손가락은 그대로 굳어 버린 것만 같았다. 하지만 그것은 혼란스럽고 부끄러워서가 아니라 자신의 계획이 성공할 것 같은 기대감과 흥분 때문이었다. 무도회에서 그녀는 몇 가지 남다른 특권을 누렸다. 그녀와 G는 다른 참석자들의 대화에 끼어드는 일 없이 자유롭게 무도회장을 돌아다녔다. 두 사람은 가축 무리 사이를 자유롭게 날아다니는 한 쌍의 새 같았다. 그리고 음악이 있었다. 음악은 사람들보다 힘이 셌다. 그들은 음악에 맞춰 춤을 췄다. 게다가 그 음악들이 그녀에게 낯설게 들리지 않았다. 사실이었다. 그녀는, 마주르카는 출 수 없었지만 왈츠와 폴카라면 출 수 있었고, G와 함께 춤을 추는 한 불안하지 않았다. 그가 주기로 한 돈을 받기 전에는 그를 믿을 수 없다고 생각한 그녀였지만, 그렇게 비현실적인 환경에 노출된 상황에서는 익숙한 것이라면 무엇이든 마음이 놓였다. 자신이 그곳에 있는 이유가 분명했기 때문에, 그가 왜 그녀를 그곳에 데리고 왔는지 하는 것은 궁금하지 않았다. 그녀는 여권을 얻기 위해 그곳에 갔다. 지난 열흘 동안 G를 주의 깊게 살펴본 결과, 그의 동기가 무엇이든, 그녀를 무방비 상태로 남겨 두고 도망갈 사람은 아니라는 확신이 생겼다. 그리고 드레스와 보석, 꽃, 리본이 있었다. 사람들은 모두 최고의 의상을 입고 나타났고, 그 때문에, 그녀가 느끼기에는 그들의 행동에 제약이 있어 보였다. 그녀의 의상 역시 보호막이 되어 주었다. 그녀를 향하던 적대적인 시선도 그녀가 두른 터번이나 그녀의 치맛자락 앞에서는 누그러들었다. 그 순간만큼은 그들의 적의도 한 발짝 물러나는 것 같았다. 그 순간을 이용해, 그녀는 그들의 적대적인 시선이 자신에게 돌아오기 전에 먼저 등을 돌렸다.

일단 그들이 맨 먼저 춤을 추기 시작하자, G의 예상대로 다른 사람들은 감히 함께 무대로 나올 엄두를 내지 못했다. G와 누샤는 단둘이서 춤을 췄다. 하지만 몇몇 젊은 여성들은 특별한 기대를 안고 이번 무도회에 참석했기 때문에 가만히 있을 수 없었다. 그들에겐 자신의 파트너가 바보 같은 슬라브 여자를 보며 키득거리는 상황에서 가만히 서 있을 여유가 없었다. 그런 젊은 여성들 중 한 명이 팔을 들어 올려 결혼하고 싶은 남자의 어깨에 결심한 듯 내려놓았다. 마치 명령을 받은 것처럼 파트너가 그녀의 허리에 손을 둘렀다. 다른 커플들이 따랐다.

왈츠는 감정의 리본이 올라갔다 내려오는 일이 반복되며 만들어내는 원이라고 할 수 있다. 음악이 그 리본의 매듭을 풀었다가, 다시 묶어 준다.

G는 무도회장 안에서 벌어지는 일들을 하나도 놓치지 않았다. 폰 하르트만의 얼굴을 보고 처음 느꼈던 역겨움이 이제는 남녀 구분 없이 모든 참석자들에게서 느껴졌다. 그는 그들을 모욕하고 거부함으로써 자신의 역겨움을 드러내고 싶었다. 하지만 그는 그들을 아주 잘 알고 있었고, 그렇게 공개적으로 그들을 위협하거나 모욕하는 일, 소리를 지르거나 물건을 내던지는 일은 오히려 그들을 즐겁게 하고 그들의 현 상태를 더욱 확고하게 만들어 주는 일에 불과하다는 것도 알고 있었다. 그들은 모두 연극 중독자들이었다. 그의 저항은 끈질기고, 우회적이고, 그 효과가 차곡차곡 쌓이는 방식으로 이루어져야

했다. 열흘 전, 그런 방식을 택하기로 결심하고 나서, 그리고 그 긴 여정을 막 시작한 지금, 그는 비행 중인 조종사처럼 눈앞의 상황에만 집중하고 있었다. 이젠 자신의 맨 처음 동기를 다시 생각할 수도 없고, 그날 밤 이후에 벌어질 일도 그려 볼 수 없다. 매순간이 긴장의 순간이었고 승리의 순간이었다. 누샤에게 말을 할 때도 그는 자기 자신의 저항에 말을 걸듯 부드럽고 형식적으로 말했다.

폰 하르트만은 무도회장을 떠났다. 그의 아내에게 G를 거부하라고 말하기에는 이미 너무 늦어 버렸다. 그녀는 그가 떠나자마자 그의 말을 어기고 말 것이다. 더 나쁜 것은, G의 계산된 모욕을 알아차리기에는 자신의 아내가 너무 원초적이고 지적이지 못하다는 사실이었다. G의 모욕은 공개적인 것, 거의 선언에 가까운 것이었다. 접시 닦이 다음은 당신의 아내야.

마주르카는 하나의 경주이면서 동시에 그 승자를 축하하는 음악이다. 음악이 계속되는 동안은 모든 춤추는 커플이 승자가 된다.

마리카는 젊은 장교와 춤을 추면서도 G와 춤을 추고 있는 자신의 모습을 상상했다. 남편이 떠나고 나면, 슬라브인을 데려온 이탈리아인과 은행가의 아내가 춤추는 모습에 의아해 할 사람들 앞에서, 신에게 버림받은 이 도시의 행정가와 유대인, 보험회사 직원들 앞에서 경멸이 무엇인지 제대로 보여줄 작정이었다.

볼프강은 중앙 계단의 창문 앞에서 경찰청장을 만나 마르코에 관한 이야기를 다시 해주었다. 그는 G를 가리키며 지금 당장 데려가서 심문을 해 봐야 할 것 같다고 덧붙였다.

볼프강과 비슷한 연배에, 그의 오래된 친구이기도 한 경찰청장은 고개를 가로저었다. 그럴 리가 없어. 그가 말했다. 비밀조직에서 활동하는 사람이 이렇게 주목을 끄는 일을 할 리가 없잖아.

자네의 그런 생각을 역으로 이용할 만큼 영리한 놈이야.

자네도 봤다시피, 살짝 제정신이 아닌 것 같아. 경찰청장은 장군의 군복만큼 화려하게 장식된 제복을 입고 있음에도 불구하고, 자신이 민간 과학자라도 되는 듯 생각하기를 좋아했다. 일종의 편집증이라고 할 수 있지. 그가 말을 이었다. 한 가지 생각에만 빠져서 자신을 망치는 거지. 그 친구 표정 봤어? 전형적인 편집증 환자의 표정이야. 그리고 그 빈정대는 웃음은 뭘까? 그건 다른 사람이나 사물을 보고 웃는 게 아냐. 그건 자기의 생각을 수백만 번쯤 떠올리며 짓는 웃음이란 말이야.

폴카를 출 수 있는 사람이라면 미친 게 아냐. 가서 자네가 직접 한번 말해 봐. 곧장 심문에 들어가야 돼.

무도회가 한창인데 지금 그를 체포하라고?

무도회장을 나서면 바로 잡아.

아냐, 그건 아니지. 내가 평생 범죄심리학을 괜히 공부한 줄 아나? 한순간 폭력적으로 변해서 살인을 저지를 수는 있겠지만, 저런 유형의 인간은 음모 같은 건 절대 못 꾸며.

저 놈 머릿속에 있는 한 가지 생각이라는 게 제국을 전복시키는 것이라면 어쩔 거야?

나는 그렇게 쉽게 겁먹지 않아. 저 친구를 한번 봐. 저런 인간의 광기
는 저런 식으로 드러나지 않아.

광기라니! 지금 말장난할 때가 아니잖아. 가끔 우리가 뭘 하든 남는
건 말장난밖에 없다는 느낌이 들 때가 있단 말이야. 어떻게 저런 놈
을 보며 미쳤다고 할 수가 있지? 미친 사람은 통제가 안 되는 사람이
고, 병실에 가둬야 하는 사람이잖아. 사실 미친 사람들은 아무 해도
안 끼쳐. 저놈은 미치지 않았어. 대단히 영리하고 적의에 가득 차 있
을지는 모르지만, 미친놈은 아냐. 자네가 광기라고 부르는 건, 바람
직하진 않지만 계속 내버려 둬도 상관없는 거잖아. 광기는 힘들여
가며 통제해야 될 대상은 아니라는 거야. 나는 자네의 그 광기, 자네
가 광기라고 말하는 걸 도저히 인정할 수가 없어! 저런 여자를 이곳
에 데리고 나타나는 건 광기가 아냐. 그건 계획적인 모욕이지. 저놈
은 우리에 대한 경멸감으로 가득 차 있고, 그 경멸감은 자신과 자신
의 친구들이 우리를 물리칠 거라는 확신에서 오는 거란 말이야.

경멸이 범죄는 아니지. 그리고 어쨌든, 다시 한번 말하지만, 저런 여
자를 무도회에 데려오는 것도 모욕은 아냐. 왜냐하면 모욕이란, 자
네도 말했듯이 계획한다고 되는 게 아니잖나. 모욕은 이성적인 거
고, 광기의 일종이야.

더 늦기 전에 저놈을 데리고 가서 심문해야 돼.

친구, 내가 자네를 그렇게 오래 사귀었는데도 모를 것 같아? 자네도
자기 말이 믿기지 않지? 저 친구와 사업 이야기가 잘 안 되는 거야?

내 그 심정 충분히 이해해. 저런 미친놈과 사업을 같이하는 게 어렵겠지. 경찰청장이 웃음을 터뜨렸다. 하지만 소동을 일으킬 순 없잖아.

나 지금 가 봐야 돼. 오늘밤 빈으로 갈 거야.

자네가 옳을지도 몰라. 자네 말은 내 기억할게. 하지만 확신하지는 못하겠어. 요즘 들어선 사람들 말을 잘 안 듣게 되는 것 같아. 그게 귀가 약간 멀면서 더 그런 것 같기도 한데. 아무튼 걱정하지 마. 자네가 돌아올 때도 여긴 모든 게 그대로일 테니까.

왈츠는 감정의 리본이 올라갔다 내려오는 일이 반복되며 만들어내는 원이라고 할 수 있다. 음악이 그 리본의 매듭을 풀었다가, 다시 묶어 준다.

무도회가 진행되는 동안, 이탈리아인들은 민간인으로 구성된 극장 자체 오케스트라가 반주를 하는 이층의 무도회장을 더 좋아했다. 두 곳 모두에서 진주 장식의 옷을 입은 슬라브 여인이 여전히 대화의 주제였다. 이탈리아인들은 그렇게 품위 없이 처신하는 사람이 자신들과 같은 민족이라는 사실 때문에 화가 났다. 그가 리보르노 출신이라서 그렇다고 말하는 사람도 있었고, 설탕에 절인 과일을 팔아서 돈을 번 그가 사실은 동네 상점 주인과 다를 것이 없다고 하는 사람도 있었다. 오스트리아인들은, 최초의 충격이 지나가자, 이 지역을 개화하려면 아직 멀었다는 생각을 했다. 아마 그 작업은 끝이 없는 과정이 될지도 모른다. 그 피곤함, 이미 오랫동안 그 작업을 해 오면서 쌓인 피곤함까지도 그들 자신의 문화적 운명의 일부였다. 그런 생각을 하는 동안, 새벽이 올 때까지 그들은 자신들의 음악에 맞춰 춤을 췄다. 일층의 무도회장에는 이제 독일어로 말하는 사람들밖에 없었다.

볼프강이 떠난 후 마리카는, G가 자신을 찾아올 리가 없다는 것을 알고 춤출 마음이 사라졌다. 그는 그녀를 찾지 않았다. 그녀는 사람들 무리를 오가며 이야기를 했다. 그녀가 보기에 G는 그 방에 없는 것 같았다. 그녀는 흐느적거리듯 보이지 않는 뿔을 매단 채 중앙 계단으로 향했다. 그곳에서도 그는 보이지 않았다. 그녀는 이제 완전히 이탈리아인들의 무도회장처럼 되어 버린 이층으로 올라갔다. 계단에서 만난 아는 여자들은 남편에게 이렇게들 속삭였다. 폰 하르트만 부인은 만족할 줄을 모르는 것 같아, 안 그래요? 거기에도 그는 없었다. 그녀는 슬라브 여인을 마차에 태워 보내기 위해 나간 것이 틀림없다고 생각했다. 그녀는 벌써 춤을 추고 있는 듯한 기분으로 다시 아래층으로 내려왔다.

마주르카는 하나의 경주이면서 동시에 그 승자를 축하하는 음악이다. 음악이 계속되는 동안은 모든 춤추는 커플이 승자가 된다.

식사를 위해 잠시 음악이 멈췄다. 시간은 이미 자정을 넘어가고 있었다. 연회장에 차려진 기다란 테이블에 각종 꽃과 세공 유리그릇, 샴페인 병이 가득 놓여 있었다. 참석자들이 하나둘 모여들고, 오스트리아인과 이탈리아인들은 다시 한번 뒤섞여 움직이며 소리내어 웃었다. 마치 자정이 지나면서 모든 것이 더 크고 단순하게 바뀐 것처럼 사람들은 조금씩 과장된 몸짓을 보였다. 식사시간을 위해 무도회에 초대된 젊은이들이 뷔페에서 음식을 날랐다. 그들은 하인이 아니라 장래의 신랑감들이었다. 그들은 음식이 담긴 접시를 중년 부인들에게 전하며 딸의 안부를 물었다. 샴페인이 터지고, 여기저기서 건배가 이어졌다. 군중들 사이에 유난히 사람들이 찾지 않는 테이블이 하나 있었다. 거기 G와 누샤가 앉아 있었다. 마리카는 G가 건너편에 앉은 여인에게 술잔을 들어 보이는 모습을 지켜봤다. 사람들은 술을 마셨다. 사람들의 목소리가 점점 커지고 웃음소리가 울려 퍼졌다.

오케스트라가 다시 자리를 잡은 후에도 몇몇 사람들은 계속 술을 마셨다. 이번에도 이탈리아인과, 모슬린과 진주 장식 속에 단단한 가슴을 숨긴 그의 파트너가 맨 먼저 춤췄다. 이번에도 이탈리아인과, 굵지도 가늘지도 않은 목, 마치 또 하나의 팔처럼 보이는 목을 가진 그의 파트너가 맨 먼저 춤췄다. 이번에도 이탈리아인과, 아무것도 읽어낼 수 없는 가는 눈을 가진 그의 파트너가 맨 먼저 춤췄다. 이번에도 다른 커플들은 무대에 나올 엄두를 내지 못했다. 하지만 이번에는, 사람들은 분노가 아니라 오만함이 담긴 시선으로 두 사람을 지켜봤다. 여기저기서 어이없다는 듯한 웃음소리가 터져 나왔다. 누군가 소리쳤다. 서커스로 돌아가!

G는 얼른 누샤를 끌어당기며 안심하라고 속삭였다. 그렇게 볼을 맞대고 춤을 추는 두 사람의 모습이 그 어느 때보다 대담해 보였다. 아무도 농부들이 그렇게 춤을 추는 모습을 본 적이 없었다.

왈츠는 감정의 리본이 올라갔다 내려오는 일이 반복되며 만들어내는 원이라고 할 수 있다. 음악이 그 리본의 매듭을 풀었다가, 다시 묶어 준다.

마리카를 놀라게 한 것은 그가 춤을 추며 발가벗었다는 사실이 아니었다. 그녀가 놀란 것은 그의 성기를 보았기 때문이었다. 발기한 남자가 서 있는 모습을 본 것은 처음이었다. 그 순간 남자의 몸은 완전히 달라 보였다. 그의 몸은 더 이상 두 발로 땅을 딛고 서 있지 않았다. 그의 몸은 —그 몸무게에도 불구하고— 안정된 모양으로 허공에 떠 있는 막대기에 매달려 있는 것처럼 보였고, 그 막대기는 오직 앞에 선 여인의 움직임에 따라 방향을 바꿨다. 막대기에 매달린 채 그는 그녀를 향해 다가갔다. 두 다리는 허공에 떠 있는 듯했고, 중심을 잡기 위해 팔을 들어 올리고 있었다. 침대에 누워 옆에서 비스듬히 내려다봤을 때, 남자의 성기는 무슨 물건이나 식물 혹은 물고기처럼 보였다. 하지만 지금 왈츠를 추고 있는 저 남자의 성기는 도무지 정의를 내릴 수 없었다. 그 성기는 붉고, 마치 계속 자라려는 듯 앞으로 쭉 뻗어 있었다. 성기의 끝이 숨을 고르는 말의 머리처럼 좌우로 흔들렸다. 가끔씩, 머리만 남기고 나머지 부분은 보이지 않을 때도 있었다. 그녀의 눈에는 어둠 속에서 벌겋게 달구어진 듯 빛나는 그 입구밖에 보이지 않았다. 저 여자에게선 유황 냄새가 날거야. 그녀가 중얼거렸다. 그녀는 어지러움을 느꼈다.

젊은 시절 솔페리노 전투에서 싸웠던 장군은 그저 비실비실 웃기만 하는 구경꾼들의 태도가 불편했다. 모두 술에 취한 것이 틀림없었다. 그런 상황을 끝내야겠다고 결심한 그는 조카딸의 손을 잡고 직접 무대로 나섰다.

마리카는 집으로 돌아가는 마차 안에서 꼿꼿이 앉아 있었다. 마차 창에 검은색 커튼이 드리워진 것 같은 기분이었다. 결론은 한 가지뿐이라고, 그녀는 생각했다. 집 앞에 도착했을 때도 여전히 무도회의 음악소리가 들렸다.

다시 시립문화회관으로 향하는 마차 안에서 그녀는 여전히 꼿꼿이 앉아 있었지만, 이번에는 창 밖 풍경이 눈에 들어왔다. 항구는 조용했다. 극장을 떠나는 마차 몇 대가 보였다.

그 이야기는 그후 삼십 년 동안 사람들 사이에서 화제가 되었다. 천구백사십오년 유고슬라비아의 파르티잔들이 트리에스테를 점령했을 때, 그렇게 짧게나마 슬라브 민족주의자들이 도시를 차지하고 나자 비로소 그 이야기는 매력을 잃고 그저 허황한 이야기가 되어 버렸다. 여러 가지 이야기가 있었지만 한 가지 점에서는 이야기마다 달랐다. 오스트리아 은행가의 부인인 헝가리 여자가 붉은색 가발 밑에서 채찍을 꺼내 슬로베니아 여인을 때렸다는 점은 모든 이야기가 동일했다. 슬로베니아 여인의 등장으로 이미 무도회 분위기가 어수선했고, 헝가리 여자는 계단은 물론 건물 밖에까지 쫓아 나와 그 여자를 때렸다는 것도 같았다. 이야기마다 다른 것은, 헝가리 여자가 그 슬로베니아 여자를 데리고 온 남자에게까지 채찍을 휘둘렀는가 하는 점이었다.

여자 기수는 그도 채찍을 맞았을 거라고 했다. 마리카는 채찍을 정확하게 휘두를 수 있는 상태가 아니었고, 그런 상황에서는 누샤 옆에 있던 G도 채찍을 피할 수 없었을 것이다. 하지만 누샤의 목과 등, 어깨에는 채찍에 맞은 자국이 세 개나 있었던 반면 그에겐 하나도 없었다.

마리카에게 쫓긴 누샤가 건물 입구를 향해 도망가는 동안, G는 마리카에게 다가가 채찍을 빼앗으려 했다. 두 사람이 뒤엉켜 실랑이를 벌이다 마리카가 넘어졌다. 남자들 몇 명이 G에게 다가갔다. 그들의 얼굴에 채찍이 날아들었고, 자유로운 몸이 된 G는 이미 거리로 나가 버린 누샤의 뒤를 쫓았다.

누샤는 치마를 무릎 위까지 들어 올린 채 달렸다. 어디서 흘렸는지 터번은 보이지 않았다. G가 따라왔다. 그들 뒤로 사람들의 고함소리가 들렸다. 예복 차림의 젊은 남자 몇 명이 두 사람을 쫓아왔다.

G는 누샤가 넘어지지 않게 그녀의 손을 잡았다. 그렇게 둘은 작은 광장을 지났고, 바닷가를 벗어나 증권거래소가 있는 쪽으로 달렸다. 누샤는 자신이 어디로 가야 하는지 알고 있었다. 운하 끝에 있는 좁고 어두운 골목이었다. 두 사람은 손을 잡은 채 숨을 헐떡이며 달렸다. 한 숨이라도 아껴야 했기 때문에 둘 다 아무 말이 없었다. G는 말에 깔릴 뻔했던 자신을 구해 주고 공공정원까지 함께 달렸던 밀라노의 소녀를 떠올렸다. "너는 나에게 흰색 스타킹과 시폰을 두른 모자를 사 주는 거야"라고 그 소녀는 이탈리아어로 말했다. 그건 기억이 아니었다. 두 시간은 하나로 이어져 있었다. 그는 여전히 그 로마 출신 소녀와 함께 같은 길을 달리고 있었다. 이제 성숙한 여인이 되어 버린 소녀, 그가 옷을 사 준 그 소녀가, 그의 옆에서 그때보다 훨씬 빨리, 그리고 더 무거운 발걸음으로 달리고 있었다.

그들은 증권거래소 옆 광장을 지나 다시 거리를 달렸다. 누샤가 헐떡이기 시작했다. 그의 손을 쥔 그녀의 손에 땀이 흥건했다. 숨이 차고 고통스러운 듯 그녀의 얼굴이 일그러졌다. 오스트리아 경찰들이 좁은 골목을 따라 쫓아오고 있었다. 그들을 따라온 청년들도 천천히 증권거래소 모퉁이를 돌았다. 그는 누샤를 숨기려고 옆에 있는 건물로 그녀를 밀어 넣었지만 이미 추격자들의 눈에 띈 이후였다.

경찰서에서 두 사람은 헤어졌다. 혼자 남은 G는 헤어지기 직전에 보왔던 누샤의 얼굴을 기억했다. 다시 한번, 그녀의 얼굴 위로 밀라노 교외에서 자신의 얼굴에 물을 뿌려 주며 마시라고 했던 로마 출신 소녀의 얼굴이 겹쳤다. 둘의 외모는 완전히 달랐다. 그 둘 사이의 신비한 연속성은 바로 표정 때문이었다. 그 연속성을 깨기 위해, 그리하여 첫번째 얼굴과 두번째 얼굴 사이에 있었던 성인으로서의 그의 삶을 되찾기 위해, 그는 땀으로 얼룩진 두 여인의 이마와 그 입, 아무 말 없이 그저 그윽하기만 했던 그 눈을 잊어버리고, 오직 그들의 표정이 자신에게 주는 의미만 기억하려고 노력했다. 첫번째 순간에서 중요했던 것은 그녀의 표정이 확인해 준 것, 그때까지 말해지지 않고 있던 것이었다. 그때 중요했던 것은 '죽지 않고 살아 남는 것'이었다. 지금, 두번째 순간에서 중요한 것 역시 그녀의 표정이 확인해 주고, 역시 그때까지 말해지지 않고 있던 것이었다. '왜 아직까지 죽지 않고 있는가?'

10

누샤는 다음날 오후 경찰서에서 풀려났다. 그녀에게 쏟아진 질문은 대부분 G에 관한 것이었다. 그에 대해서 전혀 모른다고 대답하자, 이번에는 왜 그를 따라 무도회에 갔는지 물었다. 그녀는 어깨만 으쓱해 보일 뿐이었다. 당신이 그 사람 정부입니까? 그녀는 이제 그저 "아니요"라고만 대답하지 않았다. 그 사람한테 물어 보세요. 그가 이곳에 있는 다른 이탈리아인들에 대해 당신에게 이야기했습니까? 그 사람은 다른 이탈리아인과 달라요. 그녀가 대답했다.

경찰들은 마치 그녀가 정신이 조금 나간 사람인 것처럼 대했다. 가도 좋다는 말을 들었을 때 그녀가 보인 반응 때문에 더욱 그런 생각은 굳어졌다. 안 쓰시는 종이봉투 있어요? 그녀가 물었다. 경찰관 한명이 동료에게 눈짓을 해 보였다. 몸을 가릴 게 필요해서요. 그녀가 진주 장식이 달린 모슬린 상의를 가리키며 덧붙였다. 경찰서에서는 마대 조각을 줬다.

병기창 주변에 이른 그녀는 모퉁이를 지날 때마다 걸음을 멈추고, 아는 사람이 없는지 먼저 살폈다. 오후의 거리는 대부분 한산했다. 그녀는 마대 조각으로 몸을 가린 채 건물 벽에 바짝 붙어서 움직였다. 자신의 방에 도착한 그녀는 옷을 벗고 침대 모퉁이에 앉은 채 찬 물로 어깨와 발을 씻었다. 그녀는 떨고 있었다. 그 사람이 풀려난 다음에 여권을 가지고 올까?

○

G가 받았던 반대심문은 끈질기고 반복적이었다. 그에 대한 보고서를 받아 본 경찰청장은 무도회에서 느꼈던 자신의 첫인상이 정확했음을 확인했다. 수감된 G를 직접 심문해 보고 나서 그는 만족감을 느꼈다. G는 서른여섯 시간 내에 트리에스테를 떠나야 한다는 조건으로 일요일 아침에 풀려났다.

초대받은 석상(石像)

친구가 최근에 북아프리카에서 찍은 사진을 보기 위해 그의 집에 갔다. 집에 들어선 나는 열 살 된 그의 큰아들과 인사를 했다. 잠시 후, 나는 사진에만 온통 집중하는 바람에 그 아들에 대해서는 까맣게 잊어버렸다.

갑자기 누군가 내 팔을 두드리는 것을 느꼈다. 다급한 두드림이었다. 급히 뒤를 돌아보니 거기에 어린아이만한 몸집의 노인이 있었다. 노인은 대머리였고, 커다란 코 위에 안경을 걸치고 있었다. 그가 거기 그렇게 선 채로 나에게 종이 한 장을 내밀었다. (신비로울 것은 없었다. 열 살 된 친구의 아들이 가면을 쓰고 나타났을 뿐이었다. 하지만 0.5초 동안은 그것을 알지 못했다. 나는 흠칫 놀랐다. 내가 놀라는 것을 본 아이가 웃음을 터뜨렸고, 그제야 나는 상황을 알아차렸다.)

나는 노인의 모습을 보고 놀랐고, 충격을 받았다. 어떻게 그렇게 갑자기, 그것도 소리 없이 나타날 수 있었을까? 그는 누구이며, 어디서 왔을까? 왜 하필 나에게 다가오기로 마음먹은 걸까? 그 어떤 질문에 대해서도 만족스러운 대답을 얻을 수 없었고, 대답이 없다는 바로 그 이유 때문에 나는 놀라고 겁이 났다. 그건 설명할 수 없는 일이었고, 그 때문에 세상에선 무슨 일이든 가능할 것 같다는 생각이 들었다. 인과관계는 더 이상 나를 지켜 주지 못했다. 내가 그의 몸집에 — 가장 말도 안 되는 점이었다— 놀라지 않았던 것도 그 때문일 것이다. 나는 그의 작은 몸집까지도 그가 만들어낸 혼란의 일부로 받아들였다.

그 0.5초 동안 일어난 일의 복잡함과 밀도를 과장하지는 않겠다. 아주 깊은 자극을 받으면, 사람의 기억이나 상상력은 짧은 순간에 자신의 인생 전부를 다시 떠올릴 수도 있다.

친구의 아들이 나를 놀라게 하자마자, 내가 딛고 있던 인과관계를 그가 들어내자마자, 나는 그를 알아보았다. 열 살 된 친구의 아들로 알아보았다는 뜻이 아니다. 나는 대머리 노인을 알아보았다. 그렇게 알아본 노인의 모습이 익숙한 것이라고 해서 두려움이 줄어든 것은 아니었다. 하지만 어떤 변화는 분명 일어났다. 두려움도 이제 익숙한 것이 되어 버렸다. 나는 아주 어린 시절부터 그 남자와 그 두려움을 둘 다 알고 있었다. 그의 이름은 기억나지 않았다. 사회화한 나의 일부에서는 부끄러운 생각도 비쳤다. 그 부끄러운 나에게는, 그가 어떻게 그리고 왜 나를 찾아왔는지가 문제였던 것이 아니라, 내가 그에게 무슨 말을 해야 할지가 문제였다.

맨 처음 그를 본 것이 어디였더라? 나는 모순을 피할 방법이 없다. 하지만 한번이라도 어린 시절을 깊이 되돌아본 적이 있는 사람이라면 모순이 얼마나 흔한지 알 수 있을 것이다. 나는 수없이 많은 알 수 없는 사람들 틈에 섞여 있는 모습으로 그를 알아보았다. 단 한번도, 오래 전 일이지만, 내가 알고 있는 세상 속에 존재하는 그의 모습을 떠올려 본 적이 없었다. 그는 내가 모르는 세상의 어둠 속으로 나를 데려가는 사람이었다.

이제 그에게서 어떤 무서움을 느끼지는 않았다. 하지만 여전히 그가 두려움을 불러일으키는 것은, 내가 동의한 어떤 계약 안에서 그가 모습을 드러냈기 때문이었다. 어쩌다 그런 계약을 하게 되었는지는 기억나지 않았다. 그래서 그의 모습이 처음에는 신비롭게 느껴졌던 것이다. 하지만 나는 그 계약의 주요 조항 중 하나를 ―따로 기억하려고 했던 것은 아니었다― 알아볼 수 있었고, 그 때문에 그가 익숙하게 느껴졌다. 소년의 몸집을 하고, 대머리에, 코가 크고, 우스꽝스러울 정도로 동그란 안경을 쓴 그 노인은, 그 조항이 그에게 보장해 준 약속을 다시 한번 확인하기 위해 나타났던 것이다.

○

초여름 아침이었다. 아무 할 일도 없고, 저녁이 오지 않을 것만 같은 그런 아침. 트리에스테에선 바다와 하늘이 하나로 뒤섞여 버린 것 같았고, 파란색이 그 둘을 모두 덮고 있는 듯했다.

북부 프랑스와 플랑드르에서도 하늘은 맑았다. 하지만 죽어 가거나 부상당한 채 쓰러진 군인들이 바라보는 하늘은, 톨스토이의 소설 속에서 안드레이 공작이 아우스터리츠 전투 도중 바라본 하늘처럼 명확한 확신을 주지 못했다. 서부전선에서는, 하늘이 맑을수록 죽음이 가져다 주는 혼란도 더 커졌다. 거기선 죽음에 아무 의미가 없었고, 그 결과 죽음까지도 진흙탕이나 추위처럼 세상이 던져 준 또 하나의 조건으로 받아들이는 것이 더 쉬웠다. 약속으로 가득한 날씨와 계절이 아니라 근본적으로 인간에게 적대적인 세상이었다. 하늘은 돼지기 딱 좋을 만큼 맑았다.

자신의 아파트로 돌아온 G는 옷도 갈아입지 않은 채 그대로 누웠다. 레이스 달린 커튼의 아칸서스 잎 무늬를 보니, 이십 일 전 마리카를 유혹할 계획을 세웠을 때가 떠올랐다. 그는 이를 꽉 깨물었다. 새삼 떠오른 기억 때문이 아니라, 지난 이틀 동안 한 일이라곤 온통 기억하는 일밖에 없었기 때문이었다. 그런 기억 자체가 후회로 이어지지는 않았다. 자신이 원했던 것은 대부분 이루었고, 다시 돌아간다고 해도 똑같이 행동했을 것이다. 그의 머리를 무겁게 누른 것은 갑자기 되살아난 기억 자체의 힘이었다. 아니면, 차라리, 기억의 어마어마한 용량이라고 할까. 그를 짓누른 것은 너무나 많은 기억의 양, 그 혼란스러운 덩어리였다.

누샤의 얼굴과 로마 출신 소녀의 얼굴을 구분할 수 없었던 것처럼, 하나의 기억을 다른 기억과 분리하는 것은 불가능했다. 그의 정신이 거울로 가득한 방으로 변한 것만 같았다. 거울에 비친 상이 함께 움직이지만, 각각의 거울에 비친 상이 조금씩 다른 그런 방. 그 결과 보통 기억이 가지는 효과와 정반대의 효과가 나타났다. 예를 들어 기억 덕분에 어린 시절이 훨씬 더 생생하게 다가오는 대신, 어린 시절에 있었던 일들의 기억 덩어리 때문에 그 시절이 말도 안 될 정도로 먼 옛날처럼 느껴졌다. 자신도 잊어버리고 있었던 베아트리스에 대한 기억이 머릿속을 가득 채웠고, 하나씩 차례대로, 점점 더 명확해졌다. 하지만 그런 기억들은 다른 여인들에 대한 기억과 뒤엉킨 채 떠올랐고, 마치 베아트리스를 마지막으로 본 것이 백 년쯤 전의 일인 것처럼 느껴졌다. 나는 지금 진실을 충분히 정확하게 전달하지 못하고 있다. 뜻하지 않게 찾아온 기억, 정확하지만 한데 뒤엉켜 그의 정신을 가득 채워 버린 기억들이 그의 과거를 늘여 놓은 것처럼 보였다. 내가 암시하려 했던 것은 바로 그 점이었다. 하지만 그의 기억 중 어느 것도 따로 떨어져 그 일이 벌어졌던 그 시간 안에 있지 않았기 때문에, 그렇게 기억된 그의 삶은 또한 대단히 급하고 짧은 것처럼 보이기도 했다. 기억은 늘어났다 압축되었다를 반복했고, 그런 고문 끝에, 결국 시간은 아무 의미가 없는 것이 되어 버렸다.

어젯밤 나는 런던에 있는 친구가 자살했다는 소식을 들었다. 그의 이름 '짐'이라는 글자를 되새겨 보지만, 온통 흩어져 버린 그에 대한 기억들을 모을 수가 없다. 비극이라는 단어로 그 친구의 행동을 판단할 수도 없다. 나로서는 그저 그의 죽음 소식을 받아들이는 ─기록하지 않고 그저 받아들이는─ 것만으로 충분하다.

G는 서른여섯 시간 안에 그 도시를 떠나야 했다. 하지만 어디로 가야 하는 걸까? 그를 받아 줄 수 있는 곳은 이탈리아뿐이었다. 그곳을 거쳐 다른 곳으로 갈 수도 있을 것이다. 어쩌면 그는 리보르노로 돌아가 아버지의 집에서 살게 되는 모습을 그려 보았을지도 모른다. 물론 그는 다른 가능성들도 생각해 보았다. 하지만 그 모든 가능성들은 어디론가 돌아가는 것이었고, 그는 어디로든 돌아가고 싶은 마음이 없었다. 결국 그는 '어디로'라는 질문은 생각하지 않았다. 그는 다른 질문을 던졌다. 얼마나 멀리 갈 수 있을까? 자신과 자신의 과거 사이에 얼마나 더 거리를 둘 수 있을까? 이제 시간은 그를 더 이상 데려갈 수 없었다. 시간은 의미 없는 것이 되어 버렸다. 그 점을

깨달은 그는 누샤의 집으로 가 그녀에게 여권을 주기로 마음먹었다. 그 행동을 통해 그는 다른 곳으로 갈 수 있을 것 같았다.

폰테로소 광장에서 한 여인이 좌판을 펼쳐 놓고 과일을 팔고 있었다. 여인은 누샤와 마찬가지로 카르스트 출신이었다. G는 외모만 봐도 알 수 있었다. 그는 체리를 조금 샀다. 선창이 있는 동쪽을 향해 걸으며 그는 체리를 먹었고, 씨는 그대로 길에 뱉었다.

체리의 빨간색에 이제 막 상하기 시작했음을 나타내는 갈색이 섞여 있는 것처럼, 체리는 먹을 수 있을 만큼 익는 바로 그 순간, 약간 상한 맛을 풍기기 시작한다.

그는 남자들 틈을 지나쳐 가며, 전쟁이 곧 닥칠 것 같다는 이야기를 여러 나라의 말로 들었다. 누샤의 집에 다가갈수록, 남자들의 옷은 점점 더 남루해졌고, 그들의 표정도 더 완고해 보였다.

체리의 작은 크기와 가벼운 무게를 생각해 보면 ─사실 체리의 속살은 투명한 액체가 흐르는 모세관처럼 실제적인 느낌이 없다─ 그 안에 단단한 씨가 숨어 있다는 것이 가끔 믿기지 않을 때가 있다. 물론 아니라는 것을 알고 있지만, 가끔 체리가 그냥 흐물흐물한 덩어리일 거라고 생각하는 것이다. 체리를 먹는 동안은 그 안에 씨가 있다는 것을 생각할 수 없다. 씨는 먹는 사람의 입 속에서, 체리를 씹는 과정에 신비스럽게 만들어진 것만 같다. 체리를 먹다 뱉은 그 씨는 체리 안에 있던 것이 아니라, 체리를 먹은 결과 생겨난 무엇이다.

누군가 미행하고 있는 것 같은 느낌이 들어서 G는 두 번이나 걸음을 멈추고 뒤를 돌아보았다. 그는 상점가의 담벼락 앞에 앉은 채, 야채와 빵을 사기 위해 길게 줄을 선 여인들을 지켜보았다. 이쪽 지역에선 모든 물품이 부족했다.

체리를 입 안에서 깨물어 터뜨리기 전, 체리의 부드럽고 질긴 정도는 입술의 부드럽고 질긴 정도와 똑같다.

시간을 거부한 그라면, 서두를 이유도 없었다.

누샤의 집은 길거리를 향해 문을 열어 놓은 작은 집들 중 하나였다. 그가 문을 두드리자 한 여인이 두 아이를 거느린 채 나왔다. 여인은 의심이 가득한 눈으로 그를 쳐다보았다. 그는 누샤가 있는지 물었다. 여인은 왜 그러느냐고 물었다. 여인은 더듬거리며 이탈리아어로 이야기했다. 그는 아이들에게 체리를 내밀었지만 아이들이 받아들기 전에 여인이 아이들을 뒤로 물렸다. 맨 꼭대기 방이에요. 여인이 말했다. 십 분 후에 저희 남편이 올라갈 거예요.

계단 맨 위에서 누샤가 문을 열어 주었다. 어깨 근처에 머리가 아무렇게나 흘러내려 있었다. 당신이군요! 그녀는 계단만 흘끗 쳐다보며 말했다. 그녀는 그를 들어오게 하고 황급히 문을 닫았다.

여권을 가지고 오셨군요!

방은 작았고 천장도 기울어져 있었다. 한쪽 벽에 그녀의 침대와 선반이 있고, 다른 쪽에는 텅 빈 탁자와 의자가 놓여 있었다. 그는 봉지에 든 체리를 테이블 위에 꺼냈다.

오늘 아침에야 풀어주더군요. 그가 말했다. 그는 주머니에서 여권을

440

꺼내 그녀에게 건네 주었다. 그녀는 그들이 역경을 헤치고 마침내 목적지에 도착한 것 같은 느낌을 받는다. 그녀는 양손으로 그의 손을 잡는다. 그가 그녀를 안는다. 아무런 저항 없이 그녀는 그에게 기댄다. 목적을 이루었다는 성취감이 너무 강해서, 그녀는 그 순간만큼은 그도 같은 목적을 가지고 있는 것이라고 생각한다. 그녀는 그에게 기댄다. 만약 그의 몸집이 더 작았다면 아마 그녀가 그를 안아 올렸을 것이다. 마치 추격자를 따돌리고, 둘이서 함께 추격자를 따돌린 다음 지쳐서, 피곤함 때문에 절뚝거리지만, 이제는 안전해진 것만 같다.

단둘이서 실내에 있는 건 처음이다.

머리를 푸니까 더 부드럽네요. 그가 그녀의 머릿결을 만졌다 놓으며 말한다.

상처를 가리려고 내렸어요. 그녀가 한 걸음 물러나 고개를 숙이며 목에 난 보라색 채찍 자국을 보여준다. 그는 천천히 상처에 손을 갖다 대고, 그녀는 의사에게 진찰을 받을 때처럼 얌전히 있다. 머리칼 사이로 보이는 그녀의 두피가 아주 하얗다. 그녀의 머리칼에서 담요 냄새가 난다.

쇠고기를 날로 붙이면 좀 나을 겁니다. 그가 말한다.

그녀가 다시 고개를 든다. 고개를 숙이고 있는 동안 피가 쏠리면서 볼이 붉어졌지만, 중간중간 보라색 혈관이 혀 안쪽에서처럼 복잡하고 생생하게 드러나 있다.

날고기를요? 고기가 있으면 먹어야지, 붙일 게 어디 있어요? 그녀가 말한다.

다른 데는 괜찮습니까?

다른 데는 제대로 안 보여요.

어디 좀 봅시다.

그녀는 그에게만은 상처를 보여줄 수 있다. 그 상처도 그녀가 여권을 얻는 과정의 일부다. 그녀는 등을 돌려 블라우스와 속옷을 내리고 어깨를 보여준다.

넓고 새하얀 어깨에 채찍 자국이 두 줄 나 있었지만 피부는 괜찮았다. 다치지 않은 피부의 땀구멍에서 그녀의 몸 냄새와 구분할 수 없는 일종의 빛이 새어 나온다. 그는 손가락 끝으로 그녀의 어깨를 만진다.

첫날엔 잠이 안 오더라고요. 상처가 불타는 듯이 아파서.

작은 창문을 통해 멀리서 무언가 동요하는 소리가 들린다. 그 혼란스러운 소리는 사람들의 목소리였지만, 연설이라고 하기엔 너무 평범하고, 노래라고 하기엔 화음이 맞지 않는다. 둘 혹은 세 가지 소리가 반복되고 있다. G에겐 그 소리들 중 하나가 자신이 어린 시절 삼촌과 함께 사냥하면서 냈던 '헙, 헙' 소리처럼 들린다. 누샤와 G는 서로를 잠깐 바라본 후 함께 창가로 간다. 부두 쪽에서 둥그렇게 모인 사람들이 손을 흔들고 있고, 점점 더 많은 사람들이 그쪽으로 달려가고 있다. 군중들 중에는 검은색과 노란색의 오스트리아 국기를 들고 있는 사람들도 몇몇 보인다.

뭐하는 사람들이죠? G가 묻는다.

저도 모르겠어요.

그녀는 무표정했지만 가슴은 들썩거리고 있다. 우리 쪽 사람들인 것 같아요. 부두에서 일하는 사람들.

그녀는 뒤로 물러나 커다란 손으로 작은 단추를 채우며 옷매무새를 가다듬는다. 지금 여권 가지고 가 봐야 돼요.

그는 그녀의 모든 신체적 특징들 사이에 자신의 자리를 만들고 싶다. 그녀의 들썩거리는 가슴, 담요 냄새가 나는 숱이 많은 그녀의 머리칼, 그녀의 새하얀 두피, 그녀의 커다란 손, 그녀의 양쪽 볼, 그녀 피부의 땀구멍까지, 그는 창가에 붙어 선 채 부둣가를 내려다보는 그녀의 몸과 그녀의 자의식 사이에 자신의 자리를 만들고 싶다. 그는 그녀에게 그녀 자신을 선물로 보여주고 싶고, 그런 그의 행위에 아무런 가치도 붙여지지 않기를 바란다. 그리고 그 선물을 그의 몸으로 가져와 그 자신이 필요로 하는 것을 채우고 싶다. 시간이 없습니다, 누샤. 그가 말한다.

그는 절박한 심정으로 그녀의 이름을 불렀다.

처음으로 누샤는 여권이 없으면 그가 어떻게 되는지 궁금해졌다. 그녀가 머리에 스카프를 둘렀다. 가야 돼요. 둘은 함께 어두운 계단을 내려왔다.

G가 "시간이 없습니다, 누샤"라고 했을 때, 그 말은 여권을 오빠에게 전하고 싶어하는 누샤의 초조함을 뜻하는 것일 수도 있었고, 부두에 몰려드는 사람들이나 곧 나타날 집주인의 남편, 혹은 트리에스테를 떠나기까지 남아 있는 서른여섯 시간을 뜻하는 것일 수도 있었다. 하지만 그 어떤 것도 극복할 수 없을 만큼 어려운 장애물은 아니었고, 과거의 그라면 그런 것들을 헤쳐 나갈 방법을 백 가지 정도 생각해낼 수 있었을 것이다. 그의 말은 그 이상의 의미를 담고 있었다.

이틀 동안 그는 자신의 기억에 짓눌려 지냈다. 심지어 현재마저 과거시제로 살게 될 것 같은 기분이 들 정도였다. 아직 일어나지 않은 일도 밝혀지지 않은 과거의 한 부분일 뿐인 것처럼 생각되었다. 경찰서에서 풀려났을 때부터, 그는 가야 할 방향과 상관없이 자신이 과거를 향해, 폰 하르트만이 공공연하게 마리카를 허락하고 누샤를 시립문화회관에 데려갈 계획을 세우기 전의 삶을 향해 뒷걸음치고 있는 것 같은 인상을 받았다. 어떤 선택을 하든 그가 과거에 했던 선택, 이미 그 결과가 나타나 버린 선택으로 다시 돌아가는 것이 되어버렸다. 그의 앞에 펼쳐진 기회들은 모두 환상이었다. 시간은 그를 정면으로 마주하지 않으려 했다. 누샤에 대한 그의 욕망도 그의 절망과 구분할 수 없었다. 이런!

(열정은 시간을 향해 자신을 내던져야만 한다. 연인들은 함께 시간과도 사랑을 나누고, 결국 시간이 열리고, 앞으로 나아가고, 자신 안으로 물러나게 만든다. 그들의 심장이 펌프처럼 시간을 퍼 올리고, 시간의 성기가 영원으로 촉촉해진다. 시간이 세대가 되는 순간, 시간은 스스로를 소진한다.) 시간이 없습니다, 누샤. 그가 말했다.

전설 속의 인물이, 아직 살아 있는 동안 자신의 과거를 의식하게 되는 상황을 한번 상상해 보라. 전설은 이미 만들어졌고 바꿀 수 없다. 그 불가역성에서 불멸성이 생겨난다. 하지만 그는, 이미 사람들 사이에서 이야기되고 여러 번 반복되는 전설 속에서 여전히 살아 있고 의식하고 있는 그는, 산 채로 묻히게 될 것이다. 그에게 부족한 것은 공기가 아니라 시간이다.

그래서 G는 누샤와 함께 계단을 내려왔다.

사람들은 모두 문밖으로 나와서 큰소리로 떠들었다. 한 젊은이가 한쪽으로 뛰어갔다가 다시 반대쪽으로 달렸다. G는 사람들의 이야기를 단 한마디도 알아들을 수 없었다. 모두 슬로베니아어였다. 바다를 향해 달리는 젊은이 뒤로 몇몇 남자들이 뒤따랐다. 누샤가 그들에게 뭔가를 물어 본 다음 G에게 속삭였다. 지금 이탈리아가 선전포고를 했대요. 오늘부터 전쟁이에요.

G는 그녀의 팔을 잡았다. 너무 늦었어요. 여권을 어제만 받았어도 좋았을 텐데. 그녀가 그의 얼굴 가까이에 대고 말했다.

그는 그녀를 잡지 않았고, 그녀는 언덕을 따라 달려갔다. 잠시 후 그녀는 어떤 남자를 만나 이야기를 나누었다. G는 그녀가 자신을 가리키는 모습을 지켜보았다. 잠시 후, 그녀는 한 손으로 치마를 움켜쥔 채 다시 달렸다. 그녀의 발소리가 자갈길에 울렸다.

여권을 어떻게 구했느냐고 보얀이 한 번밖에 물어 보지 않아 누샤는 놀랐다. 누샤는 그냥 주웠다고 대답했다. 그는 여권이 있으면 아직 떠날 수 있는 희망이 남아 있다고 생각했다. 내일이나 모레쯤 이탈리아로 가는 마지막 기차가 있을 것이다.

보얀은 과연 프랑스로 갈 수 있었고, 마르세유에서 몇 달을 지냈다. 마르세유 경찰은 그를 의심했다. 천구백십오년 겨울에 마르세유 경찰 내부에서 돌았던 회람 자료를 보면, 그의 출생지는 리보르노, 이름은 G의 이름이었고, 나이와 직업만 자신의 것으로 되어 있었다. 사진과 좀더 자세한 인적사항이 기록된 참고 파일 번호도 적혀 있었다. 특별한 범죄 행위에 대한 언급은 없었다. 그 점은 회람에 들어 있는 다른 인물들도 마찬가지였다. 그는 그저 '주의 인물'에 불과했다.

영국 외무부는 그들이 만들어 준 위조 여권 소지자의 행방을 추적하려는 시도를 하지 않았다. 그저 실종됐을 거라고, 아마도 죽었을 거라고 짐작할 뿐이었다. 몇 년 후 유고슬라비아에서 알렉산더 왕의 독재에 항거해 싸울 때에도, 보얀은 여전히 G의 여권에 있는 이름을 (G가 아버지인 움베르토 밑에서 자랐다면 아마 그 이름을 가지게 되었을 것이다) 가명으로 써 가며 활동했다.

G는 부두를 향해 언덕을 내려갔다. 누샤와 이야기를 나누었던 남자를 지나칠 때, 남자는 그를 향해 웃어 보이더니, 노골적으로 그를 미행했다. 두 사람은 곧 반대쪽에서 몰려오는 수백 명의 군중과 마주했다. 양쪽 가장자리에 있는 사람들은 상당히 조직적으로 움직였고 커다란 오스트리아 국기도 들고 있었다. 하지만 선두에 선 사람들은 대부분 남자였는데 조금 달라 보였고, 툭툭 끊어지며 웅얼거리는 듯한 소리를 내며 밀려드는 파도처럼 다가왔다. 어디를 봐도 다양한 사람들이 모였음을 알 수 있었다. 그들의 복장, 나이, 표정, 모자, 몸매, 언어가 모두 달랐다. 출신지도 모두 제각각이어서 슬로베니아, 이스트리아 반도, 세르비아, 갈리시아, 그리스는 물론 터키와 러시아에서 온 사람들도 있었고, 심지어 아프리카에서 온 사람도 한둘 있는 것 같았다. 그들의 공통점은 가난과 불행한 운명뿐이었다.

다시 한번 G는 '어디로 갈 것인가' 라는 질문이 얼마나 어리석은 것인지 확인했다. 다시 한번, 대답 대신, '더 멀리' 라고 생각해 볼 뿐이었다. 그는 군중과 함께 걸었다.

그들은 전쟁이 시작되던 날 런던에서 만났던 군중과는 또 다른 군중이었다.

런던의 군중은 정적인 군중, 어디로 가야 할지 모르는 군중이었다. 그들은 아무것도 요구하지 않았다. 자신들이 원하는 것을 얻고자 안달이 난 그들은 공허한 눈으로 소리지르고 으르렁거렸다. 하지만 그들은 그들 자신이 원하는 것이 무엇인지 몰랐다. 그들은 군대에 소집돼 전선에 배치되기를 기다리는 군중이었다. 다우닝 거리와 웨스트민스터 사원, 그리고 국회 앞에서 그들은 그들의 미래와 싸우지 못해 안달이었다. 그들은 큰 희생을 치렀지만, 스스로의 환호에 묻혀 그런 사실을 모르고 있었다. 그 군중의 환호는 머지않아 자신들의 피가 되어 하늘로 치솟았다가 부릅뜬 눈 위로 떨어질 것이다. 그들의 몸에는 수백만 개의 총상이 남을 것이고, 흘러내린 피는 상처 밖으로 꿀럭거리는 경정맥을 지나, 총검에 베인 깊은 상처로 스며들 것이고, 벌어진 상처에서 흘러내린 몇 방울의 피가 음부에 난 털에 맺힐 것이다. 군중들 틈에는 여자들도 많았다. 여자들이 앞에 선 남자들의 등을 밀어붙였다. 그들이 남자들을 전장으로 내몰았고, 스트랜드 거리와 트라팔가 광장에선 아직 태어나지도 않은 뱃속의 남자아이라도, 털도 나지 않아 뼈와 살밖에 없는 태아라도 피를 흘리며 내놓을 기세였다. 하지만 일단 흩어진 후에는, 전쟁 첫날에 런던의 군중은 아주 차분하게 행동했다. 남자든 여자든 모두 집으로 돌아가 평소처럼 서로의 이름을 부르며, 자신들이 어떤 일을 시작했는지도 모른 채, 남다른 자존심에 잔뜩 들떠 있었다.

447

이탈리아와의 전쟁이 선포된 날 트리에스테에 모인 군중은 들떠 있지 않았고, 자존심을 느끼지도 차분하지도 않았다. 그들은 주먹을 불끈 쥔 채, 목적지는 알지만 그곳에 이르는 정확한 경로를 아직 결정하지 못한 술 취한 사람처럼 출발했다.

이따금씩 앞서 달리는 남자들이 손을 흔들어 보였다. 그 중 한 명이 급한 소식을 전할 때 쓰는 것 같은 종을 들고 있었는데, 군복을 입고 있지는 않았고 종도 검게 녹슬어 있었다. 아마도 항구의 진흙탕에서 주운 선박용 종인 듯했다. 전쟁이다! 거리의 남자들이 외쳤다. 와서 우리가 할 일을 똑바로 보라고! 몇몇 사람들이 노래를 부르기 시작했지만 오래 지속되지는 않았다.

G는 물밀듯 움직이는 군중 사이에서, 선두 그룹과 조금 거리를 둔 채 걸었다. 재킷을 벗고 소매를 걷어붙였지만, 여전히 그의 차림새는 눈에 띄었다. 누샤와 이야기를 나누었던 남자는 아직까지 몇 걸음 뒤에서 그를 미행하고 있었고, G에게 접근하는 사람이 나타날 때마다 끼어들어 G가 알아들을 수 없는 슬로베니아어로 말을 했다. 그러면 G에게 다가왔던 사람들은 알겠다는 듯 더 이상 물어 보지 않고 물러나곤 했다. G는 무슨 일이든 뒤따라오는 남자의 뜻대로 하면 되겠다고 생각했다.

군중의 행렬이 증권거래소와 이탈리아인 거주지가 있는 북서쪽으로 방향을 잡자, 군중의 성격도 조금씩 변하기 시작했다. 군중의 지치고 해진 차림새와 그들이 걷고 있는 단정한 거리 사이의 대조가 점점 더 분명히 드러났다. 병기창 앞에 이르자 군중의 행렬은 마치 봉급을 받지 못한 노동자나 실업자들의 행렬처럼 보였다. 그 거리에 접어든 군중은 마치 거지떼처럼 보였다.

G의 근처에 있던 한 남자가 식료품점을 향해 돌을(그는 행렬이 출발할 때부터 돌을 쥐고 있었음에 분명했다) 던졌다. 유리창이 깨졌다. 남자들이 달려들어 외투와 셔츠를 손에 감은 후 남아 있는 유리를 떼어냈다. 그들이 사람들에게 치즈와 소시지를 건네 주었다. 순찰 중이던 오스트리아 경찰은 사건을 일부러 못 본 척했다. 겁에 질린 상점 주인은 자신을 향한 손길에 알아서 와인 병을 내주었다. 그는 와인을 팔 때처럼 "좋은 와인입니다"라는 말만 연신 해댔다.

뒤에서 밀어 대는 바람에 군중은 식료품점을 지나칠 수밖에 없었다. 하지만 그 사건 덕분에, 그들은 그 순간만큼은 무슨 짓을 해도 괜찮다는 것을 알게 되었다. 옷을 잘 차려입은 사람들이 지나가면 이제 "이탈리아인은 꺼져라!"라고 적의를 담아 소리쳤고, 그 중엔 "부자들은 도둑놈이다"라는 외침도 있었다. 거리는 점점 더 한산해져 갔고, 이것이 또 한번 군중의 성격을 변하게 했다. 자신들의 구역에서 그들은 사람들을 끌어 모으는 볼거리였다. 이곳에서 그들은 모든 것을 정지시켰다. 천팔백구십팔년 밀라노의 군중처럼 도시를 점령하는 것은 불가능했다. 그들에겐 도시를 그들 마음대로 통제하려는 마음은 없었다. 그저 무질서 상태에서 무슨 일이든 할 수 있는 거리와 광장의 빈자리를 원했을 뿐이었다.

G의 뒤에 있던 남자가 등을 두드리더니 와인 병을 건넸다. G는 셔츠에 흘려 가며 와인을 마셨다. 군중의 행렬은 제멋대로였고 산만했지만, 그는 마치 관 안에 든 시체처럼 그 행렬과 함께 의식적(儀式的)으로 끌려가고 있는 것만 같은 느낌이 들었다. 그는 고개를 들어 거리 양쪽으로 늘어선 건물들을 올려다보았다. 죽 늘어선 여인상들이 건물 안에 살고 있는 사람들의 문화적 취향을 보여주는 듯한 박공벽의 무게를 견디며 매달려 있었다.

성행위는, 마치 꿈처럼, 겉으로는 드러나지 않는다. 그것은 안에서 밖으로 경험되는 행위이다. 그때는 내용이 가장 겉에 놓이고, 보통 때 눈에 띄는 것은 보이지 않는 핵이 된다.

저 위에 있는 방에 루이스가 누워 있었다. 그는 양팔로 그녀의 무릎을 잡은 채 혀를 그녀의 음부 속으로 집어넣었다. 그의 입 안에는 조금 전에 마신 와인의 맛만 남아 있었다. 천천히 그녀의 한쪽 허벅지에서 다른 쪽 허벅지로 물결 같은 떨림이 전해졌다. 그 떨림은 건너갔다가, 방향을 바꾸어 되돌아왔다. 움직임에 따라 모래알 하나가 이쪽저쪽으로 굴러다니는 것만 같았다. 한 알의 모래와 온기 덕분에 그녀의 두 다리 사이에서 개의 귀처럼 틈이 벌어졌다. 끝이 뾰족한 귀. 귀 바깥쪽의 털은 그녀의 살결보다 더 부드럽고 매끈했다. 귀 안쪽은 투명한 분홍색이었고, 그 귀에서 우유 한 주전자가 나왔다. 우유의 표면 아래에는, 흰색에 가려 보이지는 않지만, 나무들이 있었다. 잎이 다 떨어져 버린 겨울나무. 주전자에서 흘러나온 우유가 그녀의 무릎을 적시고, 어떤 곳에선 작게 고였다가 다른 부분에선 흘러내렸다. 그녀의 털끝에 화이트베리 열매처럼 우유가 맺혔다. 우유가 흘러간 자리를 따라 겨울나무의 앙상한 가지가 보였다. 종을 든 남자가 다시 한번 요란하게 종을 쳤다. 그들의 집을 한번 봐! 멀리! 더 멀리! 자신도 모르는 사이에 그런 말이 차분하게 G의 입에서 흘러나왔다. 그는 놀랐고, 주변의 다른 사람들은 그게 무슨 말인지 전혀 알아들을 수 없었다. 멀리! 더 멀리! 그는 고개를 들어 파란 하늘을 올려다보며 계속 걸었다.

산 조반니 광장에 도착한 군중은 빠른 속도로 광장을 메워 나갔다. 광장 가운데에는 나무 그늘 아래 편안하게 앉아 있는 남자의 조각상이 있었다. 동판에는 '베르디'라고 적혀 있었다. 오페라 「리골레토」

를 쓴 작곡가의 이름이지만, 트리에스테에서는 그 단어가 '이탈리아의 왕 비토리오 에마누엘레'를 뜻하기도 했다. 두 남자가 조각상의 무릎에 올라가 쇠몽둥이로 조각상의 머리를 내려쳤다. 두 남자의 어깨나 팔뚝만 봐도 충격이 어느 정도인지 알 수 있을 것 같았다. 여자들은 광장 주위에 있는 건물의 입구를 일일이 확인하며 안으로 들어가려 했다. 모든 건물의 출입구는 굳게 잠겨 있었다. 가끔씩 창을 가린 덧문 뒤에서 폭도로 가득한 광장을 놀란 얼굴로 구경하는 사람이 나타나기도 했다. 몇몇 젊은이는 나무 위로 올라갔다. 갑자기 유리창이 깨지는 소리가 들렸다. 그 소리가 마치 사전에 계획한 출발 신호라도 되는 듯, 광장에 모인 사람들은 덧문이 달려 있지 않은 창을 깨고 손에 잡히는 것은 닥치는 대로 집어 들었다.

건물 안에는 트리에스테가 있어 이득을 보고 있는 사람들의 재산이 있었다. 베르디 석상의 머리를 내려치고 여인상 사이의 창문을 깬 사람들은 그 도시를 증오했고, 그들을 그곳에 살 수밖에 없게 만든 어떤 힘에 복수하기 위해 뛰쳐나온 것이었다. 그들은 가능한 한 은밀하고 영리하게, 자신들에게 닥칠 위험을 최소화하면서, 가난이 그들 혹은 그들의 아버지로 하여금 정든 고향 마을을 떠나 낯선 도시의 변두리에 정착하게 만든 이후 받아 왔던 고통의 일부에 복수하기 위해 뛰쳐나왔다. 도시의 행정은 오스트리아인들이 담당하고 있었지만 원래는 이탈리아의 도시였고, 그래서 거리나 광장의 이름은 이탈리아어였으며, 무자비한 상업도 이탈리아어로 이루어졌다. 군중들 중에 정치 이론을 알고 있는 사람은 거의 없었지만, 그들은 대학교수나 학생들은 모르고 있는 한 가지를 잘 알고 있었다. 그들은 고향 마을에서 겪었던 일이, 트리에스테에 도착했을 때 겪었던 일이나 그 이후 죽 겪어 오고 있는 일의 일부임을 알고 있었다. 그런 일치는 역사적인 것이었다. 이론이 그러한 일치를 정의내릴 수는 있을지 모른다. 하지만 그들 각각에게 그 일치는, 그들이 삶을 통해 직접 겪었던 괴로움을 통해 정의되었다.

머리를 박살내 버려!

귀를 잘라!

덧문을 뜯어 버려!

두 분의 집에 대해서 사람들이 뭐라고 하지 않나요? 저는 오래 전부터 알고 있었습니다. 두 분이 살고 계신 저택이나 아파트가 있는 부자 동네의 대로를 거닐 때 ―유럽의 여느 도시에서와 마찬가지로― 당신네들은 참 여유있게 걸으시더군요. 새로 칠한 창틀이나 덧문의 색은 주변의 벽 색깔과 거의 다르지 않습니다. 그 집들의 벽은 햇빛을 잘 받아들이지만, 마치 풀을 먹인 식탁용 냅킨처럼 여기저기서 점점이 반짝일 뿐이지요. 커튼이 내려진 창문을 올려다봅니다. 조금도 흔들리지 않는 커튼은 마치 돌을 새겨 만든 부조처럼 보입니다. 발코니에는 식물 문양을 흉내낸 정교한 금속세공과 다른 도시나 다른 시대를 암시하는 장식물도 보입니다. 당신들은 청동으로 만든 초인종과 동판이 붙어 있는 광택있는 나무문을 지나 들어가고, 멀리서 군중들이 내는 알 수 없는 소음을 제외하면 거리는 고요합니다. 너무 많은 군중들이 너무 멀리 떨어져 있기 때문에 그들 하나하나가 내는 거친 숨소리, 그들 하나하나가 숨을 들이마시고 내쉬는 소리는 한데 모여, 끊이지 않고 들리는 하나의 흐릿한 숨소리가 되어 미풍처럼 전해집니다. … 그런데 갑자기 당신들은 집안의 모든 사람들이, 비록 그들이 가만히 서 있기는 하지만, 실오라기 하나도 걸치지 않은 알몸이라는 것을 알고 놀랍니다!

452

불을 질러라!

리가 나치오날레 건물 부근에서 또 한 무리의 군중들이 먼저 불을 질렀다는 소식이 전해졌다. 오스트리아 측 정보원이 『일 피콜로』지 사무실에 그 소식을 전해 주었을 것이다. 백여 명의 사람들—G도 그들 사이에 있었다—이 산 조반니 광장을 벗어나 그곳으로 향했다.

라파엘레를 포함해 이탈리아 인쇄공과 기자들 몇 명이 저녁 일을 하기 위해 『일 피콜로』 사무실에 도착했다. 거리의 함성 소리에 그들은 창가로 몰려들었다. 한 무리의 남자들이 몽둥이나 깡통을 든 채 광장을 가로질러 그들이 있는 건물 쪽으로 달려오는 중이었다. 부두의 재앙이네! 라파엘레가 말했다. 급히 생각난 말이었지만 그는 훗날에도 폭동을 묘사할 때마다 그 표현을 사용하곤 했다. 그는 덧문과 블라인드를 내리라고 말하고 경찰서에 전화를 걸었다. 대단히 위급한 상황입니다. 그가 말했다.

블라인드 가까이에 선 그는 맨 처음 건물에 접근하는 남자를 볼 수 있었다. 무언가를 내려치는 소리가 들리고 유리가 깨졌다. 폭도들이 건물 입구에 매달려 있던 등을 깨뜨렸다. 인쇄소를 향해 달려드는 남자들의 발소리가 들렸다. 그는 갑자기 전화기를 내려놓고 바깥 상황을 더 잘 보기 위해 창에 얼굴을 갖다 댔다. 이층 창문을 바라보며 뭔가를 터뜨리려는 시늉을 하고 있는 사람들 틈에서 G의 모습이 보였다. 라파엘레는 처음엔 놀랐지만 점차 그 감정은 알 수 없는 만족감으로 바뀌었다. 그렇게 위협적이고 무슨 일이 벌어질지 알 수 없는 상황에서 그는 어떤 확신을 얻었고, 그 확신이 다시 한번 그의 통찰력을 확인해 주었다. 일층에서 폭도들이 가구를 부수는 소리가 들렸다.

G는 단순히 오스트리아의 정보원이 아니라, 슬라브인들의 폭동을 조직하기 위해 고용된 사람이 분명하다고 라파엘레는 생각했다. 적십자사의 무도회에서 그의 튀는 행동을 오스트리아인들이 참고 견딘 이유도 분명해졌다. 그 동안 이해할 수 없었던 것들이 한순간 깔끔하게 정리되었다. 그런 확실한 해석 덕분에 어떤 결정을 내려야 할지도 확실히 알 수 있었다. 다른 사람과 상의해 볼 것도 없었다. 그는 전화를 걸고 있는 자신을 지켜보는 사람들을 향해 건물을 포기해야 한다고 말했다. 다들 밖으로 나가. 그가 말했다. 그는 책상 서랍에서 권총 한 자루를 꺼내 옆에 있는 남자에게 건넸다. 이거 받아. 아무도 우리를 지켜 줄 수 없어. 그는 만족스러운 듯 덧붙였다.

그는 G를 끝장낼 작정이었다. 수화기에서는 여전히 대답이 없었다. 그는 전화기 버튼을 거칠게 누르며 다른 번호를 연결해 달라고 했다. 모두들 즉시 몬투차 화랑으로 모이세요. 거기서 봅시다. 그가 말했다. 전화를 마친 그는 다시 한번 경찰서에 전화를 했다. 로네크 소령과 이야기를 해야 했다. 그는 소령에게 『일 피콜로』 신문사를 탈취한 폭도들이 건물에 불을 지르려고 한다며 즉시 경찰의 보호가 필요하다고 말했다. 로네크 소령은 일부러 시간을 끄는 것 같았다. 지금 내가 상황을 과장하거나 신경질을 부리는 게 아닙니다. 공공질서에 관한 이야기를 하고 있는 거라고요. 라파엘레가 소리쳤다.

인쇄소 안에서 사람들은 신속하고 체계적으로 불을 지를 준비를 했다. 한 명이 기름과 잉크가 묻어 있는 지저분한 헝겊이 놓인 선반을 발견했다. 헝겊을 가져와 가장 큰 인쇄기 옆에 있는 방 한쪽에 깔았다. 한 남자가 깡통에 든 파라핀을 그 위에 부었고, 나머지 사람들은 탁자와 의자를 부숴 주변에 쌓았다. G는 서랍에 든 서류 뭉치를 나무 위로 던졌다. 불 붙여요! 파라핀 냄새에 숨이 막힐 것 같았던 그가 독촉했다. 거리에서 누샤와 이야기를 나누었던 남자는 문 옆에 서서 경계를 늦추지 않았다. 한 노인이 눈을 반짝이며 종이를 말아 들고 불을 붙인 다음 헝겊 위로 던졌다.

그 순간, 모두들 불이 잘 붙는지 지켜봤다. 즉시 사람 키만한 불길이 솟았다. 그 불길이 이제 막 트리에스테의 언어, 법의 언어, 모욕과 갈취의 언어, 방관자의 언어를 찍어내는 인쇄기를 태우려 하고 있었다. 불길에서 숨쉬는 듯한 소리가 들렸고, 간간이 메마른 덤불을 걸을 때처럼 바스락거리는 소리도 들렸다. 문 옆에 모여 있던 남자들은 자신들이 피운 불을 바라보며 만족스러운 듯 미소를 지었다. 처음에는 불길을 보며 고향 마을을 떠올렸다. 아직 작은 불이었다. 같은 날 밤 세 번이나 더 방화를 시도한 후, 정말 건물 전체가 불길에 휩싸이자 그들은 자신들이 해낸 일에 압도된 채 그 광경을 지켜보았다. 불길이 걷잡을 수 없을 만큼 커질수록 그들은 스스로 불길의 주인이 된 것 같은 느낌이 들었다. G는 다른 사람들보다 조금 더 불길 가까이 다가가서 그 온기를 몸으로 느꼈다.

서둘러! 소방차가 도착했어. 문 옆에 서 있던 남자가 소리쳤다. 불길이 잦아들자, 소방대원들이 군인들과 함께 건물 안으로 들어왔다. 한바탕 난투극이 벌어졌지만 양쪽 모두 각자의 일을 계속했고, 아무도 체포되지는 않았다. 군인들이 건물을 에워쌌고, 불길은 이내 완전히 잡혔다.

라파엘레는 광장 반대편의 누오바 거리 모퉁이에서 로네크 소령에게 따지고 있었다. 오스트리아 경관은 자신은 도시 내의 다른 건물도 지켜야 한다며, 군중들이 흩어지면 곧장 철수할 수밖에 없다고 했다. 군인들이 가고 나면 저들이 다시 습격할 겁니다. 시민의 안전을 지키는 것이 당신들의 책임 아닙니까? 라파엘레가 말했다.

어제 로마에서 누군가 그런 생각을 했어야 하는데! 소령은 독일어로 혼잣말을 했다.

다른 모퉁이에서 G는 인쇄소에 맨 처음 불을 지른 남자 몇 명과 이야기를 나누고 있었다. 보이시죠. 저들은 옆 건물의 소화전을 이용하고 있습니다. 다음 번엔 소화전부터 못 쓰게 만들어야 합니다.

라파엘레는 로네크 소령과 헤어진 후 몬투차 화랑 입구에 모여 있던 사람들에게 합류했다. 교회와 성, 라피다리오 박물관이 있는 언덕 아래를 관통하는 터널이 보였다. 그는 G를 지목하며(그는 재킷을 잃어버리고 흰색 셔츠만 입고 있어서 얼른 눈에 띄었다) 명령을 내렸다.

광장과 거리에 어색한 침묵이 내려앉았다. 여기저기에 사람들이 많았지만, 평소 거리에서 볼 수 있던 사람들은 아니었다. 소방관도 사라지고 없었다. 군중들은 작은 그룹으로 흩어져 돌아다니며 군인들의 동태를 살폈다. 그곳에 살고 있는 사람들은 그 어디에서도 보이지 않았다.

G는 산 조반니 광장을 향해 다시 걸었다. 그의 앞에서 어디서 본 적이 있는 것 같은 여자가 걸어가고 있었다. 누샤와 비슷한 옷차림이었지만 몸집은 더 작았다. 그는 발걸음을 멈추고 큰소리로 외쳤다. 더 멀리, 아직 더 멀리!

그들이 쫓는 흰색 셔츠를 입은 남자는 걸음걸이가 독특했다. 어깨와 몸을 잔뜩 움츠리고 걷는 모양이 꼭 황소가 걷는 것과 비슷했다. 그러다 갑자기 걸음을 멈추고 큰소리로 혼잣말을 했다. 그가 반역자라는 것은 쉽게 알 수 있었다.

G는 계속 걸었다. 알 수 없는 친밀감 때문에 앞에 가는 여인에 대한 관심은 커져만 갔다. 그와 그녀 사이에서 과거의 그가 그녀를 기억해내기 위해 서두르고 있는 것만 같았다. 그는 그녀의 얼굴을 알아보고, 그녀에게 말을 걸 것이다. 그녀가 과거의 그에게 관심을 보이는 것을 알 수 있었다. 그를 과거의 그와 구분시키는 것이 무엇이든, 그건 아주 작은 것이었다. 그저 변덕에 불과한 것, 아직 자신의 몸에 남아 있는 인쇄소 불길의 온기보다도 미미한 것일지도 모른다.

만약 G가 자신을 습격한 네 명의 남자들에게 맞서 싸웠다면 그 상황을 묘사하기 위해 몇 페이지의 글이 필요했을 것이다. 그는 싸우지 않았다.

반면, 그가 아무런 저항 없이 순순히 굴복했다면 죽음을 받아들이는 그의 태도를 묘사하기 위해 또 몇 페이지의 글이 필요했을 것이다. 그는 아무런 저항 없이 굴복하지도 않았다.

그때의 상황은 짧게 전할 수 있다. 그리고 나머지는 결국 나의 침묵속에서 전달될 수 있을 것이다.

그들은 G를 데리고 산 안토니오 교회를 지나 광장을 벗어났다. 도중에 그는 친숙한 느낌을 주었던 여인의 얼굴을 확인할 수 있었다. 그날 아침 폰테로소 광장에서 그에게 체리를 팔았던 여인이었다. 남자둘은 양쪽에서 그의 팔을 아직 몸에서 떨어지지 않은 태아의 팔처럼 바짝 밀어붙였고, 세번째 남자는 앞에서, 그리고 마지막 한 명은 뒤에서 걸었다. 운하를 따라 방파제에 이른 그들은 오른쪽으로 방향을 바꾸어 철로를 향했다. 선창가에는 아무도 없었다. 이따금씩 G는 팔을 풀어 보려고 발버둥쳤다. 풀 수가 없었다. 그들은 바닷가로 그를 끌고 갔다.

그 순간까지 그는 자신이 죽음을 맞이하는 상황을 미리 그려 보지 않았을 것이다. 아직 약간의 의심과 희망이 남아 있었을 것이다. 어쩌면 막상 죽음이 닥치면, 그것은 다른 모든 것들―따라서 모든 자기 인식까지―을 까맣게 지워 버릴 정도의 놀라움으로 다가올 것이다.

그들이 그의 뒤통수를 쳤고, 그는 기절했다. 우유의 맛은 구름처럼 밀려오는 미지의 세계였다. 그들은 쓰러진 그를 끌고 몇 발짝 앞으로 가 바닷물에 빠뜨렸다.

태양이 낮게 떠 있고 바다는 고요하다. 사람들은 거울 같은 바다라고 하지만, 거울 같지는 않다. 사방으로 움직이며 눈에 띄지 않을 정도로 오르내리는 물결은 거의 일렁이지 않는다. 물결은 다양한 각도를 만들어내는 셀 수 없을 만큼 많은 작은 수면으로 이루어져 있고, 그 작은 수면은 태양을 정면으로 반사하다가, 기울어지기 직전에 한순간, 수면이나 태양의 빛과는 달리 새하얗게 빛나다가, 이내 움직여 검푸른 나머지 부분과 하나가 된다. 매번 그 하얀빛은 총을 발사할 때의 불꽃보다 짧은 시간 동안만 반짝인다. 태양에 가까워질수록 반짝이는 수면이 늘어나 정말 은빛 거울처럼 보인다. 하지만 거울과 달리 바다는 잠잠하지 않다. 알갱이를 뿌린 것 같은 수면은 끊임없이 동요한다. 탄환처럼 반짝이는 알갱이가 멀어질수록, 바닷물이 은빛에 가까워지고 나머지 부분이 상대적으로 어두운 납빛으로 변해 갈수록, 멀어지는 속도도 더 빨라지는 것 같다. 아무런 방해 없이 태양을 향해 다가갈수록, 그 반사도 더 빨라지고, 바다에는 그 어떤 경계도 없다. 수평선은 공연 도중에 갑자기 내려온 커튼의 끝자락이다.

제네바, 파리, 보니외

1965-1971

감사의 말

본문에는 출처를 밝히지 않은 문장들이 인용되어 있다.

p.29: "세상의 일 분이 그렇게 흘러가고 있다. 있는 그대로 묘사하라." 세잔(Cézanne)의 말. 출처 미상.

p.38: "그는 군장도 변변찮았고…"로 시작하는 문단. "Personal Reminiscense of Garibaldi and the Garibaldini" by the Rev. H. R. Haweis. Quoted by G. M. Trevelyan in *Garibaldi and the Making of Italy*.

p.46: "동물들은 서로를 존중하지 않는다.…"로 시작하는 문단. Pascal, *Pensées*, No.685.

p.67: "꿀은 몸에 좋지만 자칫 중독될 수도 있다.…"로 시작하는 문단. Lévi-Strauss, *Mythologiques III, L'Origine des Manières de Table*.

p.84: "모든 역사는 동시대의 역사다.…"로 시작하는 문단. R. G. Collingwood, *The Idea of History*.

p.101: "시청을 습격한 군중들은…"으로 시작하는 문단. 당시 사람들의 증언. 출처 미상.

p.143: "지구 전체의 육지 면적은…"으로 시작하는 문단. *Encyclopedia Britannica*, Edition 1911. Entry: British Empire.

p.331: "나는 나를 둘러싼 이 하잘것없는 먼지 같은 삶이 싫다.…"로 시작하는 문단. Saint Just, *Dicourse sur les Institutions Républicaines*.

p.368부터 이어지는 내용: 오베르 협곡에서의 전투 장면 묘사는 앨런 클라크(Alan Clark)의 『당나귀들(*The Donkeys*)』에 실린 그의 조사 내용을 참조했다. 그의 문장을 그대로 인용한 것도 있다.

이 책의 집필을 지원해 준 대영예술진흥원(Arts Council of Great Britain)에 감사의 말을 전한다.

그 외에 많은 친구들이 보여준 도움들은 너무 깊고 강렬해서 글로 옮길 수 없을 정도이다.

옮긴이의 말

이 소설은 쉽게 읽히지는 않는다. 한 문장 한 문장은 깊은 울림을 가지지만, 그것들이 한데 묶인 전체로서의 책은, 우선 혼란스럽다. 소설의 시점이 계속 바뀌는가 하면, 저자가 직접 독자에게 말을 걸어오기도 하고, 인물들의 이야기 중간중간에 철학적인 사색이나 역사적 사건에 대한 설명이 불쑥불쑥 등장하기도 한다. 그 혼란스러워 보이는 구성을 통해 존 버거는 무슨 이야기를 하고 싶었던 것일까. 그는 소설 곳곳에 직접적으로 자신의 이야기를 풀어 놓아, 이 소설을 이해하기 위한 단초들을 던져 주었다.

"내가 상상력을 발휘해 이 소설을 써 보기로 마음먹은 것도, 이 소설이 그렇게 만져 볼 수 있을 뿐 정확히 알 수는 없는 시간의 특징에 대해 암시하는 바가 있기 때문이다. 나는 어둠 속에서 이 글을 쓰고 있다."(p.217)

"열정은 시간을 향해 자신을 내던져야만 한다. 연인들은 함께 시간과도 사랑을 나누고, 결국 시간이 열리고, 앞으로 나아가고, 자신 안으로 물러나게 만든다. 그들의 심장이 펌프처럼 시간을 퍼 올리고,

시간의 성기가 영원으로 촉촉해진다. 시간이 세대가 되는 순간, 시간은 스스로를 소진한다."(p.444)

어떤 의미에서 이 소설에서 펼쳐지는 이야기는 위의 두 인용구 사이를 채우는 것이라고 할 수 있다. 즉, 알 수 없는 시간/경험이 '세대'로 정리되기까지의 혼돈인 셈이다. 개인이 경험하는 시간은 지극히 사적이면서도 동시에 사회적인 시간이기도 하다. 물리적으로 같은 시간이지만 다르게 경험되는 두 시간 사이의 차이는 자연인이면서도 동시에 사회에서 규정하는 어떤 모습으로 살아가야 하는 인간으로서는 피할 수 없는 결과다. 그렇게 한 개인이 욕망의 주체로서 경험하는 사적인 시간과, 사회의 구성원으로 경험하는(해야만 하는) 사회적 시간 사이의 차이가 바로 이 소설을 이해하는 핵심이라고 나는 생각한다.

소설의 주인공 G는 천팔백팔십육년에 태어나 천구백십오년에 죽는데, 그 삼십 년은 유럽에서 부르주아 문화가 서서히 와해되는 시기와 일치한다. 그리고 G는 몰락해 가는 부르주아 가문의 후계자다. 그의 아버지나 삼촌에게서 일치되었던 개인적 시간과 사회적 시간 사이의 관계는 G의 세대에 와서는 와해되고 있었고, 따라서 그의 욕망(욕망을 확인하는 개인적 시간)은 뚜렷한 사회적 색채가 제거된 채 그냥 '알 수 없지만 힘은 센 무엇'으로 남게 된다.

소설 전편에 걸쳐 진행되는 G의 여성편력은 그렇게 '알 수 없는 것'으로 남아 있던 나의 욕망이, 역시 사회적으로 규정되지 않고 있던 타인-여성들의 욕망과 만나는 과정이라고 할 수 있다. 십구세기말에서 이십세기초 유럽이 구질서의 와해와 혁명에 대한 기대, 급속한 기술 발전 등으로 지극히 혼란스러웠던 시기였음을 생각하면, 수많은 욕망들이 사회적으로 규정되지 못한 채 떠돌고 있었음을 짐작할 수 있다. 바로 그런 상황이 '돈 후안이 활동할 수 있는 조건'이 되어 준 셈이다. 아직 사회적 의미를 얻지 못한 개인들의 욕망이 서로를 만날 때, 그렇게 만난 두 욕망은 사회적 의미 없이도 어떤 '충족감'을 느끼게 된다. 그때는 사회적인 시간이란 아예 존재하지 않는 시간—그래서 섹스의 절정은 곧 (사회적인 의미에서는) 죽음과 이어진다—이 되기 때문이다.

"모두 거기에 있다. 원초적이고 아직 가능태로만 존재하는 그 의미를 말로 끄집어낼 수 있을까. 모두 그들만의 시간 속에, 그리고 같은 시간 속에 함께 있다. 단맛이 올라오는 목이 나의 목인지 여러분의 목인지는 전혀 나의 관심사가 아니다. 바로 여기, 지금, 최고의 언어가 그 궁극적인 의미를 얻게 내버려 두자. 무엇이 누구의 것인지는 전혀 중요하지 않다. 모든 부분이 하나가 된다. 거기에 있는 모든 것이 함께 있다. 그 모든 차이에도 불구하고 모든 것이 함께 있다. 그도 거기에 동참한다. 아무것도 필요하지 않다. 거기에서는 욕망이 곧 만족이며 혹은, 어쩌면, 욕망이나 만족이 적대적이지 않기 때문에 그런 구분 자체가 아예 존재하지 않을지도 모른다. 거기에서는 모든 경험이 자유의 경험이 된다. 거기에서 자유는 스스로가 아닌 모든 것을 배제한다."(pp.299-300)

섹스의 순간은 알 수 없는 나의 욕망이 채워지는 순간, 모든 경험이 자유의 경험이 되는 순간이다. 욕망의 정체가 무엇인지 정확히 모르지만 그런 상태에서도 그 욕망을 충족시키는 것은 가능하다. 그것이 존 버거가 바라보는 섹스의 본질이다. 몰락해 가는 부르주아 가문의 후계자인 G나, 각자 이런저런 이유로 당시 유럽에서 자신의 욕망의 자리를 찾지 못하고 있던 그의 상대 여성들은, 자신의 욕망을 받아들이지 않는 적대적인 사회에서 자유롭지 않았다. 그런 사회의 시간관에서 벗어나 있는 '섹스의 순간'에만 그들은 자유로울 수 있다.

섹스의 순간은 사회적 시간, 즉 하나의 '세대'로 정리된 시간이 규정할 수 없는 거의 유일한 시간이다.

"모든 세대는 섹슈얼리티에 적대적이다."(p.164)

앞에서 말했듯이, 개인적 욕망이라는 사적인 경험과 그 경험의 사회적 의미 사이의 불일치를 그리는 『G』는 독자들이 일반적으로 소설에서 기대하는 선적(線的, linear)인 구조를 따르는 대신 실험적인 형식을 취하고 있다. 그에 대해 존 버거 본인은 역시 책 속에서 이렇게 말하고 있다.

"내가 인식하는 사물들 사이의 관계는 ―가끔은 거기에 인과관계나 역사적 관련성이 포함되기도 한다― 내 머릿속에서 복잡한 동시적 패턴으로 기록된다. 다른 작가들이 차례차례 이어진 장(章)을 보는 곳에서 나는 평원을 보는 셈이다. 따라서 나로서는 사건들의 위치를 정하고 정의를 내리기 위해 다른 방법을 사용할 수밖에 없다. 시간 속에서 인과관계에 따라서가 아니라 공간 속에서 포괄적으로 좌표를 찾는 방법. 나는 기하학자의 정신으로 글을 쓴다. 내가 공간적으로 좌표를 세우는 방법 중 하나가 바로 한 면모를 다른 면모와 연결시키는 것이다. 바로 은유를 통해. 사물들이 내가 이름 붙인 대로 된다는 것을 믿는, 이름의 감옥에 갇힌 죄수가 되고 싶지는 않다."
(pp.199-200)

그는 아직 사회적 의미를 얻지 못한 채 겉돌고 있는 욕망의 시간들을 '일목요연하게' 서사적으로 서술하는 것이야말로, 그러한 욕망에 대한 배신이라고 생각했던 모양이다. 그렇게 '혼란스러운' 경험이라면 그것을 서술하는 방식 역시 혼란스러울 수밖에 없어야 하는 것인지도 모른다. 존 버거 본인이 한국어판 서문에서 밝히고 있듯이, 그 떠도는 욕망에 대한 서술은 '손으로 그린 지도'와 비슷할 것이다. 전체를 정확하게 보여주지 않을지 모르지만, 모퉁이 하나하나의 모양새나 냄새, 질감 등을 섬세하게 기록한 그런 지도…. 존 버거가 전체를 보여주지 않고 그렇게 파편적인 점들만 죽 흩뿌려 놓은 이유를 생각해 본다.(소설이 나온 천구백칠십년대에는 이미 소설의 배경이 되는 시기에 대한 나름대로의 정리가 가능했을 텐데 말이다) 그가 개인들의 떠도는 욕망, 그리고 그것을 소설로 옮기는 작가로서의 자신의 욕망을 어떤 결론으로 수렴하지 않고 있는 그대로 늘어놓은 것은, 아마도 이 책을 읽는 독자들 또한 그 지도를 보며 (저자의 안내를 좇기만 할 것이 아니라) 자신들만의 욕망 속으로 떠나 보기를 바랐기 때문이 아닐까. 존 버거가 생각하는 작가의 역할은 앞장서 안내하는 여행 가이드가 아니라, 여행의 출발점에서 자신이 직접 그린 지도를 건네는 사람 정도인 듯하다.

"아직 말하지 않은 것들을 그냥 묻어 둔 채 여기서 마치는 편이, 결론을 얻을 때까지 계속 설명하는 것보다 좀더 진실에 충실할 수 있는 방법이다. 끝을 보려는 작가의 욕망은 진실에는 치명적인 것이 된다. 결말은 모든 것을 통일시킨다. 통일성은 다른 방법으로 세워져야 한다."(p.117)

다시 말하지만, 이 소설에서 존 버거는 사회적 존재일 수밖에 없는 개인의 사적 욕망들을 점처럼 흩뿌려 놓을 뿐, 그것들을 이어 주는 결말을 제시하지는 않는다. 그 점들을 이어 의미있는 연결들을 만들어 가는 것은 독자들 각자의 몫이어야 한다고 말하는 듯하다. 그 연결이 같아야 할 이유는 없고, 정답이 있는 것도 아닐 것이다. 다만, 존 버거가 남겨 놓은 욕망의 점들이 독자들 각자의 삶과, 이십일세기의 역사적 환경이라는 새로운 평원에서도 자리를 찾을 수 있다면, 거기서 어떤 가능성이 생겨날 거라고 막연하게 말해 볼 수는 있을 것이다.

이탈리아어 번역을 도와준 최은영 씨와 프랑스어 번역을 도와준 진태원 형, 그리고 마감을 넘긴 나를 항상 친절하게 이해해 주신 열화당 편집부에 감사의 말을 전한다.

2008년 6월
김현우

존 버거(John Berger, 1926-2017)는 미술비평가, 사진이론가, 소설가, 다큐멘터리 작가, 사회비평가로 널리 알려져 있다. 처음 미술평론으로 시작해 점차 관심과 활동 영역을 넓혀 예술과 인문, 사회 전반에 걸쳐 깊고 명쾌한 관점을 제시했다. 중년 이후 프랑스 동부의 알프스 산록에 위치한 시골 농촌 마을로 옮겨 가 살면서 생을 마감할 때까지 농사일과 글쓰기를 함께했다. 주요 저서로 『다른 방식으로 보기』 『제7의 인간』 『행운아』 『그리고 사진처럼 덧없는 우리들의 얼굴, 내 가슴』 『벤투의 스케치북』 『우리가 아는 모든 언어』 등이 있고, 소설로 『우리 시대의 화가』, 삼부작 '그들의 노동에' 『끈질긴 땅』 『한때 유로파에서』 『라일락과 깃발』, 『결혼식 가는 길』 『킹』 『여기, 우리가 만나는 곳』 『A가 X에게』 등이 있다.

김현우(金玄佑)는 1974년생으로, 연세대학교 영어영문학과를 졸업하고 동대학원 비교문학과 석사과정을 수료했다. 역서로 『스티븐 킹 단편집』 『행운아』 『고딕의 영상시인 팀 버튼』 『로라, 시티』 『알링턴파크 여자들의 어느 완벽한 하루』 『A가 X에게』 『벤투의 스케치북』 『돈 혹은 한 남자의 자살 노트』 『브래드쇼 가족 변주곡』 『그레이트 하우스』 『우리의 낯선 시간들에 대한 진실』 『킹』 『사진의 이해』 『우리가 아는 모든 언어』 『초상들』, 삼부작 '그들의 노동에' 『끈질긴 땅』 『한때 유로파에서』 『라일락과 깃발』 등이 있다.

G

존 버거 장편소설 / 김현우 옮김

초판1쇄 발행 2008년 8월 1일 **초판4쇄 발행** 2022년 8월 1일
발행인 李起雄 **발행처** 悅話堂
경기도 파주시 광인사길 25 파주출판도시 전화 031-955-7000 팩스 031-955-7010
www.youlhwadang.co.kr yhdp@youlhwadang.co.kr
등록번호 제10-74호 **등록일자** 1971년 7월 2일
편집 조윤형 신귀영 **디자인** 공미경 **인쇄 제책** (주)상지사피앤비

ISBN 978-89-301-0336-7   03840